rororo

W0240677

Charlotte Betts hat als Modedesignerin und Innenarchitektin gearbeitet, bevor sie mit dem Schreiben begann. Zusammen mit ihren drei Kindern, zwei Stiefkindern und ihrem zweiten Mann lebt sie zwischen Hampshire und Berkshire. «Die Heilerin von London» ist ihr Debüt, das in England bereits zwei Publikumspreise gewonnen hat. Charlotte Betts schreibt derzeit an einer Fortsetzung.

Charlotte Betts

Die Heilerin von London

Historischer Roman

Aus dem Englischen
von Ulrike Thiesmeyer

Rowohlt Taschenbuch Verlag

Die Originalausgabe erschien 2011 unter dem Titel
«The Apothecary's Daughter» bei Piatkus / Little,
Brown Group, London.

Deutsche Erstausgabe
Veröffentlicht im Rowohlt Taschenbuch Verlag,
Reinbek bei Hamburg, April 2012
Copyright © 2012 by Rowohlt Verlag GmbH,
Reinbek bei Hamburg
«The Apothecary's Daughter» Copyright © 2011 by Charlotte Betts
Redaktion Maike Rösmann
Umschlaggestaltung any.way, Cathrin Günther
(Foto: John Foley / Trevillion Images; Lieve Verschuier /
Museum of Fine Arts, Budapest, Ungarn / bridgemanart.com;
«Kanon der Medizin» von Avicenna [Ibn Sina] / Frankreich,
Bibliothèque nationale, Paris / bridgemanart.com)
Satz aus der Foundry Oldstyle (InDesign)
Gesamtherstellung CPI – Clausen & Bosse, Leck
Printed in Germany
ISBN 978 3 499 25764 3

Für meine Mutter und meinen Vater:
Dorothy und Michael Spooner

Das Schwinden des Lichts

Januar 1665

1. Kapitel

Susannah stand am Fenster der Apotheke und blickte gedankenverloren hinaus, während sie in einem Mörser Schwefelblumen zu einem übelriechenden Pulver zerstieß. Auf der Fleet Street herrschte wie üblich geschäftiges Treiben. Der über Nacht gefallene Schnee war schon jetzt am Morgen dunkel vom Ruß, der von den Kalköfen in Limehouse in dichten Wolken herüberzog. Es herrschte so strenger Frost, dass das Abwasser im Hauptablaufkanal in seltsamen Eisformationen erstarrt war. Kirchenglocken läuteten, und Hunde bellten, während ein nicht abreißender Strom von Menschen an ihr vorüberzog.

Peng! Ein Schneeball flog gegen die Fensterscheibe und riss Susannah so unsanft aus ihren Gedanken, dass ihr vor Schreck der Stößel aus der Hand fiel. Draußen erblickte sie einen Straßenjungen, der sie schadenfroh auslachte.

«Kleiner Teufel!» Drohend hob sie die Faust und sah ihm nach, bis er in der Menge verschwunden war. Dann fiel ihr ein hochgewachsener Mann mit dunklem Hut und Umhang ins Auge, der sich vorsichtig einen Weg durch den Schnee bahnte.

Etwas an der Art, wie er sich durch die Menschenmenge bewegte, fesselte Susannahs Aufmerksamkeit. Seine Bewegungen waren ein wenig wie die eines Wolfs, der lautlos durch einen Wald huscht. Als er näher herangekommen war, erkannte sie ihn: Es war ein Arzt, ein Kunde ihres Vaters, der aber eher unregelmäßig vorbeikam. Gerade wich er einem dampfenden Haufen Pferdeäpfel aus, stieg über einen alten Kohlkopf hinweg und steuerte dann zielstrebig auf die Apotheke zu.

Susannah öffnete ihm die Tür. «Guten Morgen», sagte sie und fröstelte in der eisigen Luft, die er mit hereinbrachte.

Er tippte sich an den Hut, erwiderte ihr Lächeln jedoch nicht. «Ist Mr. Leyton da?»

«Im Augenblick nicht. Kann ich weiterhelfen?»

«Ich glaube kaum, dass Ihr ...»

«Sagt mir doch einfach, was Ihr braucht, Sir.» Mit einem Seufzen unterdrückte sie ihren Unwillen. Warum hielt er sie automatisch für unfähig, bloß, weil sie Röcke trug?

«Was ich brauche, würde ich gerne mit Eurem Vater besprechen. Deshalb bin ich hergekommen.»

Bei seinem Tonfall fühlte sich Susannah spontan zu einer schnippischen Antwort gereizt, aber sie beherrschte sich und sagte nur: «Er ist gerade beim Pfarrer, um dessen Urin zu beschauen.»

Der Arzt, der gerade die Handschuhe abstreifte, um seine kalten Hände warm zu reiben, zog missvergnügt die dunklen Augenbrauen zusammen. «Die Sache ist sehr dringend. Wenn er zurück ist, richtet ihm bitte aus, dass Doktor Ambrose hier war. Er möchte mich umgehend aufsuchen.»

«Kann ich ihm noch ausrichten, was Ihr mit ihm zu besprechen wünscht?» Susannah war wieder an die Arbeitsplatte getreten.

Nach kurzem Zögern zuckte Doktor Ambrose die Achseln. «Ich habe einen Patienten, der unter einem Blasenstein leidet. Mr. Leyton hat einmal erwähnt, dass er in solchen Fällen mit einem seiner Mittel guten Erfolg erzielt hat. Der Gesundheitszustand des Patienten lässt es leider nicht zu, den Stein herauszuschneiden, er leidet an chronischer Kurzatmigkeit ... Könnt Ihr Euch das alles merken?»

«Oh, ich glaube schon.» Susannah lächelte süß und nahm wieder ihre Instrumente auf. «Bei Blasensteinen empfiehlt Vater in der Regel süßen Salpetergeist, vermischt mit Laudanum und Wacholderöl. Euer Patient sollte einen Teelöffel davon einnehmen, in einer Tasse Leinsamentee, gesüßt mit Honig.» Sie rührte mit dem Stößel so energisch in dem zerstoßenen Schwefel, dass eine faulig riechende Wolke zwischen ihnen aufstäubte.

Doktor Ambrose hustete und presste sich ein Taschentuch an die Nase. «Seid Ihr da sicher?»

«Selbstverständlich. Und gegen das Pfeifen in seiner Brust solltet Ihr es mit einer Milch aus Ammoniakharz versuchen, verrührt mit Blausternsirup.»

Verdutzt zog Doktor Ambrose die Augenbrauen in die Höhe, aber Susannah ließ sich ihre Genugtuung nicht anmerken. «Vielleicht möchtet Ihr Euch ja am Kamin aufwärmen, während ich die Arzneien für Euch zubereite?», sagte sie.

«Kennt Ihr denn die genaue Zusammensetzung?»

«Ich gehe meinem Vater bei der Zubereitung seiner Rezepturen schon sehr lange zur Hand.»

Sie stellte den Mörser beiseite und verschwand in dem kleinen Hinterzimmer, das durch einen Vorhang von der übrigen Apotheke abgetrennt war. Rasch warf sie noch einen Blick zurück durch den Spalt im Vorhang: Der Arzt, der sich unbeobachtet wähnte, hob gerade vor dem Kamin seinen Umhang in die Höhe, um sich das Hinterteil zu wärmen. Susannah verbiss sich ein Lachen und wandte sich dann zum Tisch, um sich an die Arbeit zu machen. Als sie gerade das Fläschchen mit der zweiten Arznei verkorkte, hörte sie die Ladenglocke klingeln. Sie zog den Vorhang beiseite und sah, wie eine elegant gekleidete Dame die Apotheke betrat.

«Bitte, nehmt kurz Platz am Kamin, ich bin gleich für Euch da», begrüßte Susannah die Frau. Dann händigte sie Doktor Ambrose die beiden Arzneifläschchen aus und war beim

Abschied um Höflichkeit bemüht, schließlich sollte er ja wiederkommen. «Ich hoffe, jetzt ist Euch wärmer?» Sie überlegte kurz, ob sie ihn darauf aufmerksam machen sollte, dass ihm Schwefel am Nasenrücken haftete, entschied sich jedoch dagegen. «Es heißt ja, dieser eisige Wind käme direkt aus Russland und dass der Frost deswegen seit Dezember kaum nachgelassen hat.»

«Das hat womöglich auch seine Vorteile», sagte der Arzt. «Durch die Kälte wird immerhin die Plage eingedämmt.»

«Außer natürlich in der Gemeinde St. Giles. Wir müssen darum beten, dass der Frost die Pest völlig ausrottet.»

«In der Tat.» Doktor Ambrose nickte. «Schreibt die Arzneien mit auf mein Konto.» Dann verließ er die Apotheke.

Susannah, die sich mit leisem Befremden fragte, warum der Arzt so kurz angebunden war, sah ihm nach, während er auf der Fleet Street davonging. Schade, dass sein dunkles, gutgeschnittenes Gesicht nicht mit etwas liebenswürdigeren Umgangsformen einherging!

Die wartende Kundin, eine blonde Frau ungefähr in Susannahs Alter, angetan mit einem eleganten Umhang mit Pelzbesatz, unter dem ein purpurroter Rock hervorlugte, betrachtete gerade mit zurückgelegtem Kopf das ausgestopfte Krokodil, das an einem der Deckenbalken aufgehängt war. Angewidert rümpfte sie das Stupsnäschen. «Ist das echt?»

«Allerdings! Es ist aus Afrika. Mein Vater hat es von einem Seemann gekauft.» Susannah erinnerte sich lebhaft daran, wie er es vor Jahren mit nach Hause gebracht und welche Mischung aus Angst und Neugierde das Tier ihr eingeflößt hatte. Zaghaft hatte sie mit der Fingerspitze seinen harten, schuppigen Leib berührt und war beim durchdringenden Blick seiner Glasaugen erschauert. Tom, ihr kleiner Bruder, hatte sich hinter dem

Tresen versteckt, bis ihre Mutter ihm glaubhaft versichert hatte, dass das Tier nicht lebendig war.

«Gehe ich richtig in der Annahme, dass das hier Mr. Leytons Apotheke ist?», fragte die Besucherin. «Ich habe das Schild erkannt, auf dem ein Einhorn und ein Drache zu sehen sind.»

«Wie Ihr seht, hängt dieses Schild draußen über der Tür.»

«Ist Mr. Leyton zu sprechen?»

«Im Augenblick nicht. Kann ich Euch helfen?»

Die Frau spitzte die Lippen und musterte Susannah eingehend. «Ich hätte gern ...» Sie ließ den Blick über die Fläschchen und Tiegel auf den Wandregalen ringsherum schweifen und runzelte leicht die Stirn. «Ja. Ein Fläschchen Rosenwasser hätte ich gern.» Dann fuhr sie mit einem behandschuhten Finger am Tresen entlang. «Erlaubt mir eine Frage: Wie viele Räume habt Ihr hier im Haus?»

«Nun», stammelte Susannah, völlig überrumpelt. «Wir haben drei Schlafkammern, die Wohnstube und das Speisezimmer, und dann noch den Laden, das Hinterzimmer und die Küche.»

«Das Haus ist sehr schmal, und krumm vor Alter.»

«Aber dafür ist es tief.» Susannah spürte, wie ihr vor Empörung das Blut ins Gesicht schoss. Instinktiv richtete sie sich sehr gerade auf. «Außerdem ist die Wohnstube mit Holz getäfelt, und wir haben noch einen schönen Hof mit Garten.»

Die Frau seufzte. «Na, es wird wohl gut genug sein, nehme ich an.» Sie legte einige Münzen auf den Tresen, nahm das Rosenwasser an sich und wartete dann an der Tür, bis Susannah herbeigeeilt kam, um sie zu öffnen.

Erleichtert, die Frau mit ihren zudringlichen Fragen los zu sein, blieb Susannah kurz fröstelnd in der offenen Tür stehen und spähte an der wartenden Kutsche vorbei die verschneite Straße hinauf. Dort erblickte sie Ned. Der Lehrjunge ihres

Vaters hatte den ältlichen Misses Lane ein Päckchen Leberpillen vorbeigebracht und hatte es nun sichtlich eilig, in die warme Apotheke zurückzukehren. Im Laufschritt kam er angetrabt, das Gesicht zum Schutz gegen den schneidenden Wind gesenkt. Susannah konnte sehen, dass er auf dem besten Wege war, mit der blonden Kundin zusammenzustoßen, die gerade die Kutsche bestieg.

«Ned, Vorsicht!», rief sie ihm zu.

Erst im letzten Moment wich er zur Seite aus.

Die Frau warf Susannah einen vorwurfsvollen Blick zu, reckte hochmütig die Nase und gab dem Kutscher Zeichen, sich in Bewegung zu setzen.

«Pass doch besser auf, Ned!», schimpfte Susannah, als der Junge an ihr vorbei in die Apotheke stürmte.

Er knallte die Tür hinter sich zu und stürzte an den Kamin, um seine Hände am Feuer zu wärmen und mit den vor Kälte erstarrten Füßen aufzustampfen.

«Meine Güte, Ned!» Der Ärger über die letzten beiden Kunden, der sich in Susannah aufgestaut hatte, brach sich nun Bahn. «Sieh dir nur all das Eis an, das du an deinen Stiefeln hereingeschleppt hast. Hol den Besen und kehre es rasch auf, ehe es schmilzt.»

«Entschuldigung, Miss.»

«Danach kannst du die Salbentiegel abstauben.»

«Ja, Miss.» Sofort holte er den Besen aus dem Hinterzimmer und fing an, den Boden zu kehren.

Susannahs Ärger legte sich wieder. Bisweilen erinnerte Ned sie an ihren Bruder Tom, der mittlerweile weit weg von ihnen im fernen Virginia lebte. Sie nahm einen großen Tiegel vom Regal, schöpfte einen Löffel der klebrigen Substanz heraus und schmierte sie auf ein Stück Packpapier. «Da!» Sie reichte ihm die Salbe. «Reib dir damit die Frostbeulen ein, dann platzt die Haut nicht auf. Und vergiss nicht, danach die Salbentiegel abzustauben!» Sie nahm den Mörser mit dem Schwefelpulver vom Tresen und ging ins Hinterzimmer, um damit eine Salbe gegen Hautunreinheiten anzurühren.

Ihr ganzes Leben, sechsundzwanzig Jahre inzwischen, hatte sie in der Apotheke verbracht, und ihre liebsten Erinnerungen waren mit diesem Ort verbunden. Während sie weitere Ingredienzien abwog und die Salbe zusammenmischte, summte sie vor sich hin und dachte daran zurück, wie sie und Tom als Kinder durch das Abzählen von Pillen Rechnen gelernt hatten. Auch ihre Experimente mit der Waage waren ihr lebhaft in Erinnerung: ihr Staunen darüber, dass ein großer Strauch getrockneter Salbei ebenso viel wog wie ein winziges Stück Blei. Mit dem großen Steinmörser, den sie auch jetzt gerade benutzte, hatte sie bereits herrlich klebrige Mixturen aus Schweineschmalz, Bleiweiß und Terpentin angerührt. Zusammen ergaben diese Inhaltsstoffe eine sehr wirkungsvolle Brandsalbe. Lesen hatte Susannah anhand der lateinischen Beschriftung der Salbentöpfe gelernt, die auf den Wandregalen aufgereiht standen. Und das Schreiben hatte sie sich beigebracht, indem sie mit dem Finger der gestochen scharfen Handschrift ihres Vaters auf den Schildern folgte, mit denen die Vorratsschubfächer im Lager versehen waren.

Susannah seufzte und stellte den Tiegel beiseite. Als Nächstes ging sie daran, aus einem Büschel Rosmarin, Wasser und Honig einen Hustensirup aufzukochen. Genüsslich sog sie den süßen, harzigen Duft ein.

Das kalte Wetter und der stinkende Londoner Nebel waren gut fürs Geschäft, denn viele Menschen litten unter hartnäckigem Husten. Sie leckte sich etwas Honig vom Daumen ab und spähte durch den Spalt im Vorhang: Nebenan lehnte Ned quer über dem Tresen und neckte die Katze mit dem Zipfel eines Putzlappens. Dann glitt er unvermittelt auf den Boden zurück und fing eifrig an, den Staub von den Majolikatiegeln zu wischen. Susannah schlussfolgerte daraus, dass der Junge wohl seinen Lehrherrn erspäht hatte, der soeben zurückkehrte.

Cornelius Leyton kämpfte sich mit einer großen Schachtel unter dem Arm durch die Tür und stellte die seltsame Lieferung zwischen einem Zuckerkegel und dem Glas mit Blutegeln auf dem Tresen ab. Seine Nase war leuchtend rot vor Kälte.

«Was hast du denn gekauft, Vater?»

Gemächlich ging er daran, die Kordel des Pakets zu lösen.

«Lass mich das machen», sagte Susannah, holte ein Messer unter dem Tresen hervor und schnitt den Knoten kurzerhand durch.

«Immer diese Ungeduld!»

Behutsam nahm Cornelius den Deckel von der Schachtel, und Susannah erhaschte einen Blick auf etwas Schwarzes, Pelziges. Aufgeregt schnappte sie nach Luft. War es ein kleiner Hund? Doch als ihr Vater dann das Seidenpapier auseinanderschlug, wurde ihre Hoffnung enttäuscht.

Cornelius nahm eine Perücke heraus und schüttelte die langen, glänzenden Locken frei. «Was hältst du davon?», fragte er.

«Sie ist ... eindrucksvoll», erwiderte Susannah. «Na los, setz sie mal auf!»

Mit vor Freude leuchtenden Augen nahm ihr Vater seine übliche Perücke ab, ein bescheidenes, mittelbraunes Modell, das er schon seit einigen Jahren trug, und brachte sein kurzgeschorenes graues Haar zum Vorschein. Dann stülpte er sich geradezu andächtig die neue Perücke auf den Kopf.

Susannah starrte ihn an.

«Susannah?»

Doch sie brachte noch immer kein Wort heraus. Ihr Vater war ein gutaussehender Mann: groß, mit dunklen Augen und einer Ausstrahlung von natürlicher Autorität, doch dabei war er alles andere als eitel. In der Regel musste sie ihn immer erst mühsam überreden, bis er sich mal einen neuen Gehrock oder neue Kniehosen zulegte. Und sein Hut war so altmodisch, dass es schon fast peinlich war. Das hier aber war eine für ihn ganz und gar untypische Neuanschaffung. Diese Perücke, mit der er sich in einen eleganten Fremden verwandelte, flößte Susannah ein seltsames Unbehagen ein.

«Nun?» Er sah sie gespannt an.

«Erstaunlich», sagte sie endlich und hob eine der seidigen Locken in die Höhe, die ihrem Vater fast bis an die Taille reichten. «Sie sieht sehr gut aus.» Es fiel ihr schwer, die richtigen Worte zu finden. «Ich erkenne dich kaum wieder. Du wirkst damit so ... jung.»

Ein stolzes Lächeln huschte über sein Gesicht.

«Ihr seht aus wie der König, Sir», erklärte Ned aufgeregt.

Cornelius warf seinem Lehrjungen einen scharfen Blick zu. «Hast du nichts zu tun, dass du deine Zeit mit unnützem Geschwätz vertust? Brauchst du Arbeit? Die Kupferteile des Destillierapparats hinten im Hof müssen geputzt werden. Natürlich muss dafür erst das Eis abgekratzt werden ...»

Ned wandte sich eilig ab und wischte eifrig weiter an den Tiegeln herum.

«Ich habe mich mit meinem alten Freund Richard Berry unterhalten», fuhr Cornelius mit einem belustigten Blick auf Susannah fort. «Und er meinte, eine etwas modischere Erscheinung könnte dem Geschäft zuträglich sein. Vielleicht sollte ich mir ja sogar noch einen neuen Hut leisten?»

«Dazu versuche ich dich schon seit Monaten zu überreden.»

«Ach ja?»

«Vater!»

«Ich habe einige Besuche zu erledigen», beeilte sich Cornelius, seine Tochter von der Schelte abzuhalten. «Hast du meinen blauen Gehrock gebürstet?»

«Selbstverständlich.»

«Wenn hier also nichts weiter anliegt, worum ich mich kümmern müsste ...»

«Ach! Das habe ich ganz vergessen. Doktor Ambrose war hier, du sollst ihn bitte aufsuchen, es geht um einen seiner Patienten, der einen Blasenstein hat. Ich habe die erforderlichen Arzneien bereits zubereitet.»

«Gut, gut.» Cornelius nahm seine alte Perücke und zog sich dann ins Obergeschoss zurück.

Susannah starrte ihm nach. Merkwürdig. Wieso legte er auf einmal solchen Wert auf sein Äußeres? Kopfschüttelnd kehrte sie ins Hinterzimmer zurück, um die Schwefelsalbe in Tiegel zu füllen.

Wie immer, wenn sie diese spezielle Salbe abfüllte, kam ihr ein Nachmittag elf Jahre zuvor in den Sinn, als sie ihrer Mutter bei ebendieser Tätigkeit zur Hand gegangen war. Die sanfte Stimme ihrer Mutter hatte sich Susannah unauslöschlich eingeprägt, und ganz deutlich, als wäre es erst gestern gewesen, hatte sie vor Augen, wie die Mutter eine Hand sachte auf ihren gewölbten Leib legte. Das war zwei Tage vor ihrem Tod gewesen. Damals hatte genau jener schwefelige Geruch in der Luft gelegen, zusammen mit den üblichen Aromen von Rosenwasser und Bienenwachs, Lakritze und Wermutöl, Terpentin und getrockneten Kräutern, all jenen Gerüchen, die untrennbar mit dem Gewerbe ihres Vaters verbunden waren und Susannah förmlich in Fleisch und Blut übergegangen waren.

Das Klingeln der Ladenglocke holte sie in die Gegenwart zurück, und zu ihrer Freude vernahm sie Marthas Stimme. Bis zu ihrer Heirat hatte Martha im Haus nebenan gewohnt. Seit zwanzig Jahren war sie ihre beste Freundin, trotz ihrer puritanischen Neigungen. Susannah eilte durch den Vorhang in den Ladenraum, um ihre Freundin zu begrüßen.

Martha, adrett gekleidet wie immer mit einer gestärkten Schürze und einer sittsamen Haube auf dem Kopf, die ihr dunkles Haar komplett bedeckte, wich zurück, als sie sich küssten. «Uh! Was ist es denn diesmal wieder?»

«Nichts Gefährliches! Bloß eine Gesichtssalbe», erwiderte Susannah lachend.

«Sie stinkt jedenfalls grässlich genug, um Pickel allein durch den Geruch zu verscheuchen.» Martha war kreidebleich geworden und hielt sich die schlanken Finger vor den Mund, während sie krampfhaft schluckte.

«Aber so grässlich doch auch wieder nicht, oder?»

Martha lächelte matt. «Zurzeit wird mir schon beim kleinsten Anlass speiübel.» Sie drückte sich beide Hände gegen die Schürze. «Ich bin hergekommen, weil ich gerne noch mal diesen Ingwersirup hätte, den du mir letztes Mal ...»

«Letztes Mal? Oh, Martha! Nicht schon wieder. Die kleine Alys ist doch noch gar nicht entwöhnt.»

«Ich weiß.» Martha seufzte. Sie war sehr blass und hatte dunkle Ringe unter den haselnussbraunen Augen. «Ich habe Robert noch gewarnt, mich nicht so zu drängen, Alys zu einer Amme zu geben, weil ich dann vermutlich sofort wieder in andere Umstände käme. Aber du weißt ja, wie hartnäckig Männer sein können.»

«Hartnäckig und undurchschaubar», ergänzte Susannah beim Gedanken an die extravagante Neuanschaffung ihres Vaters. Sie holte die Trittleiter unter dem Tresen hervor, stieg hinauf und reckte sich nach dem Ingwersirup, der ganz oben auf dem Regal stand. Dann füllte sie etwas davon in eine Flasche ab, die sie anschließend verkorkte.

Sie hatte die Flüssigkeit noch nicht überreicht, als die schmale Tür zum Stiegenhaus aufging und Cornelius zum Vorschein kam, herausgeputzt mit der neuen Perücke und seinem guten blauen Gehrock. Zusätzlich hatte er sich noch ein feines Spitzenjabot umgebunden und seine Schuhe mit neuen blauen Schleifen versehen. Er duftete nach Lavendelwasser und trug einen gewissen Stolz zur Schau.

«Martha. Wie geht es dir, hoffentlich gut?»

Marthas blasses, sommersprossiges Gesicht lief rot an, während sie vor dem Apotheker knickste. «Mr. Leyton. Danke, es geht mir ausgezeichnet.»

Cornelius' Blick huschte erst zu der Flasche mit Ingwersirup und dann zu Marthas Taille. «Und deine Kleinen, auch alle wohlauf?»

«Ja, alle wohlauf.»

«Gut, gut. Dann will ich dich nicht länger aufhalten.» Er griff nach seinem Spazierstock mit dem silbernen Knauf. «Es dürfte spät werden, Susannah, du brauchst also mit dem Abendessen nicht auf mich zu warten.» Dann trat er hinaus auf die belebte Fleet Street und hob den Stock, um eine heranrollende Droschke anzuhalten.

Martha sah ihre Freundin mit großen Augen an. «Dein Vater sieht ja so anders aus.»

«Hast du es also auch bemerkt», stöhnte Susannah.

«Bisher ist mir nie aufgefallen, was für ein gutaussehender Mann er ist.» Ihre Freundin nahm die Flasche an sich und schickte sich an, zu gehen.

Nachdem Martha sich verabschiedet hatte, geriet Susannah ins Grübeln. Wem mochte ihr Vater, so auffallend fein herausgeputzt, wohl einen Besuch abstatten wollen?

Zwei Wochen darauf, als Susannah gerade mit ihrer Dienstmagd Jennet den Teig für Zuckerkekse zubereitete, kam ihr Vater zu ihnen in die Küche. Unruhig trat er von einem Fuß auf den anderen, während er vom Herd aus dabei zusah, wie Susannah den Zucker klein mahlte und Jennet das Salz von der Butter spülte. Das Rezeptbuch seiner verstorbenen Frau lag aufgeschlagen auf dem Tisch, die Seite mit dem Keksrezept war mit einem getrockneten Lavendelzweig markiert.

«Kann ich irgendetwas für dich tun?», fragte Susannah.

Cornelius nahm den Lavendelzweig und zwirbelte ihn zwischen den Fingern herum. «Die Lieblingsblume deiner Mutter», sagte er schließlich gedankenverloren.

«Und wir backen gerade deine Lieblingskekse.»

«Das sehe ich.» Er wollte den Lavendelzweig wieder zwischen die Seiten legen, stellte sich dabei aber so ungeschickt an, dass er das Buch zu Boden warf.

Etliche lose Zettel flatterten zwischen den Seiten hervor, und Susannah las sie eilig vom Boden auf, um sie wieder in das Buch zu legen. Es war ihr ein sehr kostbarer Schatz. «Warum setzt du dich nicht in die Wohnstube, Vater, dann bringe ich dir ein paar Kekse, sobald sie fertig gebacken sind?»

«Ja, das wäre vielleicht das Beste. Da ist nämlich noch etwas, das ich ...»

«Hm?» Sie schlug bereits sorgfältig Eier in eine Schüssel.

«Später.»

Als er hinausgegangen war, sagte Jennet: «Er ist ja unruhig wie eine Katze mit Flöhen!» Sie wischte sich die Hände an der Schürze ab. «Ich glaube, er führt irgendetwas im Schilde.»

Als die Kekse fertig waren, bestäubte Susannah sie mit Puderzucker und trug sie hinauf in die Wohnstube. Dort fand sie Cornelius am Fenster vor, den Blick nach unten auf die Straße gerichtet. Als er sich zu ihr umwandte, machte er einen angespannten, unglücklichen Eindruck.

«Vater, was ist denn?», fragte sie beunruhigt.

«Ach, Kind. Du bist deiner Mutter so ähnlich, mit deinem hübschen, kastanienbraunen Haar. Manchmal, wenn ich dich von weitem sehe, kommt es mir kurz so vor, als wäre meine Elizabeth zu mir zurückgekehrt.»

«Mir ... mir kommt es auch manchmal so vor, als hätte sie uns nie wirklich verlassen», pflichtete Susannah ihm bei.

«Ich weiß.» Er seufzte tief. «Aber sie ist nun einmal von uns gegangen. Und das vor elf langen Jahren. Du bist mir ein großer Trost gewesen, besonders, seit Tom nicht mehr bei uns lebt.»

Sie drückte seine Hand. «Wir haben uns immer gegenseitig getröstet.»

Unvermittelt wandte er sich wieder ab und ging zum Kamin hinüber. «Susannah, ich fürchte, ich habe dir einen schlechten Dienst erwiesen.»

«Einen schlechten Dienst? Aber inwiefern?»

«Ich bin selbstsüchtig gewesen. Deine Gesellschaft ist mir so lieb und teuer, dass ich dich an meiner Seite nicht missen mochte ...»

«Aber ich möchte doch auch bei dir sein!»

«Du hast das Apothekerhandwerk besser erlernt als alle

Burschen, die bei mir über die Jahre in die Lehre gegangen sind. Und deine Handschrift ist sauberer als meine eigene. Selbst deine Lateinkenntnisse stehen denen eines Gelehrten in nichts nach.» Er lächelte wehmütig. «Aber du solltest längst verheiratet sein und Kinder haben, so wie Martha.»

«Kinder habe ich mir nie gewünscht.» Was natürlich nicht stimmte. Sie wünschte sich Kinder ebenso sehr wie jede andere Frau, aber ... allein bei der Erinnerung an die Geburt ihres Bruders überlief sie ein kalter Schauer.

«Ich hätte dir längst einen passenden Ehemann suchen sollen.»

«Vater, es macht mir doch überhaupt nichts aus, dir den Haushalt zu führen. Außerdem, wie sollte ich je einen Mann finden, der so gut zu mir ist wie du?» Gewiss, da hatte es Nicholas gegeben, aber er erschien ihrem Vater nicht gut genug für sie. Und dann war da noch der junge Mann mit den lächelnden Augen gewesen, der immer die Kräuter von dem Bauernhof in Essex in der Apotheke anlieferte ...

«Susannah, die Zeiten ändern sich.»

«Was soll das heißen?»

Er wich ihrem Blick aus.

«Vater?»

Er trat zu ihr und umfasste ihre Hände mit den seinen. «Du bist mir so lieb, wie eine Tochter ihrem Vater nur lieb sein kann, aber wir trauern jetzt schon viel zu lange um deine Mutter. Und deshalb ... bin ich zu einem Entschluss gelangt.» Noch immer sah er sie nicht an. «Ich habe vor, mich neu zu verheiraten», sagte er schließlich.

«Über so etwas solltest du wirklich keine Scherze machen.» Susannah lachte unsicher.

Sein Mund straffte sich unmerklich. «Ich habe mich klar

ausgedrückt. Ich werde mich neu verheiraten. Und ich habe auch schon eine passende Dame kennengelernt, eine Witwe.»

«Aber wir kommen doch sehr gut zurecht.» Susannah half ihrem Vater bei der Buchführung und wusste daher, dass sie finanziell weit besser dastanden, als ihre genügsame Lebensführung vielleicht vermuten ließ. Verwirrt schüttelte sie den Kopf. «Du hast doch für dein Alter ausgesorgt. Es besteht kein Grund für dich, unser Vermögen durch eine Heirat aufzubessern.»

«Das hat bei meiner Entscheidung auch keine Rolle gespielt.»

«Keine Rolle?»

«Diese Dame ist durch den Tod ihres Gatten in eine finanzielle Notlage geraten.»

«Diese Witwe verfügt über kein Wittum, keine Mitgift?»

Cornelius blickte auf seine Schuhe hinab.

«Dann verstehe ich das nicht. Warum willst du dich auf so etwas einlassen?»

«Weil es an der Zeit ist. Weil ich ... eine Gefährtin brauche.»

«Eine Gefährtin? Aber wir haben doch einander! Wir tun alles gemeinsam. Wozu brauchst du da noch jemand anderes?»

Cornelius lief dunkelrot an. «Ein Mann braucht eben eine Frau, um ...» Er gestikulierte hilflos mit den Händen, da ihm auf einmal die Worte zu fehlen schienen.

Plötzlich begriff Susannah, worauf er hinauswollte, und sie spürte, wie ihr selbst die Hitze ins Gesicht stieg. Es war ihr nie auch nur in den Sinn gekommen, dass ihr Vater diese speziellen Bedürfnisse verspüren könnte.

«Diese Dame freut sich jedenfalls schon darauf, dich kennenzulernen.»

«Ich möchte sie aber nicht kennenlernen!» Susannah spürte ein Kribbeln in den Fingern, ein eisiger Schauer durchrieselte sie. «Vater, das ist doch Wahnsinn! Überlege es dir ...»

«Es reicht! Sie freut sich darauf, dich kennenzulernen, und zu diesem Zweck wird sie übermorgen vorbeikommen, um mit uns zu speisen. Du und Jennet, ihr habt also reichlich Zeit, ein gutes Essen vorzubereiten.» Sein Tonfall duldete keinen Widerspruch, so viel war klar.

Susannah schluckte und richtete sich sehr gerade auf. «Verrätst du mir wenigstens, wie diese Witwe heißt?»

«Arabella Poynter. Ein hübscher Name, nicht wahr? Sie hat zwei Söhne und eine Tochter, Harriet, die sich schon fest vorgenommen hat, deine Freundin zu werden.»

Mit einem Mal hörte Susannah ein Tosen in ihren Ohren, und kurz fragte sie sich, ob sie gleich ohnmächtig würde. «Vater, das darfst du nicht tun. Dann bleibt nichts, wie es war!»

«Mein Entschluss steht fest.» Schroff wandte er ihr den Rücken zu und nahm ein Buch vom Tisch. Sie war entlassen.

Mit weichen Knien kehrte Susannah in die Küche zurück.

Mistress Poynter sollte an dem Haus, in dem sie bald schon wohnen würde, nicht das Geringste auszusetzen finden. Also machte Susannah sich noch am gleichen Tag entschlossen mit Jennet an die Arbeit. Mit zusammengepressten Lippen kehrten und schrubbten sie die Diele, die Treppe und die Wohnstube von oben bis unten, um den dünnen Rußfilm restlos zu beseitigen, der sich durch den Rauch der Seekohle immer wieder auf sämtlichen Oberflächen ablagerte.

Nachdem sie alle Töpfe und Pfannen blitzblank gescheuert hatte, trug Jennet mit roten, rissigen Händen die Teppiche in den Hof hinaus und klopfte sie dort so gründlich aus, dass sich der aufwirbelnde Staub in der kalten Luft mit ihren Atemwölkchen vermischte. Susannah polierte das große, silberne Tablett mit Zinnkraut, bis es so blank schimmerte wie eine stille Wasseroberfläche unter einem gewittrigen Himmel. Gedankenverloren betrachtete sie ihr Spiegelbild auf dem Tablett, während sie zu verstehen versuchte, warum ihr Vater sich zu diesem einschneidenden Schritt entschlossen hatte. Es verletzte sie tief, dass er ihr nie anvertraut hatte, dass er sich einsam fühlte. Sie hatte immer gedacht, sie wären so vertraut miteinander, dass sie keine Geheimnisse voreinander hätten.

Auf Händen und Knien rieb Susannah die breiten Dielen aus Rüsterholz in der Wohnstube mit einer eigens von ihr angemischten Politur aus Bienenwachs und Lavendel ein, und mit jeder Wischbewegung des Lappens wuchs ihr Groll. Wer war diese Witwe, die es offenbar auf eine gute Partie abgesehen hatte? Wie konnte sie sich einbilden, die Stelle ihrer Mutter einnehmen zu können? Und wie kam die Tochter dieser Person, diese Harriet, auf die Idee, dass sie beide Freundinnen werden könnten?

Am Morgen darauf entnahm Cornelius der mit einem Schloss gesicherten Truhe in seiner Schlafkammer eine abgezählte Menge Münzen und drückte sie Susannah in die Hand. «Knausert nicht bei den Zutaten, denn ich wünsche, dass es ein ganz besonderes Festmahl wird.»

Susannah betrachtete ungläubig das Geld in ihrer Hand und bezweifelte im Stillen, dass sie im ganzen letzten Monat so viel fürs Essen ausgegeben hatte. Normalerweise hielt ihr Vater sie und Jennet immer zur Sparsamkeit an.

Unterwegs zum Markt beratschlagten die beiden Frauen hin und her, ohne sich auf eine Speisenfolge einigen zu können. Nur darin, dass ein Rindfleisch-Austern-Pudding nach dem speziellen Rezept von Susannahs Mutter auf jeden Fall die Krönung des Menüs bilden sollte, stimmten sie überein.

Die Auswahl der Zutaten für das Festmahl, das Cornelius seiner Zukünftigen vorzusetzen wünschte, war so zeitraubend, dass sie erst nach zwei Stunden vom Markt zurückkehrten. Durchgefroren bis auf die Knochen, streiften sie ihre durchnässten Galoschen ab und entzündeten das Feuer im Herd. Noch mit kalten Händen fing Susannah an, den Pastetenteig zuzubereiten. Jennet setzte eilig das Hammelfleisch auf und schälte die Rüben. Während sie den Teig ausrollte, betete Susannah im Stillen darum, dass ihr Vater es sich noch einmal überlegen und Abstand von dieser unwillkommenen Heirat nehmen würde.

Das Öffnen der Austern dauerte länger als erwartet, und Susannah beschlich schon die bange Sorge, dass ihnen die Zeit für das ehrgeizige Mahl, das sie geplant hatten, verrinnen könnte. Um Viertel vor drei, als die Glocken von St. Bride's herüberklangen, riss Susannah sich endlich die Schürze herunter und überließ es Jennet, die Brathähnchen am Rost zu drehen.

Oben in ihrer Kammer legte Susannah ihr bestes Mieder aus grüner Seide an, dazu den Rock mit dem Unterkleid aus goldschimmerndem Damast. Dann klappte sie die kleine Schatulle auf, in der sie die beiden kostbarsten Dinge verwahrte, die sie auf Erden besaß. Sie nahm die Goldkette heraus, streifte sie sich über den Kopf und drückte einen Kuss auf den Perlenanhänger ihrer Mutter, ehe sie ihn auf ihrem Dekolleté anordnete. Der zweite Schatz, ein Miniaturporträt ihrer Mutter, lag in blauen Samt eingeschlagen in der Schatulle. Der Künstler hatte sie gut getroffen, ihr Gesicht lächelte dem Betrachter in ewiger Jugendlichkeit entgegen. Wieder einmal verspürte Susannah den altvertrauten Schmerz darüber, ihre Mutter so früh verloren zu haben, viel zu früh. Wie konnte ihr Vater auch nur daran denken, sie ersetzen zu wollen?

Eilig wischte sie sich über die tränennassen Augen und war sich bewusst, dass sie nicht länger trödeln durfte. Sie warf einen Blick in den Spiegel. Sah sie halbwegs präsentabel aus? Susannah biss sich auf die Lippen, um etwas Röte hineinzuzaubern. In der dampfigen Küche hatten sich ihre kastanienbraunen Haare zu spiraligen Locken geringelt. Hastig steckte sie die Strähnen hoch, setzte noch eine neue Spitzenhaube auf und eilte dann einen Stock tiefer in die Wohnstube.

Angetan mit seiner neuen Perücke und seinem besten Gehrock, spähte Cornelius auf die Straße hinunter. «Mistress Poynter dürfte jetzt bald hier sein», sagte er, als er seine Tochter eintreten hörte. Er drehte sich zu ihr um. «Sehr hübsch siehst du aus, meine Liebe. Dieses Grün steht dir besonders gut. Es bringt deine Augenfarbe so wunderbar zur Geltung.»

Möglich auch, dass ihre Augen gerade vor Eifersucht blitzten und grüner schienen als normalerweise, überlegte Susannah. «Es ist alles bereit», sagte sie bemüht ruhig. «Jennet hat den Karpfen ein wenig anbrennen lassen, aber ich habe die Haut abgezogen und ihn mit reichlich Kräuterbuttersoße übergossen.»

In dem Moment hielt unten eine Kutsche vor dem Haus, und Cornelius trat vom Fenster zurück. Susannah dagegen starrte weniger wohlerzogen hinunter, um mit wildem Herzklopfen einen Blick auf ihre künftige Stiefmutter zu erhaschen. Doch sie wurde enttäuscht, denn die Dame war in einen dunklen Umhang mit einer großen Kapuze gehüllt. Vorsichtig bahnte sie sich durch den Schneematsch einen Weg zur Haustür.

Unten klapperten Jennets Holzpantinen durch die Diele. Und Susannah merkte, wie ihr vor Aufregung plötzlich übel wurde. Sie schluckte heftig und hoffte, dass ihre Dienstmagd nicht vergessen hatte, sich eine frische Haube aufzusetzen und eine saubere Schürze umzubinden.

Cornelius stellte sich betont gelassen am Kamin in Positur und zupfte noch einmal seine Spitzenmanschetten zurecht.

Susannah faltete ihre zitternden Hände und lauschte auf die Schritte, die jetzt die Treppe heraufkamen.

Als sich die Tür öffnete, stutzte Susannah und erschrak. Es war die junge Frau, die sie kürzlich bei ihrem Besuch in der Apotheke so neugierig ausgefragt hatte. Stirnrunzelnd starrte Susannah die Fremde an. «Das ist aber eine Überraschung», sagte sie. «Ihr seid Harriet? Ist Eure Mutter vielleicht verhindert?» Leiser Verdruss stieg in ihr auf. Sie und Jennet hatten so viel Zeit geopfert, um das Haus zu wienern und ein aufwendiges Mahl vorzubereiten, und das möglicherweise völlig umsonst.

Die Frau zog die sorgsam gezupften Augenbrauen in die Höhe. «Meine Mutter, möge der Herr ihre Seele behüten, ist seit fünf Jahren verstorben.»

Cornelius streckte ihr die Hände entgegen, und sie ließ sich von ihm einen Kuss auf die gepuderte Wange geben. «Arabella, welche Freude, dich in unserem Heim willkommen heißen zu dürfen», sagte er.

«Und ich bin entzückt, hier zu sein, mein lieber Cornelius.»

«Darf ich vorstellen, das ist meine Tochter, Susannah.»

Verwirrt schüttelte Susannah die kleine, kalte Hand und hatte Mühe, ihre Erwartungen – sie war auf eine gesetzte Matrone mittleren Alters gefasst – mit der mädchenhaften Erscheinung in vergissmeinnichtblauer Seide in Einklang zu bringen, die vor ihr stand. Hatte ihr Vater den Verstand verloren?

«Wir ... wir sind uns bereits begegnet, Vater», stotterte Susannah.

«Wie das?»

Arabella errötete anmutig und klimperte mit den Wimpern. «Ich gestehe, lieber Cornelius, meine Neugier hat mir einfach keine Ruhe gelassen. Ich war vor einiger Zeit schon einmal hier, um eine kleine Besorgung zu erledigen.»

«Aber warum hast du mich denn nicht rufen lassen?»

«Du warst nicht zu Hause, und da du mir zu dem Zeitpunkt noch keinen Antrag gemacht hattest, sah ich keinen Anlass, vorstellig zu werden. Außerdem, was hätte ich denn zu der lieben Susannah sagen sollen, ohne voreilig zu wirken?»

Der verklärte Blick, mit dem ihr Vater die Besucherin ansah, behagte Susannah kein bisschen. «Nun ... Vater hat mir erzählt, Ihr habt eine Tochter?», sagte sie, um die beiden aus ihrer Versunkenheit zu lösen.

Lächelnd wandte sich Arabella zu ihr um, als würde sie sie erst jetzt bemerken. «Harriet ist meine Älteste. Acht Jahre alt und ein wirklich süßes Kind, wie du feststellen wirst. Und dann sind da noch meine beiden Söhne, Matthew, sechs, und John, vier.»

«Aber ...» Susannah spürte, wie ihr vor Schreck eiskalt wurde. Die Möglichkeit, dass die Kinder ihrer künftigen Stiefmutter noch so klein waren und mit unter dem Dach ihres Vaters leben würden, hatte sie schlicht nicht in Betracht gezogen. «Aber wo um Himmels willen sollen wir sie alle unterbringen?»

«Ach, da finden wir sicherlich eine Lösung, nicht wahr, Cornelius?» Arabella sah ihn mit einem strahlenden Lächeln an.

«Selbstverständlich!»

«Und du, liebe Susannah», sagte sie, «darfst dich über eine kleine Schwester und zwei neue Brüder freuen.»

Susannah sah, wie ihr Vater Arabella den Arm tätschelte.

Keine Frage, dieses Weib hatte ihn verhext! Auf einmal ertrug sie es nicht länger, mit den beiden in einem Zimmer zu sein. «Ich ... ich werde mal nachsehen, ob das Essen fertig ist», sagte sie geschäftig und eilte hinaus.

In der Küche starrte Jennet sie mit großen Augen an. «Die Dame ist vollkommen anders, als ich sie mir vorgestellt hatte», sagte die Magd.

«Allerdings.» Susannah war selbst noch wie betäubt von den Ereignissen. Schlimm genug, dass ihr Vater wieder heiraten wollte. Diese junge Frau aber war wohl kaum die passende Gefährtin für ihn!

Eilig lud Susannah sich die Servierplatte mit den Brathähnchen auf den Arm und kehrte nach oben zurück. Bei dem Anblick, der sie im Zimmer empfing, blieb sie verlegen in der offenen Tür stehen: Ihr Vater hielt Arabella in den Armen, die neckisch an den Knöpfen seiner Weste herumspielte.

Cornelius ließ Arabella sofort los, sah seine Tochter aber nicht an, als sie die Platte auf dem Tisch abstellte. Auch während des gesamten Essens vermied er es, sie anzusehen. Stattdessen widmete er seine ganze Aufmerksamkeit der Besucherin.

Das Menü war Susannah und Jennet glänzend gelungen. Nach den Hähnchen kam der gedünstete Karpfen auf den Tisch, dann der berühmte Rindfleisch-Austern-Pudding, gefolgt von gekochtem Hammelfleisch mit Rüben und Karotten, Apfelkuchen, kandierten Quitten und zuletzt noch einem erstklassigen Käse. Gegessen wurde jedoch kaum etwas davon. Cornelius war zu sehr damit beschäftigt, seiner süß lächelnden Arabella verliebte Blicke zuzuwerfen. Susannah wiederum verging bei der ernüchternden Vorstellung, wie sehr sich das Leben im Haushalt des Apothekers bald verändern würde, so gründlich der Appetit, dass sie kaum einen Bissen herunterbekam.

2. Kapitel

Die heilige Ehe ist ein ehrwürdiger Bund, der niemals voreilig, leichtfertig oder aus niederen Beweggründen eingegangen und geschlossen werden sollte ...»

Die Stimme des Pfarrers war volltönend und klar, aber Susannah war mit ihren Gedanken nicht bei der Sache. Sie saß mit einem neuen Hut auf dem Kopf in der ersten Reihe der Kirche St.-Mary-le-Bow und nahm vor allem das seidige Rascheln der Gewänder der festlich herausgeputzten Gemeinde wahr, die sich versammelt hatte, um der Vermählung ihres Vaters beizuwohnen. Die meisten ihrer Freunde waren gekommen, Ärzte und Apotheker, mit denen sie bekannt waren, und sogar eine Reihe dankbarer Kunden. Andere wiederum mieden größere Menschenansammlungen aus Furcht vor einer Pestansteckung und waren der Feier ferngeblieben. Die Kirchenbänke auf der Seite der Braut waren nur spärlich besetzt.

Arabella stand mit ihrem Vater vorne an der Altarschranke, und es gab nichts, was Susannah jetzt noch hätte unternehmen können, um den Lauf der Dinge aufzuhalten. Sie hatte in jeder nur erdenklichen Weise auf ihren Vater einzuwirken versucht, um ihn zu einem Umdenken zu bewegen, musste sich aber am Ende der Einsicht beugen, dass er sich nun einmal in Arabella verliebt hatte und mit ihr glücklich zu werden hoffte.

In den Wochen, seit das Aufgebot bestellt worden war, war Arabella noch zweimal bei ihnen zum Essen zu Gast gewesen, und einmal hatte sie Susannah und Cornelius in das Haus an der Wood Street eingeladen, in dem sie zur Miete wohnte. Bei dieser Gelegenheit lernten sie ihre Kinder kennen. Die zierliche blonde Harriet mit den feingeschnittenen Gesichtszügen war das Ebenbild ihrer Mutter, während die beiden Jungen, die dunkelhaarig und eher kräftig waren, wohl mehr nach ihrem verstorbenen Vater kamen.

«Zunächst einmal wird sie geschlossen, um Kinder hervorzubringen und sie in der Furcht und Liebe Gottes zu erziehen ...»

Bei den Worten des Pfarrers blinzelte Susannah nervös. Der unbehagliche Gedanke, dass ihr Vater und Arabella zusammen Kinder bekommen könnten, war ihr bislang noch gar nicht in den Sinn gekommen. Dazu war er doch gewiss schon zu alt, mochte seine Braut auch noch so jung sein? Sie empfand es schon als Schock, auf einen Schlag drei Stiefgeschwister zu bekommen. Da bedurfte es wahrlich nicht noch der Aussicht auf weiteren Kindersegen.

«Zweitens dient sie dazu, der Sünde vorzubeugen und der außerehelichen Unzucht einen Riegel vorzuschieben ...»

Diese Worte stürzten sie in solche Verlegenheit, dass sie sich im Geist einen Psalm vorsang, um alles Weitere so gut wie möglich auszublenden. Arabella im Nachthemd, im Bett ihres Vaters? Sie mochte gar nicht darüber nachdenken.

«Drittens soll sie innige Gemeinschaft zwischen Mann und Frau stiften, auf dass sie einander beistehen und trösten, einander haben und halten mögen, in guten wie in schlechten Zeiten ...»

Susannah gestand es sich freimütig ein: Sie war eifersüchtig auf Arabella, weil sie sich zwischen sie und ihren Vater drängte. Vielleicht aber würden sie ja mit der Zeit lernen, miteinander auszukommen. Schließlich bestand kein Grund, warum Susannah und ihr Vater ihre liebgewonnene Angewohnheit, abends beisammenzusitzen und sich gegenseitig vorzulesen, aufgeben sollten; fortan würde Arabella eben auch dabeisitzen, auf der anderen Seite des Kamins, mehr würde sich nicht ändern.

«Wer übergibt diese Frau dem Manne hier, dass sie mit ihm den Bund der Ehe eingehen möge?»

Arabellas Bruder trat zurück. Der Pfarrer legte ihre Hand in Cornelius' Hand.

Und damit waren sie Mann und Frau.

Das Hochzeitsmahl wurde im *Crown and Cushion* in der Thames Street abgehalten. Nachdem die angeregt plaudernden Gäste alle an der Tafel Platz genommen hatten, pochte Richard Berry, der als Cornelius' Trauzeuge fungiert hatte, mit seinem Messer auf den Tisch.

«Ich bitte um Ruhe für die Torte!», rief er mit lauter Stimme. Dann wandte er Cornelius das rötliche Gesicht zu. «Das ist mein Geschenk für euch. Hoffentlich bereitet es euch Vergnügen», sagte er mit vor Übermut funkelnden Augen.

Der Fiedler stimmte eine fröhliche Weise auf seiner Geige an, während zwei Serviermägde auf einem Tablett, das sie gemeinsam auf den Schultern balancierten, eine gewaltige Torte hereintrugen. Richard Berry tanzte übermütig ein paar Schritte, während die Torte feierlich vor dem Bräutigam auf den Tisch gestellt wurde.

Cornelius schnitt die Torte mit dem Messer an. Ein verblüfftes Raunen ging durch die Runde, und dann lachte alles, als aus dem Inneren der Torte ein ganzer Schwarm weißer Tauben zum Vorschein kam. Verschreckt durch den Lärm, flatterten die Vögel wild im Raum herum und ließen Krümel und Schlimmeres auf die Gäste hinabregnen.

Nun ging alles drunter und drüber. Beim Anblick seiner Mutter, die ängstlich mit ihrem Taschentuch nach den Vögeln schlug und spitze Schreie ausstieß, brach der kleine Matthew in hysterisches Gebrüll aus. Einer der Gäste eilte mit einem Fläschchen Riechsalz herbei, aber Arabella, die es offenbar genoss, im Mittelpunkt der Aufmerksamkeit zu stehen, mochte sich nicht beruhigen lassen und warf sich ihrem Ehemann schluchzend an die Schulter.

Susannah erkannte den hilfsbereiten Gast wieder; es war Doktor Ambrose, auffallend nüchtern gekleidet, für eine Hochzeit fast ein wenig zu nüchtern.

«Wie geht es Eurem Patienten mit dem Blasenstein?»

«Die Arznei Eures Vaters schlägt sehr gut an.»

«Besser als Euer Riechsalz bei meiner frischgebackenen Stiefmutter?»

«Sieht ganz so aus.» Doktor Ambrose warf ihr mit seinen dunklen Augen einen überraschend belustigten Blick zu, ehe er sich wieder abwandte.

Rührend umsorgt von ihrem frisch angetrauten Ehemann, hatte sich Arabella inzwischen wieder ein wenig beruhigt. Cornelius tupfte behutsam an einem Klecks Taubendreck herum, der in ihren goldenen Locken gelandet war, und beteuerte, das sei sicher ein gutes Omen, aber davon wollte sie nichts wissen.

Das *Crown and Cushion* war berühmt für seine Weine und sein gutes Bier, und die Feier wurde bald sehr ausgelassen. Susannah zog sich schließlich in einen Vorraum zurück und setzte sich in einen großen Ohrensessel, der dort am Kamin stand. Erschöpft schloss sie die Augen.

Wenig später wurde sie von Stimmen geweckt. Sie spähte um die Lehne des Sessels herum und sah, dass gerade ihr Vater zusammen mit Richard Berry den Raum betrat.

«Na, alter Junge, sammelst du schon Kräfte für die Hochzeitsnacht?», ulkte Richard und stupste seinen Freund in die Seite.

«Weiß Gott, Arabella hat meine Sinne in einem Maße neu entflammt, wie ich es nicht mehr für möglich gehalten hätte», sagte Cornelius. «Die nächsten elf Jahre möchte ich jedenfalls nicht so enthaltsam verbringen wie die letzten elf. Und das Risiko, mir bei einem leichten Mädchen in Smithfield die Syphilis einzufangen, möchte ich in meinem Alter einfach nicht mehr eingehen.»

Susannah schlug entgeistert die Hand vor den Mund und ließ sich tief in den Sessel zurücksinken.

«Und die neue Mistress Leyton mit ihrer milchweißen Haut hat es dir mächtig angetan, stimmt's? Wer mag es dir verdenken.» Richard seufzte. «Ach, junges Fleisch! Manchmal träume ich schon davon. Aber im Großen und Ganzen bin ich mit meiner alten Bridie zufrieden, obwohl sie tüchtig in die Breite gegangen ist und ihr auch schon der eine oder andere Zahn fehlt. In kalten Winternächten ist sie so anschmiegsam und lieb zu mir wie eh und je.»

«Bridie ist eine gute Frau. Meine Elizabeth hat sie sehr gern gehabt.»

«Ach ja! Aber nun sollten wir feiern und fröhlich sein, solange wir noch können», bekräftigte Richard. «Wer weiß, wann uns die Pest dahinraffen mag? Ein Niesen, und schon am nächsten Tag kann man tot sein! Also, leben wir jeden Tag, als wenn es unser letzter wäre!»

Es war schon dunkel, als die Festgesellschaft das *Crown and Cushion* verließ. Angeführt von dem ausgelassen hüpfenden Richard Berry, bewegte sich der Zug der Gäste die Fleet Street hinab. Viele waren so angeheitert, dass sie kaum noch gerade gehen konnten, und sangen und krakeelten ungeniert und aus voller Kehle. Als sie an der Apotheke angelangt waren, zog sich der Abschied noch eine ganze Weile in die Länge. Bis endlich auch der letzte Gratulant davongewankt war, waren Arabellas Kinder schon ganz unleidlich vor Übermüdung.

Susannah hatte für sie die Schlafkammer ihres Bruders vorbereitet. Sie hatte immer gehofft, Tom würde irgendwann einmal aus Virginia zurückkehren, wohin er mit vierzehn übergesiedelt war, um dort eine Lehre zu machen. Als sie sein Bett frisch bezog, hatte sie sich schweren Herzens zu der Einsicht durchgerungen, dass dies wohl nie geschehen würde und dass statt seiner fortan diese neuen Kinder seine Kammer bewohnen würden.

Mit Kindern hatte sie wenig Erfahrung, und sie war ehrlich verblüfft darüber, wie lange es dauern konnte, die Kleinen ins Bett zu bekommen, wenn sie trotz Übermüdung keine Lust zum Schlafen hatten. Arabella arrangierte sie nebeneinander auf der Matratze und ließ sie dann ihr Nachtgebet sprechen. Die Kinder fürchteten sich vor den Schatten in den Ecken der fremden Kammer und schrien vor Schreck, als die alte rotgetigerte Katze hereinkam, um den ungewohnten Geräuschen auf den Grund zu gehen. Arabella gab allen noch ein Küsschen auf die Wange, versicherte ihnen, dass das garstige Tier ihnen im Schlaf nicht an den Zehen herumknabbern würde, und regte an, dass ihre neue Schwester ihnen ja noch eine Geschichte erzählen könnte. Dann sagte sie ihnen mit süßem Lächeln gute Nacht.

Susannah starrte die Kinder an, die wortlos zurückstarrten. Sie seufzte und versuchte sich an die Gutenachtgeschichten zu erinnern, die ihre Mutter ihr als Kind immer erzählt hatte.

Am Ende fielen den Kleinen endlich die Augen zu, und Stille kehrte ein. Erschöpft zog Susannah sich zurück und begab sich ins Wohnzimmer, um dem frischvermählten Paar Gesellschaft zu leisten.

«Was für ein freudiger Tag!», sagte Cornelius, während er im Kamin ein knisterndes Feuer in Gang brachte.

«Freudig!» Arabella machte ein verdrießliches Gesicht. «Aber ich vergaß, du wurdest ja auch nicht von wilden Vögeln attackiert und beschmutzt. Dein ordinärer Freund Richard Berry gefällt mir jedenfalls kein bisschen.»

Susannah zuckte innerlich zusammen. Diese Bemerkung musste ihren Vater sehr treffen, aber er ließ sich nichts anmerken.

«Es war doch nur ein Spaß, meine Liebe.» Er nahm Arabellas Hand und küsste ihre Finger, einen nach dem anderen.

Arabella schniefte unglücklich, und betretenes Schweigen senkte sich über ihre kleine Kaminrunde herab.

Susannah registrierte mit Erstaunen, dass Arabella sich mit einem Taschentuch an den Augen herumtupfte, während sie in die Flammen starrte. Eigentlich hätte sie doch glücklich sein müssen, jetzt, wo sie ihren Vater eingefangen und ihre Zukunft gesichert hatte? Wie aber sah es mit Susannahs eigener Zukunft aus? Wie würde sich ihr Leben verändern, jetzt, wo diese neue Stiefmutter dem Haushalt vorstand?

Arabella zerknüllte das Taschentuch auf ihrem Schoß, ihr Kinn zitterte unmerklich. «Dann bin ich jetzt also Mistress Leyton», sagte sie.

«So ist es, in der Tat!» Cornelius lächelte aufmunternd.

Arabella gab keine Antwort.

«Ich habe Jennet gebeten, uns einen Krug von dem kanarischen Wein aus dem Keller hochzubringen», sagte Susannah nach einer Weile. «Und sie angewiesen, uns nur ein leichtes Abendessen aus Brot und Aufschnitt zu richten, da wir ja schon so reichlich zu Mittag gegessen haben.» Sie war sich bewusst, dass sie zu viel redete, um das peinliche Schweigen zu überbrücken, und war froh, als endlich Jennet hereinkam, um den Tisch zu decken.

«Trinken wir. Auf meine wunderschöne, frisch angetraute Frau!» Cornelius hob sein Glas.

Susannah lächelte gezwungen.

Arabella fuhr sich geziert mit der Hand übers Haar. «Ich werde wohl das Beste draus machen müssen», sagte sie. Damit war der Frieden wiederhergestellt.

Nach dem Essen, als der Tisch abgeräumt war, nahm Susannah ein Buch mit Gedichten von John Donne aus dem Regal. In der Annahme, dass Catulls Gedichte, gelesen auf Latein, Arabella wohl nicht zusagen würden.

«Möchtest du anfangen, Vater?» Sie hielt ihm das Buch entgegen.

Er nahm es ihr ab, legte es dann aber bedächtig auf den Tisch. «Du musst doch nach diesem langen Tag sehr müde sein, Susannah. Möchtest du nicht zu Bett gehen?»

«Überhaupt nicht! Ich freue mich schon den ganzen Tag darauf, unsere Erörterung über *Astraea Redux* fortzusetzen.»

«Ich denke eher nicht, Susannah.»

«Würdest du lieber etwas anderes lesen?»

«Nicht heute Abend. Ganz sicher, dass du noch nicht müde bist?» Er streckte beiläufig die Hand aus und wand sich eine seidige Haarlocke Arabellas um den Finger.

«Oh! Ich verstehe.» Und hier gab es in der Tat nichts misszuverstehen. Sie beobachtete, wie ihr Vater die Locke auf der bloßen Schulter ihrer Stiefmutter arrangierte und seine Hand kurz auf ihrer weißen Haut verharren ließ.

Arabella blickte ihn unter halbgeschlossenen Lidern zärtlich an.

Susannah musste an Richard Berrys vielsagende Bemerkungen denken und spürte, wie sie rot anlief. Sie stand auf und verließ eilig das Zimmer. Lieber ging sie viel zu früh schlafen, als weiter mit ansehen zu müssen, wie ihr Vater und Arabella sich gegenseitig anschmachteten.

Sie hatte sich in ihrer Kammer einen Stock höher kaum zu Bett begeben, als draußen auch schon die Treppe knarrte. Dann hörte sie Geflüster und unterdrücktes Kichern, die Tür zum Schlafzimmer ihres Vaters wurde geöffnet und wieder zugeklinkt. Die Wände in dem alten Haus waren dünn, und sie hörte noch eine Weile Schritte, Bewegungen und gedämpftes Stimmengemurmel, aber dann wurde es still.

Mit weitgeöffneten Augen lag sie in der Dunkelheit und bemühte sich, das Stöhnen und Keuchen ihres Vaters auszublenden, das von nebenan herüberdrang. So einsam wie in dieser Nacht hatte sie sich seit dem Tod ihrer Mutter nicht mehr gefühlt.

Sie hatte sich das Kissen über den Kopf gezogen, um das rhythmische Pochen des Bettgestells an der Wand nebenan auszublenden, als sie ein gellender Kinderschrei aus dem Halbschlaf schreckte. Das Pochen verstummte, das Geschrei aber ging in lautes Heulen über, und sie hörte, wie Arabella nebenan leise schimpfte. Dann hielt Susannah es nicht länger aus und stand auf, um bei den Kindern nach dem Rechten zu sehen.

Matthew war hochrot angelaufen und brüllte, während sein Bruder mit ihm schimpfte. Harriet hatte sich in eine Ecke der Kammer geflüchtet, wo sie wimmernd am Boden kauerte.

«Was ist denn hier los?», fragte Susannah.

«Matthew hat mal wieder ins Bett gemacht», sagte John, «und mein Nachthemd ist auch nass geworden.»

Cornelius tauchte mit grimmig zusammengepressten Lippen in der Tür auf. «Kümmerst du dich um die Kinder, Susannah?»

Ihr fiel auf, dass er sein Nachthemd linksherum anhatte, und von seiner Nachtmütze fehlte jede Spur. «Will sich denn Arabella nicht um sie kümmern?», fragte sie.

«Ich möchte, dass sie sich ausruht.»

«Aber das Laken und die Bettwäsche müssen gewechselt werden!»

«Dann ruf Jennet.» Wortlos machte er kehrt und eilte zu seiner Braut zurück.

Susannah mochte nicht einsehen, warum Jennets Nachtruhe auch noch gestört werden sollte. Mit zusammengebissenen Zähnen entfernte sie die durchnässte Bettwäsche, breitete ein neues Laken über die Matratze, zog es energisch straff und versah auch die Decke mit einem neuen Bezug. Dann steckte sie die Jungen resolut ins Bett zurück. Harriet aber weigerte sich stur, sich dazuzulegen. Um sich eine endlose Kraftprobe zu ersparen, nahm Susannah die Kleine mit und ließ sie in ihrem Bett schlafen. Mit einem spitzen kleinen Ellbogen im Rücken schlief sie endlich ein.

Morgens wurde sie durch kreischendes Gelächter geweckt, das aus der Kammer der Jungen drang. Das Geräusch rennender Füße war zu vernehmen, und dann wurde eine Tür so heftig zugeknallt, dass das Haus bis in die Grundmauern erzitterte.

Harriet trat ihr unsanft gegen das Schienbein. «Steh auf! Ich habe Hunger.»

«Hat deine Mutter dir keine Manieren beigebracht?», fauchte Susannah.

Harriet streckte ihr die Zunge heraus und sprang aus dem Bett, ehe Susannah sie erwischen konnte.

Susannah rieb sich über den Rücken, der sich anfühlte, als wäre er voller blauer Flecken, und stand auf. Die Tür ihres

Vaters war fest verschlossen. Eine Spur von Federn zog sich über den Treppenabsatz, und als sie zur Kammer der Jungen kam, stockte ihr der Atem. Alles war voller Entendaunen. Von den leeren Kissenhüllen fehlte jede Spur, wie auch von den beiden Missetätern.

Es war bereits Vormittag, als Cornelius und Arabella nach unten kamen, um zu frühstücken. In der Zwischenzeit hatten die Kinder das gesamte Brot vertilgt, die Katze gepiesackt und Kohle auf dem Wohnzimmerboden verstreut.

«Meine Schätzchen! Kommt und gebt Mama einen Kuss!», flötete Arabella.

«Sie sind sehr unartig gewesen», sagte Susannah, die mit den Nerven am Ende war.

«Unsinn! Sie sind bloß sehr lebhaft. Konntest du sie nicht einmal für diese kurze Zeit bei Laune halten? Kommt, Kinder, sagt eurem neuen Vater guten Morgen.»

Susannah verfolgte fassungslos, wie sich die kleinen Satansbraten in artige Kinder verwandelten, die vor ihrem Vater brav einen Diener machten oder knicksten. Weniger überrascht war sie, als sie kurz darauf mitbekam, wie John ihrem Vater hinter seinem Rücken die Zunge herausstreckte.

«Susannah», setzte Arabella an, nachdem sie sich mit einem Krug Bier und etwas trockener Aalpastete gestärkt hatte, «ich hätte dann gerne den Schlüsselbund für das Haus und die Haushaltsbücher, wenn ich bitten dürfte.»

«Verzeihung?»

«Die Schlüssel. Und das Haushaltsbuch. Weil von nun an natürlich ich diesen Haushalt führen werde.»

Susannah lachte ungläubig. «Aber ich stehe diesem Haushalt vor, seit ich fünfzehn bin!»

«Es kann nur eine Herrin im Haus geben, und ich bin die

Frau deines Vaters.» Arabella hob ihr spitzes kleines Kinn, ihre Augen blitzten vor Streitlust.

«Vater?» Susannah sah ihn hilfesuchend an. «Du hast doch nicht ernsthaft vor, mir die Schlüssel abzunehmen?»

«Meine Liebe, selbstverständlich musst du Arabella die Schlüssel aushändigen.»

«Aber ...» Der Schock über diesen Verrat saß so tief, dass sie kein Wort herausbekam.

«Du kannst Arabella zur Hand gehen, bis sie sich bei uns eingefunden hat.»

«Das wird nicht nötig sein, Cornelius. Ich finde mich schon allein zurecht.»

«Ganz, wie du meinst, meine Liebe.»

Er drückte seiner Braut einen zärtlichen Kuss aufs Haar, und bei seinem törichten, bis über beide Ohren verliebten Gesichtsausdruck befiel Susannah Übelkeit.

Arabella streckte ihr mit einem triumphierenden Glitzern in den eisblauen Augen fordernd die Hand entgegen.

Zitternd vor Schmerz und Zorn, hakte sie den großen Schlüsselbund von ihrem Gürtel los, den sie einst von ihrer Mutter übernommen hatte, und händigte ihn zögerlich aus.

«Zunächst einmal werde ich mir die Vorratskammern ansehen», sagte Arabella. «Ich habe nicht vor, jeden Morgen trockene Pastete zum Frühstück herunterzuwürgen.»

Diesen ungerechten Vorwurf mochte Susannah nicht auf sich sitzenlassen. «Das wäre nicht nötig gewesen, wenn deine Kinder etwas von dem Brot übrig gelassen hätten.»

«Ich sehe schon, du musst noch viel lernen.» Arabella lächelte frostig. «Als alte Jungfer, die selber keine Kinder hat, kann man natürlich nicht von dir erwarten, dass du weißt, wie man einen Haushalt mit Kindern führt. Kinder wachsen schnell heran, und für sie muss immer reichlich Brot vorhanden sein.»

«Es *war* ja reichlich Brot vorhanden. Deine Kinder haben sich erst sattgegessen und die arme Tibby dann mit dem restlichen Brot beworfen, bis sie vor Angst den Schornstein hochgejagt ist und sich den Schwanz versengt hat. Vielleicht musst *du* ja noch dazulernen, was die Erziehung deiner Kinder betrifft?» Susannah ballte die Fäuste, während Wut in ihr aufstieg.

«Cornelius!», wandte sich Arabella vor Entrüstung bebend an ihren Mann. «Du darfst deiner Tochter nicht erlauben, mich so unverschämt zu beleidigen!»

«Ich muss jetzt nach unten in die Apotheke», wehrte Cornelius ab, der bereits in Richtung Tür zurückwich. «Ned darf man nicht zu lange sich selbst überlassen.» Damit eilte er hastig hinaus.

Susannah war zumute, als hätte sich ein kalter, schwerer Stein auf ihre Brust herabgesenkt; sie war fassungslos. Wie konnte ihr geliebter Vater, mit dem sie immer in so schöner Eintracht zusammengelebt hatte, sie auf einmal so schmählich im Stich lassen?

Arabella wartete, bis sich die Tür geschlossen hatte. Dann fuhr sie zu Susannah herum, stemmte die Hände in die Hüften und funkelte sie wutentbrannt an. «Leg dich ja nicht mit mir an, das könnte dir nämlich noch bitter leidtun! Das fehlt mir noch, dass mir ein hochnäsiges Fräulein wie du in die Quere kommt, nachdem ich es so weit gebracht habe! Wenn du weiter unter diesem Dach wohnen bleiben willst, dann füg dich lieber und tu, was ich dir sage. Deine Wutausbrüche jedenfalls werde ich mir nicht gefallen lassen. Haben wir uns verstanden?»

Susannah war völlig entgeistert. Nie zuvor hatte sie erleben müssen, dass jemand in diesem Haus sie ankeifte wie ein Fischweib.

«Dabei, weiß Gott», murmelte Arabella, während sie sich von ihr abwandte, «ist auch so schon alles schwierig genug.»

Susannah drehte sich um und verließ fluchtartig das Zimmer.

Einige Wochen später stattete Susannah ihrer Freundin Martha einen Besuch ab.

Martha, inzwischen im sechsten Monat schwanger und so rund und mollig wie eine Turteltaube, führte sie in ihr Wohnzimmer.

«Es ist alles noch schlimmer, als ich mir vorgestellt hatte», seufzte Susannah und horchte mit schräggelegtem Kopf auf das Kreischen und dumpfe Trampeln, das von oben durch die Decke drang. Arabella hatte behauptet, sie hätte zu viel zu tun, um sich um die Kinder zu kümmern, und so hatte Susannah Matthew, John und Harriet notgedrungen mitnehmen müssen, die nun oben herumtobten und Streit mit Marthas Kindern anfingen.

«Warum sperrt sich denn dein Vater so dagegen, dass deine Stiefmütter ein Kindermädchen einstellt?», fragte Martha, die die Beine hochgelegt hatte und damit beschäftigt war, ein Hemd ihres Mannes auszubessern.

«Weil wir eine weitere Magd nirgendwo unterbringen können. Das Haus platzt auch so schon aus allen Nähten. Vater meint außerdem, er sehe dafür einfach keinen Bedarf, und solange Arabella die Kinder mir oder der armen Jennet aufhalsen kann, kommt sie bestens ohne Kindermädchen aus.»

Susannah brodelte vor Empörung. «Wenn er diese Gören am Hals hätte, würde er seine Meinung bald ändern. Ich hätte nie gedacht, dass Kinder so ungezogen sein können.»

Martha zuckte die Achseln. «Den Respekt vor Erwachsenen muss man ihnen von früh auf einbläuen.»

«Arabella ist strikt gegen jede Form von körperlicher Züchtigung.»

«Dann hast du einen schweren Weg vor dir, fürchte ich.»

«Wenn es nur die Kinder wären.» Susannah musste heftig blinzeln, um die Tränen zurückzuhalten. «Arabella hat sich ein Virginal gewünscht, und Vater ist sofort losgegangen und hat ihr eins gekauft. Als Kind wollte ich dieses Instrument auch gern erlernen, aber da hat er immer gesagt, das sei eine unnötige Ausgabe. Jetzt sitzt er jeden Abend neben ihr, schielt ihr in den Ausschnitt und streichelt ihr über die Schultern, während sie spielt.»

«Sie sind frisch verheiratet, Susannah. Vielleicht solltest du mehr Zeit mit deinen Freunden verbringen und sie öfter mal allein lassen.»

«Was für Freunde? Abgesehen von dir, natürlich? All meine freie Zeit habe ich doch immer mit Vater verbracht.»

«Dann ist es höchste Zeit, dass du deinen Freundeskreis erweiterst.»

«Und wie stellst du dir das bitte vor? Ich bin entweder den ganzen Tag in der Apotheke oder muss mich um diese kleinen Quälgeister kümmern. Ich kann wohl kaum abends durch die Straßen ziehen oder allein in Wirtshäuser gehen, um nach Freunden Ausschau zu halten, oder?» Sie rieb sich die vor Müdigkeit brennenden Augen. «Harriet hat sich in meinem Bett eingenistet, und ich werde Nacht für Nacht halb zu Tode getreten! Außerdem wird von mir erwartet, dass ich nachts aufstehe und das Bett der Jungen neu beziehe. In seinem Alter müsste Matthew doch wohl längst trocken sein?»

«Vergiss nicht, er hat seinen Vater verloren und ist in ein fremdes Haus umgezogen, das muss ihm sehr zu schaffen machen.» Martha beugte sich vor und drückte Susannahs Hand. «Arme Susannah! Du musst dich plagen wie eine Ehefrau und Mutter, aber ganz ohne die Freuden, die damit sonst einhergehen.»

Marthas mitfühlende Worte gaben Susannah den Rest, und sie ließ ihren Tränen freien Lauf. «Wie Vater sie immer anschaut, er ist völlig vernarrt in sie! Ständig betatscht er sie und küsst sie, und ich habe immerzu das Gefühl, dass ich bloß störe. Als wollte er mich am liebsten los sein.»

«Hab Geduld. Sie müssen sich doch erst einmal richtig kennenlernen.»

«Aber wir sind seit Wochen nicht mehr im Theater oder bei einer der Vorlesungen im Gresham College gewesen. Vater legt keinen Wert mehr auf unsere gemeinsame Lektüre oder auf anregende Gespräche, wie wir sie früher immer geführt haben. Ständig werden wir von Arabella unterbrochen, die darüber plappert, was für neue Bänder sie sich für ihren Hut zulegen möchte oder ähnlichen Unsinn. Und er hört ihr so gebannt zu, als würde sie gerade etwas kolossal Geistreiches von sich geben. Ich möchte einfach nur, dass alles wieder so ist, wie es vor ihr war», schluchzte sie.

«Männer lassen sich vor Begierde nun einmal leicht den Kopf verdrehen. Das geht vorüber.» Martha blickte wehmütig drein. «Das ist unausweichlich, sogar in Ehen, die aus Liebe geschlossen wurden.»

«Aber was soll ich denn tun? Du kannst dir gar nicht vorstellen, wie unglücklich ich bin.»

«Frauen führen oft ein unglückliches Leben, und du musst hinnehmen, dass es Gottes Wille ist ...»

«Bitte, Martha, verschone mich mit deinen puritanischen Weisheiten!»

«Puritanisch oder nicht, in diesem Leben hat eine Frau nun einmal nur drei Möglichkeiten, Susannah.» Sie legte ihre Näharbeit beiseite und faltete die Hände auf ihrem gewölbten Leib. «Du kannst dich den Wünschen deiner Familie unterordnen, du kannst dich nach einer Anstellung in einem anderen Haushalt umsehen, oder du kannst dir selbst einen Ehemann suchen.»

«Auf keinen Fall werde ich mich von Arabella aus meinem Zuhause vertreiben lassen! Außerdem, wo sollte ich denn hin?»

«Als Ehefrau wärest du Herrin in deinem eigenen Haus.»

«Ich kann nicht heiraten!»

«Natürlich kannst du das.»

«Nach dem, was Mutter widerfahren ist?» Susannah schluckte und verdrängte gewaltsam die schrecklichen Erinnerungen, die in ihr aufstiegen.

Martha seufzte. «Was deiner Mutter zugestoßen ist, war furchtbar, natürlich, aber wer sagt denn, dass sich die Geschichte bei dir wiederholen muss.»

«Selbst wenn ich zu einer Heirat bereit wäre, ich habe doch überhaupt keine Verehrer.»

«Natürlich nicht!» Martha schien langsam die Geduld mit ihr zu verlieren. «Und nun ist es beinahe zu spät. Du bist kein junges Mädchen mehr, und über die Jahre habt ihr, du und dein Vater, alle möglichen Verehrer verscheucht, um weiter ungestört in eurer eigenen, beschaulichen kleinen Welt leben zu können. Und jetzt bist du schockiert, weil er sich jemand

Neuem zugewandt hat. Wenn dir der Gedanke an eine Heirat so zuwider ist, dann vergiss zumindest nicht, dass man als Bedienstete bei fremden Leuten mitunter sehr schlecht behandelt wird.»

«Ich soll mich also damit abfinden, unter Arabellas Fuchtel zu leben, in meinen eigenen vier Wänden?» Susannah spürte, wie ihr die Zornesröte ins Gesicht schoss.

«Du bist von deinem Vater verwöhnt worden, Susannah, und hast darüber deinen Platz in der Welt vergessen.»

«Verwöhnt? Ich?» Susannah war tief bestürzt, nicht nur über diesen Vorwurf, sondern auch über die unverhohlene Missbilligung, die aus der Miene ihrer sonst so umgänglichen Freundin sprach.

«Das kannst du nicht bestreiten! Was bitte soll es einer Frau nützen, Gedichte auf Latein zu lesen oder Meinungen zu Fragen der Politik zu haben? Dein Vater hat dir viel zu viel durchgehen lassen, seit deine Mutter nicht mehr lebt.»

«Wie kannst du so etwas behaupten?!»

«Weil es die Wahrheit ist!» Martha sah sie unwillig an.

Susannah war über ihre Feindseligkeit so verletzt, dass sie kein Wort herausbrachte.

Von oben war ein kindlicher Wutschrei zu vernehmen, dann ein dumpfes Poltern, gefolgt von lautem Greinen und Jammern. Susannah sprang auf und stürmte wutentbrannt die Treppe hinauf, um die Missetäter zu bestrafen. Musste sie sich tatsächlich damit abfinden, dass ihr ruhiges, zufriedenes Leben von einst unwiderruflich der Vergangenheit angehörte?

3. Kapitel

Jennets pockennarbiges Gesicht färbte sich hochrot vor Anstrengung, während sie die Seifenwürfel im Waschzuber gegeneinanderrubbelte. «Möchte einmal sehen, dass die gnädige Frau die Wäsche selbst erledigt», brummte sie Susannah zu und kippte einen weiteren Eimer Wasser nach.

«Ha!», sagte Susannah. «Von einer so feinen Dame darf man doch nicht erwarten, dass sie sich wie eine Dienstmagd die Finger schmutzig macht, oder?» In der Küche herrschte schweißtreibende Hitze, Dampfschwaden hingen in der Luft, und ihr graute schon bei dem Gedanken daran, die triefnasse Wäsche zum Trocknen ins Freie zu schleppen.

«Feine Dame?» Jennet schnaubte. «Sie hat versehentlich ausgeplaudert, dass sie aus Shoreditch stammt, wie ich. In Shoreditch gibt es keine feinen Damen.»

Drei Monate waren inzwischen vergangen, seit Arabella mitsamt ihren Kindern über die Türschwelle getreten war. Das Wäscheaufkommen im Haushalt hatte sich seither auf sehr unliebsame Weise vergrößert. Abgesehen von dem nahezu jede Nacht eingenässten Bett verschmutzten die Kinder ihre Kleidung mit verlässlicher Regelmäßigkeit, und Arabella bestand darauf, alle drei Tage ihre Unterbekleidung zu wechseln. Susannah hätte nichts dagegen gehabt, wenn sich ihre Stiefmutter an der Plackerei des Waschtags beteiligt hätte, doch ihre hausfrauliche Beteiligung erschöpfte sich darin, dass sie an allem etwas auszusetzen fand. Susannahs Anregung, die Wäsche doch außer Haus waschen zu lassen, stieß bei Arabella auf Ablehnung.

«Unsinn! Welchen Mehraufwand kann es schon bedeuten, ein paar kleine Kindersächelchen zusätzlich zu waschen?»

«Es ist ja nicht nur ihre Kleidung, es ist vor allem die Bettwäsche!»

«Hat sich die Magd mal wieder beschwert?»

«Jennet ist sehr fleißig», sagte Susannah entrüstet. «Sie ist heute schon um vier Uhr in der Früh aufgestanden, um die Wäsche einzuweichen.»

«Dafür bezahlen wir sie schließlich auch, oder? Sollte ich auch nur den geringsten Grund zu der Annahme finden, dass sie faulenzt ...»

«Jennet gehört zu dieser Familie, solange ich denken kann, und sie war immer fleißig.» Das war die reine Wahrheit. Es sei vernünftig, hatte Susannahs Mutter ihr damals erklärt, sich für eine Magd mit durch Pockennarben entstelltem Gesicht zu entscheiden, weil so jemand dankbar für die Anstellung sein und hart arbeiten würde. Im Lauf der Jahre war Jennet zu einem festen Mitglied des Haushalts geworden, das keiner von ihnen mehr missen mochte.

«Dein Vater ist zu knausrig mit dem Haushaltsgeld, als dass ich zulassen könnte, dass die Mägde untätig herumsitzen und Däumchen drehen, während die Wäsche außer Haus geschickt wird.» Arabella presste missgelaunt die Lippen zusammen. «Anscheinend scheut Cornelius überhaupt jede Geldausgabe, außer für diese Bücher, die er immerzu liest, während ich gezwungen bin, Kleider zu tragen, die schon ganz alt und abgenutzt sind. Dein Vater hat mich unter Vorspiegelung falscher Tatsachen zur Ehe verleitet! Er hat mir versprochen, er sei ein vermögender Mann, hat mir immer wieder versichert, dass es mir an nichts fehlen würde, aber jetzt, wo er mich in sein Bett bekommen hat, ist davon nicht mehr die Rede, nicht wahr? Es kann ihm doch unmöglich recht sein, dass Leute aus seinem Bekanntenkreis mich in derart schäbiger Aufmachung sehen, in einem Kleid, das am Saum bereits gestopft worden ist.»

Am Vorabend hatte Susannah einen erregten Wortwechsel mit angehört, als Arabella Cornelius um ein neues Kleid aus gelber Seide angebettelt hatte. Als Susannah jetzt Jennet dabei behilflich war, heißes Wasser vom Herd zum Waschzuber zu tragen, lächelte sie zufrieden vor sich hin. Zumindest diese Schlacht hatte ihre Stiefmutter nicht für sich entscheiden können. Sie pustete sich eine feuchte Haarsträhne aus dem Gesicht und blieb kurz in der offenen Küchentür stehen, um hinaus in den Hof zu blicken, wo die Kinder spielten. Über die Mauer strich böig der warme Juniwind, der von Blackfriars her den Gestank der Themse mit sich trug, und sie fragte sich unwillkürlich, ob er auch Krankheit mit sich brachte. In der Gemeinde St. Giles grassierten die Pest und das Fleckfieber, seit dem Frühjahr waren dort jede Woche fünfundzwanzig Menschen beigesetzt worden. Bis Anfang Mai hatte sich die Seuche weiter durch die Gemeinden St. Andrews und St. Clement Danes ausgebreitet und am Ende auch die Innenstadt erreicht. Erst eine Woche zuvor, als sich eine drückend schwüle Sommerhitze über die Stadt senkte, hatte sie in der Drury Lane ein Haus gesehen, dessen Tür verrammelt und mit einem roten Kreuz gekennzeichnet worden war. Schaudernd malte sie sich das Los der eingesperrten Bewohner aus, die einem jämmerlichen Tod ausgeliefert waren und ihren Angehörigen eine Erbschaft von Ansteckungskeimen hinterlassen würden. Sosehr sie die Stadt immer geliebt hatte, in der letzten Zeit sehnte sie sich immer mehr nach der reinen, gesunden Luft auf dem Lande.

Nachdem die Kinder, die durch das schwüle Wetter noch aufsässiger als sonst waren, endlich eingeschlafen waren, zogen sich Susannah, Cornelius und Arabella ins Wohnzimmer zurück. Durch das offene Fenster drang neben der feuchtwarmen Luft auch Lärm von der Straße herein. Susannah hatte verstohlen die Schnürung an ihrem Mieder gelockert, was ihr gegen die erstickende Hitze jedoch kaum Linderung verschaffte.

Cornelius und Susannah konnten sich nur mit Mühe auf ihre Lektüre konzentrieren, denn Arabella ging unentwegt im Zimmer auf und ab.

«Cornelius, ich flehe dich an!» Sie kniete vor ihm nieder und faltete allerliebst die Hände unter ihrem herzförmigen Kinn.

Er legte ein Lesezeichen in seinen Gedichtband und sah sie an. Sein vor Hitze gerötetes, schweißglänzendes Gesicht zeigte keinerlei Regung.

«Arabella, ich habe dir schon mehrfach erklärt, dass ich mein Geschäft hier nicht einfach aufgeben und uns alle aufs Land verfrachten kann.»

«Du musst!»

«Nein, ausgeschlossen. Die Apotheke hat mehr Kunden als je zuvor, und wir verdienen gutes Geld. Außerdem, wo sollten wir denn hin?»

«Egal wohin, nur fort!» Sie richtete sich wieder auf und stemmte trotzig die Hände in die Hüften. «Siehst du denn nicht, dass du vor lauter Egoismus die Gesundheit deiner Frau und der Kinder aufs Spiel setzt, wenn du bleibst?»

Susannah, der nicht entgangen war, dass sie von der Fürsorge ihrer Stiefmutter offenbar ausgeschlossen war, empfand es als ihre Pflicht, für ihren Vater in die Bresche zu springen. «Wir tun alles, um das Risiko so gering wie möglich zu halten, Arabella. Ich reinige den Tresen jeden Morgen mit Essig.

Beim Gespräch mit Kunden achten wir immer auf ausreichend Abstand und halten uns zum Schutz vor üblen Dünsten mit Essig getränkte Schwämmchen unter die Nase. Und wie du weißt, bereite ich für uns alle jeden Tag einen frischen Aufguss aus Rauke und Wermut zu.»

«Dieses widerliche, bittere Gesöff! Den Kindern kann unmöglich zugemutet werden, das zu trinken. Und jeder, wirklich jeder, der in die Apotheke kommt, kann irgendeine Krankheit hereinschleppen. Bei dieser Schwüle grassieren die Seuchen doch nur so.»

«Du musst verstehen, meine Liebe», sagte Cornelius, «dass ich hier nicht nur den Kranken nutzen kann, sondern auch den Gesunden, mit guten Ratschlägen und Arzneien, die zur Vorbeugung dienen.» Er wollte nach der Hand seiner Frau greifen, aber sie entzog sie ihm unwirsch.

«Und welchen Nutzen wirst du für *uns* haben, wenn du von der Pest dahingerafft wirst? Ich habe bereits einen Ehemann verloren. Du hast ja keine Ahnung, was es heißt, auf einmal mit Kindern ganz allein und völlig mittellos dazustehen. Du denkst nur an dich, aus Selbstsucht, um nichts anderes geht es hier!» Arabellas Stimme war inzwischen schrill und zänkisch. «Nun, da kann ich nur sagen, erwarte nicht, dass ich mein Leben aufs Spiel setze, indem ich mit *dir* das Bett teile, Cornelius Leyton! Von jetzt an schlafe ich bei den Kindern!»

«Beruhige dich doch, meine Liebe!»

Doch Arabella rauschte wortlos aus dem Zimmer und knallte die Tür hinter sich zu.

Cornelius knetete seine Nasenwurzel und seufzte.

Susannah stand auf und trat ans Fenster, in der Hoffnung auf etwas Erfrischung. Die Sonne ging gerade unter, und die schwüle, stehende Luft lastete schwer über der Straße.

«Habe ich unrecht, Susannah? Findest du, dass wir aufs Land flüchten sollten?» Er trat zu ihr ans Fenster.

Susannah zögerte. Es bekümmerte sie zwar, ihren Vater so unglücklich zu sehen, aus einer kleinen, boshaften Regung heraus jedoch hoffte sie, dass er nun endlich erkannte, wie selbstsüchtig Arabella im Grunde war. «Wie könnten wir fortgehen? Wir werden hier gebraucht. So viele Apotheker haben schon die Stadt verlassen.» Ein Schauer lief ihr über den Rücken. «Oder sind gestorben.»

Cornelius ließ sein Kinn auf ihrem Haar ruhen, während sie gemeinsam am Fenster standen und hinaus in den dunkler werdenden Himmel schauten.

«Vater, kannst du Ned entbehren, damit er sich draußen im Garten eine Zeitlang um Matthew und John kümmert? Ich habe jetzt den ganzen Vormittag Kindermädchen gespielt, dabei habe ich im Hinterzimmer noch so viel zu tun.»

«Wo ist denn deine Stiefmutter?»

«Die hat sich hingelegt, mit einer Migräne», sagte Susannah. «Mal wieder. Sie isst nicht mit uns zu Mittag, hat aber Jennet aufgetragen, ihr um drei Uhr ein Tablett ins Schlafzimmer zu bringen.»

Cornelius seufzte. «Verstehe. Wenn das so ist ... Ned, tust du Susannah den Gefallen?»

«Ja, Herr.» Ned, der gerade kleingehackte, übelriechende Wurzeln und Kräuter für einen Umschlag aufkochte, flitzte in Windeseile hinaus. Selbst kaum den Kinderschuhen entwachsen, machte es ihm offenbar nichts aus, ein paar Stunden Bockspringen zu spielen und Reifen rollen zu lassen.

«Ich gehe mal hoch, nach Arabella sehen», sagte Cornelius.

«Gestern hat sie sogar den Kirchgang versäumt. So kann das nicht weitergehen.»

Ob Arabella, die seit einer Woche kein einziges Wort mit ihrem Mann gewechselt hatte, ihm überhaupt Zutritt ins Zimmer gewähren würde? Erstaunlich, dass ihre Stiefmutter es fertigbrachte, so lange und ausdauernd zu schmollen, noch dazu in Anbetracht der Tatsache, dass sie mit Matthew in einem Bett schlief. Susannah hatte angenommen, dass die allnächtliche Nässe sie schon bald zur reumütigen Rückkehr ins Ehebett veranlassen würde, doch da hatte sie ihre Stiefmutter offenbar unterschätzt.

Susannah sah es mit Sorge, dass die Kinder sich weigerten, den Aufguss zur Vorbeugung gegen die Pest zu trinken, den sie täglich zubereitete; denn so anstrengend sie auch sein mochten, wünschte sie ihnen doch nichts Böses. Also sann sie bereits auf Abhilfe. Sie hatte über Nacht etwas Wermut und Rauke in Bier eingelegt, und jetzt presste sie den Saft einer Zitrone in die gefilterte Flüssigkeit. Sie kostete einen kleinen Löffel voll. Das Gebräu war zwar nicht mehr so bitter wie die übliche Rezeptur, doch sie bezweifelte stark, dass die Kinder es sehr viel genießbarer finden würden.

Die Ladenglocke klingelte. Susannah schaute auf. Beim Anblick der hochgewachsenen, in einen schwarzen Umhang gehüllten Gestalt mit dem schwarzen Hut, die in der Tür stand, stockte ihr kurz der Atem. Der Mann hatte einen langen, rot lackierten Stab in der Hand und trug eine weiße Maske vor dem Gesicht, die wie der Schnabel eines furchteinflößenden Raubvogels geformt war. Sie starrte ihn mit aufgerissenen Augen an, bis er das Wort ergriff.

«Miss Leyton.» Er trat ein und stellte seinen Stab am Tresen ab.

«Doktor Ambrose? Seid Ihr es? Ihr habt mir vielleicht einen Schrecken eingejagt.» Sie bekam heftiges Herzklopfen, vor Erleichterung, wie sie vermutete.

Er griff sich an den Hinterkopf und löste die Bänder, mit denen die Maske befestigt war. «Ich möchte niemandem Angst einjagen. Diese Maske trage ich lediglich zum Schutz vor Ansteckung bei Krankenbesuchen.» Er drehte die Maske um und nahm ein Beutelchen aus Musselin heraus, das mit Kohle und Kräutern gefüllt war. «Damit wird die Luft gefiltert, die ich atme, außerdem trage ich hohe Stiefel und hülle mich in diesen Umhang, um mich zu schützen.»

«Ihr müsst doch dem Hitzschlag nahe sein! Und wer Euch auf der Straße begegnet, nimmt bestimmt auf der Stelle Reißaus, so unheimlich, wie Ihr ausseht.»

«Ist Euer Vater da?»

«Er sieht gerade nach meiner Stiefmutter. Kann ich Euch vielleicht weiterhelfen?»

«Es geht nicht um eine Arznei.»

Sie unterdrückte ein Lächeln, hocherfreut, dass er ihre Kenntnisse auf diesem Gebiet offenbar inzwischen anerkannte.

Doktor Ambrose trat von einem Fuß auf den anderen, und Susannah rätselte, was der Grund für seine Verlegenheit sein mochte.

Dann gab er sich einen sichtlichen Ruck. «Mein Cousin Henry ist aus Barbados eingetroffen. Er hat vor, einen eigenen Importhandel aufzuziehen, und hat mich gebeten, ihn mit Leuten bekannt zu machen, die an seinen Waren interessiert sein könnten. Er hofft, Zucker, Rum und Tabak direkt von der Plantage seines Vaters verkaufen zu können. Ich weiß, dass Ihr diese Artikel auch vorhaltet.»

«Soll ich Vater ausrichten, dass Ihr demnächst einmal mit Eurem Cousin vorbeischaut? Wenn seine Preise günstig sind, kommt mein Vater sicher gerne geschäftlich mit ihm ins Gespräch. Da Ihr schon einmal da seid», fuhr sie fort, «dürfte ich Euch um einen Rat bitten?»

«Stets zu Euren Diensten.»

«Die Kinder weigern sich, den Aufguss zu trinken, den ich zur Vorbeugung gegen die Pest zubereite. Er ist ihnen zu bitter, und sie sind auch durch noch so gutes Zureden nicht dazu zu bewegen, ihn zu sich zu nehmen.»

Doktor Ambrose lächelte belustigt, und Susannah dachte spontan, wie viel netter er gleich aussah, wenn er seine strenge Leichenbittermiene einmal ablegte.

«Die Antwort befindet sich direkt vor Euch.» Er deutete auf den Zuckerkegel auf dem Tresen. «Meiner Erfahrung nach schlucken Kinder auch die scheußlichste Medizin, solange sie nur gut gesüßt ist.»

«Natürlich, das liegt ja auf der Hand! Nicht zu fassen, dass mir das noch nicht selbst eingefallen ist!»

«Es gibt noch ein anderes Rezept, das sehr zu empfehlen ist. Man nehme eine Scheibe geröstetes Brot, bestreiche sie dick mit Sirup oder Honig und streue dann die kleingehackte Rauke über den Aufstrich. Ich verspreche Euch, das finden Kinder so unwiderstehlich, dass sie es im Handumdrehen verputzt haben.»

«Das probiere ich vielleicht sogar selbst einmal. Vor dem Frühstück Wermut herunterzuwürgen fällt einem nicht gerade leicht, findet Ihr nicht auch?»

Doktor Ambrose gestattete sich ein leises Lächeln.

«Und ich werde Vater bitten, das Rezept in dem Journal zu notieren, das er führt.»

Der Arzt war kaum die Straße hinunter verschwunden, als Susannah ihren Vater und Arabella auf der Treppe hörte. Beide strahlten über das ganze Gesicht, und sie wusste nicht recht, ob es ein Grund zur Freude war oder eher nicht, die beiden traulich Arm in Arm zu sehen.

«Susannah, meine Liebe, Arabella hat sich so weit erholt, dass sie mit uns zu Mittag speisen wird.»

Während sie zu dritt ihre Hammelpastete mit Buttermöhren verzehrten, musste Susannah zähneknirschend zur Kenntnis nehmen, dass es ihrer Stiefmutter gelungen war, ihren jüngsten Herzenswunsch durchzusetzen. Es wäre ihm nicht recht, von seinen Freunden für einen Geizkragen gehalten zu werden, hatte Cornelius endlich eingeräumt. Deshalb sei das Kleid aus gelber Seide, das Arabella sich so sehnlich wünschte, nicht nur für ihr Wohlbefinden, sondern gerade auch für seinen eigenen guten Ruf absolut unerlässlich. Ihre Migräne war im Nu wie weggeblasen, und nicht einmal ihre Furcht vor einer Pestansteckung konnte sie davon abhalten, ihrer Schneiderin noch am selben Nachmittag einen Besuch abzustatten. An jenem Abend kehrte sie zu Cornelius ins Ehebett zurück, und Susannah musste sich wieder das Kissen über den Kopf ziehen, um schlafen zu können.

Arabellas glänzende Laune hielt auch die folgende Woche über an, und Cornelius' zwischenzeitlich so angespannte Miene hellte sich merklich auf. So peinlich es Susannah auch nach wie vor berührte, mit ansehen zu müssen, wie er mit einem töricht verklärten Lächeln an Arabella herumtätschelte, überwog doch letztlich ihre Freude darüber, dass er wieder glücklich war. Sie selbst wiederum bemühte sich, immer irgendetwas zu tun zu haben, um ihrer Stiefmutter so gut wie möglich aus dem Weg zu gehen.

An dem Vormittag, an dem Arabella ihre Schneiderin aufsuchte, um ihr neues Kleid abzuholen, blieben die Kinder wieder einmal in Susannahs Obhut zurück. Jennet war frühmorgens auf den Markt gegangen und, da es ein Freitag war, mit einem großen Hecht nach Hause zurückgekehrt, dazu mit Kräutern aus dem ländlichen Islington und frischen Eiern für eine passende Soße. Da Jennet vollauf mit Kochen beschäftigt war, schleppte Susannah den Waschzuber in den Hinterhof und füllte ihn mit Wasser, zog Matthew und John vollständig aus und ermunterte sie dazu, auf der einweichenden Wäsche herumzuhopsen.

«Das ist unanständig!», sagte Jennet erschrocken. «Bei helllichtem Tag noch dazu, pudelnackt wie die Wilden. Lasst Euch bloß nicht von der gnädigen Frau erwischen!»

Doch Susannah ließ sich nicht beirren.

Die Kleinen kreischten vor Freude über das kalte Wasser auf ihrer erhitzten Haut, und Susannah hatte allen Grund zu der Hoffnung, dass ihr begeistertes Gehopse sie und Jennet obendrein von einer ungeliebten und kräftezehrenden Arbeit befreien würde.

Harriet, die sich schon zu erwachsen dünkte, um am Vergnügen ihrer Brüder teilzunehmen, heftete sich wieder einmal wie ein Schatten an Susannahs Rockzipfel.

Susannah schwankte zwischen Verärgerung und Mitleid für das kleine Mädchen. Es verdross sie, dass sie Nacht für Nacht mit ihr das Bett teilen musste, und jeder blaue Fleck, den Harriets Tritte an ihrem Körper hinterließen, belegte nachdrücklich, wie sehr ihre Privatsphäre verletzt wurde.

Da Susannah im Hinterzimmer zu tun hatte, beschäftigte

sie das Mädchen mit der Aufgabe, Pillen abzuzählen und zu verpacken, während sie selbst im Mörser Zucker und getrocknete Rauke zerkleinerte. Doktor Ambroses Empfehlung, wie man Kindern den Wermutaufguss am besten schmackhaft machte, war ein durchschlagender Erfolg gewesen, und seither hatte sie große Mengen dieses Sirups gekocht. Sie nannte ihn *Leyton's Anti-Pest-Sirup*, und bei besorgten Müttern fand er reißenden Absatz.

Susannah stellte den Topf aufs Feuer und rührte den Puderzucker ins Wasser.

«Ich hab keine Lust mehr», nörgelte Harriet und schnipste eine Pille durchs Zimmer. «Das ist langweilig.»

«Es muss aber erledigt werden. Wenn du damit fertig bist, darfst du mir helfen, im Topf zu rühren, während sich der Zucker auflöst.»

«Will ich aber nicht! Ich finde es schrecklich hier. Warum können wir nicht aufs Land ziehen, wie Mama immer sagt?»

«Weil wir hier gebraucht werden.»

«Aber es gibt nichts zu tun!»

«So ein Unfug! Es ist so viel zu tun, dass meist sogar noch Arbeit liegenbleibt. Wenn du mir nicht helfen möchtest, kannst du in der Küche Jennet zur Hand gehen.»

«Ich bin doch keine Dienstmagd!»

«Hör auf zu quengeln, Harriet! Wir alle müssen arbeiten.»

«Mama nicht.»

Susannah musste sich gewaltig zusammenreißen. «Füll jetzt noch die restlichen Pillen ab, dann kannst du dich ins Wohnzimmer setzen und deinen Katechismus auswendig lernen. Ich höre dich dann nach dem Mittagessen ab.»

«Nein!»

«Du wirst tun, was ich dir sage, Fräulein!»

Harriet verengte die Augen zu schmalen Schlitzen und wischte dann mit voller Absicht mit dem Arm quer über den Tresen, sodass Hunderte von *Leyton's Beliebten Pillen* auf den Boden prasselten.

Susannah verschlug es den Atem. Was für ein garstiges, ungezogenes Gör! Sie packte Harriet am Handgelenk, um sie einmal kräftig durchzuschütteln, aber das Mädchen stieß ein so gellendes Kreischen aus, dass Susannah ihren Arm vor Schreck losließ wie eine heiße Kartoffel. Harriet wandte sich um und rannte, weiter wie am Spieß brüllend, aus dem Hinterzimmer in den Verkaufsraum der Apotheke.

Susannah hatte nicht umsonst rotes Haar. Wutentbrannt setzte sie ihr nach.

Ned sah mit weit aufgerissenen Augen zu, wie sie Harriet um den Verkaufstresen herumjagte.

Nach einem hastigen Blick über die Schulter riss Harriet im Laufen einen Tiegel aus dem Regal und schmetterte ihn zu Boden, rasch gefolgt von einem weiteren Gefäß. Eine Wolke Lakritzpulver stäubte in die Luft, Susannah rutschte in einer Lache Terpentinöl aus und verlor das Gleichgewicht. Noch immer kreischend, rannte Harriet zur Tür, während Susannah vornüber hinschlug und sich im Fallen den Kopf an der Ecke des Tresens stieß.

Was dann geschah, bekam sie nicht mehr mit. Als sie wieder zu sich kam, lag sie auf dem Boden, nahm dicht vor ihrer Nase das beißende Aroma von Riechsalz wahr und hatte dröhnende Kopfschmerzen.

«Ihr seid gestürzt.» Starke Arme zogen sie hoch, bis sie aufrecht saß.

«Mein Kopf tut weh!» Sie hob die Finger an die Stirn und war erschrocken, als sie Blut ertastete. Beim Anblick ihrer rot gefleckten Hände wurde ihr von neuem flau zumute. Seit dem Tod ihrer Mutter konnte sie kein Blut mehr sehen.

«Miss Leyton!»

Sie atmete tief durch, schlug die Augen auf und sah, dass es Doktor Ambrose war, der ihr zu Hilfe geeilt war. Sie wollte sich aufrappeln, wurde aber mit Nachdruck daran gehindert.

«Schön sitzen bleiben», sagte er.

Er setzte sich neben sie auf den Boden und stützte sie, während er ihr ein Tuch gegen die Stirn drückte.

Susannah kam stark zu Bewusstsein, dass der Arzt ihr seinen Arm um den Rücken gelegt hatte, während seine warme Hand auf ihrer Stirn ruhte. Sie schloss die Augen und lehnte sich an seine muskulöse Brust. Seine Haut duftete nach Rasierseife, und sein Atem roch ein wenig nach Pfefferminz. Nach einer Weile fiel ihr auf, dass Harriets Geschrei verstummt war. «Wo ist Harriet?», fragte sie.

«Ich habe sie.»

Die Stimme kam aus Richtung der Tür, und Susannah wandte den Kopf herum. Ein Mann, nur wenig älter als sie, mit lächelnden Augen in einem gutgeschnittenen Gesicht, hielt Harriet an seine Brust gedrückt. Die Kleine war dunkelrot angelaufen vor Zorn, sie schluchzte und schniefte und wischte sich die Nase am Ärmel ab. Der Mann tupfte ihr behutsam mit einem spitzenbesetzten Taschentuch die Tränen vom Gesicht.

Die Ladenglocke klingelte, und Arabella trat ein, gehüllt in eine Kreation aus butterblumengelber, reich mit Spitze und Rosetten aus blauen Bändern besetzter Seide. Beim Anblick ihrer Tochter in den Armen eines Fremden stutzte sie.

«Mama!» Harriet trat ihrem Retter gegen das Schienbein, wand sich von ihm los und rannte zu ihrer Mutter, um ihr Gesicht in ihrem Rock zu bergen.

Hätte Susannah nicht solches Kopfweh gehabt, sie hätte vermutlich darüber gelacht, wie pfeilschnell Arabella zur Seite auswich, um ihren spitzenbesetzten Rock vor Harriets rotzverschmierter Nase in Sicherheit zu bringen.

«Was war hier los?», fragte Arabella scharf.

«Kein Grund zur Beunruhigung, Madam.» Der Fremde lächelte einnehmend. «Ein kleines Missgeschick hat sich zugetragen, und Euer Töchterchen ist noch etwas aufgeregt. Sie kam bei unserem Eintreffen aus der Tür gestürmt, und da habe ich sie rasch geschnappt und hochgehoben, ehe sie unter die Räder einer Droschke geraten konnte.»

«Oh!» Arabella zog Harriet in ihre Arme, nicht ohne ihr verweintes Gesicht sorgsam zur Seite zu drehen, damit der teuren Seide nichts passierte. «Ich danke Euch, Sir.»

«Darf ich mich vorstellen? Ich bin Henry Savage, der Cousin von Doktor Ambrose.»

«Arabella Leyton.» Sie reckte ihm die Fingerspitzen hin.

Susannah musterte Mr. Savage ein wenig genauer. Cousins, die einander noch unähnlicher waren, hätte man sich kaum vorstellen können. Mr. Savage mit seinem goldblonden Haar, der bunt gemusterten Weste und dem lächelnden Gesicht war voller Sonnenschein, während Doktor Ambrose mit seinen strengen, aber auf dunkle Art gutaussehenden Gesichtszügen etwas Nächtliches ausstrahlte.

Mr. Savage verbeugte sich vor Arabella. «Mein Besuch erfolgt aus einem bestimmten Grund; ich hoffte, mich Eurem Gatten vorstellen zu dürfen, geschäftlicher Dinge halber.»

Doktor Ambrose entfernte behutsam das Tuch von Susannahs Kopf und besah sich die Wunde. Er war ihr so nah, dass sie seinen warmen Atem an ihrer Wange spürte, und sie schlug, auf einmal verlegen, die Augen nieder.

«Es blutet nicht mehr», verkündete er und war ihr beim Aufstehen behilflich.

Arabella stieß einen spitzen Schrei aus. «Susannah, was hast du angestellt? Dein Mieder ist ganz voller Blut.»

«Was *ich* angestellt habe?» Susannah war außer sich vor Empörung. «Harriet hat vor meinen Füßen einen Salbentiegel zerschmettert, und ich bin in Terpentinöl ausgerutscht.»

Arabella rümpfte ihr hübsches Näschen. «Und was stinkt hier so fürchterlich?»

Susannah schnupperte. Tatsächlich roch es nicht nur nach Terpentin. Dann fiel es ihr siedend heiß ein. «O nein! Der Sirup!»

Der Topf war schwarz verrußt und der Inhalt verdorben.

«Dein Vater wird über deine Achtlosigkeit nicht sehr glücklich sein, Susannah», sagte Arabella schmallippig. «Du weißt ja, wie sehr ihm Verschwendung zuwider ist.»

«Als ob ich etwas dafür könnte!»

In ebendiesem Moment kamen Matthew und John herein, splitternackt und tropfnass, um zu sehen, was es mit der lautstarken Aufregung auf sich hatte.

«Was in Gottes Namen ...? Da bin ich nur einmal kurz außer Haus, und bei meiner Rückkehr finde ich ein Tollhaus vor!», schimpfte Arabella.

«Wenn du dich selbst um deine Kinder kümmern würdest, wäre all das nicht passiert!», giftete Susannah. «Du kannst nicht mir alle Verantwortung aufhalsen, während du auf Kleiderkauf gehst. Harriet ist einfach nicht zu bändigen.»

Mr. Savage trat vor. «Meine Damen! Ich muss doch sehr bitten, es besteht kein Grund zur Aufregung. Euer neues Kleid ist entzückend, Madam. Gestattet mir die Bemerkung, dass nur eine Dame von feinem Geschmack und Urteilsvermögen die blauen Bänder, die es zieren, so sachkundig ausgewählt haben könnte, dass sie vollkommen mit dem klaren Blau Eurer Augen harmonieren! Mein Cousin wird Miss Leytons Kopfwunde verbinden, es ist also alles noch mal glimpflich ausgegangen. Und wir alle sollten froh sein, dass die kleine Harriet gerade noch vor einem schrecklichen und viel zu frühen Tod bewahrt wurde.» Er legte sich eine Hand an die Brust und hob die Augen gen Himmel. «Ich danke Gott, dass ich zufällig im rechten Moment des Weges kam, um sie zu retten.»

Arabella erbleichte. «Befand sie sich tatsächlich in solcher Gefahr?»

«Wäre ich nicht zur Stelle gewesen ...» Henry Savage schüttelte bekümmert den Kopf.

«Dann stehe ich tief in Eurer Schuld, Sir.»

Er lächelte. «So ist es, doch im Gegenzug bitte ich nur darum, Eurem Herrn Gatten vorgestellt zu werden.»

«Er ist gerade nicht da. Mögt Ihr vielleicht später noch einmal vorbeisehen? Oder ...» Arabella tippte sich mit dem Finger gegen die Wange, während sie kurz nachdachte. «Ich habe eine bessere Idee. Da ich Euch zu so großem Dank verpflichtet bin, wäre es mir eine Freude, Euch und Euren Cousin heute zum Abendessen zu empfangen.» Sie lächelte bezaubernd. «Dann könnte ich gleich mit meinem neuen Kleid glänzen, und vielleicht habe ich bis dahin ja auch wieder etwas Ordnung in diesen Haushalt gebracht.»

Susannah wechselte einen Blick mit Doktor Ambrose, der so ungläubig die Augen aufriss, dass ihre Empörung im Nu verrauchte. Sie legte sich eine Hand vor den Mund und sah, dass auch er sich abwandte, um seine Erheiterung zu verbergen.

Mr. Savage machte eine weitere Verbeugung. «Ich bin mir

sicher, auch im Namen meines Cousins zu sprechen, wenn ich mit Entzücken die Einladung annehme, mit zwei so reizenden Damen zu Abend speisen zu dürfen. Und mit Eurem Gatten selbstverständlich.»

Im Licht der Abendsonne, deren Strahlen schräg durch das Fenster ins Speisezimmer fielen, leuchteten Arabellas blonde Locken wie ein Heiligenschein, und die butterblumengelbe Seide ihrer neuen Robe verbreitete einen schimmernden Glanz. Sie sah bezaubernd aus, das musste Susannah neidlos anerkennen, trotz der albernen, ordinär wirkenden blauen Rosetten.

Arabella, die sich ihrer Wirkung nicht bloß auf ihren Mann, sondern auch auf ihre beiden männlichen Gäste nur allzu bewusst war, flirtete ungeniert mit allen dreien.

Susannah hatte ihr Kleid aus grüner Seide angelegt, dazu den Perlenanhänger ihrer Mutter, und ihre kastanienbraunen Locken so gut wie möglich über den Verband frisiert, den Doktor Ambrose ihr um die Stirn gewickelt hatte. Sie war sich bewusst, dass sie äußerlich nicht voll auftrumpfen konnte, und ihr Kopf pochte wie ein Schmiedeamboss, obwohl sie sich Lavendelöl in die Schläfen massiert hatte. Dazu befürchtete sie, dass sie am kommenden Tag ein blaues Auge haben könnte.

Mr. Savage verfügte über ein einnehmendes Wesen, und obwohl er ungeniert all seinen Charme spielen ließ, um Cornelius zu überreden, Zucker und Rum bei ihm zu ordern, wirkte er dabei nie aufdringlich.

«Ich bin entschlossen, mein neues Leben hier in London zu einem Erfolg zu machen», sagte er.

«So mühelos, wie Ihr es geschafft habt, mich zu einem Geschäft mit Euch zu überreden, sehe ich da keine Schwierigkeiten.» Cornelius lachte und schenkte ihm noch ein Glas Wein ein.

«Leider haben sich der Pest wegen viele Kaufleute aus London aufs Land zurückgezogen, und es ist nicht so einfach, wie ich gehofft hatte, Abnehmer für die hochwertigen Waren zu finden, die ich im Angebot habe. Aber seid unbesorgt, mit dem bestellten Rum und Zucker werdet Ihr mehr als zufrieden sein, wenn die *Mary Jane* erst eingelaufen ist.»

«Das will ich hoffen. Falls nicht, bekommt Ihr es mit mir zu tun, verlasst Euch darauf», entgegnete Cornelius.

«Mr. Leyton hat sein Vermögen nicht erworben, indem er sich von Betrügern übers Ohr hat hauen lassen», warf Arabella ein. «Mit seinem Geld geht er äußerst achtsam um. Davon weiß ich ein Lied zu singen.» Sie lächelte ihren Mann um Nachsicht heischend an.

Susannah lag die Bemerkung auf der Zunge, dass sie ihren Vater in den gesamten elf Jahren zuvor noch nie so spendabel erlebt hatte wie in den letzten Monaten, seit er unter Arabellas Einfluss stand. Aber sie schwieg und bewunderte stattdessen Henry Savages goldbraune Locken, die ihm überaus vorteilhaft auf die Schultern fielen.

«Henry wird leicht zu finden sein, falls Ihr mit Euren Waren nicht zufrieden sein solltet, Mr. Leyton», sagte Doktor Ambrose, «denn derzeit wohnt er bei mir, im Hause meiner Tante in Whitefriars.»

«Ich habe bereits Mrs. Fygges Bekanntschaft gemacht», sagte Cornelius zu Susannah. «Eine beeindruckende Frau; sehr belesen und voller Wissbegierde. Wie geht es Eurer Tante, Doktor Ambrose?»

Der Arzt deutete ein Lächeln an. «Tante Agnes geht es, wie es ihr immer geht.»

Susannah wurde gewahr, dass Mr. Savage sie nachdenklich betrachtete, ihr Gesicht musterte, als hätte er sie gerade erst bemerkt. Voller Verwirrung bemühte sie sich, seinem Blick mit Gleichmut zu begegnen. Bei gutaussehenden Männern tat sie sich immer schwer, unbefangen zu plaudern. Hastig setzte sie an: «Es muss wundervoll sein, um die Welt zu reisen. Erzählt uns doch davon ...»

«Unterscheidet sich London denn sehr von Barbados?», fiel Arabella ihr ins Wort, augenscheinlich nicht gewillt, einer anderen Frau das Feld zu überlassen.

Mr. Savage lachte. «Und wie! London ist so hektisch. Auf einer Plantage verläuft das Leben in geruhsamen Bahnen, außer auf den Feldern natürlich. Mein Vater hat zweihundert Morgen Landbesitz und über hundert Sklaven.»

«Ich habe schon schwarze Sklaven gesehen», sagte Susannah, entschlossen, sich diesmal nicht von Arabella unterbrechen zu lassen, «bei der Arbeit auf den Docks oder als Diener bei wohlhabenden Herrschaften.»

«So jemanden hätte ich nicht gerne im Haus.» Arabella verzog das Gesicht.

«Ich habe gehört, sie seien lernfähig und man könnte ihnen Lesen und Schreiben beibringen», sagte Cornelius.

«O ja, in der Tat!»

Arabella schniefte. «Wir müssen wohl Euer Wort darauf nehmen, Mr. Savage. Mein Bruder hat seinem Papagei auch das Sprechen beigebracht, über richtigen Verstand aber verfügt er trotzdem nicht. Hier wird es sich ja wohl ganz ähnlich verhalten.»

Henry Savage presste kurz die Lippen zusammen und warf

Arabella einen Blick zu, aus dem zu Susannahs Überraschung kaum verhohlene Abneigung sprach.

«Und was für Eindrücke habt Ihr sonst noch von London gewonnen?», fragte Susannah.

«Der ständige Lärm fällt mir auf, und natürlich der schwarze Rauch, der allgegenwärtig ist. Ich habe immerzu Rußflecken im Gesicht! Die Straßen sind sehr eng und düster, verglichen mit dem weitläufigen, sonnigen Barbados. Und dann dieser Gestank, der aus den Rinnsteinen aufsteigt! Den habe ich ständig in der Nase.»

«Mit der Zeit gewöhnt Ihr Euch schon daran und werdet ihn kaum noch bemerken, außer bei warmem Wetter.»

«Ich finde es merkwürdig, dass eine so schöne Stadt voller prächtiger Bauwerke es zulässt, dass Gerbereien und Kokereien ihr Gewerbe mitten in der Stadt betreiben und die Luft derart verpesten, dass die Einwohner unablässig husten müssen. Andererseits aber gibt es hier so viele Möglichkeiten, sich zu amüsieren. Mir gefällt das lebhafte Treiben Tausender Menschen, die ihren Geschäften nachgehen, und in den Kaffeehäusern habe ich schon viele neue Freunde gefunden.»

«Ich würde sehr gerne mehr über Euer Zuhause in Barbados erfahren», sagte Susannah.

«Dort scheint immer die Sonne, und das Plantagenhaus hat hohe Decken und große Fenster, um frische Luft hereinzulassen. Die Sklaven haben ihre eigenen Unterkünfte, und abends, nach getaner Arbeit, kann man sie singen hören. Ihr Gesang klingt sehr ergreifend, und er fehlt mir sehr.» Er blickte wehmütig drein. «Und dann gibt es natürlich noch die Haussklaven, die mir jeden Handschlag abgenommen haben. Hier muss ich mich um alles selbst kümmern.»

«Es wundert mich, Mr. Savage, dass Ihr dieses Paradies

zurückgelassen habt, um ins lärmende, hektische London zu kommen», sagte Susannah, während sie dachte, dass seine Augen so blau wie ein Sommerhimmel waren.

Mr. Savage trank einen großen Schluck Wein, ehe er antwortete. «Wie mein Cousin Euch bestätigen wird, gibt es in jedem Paradies eine Schlange.»

«Eine Schlange?» Arabella machte große Augen. «Wie überaus aufregend! Wie Ihr ja wisst, hat mein Gatte einen getrockneten Alligator in der Apotheke, aber eine Schlange habe ich noch nie gesehen.»

«Mein Cousin hat nur einen bildlichen Ausdruck gebraucht, Mrs. Leyton», sagte Doktor Ambrose. «Er meint damit, dass das Leben nicht immer so perfekt ist, wie es auf den ersten Blick scheint. Und genau so ist es auch auf Barbados, wie ich während meines Aufenthalts auf der Plantage meines Onkels selbst feststellen konnte.»

«Ihr wart schon dort?» Susannah sah ihn fragend an.

«Vor etwa sechs Jahren brauchte mein Onkel einen Arzt, der sich um seine Sklaven kümmerte. Ich habe ein Jahr lang dort gelebt.»

«Dann ist er aber sicherlich ein guter Herr, wenn er seinen Sklaven so viel Fürsorge zukommen lässt.»

Doktor Ambrose zuckte die Achseln. «Mein Onkel hat mir erklärt, sie seien ein wertvolles Gebrauchsgut, und da zahle es sich nicht aus, sie krank werden und sterben zu lassen.»

«Genug jetzt von den Sklaven», entschied Cornelius. «Meine Gattin wird uns nun mit ihrem Spiel auf dem Virginal erfreuen.»

Sie gingen hinüber ins Wohnzimmer, wo Arabella für sie musizierte.

Es bedurfte keiner langen Überredung, um Mr. Savage

dazu zu bringen, sie zu begleiten. Er hatte eine wohlklingende Tenorstimme, und Susannah konnte sich gar nicht an ihm sattsehen.

Tags darauf steckte Ned den Kopf ins Hinterzimmer, wo Susannah gerade Salbentöpfchen beschriftete. «Da ist ein Herr, der Euch zu sehen wünscht.»

Sie spähte durch den Vorhang und sah Mr. Savage, im Gespräch mit ihrem Vater. Sie zog sich eilig zurück, mit einem seltsam flattrigen Gefühl im Magen. Wie am Vortag befürchtet, hatte sich das Gewebe um ihr Auge inzwischen lila verfärbt, und sie wollte nicht, dass Mr. Savage sie in diesem Zustand zu sehen bekam.

Cornelius rief nach ihr. «Susannah! Mr. Savage ist vorbeigekommen, um zu sehen, ob du dich von deinem Sturz erholt hast.»

Da es unhöflich gewesen wäre, sich zu verstecken, blieb ihr wohl nichts anderes übrig, als die Sache durchzustehen. Sie zog den Vorhang beiseite. «Wie liebenswürdig von Euch, Mr. Savage! Ich bin wieder ganz wohlauf, habe aber, wie Ihr seht, ein blaues Auge.»

Er verzog teilnahmsvoll das Gesicht. «Ihr Ärmste! Seht, die sind für Euch.» Er reichte ihr einen Strauß roter Rosen. «Heute Morgen ganz frisch vom Land geliefert! Ich bin vorbeigekommen, um Euren Vater zu fragen, ob Ihr mich auf eine Ausfahrt in den Hyde Park begleiten würdet. Ich habe eine Kutsche gemietet, was gar nicht so einfach war, weil in London kaum noch Pferde aufzutreiben sind.»

«Ich glaube kaum, dass ich mich so in der Öffentlichkeit sehen lassen kann.»

Er zögerte kurz. «Bitte, enttäuscht mich nicht! Es wäre eine schöne Abwechslung, die Euch von Eurem Schmerz ablenken würde, und ich würde mich so über Eure Gesellschaft freuen.»

«Solange Arabella Zeit hat, um euch anstandshalber zu begleiten, würde dir etwas frische Luft sicher guttun, Susannah», sagte Cornelius. «Du bist entschieden zu blass.»

Eine halbe Stunde später rollten sie in der gemieteten Kutsche dahin. Durch die offenen Rouleaus wehten Windböen herein, und Susannah flatterten die Locken ums Gesicht.

«Das war eine schöne Idee von Euch», sagte sie zu Henry Savage, dessen zu einem Zopf gebundenes goldbraunes Haar sich ebenfalls aus seinem Band löste und in reizvolle Unordnung geriet. Nur mit Mühe gelang es ihr, dem Impuls zu widerstehen, ihm eine lose Strähne aus dem Gesicht zu streichen. Sie lachte darüber, wie erschrocken Arabella ihren Hut festhielt, als eine heftige Böe ihn davonzuwehen drohte. «In letzter Zeit war es so heiß und stickig, dass es wunderbar ist, mal wieder den Wind im Gesicht zu spüren.»

«Heiß?», lachte Mr. Savage. «Solange Ihr noch nicht die schwere Hitze von Barbados auf der Haut gespürt habt, macht Ihr Euch keinen Begriff davon, wie heiß die Sonne wirklich brennen kann.»

«Und solange Ihr noch nicht die Kälte eines englischen Winters erlebt habt, macht Ihr Euch keinen Begriff davon, was eisige Kälte bedeutet», erwiderte Susannah. «Manchmal friert sogar die Themse zu, und wir laufen Schlittschuh auf dem Eis.»

«Vielleicht erlebe ich das ja diesen Winter. Ich hätte nichts dagegen gehabt, wenn das Meer auf meiner Reise nach England zugefroren gewesen wäre, das sage ich Euch; dann hätte ich bequem zu Fuß herkommen können, statt hilflos in meiner Koje hin und her geschüttelt zu werden.»

«War die Überfahrt sehr schlimm?», fragte Arabella.

«Die reinste Marter! Wochenlang konnte ich meine Kabine nicht verlassen und war der festen Überzeugung, dass mein letztes Stündlein geschlagen hätte.»

«Aber letzten Endes seid Ihr doch noch wohlbehalten hier angekommen», sagte Susannah.

«Mit Gottes Hilfe! Als wir nach zwölf Wochen auf See in London anlegten, hatte ich an Land noch immer das Gefühl, als würde der Boden unter meinen Füßen schwanken.»

«Dann werdet Ihr also nicht so bald nach Barbados zurückkehren?», fragte Arabella.

Mr. Savage schaute aus dem Fenster. Als er sich ihnen wieder zuwandte, hätte Susannah schwören mögen, dass er Tränen in den Augen hatte – was aber womöglich bloß am Wind lag. «Ich werde nie mehr dorthin zurückkehren», erklärte er fest. «Von nun an ist London mein Zuhause.»

«In dem Fall», sagte Arabella, «wollt Ihr Euch doch sicher auch verheiraten.»

Bei dieser unverblümten Bemerkung errötete Susannah so sehr, dass es diesmal an ihr war, das Gesicht verlegen dem Fenster zuzuwenden.

4. Kapitel

Susannah rechnete kurz nach, stellte fest, dass Marthas Kind bald zur Welt kommen würde, und bekam umgehend heftige Gewissensbisse. Zwei Monate war es nun her, dass sie und ihre Freundin sich nach ihrem letzten Treffen in frostiger Stimmung voneinander verabschiedet hatten. Was, wenn ihr bei der Niederkunft irgendetwas zustieß? Sie würde es sich nie verzeihen, falls Martha im Kindbett zu Tode kam und sie sich vorher nicht versöhnt hätten. Gleich am heutigen Tag würde sie ihre Freundin besuchen gehen.

Den Vormittag über buk sie Kekse und packte sie in ihren Korb, zusammen mit einer Flasche Leyton's Sirup für Marthas Kinder. Einer plötzlichen Eingebung folgend, ging sie noch in den Hof hinaus, pflückte einige Stängel Thymian aus dem Topf neben der Tür, pustete den Ruß herunter und band sie mit einer Kordel zusammen. Sie hätte liebend gern einen richtigen Kräutergarten angelegt, aber in der sauren Erde hinter ihrem Haus wollte nichts gedeihen. Bei ihrer Rückkehr in die Küche stieß sie auf Harriet, die in ihrem Korb herumkramte.

«Was machst du da?»

«Nichts!» Harriet sah sie herausfordernd an.

«Du hast von meinen Keksen genascht!»

«Hab ich nicht!»

«Belüg mich nicht, Harriet! Du hast ja noch Krümel am Mund.» Langsam entwickelte sie eine regelrechte Abneigung gegen dieses verschlagene, freche kleine Ding.

Harriet streckte ihr die Zunge heraus und ließ sie dann einfach in der Küche stehen.

Susannah seufzte. Wenigstens müsste sie sich während ihres Besuchs bei Martha nicht mit diesem Kind befassen. Sie verließ die Apotheke durch die Eingangstür und ging eilig die Fleet Street hinunter, ehe Arabella sie noch abfing und darauf bestand, dass sie die Jungen mitnahm.

Die Straßen waren eigentümlich still. Jedes Mal, wenn sie ausging, fiel Susannah auf, dass immer weniger Menschen in der Stadt unterwegs waren. So lange sie denken konnte, war sie es gewohnt, sich einen Weg durch geschäftige Menschenmengen bahnen zu müssen; jetzt hatte sie reichlich Platz um sich herum. Fremde wechselten vorsorglich die Straßenseite, um einander aus dem Weg zu gehen, und jeden Tag sah sie mit Möbeln beladene Kutschen und Karren, die die Stadt in Richtung Westen verließen, aufs Land hinaus. Seit etwa einem Monat gab es kaum noch irgendwo ein Pferd zu mieten, weil so viele Tiere von reichen Leuten aufgekauft worden waren, die einzig danach trachteten, aus einer Stadt fortzukommen, in deren Straßen die Pest umging.

Unweit von St. Bride's kam Susannah an zwei Häusern vorbei, die verrammelt worden waren und an deren Türen ein rotes Kreuz gepinselt war über den Worten *Der Herr erbarme sich unser.* Von den unbeholfen geformten Buchstaben rannen Tropfen roter Farbe nach unten, ganz wie richtiges Blut. Das eine Haus war still, aus dem anderen jedoch drang der Schrei einer Frau; ein hoher, dünner Klagelaut voll Todesangst, der kein Ende nehmen wollte. Das Geräusch bohrte sich in Susannahs Ohren wie ein spitzer Nagel, und sie lief weiter, so schnell sie konnte, um ihrer eigenen Angst zu entkommen. Ihre Familie hatte bislang Glück gehabt, aber wer wusste schon, wen die Seuche als Nächstes treffen würde?

Sie kam bei Marthas vertrauter Haustür an und schlug mit dem Türklopfer dagegen. Erst nach einer halben Ewigkeit wurde die Tür entriegelt, und Marthas Dienstmagd ließ sie ein. Sie folgte dem Mädchen ins Wohnzimmer, wo Martha mit dreien ihrer Kinder gerade den Katechismus übte. Als sie aufblickte, wurde Susannah kurz eiskalt ums Herz bei dem Gedanken, dass sie ihr womöglich noch nicht verziehen haben könnte; aber dann lächelte Martha.

«Setz dich. Du bist mir sehr willkommen. Bessie, bring uns einen Krug Bier, ja?»

Susannah konnte nicht länger an sich halten; sie musste einfach Frieden schließen. «Es tut mir leid. Ich weiß, dass du mir nur helfen wolltest.»

«Wir haben beide gesagt, was wir für richtig hielten.»

Susannah griff in ihren Korb. «Für die Kinder», sagte sie, holte die noch verbliebenen Kekse heraus und stellte daneben die Flasche mit dem Sirup auf den Tisch. «Der dient zur Vorbeugung gegen die Pest.»

Martha schickte die Kinder zum Spielen nach draußen. «Deine Arznei werde ich gut gebrauchen können», sagte sie mit traurigem Blick. «Wir trauern um die Nachbarsfamilie. Sie wurden am Donnerstag eingesperrt, und bis Sonntag waren sie alle tot. Der Karren hat sie in der Nacht abgeholt.»

Ein Angstschauer lief Susannah den Rücken hinunter. «Unser Fischhändler ist auch gestorben», sagte sie. «Ich gebe mir alle Mühe, mich wegen der Ansteckungsgefahr nicht verrückt zu machen, aber wir achten schon peinlich darauf, immer ausreichend Abstand zu unseren Kunden zu halten.»

«Es ist zwar schrecklich, wenn ein Haus verrammelt wird, aber ich glaube, der Lord Mayor hat diese Maßnahme zu Recht verfügt. Auf diese Weise wird die Pest in Schach gehalten, vor allem in den ärmeren Gassen, wo so viele auf engstem Raum zusammenleben.»

«Ich mag gar nicht darüber nachdenken.» Susannah griff nach Marthas Hand. «Aber bei dir und dem Kind ist alles in Ordnung? Du wirkst so ruhig und gelassen, obwohl es doch bis zur Geburt nicht mehr lange hin ist. Hast du gar keine Angst?»

«Wozu sollte das gut sein?» Spontan umfasste Martha das silberne Kreuz, das sie an einer Kette um den Hals trug. «Ganz wie bei der Pest setze ich mein Vertrauen auf einen barmherzigen Gott. Angst erzeugt immer nur mehr Angst, also vergeude ich nicht meine Kraft, sondern sammle sie für die Mühen, die mir bevorstehen. Außerdem war mir der Herr bisher gnädig. Fünf Kinder, und nur eins davon wurde in die Arme seines Schöpfers zurückgerufen.»

Susannah beneidete ihre Freundin um ihre ruhige Schicksalsergebenheit. «Im Korb liegt ein Sträußchen Thymian für dich. Wenn die Wehen einsetzen, lass dir daraus einen Tee bereiten und trinke ihn in kleinen Schlucken. Das verhilft zu einer sicheren und raschen Entbindung und treibt auch die Nachgeburt sauber aus.»

«Danke dir. Nun erzähl, was gibt es bei dir Neues? Wie steht es mit deiner Stiefmutter?»

Susannah verzog das Gesicht. «Ich werde mit ihr einfach nicht warm. Gestern haben wir uns fürchterlich gestritten. Wir mussten feststellen, dass eine Maus in den Mehltopf gelangt war. Jennet war das unbegreiflich. Tibby ist immer eine so gute Mausejägerin gewesen, dass die kleinen Biester sich in unserer Küche nie haben blickenlassen. Und dann fiel uns auf, dass wir die Katze schon seit zwei Tagen nicht mehr gesehen hatten. Wie sich herausstellte, hat Arabella Tibby vom Hundeschinder abholen lassen.»

«Aber Tibby war doch für euch keine gesundheitliche Gefahr?»

«Natürlich nicht! Sie war nie draußen auf der Straße, immer nur hinten in unserem Garten. Der Hundeschinder ist eigentlich für die Hunde und Katzen zuständig, die durch die Straßen streunen und die Pest verbreiten. Das hat Arabella aus purer Bosheit getan, weil Tibby Matthew einmal gekratzt hat, als er sie nicht in Ruhe lassen wollte.»

«Sie klingt nicht besonders nett.»

«Sie denkt nur an sich. Was mir ja nichts ausmachen würde, wenn ich nicht den Verdacht hätte, dass sie Vater nur seines Geldes wegen geheiratet hat.»

«Natürlich, weswegen denn sonst!», sagte Martha. «Was bleibt einer armen Witwe mit Kindern auch anderes übrig? Wer Kinder hat, ist für sie zu allem bereit. Und sie macht ihn doch glücklich, oder nicht?»

Susannah nickte widerstrebend. «Solange sie alles hat, was ihr Herz begehrt. Von Putz und Flitterkram kann sie gar nicht genug bekommen. Wir haben seit kurzem einen neuen Freund, und weil es seither mehr gesellige Anlässe gibt, nimmt sie das zum Vorwand, laufend neue Kleider, Handschuhe und Seidenunterröcke zu benötigen.»

«Was für einen neuen Freund?»

Susannah errötete leicht. «Mr. Henry Savage, der Cousin von Doktor Ambrose. Er ist kürzlich aus Barbados eingetroffen.»

«Ist er verheiratet?»

«Nein.»

«Aha!» Martha lächelte. «Und, ist er groß, dunkel und stattlich?»

«Ach! Darauf achte ich eigentlich kaum.» Susannah schlug die Augen nieder, außerstande, sich dem forschenden Blick ihrer Freundin auszusetzen. «Nicht zu groß, etwa meine Größe. Und er hat goldbraunes, von Natur aus gelocktes Haar. Er trägt keine Perücke.» Susannah lächelte still bei dem Gedanken daran, wie die goldenen Strähnen in Henrys Haar bei Sonnenschein schimmerten. «Sein Teint ist von all den Jahren unter der karibischen Sonne ein wenig dunkler, aber er hat schöne Zähne, strahlend blaue Augen und ein fröhliches Lächeln.»

«Erzähl mir von diesen geselligen Anlässen.»

«Nun, einmal sind wir mit einem Boot stromaufwärts nach Barn Elms gefahren und haben am Ufer gepicknickt, und ein andermal haben wir einen Ausflug nach Wandsworth gemacht. Mr. Savage musste lange suchen, bis er ein Pferd mieten konnte, weil es ja in London kaum noch welche gibt. Es sind doch so viele Leute aufs Land geflohen, und er musste dafür tief in die Tasche greifen. Aber um mir eine Freude zu bereiten, würde er keine Mühen scheuen, hat er gesagt.» Es schmeichelte Susannah nicht wenig, dass er ihr solche Aufmerksamkeit widmete.

«Ach was?»

«Wir wollten gern ins Theater, aber das ist wegen der Pest geschlossen, also haben wir mit den Kindern den Tower besucht, um ihnen die Löwen zu zeigen. Da war ich nicht mehr, seit ich klein war, und wir hatten viel Spaß.»

«Freut mich sehr, zu hören, dass du deine Bücher mal beiseitelegst und unter Leute gehst.»

«Diese Unternehmungen haben mir besser gefallen, als ich gedacht hätte, das gebe ich zu.»

«Und dein Mr. Savage, nehme ich an, ist daran nicht ganz unbeteiligt?»

«Oh, Martha, zu dir will ich ehrlich sein! Er hat mich auf jeden Fall auf andere, fröhlichere Gedanken gebracht, denn bei meinem Vater und Arabella komme ich mir jeden Tag vor, als wäre ich unerwünscht.»

«Hast du dir noch einmal überlegt, dir irgendwo eine Anstellung in einem anderen Haushalt zu suchen?»

«Selbstverständlich! Aber ich will mich nicht von Arabella aus meinem eigenen Elternhaus vertreiben lassen.»

«Wie ich bereits sagte: Eine Heirat würde dir die Gründung

eines eigenen Haushalts ermöglichen, in dem du nur deinem Mann gegenüber verpflichtet wärst.»

«Ich habe es dir schon oft gesagt, Martha, ich werde nie heiraten!» Entschlossen verscheuchte Susannah jeden Gedanken an Henry Savages strahlend blaue Augen. «Wenn ich nur daran denke, wie es Mutter ergangen ist ...»

«Susannah, um Himmels willen! Du musst die Vergangenheit endlich ruhen lassen. Vergiss, was passiert ist.»

«Wenn das so einfach wäre.»

Auf dem Weg nach Hause sann Susannah über Marthas Worte nach. Könnte sie jemals vergessen, was damals geschehen war? Es lag jetzt elf Jahre zurück, aber die Ereignisse jener Zeit hatten sich ihr so fest ins Gedächtnis eingebrannt, dass sie sich daran erinnerte, als sei es erst letzte Woche gewesen.

Mutter schien wohlauf, bis zum schrecklichen Ende. Jene letzte Schwangerschaft war eine Überraschung gewesen, ein Schock sogar.

In den dreizehn Jahren seit Toms Geburt hatte Mutter vier Fehlgeburten erlitten, gefolgt von einer langen Phase, in der sie überhaupt nicht schwanger geworden war. Tatsächlich hatte sie Susannah sogar verraten, dass sie jede Hoffnung auf ein weiteres Kind längst aufgegeben hatte.

«Es muss wohl Gottes Wille sein. Außerdem», hatte sie hinzugefügt, «habe ich doch meine beiden prächtigen Kinder. Was kann eine Mutter sich mehr wünschen?»

Als Elizabeths Regel aussetzte und sie um den Leib herum fülliger wurde, hielt sie das zunächst für das Einsetzen der Wechseljahre. Erst, als sich das Kind in ihr zu regen begann, begriff sie, was wirklich vor sich ging.

Zusammen mit Susannah nähte sie Säuglingskleidung und säumte Laken für die Wiege. Susannah fertigte einen kleinen Stoffhasen mit Schlappohren an und freute sich schon darauf, bald ihr Brüderchen oder Schwesterchen in der Wiege zu schaukeln und es in den Schlaf zu singen.

Die ersten Wehen setzten eines Abends beim Essen ein.

«Es ist noch zu früh, die Hebamme zu rufen», sagte Elizabeth.

Susannah schürte das Feuer in der Schlafkammer und saß die ganze lange Nacht hindurch am Bett ihrer Mutter, rieb ihr über den Rücken und murmelte ihr aufmunternde Worte zu.

Cornelius machte sich derweil im Hinterzimmer zu schaffen und kam von Zeit zu Zeit leise die Treppe herauf, um seiner Frau Kräutertee gegen die Schmerzen zu bringen.

Goody Tresswell, die Hebamme, fand sich ein und äußerte nach einer kurzen Untersuchung, dass alles seinen normalen Verlauf nahm. Zum Schutz gegen Zugluft schloss sie sorgsam die Fensterläden und schürte das Feuer, bis die Flammen im Kamin hell aufloderten und dunkle Schatten über die Wände flackerten.

Aber das Kind ließ sich Zeit.

Am Nachmittag des zweiten Tages endlich fing Elizabeth an zu pressen. Sie keuchte und schwitzte und stieß tiefe, furchteinflößende Laute aus, während sie sich abmühte.

«Jetzt kann es nicht mehr lange dauern, Mama. Ich schicke Tom los, dass er Goody Tresswell noch mal holt.» Susannah kühlte ihrer Mutter mit einem Schwamm das Gesicht, die Brust vor Sorge zugeschnürt.

«Ich bin so müde», seufzte Elizabeth. Sie schloss die Augen, die vor Erschöpfung bläulich umschattet waren.

Die Hebamme stieß die Fruchtblase mit einem spitzen Fingerhut auf, wodurch das Fruchtwasser abgelassen wurde und die Wehen noch stärker wurden. Sie drückte ihrer Patientin so energisch auf den Bauch, dass Elizabeth aufschrie. Doch das Kind wollte noch immer nicht kommen.

Goody Tresswell presste entschlossen die Lippen zusammen, während sie an Elizabeths Bauch herumknetete. «Ihr müsst fester pressen, Mrs. Leyton.»

«Ich kann nicht», murmelte Elizabeth. «Lasst mich schlafen.»

Cornelius, der voller Unruhe draußen vor der Tür ausharrte, rief die Hebamme zu sich, und sie beratschlagten sich im Flüsterton. Dann wurde Tom losgeschickt, um den Arzt zu holen.

Eine Stunde später kehrte er zurück, nicht mit Doktor Quiller, einem alten Freund der Familie, sondern mit einem Fremden, einem lauten Mann in einem fleckigen Gehrock.

«Doktor Ogilby», stellte er sich vor. Sein Atem roch durchdringend nach Rum. Er rieb sich die Hände und hickste vernehmlich. «Was haben wir denn hier?» Er musterte Elizabeth, die mit geschlossenen Augen dalag. «Aufwachen, Madam! Eure Arbeit ist noch nicht getan.»

Ein wenig schwankend drückte er sein Ohr an ihren Bauch, rollte sich die Ärmel hoch und betastete ihren Leib. «Das Kind liegt mit den Füßen voran und muss herumgedreht werden», verkündete er.

«Das habe ich schon versucht», erwiderte Goody Tresswell, die Hände in die Hüften gestemmt.

«Hier ist es ja so finster wie in der tiefsten Hölle. Zündet noch eine Kerze an!», verlangte Ogilby. «Na schön, dann wollen wir mal.» Er schlug Elizabeths Nachthemd hoch, um ihren geschwollenen Leib zum Vorschein zu bringen, ohne jede Rücksicht auf ihr Schamgefühl. Dann packte er zu, knetete und boxte an ihr herum, bis er schweißgebadet und hochrot angelaufen war, während Elizabeth stöhnte und schluchzte.

Susannah beobachtete sein Tun unter Tränen. Ogilby hatte dunkle Ränder unter den Fingernägeln, als hätte er im Garten gewühlt. Es schien unanständig, dass solch grobe, schmutzige Hände die weiße Haut ihrer Mutter berührten.

Schließlich gab Ogilby auf, ließ sich am Bettrand nieder und kratzte geistesabwesend an einigen alten Flohbissen an seiner Brust herum. «Der kleine Teufel will nicht mitmachen», brummte er, drückte erneut sein Ohr an Elizabeths Bauch und horchte, hob die Hand und zischte unwillig, um Susannah zum Schweigen zu bringen, die ihre Mutter zu trösten versuchte. «Lebt noch. Hol deinen Vater», sagte er.

Susannah lief nach unten ins Wohnzimmer, wo Cornelius und Tom mit bleichen Gesichtern warteten.

«Doktor Ogilby verlangt nach dir.»

Cornelius stand auf, und Susannah sah bestürzt, dass sein Kinn zitterte. Voll jäher Angst stürzte sie auf ihn zu. «Mama wird nichts passieren, oder?»

Er hielt sie fest umarmt, sagte jedoch nichts.

Doktor Ogilby wartete bereits vor der Schlafkammer auf sie. «Für wen entscheidet Ihr Euch?», fragte er Cornelius.

«Verzeihung?»

«Für Eure Frau oder für das Kind? Könnte sein, dass sie beide draufgehen, aber ich werde mich bemühen, zumindest ein Leben für Euch zu retten.»

Susannah schrie auf.

«Meine Frau», presste Cornelius mit beinahe versagender Stimme hervor.

«Dann müsst Ihr sie festhalten. Sie wird sich wehren.»

Elizabeth sah nicht so aus, als könnte sie noch große Gegenwehr leisten. Sie lag reglos da wie eine Tote, mit vor Schweiß glänzender Stirn.

Ogilby legte seine Jacke ab und wies Susannah an, die Arme ihrer Mutter festzuhalten, während Cornelius und Goody Tresswell ihre Beine weit auseinanderhielten. Dann klappte er seine schwarze Tasche auf und entnahm ihr der Reihe nach einige Instrumente: eine kleine Säge, ein langes, dünnes Messer und einen scharfen Eisenhaken. Er wandte sich ab, aber nicht weit genug, um die Taschenflasche zu verbergen, aus der er einen Zug nahm.

«Stellt die Schüssel parat und haltet sie gut fest», sagte er und wischte sich mit dem Handrücken den Rum von den Lippen. «Wir haben es bald draußen.» Hörbar ein Aufstoßen unterdrückend, griff er nach dem Messer mit der langen Klinge.

Susannahs Hände zitterten heftig, während sie die Arme ihrer Mutter umklammert hielt.

Elizabeth fing an zu schreien und versuchte sich mit entsetzt aufgerissenen Augen aufzurichten.

«Festhalten, habe ich gesagt, verdammt noch mal!», brüllte der Arzt.

«Tut meinem Kind nichts zuleide! Tut ihm nichts an!» Elizabeth warf wild den Kopf hin und her, während sie sich von ihren Peinigern loszumachen versuchte.

«Mama, Mama! Du musst stillhalten!», schluchzte Susannah, verzweifelt darum bemüht, ihre sich windende Mutter festzuhalten.

«Lasst nicht zu, dass er meinem Kind etwas antut!»

Im flackernden Kaminfeuer zeichnete sich riesenhaft Ogilbys gebückter Schatten an der Zimmerwand ab.

Schließlich hörte Elizabeth auf zu schreien und stöhnte nur noch.

Susannah hielt den Blick abgewandt, doch neben der rumgeschwängerten Fahne des Arztes nahm sie nun auch den metallischen Geruch von Blut wahr.

Ogilby richtete sich auf. «Erledigt», verkündete er. «Und Ihr könntet ruhig das Gejammer einstellen und mir ein wenig dankbar sein, Madam. Ihr könntet jetzt tot sein, wenn ich nicht gehandelt hätte.»

Elizabeth lag reglos da, die Augen fest geschlossen. Trotzdem quollen weiter Tränen unter ihren Lidern hervor.

Susannah küsste ihrer Mutter zitternd und schluchzend die Tränen vom Gesicht und flüsterte beruhigend auf sie ein, während sie ihr das Haar zurückstrich.

Cornelius stand völlig benommen da und starrte in die Schüssel hinab.

Ogilby stützte sich mit einer Hand auf Elizabeths Bauch ab, griff mit der anderen nach der Nabelschnur und machte Anstalten, sie herauszuziehen.

«Halt!» Cornelius löste sich aus seiner Starre und packte Ogilby am Handgelenk. «Wenn Ihr das tut, erleidet sie Blutungen.»

Der Arzt machte sich schroff von Cornelius los. «Wollt Ihr mein Urteilsvermögen in Zweifel ziehen?» Er schob das Kinn vor und ballte drohend die Fäuste.

«Man muss doch abwarten, bis die Nachgeburt von alleine herauskommt!»

«Blödsinn! Bringen wir diese unschöne Sache hinter uns, dann könnt Ihr Eurer Frau eine kräftigende Brühe verabreichen, und schon bald kann sie am Kamin sitzen und dem Himmel für ihre Rettung danken. Und ich kann weiter zu meinem nächsten Patienten.»

Ehe Cornelius weitere Einwände erheben konnte, zog Ogilby mit einem Ruck an der Nabelschnur und beförderte so die Nachgeburt heraus. Ein großer Schwall Blut quoll zwischen Elizabeths Beinen hervor.

Ein verdutzter Ausdruck huschte über Ogilbys Gesicht.

«Mama!» Susannah küsste ihre Mutter auf die Stirn, aber ihre Augen blieben geschlossen.

Goody Tresswell stopfte eilig ein Bündel Handtücher zwischen Elizabeths Beine, die jedoch im Nu vollgesogen waren. Sie schnappte sich das Bettlaken und knüllte es hastig über die Tücher, aber gleich darauf war auch das Laken blutdurchtränkt.

Ogilby trank einen weiteren Schluck aus seinem Flachmann und verfolgte schweigend, wie die über Elizabeth gebeugte Hebamme hektisch den Blutfluss zu stoppen versuchte, während das Blut bereits über die Bettkante tropfte und in die Bodendielen einsickerte.

Cornelius sank auf die Knie, vergrub das Gesicht in den Haaren seiner Frau und stimmte Stoßgebete an, flehte Gott inständig an, seine geliebte Frau zu retten.

Nach einer endlosen Weile richtete sich Goody Tresswell auf und schüttelte den Kopf. «Es hat keinen Sinn mehr, Sir. Sie ist tot.»

«Verflucht!» Ogilby nahm einen weiteren tiefen Schluck und bot dann Cornelius die Flasche an, der sie dem Arzt mit einem zornigen Brüllen aus der Hand schlug, ehe er in hemmungsloses Schluchzen ausbrach.

Susannah starrte wie betäubt ihre Mutter an, die weiß und leblos vor ihr lag. Fassungslos legte sie einen Finger auf ihre Haut. Sie war noch warm. War das wirklich ihre Mutter? Tot?

Da erst warf sie einen Blick in die Schüssel, die auf dem Tisch neben dem Bett stand. Ein kleines Händchen ragte, wie zum Gruß erhoben, aus einer Lache gerinnenden Blutes in die Höhe. Doch es war das Gesicht des Babys, das Susannah endgültig aus der Fassung brachte. Die Augen waren halb geschlossen, und das wie eine kleine Rosenknospe geformte Mündchen sah aus, als wäre es gespitzt, um sich an der Milch seiner Mutter gütlich zu tun.

Susannah schrie los wie von Sinnen.

Susannah stützte sich an einer Mauer in der Crown Alley ab, während sie bei der Erinnerung an jenen entsetzlichen Tag heftige Übelkeit überkam. Auch nach all der Zeit stand ihr jede schreckliche Einzelheit noch immer klar vor Augen. Martha hatte bisher von Glück sagen können; sie hatte ja keine Ahnung, welche Gefahren bei einer Geburt drohten. Susannah aber hatte alles mit angesehen, und der Gedanke, ihr eigenes Leben auf diese Weise aufs Spiel zu setzen, war für sie unvorstellbar. Mit einer Ehe aber gingen Kinder einher, das war nun einmal Tatsache. Sie atmete einige Male tief durch, bis die Übelkeit nachgelassen hatte, und setzte ihren Weg dann fort.

Ein Stück die Gasse hinauf stand ein aufgeregt zeternder Mann. Erst mit Verzögerung begriff sie, dass sein Geschrei ihr galt.

«Fort mit Euch! Kommt bloß nicht näher!»

Verwirrt blieb sie stehen.

«Wagt es nicht, näher zu kommen! Ihr musstet Euch eben abstützen, ich hab's gesehen. Seht zu, dass Ihr nach Hause kommt, und verrammelt die Tür hinter Euch!»

«Ich bin nicht krank, bloß ein wenig schwindelig.»

«Ihr habt die Pest, nichts anderes, und treibt Euch auf der Straße herum und steckt unschuldige Seelen an.»

«Nein, Ihr täuscht Euch, das verspreche ich Euch!»

«Ich habe doch gesehen, wie Euch übel wurde! Bleibt mir ja vom Leib!», rief der Mann, der langsam hysterisch wurde, mit sich überschlagender Stimme.

«Wirklich, mir fehlt nichts! Ich bin gesund!»

Der Mann bückte sich, hob einen Stein auf und warf damit nach ihr. Dann machte er eilig kehrt und rannte davon.

In der Gasse befanden sich nur eine Handvoll anderer Menschen, die bei ihrem Anblick jetzt ebenfalls in wildes Geschrei ausbrachen.

Ein weiterer Stein flog heran und verfehlte nur knapp Susannahs Kopf. Sie machte fluchtartig kehrt und lief zurück in die Richtung, aus der sie gekommen war.

Zwanzig Minuten später gelangte sie, um Atem ringend, an dem Tor an, das auf der hinteren Seite in den Hof führte. Matthew und John, die mit ihren Bauklötzen im Staub spielten, sahen sie neugierig an, als sie hindurchtrat.

«Die suchen schon nach dir», sagte Matthew. «Hast du geweint?»

«Mama ist böse, weil du ihr nicht gesagt hast, wo du hingegangen bist.»

«Ich muss eurer Mama nicht über jeden meiner Schritte Rechenschaft ablegen!»

Matthew zuckte die Achseln und wandte sich wieder seinen Klötzchen zu.

Als sie vom Hof in die Küche trat und sich umwandte, sah Susannah, dass die beiden Jungen ihr nachschauten.

«Gott sei Dank! Wo wart Ihr denn bloß, Miss Susannah?», fragte Jennet.

«Ich habe Martha besucht.»

«Nun, Ihr solltet wohl besser hochgehen. Die gnädige Frau

ist schlechter Laune. Wieder mal.» Jennet trat an den Spülstein und fing an, den Suppentopf mit einer Handvoll Sand energisch auszuscheuern, dass ihre ausladenden Hüften nur so wackelten. Sie drehte sich noch einmal um. «Bringt Euch erst in Ordnung. Ihr habt Schmutz im Gesicht, und Euer Haar ist völlig zerzaust.»

«Ein paar Leute unterwegs dachten irrtümlich, ich hätte die Pest. Sie haben mit Steinen nach mir geworfen, und ich musste vor ihnen davonlaufen.»

«Ist das die Möglichkeit! So nervös sind die Leute mittlerweile schon. Da kommt ihre schlimmste Seite zum Vorschein. Gestern habe ich von einem Holländer gehört, der angegriffen und verprügelt worden ist, weil es die Holländer waren, die damals die Pest in die Stadt eingeschleppt haben. Aber nun geht besser hoch, ehe Euch die Gnädigste auch noch mit Steinen bewirft. Der Herr war über Euer Verschwinden auch nicht gerade erfreut. Übrigens, es ist Besuch da.»

«Besuch?»

«Euer Freund. Dieser Mr. Savage.»

«Oh!» Susannahs Stimmung hellte sich schlagartig auf, und sie lächelte.

«Vielleicht solltet Ihr lieber noch schnell Euer bestes Kleid anlegen?» Jennet warf ihr einen verschmitzten Blick über die Schulter zu.

Als Susannah nach oben eilte, steckte ihr Vater den Kopf aus der Wohnzimmertür. «Da bist du ja! Mr. Savage ist hier.»

«Hat Jennet mir schon erzählt. Ich will mir bloß noch rasch das Gesicht waschen, dann komme ich zu euch.»

«Dann aber schnell!»

In ihrer Schlafkammer goss Susannah frisches Wasser in die Schüssel, um sich den Staub und die Tränenspuren aus dem Gesicht zu waschen. Ihr Rock war bei ihrer Flucht durch die Straßen schmutzig geworden, und sie reinigte den Saum hastig mit einer Bürste, ehe sie wieder nach unten lief. Vor der Wohnzimmertür blieb sie kurz stehen, zwickte sich in die Wangen, um etwas Röte hineinzuzaubern, und trat dann ein.

«Susannah, na endlich!» Arabella lächelte zwar, aber ihre Augen blickten kalt. «Wie du siehst, haben wir Besuch von Mr. Savage.»

«Wie liebenswürdig von Euch, uns zu beehren.»

Henry Savage, angetan mit einer Weste aus Goldbrokat und einem Hemd mit gekräuselten Spitzenmanschetten, kam auf sie zu und nahm ihre Hand. «Ich wollte unbedingt bis zu Eurer Rückkehr warten, und Euer Vater und Eure Stiefmama haben mich unterdessen mit vorzüglichem Gebäck und Bier bewirtet.»

«Mr. Savage beehrt uns nämlich heute aus einem ganz bestimmten Grund.» Cornelius sah sie lächelnd an.

Da begriff sie, was es mit Mr. Savages Besuch auf sich hatte. Sofort bekam sie Herzklopfen und einen trockenen Mund.

Arabella erhob sich mit raschelnden Taftröcken. «Cornelius, mein Lieber, ich glaube, wir sollten Mr. Savage jetzt lieber eine Weile mit Susannah allein lassen.» Sie rauschte hinaus, gefolgt von Cornelius, der seiner Tochter noch einen letzten aufmunternden Blick über die Schulter zuwarf.

Als sich die Tür hinter ihnen geschlossen hatte, blieben Susannah und Mr. Savage in befangenem Schweigen zurück.

«Vermutlich ahnt Ihr schon, was ich Euch gerne sagen würde?» Er zeigte lächelnd seine schneeweißen Zähne.

«Nein, wirklich nicht», stammelte Susannah.

«Kommt; vor mir braucht Ihr Euch nicht zu verstellen», sagte er. «Dass ich Euch verehre und hoch schätze, ist Euch doch wohl nicht entgangen? Ich bin jetzt seit einigen Wochen in London, und mein Importhandel lässt sich sehr ordentlich an. Meine Aussichten sind günstig, und ich habe vor, mich hier dauerhaft niederzulassen.»

«Wollt Ihr denn nie nach Barbados zurückkehren?»

«Meine Zukunft ist hier in London. Und in diesem Sinne möchte ich Euch gerne fragen, ob Ihr mir die Ehre erweisen wollt, meine Frau zu werden?»

Susannah schluckte und sah aus dem Fenster. Was sollte sie ihm bloß antworten? Der Gedanke, einem Haus zu entkommen, in dem sie sich zunehmend unerwünscht fühlte, war mehr als verlockend. Und sie hatte Henry Savage gern. Sehr gern sogar. Er war charmant und fröhlich und hatte eine Art von Humor, die sie zum Lachen brachte. Natürlich liebte sie ihn nicht, aber sie hielt es nicht für ausgeschlossen, dass sie mit der Zeit lernen könnte, ihn zu lieben. Doch wie um alles in der Welt könnte sie das Risiko eingehen ...

«Miss Leyton; Susannah. Darf ich Euch so nennen?»

«Ich ... ich weiß nicht recht, ob Ihr das solltet, Mr. Savage.»

«Aber wenn wir uns verloben wollen, ist das vollkommen zulässig.»

Sie fühlte sich, als würde sie am Rande eines Abgrunds stehen, und wagte kaum zu atmen, während sich in ihrem Kopf die Gedanken wie wild überschlugen.

«Susannah?»

«Es *wäre* zulässig, *wenn* wir uns verloben würden.»

Sein Lächeln erlosch, und er schwieg kurz. «Wünscht Ihr das denn nicht? Ich hatte gedacht ...»

«Natürlich fühle ich mich geschmeichelt und geehrt ...» Sie fragte sich, ob er wohl ihren Herzschlag hören konnte, der ihr dröhnend in den Ohren hämmerte.

«Euer Vater war überzeugt, dass Ihr meinem Antrag nicht abgeneigt sein würdet. Und Mistress Leyton ist entzückt über die Aussicht.»

«Selbstverständlich! Sie kann es gar nicht erwarten, mich los zu sein.»

«Dass es zwischen Euch und Eurer Stiefmutter immer wieder zu Unstimmigkeiten kommt, ist mir nicht verborgen geblieben. Daher hoffte ich, dass Ihr dem Gedanken eines eigenen Haushalts etwas abgewinnen könntet.»

«O ja, hundertmal ja! Ihr könnt Euch nicht vorstellen, wie sehr mir das zusagen würde.»

Er konnte seine Enttäuschung kaum verbergen. «Dann ... kann es also nur daran liegen, dass ich Euch als Ehemann nicht recht bin. Das tut mir leid, denn ich hatte gedacht, wir wären gute Freunde geworden.»

«So ist es doch auch! Ich habe Euch sehr gern, Mr. Savage. Es ist nur so, dass ...»

«Es gibt jemand anderen, dem Euer Herz gehört?»

«Oh, nein!»

«Ganz sicher nicht? Jemand, der nicht die Billigung Eures Vaters fände, vielleicht? Glaubt mir, ich weiß sehr wohl, dass Amor seine Pfeile nicht immer dorthin schießt, wo es schicklich wäre.»

«Es gibt keinen anderen.»

«Dann sagt mir bitte, warum mein Antrag Euch so sehr zu verdrießen scheint.»

Sie fühlte sich in die Enge getrieben. «Es liegt nicht an Euch, es ist der Antrag als solcher. Denn ich habe große Angst vor dem ... Ehestand allgemein, versteht Ihr.»

Henrys Anspannung löste sich merklich, und er setzte ein zuversichtliches Lächeln auf. «Susannah, meine Liebe, alle

Bräute fürchten sich ein wenig vor dem Ehestand. In dieser Hinsicht, das verspreche ich Euch, würde ich stets Umsicht und größtes Zartgefühl walten lassen.»

«Das ist es nicht ...» Sie biss sich auf die Lippe und blickte zu Boden, um ihr Erröten zu verbergen. «Meine Mutter ist im Kindbett gestorben», sagte sie leise. «Ich musste es mit ansehen, es war entsetzlich, grauenvoll. Und ... und ich fürchte mich davor, ein Kind zu bekommen.» Wieder hörte sie im Geist die kläglichen Schreie ihrer Mutter.

«Das tut mir aufrichtig leid. Aber jeden Tag bringen Tausende Frauen Kinder zur Welt und sterben nicht, sondern führen ein langes und glückliches Leben.»

«Ich werde nie vergessen können, was geschehen ist.»

Ein Anflug von Ungeduld huschte über sein Gesicht. «Verständlich. Ich bitte ja nur darum, dass Ihr Euch meinen Antrag durch den Kopf gehen lasst.»

Sie widerstand dem Drang, fluchtartig das Zimmer zu verlassen, und sah ihn ruhig an. «Das habe ich, Mr. Savage. Es tut mir leid, aber ich werde mich niemals verheiraten.»

«Niemals?»

Sie schüttelte den Kopf.

«Verstehe.» Er zuckte die Achseln. «Dann empfehle ich mich hiermit.» An der Tür wandte er sich noch einmal um, die Hand bereits an der Klinke. «So leicht gebe ich mich nicht geschlagen, Susannah. Ihr seid unabhängig und habt Euren eigenen Kopf, gerade das schätze ich sehr an einer Frau. Und ich würde Euch den Freiraum gewähren, Euren Interessen ungestört nachzugehen. In einem Monat komme ich noch einmal wieder, um zu sehen, ob Ihr es Euch nicht doch anders überlegt habt. Ich wünsche einen guten Tag.»

Damit ging er hinaus.

Susannah setzte sich und verbarg das Gesicht in den Händen. Hatte sie einen schrecklichen Fehler gemacht?

Die Tür flog auf. «Ja, weine nur, Fräulein!», fauchte Arabella, die Fäuste zornig geballt. «Wie konntest du ihm nur einen Korb geben? Er ist charmant und sieht gut aus; was könntest du mehr verlangen, in deinem Alter? So ein Angebot bekommst du nie wieder, verlass dich drauf.»

«Ich nehme doch nicht dir zu Gefallen einen Heiratsantrag an, Arabella. Ich lasse mich nicht von dir aus meinem eigenen Zuhause vertreiben!»

«Das ist jetzt *mein* Zuhause, und für uns beide ist hier kein Platz. Begreifst du denn nicht, dass es für dich viel besser wäre, wenn du einen eigenen Haushalt hättest? Obwohl mir offen gesagt schleierhaft ist, wie du den eigenständig führen solltest. Dein Vater und ich können dich hier jedenfalls nicht länger gebrauchen.»

«In dem Fall solltest du aber besser anfangen, dich selbst um deine Kinder zu kümmern, statt das mir und Jennet aufzuhalsen.»

Arabella reckte ihr Kinn in die Höhe und lächelte. «Nun, lass dir gesagt sein, dass du in der Hinsicht in Zukunft noch weitaus mehr zu tun bekommen wirst.»

«Willst du mir drohen?»

«In keiner Weise. Aber du solltest wissen, dass dein Vater und ich Elternfreuden entgegensehen. Unser Kind wird im neuen Jahr zur Welt kommen.»

Susannah stockte der Atem. «Was hast du getan!»

«Deinen Vater sehr glücklich gemacht.»

Arabella lächelte triumphierend. Es war ein Anblick, bei dem Susannah übel wurde.

5. Kapitel

Dieser Göre müsste mal ein Einlauf verabreicht werden», sagte Susannah, während sie von der offenen Küchentür aus verfolgte, wie Harriet draußen im Hof herausfordernd eine Staubwolke aufwirbelte, gefährlich nahe bei der trocknenden Wäsche. «Vielleicht hilft das ja gegen ihre ewige schlechte Laune.»

«Das könnte Euch möglicherweise auch nicht schaden.»

«Was fällt dir ein!»

Jennet zog die Augenbrauen in die Höhe. «Ich kenne Euch lange genug, Miss Susannah, um zu erkennen, wann ein offenes Wort angebracht ist. So kann es hier nicht weitergehen. Alle sind ständig schlechter Laune.»

Das stimmte leider. Trotz ihrer Entschlossenheit, Arabella nicht kampflos das Feld zu überlassen, dachte Susannah in letzter Zeit verstärkt darüber nach, welche Art Anstellung für sie in Frage käme, um ihrer unhaltbaren Lage in diesem Haushalt zu entkommen. Ihr Leben bestand nur noch aus Pflichten und Gezänk, und sie hatte es satt.

Außerdem fehlte ihr Henry. Es hatte ihr gefallen, wie er sich um sie bemüht hatte, Ausflüge mit ihr unternommen oder sonstige kleine Zerstreuungen für sie ersonnen hatte. Natürlich war Susannahs Vergnügen nicht gänzlich ungetrübt gewesen, denn Arabella hatte sie immer begleitet. Und zu ihrem Verdruss hatte Henry, kurzsichtig wie die meisten Männer, die spitzen Bemerkungen ihrer Stiefmutter noch nicht einmal registriert, weil sie stets mit einem süßen Lächeln geäußert wurden.

Doch nun war Henry fort, und niemand brachte mehr Freude in Susannahs Leben. Einzig ihre panische Angst vor dem Geburtsvorgang hielt sie davon ab, seinen Antrag noch einmal ernstlich in Erwägung zu ziehen. Warum nur konnten sie nicht einfach Freunde bleiben? Oder heiraten, ohne das Ehebett miteinander zu teilen? Die Antwort darauf aber erhielt sie jedes Mal, wenn sie sah, wie ihr Vater Arabella mit dahinschmelzendem Blick liebkoste. Alle Männer, da hatte Martha wohl recht, ließen sich von ihrer Begierde lenken. Henry würde von seiner Frau erwarten, dass sie ihren ehelichen Pflichten in jeder Hinsicht nachkam, und damit war der Fall erledigt.

Der Vormittag verlief halbwegs friedlich. Arabella war zu ihrem Handschuhmacher in den Börsenarkaden aufgebrochen, während Jennet sich bemühte, die Kleinen im Zaum zu halten. Susannah zeigte Ned, wie man einen Umschlag aus Ringelblumen zubereitete, der dazu diente, das Herz bei fiebrigen Erkrankungen zu stärken, war aber in Gedanken ganz woanders: bei Henry nämlich, und bei der quälenden Frage, ob sie einen schlimmen Fehler begangen hatte.

Arabella kehrte schwer mit Paketen beladen von ihrem Einkaufsbummel zurück, die sie auf dem Verkaufstresen der Apotheke ablud. «Ich hätte Jennet mitnehmen sollen, um mir beim Tragen zu helfen», ächzte sie. «Hol mir einen Stuhl, Cornelius, ich bin völlig geschafft.»

«Du musst dich vorsehen, Arabella! In deinem Zustand ...»

«Susannah, ruf die Magd, sie soll mir ein Glas Bier bringen. Faul bin ich noch nie gewesen, Cornelius, da kannst du von Glück sagen, weil du mir ja nicht erlauben willst, ein Kindermädchen anzustellen.»

«Du weißt, dass wir für eine weitere Bedienstete keinen Platz haben, meine Liebe. Ned muss ja so schon unter der Theke im Verkaufsraum schlafen.»

«Unsinn! Jennet könnte sich das Bett mit dem neuen Mädchen teilen.»

«Ihre Kammer ist doch kaum größer als ein Schrank ...»

«Du hörst mir nicht zu, Cornelius. Ohne Hilfe schaffe ich es unmöglich, den Haushalt, drei Kinder und ein Neugeborenes unter einen Hut zu bringen.»

Susannah konnte nicht länger an sich halten. «Aber du hast doch Jennet!»

Arabella überging ihren Einwurf komplett. «Wenn du so geizig bist, Cornelius, gibt es wohl nur eine Lösung: Susannah muss sich um die Kinder kümmern und kann dir nicht mehr in der Apotheke helfen.» Ihr Tonfall war sachlich, aber sie warf Susannah einen herausfordernden Blick zu.

«Niemals!» Susannah baute sich mit geballten Fäusten vor Arabella auf und funkelte sie zornig an. Was fiel dieser Person ein? «Ich muss mich ja jetzt schon um deine ungezogene Brut kümmern, während du faul im Bett liegst und kandierte Aprikosen naschst oder zur Börse fährst, um dich mit modischem Tand einzudecken. Glaube ja nicht, dass ich dir zuliebe meine wertvolle Arbeit aufgebe, damit du dich dem Müßiggang hingeben kannst.»

«Susannah!» Cornelius war bleich vor Zorn. «Ich lasse nicht zu, dass du in diesem Tonfall mit Arabella sprichst. Entschuldige dich auf der Stelle!»

«Ich soll mich bei ihr entschuldigen? Kommt nicht in Frage!» Sein Verrat machte sie fassungslos. Das konnte doch nicht sein Ernst sein? «Hat sie dich derart verhext, Vater, dass du nicht mehr klar denken kannst? Wie willst du denn ohne mich in der Apotheke auskommen?»

Cornelius setzte zu einer Antwort an, aber Arabella hob gebieterisch die Hand. «Du nimmst dich viel zu wichtig,

Susannah. Dein Vater hat einen Lehrjungen, der ihm zur Hand gehen kann. Diesmal will ich großzügig sein und dein unmögliches Benehmen noch einmal übersehen, aber du solltest es endlich in deinen Kopf bekommen, dass ich jetzt die Herrin im Hause bin. Wenn du dich fortan nicht mäßigst, bringe ich dich irgendwo als Küchenmagd unter.»

«Vater?» Susannah sah hilfesuchend ihren Vater an.

Cornelius hatte die Lippen zusammengepresst, um seine Augenwinkel herum zuckte es. «Ich ...» Er schluckte schwer. «Ich ...»

«Vater?» Sie war so fassungslos, dass ihre Stimme bebte.

«Ich gehe ins Kaffeehaus», sagte er, den Blick zu Boden gesenkt. «Erwartet mich nicht zum Mittagessen.» Er riss die Ladentür auf und stürmte hinaus.

Susannah stand da, zitternd vor Schreck, und starrte zur Tür.

«Erwarte dir von ihm keine Unterstützung.» Arabella verzog abschätzig die Oberlippe. «Männer sind Schwächlinge.»

Susannah brachte vor Enttäuschung über Cornelius' Verrat kein Wort heraus.

Arabella seufzte. «Ich will ganz offen sein. Als ich deinen Vater heiratete, hatte ich es nicht darauf abgesehen, mit dir in Unfrieden zu leben, Susannah, aber du forderst mich auf Schritt und Tritt heraus, und das lasse ich mir nicht bieten. Dieses Haus, das ist die schlichte Wahrheit, ist für uns beide einfach nicht groß genug.»

«Das sehe ich nicht anders.» Susannah lehnte sich gegen den Tresen, weil sie auf einmal butterweiche Knie hatte. Sie spürte, wie sich in ihrer Brust langsam ein kalter, harter Knoten der Gewissheit bildete.

«Ich bin die Frau deines Vaters», fuhr Arabella fort, «und ich werde nicht das Feld räumen. Also musst du gehen, um des lieben Friedens willen. Du hättest Henry Savages Antrag annehmen sollen, aber dafür ist es jetzt zu spät. Ich habe ihn vorhin gesehen.»

«Henry?»

«Natürlich Henry! An der Börse habe ich ihn von weitem gesehen. Arm in Arm mit Miss Horatia Thynne. Sie ist nicht so nett anzusehen wie du, weniger taktvolle Naturen könnten sogar so weit gehen, sie als hässlich zu bezeichnen.» Sie lächelte säuerlich. «Vielleicht bin ich ja gar nicht so missgünstig, wie du meinst, Susannah? Denn dass du eine reizvolle junge Frau bist, räume ich neidlos ein – sofern man nichts gegen rotes Haar einzuwenden hat.»

«Wie überaus liebenswürdig!»

Arabella überging Susannahs Einwurf. «Horatia ist die Tochter von Robert Thynne, mit dem mein erster Mann zufällig bekannt war. Mr. Thynne hat mit der Einfuhr von Seide aus dem Orient ein Vermögen verdient, und wenn er für seine bedauernswerte Tochter einen Mann kaufen muss, um sie unter die Haube zu bringen, dann wird er das tun. Egal, wie teuer ihn das zu stehen kommt. Falls du also dachtest, du könntest Henry vielleicht zurückgewinnen, solltest du dich von diesem Gedanken jetzt verabschieden.»

Susannah sagte nichts. Tatsächlich hatte sie bei sich oft gedacht, dass sie Henrys Antrag immer noch annehmen könnte, wenn das Leben zu Hause gar zu unerträglich wurde.

«In meinem Zustand bin ich nicht bereit, in ständiger zermürbender Zwietracht zu leben», fuhr Arabella fort. «Bis zum Michaelistag bist du ausgezogen. Entweder suchst du dir selbst eine Stelle, oder ich übernehme das für dich. Ich habe eine Freundin, die möglicherweise eine Gesellschafterin gebrauchen kann, und werde mich diesbezüglich erkundigen.»

«Das lässt Vater nicht zu!»

«Meine Liebe.» Arabella setzte ein derart selbstgewisses Lächeln auf, dass Susannah fröstelte. «Dein Vater wird alles tun, was ich von ihm verlange, verlass dich darauf. Denn anderenfalls wird er seines Lebens nicht mehr froh.»

Susannah legte ihren schlichten grauen Rock mit der dazu passenden Jacke an, verbarg ihre Locken unter einem Hut und ging nach unten.

Weil Cornelius gerade einen Kunden beriet, der sich dringend eines Bandwurms entledigen wollte, wartete sie im Hinterzimmer, bis sie die Ladenglocke klingeln hörte.

«Gehst du aus?», fragte Cornelius.

«Ich habe mich entschlossen, bei allen Apothekern an der Fleet Street nachzufragen, ob sie eine Hilfe brauchen.»

Cornelius schüttelte den Kopf. «Meine Liebe, was du dir da erhoffst, ist für dich unerreichbar.»

«Du könntest doch ein gutes Wort für mich einlegen.»

«Das würde nichts ändern.»

«Aber warum nicht? Arbeite ich denn nicht seit vielen Jahren an deiner Seite?»

«Wenn du die Witwe eines Apothekers wärst, wäre es etwas anderes; dann würde nichts dagegen sprechen, dass du sein Geschäft fortführst, aber ...»

«Irgendjemand wird meine Fähigkeiten schon erkennen und mir Arbeit geben!»

«Du warst immer schon eigenwillig, Susannah, und hast stets deinen Kopf durchgesetzt, aber hier täuschst du dich. Bitte sehr, unterziehe dich dieser Demütigung, wenn du unbedingt willst, aber du wirst sehen, dass kein einziger Apotheker aus meinem Bekanntenkreis dir erlauben wird, bei ihm zu arbeiten. Du solltest dir lieber eine geeignetere Beschäftigung suchen, als Gesellschafterin für eine Dame etwa.» Damit wandte er sich ab und fing an, Pillen in Schachteln abzuzählen.

Susannah verließ türenschlagend die Apotheke und eilte mit vor Entrüstung glühenden Wangen die Straße hinauf. An der ersten Apotheke blieb sie stehen und atmete einige Male tief durch, um sich etwas zu beruhigen. Die Rollläden waren heruntergelassen, und dem Unrat nach zu urteilen, der sich vor der Tür angesammelt hatte, war sie wohl schon seit Wochen nicht mehr geöffnet worden.

Sie stieß noch auf weitere Apotheken, die geschlossen waren, vermutlich, weil sich die Inhaber dem allgemeinen Exodus aufs Land angeschlossen hatten. Ihr war gar nicht klar gewesen, wie viele Kollegen ihres Vaters ihre Läden dichtgemacht hatten. Besonders bestürzend war es, bei zwei Apotheken das rote Kreuz an der Tür vorzufinden.

Sie spähte in das düstere Innere einer Apotheke, die zwar geöffnet hatte, aber einen verwahrlosten, wenig einladenden Eindruck machte. Die Apotheke gleich daneben, unter dem Schild mit dem Lavendelzweig, wirkte da schon vertrauenerweckender. Den Inhaber, Mr. Gordon, kannte sie schon seit Jahren. Sie öffnete die Tür und trat ein. Der Verkaufsraum war menschenleer, doch auf dem Tresen stand eine Schale mit einer halb angerührten Arznei. Sie stippte einen Finger hinein und kostete. Thymian, Fenchel, Ingwer, Kalisalz und Magnesia. Ein Mittel gegen Verdauungsstörungen und Blähungen vermutlich. Mit ein paar Tröpfchen Pfefferminzöl könnte die Mixtur entschieden verbessert werden.

Mr. Gordon tauchte aus dem Hinterzimmer auf und faltete

die Hände vor der Brust. Beim Lächeln zeigte er seine gelblichen Zähne. «Miss Leyton, wenn ich nicht irre?»

«Ja, ganz recht.»

«Schickt Euch Euer Vater? Braucht er irgendwas?»

«Nein, keineswegs. Ich bin hier ...» Sie zögerte, aber jetzt den Mut zu verlieren kam nicht in Frage. «Ich bin hergekommen, um zu fragen, ob Ihr vielleicht eine Hilfe für die Arzneizubereitung benötigt?»

«Einen Lehrling?»

«Nicht direkt. Wie Ihr wisst, hat mein Vater kürzlich geheiratet, und seine neue Frau hat drei Kinder. Obendrein wird demnächst noch Nachwuchs hinzukommen, und unser Haus ist zu klein für so viele Bewohner. Aus diesem Grund habe ich beschlossen, Arbeit in einer anderen Apotheke zu suchen. Ich verfüge über weitreichende Kenntnisse, da ich meinem Vater schon seit vielen Jahren zur Hand ...»

«Ihr?» Gordon runzelte die Stirn. «Soll das etwa heißen, dass Ihr mein Gewerbe ausüben wollt?»

«Ich habe zwar keine formale Ausbildung, aber dafür jede Menge praktische ...»

«Aber Ihr seid eine Frau.»

«Ja, aber ...»

«Frauen dürfen nicht als Apotheker arbeiten. Das wäre ein Frevel gegen den Willen Gottes.»

Eine heiße Welle des Zorns ergriff Susannah. «Und woher wisst Ihr das so genau?»

Gordon richtete sich zu seiner vollen Größe auf. In seiner rechtschaffenen Empörung erinnerte er an eine aufgeblähte Unke. «Wollt Ihr die Lehren der Kirche in Zweifel ziehen? Was für frevlerische Gedanken hegt Ihr denn noch? Ihr verlasst jetzt mein Geschäft, auf der Stelle!»

Susannah musterte angewidert die Speichelbläschen in seinen Mundwinkeln. Was für ein abscheulicher Mensch. «Eines Tages werden auch Frauen als Apotheker arbeiten.»

«Nicht in dieser Welt oder zu meinen Lebzeiten! Möge der Herrgott Euch allein schon für diese Vorstellung strafen! Ich weiß nicht, was Euer Vater sich dabei denkt, Euch mit solchen Ideen vor die Tür zu lassen. Wärt Ihr meine Tochter, hätte ich Euch schon längst nach Bedlam schaffen lassen. Und jetzt raus mit Euch!»

«Hier würde mich auch nichts halten! Und wenn Ihr der letzte Apotheker in London wärt!» Sie stieß die Schüssel mit der halbfertigen Arznei auf ihn zu, wobei einiges auf den Tresen schwappte. «Ihr gebt so viel heiße Luft von Euch, warum nehmt Ihr nicht ein paar Schlucke von Eurer Medizin? Vielleicht geht es Euch dann besser!» Sie riss die Tür auf und empfand große Genugtuung dabei, sie mit lautem Scheppern hinter sich zuzuschlagen.

Es wurde August, und Susannah hatte noch immer keine Arbeit gefunden. Kamen Dienstboten in die Apotheke, fragte sie jedes Mal, ob in ihrem Haushalt vielleicht eine Stelle zu besetzen wäre, doch sie erhielt immer nur ein Kopfschütteln zur Antwort. Viele reiche Leute hatten London verlassen, ohne all ihre Dienstboten mitzunehmen, die sich nun mühsam auf der Straße durchschlagen mussten. Mit jedem Tag, der verstrich, erschien Susannah ihre Lage hoffnungsloser, und Arabella erinnerte sie bei jeder Gelegenheit daran, dass der Michaelistag nicht mehr fern war.

Sie beschloss, Martha einen Besuch abzustatten, solange sie noch die Freiheit genoss, ihr eigener Herr zu sein. Für das noch ungeborene Kind hatte sie ein Wickeltuch aus Leinen mit Hohlsaumarbeit genäht, das sie in ihren Korb legte, bevor sie sich auf den Weg machte.

In der Hitze des Augustnachmittags waren die Straßen unnatürlich verödet. Immerhin war das Pflaster merklich sauberer, seit es nur noch so wenige Pferde in London gab. Susannah hielt sich unterwegs ein Sträußchen Rosmarin unter die Nase, was aber gegen die im Sommer besonders penetranten Abwassergerüche nur bedingt half. Die Hälfte der Geschäfte auf der Fleet Street waren geschlossen und mit Brettern vernagelt, weil die Inhaber entweder verstorben oder aufs Land gezogen waren. Auf dem Weg zu Marthas Haus begegneten Susannah nicht einmal fünfzig Leute, aber dafür hörte sie die Totenglocke von St. Bride's läuten. Die Glocke schlug erst neun Mal, um den Tod eines Mannes anzuzeigen, und dann nach einer kurzen Pause siebenundzwanzig Mal. Kurz blieb es still, dann schlug die Glocke erneut, erst sechs Mal und dann fünfundzwanzig Mal. Ein Mann von siebenundzwanzig und eine Frau von fünfundzwanzig Jahren also. Voll Unbehagen warf Susannah im Gehen einen Blick über die Schulter und fragte sich, ob die Verstorbenen wohl der Pest zum Opfer gefallen waren.

Marthas Haustür stand offen, und zwei ihrer Kleinen saßen auf der Vordertreppe und spielten mit ihren Puppen.

«Hannah, Patience. Wie geht es euch beiden?»

«Danke, es geht uns gut.»

«Mama bekommt heute ihr Baby.»

Susannah zuckte zusammen. «Heute?»

«Die Hebamme ist da, und Vater ist losgegangen, um Großmutter zu holen.»

Durch die offene Tür hörte Susannah ein lautes Stöhnen aus dem Obergeschoss dringen und bekam sogleich Herzklopfen.

Widerstrebend trat sie ins Haus. Sie stieg die Treppe hinauf, blieb stehen und spähte in die Schlafkammer, wo sie Martha im Bett liegen sah, ohne ihre gewohnte Haube, die sonst ihr dunkles Haar verbarg.

Martha blickte auf und sah ihre Freundin in der offenen Tür stehen. «Susannah! Wie nett von dir, vorbeizukommen. Du bist mir so viel lieber als Richards Mutter. Ich möchte mir nicht noch einmal haarklein jede einzelne ihrer dreizehn Geburten schildern lassen. Komm, setz dich zu mir.»

Susannah wich erschrocken zurück. «Oh, nein! Ich wollte bloß sehen, ob es dir gutgeht.»

«Es geht mir bestens. Aber ich fände es schön, deine Hand zu halten.»

«Ich ... ich kann nicht bleiben.»

«Es gibt keinen Grund, Angst zu haben, stimmt's, Goody Joan?»

Die Hebamme, eine mollige kleine Person mit einem Gesicht voller Lachfalten, trat lächelnd vor und trocknete sich die kräftigen Hände an ihrer sauberen weißen Schürze ab. «Nicht den geringsten, meine Liebe.» Ihre Stimme klang ausgesprochen beruhigend. «Setzt Euch nur neben sie. Lange kann es jetzt nicht mehr dauern.»

Martha keuchte. «Wieder eine.» Sie packte Susannahs Hand, schloss die Augen und bemühte sich, tief und gleichmäßig zu atmen.

Goody Joan hob das Laken und spähte zwischen die Beine ihrer Patientin. «Wenn ich mich nicht täusche, ist es an der Zeit, dass Ihr Euch auf den Gebärhocker setzt.»

Susannah sah sich in jäher Panik um und überlegte fieberhaft, wie es ihr gelingen sollte, wegzulaufen, während Martha ihre Hand so fest umklammert hielt.

Martha stöhnte, und Susannah brach der Schweiß aus.

«In Ordnung, meine Liebe», sagte die Hebamme, nachdem sie Martha auf den Hocker geholfen hatte. «Jetzt könnt Ihr pressen.»

Martha holte tief Luft, und ihr Gesicht lief dunkelrot an.

«Schwarze Haare, wie es aussieht», sagte Goody Joan. «Ganz wie Euer Gatte.»

Susannah saß neben Martha, die ihr fast die Hand zerquetschte, während sie sich abmühte. Das Ächzen und Stöhnen ihrer Freundin versetzte Susannah unmittelbar zurück in den überheizten Raum, in dem ihre Mutter um ihr Leben gekämpft hatte, während Dr. Ogilbys grotesker Schatten über die Wand geflackert war. Diese Kammer aber war voller Sonnenlicht, durch das offene Fenster wehte eine leise Brise herein, und Goody Joan ermunterte ihre Patientin mit freundlichen Worten. Martha stöhnte noch einmal, um sodann einen langgezogenen Triumphschrei auszustoßen. Goody Joan fing den glitschigen kleinen Körper in einem Tuch auf. Als sie den Säugling saubergewischt hatte, fing er an zu schreien, laut und fordernd.

Susannah hörte sich selbst schluchzen, als Martha ihren Sohn in die Arme schloss und auf die Stirn küsste.

«Ist er nicht prachtvoll, Susannah?»

«Ein gesunder kleiner Junge», strahlte Goody Joan.

Susannah bekam kein Wort heraus, während ihr Tränen der Freude und Erleichterung übers Gesicht liefen.

Martha, die vor Mutterstolz strahlte, berührte sie sanft an der Hand. «Siehst du, so schrecklich ist eine Geburt gar nicht. Sie ist eines von Gottes Wundern.»

Bei Susannahs Rückkehr rief Jennet aus der Küche nach ihr. «Die gnädige Frau möchte Euch sehen», sagte sie. «Sie ist ungewöhnlich guter Laune.»

Susannah begab sich nach oben in die Wohnstube, wo Arabella sie schon erwartete.

«Setz dich, Susannah. Ich habe Neuigkeiten für dich.»

«Ach?»

«Du darfst dich sehr glücklich schätzen. Ich habe eine Anstellung für dich gefunden, bei einer Bekannten von mir. Sie heißt Mrs. Driscoll, hat zwei kleine Mädchen von acht und neun Jahren und sucht eine Zofe, die einfache Handarbeiten ausführen und den Kindern ihren Katechismus beibringen kann. Das wirst du doch wohl können? Du sollst dich morgen früh bei ihr vorstellen, damit sie dich in Augenschein nehmen kann.»

Damit war der Tag der Abrechnung also gekommen. Noch ganz benommen von den Ereignissen des Nachmittags, ging Susannah in ihre Schlafkammer. Behutsam wickelte sie die kostbare Miniatur aus dem blauen Samt und betrachtete das Gesicht ihrer Mutter. «Warum nur konnte es bei dir nicht ebenso glatt verlaufen wie bei Martha», flüsterte sie. «Wenn du heute noch am Leben wärst, müsste ich jetzt nicht alles hinter mir lassen, was mir lieb und teuer ist.»

Am Morgen darauf begab sich Susannah nach Aldersgate und wartete in der Eingangshalle des imposanten Stadthauses, das vielleicht ihr neues Zuhause werden würde. Nach kurzer Zeit führte das Dienstmädchen sie ins Wohnzimmer. Mrs. Driscoll legte ihre Näharbeit beiseite und musterte Susannah eingehend.

«Ich gehe davon aus, dass Ihr auf dem Virginal spielen könnt?», fragte sie.

«Leider nein.»

«Verstehe.» Ein verdrießlicher Zug spielte um ihre farblosen, schmalen Lippen. «Könnt Ihr meine Töchter im Zeichnen unterweisen, ihnen beibringen, wie man knickst und sich in feiner Gesellschaft benimmt?»

«Ja, Madam. Außerdem kann ich ihnen eine schöne italienische Schreibschrift beibringen, sie Latein lehren und auch ein wenig Griechisch und Französisch.»

Mrs. Driscoll riss erstaunt die Augen auf. «Was sollte ein Mädchen denn damit anfangen? Könnt Ihr sie auch Tanzen lehren?»

«Das könnte ich sicherlich», sagte Susannah ein wenig zweifelnd.

«Wie sieht es aus mit Muschelarbeiten und Sticken?»

Ehe Susannah antworten konnte, flog glücklicherweise die Tür auf, und ein ungeheuer dicker Mann in einem weinroten, prallsitzenden Gehrock kam ins Zimmer geschritten. «Ah! Wen haben wir denn da? Eine Freundin meiner Frau, ja?»

Seine Frau hüstelte. «Mr. Driscoll, das ist die Person, die Mrs. Leyton mir als mögliche Gesellschafterin empfohlen hat.»

«Ah! Als Gesellschafterin. Ja. Mädchen brauchen immer Gesellschaft. Habt Ihr sie schon kennengelernt? Hübsche kleine Dinger, nicht dass ich prahlen wollte.»

«Nein, Sir, ich bin eben erst eingetroffen.»

«Sie kann kein Virginal spielen», sagte Mrs. Driscoll.

«Ah! Na, macht nichts. Wir engagieren einen Musiklehrer, dann können sie es alle zusammen lernen. Was haltet Ihr davon, Miss?» Er strahlte sie an, wobei seine Äuglein fast völlig in den feisten Wangen verschwanden.

«Virginal wollte ich schon immer gern spielen lernen. Eure Töchter und ich könnten gemeinsam üben.»

«Ausgezeichnet! Dann wäre das ja geklärt. Nun rufe die Mädchen aus dem Kinderzimmer, meine Liebe.»

Mrs. Driscoll spitzte den Mund, als ob ihr eine Erwiderung auf der Zunge läge, besann sich dann aber eines Besseren und ging aus dem Zimmer.

«Und, sind Sie schon lange als Zofe tätig?», fragte Mr. Driscoll.

«Nein, gar nicht. Mein Vater ist Apotheker, und ich helfe ihm seit langem bei der Arzneizubereitung.»

Mr. Driscoll sog zischend Luft zwischen seinen Zähnen ein. «Ihr könntet meiner Frau also auch einen Einlauf verabreichen, wenn es mal nötig wäre?» Er warf den Kopf zurück und brüllte vor Lachen, bis sein Gesicht so dunkelrot angelaufen war wie sein Gehrock.

Susannah erschien es ratsam, nicht in sein Gelächter mit einzustimmen.

Mrs. Driscoll kehrte mit ihren Töchtern zurück, beide überaus gut genährt und alles andere als hübsch. Sie traten langsam vor und knicksten so tief, wie es ihre speckigen Beinchen zuließen, wohlwollend beäugt von ihrem Vater.

«Sind sie nicht allerliebst?»

«O ja», sagte Susannah, während ihr durch den Kopf ging, dass diesen kleinen Puddinggesichtern wohl nur der eigene Vater etwas abgewinnen konnte. Wenigstens machten sie nicht den Eindruck, als könnten sie allzu große Scherereien bereiten.

Arabella trug ihre hämische Genugtuung darüber, ihren Willen durchgesetzt zu haben, unverhohlen zur Schau, aber Susannah beachtete sie gar nicht. Eine seltsame Ruhe hatte sich in ihr ausgebreitet, während sie sich in das Unvermeidliche fügte, Erleichterung geradezu, dass das aufreibende Gezänk mit ihrer Stiefmutter nun endlich ein Ende hätte. Bis zu ihrem Stellenantritt verblieben nur noch wenige Tage, und sie war entschlossen, diese Zeit vollauf auszukosten.

Cornelius verließ die Apotheke bei jeder sich bietenden Gelegenheit und vermied es, mit ihr allein zu sein, was Susannah sehr verletzte. Um sich abzulenken und obendrein alles in guter Ordnung zu hinterlassen, räumte sie alle Schränke im Hinterzimmer gründlich auf, während Ned im Verkaufsraum die Stellung hielt. Da er ja lernen musste, allein zurechtzukommen, ignorierte sie das Klingeln der Ladenglocke, wann immer ein Kunde hereinkam. Sie fegte gerade den Boden des Hinterzimmers, als sie hinter sich eine Stimme vernahm.

«Meine Herren, seid Ihr fleißig!» Henry Savage lehnte an der Wand und sah ihr beim Arbeiten zu.

«Henry!» Susannah schlug sich verlegen die Hand vor den Mund. «Mr. Savage! Was führt Euch denn hierher?» Ihr Puls raste, und sie spürte, wie ihr Gesicht zu glühen begann. Sie hoffte, dass dieses Erröten nicht allzu verräterisch war.

Henry lächelte. «Nehmt die Schürze ab; wir gehen aus. Ich möchte Euch etwas zeigen.»

«Das geht nicht ...»

«Warum nicht?»

Ja, warum eigentlich nicht. Eine solche Gelegenheit, ihre Zeit frei und ungebunden zu nutzen, würde so schnell nicht wiederkommen, jetzt, wo ihr ein freudloses Dasein als

Bedienstete bevorstand. Ihr war schmerzlich bewusst, dass sie ihr Arbeitskleid trug, das hier und da geflickt und voller Quecksilberflecken war. «So kann ich nicht vor die Tür gehen! Ich muss mir zumindest erst das Gesicht waschen.»

Henry nahm ihr den Besen ab und lehnte ihn an den Schrank. Dann zog er ein Taschentuch hervor und wischte ihr einen Fleck von der Wange. «Perfekt!», befand er, nahm sie am Arm und geleitete sie zur Tür hinaus.

«Wo gehen wir denn hin?», fragte sie.

«Das erfahrt Ihr noch früh genug.»

Nachdem sie die Fleet Street und Ludgate Hill hinter sich gelassen hatten, umrundeten sie die St. Paul's Cathedral, kamen an Susannahs Lieblingsbuchhandlung vorbei und bewegten sich dann durch das Gewirr von Gassen, bis sie bei einer Reihe vornehmer Stadthäuser an einem stillen kleinen Platz unweit der Watling Street ankamen. Die Häuser schienen recht neu zu sein, denn ihr Mauerwerk war noch hell und kaum von dem fettigen Rauch beschmutzt, der die Fassaden der älteren Nachbargebäude mit einer dunklen Patina überzogen hatte. Henry geleitete Susannah die Treppe hinauf, zog einen Schlüssel aus der Tasche und schloss die Tür auf.

Ohne auf ihre Fragen einzugehen, führte er sie von einem eleganten Raum in den nächsten, wobei ihre Schritte von den hohen Decken widerhallten, und zeigte ihr sogar die Küche. Anzeichen deuteten darauf hin, dass die Vorbesitzer das Haus sehr überstürzt verlassen hatten: vertrocknete Blumen in einer Vase, offen stehende Schubladen und die Stoffpuppe eines Kindes, die verloren auf der Treppe herumlag.

«Nun», sagte er. «Was haltet Ihr davon?»

Sie spürte, dass er sich Beifall von ihr erhoffte, und verscheuchte den Gedanken, dass das Haus auf sie trostlos und verlassen wirkte. «Es ist ein herrliches Haus», sagte sie. «So weitläufig und geräumig. Aber warum sind wir hier?»

Er zog eine Augenbraue in die Höhe. «Bin ich nicht ein Mann, der Wort hält? In einem Monat würde ich wiederkommen, habe ich gesagt. Und ich dachte, Ihr wolltet vielleicht das Haus kennenlernen, in dem ich mich häuslich niederzulassen gedenke.»

«Aber ...» Sie wandte verlegen den Blick ab. «Miss Thynne ...»

Damit hatte Henry augenscheinlich nicht gerechnet. «Ah! Ihr habt also von ihr gehört?»

«Sie sei sehr vermögend, hat meine Stiefmutter mir erzählt.»

«Allerdings. Ich weiß, dass Ihr zu klug seid, um Euch etwas vorzumachen, daher gestehe ich freimütig ein, dass ich mir ausgemalt habe, wie nützlich es wäre, über viel Geld zu verfügen. O ja, bei Gott!» Ein lausbübisches Lächeln zuckte um seine Mundwinkel. «Doch ich habe mir auch ausgemalt, wie es wäre, jeden Morgen am Frühstückstisch Miss Thynnes bedauernswertes Gesicht vor mir zu sehen, und wie viel lieber mir das Eure wäre, liebe Susannah.» Er umfasste ihre Hände. «Bitte, sagt mir, dass Ihr es Euch anders überlegt habt?»

6. Kapitel

Susannah steckte sich das Haar hoch und ließ sich einige Locken lose über die Schultern fallen, nach dem Vorbild Arabellas, die sich das Haar immer so zu frisieren pflegte, ehe sie ausging. Sie spähte in den altersfleckigen Spiegel und arrangierte eine Locke so, dass sie auf ihr Dekolleté fiel. Ängstliche grüne Augen starrten ihr aus einem Gesicht entgegen, das beinahe so weiß war wie ihr Kleid. Sie zwickte sich etwas Röte in die Wangen und rang sich ein Lächeln ab. In dem kleinen Spiegel konnte sie sich zwar nicht komplett sehen, wusste aber, dass ihre schmale Taille in dem enggeschnürten Mieder vorzüglich zur Geltung kam. Mehr konnte sie nicht tun; es war an der Zeit, nach unten zu gehen.

Sie schloss zum letzten Mal die Tür ihrer Schlafkammer hinter sich und raffte ihre schweren Seidenröcke in die Höhe, die sich kühl und glatt anfühlten.

Unten im Wohnzimmer erwartete ihr Vater sie bereits.

«Bezaubernd siehst du aus, meine Liebe», sagte Cornelius und gab ihr einen Kuss auf die Stirn.

«Danke, Vater. Arabella war mir mit großer Hingabe dabei behilflich, mein Hochzeitskleid auszuwählen.»

«Es freut mich, dass ihr endlich Freundschaft geschlossen habt.»

Nein, dachte Susannah, Freundschaft nun nicht gerade. Sie hatte sich standhaft gegen das ordinäre, mit viel zu vielen Rüschen und Schleifchen besetzte Kleid zur Wehr gesetzt, das ihre Stiefmutter ihr zugedacht hatte. Dennoch, sie hatten beide Zugeständnisse gemacht und kamen nun so leidlich miteinander aus, wie es unter den Umständen eben möglich war. «Ich hoffe, dass du nun wieder das ruhige Leben führen kannst, das du gewohnt bist, Vater, jetzt, wo ich euch verlasse.»

«Da sehe ich leider eher schwarz», sagte Cornelius. «Wenn erst das Kind da ist, sind wohl alle Hoffnungen auf ein friedliches Alter dahin, die ich je gehegt haben mochte.»

«Vielleicht hat Arabella ja recht, und ihr solltet ein Kindermädchen anstellen? Die Ausgabe lohnt sich auf jeden Fall, glaub mir.»

Cornelius küsste sie abermals, mit Tränen in den Augen. «Du bist mir so lieb, wie eine Tochter einem nur lieb sein kann», sagte er. «Ich bin nicht verblendet, weißt du, mir ist durchaus klar, dass Arabella mitunter etwas schwierig sein kann.» Er blinzelte heftig. «Aber trotzdem liebe ich sie über alles.»

«Das weiß ich doch. Und ich möchte, dass du glücklich bist, deshalb verlasse ich euch.»

«Du bist meiner lieben Elizabeth so ähnlich. Du siehst mich mit deinen großen, verwundeten Augen an, und es reißt mir das Herz entzwei. Wäre sie mir doch nur erhalten geblieben, dann hätte ich nie ...»

«Was geschehen ist, ist geschehen.» Sie mochte nicht mehr darüber sprechen. Je näher der Zeitpunkt des Aufbruchs rückte, desto mehr ergriff eine Art Benommenheit von ihr Besitz: Selbst das Reden fiel ihr schwer. Kurz fragte sie sich, ob König Charles auf seinem Gang zum Schafott wohl ähnlich zumute gewesen war. In der Ferne begannen die Glocken von St. Bride's zu läuten.

«Es ist Zeit. Ich wünsche dir von Herzen Glück, meine Liebste.» Cornelius nahm Susannah am Arm, um sie die Treppe hinunter und auf die Straße zu geleiten, wo die gemietete Kutsche wartete, die sie zur Kirche bringen würde.

Drei Wochen waren vergangen, seit das Aufgebot bestellt worden war, mehr Zeit hatte Susannah nicht gehabt, um sich an den Gedanken zu gewöhnen, dass sie heiraten würde. Als sie in den dämmrigen Innenraum der Kirche trat, kam sie sich vor wie in einem Traum. Dies war ein Tag, den sie für sich nie hatte kommen sehen. Während sie mit trockenem Mund neben Henry vor dem Altar stand, flatterte ihr das Herz in der Brust wie ein Vogel, der verzweifelt seinem Käfig zu entkommen versuchte. Rings um sie hallten die Stimmen wider, und sie zwang sich, ganz ruhig und tief zu atmen, um nur ja nicht ohnmächtig zu werden.

Erst als sie aus der Kirche hinaus in den Sonnenschein traten, kam Susannah dazu, Henry richtig anzusehen. Dieser Mann ist mein Ehemann, dachte sie, während vor ihren Füßen Reis auf den Boden prasselte. Wie merkwürdig! *Mein Ehemann.* Bis dass der Tod uns scheide. Und ich werde mich nach Kräften bemühen, Henry zu lieben und dafür zu sorgen, dass auch er mich liebt.

Henry strahlte über das ganze Gesicht, während er sie am Arm hielt und sich ein besonderes Vergnügen daraus machte, sie jedermann als Mistress Savage vorzustellen. Gerade sein jungenhaftes Lächeln macht seinen Charme aus, überlegte Susannah. Im Grunde war es dieses Lächeln, das ihn so gut aussehen ließ.

Das Hochzeitsmahl verlief wesentlich ruhiger als seinerzeit bei Cornelius' und Arabellas Hochzeit. Viele ihrer Freunde und Bekannten hatten die Stadt aus Furcht vor der Pest verlassen, aber Susannah sah mit Freuden, dass Richard Berry mit seiner Bridie erschienen war, ebenso wie Martha mit ihrem Mann. Auch Henrys Cousin, Doktor Ambrose, und ihre gemeinsame Tante Agnes Fygge gaben sich die Ehre.

Martha, die den kleinen James auf dem Arm trug, umarmte sie herzlich. «Ich freue mich aufrichtig für dich, Susannah. Mr. Savage wirkt überaus umgänglich, und er ist obendrein jung. Du solltest dich glücklich schätzen.»

«Das tue ich auch.» So war es tatsächlich; nach all den Sorgen und Kümmernissen der zurückliegenden Monate hatte sie jetzt eine Zukunft, auf die sie sich freuen konnte. Endlich ließ auch die Benommenheit nach, die sie in den letzten Stunden verspürt hatte.

«Und ich wollte dich etwas fragen. Wärst du bereit, James' Taufpatin zu sein? Da du bei seiner Geburt dabei warst, scheint es doch folgerichtig, dass du ein besonderes Auge auf ihn haben solltest.»

«Es wäre mir eine Ehre!» Susannah kitzelte Klein-James unter dem Kinn und wurde mit einem reizenden, zahnlosen Lächeln belohnt.

Cornelius hatte seiner Tochter zuliebe keine Ausgaben gescheut, und das Festmahl bestand aus gedünstetem Barsch, gebratenen Wachteln, Marktorte und Hühnerfrikassee, gefolgt von Apfel- und Quittenkuchen sowie diversem Konfekt und Marzipan zum Nachtisch. Dazu tranken sie den besten Wein, den das *Crown and Cushion* zu bieten hatte. Arabellas Kinder benahmen sich zur Abwechslung einmal brav und gesittet, mit Ausnahme Matthews, dem von den Unmengen Marzipan, die er in sich hineingestopft hatte, so speiübel wurde, dass er vor die Tür gebracht werden musste, um sich zu übergeben.

Agnes Fygge, eine krumme, gebeugte alte Dame mit hellwachen schwarzen Augen und sehr viel Rouge auf den Wangen, saß Susannah am Tisch gegenüber. «Und, was meint Ihr, wie wird Euch das Eheleben bekommen?», fragte sie.

«Sehr gut, mit Sicherheit», stammelte Susannah, während sie fasziniert den extravaganten Gehstock der alten Dame betrachtete, dessen Silberknauf die Form eines Affenkopfs hatte. Henry, der neben ihr saß, war ganz in ein Gespräch mit Doktor Ambrose vertieft.

«Hm. Mir selbst hat es nicht sonderlich zugesagt. Aber mein Mann lebt ja schon nicht mehr.»

Susannah, die nicht recht wusste, ob sie der alten Dame dazu gratulieren oder ihr Beileid aussprechen sollte, sagte lieber nichts. Henry neben ihr unterhielt sich mit seinem Cousin inzwischen in gedämpftem Tonfall und schien zunehmend erregt.

«Ich bin jetzt schon sehr lange Witwe. Kann tun und lassen, wozu ich Lust habe», sagte Mrs. Fygge.

Susannah nickte, um Interesse zu heucheln, während sie zu verstehen versuchte, worum es in dem geflüsterten Gespräch ihres Mannes ging.

Doktor Ambrose sah seinen Cousin mit zornig zusammengezogenen Augenbrauen an. «Du darfst sie nicht herholen!»

«Euer neues Heim gefällt Euch, hat Henry mir erzählt?», sagte Mrs. Fygge, die von dem Disput ihrer Neffen nichts mitzubekommen schien.

Susannah legte den Kopf schräg, um besser verstehen zu können. «O ja! Es übertrifft meine kühnsten Erwartungen. Henrys Importhandel entwickelt sich sehr gut, hat er mir erzählt.»

«Ach, erzählt er das, ja?» Ein feines Lächeln spielte um Agnes' Lippen. «Ja, reden und die Leute für sich einnehmen konnte er schon immer. Da kommt er ganz nach seinem Großvater. Der natürlich längst tot ist.» Damit wandte sie sich ab, um mit Richard Berry zu ihrer Linken zu plaudern.

Henry und Doktor Ambrose steckten inzwischen die Köpfe zusammen und flüsterten noch leiser. Schließlich stieß Henry seinem Cousin mit dem Finger gegen die Brust, um eine Aussage zu bekräftigen, worauf Doktor Ambrose geräuschvoll seinen Stuhl zurückschob und aufsprang.

«Ich habe es versprochen!» Henry schlug mit der Hand auf den Tisch. «Und jetzt kann ich dieses Versprechen einlösen.»

«Damit will ich nichts zu tun haben!» Doktor Ambrose warf seine Serviette auf den Tisch und stürmte aus dem Raum.

Susannah sah ihm verwundert nach. «Henry, warum ist dein Cousin denn so aufgebracht?»

Henry lachte, aber sein Gesicht wirkte angespannt. «Will ist nun mal so, mürrisch und aufbrausend. Er hat eine unglückliche Liebe hinter sich, seither ist er verbittert. Aber ich werde mir von ihm nicht unseren Hochzeitstag verderben lassen.» Er pochte mit seinem Messer auf den Tisch. «Ein Trinkspruch! Erheben wir das Glas auf meine Braut und trinken auf ihr Wohl!»

Als Susannah an jenem Abend vom Abort zurückkam, lag Henry bereits im Bett und erwartete sie. Nach dem Abendessen hatte sie es so lange wie möglich hinausgezögert, nach oben zu gehen. Sie hatte sich sogar die Zeit genommen, Peg zu begrüßen, das junge Dienstmädchen, das Henry eingestellt hatte, und sie beim Abschneiden der Kerzendochte und dem Abschließen der Türen beaufsichtigt. Grässliche Angst vor dem, was nun bevorstand, machte sich in ihr breit. Am Ende aber vermochte sie es nicht länger aufzuschieben und begab sich nach oben.

Susannahs Koffertruhe war neben dem Frisiertisch abgestellt worden. Sie klappte den Deckel auf, nahm ihr neues, mit Stickerei verziertes Nachthemd heraus und hängte es über die Stuhllehne, während sie die Spangen und Bänder aus ihrem Haar löste. Sie genierte sich, mit einem Mann allein in einem Schlafzimmer zu sein, mochte er nun ihr Ehemann sein oder nicht. Aus Furcht vor den möglichen Folgen dessen, was nun bevorstand, hatte sie es vermieden, allzu gründlich darüber nachzudenken, war aber gleichzeitig fest entschlossen, es ihrem Mann auf jeden Fall recht zu machen. Als sie sich ihre Locken kämmte, sah sie im Spiegel, dass er sie vom Bett aus beobachtete. Sie wandte sich um, und er lächelte flüchtig.

Sie erwiderte sein Lächeln matt und flüchtete dann hinter den Wandschirm, der in der Zimmerecke stand. Als sie ihr Mieder mit zittrigen Händen aufschnürte und sich dann in ihr Nachthemd kämpfte, merkte sie, wie heftige Panik in ihr aufstieg. Zitternd stand sie hinter dem Wandschirm, die Arme eng vor der Brust gekreuzt, und atmete immer wieder tief durch, um Mut zu fassen.

«Susannah?»

«Ja?»

«Es ist schon spät. Komm zu Bett.»

Widerstrebend trat sie hinter dem Schirm hervor.

Henry wirkte blass, und Susannah fragte sich kurz, ob er womöglich ebenso nervös war wie sie.

Sie streifte ihre Pantoffeln von den Füßen, stieg ins Bett und setzte sich sehr aufrecht neben ihn, das Laken bis über die Brust hochgezogen. Sie hatte das Gefühl, dass er hören müsste, wie laut und unruhig ihr Herz klopfte. «Soll ich die Kerze auspusten?»

«Noch nicht. Ich möchte dich ansehen. Hab keine Angst, dazu besteht wirklich kein Grund.» Er nahm sie sanft am Kinn und drehte ihr Gesicht zu sich herum.

Susannah konzentrierte sich auf seine Augen. Augen, so blau wie der Sommerhimmel.

Er lächelte und hob ihre kalten Hände an seine Lippen. «Meine Frau!», sagte er ehrfürchtig. «Wir werden sehr gut miteinander auskommen, glaube ich.»

Susannah nickte und spürte, wie sich ihr Unbehagen ein

wenig legte. Er hob die Hand an ihren Mund und fuhr mit dem Finger langsam an ihren Lippen entlang, und ganz intuitiv neigte sie sich vor und küsste seinen Finger.

Sie wehrte sich nicht, als er die Hände in ihre üppigen Locken schob und sich vorneigte, um sie zu küssen.

Es war überhaupt nicht unangenehm, wie sie feststellte. Die Bartstoppeln an seinem Kinn kratzten ein wenig, und er schmeckte nach dem kanarischen Wein, den sie zum Abendessen getrunken hatten. Da sie nicht recht wusste, was er von ihr erwartete, saß sie reglos da, während er sie weiter küsste. Seine Lippen waren warm und seidenweich. Er fing an, ihre Schulter zu streicheln, und knabberte dann sanft an ihrem Hals, was ihr eine Gänsehaut bescherte.

Ihre Anspannung löste sich zunehmend, und sie schmiegte sich an ihn und legte den Kopf zurück, damit er sie leichter erreichen konnte. Seine Hände nestelten an den Bändern ihres Nachthemds herum und zerrten schließlich ungeduldig daran, bis sie ihm behilflich war. Ihr aufgeschnürtes Nachthemd rutschte ihr von den Schultern, und sie widerstand mit aller Macht dem Drang, es wieder hochzuziehen und sich schamhaft an den Hals zu drücken. Schließlich war Henry ihr Ehemann, und sie hatte die Pflicht, ihm zu Willen zu sein.

«Ich habe noch nie so wunderbar weiße Haut gesehen», murmelte er, während er ihre Schultern streichelte. Dann senkte er den Kopf und bedeckte ihre schwellenden Brüste gemächlich mit einer Unzahl von Küssen. Ihr Nachthemd glitt nach und nach immer tiefer, bis seine Fingerspitze ihre Brustwarze berührte. Behutsam rollte er sie zwischen Daumen und Zeigefinger hin und her.

Susannah verschlug es den Atem. Tief in ihr breitete sich ein nie gekanntes, intensives Gefühl von Wärme aus.

Henry atmete schwer und griff mit der anderen Hand nach unten, um ihr Nachthemd am Saum zu fassen und es ihr über den Kopf zu streifen.

Nunmehr völlig nackt, streckte sie sich unter dem Laken aus und sah zu, wie er hastig sein eigenes Nachthemd auszog und neben dem ihren zu Boden fallen ließ. Mit großen Augen sah sie zum ersten Mal seine braungebrannte, muskulöse Brust mit dem zarten Flaum goldblonder Härchen. Sie biss sich heftig auf die Lippe und widerstand dem Verlangen, die Hand nach ihm auszustrecken und ihn zu streicheln, damit er sie nicht für liederlich hielt.

Er schlug das Laken beiseite, und sie rollte sich erschrocken zusammen, um ihre Blöße zu verbergen. Als er sich vor ihr hinkniete, stockte ihr der Atem. Sie hatte noch nie einen völlig nackten Mann gesehen, und der Anblick ähnelte kein bisschen den griechischen und römischen Statuen, die sie von Kupferstichen kannte. Sie kniff die Augen fest zusammen und bemühte sich, das Bild aus ihrem Kopf zu verscheuchen.

«Nicht! Lass mich dich ansehen.» Er löste sie aus ihrer zusammengekrümmten Haltung und drückte sie in die weichen Kopfkissen. Dann küsste er sie erneut, mit erhitztem Mund und stoßweise atmend.

Seine Hände waren überall, ertasteten ihre intimsten Körperstellen, umfassten ihre Brüste und berührten sogar ihre Ehre, doch da sie inzwischen von einer köstlichen Mattigkeit erfasst worden war, lehnte sie sich mit geschlossenen Augen zurück und ließ alles willig mit sich geschehen. Tief in ihr baute sich eine angenehme Spannung auf, und sie wurde langsam ungeduldig mit ihm, weil sie wollte, dass er ... Ja, was genau? Sie wusste es nicht, aber sie sehnte sich heftig danach.

Henry kletterte auf sie und stieß ihre Beine mit dem Knie

auseinander. Er bewegte die Hüften und versuchte ohne Erfolg, in sie einzudringen.

Sie schlug die Augen auf und sah zu ihrer Verwirrung, dass er die Zähne gefletscht hatte, während er mit starrem Blick einen Punkt über ihrer Schulter fixierte.

«Henry?», flüsterte sie.

«Schh!», zischte er. Alle Zärtlichkeit für sie schien verflogen, und sein Atem ging keuchend, während er zwischen ihren Beinen herumfummelte, sie mit ungeduldigen Fingern betastete und sich abmühte, in sie zu stoßen. Mit einem eingerissenen Fingernagel kratzte er mehrmals so schmerzhaft an ihrem zarten Fleisch, dass sie wimmerte.

Er war schwer, und das Scheuern seiner Hüften an den ihren wurde langsam so unangenehm, dass Susannah das Gefühl hatte, es nicht mehr viel länger aushalten zu können. Den Tränen nah, flüsterte sie schließlich: «Henry?»

Er erstarrte. «Was?» Seine Stimme klang heiser.

«Du tust mir weh.»

«Sei still!»

«Es tut mir leid, aber du tust mir weh ...»

«Halt den Mund! Lenk mich jetzt nicht ab!»

Er mahlte ein weiteres Mal gegen ihre Hüften, und sie schluchzte vor Schmerz auf.

«Verdammt!» Er hielt inne und ließ sich schwer auf sie niedersacken. Sie hörte sein Keuchen direkt an ihrem Ohr.

Sie spürte, wie er an ihrem Oberschenkel langsam wieder erschlaffte.

«Es nützt nichts», brummte er. «Wie konnte ich mir bloß einbilden, ich wäre dazu imstande.»

Susannah lag vor Schreck stocksteif da und wartete ab, was als Nächstes passieren würde.

Henry rollte sich von ihr herunter, riss das Laken vom Fußende des Betts und wickelte es sich um die Schultern. Er kehrte ihr den Rücken zu und lag reglos da, ohne einen Ton zu sagen.

Draußen schlug die Kirchenglocke zur vollen Stunde.

Susannah rührte sich nicht, wagte es nicht einmal, sich die Tränen abzuwischen, die ihr übers Gesicht rannen und das Kopfkissen durchnässten. Was hatte sie bloß falsch gemacht? Sie wusste nichts über die ehelichen Pflichten, die eine Frau im Schlafzimmer zu erfüllen hatte, aber hier war doch sicherlich etwas schiefgelaufen?

Henry gab keinen Laut von sich, aber Susannah vermutete, dass er ebenso hellwach war wie sie.

Nach einer Ewigkeit schlug erneut die Kirchenglocke, und da hörte sie Henry leise schnarchen.

Am Morgen wurde sie durch das Klappern eines Karrens geweckt, der draußen über das Kopfsteinpflaster rumpelte. Durch die Ritzen in den Fensterläden drang nur spärliches Licht herein, und sie erkannte erst nach kurzem Erschrecken das unvertraute Zimmer wieder, in dem sie sich befand. Sie wandte den Kopf auf dem Kissen zur Seite. Henry neben ihr schlief noch. Sein Mund stand halb offen, und sein Atem roch säuerlich.

Beim Gedanken an die zurückliegende Nacht und den so peinlich gescheiterten Vollzug der Ehe überkam sie von neuem heiße Beschämung. Sie hatte ihren frischgebackenen Ehemann enttäuscht und war ratlos, wie sie das wiedergutmachen sollte. Verlegen tastete sie zwischen ihren Beinen herum. Sie war zwar völlig wund, ernstere Verletzungen aber hatte sie offenbar nicht erlitten. Erneut sah sie Henry an, voller Angst, dass er aufwachen würde und sie sich ihm stellen müsste. Eigentlich ein Unding, ein derart intimer Akt zwischen zwei Menschen, die einander kaum kannten. Mit der Zeit aber würden sie die Fremdheit schon überwinden, und dann würden sie vielleicht zu einem unbefangeneren Umgang miteinander finden, und alles würde gut. Vorläufig aber verspürte sie nur den dringenden Wunsch, ihre Blöße zu bedecken, ehe Henry aufwachte.

Sie schlüpfte lautlos aus dem Bett, las ihr Nachthemd vom Boden auf und streifte es eilig über, ehe sie sich am Waschtisch Gesicht und Hände wusch. Nach einem raschen Blick auf den nach wie vor schlummernden Henry schlich sie leise an ihre Koffertruhe, nahm die kleine Schatulle mit ihren kostbarsten weltlichen Schätzen heraus und stellte sie auf den Frisiertisch, neben ihren Kamm, zusammen mit einer Dose selbst zubereitetem Zahnpulver, ihrer türkischen Zahnbürste und einem Fläschchen Lavendelwasser. Dann kleidete sie sich rasch an und verließ leise das Zimmer.

Peg erwartete sie schon in der Küche. Sommersprossig und mit ernsten grauen Augen, war sie zwar gutwillig, für ihre vierzehn Jahre aber auffallend klein und schmächtig. Sie trug ein ordinär wirkendes, viel zu tief ausgeschnittenes blaues Kleid voller Rüschen und Schleifchen mit einem billigen Spitzenunterrock, das für ein Küchenmädchen völlig unpassend war. Was hatte Henry sich nur dabei gedacht, ein solches Kind als einzige Bedienstete für ein so großes Haus einzustellen? «Wohnt deine Familie hier in der Nähe?», fragte Susannah.

«Nein, die sind alle gestorben.» Peg verzog schmerzlich das Gesicht. «An der Pest. Mam und Pa und meine sechs kleinen Geschwister.»

«Wann war das?» Susannah wich unwillkürlich einen Schritt zurück.

«Vor sechs Wochen, Ihr habt also nichts zu befürchten, Madam.»

«Wie schrecklich für dich!»

«Ja. Pa wurde als Erster krank. Wir waren erst letztes Jahr vom Land hierhergekommen. ‹Um unser Glück zu machen›, sagte er. Er wurde furchtbar krank, mit all den violetten Flecken an den Beinen.» Ihr blondes Haar hing in zwei strähnigen Zöpfchen um ihr gramerfülltes Gesicht. «Nach zwei Stunden war er tot, und danach das Baby und der kleine George.»

Spontan nahm Susannah die weinende Peg in die Arme und klopfte ihr sanft auf den mageren Rücken. Das Mädchen sprach weiter, sie musste ihre Geschichte einfach jemandem anvertrauen.

«Mam hat sich schier die Augen aus dem Kopf geweint, am Ende war es für sie eine Erlösung, als sie auch starb. Der Leichenkarren hat sie mit den anderen in der Nacht abgeholt, und die Wachleute haben meine Geschwister und mich im Haus eingesperrt. Einer nach dem anderen sind sie vor meinen Augen gestorben, und ich konnte nur zusehen und mich fragen, wann ich an die Reihe käme.»

«Aber du hast überlebt.»

«Ja, Madam, aber ich wollte, es wäre nicht so!»

Peg schluchzte so heftig, dass sie erst nach einer Weile weitersprechen konnte. «Vier Wochen war ich in dem Haus ganz allein, nachdem sie die anderen weggeschafft hatten. Vier Wochen, in denen ich nur das Gekratze der Ratten in den Wänden hörte und ständig daran denken musste, wie meine kleinen Brüder und Schwestern geweint und gejammert haben, ehe sie gestorben sind. Die Wachleute haben mir hin und wieder etwas Brot durchs Fenster geworfen und gesagt, ich soll beten. Aber ich hatte ja schon gebetet, während um mich herum meine ganze Familie gestorben ist, was also sollte das nützen?»

Susannah wusste kaum, wie sie das arme Mädchen trösten sollte, und vergaß völlig ihre eigene Misere mit Henry.

«Und als die Quarantäne vorüber war, haben die Wachleute die Haustür wieder aufgesperrt, und ich bin nach draußen gegangen.» Peg wischte sich die Nase am Handrücken ab. «Die Nachbarn haben einen großen Bogen um mich gemacht, und ich saß auf der Treppe, während sie das Haus ausräucherten, um es zu reinigen. Aber wo sollte ich hin? Ich hatte kein Geld für die Miete, und meine Familie war tot.»

«Bist du dann Mr. Savage begegnet?»

«Da noch nicht. Eine feine Dame ist vorbeigekommen, und ich habe ihr erzählt, was geschehen war. Sie hat gesagt, sie würde mich mit zu sich nach Hause nehmen, zur Cock Lane in Moor Fields, dort würde ich ihre Töchter kennenlernen.»

«Wie gütig von ihr!»

«Das habe ich zuerst auch gedacht, aber so war das gar nicht! Mrs. McGregor hatte sechs Töchter, die viel Aufhebens um mich gemacht haben. Dann hat sie mir ein gutes Essen vorgesetzt, mich gebadet und anschließend in ein neues Kleid gesteckt.» Sie hob stolz ihren Rock in die Höhe. «Wunderschön, nicht wahr?», hauchte sie.

«Aber zum Arbeiten zu ausgefallen, Peg. Ich besorge dir etwas Passenderes, dann kannst du es für besondere Anlässe aufheben. Und, wie ging es dann weiter?»

«Am nächsten Tag hat sie gesagt, ich müsste mir meinen Unterhalt verdienen. Ich habe ihr angeboten, die Böden zu schrubben oder mich sonst wie nützlich zu machen, aber sie hat gesagt, ihr Bruder käme zu Besuch, und ich sollte nett zu ihm sein.»

Jetzt ahnte Susannah allmählich, worauf die Geschichte hinauslaufen würde. «Und, ist ihr Bruder vorbeigekommen?»

Peg nickte. «Mrs. McGregor hat mich nach unten gerufen, um ihn kennenzulernen. Wir haben ein Glas Wein getrunken, von dem mir schwindelig wurde, und dann hat sie gesagt, sie hätte zu tun, und ich solle dem Herrn allein Gesellschaft leisten. Sie war kaum aus dem Zimmer gegangen, als er mir auch schon unter den Rock gegriffen hat. Ich habe geschrien, aber es ist niemand gekommen.»

«Oh, Peg!»

«Aber ich wollte nicht zulassen, dass er mir an meiner Ehre herumfummelt, also habe ich den Kerzenständer genommen und ihm damit eins übergebraten. Der war sofort im Reich der Träume, das könnt Ihr mir glauben!» Aus ihrem Lächeln sprach grimmige Genugtuung.

«Und, wie ging es weiter?»

«Ich bin aus dem Fenster geklettert. Als ich nach unten gesprungen bin, bin ich vor Mr. Savage gelandet, der gerade des Weges kam.»

«Was für ein Glück!»

«Ja, nicht wahr?», ließ sich eine Stimme hinter ihr vernehmen.

Susannah bekam sofort Herzklopfen und schnellte herum. Ihr Mann stand in der Küchentür.

«Ich konnte sie ja schlecht ihrem Schicksal überlassen, oder?», sagte er.

Susannah brachte es nicht über sich, ihn anzusehen, und schüttelte bloß den Kopf.

«Und dann habe ich mir gedacht: Meine Frau kann sie ja

als Dienstmädchen anlernen. Und du hast versprochen, recht fleißig zu sein, nicht wahr, Peg?»

«Ja, Sir, sehr gerne!»

«Vielleicht könnten wir dann ja mit einem Frühstück anfangen?»

Peg machte einen Knicks und ging dann eilig daran, die Teller aus dem Schrank zu nehmen und Brot zu schneiden.

«Was hätte ich sonst tun sollen?», sagte Henry, als sie am Tisch im Speisezimmer Platz nahmen. «Sie machte einen so verlorenen Eindruck, dass ich es nicht übers Herz brachte, sie in der Gosse zurückzulassen.»

Er war munter und vergnügt, ganz wie immer eigentlich, und wäre da nicht das leise Brennen zwischen ihren Beinen gewesen, wäre Susannah ins Grübeln geraten, ob sie sich die missglückte Hochzeitsnacht vielleicht nur eingebildet hatte.

«Du hast ein gutes Herz, Henry, aber dir ist doch klar, dass Peg viel zu unerfahren ist, um ein so großes Haus zu führen?»

«Aber ich habe volles Zutrauen in *dich*, Mistress Savage! Und du kannst gewiss sein, dass sie uns treu ergeben sein wird, da wir sie vor einem Leben in Schande bewahrt haben.»

Susannah war unendlich dankbar und erleichtert, dass Henry anscheinend keinerlei Groll gegen sie hegte. «Trotzdem hoffe ich, dass du Geduld mit uns hast, wenn das Essen nicht immer rechtzeitig auf dem Tisch steht oder deine Hemden nicht ganz perfekt gebügelt sind.»

«Ich bin ein geduldiger Mensch, Susannah. Keine Sorge.»

«Die Speisekammer ist übrigens so gut wie leer. Peg und ich müssen nach dem Frühstück auf den Markt, sonst können wir nichts zu Mittag kochen. Ich brauche also Haushaltsgeld.»

«Ja.» Henry spitzte die Lippen und sah versonnen drein.

«Begnügen wir uns heute Mittag mit etwas Brot und Käse. Nach all den Köstlichkeiten bei unserem Hochzeitsmahl würde ich heute wohl kaum etwas herunterbekommen.»

Susannah zog erstaunt die Augenbrauen hoch, denn Henry hatte den Laib Frühstücksbrot nahezu allein verputzt. Doch sie hielt es für klüger, zu schweigen.

«Außerdem», fuhr Henry fort, «kommt dein Vater heute Mittag vorbei, und du wirst ihn doch bestimmt sehen wollen. Du kannst nachmittags auf den Markt gehen und uns dann etwas Schmackhaftes zum Abendessen besorgen.»

«Vater hat mir gar nicht erzählt, dass er uns besuchen kommt.»

«Es geht um geschäftliche Angelegenheiten.»

Nach dem Frühstück zog sich Henry in sein Arbeitszimmer zurück, und Susannah hatte Gelegenheit, sich in ihrem neuen Zuhause umzusehen.

Sie betrachtete eingehend die Gobelins, die die Wände des Speisezimmers schmückten, und fragte sich, ob sie wohl von der früheren Hausherrin eigenhändig angefertigt oder in den Niederlanden bestellt worden waren. Da sie maßgenau an die Wände passten, konnten sie eigentlich nur eigens für dieses Zimmer hergestellt worden sein. Die blutrünstige Darstellung einer Wildschweinjagd freilich erinnerte auf unschöne Weise an die Herkunft des Schweinebratens, der hier mitunter auch serviert werden mochte.

Im Wohnzimmer fuhr Susannah mit den Fingern über den großen Kamin aus Stein und die geschnitzte Wandtäfelung aus Eichenholz. Der Kaminboden war voller Ruß, darum müsste sich Peg später kümmern. Auch sämtliches Mobiliar, von dem das Mädchen die Laken entfernt hatte, war mit einer feinen Schicht Seekohlenstaub überzogen. Eigenartig.

Susannah setzte sich probehalber auf einen Sessel mit Samtbezug und lehnte den Kopf zurück, um die Decke hoch über ihr zu betrachten. Kunstvolle Stuckarbeiten bildeten ein geometrisches Muster aus Quadraten und Medaillons, die zum Teil mit Malereien geschmückt waren. Es war fraglos ein eindrucksvolles Haus, aber es hatte nicht den Charme ihres beengten alten Zuhauses über der Apotheke. Sie musste unwillkürlich lachen: Arabella würde vor Neid erblassen, wenn sie dieses Haus sah.

Den restlichen Vormittag über wies sie Peg in ihre Pflichten ein. Die Nachmittage würde sie dazu nutzen, dem Mädchen die Grundbegriffe des Kochens beizubringen. Aber wenn Henry sich ein so großes und luxuriöses Haus leisten konnte, überlegte sie, könnte er doch gewiss auch noch eine weitere Bedienstete einstellen?

Nachdem sie mit Henry ein bescheidenes Mittagsmahl aus Brot und Käse verzehrt hatte, wischte Susannah im Wohnzimmer Staub und setzte sich dann ans Fenster, um einen Riss in einem Kissenbezug zu nähen, während sie auf ihren Vater wartete. Der baumbestandene Platz draußen vor dem Haus war still und beschaulich, ganz anders als die stets betriebsame Fleet Street. Obwohl es derzeit auch dort wesentlich ruhiger zuging, da so viele Einwohner die Stadt verlassen hatten.

Schon nach kurzer Zeit tauchte ihr Vater auf dem Platz auf, in Begleitung von Ned, der ihm dabei half, eine offenbar schwere Holzkassette zu tragen. Nachdem Peg ihnen auf ihr Anklopfen hin geöffnet hatte, lief Susannah hinaus ans Treppengeländer und rief nach ihnen.

Die Tür des Arbeitszimmers öffnete sich, und Henry stürzte die Treppe hinunter, um Cornelius seiner Bürde zu entlasten. «Guten Tag, Sir, und willkommen. Susannah, führe deinen Vater schon mal ins Wohnzimmer, ich komme dann gleich nach.»

Susannah begrüßte ihren Vater mit einem Kuss und zog ihn an der Hand ins Wohnzimmer.

«Wie vornehm es hier ist, sehr nobel. Du hast es gut getroffen, Susannah.»

«Das Haus ist so groß, dass es fast einschüchternd ist. Ich werde hier immer alle Hände voll zu tun haben.»

«Was meiner Ansicht nach nicht verkehrt ist.» Er hob sanft ihr Kinn mit dem Finger. «Aber bist du auch glücklich, Susannah?»

Sie schlug die Augen nieder und errötete unter dem forschenden Blick ihres Vaters.

«Wie du siehst, habe ich es sehr schön hier.»

Cornelius küsste sie auf die Stirn und ließ sie wieder los. «Das freut mich.»

Henry kam ins Zimmer und schenkte den Wein ein, den Susannah aus einem Fass im Keller gezapft hatte.

«Wollen wir dann das Geschäftliche regeln, Henry?», fragte Cornelius. «Ich habe da ein paar Dokumente, die noch deiner Unterschrift bedürfen.»

Später am Nachmittag, als ihr Vater sich wieder verabschiedet hatte, hörte Susannah ein klickendes Geräusch, als sie an Henrys Arbeitszimmer vorbeiging. Sie warf einen Blick durch die Tür, die halb offen stand, und sah ihn an seinem Schreibtisch sitzen, wo er Münzen zählte und zu kleinen Türmen aufstapelte.

Er blickte auf und sah sie mit leuchtenden Augen an. «Deine Mitgift, meine Liebe. Dein Vater hatte versprochen, sie mir am Tag nach der Hochzeit auszuhändigen, und er hat Wort gehalten.» Er nahm einen der Münzstapel und hielt ihr das

Geld hin. «Nun geh zum Markt und besorge uns etwas Feines zum Abendessen.» Er klappte die Geldkassette auf und ließ die übrigen Münzen wieder hineinfallen.

Susannah stockte der Atem, als sie sah, dass die Kiste nahezu randvoll vor.

Er schloss die Kassette ab und steckte den Schlüssel in seine Weste. «Also dann, ab mit dir!»

Sie brach mit Peg zusammen zum Markt auf. Unterwegs musste sie pausenlos an die Kassette voller Münzen denken. Dass Henry, ihr Vater und sein Anwalt sich vor der Hochzeit einige Stunden hinter verschlossene Türen zurückgezogen hatten, wusste sie zwar, aber dass ihre Mitgift so beträchtlich ausgefallen war, hatte sie nicht geahnt. Vermutlich hätte sie sich freuen sollen, dass ihr Vater sie einer so hohen Summe für wert erachtete, doch sie wurde das unbehagliche Gefühl nicht los, dass er sie an Henry geradezu verkauft hatte, um weiteren Misshelligkeiten mit Arabella aus dem Weg zu gehen.

7. Kapitel

Einige Wochen darauf spähte Susannah aus dem Fenster hinaus ins Dunkel und rätselte, wo Henry wieder einmal so lange bleiben mochte, als sie das Rumpeln eines Karrens auf dem Pflaster hörte, begleitet von dem Ruf des Nachtwächters: *«Bringt eure Toten heraus! Bringt eure Toten heraus!»*

Ein gellender Schrei drang aus dem oberen Stock. Sie ließ erschrocken den Vorhang los und wandte sich um. Peg kam im Nachthemd die Treppe heruntergelaufen.

«O Madam, lasst nicht zu, dass sie mich mitnehmen!»

«Warum sollten sie dich denn mitnehmen, Peg? Dir fehlt doch nichts.»

«Meine Angehörigen haben sie so grob und lieblos auf den Karren geworfen, meiner Mam war der Rock bis über die Knie hochgerutscht», schluchzte sie. «Hätte sie das mitbekommen, sie wäre vor Scham gestorben.»

«Aber sie hat es nicht mitbekommen, und jetzt hat sie ihren Frieden.»

Doch das Mädchen war nicht wieder zu beruhigen, und am Ende begleitete Susannah sie nach oben in ihre Dachkammer und versprach, bei ihr zu bleiben, bis sie eingeschlafen war. «Nun mach die Augen zu», sagte sie.

Pegs Geschniefe ging irgendwann in leises Schnarchen über, doch als Susannah aufstehen und gehen wollte, ließ sie noch immer nicht ihre Hand los.

Susannah atmete tief ein und aus und zählte dabei ihre Atemzüge, um ihre eigenen Ängste zurückzudrängen, die sie jederzeit zu überwältigen drohten, wenn sie nicht achtgab. Harte Arbeit war das beste Heilmittel gegen ihre Furcht vor einer Pestansteckung, und sie sorgte dafür, dass sie und Peg immer etwas zu tun hatten. Sie gingen fast täglich aus, um Lebensmittel zu kaufen, aber es hatten so viele Geschäfte geschlossen, dass die einst belebten Straßen so still waren wie an einem Feiertag. Die wenigen Stände, die es noch auf dem Markt gab, waren mehr als dürftig sortiert, und es verdross Susannah, dass sie gutes Geld für halbwelken Kohl und verschrumpelte Möhren ausgeben musste. Vorsorglich hatte sie immer eine kleine Dose mit Essig dabei, mit der sie von den Marktfrauen das Rückgeld in Empfang nahm, um es so zu reinigen und die Gefahr einer Pestansteckung zu verringern.

Das Eheleben war viel einsamer, als Susannah es sich ausgemalt hatte. Allabendlich legte sie ihre besten Kleider an und wartete begierig darauf, dass Henry nach Hause kam. Jeden Tag war sie bestrebt, jede noch so kleine Neuigkeit aufzuschnappen, um am Abend Gesprächsstoff für eine lebendige Unterhaltung mit dem Fremden zu haben, mit dem sie verheiratet war. An den meisten Abenden aber kehrte er zu ihrer Enttäuschung zu spät heim, um noch die Mahlzeit zu verzehren, die sie für ihn gekocht hatte, und ging sofort zu Bett. Kam er zeitig nach Hause, war er seltsam abwesend und reagierte einsilbig, wenn sie versuchte, sich mit ihm zu unterhalten. Am Tag ihrer Hochzeit hatte sie sich gelobt, dass sie lernen wollte, Henry zu lieben und umgekehrt auch seine Liebe zu erringen, aber das erwies sich als unvermutet schwierig. Auch der Vollzug der Ehe stand nach wie vor aus. Sollte sie darüber erleichtert sein, oder nicht doch eher enttäuscht? Sie wusste es nicht.

Da in der Stadt die Angst umging, hatte Susannah kaum Gelegenheit, ihre Nachbarn kennenzulernen. Wer die Stadt noch nicht verlassen hatte, hielt sich vorwiegend in den eigenen vier Wänden auf und ging nur vor die Tür, wenn es sich wirklich nicht vermeiden ließ. Die Fischhändlerin erzählte ihr, dass ihre Nachbarn, ein holländischer Kaufmann mit seiner Familie, sich mit einem riesigen Vorrat Lebensmitteln in ihrem Haus verschanzt hatten, um abzuwarten, bis die Seuchengefahr gebannt war. Manche Hauptverkehrsstraßen waren so verödet, dass zwischen den Pflastersteinen das Unkraut wucherte, ein bis vor kurzem unvorstellbarer Zustand.

Das Wetter kühlte ab, und von den Bäumen rings um den Platz segelten rot gefärbte Blätter zur Erde. Nachmittags zeigte Susannah Peg, wie man aus Obst und Früchten zur Vorbereitung auf den Winter Marmelade, Konserven und Sirup einkochte. Ablenkung jeder Art war für sie wichtiger denn je, um nicht darüber ins Grübeln zu geraten, wie sehr sie das Eheleben enttäuschte, aber auch, um auszublenden, wie viele Menschen inzwischen Tag für Tag der Pest zum Opfer fielen. Um ihre trübsinnige Stimmung ein wenig aufzuhellen, beschloss Susannah, ihren Vater und Arabella zum Abendessen einzuladen. Einem spontanen Einfall folgend, schlug sie Henry vor, auch seinen Cousin und seine Tante dazuzubitten. Es würde ein besonderer Anlass; ihre erste festliche Runde in ihrem gemeinsamen Heim, und sie war guten Mutes, dass sie Henry allen Grund geben würde, stolz auf sie zu sein.

Um die Gobelins im Speisezimmer einmal gründlich von Spinnweben zu befreien, rückte Susannah mit Pegs Hilfe die Möbel von der Wand ab. Als sie die hohe, schwere Anrichte beiseitewuchteten, sah Susannah dahinter etwas am Boden glitzern.

«Halt mal kurz», forderte sie Peg auf, während sie sich in die schmale Lücke zwischen Wand und Anrichte bückte. Sie schob den Besen hinein und reckte sich nach dem Gegenstand, der knapp außer ihrer Reichweite war. Schließlich brachte sie eine kleine goldene Brosche zum Vorschein, mit einem Rubin in der Mitte und ringsherum mit Zuchtperlen besetzt.

«Oh, Ma'am», sagte Peg mit großen Augen. «Die sieht wertvoll aus.»

«Zu wertvoll, um sie zu behalten. Ich werde Henry bitten, sich mit den früheren Besitzern in Verbindung zu setzen, damit wir sie ihnen zurückgeben können. In der Zwischenzeit werde ich sie in meiner Schmuckschatulle verwahren.»

Als der große Tag gekommen war, brach Susannah schon ganz früh morgens zum Markt auf, mit Erfolg: Es gelang ihr, eine schöne Hammelkeule aufzutreiben, drei Kaninchen und ein Huhn für Frikassee nach französischer Art. Das Frikassee, das sie Henry neulich zubereitet hatte, hatte er nämlich in den höchsten Tönen gelobt.

Susannah achtete stündlich auf das Läuten der Kirchenglocken und war bestürzt, als Henry um fünf Uhr noch immer nicht nach Hause zurückgekehrt war. In einer halben Stunde würden die Gäste eintreffen, und wenn er nicht bald kam, hätte er kaum mehr genügend Zeit, um das saubere Hemd und den Damastrock anzuziehen, die sie ihm bereitgelegt hatte.

William Ambrose dagegen traf auf die Minute pünktlich ein, begleitet von seiner Tante, die sich schwer auf ihren Gehstock mit dem Silberknauf stützte. Henry war noch immer nicht da.

«Fühlt Euch geehrt», sagte Agnes Fygge, während Peg ihr ihren Umhang abnahm. «Heutzutage verlasse ich kaum noch das Haus, aber ich hatte Lust, Euch zu sehen, da Ihr es bislang ja nicht für nötig gehalten habt, mich einmal zu besuchen. War mein Hochzeitsgeschenk etwa nicht wertvoll genug?»

«Doch, natürlich!», stammelte Susannah.

«Euren Dankesbrief habe ich bekommen, verfasst in sehr hübscher Handschrift. Aber Ihr hättet mich trotzdem einmal beehren können.»

«Das hätte ich jederzeit gern getan, aber Henry meinte, Ihr würdet aus Sorge vor der Pest sehr zurückgezogen leben und lieber keinen Besuch empfangen.»

«Hat er das gesagt, ja?» Sie strich über ihren Rock aus schwarzer Seide, altmodisch zwar, aber von bester Qualität und reichlich mit französischer Spitze besetzt. «Und wo steckt mein Neffe?»

Das hätte Susannah auch gern gewusst. «Er wird bestimmt bald hier sein.»

Cornelius und Arabella trafen kurze Zeit später ein, und Susannah sah mit Erstaunen, wie sehr Arabella seit letztem Monat an Umfang zugelegt hatte. Alles in allem jedoch stand ihr die Schwangerschaft gut. «Wie geht es dir, Arabella?», fragte sie.

«Mein Zustand ist sehr anstrengend», erwiderte sie, «aber da Cornelius darauf bestanden hat, zu meiner Entlastung ein Kindermädchen einzustellen, kann ich mich jetzt hin und wieder mal ausruhen.» Sie sah sich eingehend im Wohnzimmer um. «Die Frage, wie es dir geht, erübrigt sich wohl, denn wie ich sehe, lebst du jetzt recht feudal. Wer hätte das gedacht?»

Susannah sah mit stiller Schadenfreude, wie ihrer Stiefmutter vor Neid schier die Augen übergingen.

Die Gäste tranken bereits ihr zweites Glas Wein, und es dämmerte schon, als Susannah bemerkte, dass Peg ihr durch die offene Tür aufgeregte Blicke zuwarf. Sie entschuldigte sich und verließ das Zimmer.

«Oh, Madam, die Hammelkeule ist angebrannt! Ich wollte sie am Rand des Herds warm halten, weil doch der gnädige Herr noch nicht da ist, aber dabei ist sie angebrannt, und die eine Seite ist ganz schwarz. Was machen wir denn jetzt?»

Susannah seufzte, zunehmend verärgert. Sie hatte Henry ausdrücklich gebeten, pünktlich wieder zu Hause zu sein, um seine Gäste zu begrüßen. «Nimm sie aus der Pfanne, leg sie auf ein Brett und schneide die angebrannten Partien ab. Dann schneidest du sie in schön dicke Scheiben und richtest sie auf einer Platte an. Du kannst sie noch mit kleingeschnittener

Petersilie bestreuen, das mildert den verbrannten Geschmack etwas ab. Und wenn du das erledigt hast, begeben wir uns zu Tisch.»

«Aber was ist mit dem gnädigen Herrn?»

«Wir können nicht länger warten. Mrs. Leyton wird langsam gereizt, und Doktor Ambrose hat schon Magenknurren vor Hunger.»

Kurze Zeit später geleitete Susannah, nachdem sie sich zähneknirschend damit abgefunden hatte, dass Henry nicht mehr rechtzeitig kommen würde, ihre Gäste ins Speisezimmer.

«Na, das sieht aber verlockend aus!», lobte Agnes Fygge, während sie mit ihren lebhaften schwarzen Augen die Tafel musterte. Susannah hatte den Tisch mit Bienenwachs auf Hochglanz poliert und die besten Gläser aufgedeckt. Die Servietten waren nach der neuesten Mode aufwendig gefaltet. Die Platte mit dem gekochten Hammelfleisch stand neben dem Hühner- und Kaninchenfrikassee. Dazu gab es außerdem eine Aalpastete, verschiedene Salate und Gemüse sowie als Nachtisch eine große Torte mit Zuckerguss und eine Süßspeise aus gebackenen Quitten. In der Mitte der Tafel stand ein gediegener, zweiarmiger Kerzenleuchter aus Silber, dessen Kerzen bereits brannten.

«Wie Ihr seht, nimmt Euer Hochzeitsgeschenk den Ehrenplatz ein», sagte Susannah.

Sichtlich zufrieden, ließ sich Agnes Fygge auf ihrem Stuhl nieder, während William Ambrose dafür sorgte, dass ihr Gehstock in ihrer Reichweite lehnte. «Mach nicht so ein Aufheben um mich, Will!», murrte sie.

«Aber das tue ich doch nie, Tante.»

«Hm.» Sie sah ihn stirnrunzelnd an. «Ich glaube, du achtest bloß sehr darauf, dass mir das nicht so auffällt.»

Er lächelte und legte ihr freundlich die Hand auf die Schulter. «Du durchschaust mich nur zu gut.»

«Susannah, wo steckt denn nun eigentlich Henry?», fragte Arabella.

«Ihm wird irgendetwas Wichtiges dazwischengekommen sein, nehme ich an.» Susannah lächelte gequält. Sie saß unruhig auf der Stuhlkante und horchte fortwährend, in der Hoffnung, endlich seine Schritte draußen auf der Treppe zu hören. Wo blieb er denn bloß?

«Ich finde es sehr merkwürdig, dass du nicht weißt, wo sich dein Mann gerade aufhält», sagte Arabella. «Hast du ihn denn nicht gefragt, als er außer Haus gegangen ist? Ein wenig solltest du dich schon dafür interessieren, was er so treibt, finde ich. Hat er eine Nachricht gesandt?»

«Er wird schon einen guten Grund haben, warum er sich verspätet, Arabella», erwiderte Susannah leicht gereizt.

«Er nimmt wenig Rücksicht auf deine Gefühle, wenn er nicht einmal so höflich ist, dich darüber zu unterrichten, wo er hingeht. Und in was für eine peinliche Lage du dadurch gerätst, dein Abendessen ohne Gastgeber bestreiten zu müssen!» Arabellas Augen funkelten boshaft.

Susannah stieg vor Verlegenheit das Blut in die Wangen, aber eine passende Antwort wollte ihr nicht einfallen.

«Peinlich, aber woher denn», schaltete sich William Ambrose ein. «Wir sind doch hier unter uns, nicht wahr? Und da sich mein Cousin unerwartet verspätet, wird seine Frau ihn als Gastgeberin glänzend vertreten.»

Susannah blinzelte, überrascht darüber, dass er so unerwartet für sie Partei ergriff. «Danke», sagte sie. «Dürfte ich Euch vielleicht bitten, den Wein auszuschenken, da Henry ja noch nicht da ist?» Flüchtig kam ihr Henrys Bemerkung über die unglückliche Liebe in den Sinn, die sein Cousin erlebt hätte. William Ambrose würde mehr als annehmbar aussehen, wenn er nicht immer so ein finsteres Gesicht gemacht hätte.

Das Mahl verlief trotz allem recht angenehm. Susannah lächelte und plauderte mit ihren Gästen, obwohl ihr die ganze Zeit zumute war, als hätte sie einen großen Stein verschluckt, der sie zu ersticken drohte.

Als ihre Gäste sich schließlich zum Aufbruch bereit machten, war Henry noch immer nicht aufgetaucht.

«Gib uns morgen unbedingt Bescheid, damit wir wissen, dass Henry wohlbehalten nach Hause zurückgekehrt ist», sagte Arabella mit gespielter Besorgnis, während Cornelius ihr behutsam den Umhang um die Schultern legte.

«Er hat gewiss eine Nachricht geschickt, die unterwegs verloren gegangen ist», gab Susannah mit ebenso gespielter Munterkeit zurück.

Doktor Ambrose küsste sie auf die Wange. «Das Essen war vorzüglich», sagte er. «Henry wird es bedauern, dass er das verpasst hat.»

«Schlechtes Benehmen, so nenne ich das.» Mrs. Fygge schüttelte den Kopf.

Nachdem Susannah ihre Gäste verabschiedet hatte, lehnte sie sich von innen an die Haustür und schloss die Augen. Vor Enttäuschung und Scham hätte sie sich am liebsten im Bett verkrochen und die Decke über den Kopf gezogen.

Aber sie riss sich zusammen. Gemeinsam mit Peg erledigte sie noch den Abwasch und räumte die Küche auf, immer in der Erwartung, nun endlich Henrys Schritte zu hören.

Als sie gegen Mitternacht allein die Treppe hochstieg, wurde ihr langsam mulmig zumute. War Henry vielleicht irgendetwas zugestoßen? Hatte er einen Unfall gehabt, war er, Gott behüte, unterwegs erkrankt? Sie ging im Nachthemd eine Zeitlang unruhig im Schlafzimmer auf und ab. Am Ende rückte sie sich einen Stuhl ans Fenster, schlang sich den Vorhang um die Schultern und starrte hinab auf den mondbeschienenen Platz vor dem Haus.

Erst kurz vor Tagesanbruch kehrte Henry zurück. Sie sah ihn ein wenig schwankend über den Platz kommen, lief sofort nach unten und hinaus in die Nacht.

«Henry, wo warst du denn? Geht es dir gut?» Sie fasste ihn am Arm, während ihr die Tränen übers Gesicht liefen. «Wenn du wüsstest, was ich mir für Sorgen gemacht habe.»

«Susannah? Was machst du denn hier draußen in deinem Nachthemd?»

«Ich dachte schon, du wärst an der Pest erkrankt oder von Straßenräubern überfallen worden.»

«Straßenräuber? Was redest du für einen Unsinn? Die Straßen sind so gut wie menschenleer. Ich habe bloß mit ein paar Freunden Karten gespielt.»

«Karten gespielt? Aber ...» Unmut flammte in ihr auf. «Aber du wusstest doch, dass wir abends Gäste hatten. Ich habe ein Hühner- und Kaninchenfrikassee gemacht, eigens für dich, und du hast mit Freunden Karten gespielt? Henry, wie konntest du nur!»

«Hast du mir erzählt, dass wir Gäste erwarten?»

«Selbstverständlich!»

«Oh. Und, hast du mir von dem Frikassee etwas aufgehoben?»

«Nein, habe ich nicht! Und ich glaube kaum, dass ich dir jemals wieder welches machen werde.» Erbost wandte sie sich ab und rannte ins Haus zurück.

Henry kehrte immer öfter erst nach Mitternacht heim. Er hielt sich überhaupt kaum zu Hause auf, außer sonntags, wenn er mit ihr in die Kirche ging. So hatte Susannah reichlich Muße, abends ihre geliebten Bücher zu lesen, aber es kam vor, dass sie das Ticken der Uhr in dem stillen Haus kaum noch ertragen konnte. Sie versuchte stets, wach zu bleiben, bis Henry nach Hause kam, doch häufig schlüpfte er erst so spät neben ihr ins Bett, dass sie nur verschlafen ein Auge aufschlug. In solchen Nächten hatte er immer eine Fahne, und sein Haar roch nach Tabaksqualm. Manchmal aber haftete auch ein Duft an ihm, der sie an die Iriswurzel aus der Apotheke ihres Vaters erinnerte.

«Musst du so viel unter Leute gehen, Henry?», fragte sie eines Nachts, als er wieder einmal sehr spät heimkam. Sie setzte sich aufrecht hin und schlang die Arme um die Knie. «Bedenke doch nur die Ansteckungsgefahr.»

«Meine Geschäfte schließe ich hauptsächlich in Kaffee- und Wirtshäusern ab», sagte er, während er sich das Hemd über den Kopf zog. «Es ist so schwierig, neue Kunden zu gewinnen, wenn kaum Leute in der Stadt sind, dass ich jede Gelegenheit nutzen muss, egal, wie spät es dabei wird.»

«Aber ich sorge mich um dich, Henry.»

Henry gähnte und gab ihr einen Kuss auf die Wange. «Du bist eine gute Ehefrau, Susannah.»

Zaghaft berührte sie ihn am Arm. Sie sehnte sich so sehr danach, dass er sie wahrnahm, dass er sie liebte. «Ich gebe mir alle Mühe.»

«Das glaube ich dir.» Er stieg neben ihr ins Bett und küsste sie flüchtig auf die Wange. «Nun schlaf.» Er drehte sich auf die Seite und war im Nu eingeschlafen.

Susannah lag da und starrte ins Dunkel, während sie auf

Henrys stoßweise Atemzüge lauschte. Sie verstand sich selbst nicht mehr. Erst hatte sie ihn aus Angst vor einer Schwangerschaft nicht heiraten wollen, aber jetzt, da er von seinen ehelichen Rechten in keiner Weise Gebrauch machte, fragte sie sich beklommen, warum er sie verschmähte. Fand er sie etwa hässlich? Jeden Tag, wenn sie zu Hause saß und auf Henry wartete, kam es ihr vor, als würde sie zugleich darauf warten, dass auch ihre Ehe endlich anfing. So, wie die Dinge standen, hätten Henry und sie ebenso gut Bekannte sein können, die zufällig unter einem Dach lebten. Was konnte sie nur tun, um daran etwas zu ändern?

Eines Tages hielt Susannah die Einsamkeit nicht mehr aus und wagte sich aus dem Haus, um Martha zu besuchen. Beißender Rauch hing in der Luft, der sie heftig zum Husten brachte, während sie mit einem vor die Nase gedrückten Taschentuch durch die Straßen hastete. Überall waren Scheiterhaufen entzündet worden, in der Hoffnung, so vielleicht die Pest auszuräuchern, und sie fragte sich, ob sie wohl alle an Lungenentzündung zugrunde gehen würden, noch ehe die Pest ausgerottet war.

Die Dächer der dicht an dicht stehenden Häuser schienen bedrohlich vornüberzukippen. Es war elf Uhr vormittags, doch wegen der Rauchschwaden war alles in trübes Dämmerlicht gehüllt. Ascheflocken wirbelten durch die Luft und landeten auf ihrem Kopf und ihren Schultern. Mit einem Frösteln dachte sie, dass es in der Hölle kaum anders aussehen mochte. Dieser Eindruck verstärkte sich noch, als sie am Friedhof vorbeikam und eine offene Grube erblickte, in der die Leichen der Pestopfer den Blicken aller Welt schutzlos ausgeliefert waren.

Von dem süßlichen Verwesungsgeruch wurde ihr so übel, dass sie eilig die Straßenseite wechselte.

Bei ihrer Ankunft stillte Martha, adrett wie immer mit Haube und gestärktem Kragen, gerade den kleinen James.

«Himmel, wie groß er schon ist!», staunte Susannah.

«Muttermilch.» Marthas sanftes Gesicht leuchtete vor inniger Zufriedenheit. Sie gab dem Kleinen einen Kuss auf das rosige Pausbäckchen und bettete ihn an ihre Schulter. «Ich wollte ihn nicht zu einer Amme schicken und habe darauf bestanden, dass er hier bei uns bleibt.» Mit träumerischer Miene wiegte sie den Kleinen an ihrer Schulter und klopfte ihm sacht auf den Rücken. «Aber er ist bereits so groß, dass er schon heute kaum noch in sein Taufkleid passt, geschweige denn nächste Woche.»

«Vielleicht solltest du ihn bis dahin auf Schmalkost setzen», scherzte Susannah.

«Dein neuer Ehemann hätte dich ruhig schon eher mal entbehren können, um eine alte Freundin zu besuchen.»

«Du hast mir gefehlt, Martha.»

«Setz dich und erzähl mir, was es Neues gibt. Wie ist das Eheleben?»

«Das weiß ich noch gar nicht so richtig. Die meiste Zeit über kümmere ich mich um das Haus. Eigentlich ist es für zwei Bewohner fast zu groß.»

«Und wie geht es Henry?»

«Sehr gut.»

«Und?»

«Was, und?»

«Meine Güte, Susannah! Die eheliche Liebe soll uns ein Trost sein, so hat es der Herr eingerichtet. Wie gefällt er dir als Ehemann?»

«Ach, das meinst du. Er ist mir keine Last. Was soll ich noch mehr sagen?»

Martha spitzte die Lippen. «Nun, ich will hoffen, dass er dir ein Trost ist. Und du ihm.»

«Er arbeitet viel, und ich sorge dafür, dass ihn immer ein gutes Abendessen erwartet, wenn er nach Hause kommt.»

«Du kannst also in deinem Zuhause frei schalten und walten und über deine Zeit selbst verfügen.»

«O ja, ich habe massig Zeit. Henry ist für seinen Importhandel auf neue Kontakte angewiesen, die er in Kaffeehäusern und an der Börse knüpft. Er ist häufig aus, und die Abende werden mir manchmal recht lang. Dann sitze ich da und frage mich jedes Mal, wenn ich die Totenglocke höre, ob der Verstorbene wohl jemand war, den ich kannte.»

«Du musst mehr unter Leute, Susannah. Hast du nicht Lust, hin und wieder mal zum Abendessen vorbeizukommen?» Der Kleine hickste, und Martha wischte ihm etwas schaumige Milch vom Mund ab.

«Darf ich ihn mal halten?»

Martha küsste ihn auf die flaumige Stirn. «Möchtest du mal zu deiner Patentante, James?» Der Kleine machte ein zufriedenes Bäuerchen. «Und wer weiß», sagte Martha, als sie ihn Susannah reichte, «vielleicht hast du ja selbst bald ein Baby, das dir Gesellschaft leistet.»

Susannah barg behutsam den Hinterkopf des Kleinen in der Hand und musste die Tränen zurückhalten. Würde es ihr je vergönnt sein, selbst Mutter zu werden?

Draußen dämmerte es bereits, als das Hämmern des Türklopfers Susannah aus dem Halbschlaf hochschrecken ließ. Sie hörte Schritte, die unten die Halle durchquerten, und ordnete hastig das Umschlagtuch, das sie um die Schultern trug. Sie hatte eben nach dem Buch gegriffen, das auf der Armlehne ihres Sessels lag, als auch schon die Tür des Wohnzimmers aufging.

«Doktor Ambrose für Euch, Madam», verkündete Peg.

«Mrs. Savage.» William Ambrose nahm ihre Hand. «Ich wollte eigentlich zu meinem Cousin, aber wie ich höre, ist er außer Haus.»

«Er ist leider nur selten zu Hause», sagte Susannah.

«Ich wollte nur ein wenig mit ihm plaudern.»

«Kann ich Euch dann vielleicht eine kleine Erfrischung anbieten?» Sie legte ihr Buch auf den Beistelltisch. Diese Abwechslung war ihr hochwillkommen. «Peg, bring uns einen Krug Wein und die besten Gläser.»

«Ja, Madam.» Peg eilte geschäftig davon.

«Die besten Gläser? Also, meinetwegen wäre das nicht nötig», sagte Ambrose.

«Mag sein», sagte Susannah. «Aber Peg ist noch sehr jung und unerfahren. Sie muss lernen, ihre Aufgaben korrekt zu versehen. Bitte, nehmt doch Platz.»

William Ambrose lächelte ein wenig. «Freut mich, dass Ihr bei mir auf Förmlichkeiten so weit verzichtet. Also, wo steckt Henry denn heute Abend?»

«Tja, wer weiß? Im Kaffeehaus Zum Stern vermutlich. Oder im *Stag* oder im *Crown and Cushion* vielleicht. Dort dreht er für gewöhnlich seine Runden, um mit möglichen Kunden ins Gespräch zu kommen.»

«Aha. Schön zu hören, dass er sich so ins Zeug legt, um sein Unternehmen zu einem Erfolg zu machen. Das wird für ihn nicht ganz einfach sein, wo doch der Seehandel derzeit so eingeschränkt ist.»

«Er schimpft über den Krieg mit den Holländern, beruhigt mich aber, dass er mit Versprechungen arbeitet. Sobald die Häfen wieder allen offen stehen, wird er die bestellten Waren liefern. Anscheinend jagen uns die Holländer derzeit unseren Handel ab, weil die Briten nicht überall willkommen sind, aus Sorge, dass sie die Pest einschleppen könnten.»

«Dann wollen wir hoffen, dass sich die derzeitige Krise bald gelegt hat.»

«Und Ihr? Bei so vielen Kranken seid Ihr doch sicherlich vollauf ausgelastet?»

«Viele meiner Patienten sind gestorben.» Er rieb sich die Augen, und Susannah fiel erst jetzt auf, wie müde er wirkte. «Die Pest geht mit den unterschiedlichsten Begleiterscheinungen einher: mit Schüttelfrost, hohem Fieber, Kopfschmerzen oder heftigen Schwindelanfällen. Lauter Symptome anderer, weniger gefährlicher Krankheiten, daher geraten die Menschen in Angst und Schrecken, sobald sie auch nur einen Husten haben. Wenn es dann aber tatsächlich die Pest ist, werden mitunter ganze Familien binnen weniger Stunden dahingerafft. Andere Betroffene wiederum, um die es sehr schlecht steht, erholen sich auf einmal wieder, nachdem man schon alle Hoffnung aufgegeben hatte.»

«Mein Dienstmädchen hat seine gesamte Familie verloren. Ich frage mich, ob sie diesen Schock je wird verwinden können.»

«Damit steht sie nicht allein da.» Er verstummte, weil in dem Augenblick Peg hereinkam und den Wein auf den Tisch stellte.

«Das arme Kind», sagte er, als sie wieder hinausgegangen war. «Ich habe die Beobachtung gemacht, dass die Pest dort am schlimmsten wütet, wo arme Leute dicht an dicht auf engem

Raum zusammengepfercht sind. So viele leben in Schmutz und Elend, um sie herum tummeln sich die Ratten. Hinzu kommt die mangelhafte Ernährung.»

«Habt Ihr selbst keine Angst?», fragte Susannah.

Ambrose antwortete erst nach kurzem Schweigen. «Wer hätte als denkender Mensch keine Angst?»

«Und dennoch kümmert Ihr Euch um die Kranken?»

«Jemand muss ihnen ja helfen. Und wenn ich zu den verrammelten Häusern gehe, trage ich immer meinen dicken Umhang und die Schnabelmaske und erteile meine Ratschläge durchs Fenster. Würde ich mich unmittelbar um die Kranken kümmern, müsste ich selbst in Quarantäne und könnte den anderen nicht mehr helfen.»

«Ich habe gehört, dass manche Kranke eine Pflegerin anheuern, die sich für Geld um sie kümmert.»

Ambrose verzog unwillig das Gesicht. «Das sind oft nur obdachlose alte Frauen ohne medizinische Kenntnisse, die sich auf diese Weise bereichern wollen, fürchte ich.»

«Aber das ist doch immer noch besser als nichts, oder?»

«Nicht, wenn eine solche Person ihre Patienten ermordet.»

«Ermordet!»

«Mir sind schon Fälle untergekommen, in denen die Pflegerin wartete, bis die Kranken gestorben waren, und dann ihre Wertsachen stahl. Wer weiß, ob so jemand nicht in Versuchung gerät, dem Schicksal ein wenig auf die Sprünge zu helfen, um nicht so lange warten zu müssen?»

Susannah schüttelte entgeistert den Kopf. «Die Welt ist längst nicht mehr so sicher, wie ich früher gedacht habe.»

«Das erkennt man schon, wenn man auf den Straßen unterwegs ist. Aber reden wir lieber von angenehmeren Dingen. Wie geht es Eurem Vater?»

«Er hat viel zu tun. Sein Lehrling muss, fürchte ich, noch eine Menge lernen.»

«Eure Unterstützung wird Eurem Vater sehr fehlen.»

«Und mir fehlt meine Arbeit auch sehr.»

«Aber dafür habt Ihr doch jetzt die Aufgabe, Henry den Haushalt zu führen.»

«Ja.» Ihr lag die Bemerkung auf der Zunge, dass es kaum der Mühe wert schien, einem Mann den Haushalt zu führen, der kaum je zu Hause war. Sie wechselte lieber das Thema. «Als junger Mann wollte Vater auch Arzt werden, wie Ihr.»

«Er hätte einen ausgezeichneten Arzt abgegeben, davon bin ich überzeugt.»

«Leider hat es nicht sollen sein. Nach dem Tod meines Großvaters wurde Vater von einem wohlhabenden Cousin an Sohnes statt angenommen, der selbst keinen Erben hatte. Dieser Cousin hatte ursprünglich vor, ihn zum Studieren nach Italien zu schicken, an die Universität von Siena, aber dann hat seine Frau doch noch einen Sohn bekommen. Sie war schon vierzig und zuvor zwanzig Jahre lang kinderlos geblieben, es mutete also an wie ein Wunder.»

«Und Euer Vater wurde nicht nach Siena geschickt?»

«Nein. Zu seiner großen Enttäuschung. Sein Ziehvater wollte sein Vermögen lieber seinem leiblichen Erben zugute kommen lassen, und so konnte Vater sich nur zum Apotheker ausbilden lassen.»

«Und er ist in seiner Zunft bei allen, die ihn kennen, hoch angesehen.» Ambrose warf einen Blick auf das Buch, das neben Susannah auf dem Beistelltisch lag. «Dürfte ich sehen, was Ihr da lest? Einen Liebesroman vermutlich?»

Sie reichte ihm den schweren Folianten.

«Oh!» Ambrose zog erstaunt die Augenbrauen in die Höhe.

«Hookes *Micrographia.* Wie kommt Ihr dazu, ein solches Werk zu lesen?»

«Vater und ich haben einen von Mr. Hookes Vorträgen im Gresham College besucht. Dieses Buch ist wirklich faszinierend, seht Euch nur die Illustrationen an! Hooke hat ein Werkzeug namens Mikroskop benutzt, das Objekte aller Art um ein Vielfaches vergrößert wiedergibt, und so konnte er sie zeichnerisch bis ins kleinste Detail erfassen. Seht Euch nur diese Zeichnung einer Laus an! All diese Einzelheiten, habt Ihr so etwas schon einmal gesehen?»

«Allerdings! Auch ich besitze eine Ausgabe dieses bemerkenswerten Buches. Dass eine Frau wie Ihr sich dafür interessiert, sollte mich vermutlich nicht verwundern.»

Susannah wusste nicht recht, ob sie das als Kompliment auffassen sollte oder nicht. «Vater und ich haben uns viele Vorträge im Gresham College angehört.»

«Dann ist es mein Pech, dass wir uns dort nie begegnet sind. Euren Vater dagegen habe ich einmal dort getroffen. Boyle führte eines seiner Experimente mit einer Luftpumpe vor. Er hat demonstriert, dass ein Hund auch mit geöffnetem Brustkorb am Leben bleiben kann, vorausgesetzt, es wird Luft in seine Lunge hinein- und wieder herausgepumpt.»

«Der arme Hund!»

«Ich war auch sehr bemüht, nicht an den Hund zu denken, sondern nur daran, welchen Nutzen dieses Experiment haben könnte, wenn es darum ginge, ein Menschenleben zu retten. Euer Vater und ich haben diese Frage ausgiebig erörtert.»

«Vater liebt derlei gelehrte Gespräche, bei denen er erst die eine Position vertritt und dann die gegenteilige.»

«Und diese Liebe zur Gelehrsamkeit hat er an Euch weitervererbt.»

«Wissen ist Stärke, pflegt er gern zu sagen.»

Unten fiel lautstark die Haustür ins Schloss, und dann durchquerte jemand in Stiefeln die Halle und kam die Treppe herauf.

Es konnte nur Henry sein. Susannah musste ein leises Bedauern unterdrücken. Schade, dass er gerade jetzt heimkam und dieses interessante Gespräch unterbrach!

Die Tür zum Wohnzimmer ging auf, Henry kam hereinspaziert und schlug seinem Cousin gutgelaunt auf die Schulter. «Will! Was führt dich her?»

«Ich wollte eigentlich dich besuchen, und da du nicht zu Hause warst, hat deine Frau mir die Zeit mit der Zeichnung einer Laus vertrieben.»

«Ja, kenne ich. Hat sie mir auch schon gezeigt. Allein schon bei dem Anblick packt mich der Juckreiz.»

«Aber schon interessant, findest du nicht?»

«Ich komme gerade von einem Hahnenkampf in der Shoe Lane. Das finde ich wesentlich unterhaltsamer, als mir Zeichnungen von irgendwelchen Läusen anzusehen!»

Susannah nahm im Garten gerade die Wäsche von der Leine und legte sie zusammen, als sie Schritte hörte: Ihr Vater kam über den Weg auf sie zu gehastet.

«Was für eine nette Überraschung!», sagte sie.

«Oh, Susannah, es ist etwas Schreckliches passiert ...»

Cornelius' Perücke war verrutscht, sein Gesicht tränenüberströmt.

«Was denn?» Sie hob erschrocken die Hände an die Brust. «Arabella ist doch nichts zugestoßen?»

«Nein, nein. Das nicht, Gott sei Dank. Es geht um Richard.»

«Richard Berry?»

«Mein lieber alter Freund ...» Er verzerrte das Gesicht vor Gram, und in diesem Moment sah man ihm jedes seiner sechsundfünfzig Jahre an. «Ich wollte ihn heute Morgen besuchen, doch als ich auf sein Haus zukam, sah ich das rote Kreuz an der Tür. Ich rief zu den Fenstern hoch, aber die waren verschlossen. Und dann steckte eine Nachbarin den Kopf zur Tür heraus und rief mir zu, dass man Richard und Bridie gestern Nacht auf dem Leichenkarren weggeschafft hat!»

«O nein!»

«Mein ältester Freund ... tot! Ich kann es noch immer kaum fassen. Und die arme Bridie, die beste Ehefrau, die ein Mann sich nur wünschen konnte.»

Er stand so unter Schock, dass er heftig zu zittern begann. Susannah geleitete ihn ins Haus, damit er sich in der Küche aufwärmen konnte, und bereitete ihm einen beruhigenden Kamillentee zu.

«Das ist furchtbar.» Sie mochte es selbst kaum fassen. «Richard war für mich immer wie ein Onkel, stets lustig und zu Schabernack aufgelegt. Und Bridie hat sich nach Mutters Tod so lieb um uns gekümmert.»

Cornelius trank einen Schluck Tee. «Deine liebe Mutter hat Richard und Bridie auch sehr gern gehabt. Als wir noch jung waren, hatten wir immer großen Spaß zusammen.»

Später, nachdem er ausgiebig in Anekdoten über all die Streiche geschwelgt hatte, die sie einander in jungen Jahren gespielt hatten, war er merklich ruhiger.

«Ich muss los. Arabella wird sich schon Sorgen machen.» Er seufzte. «Aber zugegeben, ich genieße die Ruhe und den Frieden in deiner Küche. Zu Hause gibt es kein Entrinnen vor dem ständigen Lärm. Ich hätte nie gedacht, dass drei Kinder derart viel Unruhe stiften können. Du und dein Bruder, ihr wart brave, folgsame Kinder und konntet euch immer allein beschäftigen.»

«Heutzutage lässt man den Kindern mehr Freiraum, glaube ich.»

«Aber ist das wirklich so positiv?» Cornelius blickte trübsinnig drein.

«Ich werde dich nach Hause begleiten», sagte Susannah.

«Deine Gesellschaft wäre mir sehr recht.»

«Das höre ich gern.» Sie ließ sich von ihrem Vater unterhaken, und zusammen machten sie sich auf den Weg.

Ned öffnete ihnen die Ladentür, als er sie kommen sah.

«Wie geht's dir, Ned?», fragte Susannah.

«Gut, danke, Miss.» Er lief hochrot an und verbesserte sich eilig. «Entschuldigung. Madam, natürlich.»

Susannah trat durch die Tür, schloss die Augen und sog genüsslich die Luft ein. Wie sehr hatte sie diesen Geruch vermisst! Zwischen der Vielzahl von Aromen erkannte sie deutlich den Geruch von Wintergrün und Nelkenöl, Schwefel und Terpentin, Lavendel und Lakritz. Im Kamin knisterte ein heimeliges Feuer, denn das Herbstwetter war empfindlich kühl, und der große Mörser samt Stößel stand an seinem gewohnten Platz neben dem Glas mit Blutegeln. Die Apotheke sah noch genauso aus, wie sie sie in Erinnerung hatte.

«Komm, überbringen wir Arabella die traurige Kunde», sagte Cornelius.

Sie saß oben im Wohnzimmer, in einem neuen Sessel mit kunstvoll geschnitzten Armlehnen und auffallend hoher Rückenlehne. Die Hände hatte sie vor dem gewölbten Leib gefaltet, und ihre Füße ruhten auf einem Fußschemel, den Susannah noch nicht kannte.

«Vater hat einen furchtbaren Schock erlitten», sagte Susannah. «Deshalb habe ich ihn herbegleitet.»

«Richard Berry, mein alter Freund ...», fing Cornelius an, ehe ihm von neuem die Stimme versagte.

«Was ist mit ihm?»

«Er ist tot! Von der Pest dahingerafft. Bridie ist ihr ebenfalls zum Opfer gefallen.»

Arabella war entsetzt. «Du bist ihnen doch hoffentlich nicht zu nahe gekommen? Falls du dich angesteckt hast, kann ich dich unmöglich hier im Haus dulden. Dem Himmel sei Dank, dass ich das Mädchen mit den Kindern am Nachmittag außer Haus geschickt habe!»

«Selbstverständlich hat er sich nicht angesteckt!», sagte Susannah. «Richard und Bridie waren schon fortgeschafft worden, ehe Vater überhaupt bei ihrem Haus ankam.»

«Gleichwohl, kommt mir lieber nicht zu nahe, Sir! Meine Gesundheit mag ich nicht aufs Spiel setzen.»

«Es besteht kein Risiko, Arabella.» Cornelius ließ sich schwer auf einen Sessel sinken.

«Bist du dir ganz sicher?»

«Ja, meine Liebe, ich bin mir sicher.»

Arabella schniefte. «Diesen Richard Berry konnte ich von Anfang an nicht leiden. Mit dieser Torte voller Vögel hat er uns an unserer Hochzeit einen abscheulichen Streich gespielt. Äußerst ungehörig. Er hatte keinen guten Einfluss auf dich, Cornelius.»

Er senkte den Kopf und sagte nichts, während Susannah im Stillen mit den Zähnen knirschte und ihre Stiefmutter am liebsten geohrfeigt hätte.

«Und, Susannah, wie gefallen dir die Veränderungen, die ich vorgenommen habe?»

Susannah sah ihren Vater an, der mit geschlossenen Augen dasaß. «Veränderungen?»

«Also wirklich, sogar dir müsste doch auffallen, wie sehr ich das Zimmer verschönert habe!»

Susannah sah sich um und riss entgeistert den Mund auf. Vor Sorge um ihren Vater hatte sie ihre Umgebung noch gar nicht richtig wahrgenommen. Nichts war mehr wie zuvor. Die alte honiggoldene Wandtäfelung, die sie früher immer so liebevoll mit Bienenwachs poliert hatte, war von ungeschickter Hand übertüncht worden, vermutlich, um sie mehr nach Walnussholz aussehen zu lassen, das gerade modern war. An einer Wand hing ein Gobelin in unschönen Rot- und Blautönen, und von den Möbelstücken, mit denen sie aufgewachsen war, fehlte jede Spur. Die neuen Möbel, glänzend knallrot lackiert und in chinesischem Stil, ließen die kleine Wohnstube viel zu überladen wirken. «Was hast du getan?», fragte sie.

«Wenn ich schon in so beengten Verhältnissen über einem Geschäft wohnen muss, wollte ich zumindest ein paar neue Möbel haben. Bloß weil du jetzt in Glanz und Gloria lebst, brauchst du nicht zu denken, dass andere minderwertig sind.»

«Das liegt mir fern!»

«Arabella war von den Gobelins in eurem Speisezimmer sehr angetan», sagte Cornelius. «Und da habe ich ihr versprochen, dass sie eine neue Einrichtung ganz nach ihrem Geschmack anschaffen dürfte.»

Susannah schluckte mühsam. «Ja, das sehe ich. Was ist aus den Kissenbezügen geworden, die meine Mutter in Handarbeit angefertigt hat? Wo sind die Stickbilder?»

«Die Stickbilder hängen jetzt in den Dachkammern der Mägde. Die Kissenbezüge waren so alt und abgenutzt, dass ich sie weggeworfen habe.»

«Ach so.» Sie sah ihren Vater an, der sie mit Blicken inständig beschwor, jetzt keine Szene zu machen. Also atmete sie tief durch. «Ich sehe, dass die neuen Möbel perfekt zu dir passen, und wünsche dir viel Freude daran.» Sie stand auf. «Und jetzt sollte ich mich wohl besser auf den Weg machen. Ich muss nach Hause.»

Unterwegs auf der Fleet Street sann sie über das Wort *Zuhause* nach. All die Erinnerungen an ihre Kindheit und ihre Mutter waren darin aufgehoben, an ihren unverwechselbaren Lavendelduft und das gemeinsame Backen in der Küche. Das neue Haus, das sie mit Henry bewohnte, empfand sie jedenfalls nicht als Zuhause, und auch die Räumlichkeiten über der Apotheke, denen Arabella nun so rigoros ihren Stempel aufgedrückt hatte, könnten es nie wieder sein. Tiefe Niedergeschlagenheit überkam sie, als ihr klar wurde, dass sie kein Zuhause mehr hatte.

Ins Dunkel

November 1665

8. Kapitel

Susannah wurde mitten in der Nacht durch ein Geräusch aus dem Schlaf gerissen. Sie richtete sich auf und lauschte angestrengt ins Dunkel. Da schluchzte jemand. Die Schlafzimmertür stand halb offen, und draußen im Flur brannte noch die Kerze, die sie angezündet hatte, um Henry den Weg zu Bett zu leuchten. Sie warf sich ihr Umschlagtuch um und ging vorsichtig los, um der Sache auf den Grund zu gehen. Das Schluchzen drang aus Henrys Arbeitszimmer. Die Tür stand offen, und sie spähte vorsichtig hinein.

Henry saß im dunklen Zimmer am Schreibtisch, den Kopf auf die Arme gelegt.

«Henry! Was hast du?»

Er richtete sich auf und wischte sich mit dem Ärmel über die Augen, gab ihr aber keine Antwort.

«Was ist denn?»

Er sah sie an. Seine Unterlippe zitterte heftig.

Sie stürzte zu ihm und nahm ihn in die Arme. «So sprich doch!»

«Es ist nichts.»

«Unsinn. Mir kannst du es erzählen, ich bin doch deine Frau.» Sie küsste ihn auf die Stirn und wiegte ihn, von spontaner Zuneigung überwältigt, sanft an ihrer Brust.

Er drückte das Gesicht an ihre Schulter und begann von neuem zu weinen, während sie ihm übers Haar streichelte. Heiße Tränen benetzten ihr Nachthemd.

«Ich habe solches Heimweh!», schluchzte er.

«Aber du bist doch daheim.»

«Nein, meine wirkliche Heimat ist Barbados!»

«Hier ist jetzt deine neue Heimat», suchte Susannah ihn sanft zu beschwichtigen.

«Hier!», sagte er voll Bitterkeit. «Dieses verwünschte, nasskalte Land, das von der Pest geschlagen ist. Und dann noch dieses stille, zugige Haus, in dem ich es einfach nicht aushalte.»

«Ich dachte ... ich dachte, du wärst so viel aus, um neue Kunden zu gewinnen?»

«In diesem Haus friere ich nicht nur körperlich, sondern auch seelisch.»

Der unausgesprochene Vorwurf traf Susannah tief. «Ich gebe mir wirklich alle Mühe, damit du dich in diesem Haus wohlfühlen kannst.»

«Du kannst nichts dafür.» Er wischte sich mit dem Handrücken übers Gesicht und holte mühsam Luft. «Es ist bloß so anders als das, was ich gewohnt bin. Könnte ich doch nur mit dir nach Barbados auf unsere Plantage reisen, damit du selbst spüren könntest, wie dir die Hitze tief unter die Haut dringt. Es fühlt sich an, als trüge man die Sonne selbst in sich. Nach Sonnenuntergang dann stimmen die pfeifenden Frösche ihr Konzert an, das sich anhört wie die Musik von tausend Flöten. Am meisten aber fehlt mir der Gesang der Sklaven am Abend. Die Männer haben tiefe, volltönende Stimmen, so dunkel wie die Melasse, die aus dem Zuckerrohr gewonnen wird, und die Frauen begleiten sie mit einem unsäglich süßen Harmoniegesang. Als ich noch klein war, habe ich mit meiner Kinderfrau in einem Bett geschlafen, und wenn ich nachts aufwachte, hat sie mir leise eine dieser süßen, schwermütigen Weisen vorgesungen und mich in ihren Armen gewiegt, bis ich wieder eingeschlafen war. Ach, wie sehr mir das alles fehlt!»

«Mir war nicht klar, dass du solches Heimweh hast.»

«Es schmerzt mich unerträglich, dass ich nie mehr dorthin zurückkann.»

«Aber warum bist du fortgegangen, wenn du dich dort so wohlgefühlt hast?»

Henry zögerte kurz. «Mein Vater und ich, wir haben uns heftig überworfen. Er wird niemals verstehen ...»

Er wirkte so traurig und verloren wie ein kleiner Junge, und Susannah hätte ihn am liebsten geküsst, bis er seinen Kummer vergaß.

«Du kannst dir unmöglich vorstellen, wie es zu Hause ist», schniefte er. «Die Plantage hat meine Familie reich gemacht, aber um welchen Preis! Anfangs hat mein Vater Schuldknechte aus England beschäftigt, aber er kam bald zu der Erkenntnis, dass Sklaven aus Neu-Guinea der Hitze auf den Feldern besser gewachsen wären und daher viel länger arbeiten könnten. Und sie waren billig.»

«Du hast einmal gesagt, man könnte ihnen Lesen und Schreiben beibringen.»

«Sind sie denn nicht Menschen wie du und ich?»

«Menschen wie ich und du? Ich weiß nicht. Darüber habe ich noch nie nachgedacht ...»

«Mein Vater auch nicht. Aber die Sklaven haben Seelen, genau wie wir. Er kauft und verkauft sie wie Tiere, aber ich *kenne* sie. Gut, die Männer auf den Feldern vielleicht nicht, aber die Haussklaven. Ja, natürlich gibt es auch dumme oder unehrliche Sklaven, aber du willst doch nicht behaupten, dass so etwas unter Engländern nicht vorkommt?»

«Nein, selbstredend nicht.»

«Ich bin mit einigen der Haussklaven aufgewachsen. Erasmus hat mit mir zusammen Lesen und Schreiben gelernt und hat eine ebenso gute Handschrift wie ich. Mein Vater hat ihn auspeitschen lassen, als er dahinterkam, so außer sich war er darüber. Und Phoebe, seine Schwester, die süße Phoebe, war immer so fröhlich und hat ständig gesungen. Ich habe Vater angefleht, die beiden freizulassen, aber er hat mich nur ausgelacht. Arme Phoebe, armer Erasmus; sie konnten doch nichts dafür, dass sie als Sklaven geboren wurden. Ach, Susannah, du kannst dir nicht vorstellen, wie sehr mir die beiden fehlen», flüsterte er wehmütig.

«Vielleicht kann ich deinen Kummer ein wenig nachfühlen. Auch ich musste ein Zuhause verlassen, das mir lieb und teuer war.»

«Das ist doch etwas ganz anderes! Du kannst jederzeit dort vorbeigehen, auf Besuch.»

Susannah rief sich schaudernd die von ihrer Stiefmutter so brachial umgewandelte Wohnstube vor Augen. «Nein, leider nicht. Das Zuhause, das mir so viel bedeutet hat, existiert nur noch in meiner Erinnerung.»

«Mir geht es genauso.»

Henrys Niedergeschlagenheit war ansteckend, und Susannah musste selbst gegen die Tränen ankämpfen. Aber bestand nicht die Hoffnung, dass sie und ihr Mann mit der Zeit lernen könnten, einander zu trösten?

Je nebliger und frostiger das Wetter wurde, desto mehr verdüsterte sich Henrys Stimmung. Die langen Nächte und der immer bewölkte Himmel schlugen ihm aufs Gemüt, und Susannah und Peg hatten alle Hände voll damit zu tun, die Kaminfeuer in Gang zu halten. Der hohen Zimmerdecken wegen, die im Sommer für eine so helle, luftige Atmosphäre im Haus gesorgt hatten, zog die Wärme fast restlos nach oben ab, sodass sie fortwährend fröstelten.

Im Speisezimmer stocherte Henry mit dem Schürhaken im Feuer herum, das im Kamin vor sich hin kümmerte.

«Was zum Henker ist mit diesem Feuer los, Susannah?»

«Die Kohle ist feucht. Seit unser alter Kohlenhändler an der Pest gestorben ist, lässt sich nur noch mit Mühe gutes Brennmaterial auftreiben. Der neue Händler kennt uns nicht und ist nicht bereit, uns entgegenzukommen.»

«Wenn sich das nicht bald ändert, erfrieren wir noch.»

«Wahrscheinlich würde er größeres Entgegenkommen zeigen, wenn du endlich seine Rechnung bezahlen würdest.»

Henry hauchte sich gegen die Hände. «Wenn ich geahnt hätte, dass einem in der Kälte hier das Blut in den Adern gefriert, wäre ich nie in dieses verwünschte Land gekommen.»

Die Tür ging auf, und Peg trug die Suppenterrine herein. Ihr Gesicht war schneeweiß vor Kälte.

Die Zugluft, die durch die offene Tür hereindrang, ließ Henry frösteln. «Herrgott noch mal, Mädchen, mach doch gefälligst die Tür hinter dir zu, ja?» Er musste niesen. «Wusste ich's doch! Bei mir ist irgendeine Krankheit im Anmarsch. Ich habe Kopfweh und schlottere so sehr, dass ich mir noch die Zähne aus dem Kopf klappere.» Er musste erneut niesen, viermal hintereinander.

Peg sah ihn entsetzt an und ließ dann mit einem Schrei die Terrine fallen, die am Boden zerschellte. «Es ist die Pest! Ihr habt Euch die Pest geholt, ganz wie meine Eltern! Wir müssen alle sterben!»

Susannah blieb kurz das Herz stehen. «Unsinn, natürlich ist es nicht die Pest! Der gnädige Herr hat sich bloß erkältet.» Sie las die Scherben der Terrine vom Boden auf und hielt sie dem

Mädchen hin. «Geh und hole einen Aufnehmer; die Suppe ist bis an die Wände gespritzt.»

Peg wich mit einem Aufschrei in die Zimmerecke zurück und hielt sich schützend die Hände vors Gesicht. «Fort mit Euch! Kommt nicht näher! Ich will nicht sterben!»

«Mein Gott, Peg, jetzt beruhige dich und tu, was man dir sagt.»

Das Mädchen aber mochte sich nicht beruhigen lassen. Sie verließ fluchtartig das Zimmer, rannte die Treppe hinunter und verbarrikadierte sich in der Küche.

Nach einer Weile gab Susannah es auf, ihr durch die Tür gut zureden zu wollen, und kehrte ins Speisezimmer zurück. Henry saß zusammengesunken auf einem Sessel, den er sich an den Kamin gerückt hatte, und war so aschfahl, dass sie es nun doch mit der Angst zu tun bekam.

«Könnte sie recht haben, Susannah? Habe ich die Pest?»

Nach kurzem Zögern legte sie ihm sanft die Hand an die Stirn. «Ich glaube nicht. Dazu bist du nicht krank genug.»

«Aber es kann sehr schnell schlimmer werden. Mir tut der Rücken weh, und ich habe hämmernde Kopfschmerzen.»

«Es ist sicherlich nur eine Erkältung», bekräftigte Susannah, viel zuversichtlicher, als sie sich tatsächlich fühlte. Sie atmete tief durch und widerstand dem Impuls, vor einer möglichen Ansteckung Reißaus zu nehmen. «Vielleicht aber sollten wir trotzdem Vorsichtsmaßnahmen ergreifen. Es wäre doch nicht rechtens, die Gesundheit anderer leichtfertig aufs Spiel zu setzen, nicht wahr?»

Tagelang stand Henry schlimme Ängste aus. Er untersuchte unablässig seinen Körper auf Anzeichen der Pest hin und verwünschte in einem fort sein Geschäft, das ihn zwang, so viel Zeit in Kneipen und Kaffeehäusern zuzubringen. Susannah sorgte sich ebenfalls und schickte nach Doktor Ambrose. Er kam sofort, aber Susannah ließ ihn nicht herein, sondern bat ihn, in der offenen Haustür stehenzubleiben, während sie ihm aus sicherer Entfernung Henrys Symptome schilderte. Er hörte ihr mit ernster Miene zu.

«Kommt Zeit, kommt Rat», sagte er. «Behaltet ihn weiter aufmerksam im Auge. Doch wenn es die Pest wäre, hätten sich mittlerweile schon weit untrüglichere Anzeichen der Seuche gezeigt. Schickt nach mir, wenn Ihr mich braucht, dann komme ich sofort.»

Am fünften Tag war Susannah überzeugt, dass Henry nur unter einer lästigen Erkältung litt, und beendete ihre selbstauferlegte Isolation. Peg hatte wegen der Krankheit ihres Herrn schlimmste Ängste ausgestanden und die Tabletts mit Essen und Arznei immer nur draußen vor der Tür abgestellt, um dann eilig in die Küche zurückzuhuschen.

Susannah war es leidlich satt, Henry zu umsorgen. Seine anfängliche Dankbarkeit für alles, was sie für ihn tat, war inzwischen in übellaunige Gereiztheit umgeschlagen. Sie suchte ihn zu zerstreuen, indem sie ihm etwas vorlas, aber davon bekam er Kopfschmerzen. Also spielten sie Karten, aber er konnte sich nicht richtig konzentrieren und schmollte, wenn er dann verlor. Auf den Pudding mit Rainfarn, den sie eigens für ihn zubereitete, hatte er keinen Appetit, und es gab kein Thema, über das er sich mit ihr unterhalten wollte. Egal, was sie unternahm, sie vermochte seine Stimmung nicht aufzuhellen.

Schließlich kam sie zu einem Entschluss. «Ich werde ausgehen», verkündete sie.

Henry saß mit über den Kopf gezogener Decke im Bett. Er hatte eine Schüssel heißes, mit Benzoe versetztes Wasser auf den Knien stehen und inhalierte vornübergebeugt die Dämpfe, um leichter atmen zu können. «Dieses gottverlassene Land soll der Teufel holen!», krächzte er. «Kannst du nicht das Feuer etwas mehr anfachen? Ich bin durchgefroren bis auf die Knochen.»

«Ich werde Vater besuchen und dir neuen Hustensirup mitbringen», sagte sie, während sie frische Kohle ins Feuer nachlegte.

«Hoffentlich schmeckt der nicht wieder so scheußlich wie beim letzten Mal!»

Sie verkniff sich eine bissige Antwort. «Ich rühre diesmal etwas mehr Honig mit hinein.»

Er zog sich die Decke vom Kopf und seufzte. «Es ist mir ein Rätsel, wie du es mit mir aushältst.»

«Es ist nicht immer einfach.»

Er brachte ein mattes Lächeln zustande. «Und ehrlich bist du obendrein! Ich glaube, ich habe gut daran getan, dich zu meiner Frau zu machen. Vielleicht kann ich dich ein wenig entschädigen, wenn es mir wieder besser geht. Dir etwas Hübsches kaufen.»

«Ich habe alles, was ich mir nur wünschen könnte, Henry. Bis auf ...»

«Was? Ein neues Umschlagtuch vielleicht, oder ein Paar feine Handschuhe?»

«Nein, so was meine ich nicht. Wir brauchen dringend etwas, um diese trübe Stimmung aufzuhellen. Viel unternehmen kann man derzeit ja nicht – Wirtshäuser sollte man der Ansteckungsgefahr wegen besser meiden, und sogar die Theater haben geschlossen. Vielleicht könnten wir mal ein paar

Gäste zu einer Feier einladen? Das wäre etwas, worauf man sich freuen kann.»

Henry ließ sich erschöpft in die Kissen sinken und schloss die Augen. «Warum nicht? Vielleicht kommt dann ja mal etwas Leben in dieses Mausoleum von einem Haus.»

«Schön, dann schlaf jetzt ein wenig, während ich meinen Vater besuche.»

Susannah musste unterwegs sehr vorsichtig sein, denn auf dem mit Eis überzogenen Pflaster gerieten die Holzsohlen ihrer Galoschen immer wieder ins Rutschen. In einer Hinsicht zumindest war das frostige Wetter ein Segen: Die Sterberate hatte sich in letzter Zeit deutlich verringert. Grund zur Entwarnung bestand zwar noch nicht, aber immerhin Anlass zu vorsichtigem Optimismus. Anders als in der Sommerhitze waren der von den Friedhöfen ausgehende Verwesungsgeruch und der Abwassergestank kaum noch wahrzunehmen, stattdessen hing der vertraute winterliche Geruch der schwefelhaltigen Seekohle in der Luft.

Cornelius war außer Haus, als Susannah in der Apotheke eintraf. Ned lag halb auf dem Tresen und hatte die Zunge in den Mundwinkel geklemmt, während er sich mit dem Beschriften neuer Schilder für die Schubfächer abmühte. «Der Herr bringt Mrs. Franklin gerade eine Arznei gegen Mandelentzündung vorbei.»

Susannah hielt ihre kalten Hände über das Feuer und zuckte zusammen, als sich das Blut in ihren kribbelnden Fingern wieder erwärmte. Weil sie so durchgefroren war, drehte sie sich um und hob diskret ihren Mantel an, um die Rückseite ihrer Beine am Feuer zu wärmen. Mit einem Lächeln fiel ihr ein, dass William Ambrose letztes Jahr genau dasselbe getan hatte, als sie ihn vom Hinterzimmer aus heimlich beobachtete.

«Ich benötige ein paar Artikel aus dem Hinterzimmer», sagte sie zu Ned.

Er zuckte nur die Achseln und widmete sich weiter seiner Arbeit, während Susannah ihren Korb füllte.

Cornelius kehrte in die Apotheke zurück und strahlte vor Freude, als er seine Tochter sah. «Was für eine schöne Überraschung!», sagte er und küsste sie auf die Wange.

«Henry ist schlimm erkältet, und da bin ich vorbeigekommen, um mein Arzneischränkchen neu aufzufüllen.»

«Armer Henry! Er wird wohl das kalte Wetter nicht vertragen. London im Winter dürfte mit Barbados wenig gemein haben, noch dazu bei dem Frost, der derzeit herrscht.»

«Er ist jedenfalls sehr schlechter Dinge. Darf ich diese Kräuter und eine Flasche von unserem speziellen Hustensirup mitnehmen?»

«Nur zu. Den Sirup hat diesmal Ned zubereitet, und mich würde dein Urteil interessieren, ob er gut geworden ist. Ich sage Arabella Bescheid, dass du da bist. Sie wird sich freuen, mal wieder Besuch zu bekommen.»

Trampelnde Schritte und ein Schrei drangen aus dem oberen Stock herunter, gefolgt von laut zankenden Kinderstimmen.

«Dieses neue Kindermädchen hat die Kleinen nicht im Griff.» Cornelius sah finster drein. «Langsam glaube ich, dass du recht hattest. Wenn das Baby geboren wird, sollte ich wohl noch ein zweites Mädchen einstellen.»

Arabella ruhte auf ihrem neuen Diwan im chinesischen Stil. Ihr Haar war perfekt frisiert, sie trug ein seidenes Umschlagtuch in ihrem bevorzugten Blauton, doch all das vermochte nicht davon abzulenken, wie ungeheuer dick ihr Bauch war. Auch ihr Gesicht war aufgedunsen.

«Geht es dir gut, Arabella?», fragte Susannah, ganz erschrocken über das Aussehen ihrer Stiefmutter, während ihr Vater ihr einen Stuhl holte.

«Mein Zustand ist extrem ermüdend», seufzte Arabella. «Ich muss mich schonen, aber mir graut bei der Vorstellung, noch zwei Monate in liegender Haltung verbringen zu müssen, ohne jede Ablenkung.» Sie zupfte fahrig an einer ihrer Locken herum. «Cornelius, sag Jennet, sie soll mir eine Schale Sahnequark bringen, ja? Und noch ein paar von den kandierten Feigen.»

«Aber gern, meine Liebe. Möchtest du etwas trinken, Susannah?»

Susannah schüttelte den Kopf. «Ich bin schon wieder auf dem Sprung. Henry ist krank, da braucht er mich.»

«Du wirst doch wohl Dienstmädchen haben, die sich um ihn kümmern können?», fragte Arabella.

«Nur die junge Peg, und sie versteht nichts von Krankenpflege.»

Arabella runzelte die Stirn. «Ich hätte gedacht, ihr habt mehr Personal, bei einem so großen Haus.»

«Wir sind ja nur zu zweit, da brauchen wir kein Heer von Dienstboten. Außerdem ist Henry, wenn er wohlauf ist, kaum je zu Hause.»

«Na, dann hast du ja bestimmt reichlich Zeit, mit deinen Freundinnen zu tratschen. Und über kurz oder lang wirst du wahrscheinlich ebenfalls in anderen Umständen sein.» Arabella streifte Susannahs Bauch mit einem Blick.

Wohl eher nicht, dachte Susannah, so, wie die Dinge mit Henry bis jetzt standen.

Eine Weile saßen sie schweigend da, bis Arabellas Gesicht sich unvermittelt aufhellte. «Horatia Thynne hat mich letzte Woche besucht.»

«Horatia Thynne?»

«Erinnerst du dich nicht? Die junge Dame, auf die Henry ein Auge geworfen hatte, ehe er dich geheiratet hat.»

«Ich hatte leider nie das Vergnügen.»

«Sie hat mir etwas Interessantes erzählt.» Arabellas Augen funkelten vor Bosheit.

«Ach ja?»

«Anscheinend hat sie Henry einen Korb gegeben! Ich hatte gedacht, er hätte sich gegen sie entschieden, trotz ihres Vermögens, weil sie kein sonderlich reizvolles Mädchen ist. Aber weit gefehlt. Henry war wild entschlossen, mit ihr vor den Traualtar zu treten, bis ihr Vater dem am Ende einen Riegel vorgeschoben hat. Sehr zu Henrys Missfallen.» Sie neigte sich vertraulich vor. «Horatias Vater waren Gerüchte zu Ohren gekommen, dass Henry in Freudenhäusern verkehrt.»

Susannah war empört. «Dann hat man ihm Lügen erzählt.» Aus dem Augenwinkel nahm sie eine Bewegung an der Tür wahr. Es war ihr Vater, der dort stand, sichtlich schockiert über das, was er soeben mit angehört hatte.

«Da wäre ich mir nicht so sicher!», fuhr Arabella mit hörbarem Behagen fort. «Er ist schon ein rechter Filou.» Sie lächelte. «In der Zeit, als er um dich geworben hat, hat er ständig mit mir geflirtet.»

«Ich muss jetzt wirklich los.» Susannah stand auf. Keinen Augenblick länger hielt sie es in der Gegenwart ihrer Stiefmutter aus.

Cornelius begleitete sie nach unten. «Bitte nimm das, was Arabella dir da über Henry erzählt hat, bloß nicht ernst. Gewiss nur leerer Klatsch und Tratsch.»

«Natürlich! Und ich nehme mal an, dass Arabella außer Tratsch derzeit keinen weiteren Zeitvertreib hat.»

«Das Warten macht sie ein wenig zänkisch.»

«Und du? Wie kommst du damit zurecht?»

Cornelius verzog kurz das Gesicht. «Ich freue mich auf die Zeit, wenn ich meine gewohnte, liebe Arabella wieder zurückhabe. Und ich bete natürlich darum, dass alles gut ausgeht. Eine Geburt ist immer mit Risiken behaftet.»

«Ich werde nie vergessen, was Mama damals zugestoßen ist.» Susannah hielt den Henkel ihres Korbs so krampfhaft umklammert, dass ihre Fingerknöchel weiß hervortraten.

«Daran denke ich auch oft.»

Susannah lag die Bemerkung auf der Zunge, dass ihr Arabellas Umfang für den siebten Schwangerschaftsmonat ziemlich stattlich vorkam, aber dann schwieg sie lieber. Womöglich hatte ihr Vater die Hochzeit nicht abwarten können, und das Baby war schon früher fällig? Der Gedanke trieb ihr die Röte ins Gesicht. Sie verabschiedete sich von ihrem Vater und trat hinaus in den Nebel.

Bei ihrer Rückkehr fand sie Henry tief und fest schlafend vor. Wie er so dalag, mit der einen Hand neben sich auf dem Kopfkissen, die Finger über dem Handteller gekrümmt, sah er seltsam jung und verletzlich aus. Sie legte ihm die Hand auf die Stirn, stellte fest, dass er kein Fieber mehr hatte, und öffnete das Fenster einen Spalt weit, um frische Luft hereinzulassen.

Unten in der Küche fügte sie Henrys Hustensirup etwas Honig hinzu und kochte dann die Kräuter aus der Apotheke, darunter Rauke und Wermut, zu einem Sud auf. Da öffnete sich die Küchentür, und Henry kam herein.

«Da bist du ja!», sagte er. «Ich habe Hunger. Wo ist Peg?»

«Ich habe sie auf den Markt geschickt. Wenn du Hunger

hast, dürfte es dir besser gehen. Soll ich etwas Suppe aufwärmen, oder möchtest du lieber Rühreier?»

«Gegen ein paar Rühreier hätte ich nichts einzuwenden.» Er zog sich einen Stuhl an den Herd und sah zu, während sie Eier in eine Schüssel schlug.

Henry war tatsächlich wieder bei bestem Appetit, und er hatte seinen Teller Rührei und mehrere Scheiben Brot im Nu verputzt. Da sich mit seiner Genesung offenbar auch seine Laune merklich gebessert hatte, schlug Susannah vor, gemütlich in der warmen Küche sitzen zu bleiben und Karten zu spielen. Der restliche Nachmittag verlief sehr angenehm.

Als sie sich später am Abend zum Schlafengehen bereitmachten, schloss Henry sie in die Arme und küsste sie auf die Wange. «Du bist eine gute Ehefrau, Susannah.»

Danach lag sie im Bett, während er neben ihr langsam eindöste, und betete darum, dass ihre Ehe irgendwann mehr sein würde als eine keusche Lebensgemeinschaft. Wenn Henry schon fand, dass sie eine gute Ehefrau war, würde er doch gewiss auch endlich anfangen, sie zu lieben? Und selbst wenn das, was Arabella erzählt hatte, zutreffen sollte und sie für ihn nur zweite Wahl gewesen war, hatte er sie durch die Heirat doch zumindest vor einem noch schlimmeren Schicksal bewahrt. Ohne Henry hätte sie sich jetzt womöglich damit abmühen müssen, den pummeligen kleinen Driscoll-Mädchen die Gavotte beizubringen. Was das Gerede über seine vermeintlichen Besuche im Freudenhaus betraf: Das nahm sie nicht ernst, das hatte Arabella vermutlich nur aus Bosheit erfunden. Außerdem schien er im Schlafzimmer kein großes Bedürfnis nach weiblicher Zuwendung zu haben. Und wenn sich das je ändern sollte, so war ihm sicher bewusst, dass sie Nacht für Nacht nur auf ihn wartete.

9. Kapitel

Der Weihnachtsmorgen zog sonnig und klar herauf. Susannah kratzte das Eis vom Inneren des Schlafzimmerfensters und spähte auf den Platz hinunter: Über Nacht war Schnee gefallen. Die Zweige der Bäume, die mit dünnem Raureif überzogen waren, funkelten im Sonnenlicht wie Diamanten.

«Henry, sieh doch nur! Ich hatte gehofft, dass es schneien würde; der Himmel hatte gestern schon diese schwere, gelbe Färbung.»

Henry stöhnte und drehte sich im Bett zu ihr herum. «Zu viel Wein gestern Abend.» Damit zog er sich die Bettdecke wieder über den Kopf.

«Nun komm, wir haben schon viel zu lange im Bett herumgelegen. Ich muss noch Vorbereitungen für das Essen treffen, und wir dürfen nicht zu spät in die Kirche kommen.»

«Immer hast du so viel zu tun», seufzte Henry. «Was du brauchst, ist eine zusätzliche Hilfe bei der Hausarbeit.»

«Das predige ich dir doch schon seit Wochen!»

«Was du tatsächlich brauchst», seine Augen leuchteten auf einmal vor Eifer, «ist ein Haussklave.»

«Ganz sicher! Bis dahin wäre ich schon froh, wenn du hin und wieder mal helfen könntest, die Kohle nach oben zu schleppen.»

Es bedurfte all ihrer Überredungskunst, bis Henry sich endlich angezogen und ausgehfertig gemacht hatte, doch sie schafften es immerhin, noch rechtzeitig zur Kirche zu kommen und allen zuzunicken, die sie kannten. Der junge Pfarrer hielt eine sehr langweilige Predigt, und Susannahs Gedanken schweiften ab. Den ganzen Monat hatte sie sich schon auf diesen Tag gefreut, das Haus von oben bis unten geputzt und gewienert und den Festtagsschmaus geplant. Ein fröhliches Beisammensein am Weihnachtstag war genau das Richtige, um den winterlichen Trübsinn zu vertreiben, zumal sie eine ansehnliche Gästeschar erwarteten. Cornelius und Arabella mitsamt den Kindern waren eingeladen, zusammen mit Henrys Tante Agnes und William Ambrose sowie Martha und ihrer Familie.

Henrys Kopf sank immer wieder nach vorn, während die Predigt einfach kein Ende fand. Susannah stupste ihn jedes Mal an, wenn seine Atemzüge in Schnarchen überzugehen drohten, und dann schüttelte er sich ruckartig wach, während sie im Kopf zum wiederholten Mal durchging, was sie vor dem Eintreffen der Gäste noch alles zu erledigen hatte. Peg war zu Hause am Bratspieß zurückgelassen worden, und Susannah hoffte inständig, dass sie die Rinderkeule und die Kapaune nicht anbrennen ließ.

Endlich war der Gottesdienst vorüber, und die Gemeinde strömte ins Freie. Der allgegenwärtige, rußige Rauch hatte den frischgefallenen Schnee bereits mit einer grauen Schmutzschicht überzogen. Der eisigen Kälte wegen verweilten sie nur wenige Minuten, um den anderen Kirchgängern frohe Weihnachten zu wünschen, und machten sich dann auf den Heimweg.

Zu Hause empfing sie der Duft von schmorendem Rindfleisch, und Susannah stellte erleichtert fest, dass Peg den Festtagsbraten ordnungsgemäß begossen hatte. Auch der Plumpudding dampfte munter vor sich hin.

«Ich habe die Backäpfel mit Bier nach Euren Anweisungen vorbereitet, und die Götterspeise kühlt draußen auf dem Fensterbrett ab», sagte Peg. «Und ehe Ihr fragt, ja, ich habe sie zum Schutz vor dem Ruß abgedeckt.»

«Ausgezeichnet, Peg! Wie ich sehe, hast du alles im Griff.»

Der große Tisch oben im Speisezimmer war auf Hochglanz poliert worden, und bei dem Festschmaus würden sämtliche der geschnitzten Stühle zum Einsatz kommen. Susannah hatte die besten Gläser und feine Servietten aufdecken lassen und die Tafel mit Rosmarinsträußchen und Stechpalmenzweigen festlich geschmückt. Agnes Fygges Silberleuchter, in dem frische Bienenwachskerzen steckten, hatte sie hübsch mit Efeu dekoriert.

Sie sah sich zufrieden um. In jedem Zimmer des Hauses brannte ein Kaminfeuer, und in der Eingangshalle hing ein Strauß Mistelzweige. Das Treppengeländer war mit Nadelzweigen geschmückt, die einen angenehm harzigen Duft verbreiteten. Alles war bereitet. Henry würde doch sicherlich stolz auf sie sein? Lächelnd malte sie sich aus, wie er sie in die Arme nehmen und ihr seine Liebe gestehen würde. Das wünschte sie sich mehr als alles andere. In diesem Moment wurden ihre Gedanken durch das Pochen des Türklopfers unterbrochen, das die Ankunft der ersten Gäste ankündigte.

Nachdem sie sich, pappsatt von Plumpudding und Konfekt, vom Tisch erhoben hatten, spielten sie erst Blinde Kuh, und dann holte Marthas Mann Josiah seine Geige heraus und stimmte eine muntere ländliche Weise an, bei der Susannah sofort Lust zu tanzen bekam. Sie nahm Henry an der einen und Martha an der anderen Hand und forderte William auf, sich ihnen anzuschließen. Bald schon tanzten alle, bis auf Tante Agnes, die zu gebrechlich war, und die hochschwangere

Arabella. Die Kinder wirbelten vor Begeisterung juchzend im Kreis umher und waren davon am Ende so schwindelig, dass sie in einem kreischenden Knäuel zu Boden purzelten.

«Sie dürfen nicht zu übermütig werden, sonst fließen am Ende noch Tränen», entschied Susannah. «Ich werde Peg rufen, sie soll mit ihnen in ein anderes Zimmer gehen und dort ein wenig mit ihnen spielen.»

Nachdem die Kinder hinausgebracht worden waren, stimmte Josiah eine getragenere, höfische Weise aus Frankreich an. Die Männer nahmen in einer Reihe Aufstellung vor den Frauen, dann verneigten sie sich vor ihrer Tanzpartnerin, reichten ihr die Hand und küssten sie auf die Wange, ehe sie zur nächsten Partnerin wechselten. Auch Arabella ließ sich von Cornelius diesmal zur Teilnahme bewegen und glitt trotz ihres Umfangs mit einiger Anmut übers Parkett, ein wenig wie eine stattliche Galeone. Das Klicken und Scharren von Ledersohlen auf dem Parkett und das Rascheln von Seidenröcken hatten etwas seltsam Beruhigendes, während sich die Tanzenden auf ihre Schrittfolgen konzentrierten. Susannah sah sich William Ambrose als Partner gegenüber, der sich weit anmutiger bewegte, als sie gedacht hätte, und kaum ihre Fingerspitzen berührte, als er ihr die Hand reichte und sie im Kreis herumdrehte.

«So prächtig habe ich mich an Weihnachten zum letzten Mal als Kind amüsiert», sagte er leise. «Und es war nett von Euch, Tante Agnes ebenfalls einzuladen. Sie ist doch so gerne unter Menschen. Gerade heutzutage, bei der gedrückten Stimmung in der Stadt.»

«Am meisten fehlt mir das Theater, jetzt, wo alle Häuser geschlossen haben. Letztes Jahr war mein Vater mit mir im Theater an der Drury Lane. Wir haben uns *Volpone* von Ben Jonson angesehen.»

«Das habe ich auch gesehen! Sehr unterhaltsam.»

Als er sie vor dem Wechsel zur nächsten Partnerin auf die Wange küsste, fiel Susannah auf, dass er sehr angenehm nach Rosmarin und frischgebügelter Wäsche duftete. Sie geriet vorübergehend aus dem Tritt und war froh, dass ihr Vater ihr nächster Partner war und sie behutsam stützte, bis sie wieder in den Rhythmus gefunden hatte.

Es dunkelte bereits, als von der Straße mehrstimmiger Gesang herauftönte. Die Gäste lehnten sich aus dem Fenster und sahen zu den Weihnachtssängern hinunter, die beim Singen vor Kälte im Schnee von einem Fuß auf den anderen traten, und warfen ihnen, nachdem sie ihren Vortrag beendet hatten, zur Belohnung Äpfel, Nüsse und Münzen zu. Susannah schickte Peg nach draußen, um die Sänger hereinzubitten, damit sie sich am Feuer in der Halle kurz aufwärmen und ein Glas Punsch trinken konnten. Zusammen mit den Weihnachtssängern sangen die Gäste *We Wish You a Merry Christmas* und *I saw Three Ships Come Sailing In*, ehe die Sänger sich verabschiedeten und ihre Runde die Straße hinab fortsetzten.

«Wir müssen auch aufbrechen», sagte Cornelius. «Die Kinder werden langsam unruhig.»

Nach und nach verabschiedeten sich auch die anderen Gäste, bis Susannah und Henry allein zurückblieben.

«Ich darf mich glücklich schätzen, eine Frau zu haben, die eine so vorzügliche Gastgeberin ist», sagte Henry anerkennend. «Sogar Will, der alte Sauertopf, hat die ganze Zeit über gelächelt, und nicht mal Tante Agnes hatte etwas auszusetzen.»

«Das Essen jedenfalls hat ihr sichtlich geschmeckt.» Susannah glühte vor Freude und Stolz. «Oh, Henry, dieses Haus ist für Feste wie geschaffen, findest du nicht?»

«Es war schön, mal den Klang von Kinderstimmen zu hören.» Auf einmal sah er furchtbar traurig aus.

«Was hast du, Henry?»

«Ich werde wohl nie wieder Weihnachten zu Hause feiern, wie früher immer.»

Sie biss sich auf die Lippe. «Ich habe mich so sehr bemüht, dir alles recht zu machen; damit du dich hier zu Hause fühlst.»

«Ich weiß.» Seine Stimme klang tonlos. «Aber hier ist eben alles so anders.»

Sie schluckte, während heftige Enttäuschung in ihr aufstieg.

«Nimm es dir nicht zu Herzen, so war das nicht gemeint», seufzte Henry. «Traurige Gesichter kann ich nicht ertragen. Komm, gib mir einen Kuss!»

Susannah reckte ihm das Gesicht entgegen, und er gab ihr einen flüchtigen Kuss auf die Lippen.

«Lass dich mal ansehen!» Er musterte ihr Gesicht, als sähe er sie zum ersten Mal. «Du siehst sehr hübsch aus heute Abend.»

«Ein wenig Fröhlichkeit wirkt immer Wunder bei mir.»

«Dann wollen wir künftig öfter fröhlich sein.» Er schob ihr die Finger ins Haar und küsste sie erneut, zärtlicher und ausgiebiger diesmal.

Susannah erwiderte seinen Kuss, überglücklich, dass er sie endlich wahrnahm. Sie hatte sich so oft ausgemalt, wie es wäre, in seinen Armen zu liegen, dass sie sich jetzt, da es tatsächlich geschah, vorkam wie in einem Traum. Doch obwohl sie sich so sehr danach gesehnt hatte, Henrys Lippen an den ihren zu spüren, ließ diese Erfahrung sie jetzt seltsam kalt.

Bald schon wurden seine Küsse drängender, während er ihre Hüften und Brüste liebkoste. «Wenn ich dich so in den Armen halte, kann ich fast an eine glückliche Zukunft für uns glauben», flüsterte er. «Mit dir an meiner Seite kann und werde ich das Leben in diesem elenden Land ertragen.»

Vor Rührung über seine Worte leistete Susannah keine Gegenwehr, als er ihr Mieder aufschnürte und sie auf den Orientteppich vor dem Kamin im Wohnzimmer bettete. Sie beobachtete sein Gesicht im warmen Feuerschein und erwiderte seine Küsse mit einer Leidenschaft, die beinahe echt empfunden war. In Anbetracht der Schwierigkeiten, die es in der Hochzeitsnacht gegeben hatte, wagte sie es diesmal nicht, auch nur einen Laut von sich zu geben.

Sein Mund fuhr über ihre Brüste und hinterließ kleine feuchte Stellen, die so rasch abkühlten, dass sie trotz des Kaminfeuers fröstelte und Henry enger an sich zog.

Sie spannte sich kurz an, als er ihr die Hand unter den Rock schob und sich einen Weg durch ihre Unterröcke tastete. Diesmal aber war er behutsamer, und sie spreizte ein wenig die Beine, um ihn zu empfangen. Wieder überkam sie die angenehme Mattigkeit, die sie auch in der Hochzeitsnacht verspürt hatte, und sie schloss die Augen und überließ sich ganz ihren Empfindungen.

Sie spürte, wie Henrys Atem an ihrem Hals immer schneller ging, während er seine Hüfte an ihrem Bein bewegte. Dann zog er unvermittelt die Hand unter ihrem Rock hervor, und bei dieser jähen Bewegung schlug sie die Augen auf und war wieder hellwach. Nachdem er hastig seine Hose aufgeknöpft hatte, schob er ihre Röcke in die Höhe und legte sich auf sie.

Susannah stockte kurz der Atem, als er in sie eindrang. Sie blickte starr zur Decke hinauf, während er sich in ihr bewegte. Es tat zwar nicht weh, entschied sie, war aber auch nicht sonderlich angenehm.

Henry schob ihr die Arme über den Kopf und hielt sie an

den Handgelenken zusammen, während er immer schneller in sie hineinstieß. Susannah öffnete ein wenig die Augen und sah, dass er die Augen krampfhaft zusammenkniff und die Zähne aufeinanderbiss.

Es war alles sehr schnell vorbei.

Er stieß unvermittelt die Luft aus, bäumte sich auf und ließ sich dann schwer auf sie hinabsacken.

Kurze Zeit lagen sie reglos da, während Susannah im Stillen aufatmete. Jetzt war sie wahrhaft Henrys Frau, und ihre Liebe konnte endlich aufblühen und gedeihen. Ein Gefühl dankbarer Zärtlichkeit keimte in ihr auf, und sie streichelte ihm zaghaft übers Haar, in der Erwartung, nun ein paar liebevolle Worte von ihm zu hören.

Und dann öffnete Henry die Augen und sah sie an. Susannah blinzelte verwirrt.

Er befreite sich aus ihren Röcken, stand auf und knöpfte sich hastig die Hose zu, ohne sie dabei anzusehen. «Ich gehe in mein Arbeitszimmer», sagte er.

Susannah wollte zu einer Erwiderung ansetzen, aber sein grimmiger Gesichtsausdruck hielt sie davon ab. Er hatte sie angesehen, als empfände er Ekel vor ihr.

Mit vor Beschämung glühenden Wangen sah sie ihm nach, während er davonging, ohne ein einziges Wort, ohne sich noch einmal nach ihr umzusehen. Und dann schlug die Tür hinter ihm zu.

10. Kapitel

Es war Dreikönigstag, und draußen vor dem Fenster segelten unaufhörlich Schneeflocken vom grauen Himmel herab. Susannah entfernte gerade den Weihnachtsschmuck in der Halle und wäre vor Schreck beinahe von der Leiter gefallen, als auf einmal energisch der Türklopfer betätigt wurde.

Peg öffnete, und Ned stand keuchend vor der Tür. «Miss Susannah, Ihr müsst sofort kommen!»

«Was ist passiert?»

«Es ist wegen der gnädigen Frau.»

«Kommt das Kind?»

Er nickte.

«Ich wusste es! Es ist zu früh dran. Läuft alles gut?»

Ned zuckte mit den Schultern. «Bei ihrem Geschrei kann einem jedenfalls das Blut in den Adern gefrieren. Die Kinder haben solche Angst bekommen, dass Jennet mit ihnen zu einem Spaziergang aufbrechen musste, trotz des Schneetreibens.»

Susannah griff hastig nach ihrem Umhang. «Ich komme.»

Cornelius erwartete sie schon am Eingang der Apotheke, übernächtigt, unrasiert und ohne Perücke.

«Wie geht es ihr?», fragte Susannah, während sie sich die Schneeflocken aus dem Haar schüttelte.

«Ich halte es kaum noch aus! Sie will mich nicht zu sich lassen, und ich bin halb verrückt vor Sorge. Arabella ist so ein zartes kleines Ding, aber ihr Bauch ist riesengroß. Wie soll sie ein so großes Kind zur Welt bringen? Seit gestern Abend schon liegt sie in den Wehen und schreit und wimmert so sehr, dass mir angst und bange wird. Ich habe ihr schon

Himbeerblättertee bringen lassen, aber auch der konnte ihre Schmerzen nicht lindern.»

Eine Reihe markerschütternder Schreie drang von oben herunter, und ihr Vater verstummte.

«Immerhin hat sie noch genug Kraft zum Schreien», sagte Susannah und merkte, wie ihre Angst etwas nachließ.

«Aber wie lange hält sie das noch aus?» Cornelius rang mühsam um Atem. «Was, wenn es so kommt wie bei deiner Mutter? Was, wenn ...»

«Nicht!» fuhr Susannah ihn an. «Es wird schon alles gutgehen, ganz sicher. Hast du es schon mit Bingelkraut versucht?»

«Nein.» Er runzelte nachdenklich die Stirn. «Nein, damit noch nicht.»

«Dann schlage ich vor, dass du dich jetzt an die Arbeit machst. Ich werde inzwischen zu ihr hochgehen.»

Arabella lag flach auf dem Rücken, mit hochrotem Kopf und verschwitzten, strähnigen Haaren. Mit den Händen hielt sie krampfhaft ihren prallen Leib umfasst. «Was willst du denn hier?», keuchte sie. «Dich an meinen Qualen weiden? Freust du dich, mich in meinen letzten Zuckungen zu sehen?»

«Ich wollte nur sehen, ob ich dir irgendetwas bringen kann. Vater bereitet dir gerade einen Tee aus Bingelkraut, um den Geburtsvorgang zu erleichtern.»

«Wieder so ein ekelhaft schmeckendes Gebräu! An all dem ist nur er schuld! Hätte er bei mir nicht ständig auf seine ehelichen Rechte gepocht, wäre ich jetzt nicht dem Tode nah. Damit ist künftig Schluss! Nie wieder kommt er mir in mein Schlafzimmer, falls ich das hier überlebe. Und jetzt geh und lass mich in Frieden sterben!»

Susannah faltete ihre Hände, die auf einmal heftig zitterten. All ihre alten Ängste erwachten wieder zum Leben.

Die Hebamme trat mit einer Schüssel Wasser ans Bett, um Arabella das Gesicht abzuwischen. Susannah atmete auf, als sie sah, dass es Goody Joan war.

«Ganz ruhig, Mrs. Leyton, Eure Freundin will Euch doch nur helfen», versuchte sie Arabella zu besänftigen.

«Sie ist nicht meine Freundin! Sie ist die Tochter meines Gatten, und ich will sie nicht um mich haben. Oooooh! Die nächste Wehe! Schafft sie hier raus!» Arabella verzerrte vor Schmerz das Gesicht und stöhnte laut.

«Wartet draußen», flüsterte Goody Joan Susannah zu. «Ich komme gleich zu Euch, wenn diese Wehe vorüber ist.»

Susannah wartete draußen auf dem Treppenabsatz, faltete unermüdlich den Vorhang zwischen den Fingern und starrte auf die Fleet Street hinab, um sich irgendwie von dem Geschehen im Nebenraum abzulenken.

Der Ruf des Messerschleifers drang zu ihr herauf, und sie sah einen Schornsteinfeger, der sich mit seinem Bündel Ruten und Bürsten auf dem Rücken einen Weg durch die Schar der Passanten bahnte und rußige Fußabdrücke im Schnee hinterließ.

Als ein weiterer gellender Schrei aus der Schlafkammer drang, bekam Susannah von neuem wildes Herzklopfen. Was, wenn Arabella jetzt tatsächlich starb? Vielleicht könnte sie dann in ihr geliebtes Zuhause zurückkehren und ihrem Vater wieder in der Apotheke zur Hand gehen. Alles könnte so sein wie früher, und sie wäre endlich wieder glücklich. Natürlich waren da noch Arabellas Kinder, aber ohne die Einmischung ihrer Mutter, davon war sie überzeugt, könnte sie die schon zur Räson bringen und zu artigen kleinen Mitbürgern erziehen. Derlei Gedanken hing sie noch eine ganze Weile nach, ehe sie erschrocken innehielt. Wie hatte sie bloß vergessen können, dass sie jetzt Henrys Frau war? Ins Haus ihres Vaters könnte sie nie mehr zurückkehren.

Sie hörte ein Geräusch hinter sich und wandte sich um. Goody Joan schloss gerade die Tür der Schlafkammer hinter sich.

«Ich bin in Sorge um Mrs. Leyton.» Ihre rosigen Wangen waren ganz knittrig vor Anspannung und erinnerten an einen zu lange gelagerten rotbackigen Apfel. «Das Kind kommt mit den Füßen voran.»

«O nein!» Susannah bekam sofort ein schlechtes Gewissen und biss sich auf die Lippe. So froh sie auch gewesen wäre, wenn Arabella nie in ihr Leben getreten wäre, wünschte sie ihr doch nichts Böses; ihr Vater wäre am Boden zerstört, wenn ihr etwas zustieße. «Muss sie sterben?»

«Das hoffe ich doch mal nicht», wehrte Goody Joan barsch ab. «Ich bin aber nicht zu stolz, die Hilfe eines Arztes in Anspruch zu nehmen, deshalb hätte ich gern, dass Ihr nach Doktor Ambrose schicken lasst. Ich vertraue ihm, und wir haben schon in ähnlichen Fällen zusammengearbeitet.»

«Ich kenne Doktor Ambrose.»

«Dann lasst ihn jetzt unverzüglich holen. Und lasst ihm ausrichten, er soll bitte seine Spezialinstrumente mitbringen.»

Susannah merkte, wie sie weiche Knie bekam, und suchte Halt am Fensterbrett. «Ihr werdet das Kind doch nicht etwa herausschneiden?»

Goody Joan schüttelte den Kopf. «So radikale Maßnahmen werden wohl nicht nötig sein. Aber Doktor Ambrose hat ein Instrument entwickelt, mit dem das Kind, falls erforderlich, aus dem Geburtskanal gezogen werden kann. Könnt Ihr außerdem in der Küche etwas Gänsefett erhitzen? Streicht es anschließend durch ein sauberes Musselintuch, lasst es in einer Schale etwas abkühlen und bringt es mir dann. Das wird den Geburtsvorgang zusätzlich erleichtern.»

Bei seinem Eintreffen musste sich Doktor Ambrose den Schnee von der Kleidung schütteln.

«Danke, dass Ihr so rasch gekommen seid», sagte Cornelius. «Ich weiß vor Sorge nicht mehr ein noch aus.»

«Habt Ihr Eure Instrumente dabei?», fragte Susannah.

Ambrose nickte knapp. «Führt mich bitte zu Eurer Stiefmutter.» Er legte Cornelius beruhigend die Hand auf die Schulter. «Ich werde mein Bestes für sie tun.»

Sie stiegen die Treppe hinauf, dem erbarmungswürdigen Geschrei und Gewimmer entgegen. Susannah, deren Mund vor Angst ganz trocken war, blieb in der Tür stehen. Doktor Ambrose wusch sich erst sorgsam die Hände in einer Schüssel und tastete dann behutsam Arabellas Bauch ab, während er beruhigend auf sie einredete.

Zum ersten Mal überhaupt fielen Susannah seine Hände ins Auge. Er hatte auffallend lange Finger und wohlgeformte, gepflegte Nägel. Da er die Hemdsärmel aufgekrempelt hatte, konnte sie die feine dunkle Behaarung an seinen Unterarmen sehen. Wie vorsichtig er Arabellas weißen Leib betastete, völlig anders als damals Dr. Ogilby bei ihrer armen Mutter.

Doktor Ambrose nahm die Hebamme beiseite, um sich kurz im Flüsterton mit ihr zu beratschlagen. Dann öffnete er seine Tasche und nahm ein Instrument heraus, das aus zwei langstieligen Greifern bestand, die ein wenig an Schaumlöffel erinnerten. «Wenn die nächste Wehe kommt, Mrs. Leyton, dann presst, so stark Ihr könnt.»

Arabella stöhnte.

Susannah konnte es nicht mehr mit ansehen. Sie hielt sich

die Ohren zu, um das Geschrei nicht mehr hören zu müssen, und trat wieder ans Flurfenster hinüber.

Kurz darauf vernahm sie das hohe Quäken eines Säuglings und stieß vor Erleichterung die Luft aus. Sie stürzte zur Schlafkammer zurück, wo Goody Joan gerade dem energisch protestierenden Neugeborenen das Gesicht sauberwischte.

«Aber es ist ja so klein!», staunte Susannah. «Ich dachte, die Schwierigkeiten rührten daher, weil das Kind so groß wäre?»

«Mrs. Leyton ist noch nicht fertig. Hier», die Hebamme hielt Susannah das Neugeborene entgegen, «wickelt ihn schön warm ein, während ich Doktor Ambrose zur Hand gehe. Es kommt noch ein Kind.»

«Zwillinge?»

«Ganz sicher war ich mir nicht, an die Möglichkeit aber hatte ich schon gedacht. Deshalb habe ich auch nach dem Arzt schicken lassen.»

Susannah betrachtete den Kleinen hingerissen, während sie ihm sanft über die Wange streichelte, und er wandte sich ihrem Finger zu und suchte daran zu nuckeln. Nachdem sie ihn in ein Tuch gewickelt hatte, hielt sie ihn auf dem Arm, wobei sein Köpfchen an ihrem Hals ruhte. Susannah musste Tränen der Erleichterung zurückhalten, in die sich auch Eifersucht mischte. Würde sie je selbst eine Entbindung überleben und ein Kind im Arm halten, das ihr eigenes war?

Schon bald war das Quäken des zweiten Säuglings zu vernehmen, und Cornelius tauchte sichtlich überwältigt in der offenen Tür auf. Wortlos reichte er der Hebamme einen Trinkbecher.

«Ein Tee aus Bingelkraut», sagte Susannah. «Der wird die Nachgeburt heraustreiben.»

Goody Joan nickte und stützte Arabella behutsam, während sie den Tee trank.

Susannah legte frische Kohle ins Feuer nach, schloss die Fensterläden und zündete Kerzen an.

Kurze Zeit später thronte Arabella, ordentlich gekämmt und in einem frischen Nachthemd, mit einem Wickelkind links und rechts im Arm aufrecht im Bett.

«Zwei Söhne!» Cornelius, der neben ihr saß, schüttelte ungläubig den Kopf. «Gott hat uns wahrlich reich beschenkt. Vor allem aber bist du wohlauf, meine süße Arabella. Ich weiß nicht, was ich getan hätte, wenn ...»

«Schh! Jetzt ist ja alles gut, Cornelius.» Arabella strahlte vor Mutterstolz. «Nach diesem Martyrium werde ich natürlich eine Weile besonderer Schonung und Fürsorge bedürfen. Und um ein zweites Kindermädchen werden wir wohl nicht herumkommen ...»

«Alles, was du möchtest, meine Liebe. Einfach alles.» Cornelius schüttelte erneut den Kopf. «Zwei Söhne!»

Unten fiel eine Tür krachend ins Schloss. Laute Schritte kamen die Holztreppe heraufgepoltert, und Arabellas drei ältere Kinder stürmten in die Kammer.

«Sachte!», ermahnte Cornelius sie.

«Mama!» Harriet warf ihrer Mutter die Arme um den Hals, während die beiden Jungen aufs Bett hinaufkletterten und lautstark ihre neugeborenen Brüderchen bestaunten.

Susannah beobachtete das rührende Familienidyll von der Tür aus. Sie zuckte vor Schreck zusammen, als sie eine Hand an ihrer Schulter spürte.

«Es ist schon dunkel, und draußen braut sich ein Schneesturm zusammen», sagte Doktor Ambrose. «Ich werde Euch nach Hause begleiten.»

«Das ist doch nicht nötig!»

«Euer Mann dürfte etwas dagegen haben, dass Ihr in der Dunkelheit ganz alleine auf den Straßen unterwegs seid.»

Susannah warf einen letzten Blick auf die glückliche Familie, der sie nicht länger angehörte. In ihr gähnte eine schwarze, trostlose Leere, die sie zu verschlingen drohte. «Möglich», sagte sie, fragte sich aber insgeheim, ob Henry überhaupt so weit dachte.

Sie holte ihren Umhang, und Doktor Ambrose geleitete sie am Arm auf die dunkle Straße hinaus.

11. Kapitel

Woran sich der Streit entzündet hatte, wusste Susannah im Nachhinein gar nicht mehr so recht. Über das, was sich am Weihnachtstag zwischen ihnen abgespielt hatte, hatten sie seither kein Wort verloren, aber Henry war in letzter Zeit rätselhaft guter Laune, summte fröhlich vor sich hin, wenn er seinen Geschäften nachging, und malte die Zukunft in den rosigsten Tönen aus, als wäre sie wieder voll interessanter Möglichkeiten.

«Im Frühjahr sollten wir uns vielleicht nach einem Häuschen auf dem Lande umsehen», sagte er, während er sich an jenem Morgen rasierte.

Susannah verfolgte vom Bett aus, wie er sich mit dem Rasierpinsel gründlich die Wangen einschäumte. «Ich dachte, du müsstest für deinen Importhandel hier vor Ort sein, in der Nähe der Docks, in den Kaffeehäusern und an der Börse?»

«Das schon, aber du könntest die gute Landluft genießen, während ich in der Stadt meiner Arbeit nachgehe.»

«Einen Garten hätte ich schon sehr gern», sagte Susannah und stand auf, um frische Kohle ins Feuer nachzulegen. «Aber Peg und ich haben schon genug Mühe, dieses Haus hier sauberzuhalten, ohne uns noch um ein zweites Haus auf dem Lande kümmern zu müssen.» Es war kalt im Zimmer, und sie schlüpfte bibbernd ins Bett zurück und zog sich die Decke wieder hoch bis ans Kinn.

«Was du dazu brauchst, sind Haussklaven.»

«Was soll das heißen?»

«Weißt du nicht mehr? An Weihnachten habe ich doch gesagt, dass wir ein paar Sklaven bräuchten. Ich habe mir alles reiflich überlegt. Du bekommst eine Frau, die die Wäsche erledigt und das Haus putzt, einen Mann, der die Kohlen schleppt, und einen Jungen, der deine Besorgungen erledigt.»

Susannah lachte. «Aber Henry, ein weiteres Dienstmädchen würde schon vollauf reichen.»

«Blödsinn! Die Sklaven können sich hier in der Stadt um mich kümmern, während du mit Peg draußen auf dem Lande weilst.» Er lächelte. «Die perfekte Lösung!»

«Ich möchte aber nicht allein auf dem Land leben, und ich möchte auch keine Sklaven.»

Henry runzelte die Stirn. «Du bekommst drei Haussklaven, das habe ich doch schon gesagt. Noch ein rübengesichtiges kleines Ding aus der Gosse kommt mir als Dienstmädchen jedenfalls nicht ins Haus.»

«Pfui, Henry, wie kannst du so über Peg reden! Sie lernt schnell, und wir kommen sehr gut zurecht.»

Er zuckte die Achseln. «Tja, wie man's nimmt. Aber mein Entschluss steht fest.»

«Aber ich möchte keine Sklaven im Haus. Ich würde mich völlig in der Unterzahl fühlen. Und nebenbei, der Gedanke, dass Menschen ihrer Heimat entrissen und in die Sklaverei verkauft werden, behagt mir auch nicht sonderlich.»

«Du magst doch gerne Zucker, oder?»

«Wer tut das nicht?»

«Na also! Zucker kann nur mit Sklaven erzeugt werden. Ökonomisch ist das gar nicht anders möglich.»

«Trotzdem möchte ich hier keine Sklaven.»

«Die Diskussion ist hiermit beendet. Verflucht! Nun sieh dir an, was ich deinetwegen angerichtet habe.» Er tupfte sich mit dem Handtuch Blut vom Gesicht. «Im Übrigen habe ich schon veranlasst, dass sie aus Barbados hergeschickt werden.»

«Henry?»

«Was?»

«Du hättest mich ruhig vorher fragen können!»

«Ich bin doch eben dabei, dir zu erklären ...»

«Ja, genau!»

«Und zu dem Thema gibt es nichts mehr zu sagen. Sogar Tante Agnes hat doch einen jungen Mohren, der Besorgungen für sie erledigt.»

«Meine Besorgungen erledigt Peg. Drei zusätzliche Dienstboten brauchen wir auf keinen Fall.»

«So eine undankbare Reaktion hätte ich nicht von dir erwartet. Du jammerst doch ständig darüber, wie schwierig es ist, den Haushalt mit nur einem Dienstmädchen zu führen.»

«Das stimmt doch überhaupt nicht!» Hellauf empört über diese Unterstellung, schleuderte sie die Bettdecke beiseite und baute sich vor ihm auf. «Ich will sie in meinem Haus nicht haben!»

«In *deinem* Haus?» Henry funkelte sie erbost an und ließ das

Rasiermesser in die Waschschüssel fallen. «Ihr vergesst Euch, Madam. Das ist mein Haus, und du wohnst hier nur mit meiner Erlaubnis. Vielleicht erinnerst du dich mal daran, wie froh du warst, meinen Heiratsantrag doch noch annehmen zu können, weil du sonst selbst als Dienstbotin geendet wärst?»

Susannah stockte der Atem. «Ich finde es äußerst ungalant von dir, mir das so unter die Nase zu reiben. Ich habe mich nach Kräften bemüht, dir eine gute Ehefrau zu sein.» Unbedachterweise fügte sie noch hinzu: «Und mein Vater hat dir ja nun wahrlich genug dafür bezahlt, um mich an dich loszuwerden. Du hast mit mir ein sehr gutes Geschäft gemacht.»

«Nun», sein Blick war auf einmal feindselig, «das habe ja wohl ganz allein ich zu beurteilen, oder?»

Susannah war so wütend und verletzt, dass sie auf eine Erwiderung verzichtete. Während sie sich ankleidete, ging sie das Gespräch im Geist immer wieder durch und überlegte voller Groll, wie sie anders und besser hätte reagieren können. Unterdessen streifte Henry seinen Gehrock über und verließ das Schlafzimmer, ohne sie eines weiteren Blickes zu würdigen.

Nachdem sie widerwillig eingesehen hatte, dass sie wohl klein beigeben und Frieden mit ihm schließen müsste, folgte Susannah ihm seufzend. Vielleicht hatte sie sich ja wirklich zu Unrecht aufgeregt. Nach all den Jahren, in denen sie es gewohnt war, in einem Haushalt nach eigenem Ermessen zu schalten und zu walten, fiel es ihr nun mal schwer, sich dem Willen eines Ehemanns beugen zu müssen. Und womöglich hatte zusätzliche Hilfe im Haushalt auch ihre Vorteile. So hätte sie vielleicht endlich genug freie Zeit, um doch noch das Virginalspiel zu erlernen.

Ihr Entschluss, Henry um Verzeihung zu bitten, lief jedoch

ins Leere. Als sie eben die Treppe hinuntergehen wollte, hörte sie unten seine Schritte durch die Halle eilen, und dann krachte die Haustür ins Schloss.

Vor Zorn brodelnd, blieb sie kurz in der stillen Diele stehen. Dann marschierte sie nach unten in die Küche und machte Peg den ganzen Tag über das Leben schwer, indem sie sie dazu verdonnerte, ihr beim Aufrollen der Schilfmatten im gesamten Haus zu helfen und mit ihr zusammen die Dielenböden zu scheuern.

Henry ließ sich, wenig überraschend, weder zum Mittag- noch zum Abendessen blicken. Susannah speiste allein an dem großen Tisch, auf dem eine feine Tischdecke lag, während in Agnes Fygges prächtigem Silberleuchter die besten Kerzen aus Bienenwachs brannten. Auf keinen Fall würde sie Henry den Gefallen tun, bei seiner Heimkehr unter Tränen eine Schale Hafergrütze in der Küche zu löffeln!

Sie blieb am Tisch sitzen, bis die Kerzen fast ganz heruntergebrannt waren. Schließlich stand sie auf, müde und gereizt, die Hände vom Bodenschrubben ganz wund, und begab sich zu Bett.

Als Susannah morgens aufwachte, lag sie allein im Bett: von Henry keine Spur. Sie hüllte sich in ihr Umschlagtuch und sah in den übrigen Zimmern nach, aber auch dort fand sie ihn nicht. Sie hastete ins Erdgeschoss, suchte überall nach ihm und warf sogar einen Blick in den Kohlenkeller, bis sie sich endlich der traurigen Einsicht stellte, dass er nicht nach Hause gekommen war. Während sie sich ankleidete, verwünschte sie in einem fort den Egoismus von Männern, die offenbar glaubten, keinerlei Rücksicht auf ihre Frauen nehmen zu müssen.

Nachdem der Vormittag quälend langsam vergangen war, brach sie nachmittags auf, um sich mit einem Besuch bei ihrem Vater von der bangen Sorge abzulenken, wo Henry bloß stecken mochte. Auf den Straßen herrschte wieder lebhaftes Treiben. Bei dem strengen Frost war die Rate der Sterbefälle weiter zurückgegangen; die Pest wurde von der Kälte eingedämmt, und die endlich wieder belebten Straßen zeigten, dass die Menschen vorsichtig Hoffnung schöpften. Das Leben musste schließlich weitergehen.

Sie machte einen Umweg, um beim Kaffeehaus Zum Stern vorbeizuschauen, das Henry besonders gern frequentierte. Sie versuchte, hineinzuspähen, aber die kleinen Fensterscheiben waren zu beschlagen, um im Inneren etwas erkennen zu können. Doch in dem Moment ging die Tür auf, und zwei Männer kamen heraus, die ihre Umhänge zum Schutz gegen den bitterkalten Wind fest um sich schlugen. Mit ihnen drang ein Schwall warmer, intensiv nach Kaffee duftender Luft ins Freie, und Susannah überlegte kurz, ob sie nicht einfach einen Blick hineinwerfen sollte. In Kaffeehäusern aber war Damen der Zutritt untersagt. Also wandte sie sich stattdessen zu den beiden Männern um, die sich eben die Straße hinab entfernten.

«Entschuldigung, meine Herren», rief sie, «habt Ihr vielleicht meinen Gatten gesehen, Mr. Henry Savage?»

Die beiden drehten sich um und sahen sie verwundert an, aber sie hielt ihren Blicken tapfer stand. Nicht ohne Henry im Stillen dafür zu verwünschen, dass sie seinetwegen fremde Männer ansprechen musste.

«Savage? Ich habe ihn letzte Woche gesehen, aber heute war er nicht im Stern. Versucht es doch mal im *Harte and Garter.*»

«Vielen Dank, Sir, das werde ich tun.»

Susannah eilte weiter zum *Harte and Garter*, aber auch in diesem Lokal hatte sie kein Glück: Dort war Henry schon seit einigen Tagen nicht mehr gesehen worden. Sie presste die Lippen zusammen und machte sich auf den Weg zum Haus ihres Vaters.

Susannah hörte das Geschrei der Zwillinge, noch bevor sie die Tür der Apotheke geöffnet hatte. Im Haus herrschte der Ausnahmezustand, nur der beiden kleinen Tyrannen wegen, die Kopf an Kopf in der Wiege lagen und sich förmlich die Seele aus dem Leib brüllten. Arabella hatte sich, einem Nervenzusammenbruch nahe, ins Bett verzogen, und nun blieb es den beiden Kindermädchen überlassen, die Kleinen irgendwie zu beruhigen. Susannah ließ sich ihre kleinen Brüder in die Arme legen, wiegte sie ein wenig und küsste ihre wutverzerrten kleinen Gesichter, ehe sie sie wieder zurückreichte.

Cornelius, der völlig übernächtigt wirkte, bereitete im Hinterzimmer gerade ein Kolikmittel zu. Er begrüßte seine Tochter mit einem matten Kuss auf die Wange.

«Ich wollte nur fragen, ob Henry zufällig hier war.» Sie stippte einen Finger in das vor sich hin köchelnde Gebräu und kostete. «Mehr Anis.»

«Wer?» Cornelius gab noch einen Löffel voll Aniskörner in den Topf.

«Henry.»

«Oh. Wollte er herkommen?»

«Nein, aber es hätte ja sein können, dass er hier war.»

«Ich habe ihn nicht gesehen. Was meinst du, sollte ich noch mehr Zucker hinzufügen?»

«Nein, so ist es gut.»

«Koliken sind etwas Scheußliches. Die hattest du auch. Da wird jeder unleidlich. Du kommst doch zur Taufe, oder? Samuel und Joshua, so wollen wir sie nennen. Ich wollte ja gern, dass du Taufpatin wirst, aber Arabella ...»

«Schon gut, ich verstehe.»

«Das wusste ich. Du bist eine gute Tochter, Susannah.» Er kratzte sich unter der Perücke am Kopf. «Wenn sie doch wenigstens nachts durchschlafen würden. Wenn der eine gerade nicht brüllt, brüllt der andere.»

«Die ersten Wochen können schwierig sein, sagt Martha.»

«Ja, aber ich hatte ganz vergessen, wie schwierig.»

Susannah umarmte ihn. «Ruh dich auch mal aus, wenn die Kleinen schlafen.»

«Das ist es ja. Sie schlafen nie. Na ja, jetzt muss ich aber hier weitermachen. Bestell Henry schöne Grüße von mir.»

Trotz des eisigen Winds und der schweren Wolken, die Schnee ankündigten, ließ Susannah sich auf dem Heimweg Zeit und machte einen Abstecher zur Börse, um sich ein paar Bänder zu kaufen. Es dämmerte bereits, als sie wieder zu Hause ankam, in der festen Erwartung, Henry in seinem Arbeitszimmer vorzufinden. Peg aber, die gerade dabei war, die Kerzen anzuzünden, sagte ihr, der gnädige Herr sei noch nicht wiederaufgetaucht.

Während sie mit einer Kerze in der Hand die Treppe hochstieg, beschlich Susannah ein mulmiges Gefühl. Ihre Meinungsverschiedenheit konnte doch unmöglich der Grund dafür sein, dass er so lange ausblieb? Wo war er denn bloß? Vielleicht war er bei seiner Tante Agnes untergeschlüpft. Ja, das musste es sein! Wenn er bis zum Morgen nicht wieder da war, würde sie dort vorbeischauen.

Sie setzte sich an den Kamin im Wohnzimmer und versuchte sich in Spensers *Faerie Queene* zu vertiefen, konnte sich aber einfach nicht konzentrieren. Also starrte sie ins Feuer und überlegte, was sie zu Henry sagen sollte, wenn er endlich heimkehrte. Um des lieben Ehefriedens willen musste sie wohl entweder klein beigeben und sich entschuldigen – oder sie tat einfach so, als wäre nichts gewesen.

Etwa zwei Stunden später vernahm sie das Pochen des Türklopfers. Henry! Sie hastete nach unten und sah, dass Peg gerade die Tür öffnen wollte. «Schon gut, Peg. Geh ruhig wieder in die Küche», sagte sie, während sie eigenhändig die Riegel zurückschob. «Henry, wo warst du denn? Ich finde es wirklich rücksichtslos von dir ...» Sie verstummte. Der Mann in dem dunklen Umhang, der den Hut zum Schutz gegen den Schneeregen tief ins Gesicht gezogen hatte, trat aus dem Schatten. Es war William Ambrose.

Er schob seinen Hut hoch. «Anscheinend erwartet Ihr meinen Cousin?»

«Bitte, tretet doch ein», stammelte Susannah verlegen. «Verzeihung. Ich dachte bloß, Ihr wäret Henry, ich bin nämlich in Sorge um ihn.»

«Wo ist er denn?»

«Das ist es ja; ich weiß es nicht.»

«Ist er nicht zum Abendessen erschienen?»

«Wenn es nur das wäre! Er ist schon gestern nicht zum Abendessen erschienen. Henry ist seit gestern nicht nach Hause gekommen, und ich habe keine Ahnung, wo er sein könnte.»

«Jetzt verstehe ich, warum Ihr ihm Rücksichtslosigkeit vorwerft.» Ambrose nahm seinen Hut ab. «Kommt es öfter vor, dass er nicht nach Hause kommt?»

«Ich weiß selten, wo er ist, und er kommt oft erst sehr spät nach Hause, aber dass er über Nacht ausbleibt, ist bisher noch nie vorgekommen.» Sie biss sich auf die Lippe. «Es ist bloß ... wir haben uns gestritten.»

«Ich verstehe.»

«Er will Sklaven aus Barbados herkommen lassen, und ich habe ihm gesagt, dass ich das nicht möchte.»

Ambroses Spazierstock mit dem Silberknauf landete mit einem Klappern auf dem Boden. «Wie war das bitte?»

«Er hat mir eröffnet, dass er ein paar Sklaven herkommen lassen will. Mir hat die Idee nicht gefallen, und da wurde er wütend und hat wortlos das Haus verlassen.»

Ambrose presste die Lippen zusammen. «Ich habe ihn gestern Nachmittag gesehen.»

«Wo denn? Wo war er?»

Ambrose bückte sich, um seinen Spazierstock wieder aufzuheben. «Gesprochen habe ich nicht mit ihm. Ich war gerade unterwegs zu einem Patienten im Bethlehem Hospital.»

«In Bedlam?» Susannah hätte um ein Haar die Nase gerümpft. «Leute zahlen angeblich Geld dafür, um die Geisteskranken dort in ihren Zellen toben zu sehen, habe ich gehört.»

«O ja, obwohl das wahrlich kein erbauliches Schauspiel ist. Aber es stimmt, die Patienten werden dort mit wenig Mitgefühl behandelt.»

«Aber was hatte Henry dort verloren?»

«Dort war er ja gar nicht. Ich habe ihn in Moor Fields gesehen, als ich auf dem Weg zum Bethlehem Hospital war. Henry ...» Er zögerte kurz. «Er betrat gerade ein Wirtshaus.»

«Welches? Ich hole meinen Umhang und gehe unverzüglich dorthin!»

«Nein, das tut Ihr nicht!»

Susannah wollte eben zu einer Erwiderung ansetzen, doch Ambrose kam ihr zuvor. «*Ich* werde hingehen», sagte er.

«Aber ...»

«Henry ist mein Cousin. Obendrein ist es für Euch zu gefährlich, alleine in der Dunkelheit unterwegs zu sein.»

«Dann begleite ich Euch.»

«Kommt nicht in Frage! Ihr bleibt hier und wartet, für den Fall, dass Henry zurückkommt. Das Wirtshaus wird er längst verlassen haben, aber vielleicht kann mir jemand dort Auskunft geben, wo er sich jetzt aufhält.»

Susannah musste widerwillig einsehen, dass dieses Vorgehen wohl am vernünftigsten war. Tatsächlich war sie nicht eben erpicht darauf, fremde Leute in Wirtshäusern auszufragen, noch dazu spätabends.

«Ich komme wieder her und berichte Euch, was ich herausgefunden habe.» Doktor Ambrose setzte seinen Hut wieder auf und streifte sich die Handschuhe über. «Ach, jetzt hätte ich fast den eigentlichen Anlass meines Besuchs vergessen.» Er griff unter seinen Umhang und brachte ein Buch zum Vorschein. «Ich dachte mir, dass Ihr das vielleicht gerne lesen würdet. Jonsons *Volpone.* Weil Ihr mir doch erzählt habt, dass Euch die Aufführung im Theater an der Drury Lane so gefallen hat. Vielleicht könnt Ihr Euch damit ja die Zeit vertreiben, bis ich mit Henry wieder da bin?»

Noch ehe sie ihm danken konnte, wandte Ambrose sich um und marschierte in die Dunkelheit davon.

Sie war über *Volpone* eingenickt, und als das Hämmern des Türklopfers sie aus dem Schlaf schreckte, war das Feuer im Wohnzimmerkamin fast erloschen. Steif vor Kälte stolperte sie nach unten, doch als sie die Tür öffnete, stand William Ambrose allein vor ihr. Ihr hoffnungsfrohes Lächeln erstarb. «Ihr habt ihn also nicht gefunden?»

«Darf ich reinkommen? Es ist bitterkalt.»

«Aber ja.» Susannah führte ihn ins Wohnzimmer und spürte, wie die aufsteigende Furcht ihr die Luft abschnürte, während sie mit dem Schürhaken in der schwach glimmenden Glut stocherte.

Ambrose schüttete frische Kohle in die Glut, nahm ihr den Schürhaken aus der Hand und brachte das Feuer wieder in Gang. Danach fragte er: «Habt Ihr vielleicht Branntwein da?»

«Nur Rum.»

«Der tut's auch. Holt uns doch beiden ein Glas voll.»

Susannah tat wie geheißen. Ambrose nahm ihr gegenüber im Kaminsessel Platz, und sie wärmten ihre kalten Füße am Feuer. «Wusste in dem Wirtshaus niemand, wo er ist?», fragte sie.

«Trinkt Euren Rum.»

Sie trank einen kleinen Schluck und spürte, wie ihr der Rum wie flüssiges Feuer die Kehle hinabrann. «Irgendjemand muss ihn doch gesehen haben.»

«Man hat ihn auch gesehen. Susannah ...»

«Und, wo steckt er nun?»

«Susannah, ich habe keine guten Neuigkeiten.»

«Was ist passiert?», fragte sie voller Angst.

«Ihr müsst jetzt stark sein.»

«Weswegen? Wo ist Henry?»

«Henry ist krank geworden», sagte Doktor Ambrose sanft. «Die Krankheit ist bei ihm sehr schnell vorangeschritten. Ich muss Euch zu meinem Bedauern mitteilen, dass er heute ganz früh am Morgen verstorben ist.»

«Verstorben?» Sie bekam Herzrasen und spürte, wie ihr eiskalt wurde. «Aber ... das kann nicht sein! Vor zwei Tagen ging es ihm noch gut. Da muss ein Irrtum vorliegen.»

«Nein, leider nicht. Ich habe seinen Leichnam gesehen.»

Seine Worte trafen sie wie ein Schlag. Sie sprang auf und suchte taumelnd Halt an dem marmornen Kaminsims, während ihr schwarz vor Augen zu werden drohte.

«Es ist leider die Wahrheit.»

«Nein, nicht Henry! Wir hatten gar keine Gelegenheit, uns nach unserem Streit zu versöhnen.» Tränen schossen ihr in die Augen. «Ich muss zu ihm! Wir müssen ihn herbringen und für die Bestattung vorbereiten.»

«Ihr dürft das Haus nicht verlassen. Außerdem hat man ihn bereits beerdigt.»

«Aber wer ...»

«Wenn jemand an der Pest stirbt, wird der Leichnam von den Behörden abgeholt.»

Wieder wurde ihr fast schwarz vor Augen, sie taumelte. «Lieber Himmel, nicht auch das noch! Er hatte solche Angst vor der Pest.»

Ambrose sprach sehr behutsam. «Susannah, Euch ist doch klar, dass Ihr ebenfalls infiziert sein könntet?»

«Ich?» Ein eisiger Schauer lief ihr über den Rücken. «Aber es geht mir gut. In letzter Zeit bin ich etwas müde, das schon, aber sonst fehlt mir nichts.»

«Gut. Trotzdem solltet Ihr besser nicht vor die Tür gehen, bis wir ganz sicher sind, dass Ihr gesund seid.»

«Ja, das sehe ich ein. Und auch Ihr solltet mir nicht zu nahe kommen.» Ihr stockte vor Schreck der Atem. «Ich habe Vater gestern besucht. Ich habe die Babys geküsst!»

«Susannah, Ihr zeigt keinerlei Symptome, ich bezweifle also, dass Ihr infiziert seid. Versucht, Euch nicht allzu verrückt zu machen. Ich werde jeden Tag bei Euch nach dem Rechten sehen.»

Seine Freundlichkeit war zu viel für sie, und sie brach in

Tränen aus. «Dieser dumme Streit. Oh, William, hätten wir uns doch vor seinem Tod bloß nicht gestritten!»

Später, nachdem er sich verabschiedet hatte, errötete sie bei dem Gedanken daran, wie sie sich an ihn geklammert und unbewusst seinen Vornamen benutzt hatte.

12. Kapitel

Susannah stellte sich erneut in ihrem Schlafzimmer unter Quarantäne, während Peg sich in die Küche zurückzog. Aus Furcht vor Pestsymptomen suchte sie sich regelmäßig nach verdächtigen Beulen oder Verfärbungen der Haut ab. Ein leises Kratzen im Hals, Kopfschmerzen oder auch nur ein Anflug von Übelkeit konnten sie sogleich in Panik versetzen. Sie ging unaufhörlich im Schlafzimmer auf und ab, zwölf Schritte in die eine, zehn Schritte in die andere Richtung, bis sie die Schilfmatten nahezu abgewetzt hatte.

Wie froh wäre sie jetzt über Henrys Gesellschaft gewesen, ob schlechter Laune oder nicht. Gegen ihren Willen musste sie sich immer wieder vorstellen, wie sein Leichnam ohne viel Aufhebens in die Pestgrube gekippt wurde. Immer wieder sah sie sein zu Lebzeiten so hübsches Gesicht vor sich, aufgedunsen und vom Tod entstellt, und presste sich die Fingerknöchel vor die Augen, um das Bild zu vertreiben.

Stundenlang saß sie am Fenster und starrte hinaus, in der Hoffnung, dass ihr Vater vorbeikommen möge, und sei es nur auf einen Sprung, damit sie vom Fenster aus ein paar Worte mit ihm wechseln könnte. Aber er kam nicht.

Sie legte Trauerkleidung an, auch wenn kein einziger

Mensch sie zu sehen bekam. Schwarz entsprach einfach ihrer Stimmung. Ihren Ehering nahm sie ab und hängte ihn sich an einem schwarzen Band um den Hals, zum Zeichen dafür, dass sie jetzt Witwe war. Oft war sie so müde, dass sie sich aufs Bett legte. Dann malte sie sich Henrys einsamen Tod aus und mochte es kaum fassen, dass sie ihren Mann verloren hatte, ehe sie überhaupt richtig zueinandergefunden hatten. Ihre Ehe war ein einziger Fehlschlag gewesen, und sie würde nie wieder heiraten. Alles schien so traurig und hoffnungslos, dass sie den Tränen freien Lauf ließ.

Martha kam vorbei, mit einem Korb voller Liebesgaben: Brot, Eier und einen Apfelkuchen hatte sie mitgebracht.

«Ich soll Euch liebe Grüße ausrichten», sagte Peg durchs Schlüsselloch. «Sie will für Euch beten, hat sie gesagt.»

Doktor Ambrose hielt Wort und schaute regelmäßig vorbei, angetan mit dickem Umhang und Schnabelmaske, um kurz durch die Tür mit ihr zu sprechen. «Ich war heute Morgen bei Eurem Vater», sagte er bei einem Besuch. «Er hat mir eine Flasche seines Anti-Pest-Sirups für Euch mitgegeben und lässt Euch grüßen. Ich stelle die Flasche hier vor die Tür.»

«Sind er und die anderen soweit wohlauf?»

«Ja.»

«Ich könnte mir nie verzeihen ...»

«Wie geht es Euch? Befindet Ihr Euch wohl?»

«Ja. Nur die Einsamkeit setzt mir zu. Meine Gedanken geraten häufig auf Abwege, und dann ...» Sie musste ein Aufschluchzen unterdrücken. «Dann kommen mir schreckliche Bilder in den Sinn. Immer wieder sehe ich vor mir, wie der arme Henry in die Pestgrube geworfen wird.»

Erst nach kurzem Schweigen ließ sich Doktor Ambrose hinter der Tür wieder vernehmen. «Ich komme morgen wieder.»

Dann hörte sie, wie sich seine Schritte die Treppe hinunter entfernten.

Tags darauf kehrte Doktor Ambrose am Nachmittag zurück.

«Öffnet bitte die Tür», sagte er.

«Aber ...»

«Es sind jetzt drei Wochen vergangen. Ihr seid doch weiterhin wohlauf?»

«Ja.»

«Dann komme ich jetzt herein.» Er stand mit einer Tasche in der Hand in der Tür und musterte sie stirnrunzelnd. «Ihr seid ja völlig abgemagert. Habt Ihr Euch nicht vernünftig ernährt?»

Sie zuckte die Achseln. «Peg hat mich jeden Tag mit Essen versorgt, aber ich habe keinen Appetit. Schon beim Gedanken an Essen wird mir übel. Ich muss ständig an Henry denken.»

«Hebt Euer Haar hoch, damit ich mir Euren Hals ansehen kann.»

Folgsam hielt sie ihre Locken in die Höhe, während er ihren Hals begutachtete. Als er sie ans Licht drehte, überlief sie bei seiner Berührung ein leiser Schauer. Seine Finger fühlten sich auf ihrer Haut angenehm kühl an, und sie war sich seiner körperlichen Nähe stark bewusst. Wann war jemand das letzte Mal so behutsam mit ihr umgegangen? Es musste lange her sein.

«Und Ihr habt auch keine Pestflecken am Körper?»

Sie schüttelte den Kopf.

«Keine Schwellungen?»

«Nein.»

«Gut.» Er öffnete seine Tasche und nahm ein Schachbrett heraus.

«Schach! Das habe ich früher oft mit meinem Vater gespielt. Er hat immer gesagt, ich könnte besser spielen als er.»

«Dann brauche ich Euch die Spielregeln ja nicht zu erklären.» Er stellte das Brett auf den kleinen Tisch am Kamin und baute die Figuren auf. «Eine Woche noch, dann beenden wir Eure Quarantäne. In der Zwischenzeit werde ich mir ein Bild von Eurem Befinden machen.»

Er spielte schweigend, ganz auf das Geschehen auf dem Brett konzentriert, und blickte nur hin und wieder kurz auf, wie um zu sehen, ob ihre Miene vielleicht ihre Strategie preisgab.

«Schach und Matt!», sagte er schließlich.

Susannah seufzte und räkelte sich. «Oh, es ist ja schon dunkel! Ich habe mich so verbissen bemüht, Euch zu schlagen, dass ich darüber jedes Zeitgefühl verloren habe.»

Doktor Ambrose packte die Schachfiguren in seine Tasche. «Ehe ich gehe, werde ich Peg anweisen, Euch eine nahrhafte Brühe zu kochen. Die werdet Ihr bitte trinken.»

«Ja, Herr Doktor.»

Er blickte auf, um zu sehen, ob sie sich etwa über ihn lustig machte. «Ich muss los, um einem meiner Patienten einen Umschlag zu machen. So spät, wie ich dran bin, ist er inzwischen entweder gestorben oder hat sich aus eigener Kraft wieder erholt. In beiden Fällen wäre mein Ruf wohl dahin.» Seine dunklen Augen funkelten vergnügt.

«Euer Besuch hat mich sehr gefreut.» Bei dem Gedanken, dass er jetzt wieder ging, überkam Susannah ein Gefühl tiefer Niedergeschlagenheit.

«Eine Woche noch, dann dürft Ihr ja wieder ausgehen.» Er nahm seine Tasche und eilte hinaus.

Sechs Tage später saß Susannah in eine Decke gehüllt auf der breiten Fensterbank und hielt ungeduldig Ausschau nach William Ambrose in seinem dunklen Umhang. In der vergangenen Woche war er jeden Nachmittag vorbeigekommen, hatte sich kurz nach ihrem Befinden erkundigt und dann das Schachspiel aufgebaut. Schweigend saß er ihr gegenüber, voll und ganz auf seine Züge konzentriert, und schlug sie jedes Mal. War die Partie zu Ende, erhob er sich sogleich und verabschiedete sich mit knappen Worten, aber stets mit der Ermahnung an sie, das Essen nicht zu vergessen. Einmal brachte er ihr eine Apfelsine mit, ein seltener Luxus zu dieser Jahreszeit. Sobald er fort war, schälte sie die Frucht und sog das scharfe, ölige Aroma ein, das aus der wachsigen Schale aufstieg, als sie ihren Daumennagel hineinstieß. Beim Verzehr der Frucht ließ sie sich Zeit, genoss ein Stück nach dem anderen und fing auch noch das letzte Tröpfchen Saft mit der Zungenspitze auf.

Eine Kutsche rollte durch den Schneematsch unten auf dem Platz und machte vor dem Haus halt. Susannah rieb ein Guckloch auf dem vereisten Fensterglas frei und spähte hindurch: Ein beleibter Mann kam soeben aus der Kutsche zum Vorschein und stieg die Treppe zu ihrer Haustür hinauf. Als Nächstes hörte sie, wie Peg auf das ungeduldige Pochen des Türklopfers hin die Halle durchquerte, um dem Unbekannten zu öffnen, und dann drangen laute Stimmen zu ihr empor. Sie öffnete die Schlafzimmertür einen Spalt weit und lauschte auf den lautstarken Wortwechsel.

«Nein, ausgeschlossen!», sagte Peg. «Die gnädige Frau schläft gerade.»

«Dann werden wir sie wohl wecken müssen, oder?»

«Sie darf nicht gestört werden!»

«Das werden wir ja sehen!»

«Sir, ich bitte Euch ...!»

Beim Geräusch schwerer Schritte, die die Treppe heraufdröhnten, schloss Susannah hastig die Tür. Das Herz pochte ihr vor Aufregung bis zum Hals. Gleich darauf wurde gebieterisch angeklopft, und dann flog die Tür auf. Ein Mann mittleren Alters in einem grünen Reisemantel und mit einem federgeschmückten Hut auf der üppigen Lockenperücke stand schwer atmend vor ihr. Peg, die ihm gefolgt war, stand händeringend hinter ihm.

«Sir, was hat das zu bedeuten?», fragte Susannah kühn, trotz ihrer Furcht.

«Wo ist Mr. Savage?»

Susannah ließ sich nicht einschüchtern. «Und wer seid Ihr, der so unhöflich in mein Haus eindringt und mich in meinem Schlafzimmer überfällt?»

«*Euer* Schlafzimmer, tatsächlich? Ich bin George Radlett, wie Euch bekannt sein dürfte. Ich frage Euch noch einmal, Madam, wo ist Euer Gatte?»

«Was geht Euch das an?»

«Was mich das angeht? Er schuldet mir einen Haufen Guineen! Ich will die Miete, die er bisher noch nicht beglichen hat. Und die Kiste Rum, die er mir versprochen hatte, habe ich auch noch nicht bekommen.»

Susannah runzelte entgeistert die Stirn. «Welche Miete und was für Rum?»

«Er hat mir eine Kiste Rum versprochen, sobald die *Mary Jane* hier eingelaufen ist. Was die Miete betrifft, er hat mich dazu beschwatzt, ihm mein Haus zu einem lächerlich geringen Betrag zu vermieten, während ich mit meiner Frau vorübergehend aufs Land gezogen bin, weil sie der Pest aus dem Weg gehen wollte. Savage hat mir plausibel dargelegt, dass es besser wäre, mein Haus zu vermieten, statt es leerstehen zu lassen und so möglichen Plünderern preiszugeben, aber von der vereinbarten Miete habe ich noch keinen einzigen Penny gesehen.»

Susannah starrte ihn an, während ihr vor Verwirrung und Zorn ganz flau zumute wurde. Henry hatte sie belogen!

«Nun?», fuhr Radlett sie mit heftig geröteten Wangen an. «Ich hätte jetzt gern mein Geld, dann könnt Ihr und Euer Gatte Eure Sachen packen und unverzüglich mein Haus verlassen. Ich frage Euch abermals: Wo ist Mr. Savage?»

«Von alldem weiß ich nichts.» Auf einmal verschwamm ihr alles vor Augen, und sie lehnte sich gegen die Wand, um nicht in Ohnmacht zu fallen. In ihren Ohren rauschte es so laut, dass sie nicht verstand, was er als Nächstes sagte. Sie atmete tief durch. «Sir, mein Mann ist tot.»

«Glaubt ja nicht, dass Ihr Euch aus Euren Schwierigkeiten herauslügen könnt, Madam.» Er kam einen Schritt näher und baute sich drohend vor ihr auf, so dicht, dass sie seinen sauren Atem roch und deutlich die weißen Bartstoppeln an seinem Kinn erkennen konnte. *«Wo steckt er?»*

«In der Pestgrube.»

George Radlett erstarrte erst und wich dann so erschrocken von ihr zurück, als hätte er sich verbrannt.

«Ihr lügt doch!», sagte er, aber aus seinem Blick sprach Unsicherheit.

«Seht Ihr nicht, dass ich Trauer trage? Und hat mein Mädchen Euch nicht gewarnt, dass ich noch unter Quarantäne stehe? Oder seid Ihr etwa in mein Schlafzimmer eingedrungen, ohne ihr zuzuhören? Das könntet Ihr noch bereuen.»

«Soll das eine Drohung sein?»

«Mitnichten. Aber mein Mann ist an der Pest gestorben, und

da es mir gerade gar nicht gutgeht, weise ich Euch anstandshalber darauf hin, dass Ihr Euch ebenfalls anstecken könntet, wenn Ihr noch länger bleibt.» Susannah hatte fast Mitleid mit George Radlett, der zusehends blass wurde.

«Wann ist er gestorben?»

«Vor ein paar Tagen erst», log sie.

Er hielt sich ein Taschentuch vor den Mund und wich bis zur Tür zurück. «In einem Monat komme ich wieder», sagte er, «dann will ich Euch hier nicht mehr antreffen. Zuvor sorgt Ihr dafür, dass das Haus vollständig ausgeräuchert wird.»

«Bis dahin bin ich fort.» Susannah lächelte ein wenig. «So oder so.»

George Radlett wandte sich ab und flüchtete die Treppe hinunter.

Als wenig später Doktor Ambrose eintraf, hatte Susannah sich zumindest so weit beruhigt, dass sie nicht mehr im Zimmer auf und ab lief. Aber sie zitterte noch immer.

«Was ist passiert?», fragte er.

«Es ist ein solcher Schock», sagte Susannah, nachdem sie ihm alles geschildert hatte. «Ich dachte, das Haus gehört Henry. So habe ich ihn jedenfalls immer verstanden, und von einer Miete hat er mir gegenüber nie etwas erwähnt. Wusstet Ihr davon?»

Ambrose schüttelte den Kopf. «Er hat mir immer stolz erzählt, wie gut es geschäftlich liefe, und hat in den Kneipen und Kaffeehäusern mit Geld nur so um sich geworfen.»

«Eins steht jedenfalls fest», sagte Susannah. «Hier kann ich nicht bleiben.»

«Wo wollt Ihr stattdessen hin?»

«Zum Glück ist da ja noch meine Mitgift. Ich werde die Schulden begleichen und mir dann ein kleines Haus mieten.»

«Zurück nach Hause zu Eurer Familie wollt Ihr nicht?»

«Das geht nicht. Das Haus ist zu klein, zumal jetzt, wo noch die Zwillinge hinzugekommen sind, und Arabella wäre von der Aussicht bestimmt nicht begeistert. Ich übrigens ebenso wenig.»

«Ja, das kann ich verstehen. Soll ich mich für Euch nach einem passenden Haus umhören?»

Susannah wurde es schon ein wenig leichter ums Herz. «In spätestens vier Wochen muss ich ausgezogen sein. Ich weiß kaum, wo ich anfangen soll.»

Doktor Ambrose legte nachdenklich die Stirn in Falten. «Vielleicht solltet Ihr zunächst einmal prüfen, wie es konkret um Eure Finanzen steht.»

«Würdet Ihr ...» Sie hielt verlegen inne. «Meinen Vater würde ich nur ungern um Hilfe bitten. Er hat kaum noch Zeit, seit sein Leben ganz um seine neue Familie kreist. Würdet Ihr mir helfen, Henrys Papiere durchzusehen? Ich habe zwar die Bücher in der Apotheke geführt, aber sonst verstehe ich von finanziellen Dingen nichts.»

«Ich helfe Euch gern. Wollen wir nicht gleich in sein Arbeitszimmer gehen, um keine Zeit zu vertun?»

Zwei Stunden später, nachdem William Ambrose sich von ihr verabschiedet hatte, kehrte Susannah in ihr Schlafzimmer zurück und schürte das Feuer, bis es wieder hell brannte. Es war bereits dunkel, deshalb schloss sie die Fensterläden und wollte schon die Kerzen anzünden, überlegte es sich dann aber anders. Weil sie völlig durchgefroren war, legte sie sich eine Decke um die Schultern, rückte sich einen Sessel dicht vor den Kamin und starrte in die Flammen. Beim Gedanken an

Henry keimten Gefühle in ihr auf, die Hass recht nahe kamen. Sie zitterte wie Espenlaub und schlang die Arme eng um sich, um sich etwas zu beruhigen.

Anfangs war sie völlig arglos gewesen. William Ambrose hatte einen Stapel Dokumente durchgesehen, den er in einem Schrank in Henrys Arbeitszimmer gefunden hatte, und dabei hatte sich seine Miene zunehmend verfinstert. «Wie hoch genau belief sich Eure Mitgift, wenn ich fragen dürfte?», sagte er.

«Darüber hat Vater nie mit mir gesprochen, aber kurz nach unserer Hochzeit habe ich einmal gesehen, wie Henry das Geld gezählt hat. Es war wesentlich mehr, als ich gedacht hätte. Es befindet sich hier in dieser Geldkassette.» Susannah trat an die Kassette und wollte sie öffnen, aber sie war mit einem kleinen Vorhängeschloss gesichert. «Vielleicht liegt der Schlüssel ja in dem Schrank?»

«Ich habe keinen Schlüssel gesehen. Womöglich hatte Henry ihn bei sich, als er ...» Er verstummte. «Lasst mich mal.» Ambrose brachte ein Taschenmesser zum Vorschein, mit dem er das Schloss geschickt öffnete. Er klappte den Deckel der Kassette auf, nahm einen Stapel Papiere heraus und ging sie rasch durch. «Noch mehr unbezahlte Rechnungen. Angeschriebene Summen beim Metzger, ein Gehrock aus braunem Samt mit Goldapplikationen, eine feinbestickte Weste, ein Mittagessen für vier Personen im *Stag*, zwei edelsteinbesetzte Schuhschnallen, ausstehende Forderungen des Kohlenhändlers, zwei Dutzend bestickte Taschentücher, ein Ehering, ein Paar Perlenohrringe ...»

«Perlenohrringe? Mir hat er keine Perlenohrringe gekauft!»

«... Mietkosten für eine Kutsche und zwei Pferde ...»

«Gebt sie mir, ich werde sie begleichen.» Susannah klaubte

einen letzten Stapel Rechnungen aus der Kassette und riss entgeistert die Augen auf. «Aber wo ist denn das Geld? Die Kassette war bis zur Hälfte mit Goldguineen gefüllt.» Sie mochte es nicht glauben, doch im Stillen schwante ihr bereits Böses. «Henry muss sie irgendwo anders versteckt haben, zur Sicherheit.» Sie fing an, eine Schranktür nach der anderen aufzureißen und systematisch die Fächer abzusuchen.

«Dort befinden sie sich nicht, Susannah.»

«Aber wo denn sonst!» Sie kramte die letzten Unterlagen heraus und warf sie auf den Boden, brachte dann noch einige unbrauchbare Federkiele, Tintenfläschchen, ein vergammeltes Stück Brot und ein Apfelgehäuse zum Vorschein und tastete hinten in dem Fach herum. «Vielleicht hat er sie unter den Bodendielen verborgen? Genau, das wird es sein!» Sie zerrte hektisch an der Schilfmatte herum, klappte sie zurück und brach sich mehrere Fingernägel ab, während sie in den Lücken zwischen den Dielen nach einem möglichen Versteck tastete.

«Susannah!»

«Helft mir lieber, ja!» Hektisch setzte sie ihre Suche fort.

William packte sie am Ellbogen und zog sie vom Boden hoch. «Susannah, das Geld ist fort.»

«Das kann nicht sein! Vor ein paar Monaten war es noch hier.»

«All die unbezahlten Rechnungen zu begleichen, die hier noch herumliegen, wird ein kleines Vermögen verschlingen. Ich hätte es mir denken sollen ...»

«Was?»

«Er hatte kaum einen Penny, als er nach London kam, und war von Barbados her ein unbeschwertes Leben im Wohlstand gewöhnt; wahrscheinlich hat er einfach nie gelernt, mit

Geld umzugehen. Tante Agnes und ich mussten ihm sogar eine nicht unbeträchtliche Summe leihen, damit er überhaupt Startkapital hatte.»

«Aber er hat doch so viel gearbeitet, um sein Geschäft anzukurbeln! Ich habe ihn kaum je zu Gesicht bekommen, weil er ständig unterwegs war, um Kontakte zu knüpfen und Kunden zu gewinnen.»

Ambrose seufzte. «Aber wie viel Zeit hat er wirklich auf sein Geschäft verwandt? Hat er sich nicht vielmehr hauptsächlich vor dem Ernst des Lebens gedrückt? Er war gern mit den Leuten zusammen, die er in Kneipen und Kaffeehäusern kennengelernt hat. Bei seinen neuen Freunden hat er sich von seiner charmantesten, spendabelsten Seite gezeigt. Ich habe oft erlebt, wie er in der Stadt alle und jeden freigehalten und mit Geld nur so um sich geworfen hat.»

«Aber er kann doch unmöglich meine gesamte Mitgift verzecht haben!» Vor Zorn schoss ihr das Blut in die Wangen.

«Was soll sonst daraus geworden sein?»

«Aber ...» Susannah schluckte mühsam, während sich ihr vor Beklommenheit die Kehle zuschnürte. «Aber was soll ich denn jetzt tun, ohne Geld, ohne ein Dach über dem Kopf?», flüsterte sie.

In jener Nacht tat Susannah kein Auge zu. Früher am Abend hatte sie das noch verbliebene Haushaltsgeld gezählt und festgestellt, dass es selbst bei größter Sparsamkeit nicht einmal für zwei Wochen reichen würde. Sie ging verzweifelt im Zimmer auf und ab und dachte darüber nach, was sie jetzt tun sollte. Viele Möglichkeiten blieben ihr nicht. Sie könnte wieder zu Hause einziehen, sich eine Arbeit als Dienstbotin suchen oder wieder heiraten. Doch wer würde sie schon nehmen, jetzt, wo sie keine Jungfrau mehr war und ohne Mitgift dastand? Eine Apothekertochter, eine bettelarme Witwe: Sie, Susannah, war ein Nichts und Niemand.

Im Morgengrauen ging sie nach unten in die Küche, mahlte ein wenig Kaffee und kochte ihn mit reichlich Zucker auf, um sich etwas zu stärken. Doch schon nach zwei kleinen Schlucken wurde ihr so übel, dass sie den Rest stehen ließ. Um sich irgendwie zu beschäftigen, setzte sie sich an den Küchentisch und polierte sämtliche Zinnteller mit Rosshaar spiegelblank, während ihre Gedanken sich immerfort im Kreis drehten wie eine Ratte im Käfig.

Am Ende stellte sie sich der bitteren Wahrheit: Ihr blieb wohl nichts anderes übrig, als zu Hause anzuklopfen und an Arabellas Mitgefühl zu appellieren.

Sie war eben dabei, die Zinnteller zurück in die Anrichte zu stellen, als an die Haustür geklopft wurde. Als sie öffnete, standen Agnes Fygge und William Ambrose vor ihr. Susannah sah Ambrose verwundert an, aber er wich ihrem Blick aus.

«Ihr tragt also Trauer, und das, obwohl mein Neffe Euch mittellos zurückgelassen hat?», bemerkte Agnes, während Susannah sie ins Wohnzimmer führte.

«Er wird mir fehlen», sagte Susannah leise. Und meinte es auch ernst, obwohl sie ihn wohl eigenhändig umgebracht hätte, wenn er jetzt vor ihr gestanden hätte.

«William hat mir erzählt, dass Ihr dieses Haus bald räumen müsst.»

«Ich werde nach Hause zurückkehren.»

«Hm.» Agnes musterte sie zweifelnd mit ihren klugen schwarzen Augen. «Und was ist mit Eurer Stiefmutter?»

Susannah zuckte mit den Schultern.

«Das werdet Ihr bereuen. Erwartet Euch von dieser Person kein großes Entgegenkommen.»

«Mein Vater wird mich schon nicht im Regen stehen lassen.»

«Meint Ihr? Ich hätte Euch für klarsichtiger gehalten. Cornelius tanzt jetzt ganz nach der Pfeife seiner Ehefrau.» Sie wandte sich zu William Ambrose. «Ist sie krank? Sie macht einen sehr geschwächten Eindruck.»

«Es ist doch wohl verständlich, dass die Witwe meines Cousins etwas Zeit braucht, um den Schock zu verdauen.»

«Aber sie hat keine Zeit! Den Luxus, in ihrer Trauer zu schwelgen, kann sie sich schlicht nicht leisten.»

«Von Schwelgen kann keine Rede sein!», sagte Susannah aufgebracht. «Und es wäre nett, wenn Ihr davon absehen würdet, über mich und meine Zukunft zu reden, als wäre ich Luft.»

«Ich könnte Euch gut gebrauchen.»

«Verzeihung?»

«Ich benötige eine Zofe. Ihr könntet dafür geeignet sein. Was sagt Ihr dazu?»

Susannah merkte, dass ihr der Mund offen stand, und klappte ihn zu. «Vielen Dank, Mrs. Fygge, aber ich bin nicht darauf angewiesen, Eure Dienstbotin zu sein.»

«Auch noch hochnäsig!»

William Ambrose zog eine Augenbraue in die Höhe, sagte aber nichts.

«Da Euer Neffe mich tatsächlich mittellos zurückgelassen hat, werde ich nach Hause zu meinem Vater zurückkehren.»

«Das haltet Ihr nicht lange aus, denkt an meine Worte! Ich gebe der Sache zwei Tage, dann steht Ihr bei mir vor der Tür und fleht mich auf Knien an, Euch aufzunehmen.»

«Niemals, das verspreche ich Euch!»

Agnes Fygge funkelte sie erbost an, und Susannah starrte

zornig zurück, bis die alte Frau mit einem Seufzen den Blick abwandte. Schwer auf ihren Gehstock mit dem Affenkopfknauf gestützt, wandte sie sich zu ihrem Neffen. «Bring mich nach Hause, William. Mit diesem halsstarrigen Mädchen verschwende ich nur meine Zeit. Ihr habt eine glänzende Gelegenheit verspielt, Miss. Einen schönen Tag noch.»

William Ambrose tippte sich an den Hut, nahm seine Tante am Arm und verließ mit ihr das Haus.

Wenig später machte Susannah sich, weiter vor stillem Zorn brodelnd, auf den Weg zur Apotheke. Eins jedenfalls stand fest: Sie musste wohl oder übel darum bitten, wieder zu Hause aufgenommen zu werden, und sich, falls man sie gnädig aufnahm, Arabellas Willen bedingungslos fügen, ganz gleich, welche untergeordnete Stellung sie ihr zuwies.

Die Ladentür war abgesperrt, und niemand kam, um ihr zu öffnen, so sehr sie auch dagegenhämmerte. Da durch ein Fenster im Obergeschoss das Geschrei der Babys zu vernehmen war, machte sie auf der Fleet Street kehrt und bog in die Gasse ein, die am Hinterhof entlang verlief. Sie stellte sich auf die Zehenspitzen und tastete eine Weile auf der unebenen Mauer herum, bis sie den versteckten Schlüssel für das hintere Tor fand.

Ned hatte sich an der Mauer gegenüber auf einen Schemel gestellt und lehnte halb über der Mauerkante, um mit dem Dienstmädchen von nebenan zu plaudern. Als er das Tor knarren hörte, sprang er hastig zu Boden und eilte zurück zu dem großen Destillationsapparat im Hof, dessen Kupferteile er anscheinend eigentlich reinigen sollte.

«Ich habe mich schon gewundert, wo du steckst», sagte Susannah. «Es ist ja überhaupt niemand in der Apotheke.»

«Der Herr ist oben im Kinderzimmer.» Er hob den Blick gen

Himmel. «Mal wieder.» Damit wandte er sich erneut seiner Arbeit zu.

In der Küche schälte Jennet gerade Kartoffeln, in ihrem wohlvertrauten braunen Kleid mit dem weißen Kragen. «Miss Susannah! Was für eine freudige Überraschung!»

Susannah stellte sich an den warmen Herd und schnupperte. «Du hast Zuckerkuchen gebacken», sagte sie.

Jennet setzte ihr einen Becher Bier und ein Stück von dem frischen Kuchen vor. «Am besten esst Ihr gleich noch ein zweites Stück», sagte sie. «Ihr seid ja völlig vom Fleisch gefallen. Sehr traurig, das mit Eurem Mann. Der Herr hat sich große Sorgen um Euch gemacht.»

Susannah lachte bitter. «Ja, aber besucht hat er mich kein einziges Mal.»

«Er wollte Euch ja besuchen», sagte Jennet, während sie den Topf mit den Kartoffeln auf die Herdplatte stellte. «Aber das wollte die gnädige Frau nicht. ‹Du schleppst uns noch die Krankheit ins Haus›, hat sie gesagt.»

«Meine Quarantäne ist jetzt vorbei, und es geht mir gut.»

«Offen gesagt, Miss, Ihr seht aber nicht so aus. Ihr habt dunkle Ringe unter den Augen. Zu wenig Schlaf, nehme ich an.» Oben begann ein Baby zu schreien, und gleich darauf stimmte auch sein Bruder mit ein. «Aber auch in diesem Haus tut kaum einer ein Auge zu, und alle sind ständig gereizt.»

«Ich werde mal zu Vater hochgehen», sagte Susannah und klopfte sich die Krümel vom Rock.

Sie traf Cornelius in ihrer alten Schlafkammer an. Er ging langsam auf und ab, je einen heulenden Säugling links und rechts im Arm.

Bei ihrem Anblick hellte sich seine Miene umgehend auf,

und er drückte sie an sich. «Gott sei Dank, dass dich die Krankheit verschont hat!»

«Wo sind denn die Kindermädchen?», rief Susannah über das Geheul hinweg und nahm ihrem Vater einen der Zwillinge ab.

«Die Kinder haben pausenlos gezankt, da habe ich sie zu einem Spaziergang vor die Tür geschickt.»

«Und Arabella?»

«Sie hat sich hingelegt. Sie muss immerhin zwei Kinder stillen, da braucht sie viel Ruhe und gute Kost. Na, na, Joshua, mein Kleiner. Nun beruhige dich doch!»

«Das glaube ich gern», erwiderte Susannah trocken.

«Ich freue mich so, dich zu sehen. Das mit Henry tut mir furchtbar leid. Der Ärmste.» Ihr Vater musste fast schreien, um sich über das Gebrüll der Kleinen hinweg verständlich zu machen.

«Ja.»

«William Ambrose war öfter hier, um mir zu berichten, wie es dir geht.»

«Ohne ihn wäre mir dieser Monat noch viel länger und schwieriger vorgekommen.»

«Ich wollte dich ja besuchen, aber ich hätte doch ohnehin nur von draußen zu deinem Fenster hinaufrufen können. Na, jetzt kannst du ja zum Glück wieder vor die Tür.»

«Vater ...»

«Schh! Sieh doch nur.» Klein-Joshuas Wutgebrüll war wie durch ein Wunder in Schluchzen übergegangen. Cornelius nahm das Händchen des Kleinen und schob ihm seinen Daumen in den Mund.

Joshua schloss die Augen und fing an, eifrig zu nuckeln.

Susannah griff bei Samuel zu demselben Kniff, und schon

kurz darauf konnten sie die Zwillinge Seite an Seite in die Wiege legen. Die plötzliche Stille toste ihnen in den Ohren.

Cornelius nahm sie an der Hand und schlich mit ihr auf Zehenspitzen aus der Kammer. «Vielleicht habe ich den Dreh jetzt langsam heraus. Es gibt Tage, da bin ich mit meinen Nerven völlig am Ende und habe das Gefühl, ich halte den ewigen Lärm und Aufruhr nicht mehr länger aus. Darf ich mich in meinem Alter denn nicht nach ein wenig Ruhe und Frieden sehnen?»

«Es ist niemand in der Apotheke», sagte Susannah.

«Ned ...»

«... ist im Hinterhof und macht dem Dienstmädchen von nebenan schöne Augen.»

Sie gingen hinunter ins Erdgeschoss, und Cornelius sperrte die Ladentür auf. «Seit du fort bist, ist nichts mehr, wie es war», sagte er.

«Genau darüber wollte ich mit dir reden, Vater. Jetzt, da Henry nicht mehr lebt ...»

Cornelius schüttelte den Kopf. «Susannah, wir wissen beide, dass du nicht hierher zurückkannst. Das würde nicht klappen. Alles ist jetzt anders.»

Jähe Angst stieg in ihr auf. «Aber wo soll ich denn sonst hin!»

«Wovon redest du?»

«Das Haus hat Henry gar nicht gehört. Er hatte es nur gemietet, und jetzt kommen die Eigentümer zurück.»

«Aber ...» Cornelius schien hellauf empört. «Henry hat mir versichert, es sei sein Eigentum!»

«Das war es aber nicht.»

Er schüttelte den Kopf. «Wie konnte ich mich so täuschen lassen! Dieser Henry, er konnte einen mit seinem Charme um den Finger wickeln. Aber für dich allein ist das Haus ohnehin viel zu groß, Susannah. Jetzt, als Witwe, solltest du dir etwas Kleineres mieten.»

«Das würde ich ja gern, wenn Henry nicht meine gesamte Mitgift durchgebracht hätte.»

«Er hat deine Mitgift durchgebracht? Was redest du da?»

«Die Wahrheit.»

«Aber ...» Er wurde aschfahl. «Ich habe ihm fast meine gesamten Ersparnisse gegeben. Er hatte auch Interesse an Horatia Thynne, und ich wollte ihn dir unbedingt sichern. Ich dachte, er würde dich glücklich machen. Ich wollte, dass du in gesicherten Verhältnissen lebst, und er hat mir versprochen, sich gut um dich zu kümmern.» Er lief erregt auf und ab, sein Atem ging stoßweise. «Das bisschen Geld, das ich noch habe, brauche ich für meine neue Familie. Wie es aussieht, werde ich ohnehin bis ans Ende meiner Tage in der Apotheke arbeiten müssen.»

Susannah spürte, wie von neuem Panik in ihr aufstieg. «Aber was soll ich denn jetzt tun? Wo soll ich hin?»

Cornelius barg das Gesicht in den Händen. «Was stellst du dir denn vor? Für all die Kinder und Dienstmädchen ist das Haus jetzt schon fast zu klein; nicht einmal unter dem Dach ist noch eine Kammer für dich frei. Und mit Arabella und ihren Kindern wirst du nie in Frieden zusammenleben können.» Seine Schultern fingen an zu zucken. «Was habe ich getan?», schluchzte er. «Meine Liebe zu Arabella hat mich blind gemacht, und jetzt ...»

«Schh.» Susannah nahm ihn in die Arme und klopfte ihm sanft auf den Rücken, während sie selbst gegen die eisige Furcht ankämpfte, die sie zu ersticken drohte. Ihr Vater hatte natürlich recht. Die ewigen Spannungen zwischen ihr und

Arabella wären für alle im Haus eine unzumutbare Belastung; wenn sie sich schon früher in die Quere gekommen waren, wie viel schlimmer wäre es dann erst jetzt, mit den neugeborenen Zwillingen und den zusätzlichen Kindermädchen?

Cornelius wischte sich über die Augen und atmete tief durch. «Wir müssen eine Lösung finden. Vielleicht könnten wir das Hinterzimmer ausräumen und dir ein Bett hinter den Vorhang stellen?» Er biss sich auf die Lippe. «Ned schläft ganz in der Nähe, unter dem Tresen, aber ich wüsste nicht, wie das sonst ...» Tiefe Kummerfalten gruben sich in sein Gesicht.

Wie alt er auf einmal aussieht, dachte Susannah beschämt. Zu alt, um sich mit dem Dauergezänk zweier Frauen herumzuplagen. Sie traf eine Entscheidung. «Ist schon gut, Vater.» Sie staunte selbst darüber, wie ruhig sie klang. «Ich sehe ein, dass meine Rückkehr für alle eine zu große Belastung wäre. Ich muss mir eben, wie so viele mittellose Witwen, eine Stelle als Dienstbotin suchen.»

«Mein Herz, ich wollte, es gäbe eine andere Lösung.» Er konnte seine Erleichterung nicht verbergen. «Solange sich kein gutbetuchter Mann findet, der dich heiratet, wüsste ich leider wirklich keine andere Lösung für dich. Es sei denn ...» Er hielt kurz inne. «Wärst du vielleicht bereit, den Perlenanhänger und die Miniatur deiner Mutter zu verkaufen?»

«Niemals!»

«Dann hoffe ich sehr für dich, dass du bald eine Anstellung findest.»

Auf dem Heimweg durch die eisige Kälte konnte Susannah vor bitterer Enttäuschung kaum die Tränen zurückhalten. Eine Bettlerin, die in eine zerlumpte Decke gehüllt in der Gosse saß, berührte sie am Knöchel, als sie an ihr vorbeiging. Susannah wich erschrocken zurück, kramte dann eine Münze aus ihrer Manteltasche und drückte sie der Frau in die Hand.

«Gott segne Euch.» Die Bettlerin sah zu ihr hoch, mit einem Blick, aus dem tiefe Verzweiflung sprach.

Susannah zuckte zusammen. Die Frau sah aus, als wäre sie früher einmal recht hübsch gewesen – ehe die Blattern ihre Nase entstellt hatten. Wer mochte diese bedauernswerte Kreatur einst gewesen sein, ehe sie verarmte und schließlich auf der Straße landete, gehüllt in Lumpen? Drohte ihr, Susannah, etwa ein ähnliches Schicksal?

Bei ihrer Rückkehr befreite Peg gerade mit einem Schrubber die Treppe vor der Haustür von Eis. Sie sah auf, blickte Susannah kurz fragend an und wandte sich dann wieder wortlos ihrer Arbeit zu. Arme Peg! Auch ihre Zukunft hing von Susannah ab. Doch es nutzte ja nichts, Trübsal zu blasen und auf ein Wunder zu warten. Susannah wärmte sich kurz am Feuer auf, stülpte sich dann ihren schlichtesten Hut auf den Kopf und machte sich wieder auf den Weg.

In der darauffolgenden Woche war Susannah ständig in der Stadt unterwegs. Sie klapperte die wohlhabendsten Leute ab, die sie kannte, darunter viele Kunden ihres Vaters. Einer nach dem anderen verneinte ihre Frage, ob sie vielleicht Arbeit für sie hätten. Vor Verzweiflung ging sie dazu über, an die Türen aller größeren Häuser zu klopfen, an denen sie vorbeikam, aber niemand benötigte ein Dienstmädchen.

Irgendwann fühlte sie sich so krank vor Erschöpfung und Entmutigung, dass sie sich einfach ins Bett legte und unter der Decke verkroch, um von der Welt und ihren Sorgen nichts mehr mitzubekommen.

Peg brachte ihr Schalen voll Suppe, die sie nicht herunterbekam, und bürstete ihr das Haar, bis sie wieder eingeschlafen war.

«Du bist so gut zu mir, Peg», flüsterte Susannah und konnte vor Erschöpfung nicht einmal den Kopf heben. «Ich fühle mich so matt, dass ich kaum weiß, wie ich meine Suche fortsetzen soll, aber das muss ich ja! Die Zeit verrinnt unerbittlich, und ehe wir's uns versehen, hämmert wieder Mr. Radlett an die Tür und setzt uns auf die Straße. Es *muss* doch jemanden geben, der gerade eine Haushälterin und ein Dienstmädchen sucht.»

«Dienstboten sucht zurzeit niemand», sagte Peg. «Ich habe mich überall umgehört, aber es leben schon Hunderte Mädchen auf der Straße, seit ihre Herrschaften London aus Angst vor der Pest verlassen haben.» Ihre Unterlippe zitterte. «Ich muss wohl nach Moor Fields zurück und bei Mrs. McGregor in der Cock Lane anklopfen.»

«Auf keinen Fall!»

«Was soll ich denn sonst tun? Fällt Euch irgendetwas anderes ein?»

Darauf wusste Susannah keine Antwort.

Trotz des strengen Frosts, der nicht nachlassen wollte, setzte sie ihre Suche nach einer Anstellung, wie anspruchslos sie auch sein mochte, fort. Aber nach wie vor hatte niemand Arbeit für sie. Die Absagen fielen teils gleichgültig aus, teils grob, mitunter auch mitfühlend, aber ihre Enttäuschung war immer gleich groß.

Es dämmerte schon, als sie den Heimweg antrat. Den ganzen Nachmittag über hatte es leicht geschneit, sodass der gefrorene Schmutz auf den Straßen unter einer Schicht Schnee verschwunden war, die alle Geräusche dämpfte. Jetzt setzte ein richtiges Schneetreiben ein, dicke Flocken, die dicht an dicht vom Himmel fielen. Nur sehr wenige Menschen waren noch unterwegs. Susannah stapfte vor Erschöpfung immer langsamer durch die Straßen. Zunehmend verspürte sie den Wunsch, sich einfach hinzulegen und von dem weichen, weißen Schnee zudecken zu lassen.

Ihre Füße waren ganz taub vor Kälte, und ihr war schwindelig, weil sie den Tag über kaum etwas gegessen hatte. Ihrer Einschätzung nach war sie fast zu Hause, aber durch den dicht fallenden Schnee fiel es ihr schwer, sich zu orientieren. Auf einmal verunsichert, drehte sie sich um, konnte in dem Schneegestöber und der einsetzenden Dunkelheit jedoch so gut wie nichts erkennen. Panik stieg in ihr auf, und sie rannte los, um das Haus noch zu erreichen, ehe es stockfinster war. Da rutschte sie aus und schlug der Länge nach hin, mit solcher Wucht, dass ihr kurz der Atem wegblieb.

Nachdem sie tief Luft geholt hatte, überkam sie eine so schwere, bleierne Müdigkeit, dass sie sich nicht mehr dazu aufraffen konnte, wieder aufzustehen. Wie unendlich wohl es tat, einfach die Augen zu schließen und langsam wegzudämmern, während von allen Seiten her die Kälte in ihren Körper einsickerte.

Etwas Warmes, Feuchtes fuhr ihr plötzlich übers Gesicht. Sie riss erschrocken die Augen auf: Direkt vor ihr stand ein großer brauner Hund, der sie hechelnd anstarrte. Sie hörte einen Schrei, dann kam ein Stein herangesaust und landete neben ihr im Schnee, worauf der Hund jaulend das Weite suchte. Ein Licht tauchte auf und näherte sich auf- und abwippend. Dann wurde sie von zwei Händen gepackt, wie ein

Kartoffelsack vom Boden hochgehievt und über eine Schulter geworfen. Da sie mit dem Kopf nach unten hing, verlor sie ihren Hut und musste benommen und hilflos mit ansehen, wie er langsam im Schnee außer Sichtweite geriet, während sie davongetragen wurde.

Ein heftiges Pieksen und Prickeln in ihren Händen und Füßen sorgte dafür, dass sie wieder zu sich kam. Sie saß an einem Kamin, und das vor ihr prasselnde Feuer ließ mit solcher Macht wieder Leben in ihre halberfrorenen Zehen und Finger zurückkehren, dass sie aufschrie. Woraufhin sich eine Gestalt aus dem anderen Sessel am Kamin erhob und ein riesiger Schatten über die Wand flackerte. Susannah zuckte erschrocken zurück.

«Alles in Ordnung. Ihr seid in Sicherheit.» William Ambrose nahm ihre Hände und rieb sie zwischen den seinen, behutsam zwar, aber mit verschlossener Miene.

«Was ist geschehen?»

«Ich wollte Euch besuchen und traf nur Euer Mädchen an, das sehr besorgt war. Weil ein Schneesturm im Anzug war, bin ich losgegangen, um Euch zu suchen.»

«Ich konnte das Haus nicht mehr finden.»

«Ihr wart ganz in der Nähe, auf der anderen Seite des Platzes. Wo um alles in der Welt wolltet Ihr denn hin?»

«Ich habe mich doch nicht absichtlich verlaufen!» Susannah zuckte zusammen, während Ambrose ihre Finger auf- und zubog. Sie würde wieder Frostbeulen bekommen.

Er ließ ihre Hand los und setzte sich wieder in den Sessel. «Susannah, das muss jetzt ein Ende haben.»

«Was muss ein Ende haben?»

«Ihr könnt Euch nicht Tag für Tag mit dieser sinnlosen Arbeitssuche aufreiben.»

«Habt Ihr vielleicht eine bessere Idee?» Sie ballte vor Zorn die Fäuste. «Soll ich mein Glück lieber in Whitechapel oder Wapping versuchen? Die Seeleute dort sollen ja immer auf Frischfleisch erpicht sein, habe ich gehört. Vielleicht übersehen sie ja bei schummriger Beleuchtung sogar mein Alter.» Susannah sah mit stiller Genugtuung, dass Ambrose über ihre Worte aufrichtig schockiert zu sein schien. Was fiel ihm ein, ihr Vorschriften machen zu wollen?

«Es liegt mir fern, Euch Vorschriften machen zu wollen», sagte er ruhig, als hätte er ihre Gedanken gelesen.

«Ich kann nicht untätig bleiben. Nach Hause kann ich nicht zurück, das könnte ich meinem Vater nicht zumuten. Im Haus ist einfach kein Platz mehr für mich. Und da Henry mir nur Schulden hinterlassen hat, muss ich mir wohl oder übel Arbeit suchen, um meinen Lebensunterhalt zu bestreiten.» Eine Träne rann ihr über die Wange, und sie ließ ihr Gesicht in die Hände sinken.

«Susannah, Ihr müsst jetzt an Eure Zukunft denken.» Er legte ihr die Hand auf den Arm, aber sie schüttelte ihn ab.

«An meine Zukunft denken! Was glaubt Ihr denn, was ich die ganze Zeit tue? Ich liege nachts wach, bekomme vor lauter Sorgen kaum einen Bissen herunter. An fast jede Tür in der Stadt habe ich geklopft und um Arbeit gebettelt. Dann sind da noch Henrys Schulden, die beglichen werden müssen. Wenn Ihr so schlau seid, dann sagt mir doch, was ich sonst noch tun soll!»

«Meine Tante hat schon recht; Ihr seid ein halsstarriges Mädchen. Sie hat Euch ein gutes Angebot gemacht.»

«Das ich ausgeschlagen habe.» Susannah reckte trotzig das

Kinn in die Höhe. Es war ein Fehler gewesen, das wusste sie längst. Doch das hätte sie diesem Arzt gegenüber, der sich so aufdringlich in ihr Leben einmischte, nie und nimmer eingestanden.

«Falscher Stolz ist jetzt nicht länger angebracht. Ihr müsst noch an jemand anderes denken.»

«Peg? Meint Ihr, das ist mir nicht bewusst? Überall, wo ich war, habe ich auch für sie nach Arbeit gefragt.»

«Ich rede nicht von Peg.»

«Bitte?»

«Susannah, Ihr müsst den Tatsachen ins Auge blicken.»

«Welchen Tatsachen? Dass Peg und ich in ein paar Tagen auf der Straße stehen oder, wenn wir großes Glück haben, Aufnahme im Armenhaus finden? Eher gehe ich zu Mrs. McGregor in der Cock Lane und vertraue mich ihrer Fürsorge an.»

«Mrs. McGregor? Was wisst Ihr von dieser Frau?», fragte Ambrose in scharfem Tonfall.

«Sie hat Peg von der Straße aufgelesen, und dann sollte sie in ihrem Bordell arbeiten. Könnt Ihr Euch das vorstellen? Peg ist doch noch ein halbes Kind! Sie ist aus einem Fenster geklettert und Henry direkt vor die Füße gepurzelt, und er hat sie mit nach Hause genommen, um sie bei uns als Dienstmädchen zu beschäftigen.»

«Verstehe.» Ambrose starrte ins Feuer. «Susannah, kann es sein, dass Euch gar nicht aufgefallen ist ...»

«Was soll mir nicht aufgefallen sein?»

Er stand auf, vergrub die Hände in den Hosentaschen und ging unruhig auf und ab. «Peg hat mir erzählt, dass Ihr kaum etwas esst.»

Susannah zuckte die Achseln. «Ich bekomme vor Sorge nichts herunter. Von jedem Bissen wird mir übel.»

«Und Ihr seid oft müde?»

«Hundemüde. Weil ich nachts kaum ein Auge zutue.»

«Und Peg hat mir auch erzählt ...» Er zögerte.

«Mit welchem Recht fragt Ihr mein Hausmädchen nach mir aus?»

«Wenn es um die Gesundheit meiner Patienten geht, ergreife ich alle notwendigen Schritte.»

«Aber ich bin nicht Eure Patientin.»

Er zog eine Augenbraue in die Höhe, und sie errötete beschämt. «Peg hat mir erzählt, dass sie jetzt seit zwei Monaten keine Binden mehr von Euch gewaschen hat.»

Susannah riss den Mund auf. «Über so intime Dinge hat sie mit Euch gesprochen?»

«Widerwillig. Aber ich bin Euer Arzt, und ihr liegt Euer Wohlergehen am Herzen, ebenso wie mir. Sie sorgt sich um Euch. Susannah, Euch muss doch klar sein, dass Ihr Henrys Kind unter dem Herzen tragt?»

«Henrys Kind?»

«Ist das denn so verwunderlich?»

«Nein! Oh bitte, nein!» Auf einmal tanzten ihr grelle Lichtpunkte vor den Augen, und William Ambroses Stimme, die immer wieder ihren Namen rief, drang nur noch wie aus weiter Ferne zu ihr. Ehe Schwärze sie umfing, kam ihr die bittere Erkenntnis, dass Henry noch über das Grab hinaus die Macht besaß, ihr einen weiteren Schlag zu versetzen.

Haus der Schatten

März 1666

13. Kapitel

Von der nahen Themse drangen die lauten Stimmen der Fährleute herüber, und der strenge Geruch des Uferschlicks bei Ebbe hing in der Luft, als Susannah sich einen Weg durch den Schneematsch auf der Whyteladies Lane bahnte. Über ihr kreisten Möwen am bleigrauen Himmel. Mehr als einmal stieß sie auf der belebten Straße mit anderen Passanten zusammen, weil sie den Blick unverwandt nach oben gerichtet hielt, um Ausschau nach einem bestimmten Schild zu halten. Schließlich entdeckte sie es, ein verwittertes Holzschild mit der Darstellung eines Schiffssteuerrads, befestigt an einer Strebe im ersten Stock eines schmalen Giebelhauses, das zwischen lauter ähnlichen alten Häusern eingezwängt war.

Dies also war das Kapitänshaus. Susannah betätigte den Türklopfer, der die Form eines Delphinkopfes hatte. Während das Geräusch durchs Hausinnere hallte, spähte sie durch das Gitter vor dem kleinen Fenster in der Tür, doch dahinter war alles dunkel, was sie verwunderte. Nachdem sie eine Zeitlang gewartet hatte, ohne dass jemand an die Tür gekommen wäre, überlegte sie, ob sie erneut klopfen oder lieber noch abwarten sollte. Schließlich könnte es etwas dauern, bis die gebrechliche Agnes Fygge den Weg zur Tür zurückgelegt hatte.

Ein vorüberrollendes Fuhrwerk bespritzte Susannahs Rock mit Schneematsch, und als sie die gröbste Verschmutzung gerade heruntergeschüttelt hatte, öffnete sich die Tür mit einem Klicken. In der Diele dahinter war niemand, und sie stand fröstelnd vor der Türschwelle, bis sich ihre Augen halbwegs an die Dunkelheit gewöhnt hatten. Dann hörte sie ein leises Geräusch, es klang wie ein unterdrücktes Kichern, und sie trat einen Schritt vor.

«Hallo?»

Stille. Vor ihr im Dunkel ließ sich eine Bewegung erahnen, und dann hörte sie es wieder. Ein Kichern, eindeutig.

«Mrs. Fygge?»

Keine Antwort. Dann sah Susannah im Dunkel ganz kurz etwas Weißes aufblitzen. «Ist da jemand?» Vor sich nahm sie undeutlich einen schwarzen Umriss wahr. Sie blinzelte ungläubig. Vor ihr stand ein Ungeheuer, das anscheinend zwei Köpfe hatte.

Ein tiefes, glucksendes Lachen hallte plötzlich durch die Diele, gefolgt von einem gellenden Kreischen, und dann löste sich ein Teil von dem Ungeheuer, schnellte auf Susannah zu und landete auf ihrer Schulter.

Schreiend vor Angst und Ekel suchte sie das Geschöpf loszuwerden, das sich an ihr festgeklammert hatte, an ihren Haaren zerrte und sie in die Wangen kniff.

«Emmanuel!», ließ sich Agnes Fygges verärgerte Stimme aus dem hinteren Teil der Diele vernehmen. «Nimm diese Ausgeburt der Hölle an dich und geh mir aus den Augen!»

Das vermeintliche Ungeheuer trat auf Susannah zu und pflückte ihr das Geschöpf von der Schulter.

Sie blinzelte erschrocken, denn das «Ungeheuer» war in Wirklichkeit ein kräftiger junger Afrikaner in einer blauen Samtlivree. In seinen Armen hielt er ein Äffchen, das mit einer identischen blauen Livree und dazu noch mit einem Käppchen ausstaffiert war. Beide trugen einen Ring aus Silber um den Hals. Der Schwarze lächelte, wobei seine schneeweißen Zähne kurz in der Dunkelheit aufblitzten, dann wandte er sich ab und trug das schnatternde Äffchen davon.

«Dann seid Ihr also endlich da?», sagte Agnes Fygge. «Sofern Euch der kleine Streich dieses Burschen nicht allzu sehr verschreckt hat, folgt mir.» Sie wandte sich ab und humpelte davon und überließ es der immer noch vor Schreck zitternden Susannah, ihr zu folgen oder eben nicht.

Susannah drehte sich zu der offenen Haustür um. Der Anblick der belebten Straße war sehr verlockend. Aber nein. Seufzend streifte sie ihre Galoschen ab und schloss die Tür.

Mrs. Fygge zog einen Brokatvorhang beiseite, hinter dem sich ein dunkles Stiegenhaus verbarg, und mühte sich langsam die gewundene Treppe hinauf. Ein durchdringender Rauchgeruch hing in der Luft. Oben angelangt, stieß sie mit ihrem Stock eine Tür auf, und Licht fiel auf den Treppenabsatz. Sie wandte sich um, um zu sehen, ob Susannah ihr folgte, und humpelte dann durch die Tür.

Helligkeit, Geräumigkeit, brütende Hitze: Das waren die ersten Eindrücke, die auf Susannah einströmten. Mit offenem Mund stand sie da und sah sich um. Die dunkle, zugige Diele hatte in keiner Weise erahnen lassen, was für Räumlichkeiten im Obergeschoss zu erwarten waren. Über ihr wölbte sich eine hohe Decke mit Balkenverstrebungen, die an die Rippen eines Wals erinnerten. Helles Tageslicht flutete durch hohe, schmale Fenster herein, die im oberen Bereich wie Kleeblätter geformt waren. An der hinteren Wand befand sich ein riesiger Kamin aus Stein, in dem ein gewaltiges Feuer brannte. Die Flammen loderten bis hinauf in den Schlot, und Rauch zog in Schwaden zur Decke empor.

«Es ist eine Kirche!», hauchte Susannah.

«Eine Kapelle, genauer gesagt. Dieses Haus war einst ein Kloster.» Mrs. Fygge ließ sich vorsichtig in dem großen Ohrensessel am Kamin nieder und bedeutete Susannah, auf dem kleineren Sessel ihr gegenüber Platz zu nehmen. Sie wedelte sich den Rauch aus dem Gesicht und hustete. «Wir haben mal wieder Ostwind. Henry hat Euch also ein Andenken hinterlassen, wie ich höre?»

Susannah senkte den Kopf, während ihre Kehle sich zusammenschnürte. Schon bei dem Gedanken an das Kind, das in ihr heranwuchs, zitterte sie vor Angst.

«Was habt Ihr denn plötzlich?»

«Ich hatte nicht damit gerechnet ... es war ein Schock, festzustellen, dass ich in anderen Umständen bin. Diese Möglichkeit hatte ich vor lauter Sorge um meine Zukunft gar nicht in Betracht gezogen. Und ich weiß nicht, wie ich das schaffen soll. Besonders jetzt. Ich hatte gedacht, ich könnte wieder zu meinem Vater ziehen, aber ...»

«Eure Stiefmutter war dagegen?»

«Seit der Geburt der Zwillinge ist im Haus einfach kein Platz mehr.» Susannah atmete tief durch, ehe sie zu der Rede ansetzte, die sie sich sorgsam zurechtgelegt hatte. «Es war nicht recht von mir, so unhöflich zu reagieren, als Ihr mir eine Stelle als Zofe angeboten habt. Ich bin hergekommen, weil ich Euch bitten wollte, mir noch einmal zu verzeihen. Sollte Euer Angebot noch gelten, würde ich Euch mit Freuden dienen, das verspreche ich.»

«Ihr seid also bereit, klein beizugeben? Arbeit ist derzeit schwer zu finden, zumal für eine Schwangere.»

«Ja.»

«Schön.» Agnes Fygge lächelte zufrieden. «Es ist ja auch wirklich ein unwürdiger Zustand, dass die schwangere Witwe meines Neffen durch die Straßen Londons läuft, um irgendwo als Küchenmädchen unterzukommen. Was sollen denn die

Leute von mir denken? Dann hat dieser Unsinn jetzt ein Ende, und Ihr werdet fortan hier wohnen.»

«Doktor Ambrose hat gesagt ...»

«Warum nennt Ihr ihn ständig so? Ihr wisst doch, dass er William heißt.»

Ein Geräusch an der Tür ließ Susannah aufschrecken. Sie wandte sich um und sah, dass es Doktor Ambrose war. Beschämt senkte sie den Blick, denn sie wollte nicht, dass er Zeuge wurde, wie sie seine Tante um ein Obdach anbettelte.

«Ob es Euch gefällt oder nicht, Ihr gehört jetzt mit zur Familie», verkündete Mrs. Fygge. «Und in dieser Familie wird niemand im Stich gelassen. Habe ich nicht recht, William?»

«O ja», antworte William Ambrose von der Tür aus.

«Höchste Zeit, dass Ihr vernünftig werdet, Miss. Durch die Stadt zu ziehen und an den Küchentüren um Arbeit zu betteln: Das ist doch eine Schande! Warum seid Ihr nicht gleich zu mir gekommen? Hochmut ist eine Sünde, das solltet Ihr eigentlich wissen.»

«Ja, Madam. Und ich bin Euch sehr dankbar.» Es kostete Susannah zwar Überwindung, das zu sagen, aber es war die Wahrheit. Wenn sie am Ende im Kindbett starb, würde sie wenigstens ein Dach über dem Kopf haben.

«Ich erwarte, dass Ihr für Euren Lohn etwas leistet.»

«Ja, Madam.»

«Dann wäre das ja geklärt! Emmanuel wird Euch nach Hause begleiten und sich um Euer Gepäck kümmern. Ich erwarte Euch dann heute Nachmittag. Ihr könnt mir vorlesen. William bringt Euch zur Tür.» Sie lehnte sich im Sessel zurück und schloss die Augen. Die Unterredung war beendet.

Auf dem Weg zurück nach Hause hielt sich Emmanuel, der einen Handwagen zog, drei Schritte hinter Susannah. Sie spürte seinen Blick in ihrem Rücken, trug aber den Kopf betont hoch und wandte sich nicht um, ganz so, als wäre sie eine feine Dame, die mit ihrem Mohren Einkäufe erledigte.

Peg machte große Augen, als sie sah, mit wem ihre Herrin nach Hause zurückkehrte.

«Führe Emmanuel nach hinten zur Küchentür, Peg, er soll den Handwagen im Garten abstellen. Ich möchte nicht, dass die Nachbarn etwas von unserem Auszug mitbekommen.»

«Auszug? Dann habt Ihr also eine Anstellung gefunden?»

«Wir ziehen um. Zur Tante meines Mannes.»

«Wir beide?», fragte Peg leise.

«Ich habe doch gesagt, dass ich dich nicht im Stich lassen werde, oder?»

Peg schloss die Augen und atmete vor Erleichterung auf. Susannah biss sich auf die Lippe. Agnes Fygge würde sicher nicht begeistert sein. Aber das konnte warten, jetzt musste sie erst mal packen.

Es ging ziemlich schnell. Sie verstaute ihre Kleidung in der Koffertruhe, zusammen mit der Miniatur ihrer Mutter und ihrem kostbaren Perlenanhänger, und legte zuletzt noch den Kerzenleuchter hinein, Agnes Fygges Hochzeitsgeschenk. Ihre Bücher platzierte sie mit Henrys unbezahlten Rechnungen in der Geldkassette ihres Vaters. Vielleicht würde sie ja eines Tages in der Lage sein, die Schulden ihres verstorbenen Mannes zu begleichen, darunter auch die bei dem unangenehmen Mr. Radlett. Dabei kam ihr die kleine Brosche in den Sinn, die sie im Speisezimmer gefunden hatte, und sie schob die Hand hinter das Innenfutter ihrer Truhe und fischte sie heraus. Sie würde das Stück mit einer kurzen Nachricht auf dem

Kaminsims im Wohnzimmer hinterlegen, damit er es bei seiner Rückkehr gleich fand.

Sie sah sich ein letztes Mal in dem Schlafzimmer um, das sie mit Henry geteilt hatte. Bei ihrer Hochzeit hatte sie so voller Hoffnung in die Zukunft geblickt, doch nun war sie schon wieder gezwungen, ein neues Leben anzufangen. Mit dem beängstigenden Unterschied, dass jetzt ein Kind in ihr heranwuchs.

Beim Geräusch von Kutschrädern, die draußen vor dem Haus haltmachten, sah sie aus dem Fenster und erschrak heftig. Sie raffte eilig ihre Röcke hoch und stürzte nach unten in die Küche.

«Schnell!», rief sie Peg zu. «Mr. Radlett und seine Familie sind gerade eingetroffen! Emmanuel, verstaue das Gepäck auf dem Handwagen, aber dalli.»

«Ja, Ma'am.»

«Peg, hilf ihm!»

Sie schleppten die diversen Truhen und Kisten nach unten und wuchteten sie auf den Wagen, den Emmanuel dann, gefolgt von Peg, eilig ans hintere Ende des Gartens schob.

Susannah zögerte. Verflixt, sie würde sich doch nicht davonstehlen wie eine diebische Dienstbotin! «Geht schon vor», sagte sie. «Wartet am Ende der Straße auf mich!»

«Aber Ma'am!» Peg war blass vor Angst. «Er wird Euch bei lebendigem Leib die Haut abziehen!»

«Mach dir um mich keine Gedanken. Und jetzt geht!» Susannah klinkte das Gartentor hinter ihnen zu und wandte sich zu ihrem ehemaligen Heim um. Sie straffte entschlossen die Schultern und kehrte ins Hausinnere zurück.

Mr. Radlett befand sich in der Eingangshalle, wo er gerade geräuschvoll eine Tür nach der anderen aufriss. «Noch hier!

Eure Unverfrorenheit ist wahrhaft bodenlos, Madam!» Er sah sie finster an. «Ich habe Euch doch gesagt, Ihr sollt Euch fortscheren!»

«Ich bin gleich fort, aber vorher möchte ich Euch noch etwas zurückgeben.»

«Raus aus meinem Haus! Auf der Stelle!» Mr. Radletts feiste Hamsterbacken liefen bedrohlich rot an.

Vom Flur her waren Schritte zu hören, dann tauchte hinter Mr. Radlett eine modisch gekleidete Dame mittleren Alters auf. «Was ist denn, George?»

«Mrs. Radlett?» Susannah trat vor und streckte ihr die Brosche entgegen. «Ist das vielleicht Eure?»

«Oh!» Die Dame schob ihren Mann resolut beiseite. «Wo habt Ihr die denn gefunden?»

«Hinter der großen Anrichte im Speisezimmer. Ich hatte sie zur Seite gerückt, um den Boden zu putzen.»

Mrs. Radlett nahm die Brosche entgegen. «Sieh doch nur, George! Ich dachte, ich würde sie nie wiederfinden.» Sie hob das verloren geglaubte Schmuckstück an die Lippen und küsste es vor Freude. «Die hat mir mein Gatte zur Geburt unseres ersten Sohnes geschenkt. Ihr ahnt gar nicht, wie viel mir das Stück bedeutet.»

Die Röte in George Radletts Gesicht ließ ein wenig nach. «Nun aber hinaus mit Euch, Madam! Das ist mein Haus, und ich will Euch hier nicht mehr sehen.»

«George! Mäßige dich bitte!» Mrs. Radlett nahm ihren Mann am Arm. «Beachtet ihn nicht weiter, meine Liebe. Er bellt gerne, aber er beißt nicht.»

«Aber sie hat in *unserem* Haus gewohnt, ohne einen Penny Miete zu zahlen ...»

«In einer Zeit, als wir es gar nicht genutzt haben. Und sieh dich doch um, George! Siehst du irgendwelche Schäden oder Anzeichen von Vernachlässigung? Im Gegenteil, die junge Dame hat sogar den Boden hinter der großen Anrichte deiner Mutter geputzt, die ich jedenfalls noch nie beiseitegerückt habe. Das Haus ist während unserer Abwesenheit tadellos gepflegt worden, und dafür danke ich Euch vielmals, Madam.»

«Aber die Miete ...»

«Diese Dame ist uns keine Miete schuldig. Nun sei ein Schatz, George, und komm mit hinaus zur Kutsche. Wir müssen die Dienstboten beim Ausladen des Gepäcks beaufsichtigen.»

«Ich habe ja vor, die Miete zu begleichen, die Ihr mit meinem verstorbenen Mann vereinbart hattet», beteuerte Susannah. «Es könnte zwar noch etwas dauern ...»

«Unsinn! Ihr seid uns nichts schuldig, dafür habe ich meine geliebte Brosche zurück.» Die hübsche Mrs. Radlett sah sie freundlich lächelnd an. «Nun gestattet, dass ich Euch hinausbegleite.»

Susannah trat aus der Tür und ging hocherhobenen Hauptes ein letztes Mal die Vordertreppe hinunter.

«Ich habe Peg mitgebracht, mein Dienstmädchen.» Susannah blickte Mrs. Fygge unerschrocken an.

«Ach, habt Ihr das, ja? Und wer bitte wird sie nähren und kleiden, wenn ich fragen darf?»

«Sie ist sehr fleißig und ehrlich obendrein. Und sie isst nicht sehr viel.» Susannah hielt den Atem an.

Mrs. Fygge sah sie schweigend an. Dann aber funkelten ihre Augen plötzlich vor Belustigung. «Wäre Henry am Leben geblieben, hätte er in Euch vermutlich seinen Meister gefunden, Miss. Nun ja, zum Kohlenschleppen können wir eine zusätzliche Hilfe wohl immer gebrauchen, denn in Eurem Zustand können wir Euch das ja kaum zumuten, nicht wahr? Geht nur nach unten in die Küche zu Mrs. Oliver, meiner Haushälterin. Sie wird schon etwas für Peg zu tun finden.»

«Danke, Madam.» Bei Agnes Fygges Worten war Susannah beschämt errötet.

«Und, wie stellt Ihr Euch Eure eigenen Pflichten vor?»

«Das liegt ganz bei Euch», sagte Susannah betont kleinlaut.

«Ganz recht! Ihr werdet mir vorlesen, mir als Sekretärin zur Hand gehen, gescheite Konversation betreiben, wenn mir danach ist, und auch mal den Mund halten, wenn nicht.»

«Ja, Madam.»

«William hat erzählt, Ihr könnt Schach spielen?»

«Ja. Aber er spielt ungleich besser als ich.»

«Mich schlägt er auch jedes Mal. Vielleicht sind wir dann ja ebenbürtige Gegner.» Sie seufzte. «Ich bin müde, wie so oft dieser Tage, und möchte jetzt ein wenig die Augen schließen. Schüttet noch etwas Kohle ins Feuer nach, und dann könnt Ihr Euch von Mrs. Oliver Eure Kammer zeigen lassen.»

Susannah tat wie geheißen, ohne sich von dem dichten Qualm abschrecken zu lassen, der über dem Feuer hing, und kehrte dann nach unten zu Peg zurück.

Mrs. Oliver, imposant und wohlgenährt, schaltete und waltete in der geräumigen Küche unterhalb der Kapelle. Ihre Unterarme unter den aufgekrempelten Ärmeln erinnerten an fleischige Schinken, und schwarze, grobe Haare rutschten unter ihrer Haube hervor, während sie energisch in einem großen Topf auf dem Herd rührte, in dem ein Rindskopf vor sich hin köchelte.

«Ihr seid also Master Henrys Frau?», fragte sie. «Er hatte

immer so ein vergnügtes Funkeln in den Augen. Ein Jammer, dass er von uns gegangen ist. Nicht zuletzt für Euch, da Ihr nun auf die Mildherzigkeit der gnädigen Frau angewiesen seid.»

Susannah schob Peg sanft vor. «Das ist Peg, mein Dienstmädchen. Sie wird Euch von nun an zur Hand gehen.»

Mrs. Oliver musterte sie kritisch. «Recht klein und schmächtig, oder? Ehe sie zu etwas nütze ist, werden wir sie erst mal tüchtig aufpäppeln müssen.»

«Peg ist sehr fleißig und arbeitet hart.»

«Das will ich hoffen, sonst bekommt sie meine Rute zu spüren.» Sie zwinkerte Susannah zu, zum Zeichen, dass ihre Drohung nicht ernst gemeint war. «Faulpelze werden in meiner Küche nicht geduldet. Die Rüben da müssen geschält werden, Kleines, damit kannst du schon mal anfangen.»

Peg legte ihr Umschlagtuch ab und machte sich wortlos an die Arbeit.

«Mrs. Fygge sagte, Ihr würdet mir meine Kammer zeigen.»

«Da müsst Ihr wohl noch einmal Staub wischen. Seit einem Monat steht sie jetzt für Euch parat. Im Winter ist gegen den ewigen Ruß in der Luft einfach kein Kraut gewachsen», schnaufte Mrs. Oliver, während sie mit Susannah die Treppe hinaufstieg.

Auf dem Treppenabsatz öffnete sie eine Tür gegenüber der Kapelle, die in einen langen, holzgetäfelten Flur mit einer Reihe von Türen auf der einen Seite führte. Der Flur bog scharf nach rechts ab, und dann öffnete Mrs. Oliver eine Tür am hinteren Ende.

«Wenn Ihr Hunger habt, kommt nach unten in die Küche, es gibt Brot und Käse. Habt Ihr irgendwelche ungewöhnlichen Gelüste? Meine Base hat früher immer Kohle gegessen, wenn sie schwanger war.»

«Kohle? Nein, nichts dergleichen.»

«Ich geh besser mal wieder nach unten.» Die Tür schlug zu, und Mrs. Olivers Holzpantinen entfernten sich den Flur hinunter.

In der mit Eichenholz getäfelten Schlafkammer stand ein Himmelbett, vor dem ein verblichener Perserteppich lag. Im Kamin prasselte bereits ein Feuer und vertrieb die Kälte. Das Schönste an der Kammer aber waren zwei hohe Fenster, durch die selbst an diesem eher grauen, tristen Tag helles Licht hereinströmte. Susannah trat an das breite Fensterbrett und wischte die Staubschicht von einer der Glasscheiben. Sie rechnete damit, ein dichtgedrängtes Gewirr von Dächern und windschiefen alten Häusern zu erblicken, doch bei der Aussicht, die sich ihr bot, stockte ihr vor Erstaunen kurz der Atem.

Unter ihrem Fenster befand sich ein zu drei Seiten von einem Bogengang umgebener Garten, an dessen hinterem Ende sich die aus Stein gemauerte Kapelle erhob. Obwohl der Garten zugeschneit war, waren die in strenge Form gestutzten Eiben und ein von einer niedrigen Buchsbaumhecke eingefasster Rosengarten deutlich zu erkennen. Was für eine schöne, unvermutete Überraschung, inmitten dieses Labyrinths aus engen Gassen, Wohnhäusern und Innenhöfen ein solch verwunschenes Idyll vorzufinden!

In der Mitte des Gartens hatte jemand einen Schneemann errichtet, mit zwei Kohlestückchen als Augen und einer Möhre als Nase. Den krönenden Abschluss bildete ein Hut mit einer langen Feder. Susannah lächelte. Irgendwie fühlte sie sich in diesem urigen alten Gemäuer auf Anhieb wohl, ganz anders als in dem zwar geräumigen, aber kalten Neubau, den sie mit Henry bewohnt hatte.

Vom Flur her war ein leises Scharren zu hören, dann wurde

an der Tür gekratzt. Als sie öffnete, kauerte vor der Tür, den langen Schwanz um die Füße geschlungen, das Äffchen in der blauen Livree. Susannah wich zurück, aber das Tierchen schien ganz ruhig. Seine Brust und das Gesicht wiesen eine hübsche cremeweiße Färbung auf, im Gegensatz zu seinem ansonsten dunkelbraunen Fell, und es starrte sie mit seelenvollen Knopfaugen an. Dann streckte es schnatternd die Ärmchen aus und schnellte mit einem Satz auf ihre Schulter. Diesmal gelang es ihr, nicht aufzuschreien, und sie hielt ganz still, während das Äffchen ihre Haare anhob und mit einem ledrigen kleinen Finger ihr Ohr untersuchte.

Auf einmal legte es den Kopf schräg, sprang von ihrer Schulter herunter und flitzte den Flur hinab. Kurz darauf tauchte das Tier wieder auf, zusammen mit Emmanuel, der Susannahs Gepäck trug.

«Du hast mir vorhin einen Riesenschreck eingejagt», sagte Susannah streng. «Ich hoffe, es tut dir leid?»

Emmanuel lächelte strahlend und gluckste vergnügt. «Sehr leid, Missus.»

«Das will ich doch sehr hoffen! Wie lange hast du den Affen schon?»

«Aphra war schon da, als ich herkam. Sie ist noch vom Kapitän.»

«Kapitän?»

«Der Mann von Missus Agnes. Missus Oliver hat gesagt, Ihr sollt auspacken und dann in die Küche kommen. Und zwar zack, zack.» Er verdrehte die Augen. «Und wenn sie sagt ‹zack, zack›, dann meint sie es auch so.»

«Ich komme nach unten, sobald ich hier fertig bin.»

Emmanuel lachte ausgelassen über ihre Antwort. Dann hielt er Aphra die Hand entgegen, und sie flitzte seinen Arm hinauf und ließ sich an ihrem Stammplatz auf seiner Schulter nieder.

Susannah hatte ihre recht überschaubare Garderobe im Nu im Kleiderschrank verstaut. Ihre Bücher fanden ein neues Zuhause auf der Fensterbank, ihren Kamm legte sie auf den Waschtisch. Zuletzt stellte sie noch den Kerzenleuchter auf das Tischchen neben dem Bett. Nach einem letzten Blick in den Garten machte sie sich auf den Weg nach unten in die Küche.

Agnes Fygge war etwas gereizt, als sie später aufwachte. «Wo wart Ihr denn?», fragte sie.

«Mrs. Oliver hatte ein paar Aufgaben in der Speisekammer für mich.»

Agnes reckte den Kopf in die Höhe und sah sich um. «Und wo steckt dieser verflixte Bengel?»

«Welcher Bengel?»

«Emmanuel natürlich!»

«Als Bengel würde ich ihn nicht mehr bezeichnen.»

«Er ist vor kurzem vierzehn geworden.»

Susannah zog die Augenbrauen hoch. «Für vierzehn wirkt er aber schon recht erwachsen. Ist das bei Afrikanern immer so?»

«Gutes Essen und schlechtes Blut, deswegen ist er schon so ein Riese. Er war gerade einmal fünf, als er hergekommen ist. Mein Bruder sollte ihn längst zurückholen und auf der Plantage beschäftigen. Weiß der Himmel, er ist schon viel zu groß, um ihn noch länger hierzubehalten. Unentwegt kommt er einem in die Quere. Öffnet doch mal die Tür und ruft nach ihm, ja?»

Nachdem Susannah ihn gerufen hatte, kam Emmanuel mit seiner kleinen Gefährtin die Treppe herauf.

«Du hast mich warten lassen, Emmanuel», sagte Agnes Fygge. «Du weißt, dass ich das nicht leiden kann.»

«Entschuldigung, Missus.» Er ging zu einem reich mit Schnitzereien verzierten Schränkchen und holte eine Tonpfeife sowie einen Beutel Tabak heraus. Nachdem er die Pfeife gestopft hatte, reichte er sie Mrs. Fygge, entzündete einen Kienspan im Kamin und hielt die Flamme an den Tabak, während sie an der Pfeife sog.

Die alte Frau schloss die Augen und seufzte. «Schon besser. Nachmittags gönne ich mir gerne ein Pfeifchen. Jetzt könnt Ihr mir ein wenig vorlesen, Susannah. *Der Kaufmann von Venedig* würde mir gefallen.»

Emmanuel zog sich einen Schemel an den Kamin und starrte in die Flammen, während Aphra mit ihren Händchen rastlos in seinem Kraushaar herumsuchte.

Beim Vorlesen kam Susannah in den Sinn, wie sie vor Jahren mit ihrem Vater am Kamin gesessen und mit ihm den *Kaufmann von Venedig* in verteilten Rollen gelesen hatte.

Nach und nach schwand das Tageslicht, und Peg kam leise herein, um die Kerzen zu entzünden und den Tisch fürs Abendessen zu decken.

Susannah fiel auf, dass der Kerzenleuchter, der auf dem Tisch stand, das exakte Gegenstück zu ihrem Hochzeitsgeschenk war. Sie huschte hinaus, um den Leuchter aus ihrer Kammer zu holen, und stellte ihn mit auf den Tisch, sodass an jedem Ende ein Kerzenleuchter stand. «Jetzt ist er wieder an seinem angestammten Platz.» Sie sah, wie Agnes bei ihren Worten ein kurzes Lächeln übers Gesicht huschte.

William, der Hausbesuche bei Patienten gemacht hatte, kehrte rechtzeitig zum Abendessen nach Hause zurück. Er saß schweigend am Tisch und aß, hörte seiner Tante zu und sprach nur, wenn es absolut unumgänglich war. Nach der Mahlzeit badete er seine Finger in einem Schälchen und trocknete sie an einer Serviette ab.

«Ich wünsche den Damen eine gute Nacht», sagte er. «Ich ziehe mich in mein Arbeitszimmer zurück, ich habe noch wichtige Lektüre zu erledigen. Bis ich damit fertig bin, seid ihr vermutlich längst zu Bett gegangen.»

«Ich hatte gehofft, du würdest noch mit uns Karten spielen, Will.»

«Heute Abend nicht, Tante.» Er küsste sie auf die Wange, nickte Susannah zu und verließ den Raum.

Agnes seufzte. «Als Junge war er immer so fröhlich. Mein Mann hatte ihn sehr gern. Will war für uns der Sohn, der uns beiden versagt geblieben ist.»

«War er noch sehr jung, als er seine Eltern verloren hat?»

«Zehn war er damals. Er hatte noch eine kleine Schwester, aber sie ist derselben Typhusepidemie zum Opfer gefallen wie ihr Vater.»

«Und ihre Mutter?»

Ein schmerzlicher Ausdruck huschte über Agnes Fygges Gesicht. «Meine Schwester Constance ist an gebrochenem Herzen gestorben.»

«Und Ihr habt Will dann also großgezogen?»

«Mein Mann war Kapitän auf der *Adventurer* und hat ihn auf See mitgenommen. Er war ein mutiger kleiner Bursche. Ist ohne Furcht bis ganz nach oben in die Takelage geklettert, hat sich aber nie an das Geschaukel auf hoher See gewöhnen können. Wurde jedes Mal furchtbar seekrank. Letzten Endes musste Richard sich von der Idee verabschieden, den Jungen auf See anzulernen. Und Will hatte ohnehin immer schon den Wunsch, Arzt zu werden.»

«Er scheint auch ein guter Arzt zu sein.»

«Der beste, den es gibt.»

«Ach ja, habt Ihr morgen vielleicht irgendwelche Besorgungen zu erledigen? Ich würde nämlich gerne meinen Vater besuchen und ihm sagen, wo ich jetzt wohne, mit Eurer Erlaubnis?»

«Was für eine Frage, natürlich!», schnaubte Agnes. «Und bei der Gelegenheit könnt Ihr mir gleich ein Fläschchen Rosenwasser mitbringen. Ich mag zwar alt und runzlig sein, aber das heißt noch lange nicht, dass ich auf Pflege keinen Wert mehr lege.»

Nachdem Susannah Agnes später zu Bett gebracht hatte, ging sie nach unten in die Küche. Peg saß neben Emmanuel am Tisch, die beiden ließen sich Schmalzbrote schmecken. Mrs. Oliver saß mit einem Glas Bier daneben.

«Die fressen uns noch die Haare vom Kopf», sagte sie düster. «Wie die Heuschreckenplage damals in der Bibel.»

«Ich wollte bloß mal sehen, wie Peg sich eingelebt hat.»

«Nicht übel, wie Ihr ja wohl sehen könnt.»

Emmanuel stupste Peg leicht in die Seite und senkte dann unschuldig den Blick auf sein Abendbrot, als sie zu kichern anfing.

Susannah lächelte; offenbar hatte sie schon einen neuen Freund gefunden.

«Dann also gute Nacht.»

«Nehmt eine Kerze mit. Dieses alte Haus ist voller Schatten.»

Das Kaminfeuer in Susannahs Kammer war nahezu erloschen. Sie rührte in der Glut, bis sie wieder glomm, und stieg dann ins Bett. Als sie den Bettvorhang zuzog, rieselte körniger

Staub auf die Tagesdecke. Offenbar war es, entgegen Mrs. Olivers Bemerkung, schon etwas länger als einen Monat her, dass die Kammer zuletzt gründlich gesäubert worden war, und sie nahm sich vor, das gleich am nächsten Tag nachzuholen.

Das fremde Bett war uneben, und Susannah konnte nicht einschlafen. Sie lag da, starrte ins Dunkel, lauschte auf das Knacken und Knarren im Gebälk des Hauses und dachte über das Kind nach, das in ihr heranwuchs wie ein Wurm in einem Apfel. Insgeheim klammerte sie sich immer noch an die Hoffnung, irgendwann Blut zwischen ihren Beinen vorzufinden.

Auf einmal stiegen solche Angst und Beklemmung in ihr auf, dass sie aus dem Bett sprang und vor dem verglimmenden Feuer auf und ab ging, während sie sich bemühte, wieder etwas ruhiger zu atmen. Erinnerungen an den schrecklichen Tod ihrer Mutter stürmten auf sie ein, und sie wusste, dass dieses Kind, Henrys Kind, sie ebenfalls das Leben kosten würde. Sie musste etwas unternehmen! Die schlaflose Nacht war lang, aber am Ende stand ihr Entschluss fest.

Tags darauf wurde Susannah in ihre weiteren Pflichten eingeführt. Da Agnes mit ihren arthritisch verkrümmten Fingern keinen Federkiel mehr halten konnte, schrieb Susannah einige Briefe für sie. Sie las ihr weiter aus dem *Kaufmann von Venedig* vor und schnitt ihr beim Mittagessen das Fleisch mundgerecht klein. Nachdem Agnes sich nach Tisch zur Ruhe begeben hatte, machte Susannah sich auf den Weg zur Apotheke.

Bei ihrer Ankunft fand sie zu ihrer Erleichterung nur Ned im Laden vor, ihr Vater war gerade aus, um einen Kunden zu besuchen. Sie zog sich ins Hinterzimmer zurück, schloss den Vorhang hinter sich und nahm hastig Culpepers *Complete*

Herbal aus dem Regal, ein unerschöpfliches Nachschlagewerk zur medizinischen Verwendung von Kräutern. Sie blätterte die Seiten durch, bis sie das Gesuchte gefunden hatte, und maß dann zwei Unzen Paradieskörner ab. Doch ihre Hände zitterten so sehr, dass sie beim Abwiegen die Eisenspäne verschüttete und sie erst mühsam zusammenkehren musste, ehe sie die Körner erneut wiegen konnte. Danach wog sie noch eilig je eine Unze Gelbwurz, Stangenpfeffer und Polei-Minze ab und wickelte alles einzeln in Packpapier, während sie jederzeit darauf gefasst war, dass ihr Vater zurückkehrte. Als sie die einzelnen Päckchen gerade in ihrem Korb verstaute, hörte sie das Klingeln der Ladenglocke, gefolgt von der Stimme ihres Vaters. Hastig breitete sie ein Tuch über den Korb, wartete ab, bis sie Cornelius die Treppe hinaufgehen hörte, und nahm dann die Vorratsgläser mit den Kräutern aus dem Regal, die ihr noch fehlten. Nachdem sie das Bingelkraut abgewogen hatte, das aus dem Dörfchen Brookland in der Romney Marsh stammte, bediente sie sich noch großzügig an Wermut, Gartenrauke und Andorn sowie am Brennnesselpulver. Zu all diesen Zutaten steckte sie zum Schluss noch ein Fläschchen Rosenwasser in den Korb und stellte ihn sorgsam unter dem Tresen ab, ehe sie sich ins Obergeschoss begab, um ihren Vater zu begrüßen.

Später, nach ihrer Rückkehr ins Kapitänshaus, warf sie vorsichtig einen Blick in die Küche. Dort war niemand; bis zur Zubereitung des Abendessens war Mrs. Oliver anscheinend freigestellt. Erleichtert stellte Susannah ihren Korb auf dem Tisch ab und hastete in die Speisekammer, um etwas Honig aus dem Topf, den sie beim Frühstück gesehen hatte, in ein Schälchen zu schöpfen. Dann nahm sie die Polei-Minze und die übrigen Zutaten aus dem Korb, wickelte sie aus und rührte sie mit dem Honig zusammen. Aus dem entstandenen Mus rollte sie klebrige, etwa walnussgroße Kugeln, die sie auf einen kleinen Teller legte, spülte dann eilig das Schälchen aus und stellte es zurück in den Schrank. Morgens und abends je eine Kugel würden wohl das gewünschte Ergebnis zeitigen. Sie war drauf und dran, sich eine der Kugeln in den Mund zu stecken, als sie Mrs. Olivers schwere Schritte durch den Flur kommen hörte.

Sie hielt verzweifelt nach einem Versteck Ausschau und stellte den Teller schließlich ins oberste Regalfach der Vorratskammer, wo sie ihn bis ganz nach hinten schob.

Die Küchentür ging auf.

«Ach, seid Ihr wieder da?», sagte Mrs. Oliver.

Susannah hielt die Arzneikugel krampfhaft mit der Faust umklammert und fühlte sich entsetzlich ertappt. «Ist Mrs. Fygge schon wach?»

«Sie ruft nach Euch. Ihr könnt ihr ein Glas Bier nach oben bringen.»

Die Arzneikugel hatte sich in ihrer Faust mittlerweile zu einer klebrigen Masse aufgelöst, und Susannah wischte sich diskret die Hand an einem Lappen ab, ehe sie mit dem Bier für ihre Dienstherrin nach oben ging. Dann musste das eben bis später warten.

Der übrige Nachmittag verlief recht angenehm, einmal abgesehen davon, dass sie beim Vorlesen nicht recht bei der Sache war, weil ihr unentwegt die Arzneikugeln in der Speisekammer durch den Kopf spukten.

Nach dem Abendessen ließ Susannah einige Zeit verstreichen. Erst, wenn in der Küche der Abwasch erledigt war und sich niemand mehr dort aufhielt, so ihre Überlegung, könnte sie unbeobachtet die Speisekammer aufsuchen. Schließlich ging sie leise nach unten und warf vorsichtig einen Blick in die Küche.

Mrs. Oliver saß mit Peg und Emmanuel am Tisch und gab lustige Anekdoten aus ihrer Jugend zum Besten. Susannah zog sich hastig zurück.

Nachdem Agnes später zu Bett gegangen war, trat Susannah auf den Treppenabsatz und horchte, konnte aber noch immer Stimmen und Gelächter aus der Küche dringen hören. Der Verzweiflung nahe, beschloss sie, zu Bett zu gehen.

Sie las eine Weile, konnte sich aber vor innerer Unruhe nicht konzentrieren und dachte stattdessen über ihre Mutter und das Kind nach, das bei der Entbindung damals ebenfalls zu Tode gekommen war.

Nach einer halben Ewigkeit senkte sich endlich Stille über das Haus.

Susannah schlüpfte aus ihrem warmen Bett und schlich zitternd nach unten. In der Küche entzündete sie eine Kerze, stieg auf einen Schemel, um das oberste Regalbrett der Speisekammer zu erreichen, und zog den Teller heraus. Die Arzneikugeln glänzten im Schein der flackernden Kerze, und sie nahm zaghaft eine vom Teller und betrachtete sie. Sie hatte noch nie eine so starke Arznei zubereitet. Wäre sie in der Apotheke von einer Kundin darum gebeten worden, hätte sie diesen Wunsch abgelehnt. Langsam öffnete sie den Mund, legte sich die Kugel auf die Zunge – und bekam sofort wildes Herzklopfen. Diese schreckliche Arznei könnte den Lauf ihres Lebens ändern. Und das Leben des Kindes beenden, das sie unter dem Herzen trug. *Ja, und damit ist dein Seelenheil verwirkt!*, meinte Susannah förmlich Marthas Stimme zu hören und zuckte zusammen.

Sie spürte, wie der Honig langsam anfing, in ihrem Mund

zu zergehen. In heller Panik sprang sie von dem Schemel und stürzte zum Herd, um die Arzneikugel ins Feuer zu spucken. Es zischte, und aus den Flammen stoben ihr grelle Funken entgegen.

14. Kapitel

Ende März ließ der Frost endlich nach. Es taute, und bald schon liefen die Rinnsteine und Gullis über von Schmelzwasser. Mit dem April kehrte auch die Sonne zurück, doch der schöne Frühlingsmorgen wurde durch ein lautes Hämmern an der Haustür gestört.

«Er ist sehr wütend, Ma'am», sagte Peg. «Er besteht darauf, dass Ihr ihn auszahlt, und will erst wieder gehen, wenn er sein Geld hat.»

Susannah begab sich mit einem mulmigen Gefühl in den Hausflur. Der Besucher, ein Schuhmacher, präsentierte ihr erregt eine unbezahlte Rechnung über ein Paar Schuhe mit Silberschnallen.

«Ihr könnt noch so oft behaupten, dass Ihr die Schulden Eures Gatten nicht bezahlen könnt, aber meine Kinder bekomme ich davon nicht satt!» Er stemmte die Hände in die Hüften und sah sie abwartend an.

«Ich habe doch schon gesagt, ich werde die Summe bei Euch monatlich abstottern, bis die Schuld getilgt ist», beteuerte Susannah, aber mit schlechtem Gewissen. Der Mann forderte seinen Lohn schließlich völlig zu Recht. «Mehr kann ich nicht tun, wirklich nicht!»

«Aber Ihr setzt Euch heute Abend an den gedeckten Tisch,

jede Wette, während meine Bess und mein Jem bis zum nächsten Monat hungern müssen!»

«Wenn ich Geld hätte, würde ich es Euch doch jetzt geben!» Ihr Herz schlug heftig, während er sie finster anschaute.

«Ich fordere jetzt mein Geld, und ich werde so lange hier stehen bleiben, bis ich es bekommen habe!»

Agnes kam herbeigehumpelt, um zu sehen, was es mit dem lautstarken Disput auf sich hatte. Sie pochte mit ihrem Gehstock so resolut auf den Boden, dass Susannah und der Schuhmacher umgehend verstummten.

«Die Schulden meines Neffen übernehme ich», sagte sie.

Sie zählte dem Schuhmacher die geforderte Anzahl Münzen in die ausgestreckte Hand und wies Emmanuel dann an, den Mann zur Tür zu begleiten. «Ich lege mich eine Weile hin», sagte sie, als Susannah ihr überschwänglich dankte. «Wir sehen uns dann am Mittagstisch.»

«Vielen, vielen Dank, Agnes.»

«Aber wo soll das noch enden?», murmelte die alte Dame, während sie davonhumpelte.

Susannah war froh, sich in den Garten zurückziehen zu können.

Sie schlenderte im Schein der Frühlingssonne auf und ab und dachte bedrückt darüber nach, ob derlei unschöne Szenen demnächst an der Tagesordnung wären, weil auch Henrys übrige Gläubiger sie ausfindig machen würden. In den letzten Wochen hatte sie sich oft den Kopf darüber zerbrochen, wie sie all die Schulden begleichen sollte.

Nach einer Weile hatte sie sich etwas beruhigt und ließ sich auf der Bank nieder, die in der Laube aus gestutzten Eiben stand. Von der Straße her drangen das Rumpeln von Rädern auf dem Kopfsteinpflaster und der Ruf des Austernhändlers über die Dächer, aber nur ganz gedämpft, sodass sie in dem friedlichen Garten in Ruhe über ihr neues Leben nachdenken konnte.

Ihr Tagesablauf hatte sich inzwischen eingependelt. Trotz der mitunter bissigen Bemerkungen der alten Dame hatte sie zu Agnes Fygge mittlerweile große Zuneigung gefasst und war entschlossen, sich in ihren Diensten unentbehrlich zu machen. Nachts aber bekam sie kaum ein Auge zu, vor lauter Sorgen über ihre drückenden Schulden und darüber, wie sie ein Kind ernähren sollte, vorausgesetzt, dass sie die Entbindung überhaupt überlebte. Erschöpft von all den schlaflosen Nächten und eingelullt von dem leisen Gurren der Tauben in ihrem Schlag, wandte sie ihr Gesicht der zwar noch blassen, aber schon wärmenden Sonne entgegen und döste langsam ein.

Kurz darauf wurde sie durch das Geräusch eiliger Schritte auf dem Weg aus dem Halbschlaf gerissen. Peg kam auf sie zu und wischte sich im Gehen die Hände an der Schürze ab. «Es ist ein Bote da», sagte sie. «Er will zu Mr. Savage.»

«O nein, nicht schon wieder! Was will er denn?»

«Es ist ein Seemann. Ein ziemlich raubeiniger Mensch.»

Als Susannah in die Küche kam, hatte Mrs. Oliver dem Boten bereits einen Stuhl an den warmen Herd gerückt, und die beiden schäkerten bei einem Glas Bier miteinander.

«Ihr wolltet zu meinem Gatten?», sagte Susannah.

Der Seemann wischte sich mit dem Handrücken über den Mund. «Aye. Ist er da?»

«Nein. Mein Gatte ist leider verstorben.»

Er sog scharf Luft zwischen seinen Zähnen ein. «Die *Mary Jane* ist eingelaufen. Mr. Savages Waren müssten abgeholt werden.»

«Oh!» Dass Henrys Handelsgeschäfte auch nach seinem Tod

weiterlaufen würden, hatte Susannah bisher noch gar nicht bedacht. «Ich werde die notwendigen Schritte veranlassen.» Ein jäher Hoffnungsschimmer keimte in ihr auf.

«Aber am besten recht bald, ehe die Lieferung Beine bekommt und den Kai von alleine verlässt.»

«Ja, gut. Ich kümmere mich darum.» Sie gab ihm einen Halfpenny Trinkgeld und ging dann nach oben, wo sie an die Tür des Arbeitszimmers klopfte.

William Ambrose saß an seinem Schreibtisch und arbeitete.

«Gerade war ein Bote da», sagte sie. «Die *Mary Jane* ist im Hafen vor Anker gegangen, und Henrys Lieferung Rum und Zucker steht abholbereit auf dem Kai.»

William runzelte erst die Stirn, dann hellte sich seine Miene auf. «Aber das sind doch gute Neuigkeiten.»

«Henrys Schulden haben mir solches Kopfzerbrechen bereitet.» Vor Erleichterung vergaß sie völlig ihre gewohnte Zurückhaltung William gegenüber. «Wie gut sich das trifft! Ich hatte keine Ahnung, wie ich Henrys Gläubiger jemals auszahlen sollte, aber jetzt habe ich die Hoffnung, dass das die Lösung sein könnte. Nun wollte ich fragen, ob Ihr mich vielleicht zum Dock begleiten würdet?»

Sie stiegen in eine Mietdroschke, obwohl sie, wie William anmerkte, bei dem dichten Verkehr ebenso gut hätten zu Fuß gehen können. Ein endloser Strom von Fuhrwerken und Karren, Kutschen und Pferden wälzte sich die Thames Street entlang, um die Kais und Lagerhäuser anzusteuern. Es herrschte ein unbeschreiblicher Lärm: heiseres Geschrei, das Knarren von Seilen und Tauen, während Kisten und Fässer unter Gepolter zu Boden gelassen wurden, ein Stimmengewirr in einer Unzahl von Sprachen.

Die *Mary Jane* ragte imposant über ihnen auf, während

Matrosen und Kaufleute geschäftig auf dem Landungssteg hin- und hereilten. Susannah rümpfte die Nase, als sie den durchdringenden Geruch nach fauligem Fisch bemerkte, der in der Luft hing. William nahm sie am Arm und geleitete sie an Bord. Sie fragten sich zur Kajüte des Kapitäns durch und erklärten ihm, dass sie Henry Savages Witwe sei. Nach kurzem Hin und Her unterzeichnete Susannah eine Reihe Dokumente und nahm die Lieferung damit in Besitz.

«Ich schicke morgen einen Karren vorbei, um die Waren abholen zu lassen», sagte William.

«Ich wäre froh, wenn Ihr mir die schwarze Fracht jetzt schon abnehmen könntet», sagte der Kapitän. «Für weitere Verluste mag ich nicht geradestehen.»

«Verluste?»

«Uns ist auf See einer hopsgegangen. Das lange Reisen bekommt ihnen nicht, Ihr nehmt sie also besser jetzt gleich mit. Die Kisten und Fässer könnt Ihr später abholen lassen.»

Susannah sah, wie sich Williams Miene verfinsterte.

«Was ist denn?», fragte sie.

Er beachtete sie gar nicht und fragte den Kapitän: «Wie viele sind es?»

«Noch zwei sind übrig.»

«Wo sind sie?»

«Unten im Laderaum, ich lasse sie gleich heraufholen. Ich sage meinen Männern, sie sollen erst mal einen Eimer Wasser über ihnen auskippen, Euch zuliebe, ja? Nach einer wochenlangen Seereise riechen die nicht gerade nach Rosenwasser.» Der Kapitän brüllte vor Lachen über seinen vermeintlichen Witz.

«William?» Susannah legte ihm eine Hand auf den Arm. «Worum geht es bitte?»

«Mein lieber Cousin hat uns anscheinend ein kleines Problem hinterlassen. Zu der Lieferung gehören auch zwei Sklaven.»

«Sklaven? Aber ...»

«Hattet Ihr nicht Streit mit Henry, als er Euch eröffnet hat, dass er aus Barbados ein paar Sklaven kommen lassen wollte?»

«Ja, richtig. Das hatte ich ganz verdrängt. Soll das etwa heißen, dass ...?»

«Ja, leider.»

Susannah spürte, wie ihr kalt wurde. «Kann der Kapitän sie nicht wieder mit zurücknehmen?»

«Eine zweite Überfahrt so unmittelbar nach der ersten würden sie wohl nicht überstehen, fürchte ich. Einer von ihnen ist bereits gestorben.»

«William, was sollen wir denn jetzt tun? Ich kann sie doch unmöglich behalten!»

Susannah und William warteten an Deck, bis der Kapitän wieder durch die Luke zu ihnen heraufgestiegen kam. Einer seiner Männer folgte ihm, eine Kette hinter sich herzerrend, an deren Ende eine Schwarze in einem dünnen, klatschnassen Baumwollkleid daherstolperte. Ein mageres Kind von etwa fünf Jahren in schmutziger, zerlumpter Kleidung klammerte sich an ihrer Hand fest, hätte aber von seiner Mutter ohnehin nicht getrennt werden können, da sie an den Fußknöcheln zusammengekettet waren. Zitternd und bibbernd standen sie vornübergebeugt da und blinzelten, geblendet vom hellen Tageslicht.

Susannah hielt sich rasch einen Zipfel ihres Umhangs vor die Nase, denn die beiden stanken bestialisch.

«Phoebe?» William trat vor, um die Frau genauer in Augenschein zu nehmen. «Phoebe, bist du es?» Er war sehr blass geworden.

Ganz langsam hob sie den Kopf und sah ihn an, und etwas wie Hoffnung glomm in ihren glanzlosen Augen auf. Sie öffnete den Mund, um etwas zu sagen, aber William schüttelte fast unmerklich den Kopf.

«Phoebe, das ist Mrs. Savage, die Gattin meines Cousins und deine neue Herrin», sagte er.

Phoebe fuhr sich mit der Zunge über die rissigen, blutenden Lippen. «Massa Savage verheiratet?»

«Und es tut mir sehr leid, dir mitteilen zu müssen, dass Mr. Savage tot ist.»

Sie taumelte, ihre Augenlider schlossen sich flatternd, und das Kind stieß vor Angst einen kleinen Schrei aus.

William stürzte eilig vor, um sie aufzufangen, und drückte sie sanft an sich, bis ihr Schwindelanfall vorüber war.

Susannah sah mit stillem Befremden, wie fürsorglich er sich um die Sklavin kümmerte.

Nach kurzer Zeit öffneten sich Phoebes Augen wieder, und William ließ sie los. Sie sah sich angstvoll um, bis sie den Jungen neben sich entdeckte. Eilig fasste sie ihn an der Hand und flüsterte: «Erasmus auch tot.»

«Es tut mir sehr leid, das zu hören. Und das ist der kleine Joseph?»

Phoebe nickte und schob ihn vor.

William nahm den Kleinen sanft am Kinn und hob sein tränennasses Gesicht an, um es kurz zu mustern. Dann fuhr er ihm über den Wuschelkopf und sagte: «Keine Angst, Joseph. Jetzt bist du in Sicherheit.»

«Ihr kennt diese Menschen?», fragte Susannah, während sie William beiseitezog. Mit leisem Naserümpfen fiel ihr auf, dass sein Gehrock vorne mit dem Schmutz besudelt war, der am Kleid der Frau haftete.

«Phoebe und ihr Bruder Erasmus waren die Kinder von Henrys Kinderfrau, und kurz vor meiner Rückreise nach England habe ich Joseph auf die Welt verholfen. In dem Jahr, das ich auf der Plantage meines Onkels verbracht habe, habe ich Phoebe und Erasmus gut kennengelernt. Aber in ihrem abgemagerten, kränklichen Zustand habe ich die Ärmste kaum wiedererkannt.»

«Und Phoebes Bruder ist auf der Überfahrt gestorben?»

William presste kurz die Lippen zusammen. «Schon Tieren ist der Transport im Laderaum eines Schiffs kaum zuzumuten, geschweige denn einem Kind.»

«Und ihr Mann?»

«Sie hat keinen Mann», erwiderte William knapp.

Susannah wandte sich zu der Frau um, die ihren Blick eindringlich erwiderte. Der Junge, der hellhäutiger war als seine Mutter, hielt sich an ihrer Hand fest und starrte trübsinnig zu Boden, als hätte er jede Hoffnung aufgegeben. Beim Anblick seiner dünnen Beinchen mit den knochigen Knien war Susannah plötzlich zum Weinen zumute. «Der Junge erkältet sich noch», sagte sie. «Wir dürfen sie bei diesem kalten Wind in ihren nassen Sachen nicht länger im Freien herumstehen lassen. Und sie haben nicht einmal Schuhe.»

Der Kutscher weigerte sich, die Frau und das Kind in seinem Gefährt zu befördern. «Mir steigt doch kein Fahrgast mehr in die Droschke, ehe ich den Gestank herausgeschrubbt habe», lautete sein im Grunde berechtigter Einwand.

«Dann gehen wir eben zu Fuß nach Hause.» William schloss mit dem Schlüssel, den ihm der Kapitän gegeben hatte, die Ketten der Sklaven auf und nahm sie ihnen ab.

«Werden sie denn nicht fortlaufen?», fragte Susannah.

«Wo sollten sie denn hin?»

Susannah nahm deutlich den üblen Geruch der beiden wahr, nach Schweiß, Erbrochenem und Schlimmerem. Trotzdem nahm sie ihr Umschlagtuch ab, legte es dem Jungen um die Schultern und knotete es vor seiner Brust zusammen. Sehr zufrieden über ihre selbstlose gute Tat, sagte sie: «So, schon viel besser, oder?»

Phoebe fixierte sie kurz feindselig und senkte dann wieder den Blick.

Susannah wich einen Schritt zurück. Hatte sie sich das nur eingebildet, oder brannte tatsächlich so etwas wie Hass in den Augen dieser Frau? Verwirrt wandte sie sich um und stieß mit William zusammen.

«Also los, gehen wir», sagte er.

Mrs. Oliver war über die Neuankömmlinge alles andere als begeistert. «Wozu sollen die beiden gut sein? Schaut sie Euch doch an! Bloß zwei weitere nutzlose Esser sind das, mehr nicht.»

William setzte ihrem Genörgel mit einigen energischen Worten ein Ende und schickte sie los, um abgelegte Kleidung und Schuhe für sie herauszusuchen.

Peg erhielt den Auftrag, krügeweise Wasser in die Waschküche zu bringen, um den Wäschezuber zu füllen.

Ohne sie dabei direkt anzusehen, händigte Susannah Phoebe ein Stück Seife und eine Wurzelbürste aus und blieb dann neben dem Zuber stehen, während sie sich und ihr Kind entkleidete und dann gewissenhaft sauberschrubbte.

Susannah betrachtete verstohlen den nackten Körper der

Frau, der ihr seltsam fremdartig erschien. Phoebe war so mager, dass ihre dunkle Haut Falten warf und ihre Brüste ganz platt zusammengeschrumpelt waren. Die Haut des Jungen war milchkaffeebraun, weder schwarz noch weiß, und sie rätselte, ob dieser Farbton wohl normal war. Sie wusste so wenig über Afrikaner, aber vielleicht würde er im Lauf der Zeit ja noch dunkler werden?

Als die beiden sich abgetrocknet hatten, reichte Susannah Joseph ein kleines Hemd, Kniehosen und eine Jacke. Der zitternde Junge jedoch hielt den Blick scheu zu Boden gesenkt. Susannah sah Phoebe an.

Langsam streckte sie die Hand aus, nahm die Sachen von Susannah entgegen und kleidete den Jungen damit an, der stocksteif dastand, während seine Mutter seine Arme in die Jackenärmel stopfte. Danach wandte sie sich um und wartete mit gesenktem Blick, bis Susannah ihr ein altes, mehrfach ausgebessertes Kleid sowie ein Umschlagtuch reichte.

Susannah kehrte mit Mutter und Sohn in die Küche zurück, wo sie all ihren Mut zusammennahm und Mrs. Oliver um etwas zu essen für die beiden bat. Die Köchin knallte wortlos einen Laib Brot und eine Schale mit Bratenfett auf den Tisch, stellte noch einen Krug Bier dazu und verzog sich dann missmutig brummelnd in die Vorratskammer.

Susannah beobachtete, wie der Junge erst das Brot ansah und dann seine Mutter, die braunen Augen weit aufgerissen.

Phoebe nickte ihm leicht zu, und er fiel ausgehungert über das Brot her, stopfte sich die Scheiben hastig in den Mund und kaute mit vollen Backen, während ihm die Tränen übers Gesicht liefen. Phoebe wischte ihm behutsam mit dem Daumen eine Träne ab, während ihr Kiefer leise zitterte.

Susannah fiel auf, dass sie erst wartete, bis der Kleine sich sattgegessen hatte, ehe sie selbst etwas zu sich nahm. Auf einmal beschämt darüber, die beiden so ungeniert anzustarren, verließ sie leise die Küche. Auf dem Weg nach oben kam sie an der Kapelle vorbei und hörte Agnes' aufgebrachte Stimme.

«Noch mehr Waisen und Obdachlose nehme ich nicht auf, Will. Selbstverständlich musst du sie loswerden!»

«Das bringe ich nicht über mich!»

Susannah blieb mit der Hand an der Klinke stehen, und die Hitze schoss ihr in die Wangen. «Der Lauscher an der Wand hört seine eig'ne Schand», sagte ihr Vater gern, und obwohl ihr klar war, dass sie sich hätte bemerkbar machen sollen, blieb sie reglos hinter der nur angelehnten Tür stehen.

«Was soll das heißen, Will?»

Susannah beugte sich vor, sorgsam bemüht, sich nicht durch ein Knarren der Holzdielen zu verraten, und spähte durch den offenen Türspalt.

«Ich kenne Phoebe und Erasmus noch aus meiner Zeit auf Barbados. Der arme Erasmus hat die Überfahrt, angekettet im Laderaum der *Mary Jane*, nicht überlebt, und Phoebe ist völlig geschwächt, eine Elendsgestalt. Ich habe sie kaum wiedererkannt.»

«Alles gut und schön, aber ...»

«Phoebe hat ihr Kind bei sich.»

«Es sind Susannahs Sklaven, sie sind ihr Eigentum. Sie kann sie freilassen, damit sie sich anderweitig Arbeit suchen.»

«Auf den Straßen von London würden sie im Nu vor die Hunde gehen, das weißt du!»

«Ich nehme sie hier nicht auf, hörst du!» Agnes schlug mit der Hand auf die Armlehne ihres Sessels.

Susannah spähte durch den Türspalt: Agnes reckte ihr Kinn rechthaberisch in die Höhe, während William seine Hände hinter dem Rücken zu Fäusten ballte.

Erst nach kurzem Schweigen setzte er zu einer Erwiderung an. «Tante ... so versteh doch.» Er sprach so leise, dass Susannah ihn nur mit Mühe verstand. «Ich habe ein Jahr auf der Plantage verbracht und Phoebe gut kennengelernt. Sehr gut sogar.» Er wandte sich ab, sah aus dem Fenster. «Sie war eine zuverlässige, allseits geschätzte Haussklavin, lebendig und voller Fröhlichkeit. Beim Arbeiten hat sie immer vor sich hin gesungen, und sogar mein sonst so bärbeißiger Onkel hat bei ihrem Anblick immer gelächelt.»

«Ich habe dir erklärt, William, dass ich keine weiteren Sklaven will. Schon Emmanuel wird langsam zu erwachsen, um ihn noch zu behalten.»

«Tante, ich war bei der Geburt von Phoebes Sohn Joseph zugegen. Du hast den Kleinen noch nicht gesehen. Er ist ... nun ja, er ist ein Mulatte.»

«Ein was bitte?»

«Er ist halb weiß.»

Lange blieb es still. Susannah hörte wie aus weiter Ferne den Ruf des Lumpensammlers über die Dächer schallen.

«Was willst du mir damit sagen?», fragte Agnes schließlich.

«Dass wir sie hier aufnehmen müssen. Joseph gehört zur Familie.»

«Gott im Himmel! Er ist dein Kind?»

Susannah schlug bestürzt die Hand vor den Mund, wandte sich von der Tür ab und hastete den Flur hinunter zu ihrer Kammer, wo sie die Tür hinter sich schloss und sich schwer atmend mit dem Rücken dagegenlehnte. Sie begriff selbst nicht ganz, warum es sie derart aus der Fassung brachte, zu erfahren, wer der Vater des kleinen Sklavenjungen war, doch ihr war zum Weinen zumute.

Am folgenden Morgen erklärte sie Agnes, dass sie gerne der Reihe nach die Kunden aufsuchen würde, die bei Henry Zucker und Rum bestellt hatten.

«Je eher Ihr Henrys Schulden getilgt habt, desto besser», sagte Agnes. «Ich lasse mich äußerst ungern von Gläubigern behelligen, die hier an meine Tür klopfen.»

«Natürlich!», sagte Susannah. «Ich werde das so schnell wie möglich erledigen.»

«Und sprecht mal mit Mrs. Oliver. Sie hat einen Bruder, der Fuhrunternehmer ist; der kann die Warenanlieferung übernehmen und wird Euch beim Preis nicht über den Tisch ziehen.»

Susannah brauchte einige Tage, um Henrys sämtliche Kunden aufzusuchen und mit ihnen die Anlieferung der Waren zu besprechen. Manche hatten es sich anders überlegt oder weilten nicht in der Stadt, andere wiederum konnten durch Belege nachweisen, dass sie die Ware bereits zur Hälfte im Voraus bezahlt hatten. Abends, wenn Agnes sich zu Bett begeben hatte, saß Susannah mit Papier und Bleistift da und rechnete zusammen, wie viel Geld sie einnehmen würde. Diese Summe versuchte sie dann mit den vielen offenen Rechnungen und handschriftlichen Schuldscheinen zu verrechnen, die Henry ihr hinterlassen hatte.

Eines Abends schließlich hatte sie den Eindruck, dass endlich alles aufging. Die Kerze vor ihr war zu einem Stummel heruntergebrannt, und sie rieb sich erschöpft die Augen.

«Habt Ihr für alle Waren einen Abnehmer gefunden?»

Beim Klang von Williams Stimme zuckte sie heftig zusammen. Sie legte sich die Hand an die Brust und wandte sich zu ihm um, brachte es aber nicht über sich, ihn direkt anzusehen. Zu sehr wirkte noch der Schock über die Enthüllung nach, dass Joseph sein Kind war. Dass also mithin William und Phoebe ...

«Habe ich Euch erschreckt?»

«Ein wenig.» Ihr Gesicht glühte, weil sie auf einmal William vor sich sah, unbekleidet und in leidenschaftlicher Umarmung mit Phoebe. Sie verdrängte das Bild mit aller Macht und räusperte sich. «Zwei überzählige Fässer Rum sind noch übrig. Ich habe mir überlegt, ob ich vielleicht mal in einem Wirtshaus nachfragen soll ...»

«Kommt nicht in Frage!» William sah sie streng an. «Ich werde mich für Euch umhören.»

«Danke, William.» Sie seufzte vor Erleichterung, dass er ihr diese Unannehmlichkeit abnehmen würde. «Dann kann ich, wie es aussieht, Henrys Schulden fast vollständig tilgen. Vielleicht erlassen seine Gläubiger mir ja einen kleinen Teil der Schulden, wenn ich an ihre Nachsicht appelliere, aber ich hoffe, die meisten innerhalb der nächsten sieben Tage ausbezahlt zu haben. Irgendwann kann ich dann vielleicht auch den Rest begleichen. Als Zofe verdient man leider nicht sehr viel, und wenn ich erst noch das Kind ernähren muss, werde ich wohl kaum noch etwas beiseitelegen können.»

«Gebt mir einfach eine Aufstellung der noch verbliebenen Schulden, das übernehme ich dann.»

«Nein! Verzeihung. Ich weiß Euer großzügiges Angebot zu schätzen, aber das muss ich allein bewältigen. Es wäre mir nicht recht, eine solche Verpflichtung ...»

«Verpflichtung!»

Seine Augen blitzten vor Zorn. Susannah zuckte erschrocken zusammen.

«Wenn mein Cousin Eure Mitgift nicht für lauter Unsinn verjubelt hätte, wärt Ihr jetzt nicht in dieser ...»

Die Kerze flackerte kurz und erlosch dann.

Susannah hörte ihn seufzen. Der Atem, den er dabei ausstieß, bewegte die Luft im plötzlichen intimen Dunkel und brachte ihr unangenehm zu Bewusstsein, wie dicht er bei ihr stand.

«Sehen wir erst mal, welchen Preis ich für die beiden Fässer Rum erzielen kann», sagte er. «Dann unterhalten wir uns über die restlichen Schulden. Geht jetzt schlafen, es ist schon spät. Es gefällt mir nicht, dass Ihr immer so übermüdet und angespannt ausseht.»

«Danke, Ihr seid zu liebenswürdig», sagte sie. «Aber Ruhe finde ich erst wieder, wenn ich die Schulden meines Mannes abbezahlt habe.»

Agnes war wieder einmal im Sessel eingeschlafen, denn wenn sie am warmen Kaminfeuer saß, spürte sie fast keinen Schmerz mehr in ihren geschwollenen Gelenken. Susannah unterbrach sich beim Vorlesen und ließ das Buch sinken. Emmanuel saß wie üblich auf der Fußbank direkt vor Agnes, mit dem Äffchen auf dem Arm.

Emmanuel hob den Blick und sah Susannah schelmisch an. Er nahm Agnes die noch rauchende Pfeife aus der schlaffen Hand und schüttelte den verbliebenen Tabak in den Kamin. Dann reckte er sich zum Tisch hoch, auf dem in einer Vase ein Sträußchen Kräuter stand, die Susannah am Morgen im Garten gepflückt hatte, brach einen Zweig Rosmarin ab und stopfte die Blättchen in die Pfeife, die er anschließend auf den Tisch neben Agnes legte.

«Das ist sehr unartig», flüsterte Susannah in gespielt strengem Tonfall.

Emmanuel kicherte hinter vorgehaltener Hand. «Bleibt Ihr hier bei der Missus? Bitte? Dann kann ich kurz in die Küche zu Phoebe.»

Er tat ihr leid, und seinem bittenden Blick war schwer zu widerstehen. «Bleib aber nicht zu lange. Du weißt, dass deine Herrin dich immer gern in der Nähe hat, für den Fall, dass sie irgendetwas braucht.»

Er zuckte die Achseln. «Ihr seid ja da. Ich sitze den ganzen Tag neben ihr, und sie findet kaum je eine Aufgabe für mich.»

«Sie ist eine gute Herrin.»

«Ja. Aber alle Tage sind gleich. Mein Leben lang schon sitze ich zu ihren Füßen», sagte er wehmütig.

«Du warst doch früher auf der Plantage, ehe du hergekommen bist. Erinnerst du dich noch daran?»

«Mammy hat mir immer vorgesungen, das weiß ich noch.»

«Was ist aus ihr geworden?»

«Sie wurde krank und ist gestorben, und ich konnte gar nicht mehr aufhören zu weinen.»

Von jähem Mitgefühl erfasst, griff Susannah nach seiner Hand. «Meine Mutter ist auch gestorben. Über diesen Kummer kommt man nie hinweg, nicht wahr?»

Emmanuel schüttelte den Kopf, sein Blick war traurig. «Aber Phoebe hat sich um mich gekümmert.» Er lächelte strahlend. «Sie war wie eine große Schwester für mich. Hat dafür gesorgt, dass ich wieder esse, und mir vorgesungen. Ich hätte nie gedacht, dass ich sie wiedersehe.»

Susannah dachte kurz daran, wie fürsorglich Phoebe sich

um ihren Sohn kümmerte. Williams Sohn. «Möchtest du denn nicht auf die Plantage zurück?»

«Nein!» Er schüttelte heftig den Kopf. «Auf den Feldern sterben Männer. Sie schuften unter der heißen Sonne, und der Aufseher schlägt sie. An den offenen Wunden fressen Fliegen herum. Mein Vater ist auch geschlagen worden und daran gestorben. Ich will nie wieder zurück.»

«Wie schrecklich!»

Emmanuel beugte sich vor. «Wenn ich was anstelle, sagt die Missus, sie schickt mich auf die Felder zurück. Bitte, sagt Ihr ihr, dass sie das nicht tun darf?»

«Dann musst du dich aber auch benehmen, Emmanuel, damit sie keinen Grund hat, sich über dich zu ärgern.»

«Aber jeden Tag sitze ich hier bei der Missus. Ich würde so gern mal nach draußen, mir dort alles ...» Er breitete die Arme aus. «Ansehen!»

«Ich bleibe hier bei deiner Herrin.» Sie lächelte ihm zu. «Geh ruhig eine Weile zu Phoebe.»

Er nahm ihre Hand, drückte sie an die Lippen und stürmte dann mit seinem schnatternden Äffchen davon.

Susannah sah Agnes an, die weiter friedlich in ihrem Sessel schlummerte. Gottlob hatte sie nichts mitbekommen.

Emmanuel hatte schon recht, überlegte Susannah. Die Tage im Kapitänshaus verliefen sehr eintönig. Da die arme Agnes so von Rheuma geplagt wurde, dass sie nie das Haus verließ, bildete sogar der zweimalige Kirchgang am Sonntag eine willkommene Abwechslung, auf die Susannah sich die ganze Woche lang freute. Neulich war einmal der Hausierer da gewesen, und ein Nachbar hatte am offenen Fenster auf seinem Cello eine neue Melodie geübt, aber das war auch schon das Aufregendste, was in letzter Zeit passiert war.

William brachte zwar stets Neuigkeiten aus der Welt da draußen mit, wenn er abends von seinen Patientenbesuchen zurückkehrte, aber seit sie Phoebe und Joseph vor einigen Wochen ins Haus geholt hatten, empfand Susannah ihm gegenüber eine seltsame Scheu. Wie hatte er sich dazu bloß hinreißen lassen können? Susannah nahm weniger Anstoß daran, dass Phoebe Afrikanerin war und sich von weißen Frauen stark unterschied. Nein, es war ihre missmutige Art, die sie störte. Meistens hielt sie den Blick stur gesenkt und weigerte sich, Susannah anzusehen oder ihr Lächeln zu erwidern. Manchmal aber starrte sie sie auch so unverhohlen an, dass Susannah heftig errötete. Zu William hingegen war sie immer höflich, die Möglichkeit, dass er sie mit Gewalt gezwungen haben könnte, schied also zum Glück aus. Aber seine Liaison mit Phoebe, selbst, wenn daraus ein Kind entsprossen war, konnte doch wohl kaum die unglückliche Liebe sein, die Henry ihr gegenüber einmal erwähnt hatte?

Vom Garten her waren aufgeregte Stimmen zu hören, und Susannah trat ans Fenster, um hinauszusehen. Emmanuel rannte im Zickzack kreuz und quer über den Rasen, dicht gefolgt von Joseph. Der Kleine war vor Lachen ganz außer Atem und streckte die Hände nach dem älteren Jungen aus, der sich hinter eine der gestutzten Hecken duckte. Dann sprang Emmanuel plötzlich aus der Deckung, schnappte sich den vor Aufregung und Freude quietschenden Kleinen und hob ihn hoch in die Luft.

Auf einmal fühlte Susannah sich in der stickig warmen Kapelle wie eingesperrt. Was hätte sie darum gegeben, jetzt draußen im Freien zu sein, sorglos im Sonnenschein zu tollen und zu spielen wie früher als Kind.

In diesem Moment tauchte unten Phoebe auf und rief nach

Joseph, der sofort zu ihr rannte und sich an ihre Knie schmiegte. Sie hob ihn sich auf die Hüfte und drückte ihm einen Kuss aufs Haar. Als Emmanuel bei Phoebe ankam, sah Susannah, wie sie die Hand hob und ihn halb scherzhaft am Ohr zog.

Schließlich kam auch noch William in den Garten, entdeckte die anderen und ging zu ihnen hinüber. Während er mit Phoebe redete, strich er Joseph über den Lockenkopf.

Susannah ließ die vier nicht aus den Augen, während sie unbefangen miteinander plauderten. Ein unbestimmtes Unbehagen setzte ihr zu: Tatsächlich empfand sie Eifersucht, wie sie verwundert feststellte. Da hob Phoebe auf einmal den Kopf, als ob sie spüren würde, dass sie beobachtet wurde, und sah Susannah direkt an.

«Was gibt es denn da draußen, Susannah?», ließ sich Agnes, die soeben aufgewacht war, von ihrem Sessel her vernehmen.

Susannah wandte sich eilig vom Fenster ab. «Ich habe zugesehen, wie Emmanuel mit Joseph im Garten Fangen gespielt hat.»

«Es ist nicht Emmanuels Aufgabe, mit diesem Kind zu spielen!» Agnes seufzte. «Ich habe mir überlegt, dass Joseph mein neuer Page werden kann, und Emmanuel soll ihn anlernen. Seine abgelegten Livreen müssten noch in irgendeiner Truhe liegen. Ihr könnt sie später ausfindig machen und eine heraussuchen, die dem Kleinen passt.»

«Wenn Joseph Euer neuer Page wird, behaltet Ihr aber Emmanuel trotzdem bei Euch, oder?»

«Wie viele Pagen brauchen wir denn? Emmanuel ist seiner Rolle langsam entwachsen. Und in letzter Zeit ist er so unruhig, es ist zum Auswachsen.»

«Aber Ihr schickt ihn doch wohl nicht auf die Plantage zurück?», fragte Susannah voller Bangigkeit.

«Damit drohe ich ihm nur, wenn er mal wieder über die Stränge schlägt. Vorläufig kann er sich wohl in der Küche nützlich machen. Der Junge ist stark, hat aber für meinen Geschmack entschieden zu viel Unfug im Kopf.» Sie rutschte ein wenig im Sessel umher. «Susannah, macht mir doch einen Eurer Umschläge für mein Knie, ja? Es bereitet mir heute schier unerträgliche Schmerzen.»

Phoebe fegte gerade den Boden, als Susannah in die Küche kam. Sie wandte sich schroff ab, ohne Susannahs Nicken zu erwidern, und setzte ihre Arbeit so aufreizend langsam fort, dass es schon fast unverschämt wirkte.

Peg scheuerte an der Spüle die Töpfe mit Sand aus und sang dabei eine fremdartige Weise vor sich hin.

«Du klingst ja so fröhlich, Peg», sagte Susannah.

Ein strahlendes Lächeln hellte ihr spitzes kleines Gesicht auf. «O ja, Ma'am. Emmanuel hat mir ein neues Lied beigebracht. Seine Mutter hat es ihm immer vorgesungen.»

«Ich muss einen Umschlag für Mrs. Fygge bereiten, aber könntest du vorher etwas Brot für mich auftreiben? Mir knurrt schon wieder der Magen vor Hunger.»

Peg nickte verständig. «Das wird wegen dem Baby sein. Mam hatte auch immer Heißhunger, wenn das Kind in ihr anfing zu wachsen.»

«Ach, meinst du wirklich?»

Phoebe fiel klappernd der Besen aus der Hand. Sie hob ihn mit ausdrucksloser Miene wieder auf und fing dann an, den zusammengekehrten Schmutz energisch in Richtung Küchentür zu fegen.

Susannah setzte sich an den Tisch, um ihr Brot zu essen. Tatsächlich griff sie in letzter Zeit kaum noch zu dem Ingwersirup, den sie zu Beginn der Schwangerschaft oft eingenommen hatte, wenn ihr übel war. Dafür hatte sie ständig solchen Hunger, dass sie jede Mahlzeit mit Ungeduld erwartete. Und das Baby wuchs in der Tat. Sosehr sie es auch zu ignorieren versuchte: Ihre Mieder musste sie bereits lockerer schnüren, und demnächst müsste sie wohl auch ihre Röcke am Bund auslassen. Wie jedes Mal, wenn sie an das Kind und die unvermeidlich anstehende Entbindung dachte, stieg solche Panik in ihr auf, dass sie sofort einen trockenen Mund bekam. Sie zerkrümelte nervös das letzte Stückchen Brot zwischen den Fingern und zwang sich, wieder einmal, jeden Gedanken an das Kind, das von Tag zu Tag weiter in ihr heranwuchs, zu verdrängen.

15. Kapitel

Susannah hatte ihr Abendessen bei Kerzenschein nahezu beendet, als William nach Hause kam. Beim Geräusch seiner Stiefel, die die Treppe heraufkamen, hellte sich ihre Laune direkt auf, doch als er in den Raum trat, sah sie gleich, dass er wieder einmal gedrückter Stimmung war.

«Ich habe nicht auf Euch gewartet», sagte sie. «Und Agnes hat sich schon zu Bett bringen lassen, sie hatte starke Gelenkschmerzen.»

William setzte sich wortlos an den Tisch. Mit gesenktem Kopf fing er an, kleine Stückchen von dem Käse auf seinem Teller abzubröckeln.

Susannah wartete darauf, dass er etwas sagte. Schließlich hielt sie es nicht mehr aus. «Wart Ihr in der Apotheke?»

Er hob den Blick. «Bitte?»

«Habt Ihr mir die Kräuter mitgebracht, um die ich Euch gebeten hatte?»

«Was für Kräuter?»

«Ich hatte Euch doch gebeten, in der Apotheke meines Vaters einige Kräuter zu besorgen, die ich für Agnes' Umschläge benötige.»

«Daran kann ich mich gar nicht erinnern.»

«William! Heute Morgen erst habe ich Euch darum gebeten, ehe Ihr aus dem Haus gegangen seid.»

Er nahm sich einen Apfel und fing an, ihn schweigend zu schälen.

Susannah beobachtete, wie die Schale in einem langen roten Band auf seinem Teller landete. Die Messerklinge schimmerte im Kerzenlicht. Hatte er ihr überhaupt zugehört? «Agnes hat große Schmerzen.»

William sah sie an. Erst jetzt bemerkte sie, wie blass und angespannt er aussah. «Ich habe heute einen Patienten in Long Acre verloren», sagte er. «Er hatte die Pest. Sie ist offenbar wieder ausgebrochen.»

Susannah erschrak. Angst stieg in ihr auf, um ihn, um sie alle. «Habt Ihr Euch womöglich angesteckt?»

Er schüttelte den Kopf. «Ich konnte nur hilflos mit ansehen, wie die Wachleute die übrigen Angehörigen im Haus eingesperrt haben. Das bedeutet für sie das fast sichere Todesurteil.»

«Ich hatte gehofft, die Seuche wäre durch den langen Frost ausgerottet worden. Aber so graut mir jetzt schon vor dem Sommer. Davor, hier in der Stadt bleiben zu müssen und nie zu wissen, welchen unserer Freunde oder Nachbarn es als Nächstes treffen könnte.» Unvermittelt fiel ihr ein, wie nervös Arabella im vergangenen Sommer während ihrer Schwangerschaft gewesen war. Jetzt konnte sie das besser verstehen.

«All mein Wissen und meine Ausbildung nützen mir hier gar nichts», sagte William, während er den Apfel mit brutaler Präzision in Stücke schnitt. «Ich kann nur versuchen, das Leiden der Kranken bis zu ihrem Ableben etwas zu lindern. Ich habe es schon mit allem versucht – die Beulen aufzuschneiden, um die Fäulnis herauszulassen, das Krankenzimmer ausräuchern zu lassen ... Ich habe auch schon jede nur erdenkliche Kombination von Kräutern angewendet, aber letzten Endes liegt es allein in Gottes Hand, ob ein Patient überlebt oder nicht.»

Susannah stieß ihren Teller von sich und sprang so ungestüm auf, dass ihr Stuhl umstürzte. «Ich dachte, Ihr hättet Euch einer Ansteckung nicht ausgesetzt?»

«Es sind kaum noch Ärzte und Apotheker in der Stadt, und die Kranken brauchen mich.»

«Aber Ihr könntet die Krankheit mit nach Hause bringen! William, Ihr müsst Euch vorsehen! Was soll aus Agnes werden, wenn Ihr erkrankt? Es würde ihr das Herz brechen. Habt Ihr denn gar keine Angst?»

«Ob ich Angst habe? Natürlich! Ich liege nachts wach und bekomme Schweißausbrüche, wenn ich darüber nachdenke, aber was soll ich sonst tun? Es kann uns alle jederzeit treffen.»

«Das dürft Ihr nicht sagen!» Jähe Beklemmung stieg in ihr auf. «Ich träume davon, aufs Land zu ziehen, ehe uns allen etwas Furchtbares zustößt. Ich möchte reine, saubere Luft atmen und die Gewissheit haben, dass die Pest weit weg ist.» Ein hysterischer Unterton schwang in ihrer Stimme mit.

William sah sie mit ausdrucksloser Miene an. «Es ist nicht leicht für Euch, an Agnes' Rockzipfel hängen zu müssen, habe ich recht?»

Sie zuckte die Achseln, ein wenig befremdet über den jähen Themenwechsel. «Als ich in der Apotheke gearbeitet habe, war ich nützlich, und Vater hat mir Freiheiten gelassen, von denen andere Frauen nur träumen können. Aber jetzt hat sich alles geändert, und ich habe nicht das Recht, mich zu beklagen. Agnes hat mich aus einer Notlage befreit, das werde ich nie wiedergutmachen können. Ich weiß nicht, was aus mir geworden wäre, wenn sie nicht ...»

«Agnes kann von Glück sagen, Euch gefunden zu haben. Ihr kümmert Euch vorbildlich um sie.» William stand auf. «Ich gehe in mein Arbeitszimmer.»

Susannah sah ihm verblüfft nach und merkte, wie sie vor Freude errötete. Ein Kompliment von William war so selten und kostbar wie ein Sonnenstrahl in tiefster Nacht.

Zwei Tage darauf flatterte per Bote ein Brief für Agnes ins Haus.

«Er ist von Mary Westacott, einer alten Freundin.» Ein Lächeln hellte ihr runzliges Gesicht auf. «Sie reist aus Devon an, um ihren Sohn in Hatfield zu besuchen, und will auf dem Weg ein paar Tage bei mir Station machen.»

Mary Westacott traf am Tag darauf rechtzeitig zum Mittagessen ein, und sie und Agnes vertieften sich sogleich in einen angeregten Plausch. Emmanuel und Joseph hockten zusammen am anderen Ende der Kapelle, neckten Aphra mit einer Taubenfeder und schienen allerlei Unfug auszuhecken. Susannah saß auf der breiten Fensterbank und besserte ein abgenutztes Brokatkissen aus, während die beiden alten Damen sich über den Klatsch und Tratsch der letzten zehn Jahre auf den neuesten Stand brachten. Nachdem sie alle Skandale und Skandälchen durchgehechelt hatten, wandte sich ihr Gespräch gemeinsamen Erinnerungen zu.

Der Klang ihrer Stimmen wirkte so einlullend, dass Susannah sich nach einer Weile an die Wand lehnte und eindöste.

Beim Geräusch der Tür, die mit einem Klicken geöffnet wurde, schreckte sie aus dem Schlaf hoch. Zu ihrer Freude sah sie, dass William hereinkam.

«Du erinnerst dich doch noch an Mary Westacott, nicht wahr, Will?», sagte Agnes.

«Aber gewiss.» William verbeugte sich über Marys Hand. «Wie schön, Euch einmal wiederzusehen. Tante Agnes wird sich über Eure Gesellschaft sehr freuen.»

«Wir haben uns viel zu erzählen. So viele meiner Freunde und Freundinnen sind schon tot, da ist es eine Wohltat, zur Abwechslung mal wieder mit einer Altersgenossin zu plaudern.»

«Da ihr beide ja offenbar viel miteinander zu bereden habt, Tante, wollte ich fragen, ob du Susannah morgen einmal entbehren könntest?»

«Sie entbehren? Was hast du denn vor?»

«Ich wollte ihr etwas frische Landluft verordnen, damit sie wieder ein wenig Farbe im Gesicht bekommt. Ich habe in Merryfields zu tun und könnte sie mitnehmen.»

Agnes zog die Augenbrauen in die Höhe. «Hättet Ihr Lust, William morgen nach Richmond zu begleiten, Susannah?»

«Solange Ihr mich entbehren könnt, mit Vergnügen», sagte Susannah, die schon bei dem Gedanken in helle Aufregung geriet. Sie hielt den Atem an, während Agnes nachdenklich die Lippen spitzte.

«Alleine könnt Ihr mit William nicht durch die Lande reisen, das wäre unschicklich», sagte Agnes schließlich.

«Joseph kann uns begleiten», sagte William. «Dem Kleinen würde eine Bootspartie sicher gefallen.»

Susannah sah ihn verstohlen an und fragte sich, ob er womöglich auf eine Gelegenheit aus war, seinen Sohn besser kennenzulernen. Der Gedanke behagte ihr nicht.

Emmanuel, der an seinem gewohnten Platz neben Agnes saß, rutschte unruhig auf seinem Schemel herum und sah sie flehentlich an. «Vielleicht könnte ja Emmanuel mitkommen?» Sogleich strahlte er über das ganze Gesicht.

Agnes nickte. «Das ist vielleicht eine bessere Idee. Ich gebe ihm für den Tag frei, aber dann wird Joseph hier bei mir bleiben.»

Susannah behielt William genau im Auge. Enttäuschte es ihn, seinen kleinen Sohn nicht mitnehmen zu können? Aber er verzog keine Miene.

«Na gut», sagte William. «Wir müssen gegen den Strom rudern, also stellt Euch darauf ein, dass wir sehr früh aufbrechen, Susannah. Die Damen sehen es mir nach, dass ich nicht zum Abendessen erscheine? Ich muss noch einige Patienten aufsuchen, da ich ja morgen nicht in der Stadt sein werde.» Er verbeugte sich höflich und ging hinaus.

«Meine Herren», sagte Mary, «dein Neffe hat sich aber prächtig gemacht, Agnes. Ein richtiger Gentleman.»

«Das kann man wohl sagen.» Agnes lächelte stolz und konnte ihre Zuneigung zu ihm nicht verbergen.

«Es wundert mich, dass er noch nicht verheiratet ist.»

«William hatte noch nie etwas dafür übrig, den Damen zu schmeicheln. Das Mädchen, das sein Herz erobert, müsste schon etwas ganz Besonderes sein.»

«Zu mir war er aber äußerst charmant.»

Agnes schmunzelte. «Vielleicht solltest du ihm dann einen Heiratsantrag machen!»

Mary lachte darüber so sehr, dass sie Schluckauf bekam. Um

Abhilfe zu schaffen, schickte Susannah Joseph in die Küche, ihr ein Glas Bier zu holen.

Voller Vorfreude auf den Ausflug erhob Susannah sich schon bei Tagesanbruch. Draußen vor dem Fenster lugte die Morgensonne zwischen rosafarbenen Wolken hervor, und sie summte fröhlich vor sich hin, während sie sich das Haar hochsteckte. Kurz bedauerte sie es, kein hübscheres Kleid zum Anziehen zu haben als ihr gewohntes Trauerkleid, bekam jedoch sofort ein schlechtes Gewissen Henry gegenüber, dessen Andenken sie schließlich zu ehren hatte.

Als sie die Kapelle betrat, saß William dort bereits am Esstisch.

«Habe ich Euch etwa warten lassen?», fragte sie.

«Keineswegs. Esst Euch beim Frühstück tüchtig satt. Es könnte schwierig werden, unterwegs ein Mittagessen aufzutreiben.»

Phoebe kam mit einem Tablett herein und trug das Frühstück auf: Pastete, die vom Vorabend übrig geblieben war, einen Laib Brot, einige Äpfel und einen Krug Bier.

Susannah behielt Phoebe aufmerksam im Auge, um zu sehen, ob irgendetwas in ihrem Verhalten auf die besondere Beziehung hindeutete, die sie zu William hatte. Doch als Phoebe aufsah und ihr Blick Susannahs traf, war ihre Miene so unverschämt wie immer.

Dann wandte sie sich mit gesenktem Kopf an William: «Habt Ihr sonst noch einen Wunsch, Sir?»

«Danke, das wäre alles.»

Phoebe tat die regelmäßige Ernährung sichtlich gut. Sie war nicht mehr so mager, und ihre Haut wies einen gesunden

Glanz auf. Susannah sah ihr ein wenig verdrossen nach, als sie hüftschwingend den Raum verließ. William schnitt ein großes Stück von der Pastete ab und legte es Susannah auf den Teller. «Esst! Ihr seid viel zu dünn.»

«Ich habe auch ständig Hunger.»

«Ein gutes Zeichen. Dann ist alles so, wie es sein sollte!»

William war besser gelaunt als am Vortag, das war nicht zu übersehen. Als freute auch er sich darauf, einmal aus der Stadt herauszukommen. «Wo geht es denn heute genau hin?», fragte sie.

«Zum alten Haus meiner Familie. Nach dem Tod meiner Eltern bin ich bei Tante Agnes aufgewachsen, aber ich habe es nie übers Herz gebracht, Merryfields zu verkaufen. Heute muss ich etwas mit meinem Pächter klären.»

«Wollt Ihr je dorthin zurückkehren?»

Er riss ein Stück von dem Brot ab, das noch vom Vortag war, und tunkte es in sein Bier. «In London gibt es viel für mich zu tun. Gerade jetzt, wo die Pest wieder neu aufflammt. Ich sehe es als meine Pflicht als Arzt an, hierzubleiben.» Er trank einen Schluck Bier. «Übrigens, ich habe für Euren Rum einen guten Preis erzielt. Mit dem Geld solltet Ihr noch einige von Henrys Schulden tilgen können.»

«Oh, wunderbar! Ich bin Euch so dankbar.»

«Keine Ursache.» William griff in seine Manteltasche und zog einen Geldbeutel heraus. «Das bin ich doch dem guten Ruf der Familie schuldig. Und Agnes ist so zufrieden mit Euch, dass sie vorhat, Eure Entlohnung noch ein wenig aufzustocken. So werdet Ihr hoffentlich bald schuldenfrei sein.»

Susannah nahm den Beutel in Empfang. «Ich kann Euch gar nicht genug danken.»

Die Tür wurde aufgestoßen, und Emmanuel kam mit einem Korb und einer zusammengelegten Decke herein.

«Wenn Ihr mögt, können wir sofort aufbrechen», sagte Susannah.

William hatte dafür gesorgt, dass sie ein Boot an der öffentlichen Treppe in Whitefriars erwartete. Als sie die abgenutzten, mit Schlick überwachsenen Stufen hinabstiegen, stützte er Susannah fürsorglich. Unten angekommen, war er ihr beim Einsteigen in das Boot behilflich und breitete ihr die Decke über die Knie. Der Fluss wirbelte ölig-schaumig um sie herum, und Susannah sah eine ertrunkene, prall aufgedunsene Ratte in den Fluten vorübertreiben. Gegen den strengen Geruch hielt sie sich ein mit Lavendelwasser getränktes Taschentuch vor die Nase.

Der Bootsführer stieß sich vom Ufer ab. Die Sonne war bereits so warm, dass ihm der Schweiß auf der Stirn perlte, während er sie stromaufwärts ruderte. Auf dem Fluss waren zahlreiche Fähren und Lastkähne unterwegs, die mit Kohle oder Holz beladen waren, und der Bootsführer musste gut achtgeben, um einen Zusammenstoß zu vermeiden.

Susannah behielt interessiert das Ufer im Auge, während sie erst am Somerset House und der Neuen Börse vorbeikamen, dann am Whitehall-Palast und der Westminster Abbey. Sie verlor sich so in der Betrachtung der im Sonnenschein wie Diamanten glitzernden Wassertropfen, die von den Rudern wegspritzten, dass sie darüber den Gestank des Flusses ganz vergaß. Das regelmäßige Knarren und Quietschen der Ruder in den Dollen wirkte seltsam beruhigend auf sie, während sie durch das Wasser glitten.

Nach einer Weile ließen sie den belebten Abschnitt des Flusses hinter sich, und die Luft wurde merklich besser.

Frisch ergrünte Bäume ließen ihre Zweige bis in die Tiefen des angeschwollenen Flusses hängen, am Ufer paddelten lautstark quakend Enten entlang. Emmanuel lag bäuchlings am hinteren Bootsende, ließ die Finger ins Wasser hängen und haschte nach dahintreibenden Blättern. Hin und wieder drehte er sich zu Susannah um und strahlte sie an.

Auch um Williams Mundwinkel zuckte es, als er Emmanuels glückliches Lächeln einmal zufällig mitbekam. «Anscheinend habe ich heute ja gleich zwei Insassen des Kapitänshauses zu einem Freigang verholfen.»

«Emmanuel ist zwar schon groß, aber trotzdem noch ein Junge», sagte Susannah. «Es belastet ihn, immer im Haus eingesperrt zu sein.»

«Meine Tante hat ihn schon zu lange bei sich behalten. Es ist an der Zeit, dass er eine Arbeit bekommt, bei der er seine Kraft einsetzen kann.»

Susannah überlegte, ob William wohl vorhatte, Emmanuel fortzuschicken, nachdem er Agnes davon überzeugt hatte, dass Joseph seinen Platz einnehmen könnte. Sicher würde ihm etwas daran liegen, seinen Sohn bei sich zu behalten. «Aber wo könnte Emmanuel denn arbeiten?»

«Er sollte zurück auf die Plantage geschickt werden.»

Susannah fasste William erschrocken am Ärmel. «Bitte, tut das nicht! Er hat schreckliche Angst davor, zum Arbeiten auf die Felder geschickt zu werden. Sein Vater ist jämmerlich gestorben, nachdem der Aufseher ihn geschlagen hatte.»

William hob die Augenbrauen. «Ich hätte gedacht, dass er auf Barbados am glücklichsten wäre. Aber für ungehorsame Sklaven ist die Arbeit auf den Feldern kein Zuckerschlecken.»

«Bitte, William, versprecht mir, dass Ihr ihn nicht dorthin zurückschickt!»

Er sah sie stirnrunzelnd an. «Ihr interessiert Euch für den Jungen?»

«Nach all den Stunden, die wir gemeinsam in Agnes' Gesellschaft zugebracht haben, kenne ich ihn recht gut. Ich hätte nie gedacht, dass ich mich mal mit einem Afrikaner anfreunden würde, aber er erinnert mich in vielerlei Hinsicht an meinen Bruder Tom.»

«Und jetzt wird Joseph an seine Stelle treten. Werdet Ihr Euch auch für ihn interessieren?»

«Na, das nehme ich doch mal an.» Wie könnte sie sich nicht für ein Kind interessieren, das einer so ungewöhnlichen Verbindung entstammte?

«Vielleicht könnt Ihr ihm ja Lesen und Schreiben beibringen?»

Susannah öffnete den Mund und schloss ihn dann wieder. Eigentlich hatte sie fragen wollen, ob ein afrikanisches, oder zumindest halbafrikanisches, Kind tatsächlich Lesen lernen konnte. Aber da Joseph ja immerhin Williams Sohn war, erschien ihr die Frage zu unhöflich.

«Gehe ich recht in der Annahme, dass Ihr gerade fragen wolltet, ob Joseph intelligent genug ist, um Lesen und Schreiben zu lernen?»

«Ich habe leider zu wenig Erfahrung, um das beurteilen zu können», erwiderte Susannah kühl. Dieser verflixte Kerl! Wie stellte er es bloß an, so oft ihre Gedanken zu erraten?

«Ich halte ihn für gescheit genug, Lesen zu lernen, und Euch traue ich ohne weiteres zu, es ihm beizubringen.»

«Danke, ich fühle mich geehrt», sagte sie trocken.

«Keine Ursache.»

Sein Blick hatte etwas Schelmisches, wie Susannah überrascht feststellte.

«So hättet Ihr eine Aufgabe und könntet Euch zugleich die Zeit vertreiben, wenn meine Tante wieder mal am Kamin einnickt. Außerdem würde es mich freuen, wenn der Junge etwas lernt. Vielleicht verhilft ihm das später einmal zu besseren Möglichkeiten. Er kann ja nicht sein Leben lang Page bleiben, ebenso wenig wie Emmanuel.»

«Nein, das leuchtet mir ein. Aber was könnte er sonst tun?»

«Vielleicht findet er Arbeit als gehobener Dienstbote. Aber er ist natürlich Euer Sklave, Ihr könnt mit ihm verfahren, wie es Euch beliebt.»

«Nicht, solange ich darauf angewiesen bin, dass Agnes für ihn aufkommt. Im Übrigen gefällt mir die Vorstellung nicht, einen anderen Menschen zu besitzen. Darüber habe ich mir eigentlich nie Gedanken gemacht, bis ich Emmanuel kennengelernt habe. Es kann doch nicht recht sein, dass man Männer und Frauen ihrer Heimat entreißt und in die Sklaverei verkauft, oder?»

«Ich bin ganz Eurer Ansicht, aber andere sehen das nicht so. Viele sind durch die Sklaverei zu Reichtum gelangt.»

«Joseph ist noch klein. Würde ich ihn verkaufen, behandelt ihn sein neuer Herr vielleicht schlecht.»

«Ihr könntet ihn freilassen.»

«Aber erst, wenn er groß genug ist und sich seinen Lebensunterhalt selbst verdienen kann.»

«Genau! Und damit wären wir wieder beim Thema Bildung.»

«Ja, verstehe», sagte Susannah nachdenklich. «Dann werde ich mein Bestes tun, um ihm zu helfen.»

Gegen Mittag trafen sie in Merryfields ein. Der Bootsführer legte an einem Landesteg inmitten raschelnder Rohrkolben an, und Susannah stieg mit ihren Gefährten aus dem Boot. Außer

Bäumen und Feldern am Ufer gegenüber gab es nicht viel zu sehen.

William fasste sie am Arm. «Seht Euch vor!» Er führte sie den Landesteg hinunter auf eine Mauer zu, in der sich eine Tür befand. Aus seiner Tasche holte er einen Schlüssel, mit dem er sie aufschloss.

Susannah trat durch die Tür in einen großen Obstgarten. Die Bäume standen in voller Blüte und verbreiteten einen süßen Duft. Dass ihr Rocksaum im hohen, taubenetzten Gras bald völlig durchnässt war, störte sie nicht, so hingerissen war sie von den vielen Wildblumen, die überall auf der Wiese gediehen. Etwas abseits stand ein Bienenstock, und die Luft war erfüllt vom Summen der Insekten.

«Als Junge habe ich manch glückliche Stunde in den Ästen dieses alten Apfelbaums verbracht», sagte William lächelnd. «Und von dem Baum da drüben habe ich leidvoll gelernt, dass man bei unreifen Pflaumen nicht zu gierig sein sollte. Aber nun kommt, gehen wir zum Haus.»

Susannah staunte. William war wie ausgewechselt, heiter und gelassen. Übte sein Familiensitz diese Wirkung auf ihn aus?

Sie verließen den Obstgarten und spazierten Arm in Arm einen kiesbestreuten Weg entlang, der links und rechts von einer Reihe gestutzter Eiben gesäumt war. Am Ende des Weges stand ein großes Haus mit spitz aufragenden Giebeln und hohen Schornsteinen, erbaut aus Backsteinen, deren Farbton an verblichene Damaszenerrosen erinnerte.

«Merryfields», sagte William.

Susannah lächelte. «Es ist wunderschön!»

«Nicht wahr? Emmanuel, lauf schon mal zum Haus und sage Mr. Somerford, dass wir hier sind.»

«Wenn das mein Haus wäre, würde ich hier wohnen wollen», sagte Susannah.

«Merryfields hat es verdient, durch eine Familie zum Leben erweckt zu werden. Und ich werde in London gebraucht.»

«Könntet Ihr nicht auch als Landarzt eine nützliche Aufgabe erfüllen?»

«Wollt Ihr mich loswerden?»

«Nein, natürlich nicht!» Da fiel ihr auf, dass er lächelte. Er wollte sie bloß necken. Ausgerechnet er! Sie schätzte ihn mittlerweile, hatte ihn sogar gern, aber dass er, der sonst immer so steif war, einmal mit ihr scherzen würde, hätte sie nie erwartet.

Roger Somerford, Williams Pächter, ein leutseliger Mann mittleren Alters mit einem freundlichen Lächeln, kam zu ihrer Begrüßung aus dem Haus.

«Darf ich Euch mit meiner Verwandten bekannt machen?», sagte William. «Mrs. Savage hat mich heute begleitet, um der ungesunden Stadtluft ein paar Stunden zu entrinnen.»

Roger Somerford wandte sich bedauernd an Susannah. «Meine Gattin und meine Töchter sind leider gerade außer Haus und können Euch daher keine Gesellschaft leisten, während Doktor Ambrose und ich unsere Angelegenheiten besprechen.»

«Bitte, macht Euch keine Gedanken», sagte Susannah. «Wenn ich darf, erkunde ich den Garten und setze mich ein wenig in die Sonne.»

«Euer Mohr kann in der Küche eine kleine Erfrischung zu sich nehmen. Ich werde die Dienstboten anweisen, einen Tisch in den Irrgarten zu stellen und Euch etwas Gebäck und Bier zu bringen.»

«Das wäre zu liebenswürdig.»

Die beiden Männer begaben sich, gefolgt von Emmanuel, ins Haus.

Susannah schlenderte über die Spazierwege. An einem Geißblattstrauch blieb sie kurz stehen, um sich an dem Duft zu erfreuen, und bewunderte dann eine Urne, die mit exotischen Blumenzwiebeln aus Holland bepflanzt war.

Wenig später kam Emmanuel aus dem Haus, um ihr zu sagen, dass ihre Erfrischungen bereitstanden, und sie folgte ihm in den Irrgarten, wo inmitten der Buchsbaumhecken ein Tischchen auf den Kies gestellt worden war. Ein junges Dienstmädchen stand schon mit einer Fingerschale und einer Serviette parat, schenkte ihr Bier ein und lud sie ein, sich an dem Gebäck zu bedienen. Nachdem das Mädchen in die Küche zurückgekehrt war, verspeiste Susannah zwei der kleinen Küchlein, die mit Walnüssen und Zucker bestreut waren. Sie schmeckten ihr so gut, dass sie noch den letzten Krümel mit dem Finger vom Teller aufstippte.

Emmanuel beobachtete sie mit hungrigen braunen Augen. Um ihn ein wenig zu necken, streckte sie die Hand nach dem dritten und letzten Küchlein aus und legte es sich nach kurzem Zögern auf den Teller. Dann aber lächelte sie und reichte ihm den Teller. «Bleib ruhig hier und lass es dir schmecken. Ich möchte noch ein wenig spazieren gehen.»

«Ja, Missus», sagte er strahlend. «Vielen Dank, Missus.»

Die Serviette fiel ihr zu Boden, und sie bückte sich, um sie aufzuheben. Als sie sich wieder aufrichtete, bemerkte sie, dass Emmanuel ungeniert in ihren Ausschnitt starrte. Sie errötete heftig. Seit sie schwanger war, hatte ihre Oberweite an Umfang merklich zugenommen. Doch sie beruhigte sich mit dem Gedanken, dass Emmanuel nun einmal in einem Alter war, in dem Jungen sich für solche Dinge zu interessieren begannen.

Sie erhob sich von ihrem Stuhl, ohne ihn anzusehen, und ging davon, um sich einen von Schatten spendenden Linden überwölbten Gartenweg anzusehen, der zu einem murmelnden Springbrunnen führte. Sie plätscherte kurz mit den Händen im Wasser und entdeckte dann eine Steinbank, die an der sonnigen Gartenmauer stand. Dort nahm sie Platz und genoss die friedliche Ruhe, die sich wohltuend von dem in London allgegenwärtigen Lärm unterschied. Wer außerhalb dieser Gartenmauern konnte ahnen, was für ein verwunschenes Idyll sich dahinter verbarg! Wie hielt William es bloß aus, nicht in Merryfields zu wohnen, obwohl es ihm doch gehörte?

Sie knipste eine Rispe von einem Lavendelstrauch ab und atmete genüsslich den intensiven, sauberen Duft der kleinen violetten Blüten ein. Da fiel ihr das hochaufgeschossene Wermutkraut hinter dem Lavendel ins Auge, und sie stand auf, um über die fiedrigen Blättchen zu streichen. Bei näherem Hinsehen entdeckte sie zwischen dem Unkraut am Boden junge Pfefferminz- und Thymiantriebe. Ein Kräutergarten! Sie konnte einfach nicht widerstehen, zupfte erst eine Handvoll Vogelmiere aus und lockerte dann mit einem Stöckchen die Wurzel eines Löwenzahns. Die Erde zwischen ihren Fingern war von der Sonne erwärmt, und ein herrliches Wohlgefühl machte sich in ihr breit.

Sie rupfte gerade einen Wegerich aus, als es passierte. Zunächst nur eine leise Regung, dann ein nachdrücklicheres Pochen. Sie ließ das Unkraut fallen und drückte sich die Hände an den Bauch. Da war es schon wieder!

«Oh!», entfuhr es ihr. Da sie auf einmal weiche Knie hatte, setzte sie sich wieder auf die Bank, schloss die Augen im hellen Sonnenlicht und wartete. Sternchen tanzten über die Innenseite ihrer Lider, und dann spürte sie erneut die Bewegung.

Sie musste die Tränen zurückhalten, während sie mit um den Leib geschlungenen Armen dasaß. Ihr Kind gab erste Lebenszeichen von sich! Es war ein zutiefst bewegendes Erlebnis, und auf einmal schämte sie sich dafür, dass sie so lange versucht hatte, ihre Schwangerschaft schlicht zu verdrängen. In ihr wuchs ein kleiner Mensch heran, mit einer eigenen Seele und ebenso real wie sie. «Entschuldige bitte», flüsterte sie. «Es tut mir leid!»

Sie tastete nach dem schwarzen Band, an dem sie ihren Ehering um den Hals trug, und zog es aus ihrem Mieder. Henry würde sein Kind nie kennenlernen, doch sie gelobte sich, dem Kleinen genug Liebe für zwei zu schenken.

Schritte knirschten im Kies. Sie hob den Blick und sah, dass William auf sie zukam. Zu gerne hätte sie ihn an ihrem Staunen teilhaben lassen, brachte aber vor Rührung kein Wort heraus.

«Susannah, Ihr weint ja!» Er legte ihr die Hand auf die Schulter und kniete vor ihr nieder, um ihr ins Gesicht zu sehen.

Er war ihr so nah, dass sie die goldenen Pünktchen in seinen dunklen Augen sehen konnte. Ganz selbstverständlich legte sie den Kopf auf die Seite, um ihre Wange an seine Hand zu schmiegen, und schloss die Augen, während sie das Gefühl seiner warmen Haut auf der ihren genoss.

«Susannah, meine Liebe, was ist denn?»

Sie atmete tief durch und wischte sich die Tränen ab. «Mir fehlt nichts, keine Sorge. Aber gerade ist etwas Wundervolles passiert! Ich habe gespürt, wie sich das Baby in mir bewegt hat.» Sie lächelte ihn unter Tränen an, wollte dieses unglaubliche Erlebnis unbedingt mit ihm teilen.

Er sah das Band, das sie umklammert hielt, zog es ihr sanft aus der Hand und starrte den Ehering an. «Fehlt er Euch?», fragte er mit seltsam tonloser Stimme.

Wie sollte sie darauf wahrheitsgemäß antworten? Das Eingeständnis, dass sie kaum an Henry dachte, hätte wohl sehr gefühllos gewirkt. «Es tut mir leid, dass mein Kind seinen Vater nie kennenlernen wird», sagte sie schließlich. «Aber Angst habe ich keine mehr. Ich kann es nicht erklären, aber jetzt bin ich mir sicher, dass wir beide, mein Baby und ich, am Leben bleiben werden.»

«Es spricht nicht das Geringste dagegen.» William stand auf und klopfte sich energisch den Kies von der Kniehose.

«Meine Mutter ist im Kindbett gestorben.» Auf einmal war es ihr ein Bedürfnis, sich ihm anzuvertrauen, um sein Verständnis zu erlangen. «Sie ist elendig verblutet, und das Kind ist auf unbeschreiblich grauenhafte Art und Weise zu Tode gekommen.» Sie hielt inne, um kurz durchzuatmen. «Es ist immer meine größte Angst gewesen, dasselbe Schicksal zu erleiden.»

«Die medizinische Betreuung ist heute viel besser als zu Zeiten Eurer Mutter.»

Sein barscher Tonfall verwirrte sie. «Seht nur!», sagte sie, um ihn zu beschwichtigen. «Ich bin auf einen Kräutergarten gestoßen. Er ist völlig zugewuchert, aber ich habe schon ein paar Unkräuter entfernt.»

Er beugte sich vor, um die Stelle am Boden zu mustern, und sogleich glätteten sich seine Züge. «Ich erinnere mich, den hat meine Mutter angelegt, als ich etwa acht war. Ich habe ihr immer geholfen, Kräuter für den Destillierraum zu sammeln.»

«Was hatte sie für ein Glück, einen so schönen Garten ihr Eigen nennen zu dürfen!»

«Leider hatte sie nicht das Glück, lange am Leben zu bleiben und sich daran zu erfreuen.»

Schweigend standen sie da, beide in ihre eigenen melancholischen Gedanken versunken. Susannahs fröhliche Stimmung verflog so schnell, wie sie gekommen war.

«Wir sollten jetzt aufbrechen», sagte William schließlich, hob die Hand zum Schutz gegen die Sonne über die Augen und sah sich suchend um. «Wo steckt bloß dieser verflixte Bengel?»

16. Kapitel

Achtundneunzig, neunundneunzig, hundert!»

Sie rannte lachend durch einen dunklen Tunnel aus Bäumen, auf das Licht zu. Am Ende des Tunnels blieb sie stehen und sah sich, im hellen Sonnenschein blinzelnd, suchend im Garten um. Dunst hing über dem feuchten Rasen, und auf einem Spinnennetz, das zwischen zwei Zweigen hing, glitzerten unzählige Tautröpfchen. Die Tür zum Obstgarten war nur angelehnt. Sie schlüpfte hindurch und stapfte barfuß durchs hohe, feuchte Gras, während sich ihr Rocksaum mit Nässe vollsog. Eine Amsel auf einem Ast über ihr stieß einen Warnruf aus, flatterte zu einem höher gelegenen Ast und beobachtete sie von dort aus wachsam.

Susannah hielt inne und lauschte mit angehaltenem Atem. Die Luft war erfüllt vom Summen der Bienen, die zwischen Klee und Butterblumen umherschwirrten. Von der anderen Seite der hohen Backsteinmauer drang das Quaken einer Ente herüber, das Geräusch aber, das sie zu vernehmen hoffte, war nicht zu hören. Dann geriet das hohe Gras am anderen Ende des Obstgartens in Bewegung, und kurz kam ein kleines Kind mit rotgoldenen Locken zum Vorschein.

«Ich kann dich sehen!», rief Susannah und lief auf das Kind zu, das flink hinter einen Apfelbaum huschte. «Wo bist du denn?» Zum Schein suchte sie hinter einem Baum nach dem anderen und gab sich immer ungeduldiger, während das Kind übermütig kicherte. «Du unartiges kleines Ding, dich vor deiner Mama zu verstecken!» Dabei pirschte sie leise auf den Apfelbaum zu und schnellte dann unvermittelt vor.

Lachend hob sie das Kind hoch und küsste es immer wieder.

Warme Ärmchen schlangen sich um ihren Hals, sie drückte ihr Gesicht in die rotgoldenen Locken und spürte, wie sie von einem Gefühl inniger Liebe überwältigt wurde.

Ein plötzliches Geräusch ließ sie zusammenzucken, und auf einmal war die Welt stockfinster.

Susannah richtete sich mit klopfendem Herzen im Bett auf. Die idyllische Szene im Sonnenschein hatte sich verflüchtigt, doch sie erinnerte sich genau daran, wie es sich angefühlt hatte, den warmen Körper ihres Kindes an sich zu drücken. Ihr Kind! Sie hatte von ihrem Kind geträumt, und jetzt, wo sie wach war, fühlte sie sich wie beraubt, weil sie es nicht mehr in den Armen hielt. Dann aber spürte sie in sich einen kleinen Tritt, als wollte sich das Kind in Erinnerung bringen, und legte beide Arme um ihren Leib.

«Alles in Ordnung, mein Kleines. Habe ich dich geweckt, als ich hochgeschreckt bin?», flüsterte sie. Wovon war sie geweckt worden? Sie lauschte angestrengt ins Dunkel und wollte sich schon wieder hinlegen, um in ihren Traum zurückzufinden, als sie ein leises Geräusch hörte.

Neugierig stieg sie aus dem Bett, ging zur Tür hinüber und klinkte sie auf. Sie spähte in den dunklen Flur, aber dort war nichts zu sehen. Abermals lauschte sie mit angehaltenem Atem. Nichts. Erst als sie sich wieder zu ihrer Kammer umwandte, nahm sie, ganz am Rande ihres Gesichtsfelds, eine Bewegung wahr. Sie sah sich um, konnte aber nichts erkennen. Jeder Nerv ihres Körpers vibrierte, während sie reglos dastand und ganz flach atmete. Dort war niemand, und dennoch meinte sie eine Bewegung in der Luft wahrzunehmen, als wäre gerade jemand vorbeigehuscht. Fröstelnd ging sie ein Stück den Flur hinab und warf einen Blick in Agnes' Kammer, aber die alte Dame schlummerte friedlich in ihrem Bett. Ein paar Türen weiter befand sich Williams Kammer. Sie lauschte kurz an der Tür, doch auch dahinter war alles still. Dann machte sie eilig kehrt, weil sie von ihm auf keinen Fall im Nachthemd vor seiner Tür erwischt werden wollte.

Mit der Ankunft des Sommers flammte auch die Pest wieder auf. Viele, die im Winter in die Stadt zurückgekehrt waren, flüchteten wieder aufs Land hinaus. Jene, die in der Stadt zurückblieben, waren angespannt und wachsam, stets bereit, Nachbarn und Freunden beim kleinsten Anzeichen von Krankheit aus dem Weg zu gehen. Agnes ging sonntags nicht mehr in die Kirche, und Susannah zog sich nachts die Bettdecke über den Kopf, wenn sie den Leichenkarren vorüberrollen hörte, gefolgt vom Weinen und Wehklagen der Hinterbliebenen.

Agnes trieb die Sorge um, dass Lebensmittel in der Stadt irgendwann knapp werden könnten. Zur Vorsicht bestand sie darauf, dass Susannah und Mrs. Oliver große Mengen Trockenbohnen, Mehl, Zucker und andere Lebensmittel besorgten und in einer bislang ungenutzten Vorratskammer lagerten.

«Wenn wir die irgendwann alle gegessen haben», bemerkte Mrs. Oliver, «sind wir Bohnen wahrscheinlich für den Rest unseres Lebens leid.»

William kam sehr spät nach Hause, angespannt und einsilbig, und stocherte bei Kerzenschein lustlos in seinem Essen herum.

«Soll ich Euch etwas anderes zu essen holen?», fragte Susannah, als sie sah, wie er den Teller mit kaltem Hühnchen von sich schob.

«Bitte?» Er sah sie an, als hätte er sie noch nie zuvor gesehen.

«Möchtet Ihr vielleicht eine heiße Milch mit Wein? Etwas Leichtverdauliches, wenn Ihr müde seid.»

«Müde!» Er lachte freudlos. «Eine heiße Milch mit Wein wird mir kaum helfen, da müsste schon Stärkeres her.» Er drückte sich die geballten Fäuste gegen die Augen. «Was ich heute alles mit ansehen musste, Susannah. Eine Geburt und einen Todesfall, alles innerhalb einer halben Stunde. Eine schwer pestkranke Mutter, die ihr Kind zur Welt gebracht hat und kurz darauf gestorben ist.»

«Hat das Kind überlebt?» Unwillkürlich legte sie schützend die Arme um ihren Leib.

«Ja, der Kleine lebt. Aber wer weiß, wie lange noch? Beide Eltern tot, und eine zahnlose alte Großmutter als einzige Hinterbliebene, die sich seiner annehmen kann. Was für ein Leben steht ihm da bevor? Wahrscheinlich ist es besser, wenn er seiner Mutter bald nachfolgt.»

«So etwas dürft Ihr nicht sagen!»

«Gefühlsduselei hilft uns jetzt nicht weiter, Susannah.»

«Mag sein, aber ...»

«Und heute Abend wurde ich nach Bedlam gerufen.»

«Die Pest?»

«Die Ruhr. Die Erinnerung an den Gestank werde ich wohl nie wieder los. Ihr könnt Euch nicht vorstellen, was dort für Zustände herrschen, Susannah. Vor sich hin brabbelnde alte Frauen, die sich die Haare ausreißen, nackte, mit Kot beschmierte Männer, die auf völlig verdreckten Strohlagern liegen, nicht besser als Tiere. Das schreckliche Geschrei und Gejammer dieser Unglücklichen wird mich wohl bis in den Schlaf verfolgen.»

Vor Bestürzung über seine Worte, aber auch über den Schmerz in seinen Augen, legte Susannah ihm kurz die Hand auf die Schulter.

«Wenn mir schon bei der Vorstellung graut, dorthin zurückzumüssen, wie muss es dann erst für die Insassen sein?», sagte er. «Ihre Angehörigen haben sie der Hölle auf Erden ausgeliefert, und ihre einzige Hoffnung besteht darin, dass der Tod sie erlöst. Betrüge ich sie um diese Hoffnung, wenn ich versuche, ihre Krankheiten zu heilen?»

Susannah hätte ihn gern in die Arme genommen, um ihn zu trösten. Seine Frage jedoch wusste sie nicht zu beantworten.

Im Klostergarten fand Susannah eine Zuflucht, hier konnte sie die Welt und all ihre Probleme vergessen. Angeregt von dem Kräutergarten in Merryfields, erwirkte sie von Agnes die Erlaubnis, in einer sonnigen Ecke auch ein solches Beet anlegen zu dürfen, und machte sich eifrig daran, das Unkraut dort auszujäten. Von Martha hatte sie sich ein paar Rosmarin- und Pfefferminzsetzlinge erbettelt, und während sie die Samen aussäte und wässerte, summte sie leise vor sich hin.

Im Lauf der Wochen verfolgte sie entzückt, wie die ersten Spitzen Schnittlauch, Petersilie, Mutterkraut und Fenchel sich durch das Erdreich ans Sonnenlicht vorkämpften. Die Pflege ihres kleinen Gartens bereitete ihr unendlich viel Freude; wenn sie die warme Erde zwischen den Fingern spürte, kam es ihr vor, als würde sie mit der Natur Hand in Hand arbeiten, und in ihr stieg Zuversicht auf, als wäre alles möglich.

Eines Tages besuchte Susannah ihren Vater, aber er war müde und gereizt, weil Arabella eines der Kindermädchen nach einem heftigen Streit entlassen hatte.

«Sie braucht nicht zu glauben, dass ich jetzt die Pflichten des Kindermädchens übernehme.» Jennet hieb mit dem Holzschlegel mit einem solchen Ingrimm auf die Wäsche im Zuber ein, als hätte sie den Kopf ihrer Herrin vor sich. «Ich habe auch so schon genug mit dem Haushalt zu tun, da ihro Gnaden ja keinen Finger krumm macht und immer nur an allem etwas auszusetzen hat. Offen gesagt, Miss Susannah, seit Ihr nicht mehr da seid, verlottert dieses Haus immer mehr. Kreischende Kinder, die mit schmutzigen Stiefeln durchs Haus rennen, keine Tür hinter sich schließen und überall, wo sie gehen und stehen, achtlos Essensreste liegen lassen. Kein Wunder, dass es hier von Ratten nur so wimmelt.»

«Ratten?» Susannah fröstelte vor Abscheu. «Arme Tibby, das hätte sie niemals zugelassen.»

«Die waren sogar schon in der Speisekammer, die frechen Biester. Und *sie* ist schuld daran, dass Tibby nicht mehr hier ist und dem ein Ende setzt», sagte Jennet mit finsterer Miene.

Bei ihrer Rückkehr ins Kapitänshaus später am Nachmittag musste Susannah erst in der Tasche kramen, bis sie den Schlüssel fand. Als sie ihn eben ins Schloss steckte, öffnete sich die Haustür gegenüber, und ein kleiner Junge purzelte heraus und landete unsanft auf Händen und Knien auf der Straße. Er riss den Mund auf und brüllte los wie am Spieß.

Susannah eilte hinüber, hob ihn hoch und stellte ihn auf

die Füße, während er laut weiterjammerte. «Meine Güte!», sagte Susannah, zog ein Taschentuch heraus und säuberte ihm die Hände. «Was für ein Lärm um nichts! Schau, es war doch nur ein Pferdeapfel.» Sie nahm ihm das Stück Brot ab, das er umklammert hielt, und warf es auf einen Abfallhaufen in der Nähe, worauf sich sein Gebrüll noch steigerte.

«Das kannst du nicht mehr essen, das hat doch in der schmutzigen Gosse gelegen.»

Eine junge Frau in einem blauen Kleid tauchte in der offenen Tür auf. «Edwin! Musst du denn so ungezogen sein!» Ihre Stimme klang ganz schrill vor Angst. «Ich habe dir doch gesagt, dass du nicht nach draußen darfst. Wegen der kranken Leute.»

«Er ist hingefallen, aber sonst fehlt ihm nichts», sagte Susannah. «Leider riecht er ein bisschen streng. Hier muss eben erst ein Pferd entlanggekommen sein.»

«Dieses Kind bringt mich noch ins Grab.» Seine Mutter hob den Blick gen Himmel. «Immer stellt er irgendwelchen Unfug an.» Dann aber hellte ein Lächeln ihr rundes Gesicht auf, als sich der kleine Edwin an ihre Knie klammerte und sein Geschrei allmählich einstellte. «Vermutlich sollte ich ihn mal übers Knie legen, aber das bringe ich einfach nicht übers Herz. Hoffentlich bekomme ich als Nächstes ein Mädchen, eine sanfte kleine Seele, die friedlich mit ihrer Stickarbeit neben mir sitzt oder ihre Psalmen lernt.»

«Meiner Erfahrung nach können Mädchen genauso ungezogen sein wie Jungen», sagte Susannah.

Die junge Frau blickte auf Susannahs Mieder, das sich mittlerweile straff um ihren Leib spannte. «Ach! Und bei Euch dauert es wohl auch nicht mehr lange, bis Ihr einen eigenen kleinen Wonneproppen habt?»

«Ja, Ende September.»

«Euer Erstes?»

Susannah nickte.

«Euer Gatte wird sich freuen, wenn Ihr ihm einen Sohn schenkt.»

«Mein Mann ist leider vor ein paar Monaten gestorben.»

«Himmel! War er schon alt?»

«Keineswegs. Er ist an der Pest gestorben.»

Die junge Frau wich erschrocken zurück und schob ihren Sohn vorsorglich hinter sich.

«Bitte, sorgt Euch nicht!», sagte Susannah. «Es ist Monate her, und ich bin völlig gesund.»

«Ich dachte, im Kapitänshaus wohnt nur eine alte Frau mit ihrem Sohn, einem Arzt? Ich kann mich nicht erinnern, an der Tür ein rotes Kreuz gesehen zu haben.»

«Da war auch nie eins. Mein Mann ist ganz woanders gestorben, in einem anderen Stadtteil.»

Die Anspannung der jungen Frau ließ sichtlich nach. «Wie kommt Ihr denn jetzt bloß zurecht?»

«Ich lebe als Gesellschafterin bei der Tante meines Mannes.»

«Eine grässliche Sache, diese Pest.» Ein Schatten huschte über ihre grauen Augen. «Ich gehe vor Angst nicht mehr vor die Tür.» Sie hob ihren Jungen hoch und drückte ihn sich so fest an den molligen Busen, dass er leise quäkte. «Aber wenn die Ansteckungsgefahr auf den Straßen gebannt ist, kommt mich doch mal besuchen.» Sie lächelte. «Ich würde gerne Euer Kind sehen, wenn es auf der Welt ist.»

«Gerne! Mein Name ist übrigens Susannah Savage.»

«Jane Quick, hocherfreut. Hoffen wir also, dass die Straßen bald wieder sicher sind.»

Susannah sah zu, wie ihre neue Bekanntschaft in ihr Haus

zurückging und die Tür hinter sich verriegelte. Nachdem sie ins Kapitänshaus zurückgekehrt war, stieg sie nach oben, um ihren Hut in ihre Kammer zu bringen. Im Flur fiel ihr auf, dass eine Tür, die sonst immer geschlossen war, nur angelehnt war und aus der Kammer dahinter leises Stimmengemurmel drang. Neugierig warf sie einen Blick hinein. Emmanuel stand direkt vor Peg, die mit dem Rücken an der Wand lehnte und ihm nicht entwischen konnte.

«Emmanuel! Was macht ihr da? Ab mit dir in die Küche, Peg, aber sofort!»

Pegs Haube war verrutscht, und sie war hochrot angelaufen. Nach einem ängstlichen Blick zu Susannah huschte sie eilig davon.

«Nun, Emmanuel, was hast du zu deiner Verteidigung vorzubringen?»

Er sah sie mit großen Augen an. «Das hatte nichts zu bedeuten, Missus.»

«Wenn ich dich noch einmal dabei erwische, wie du Peg einen Kuss abzuluchsen versuchst, kannst du was erleben.»

«Erzählt bitte nichts Missus Agnes; sonst schickt sie mich fort!»

Er sah so ängstlich aus, dass Susannah nachgab. «Also gut. Mach Joseph ausfindig und bring ihn zu mir in die Kapelle.»

«Ja, Missus.» Er nickte eifrig.

«Du wirst still danebensitzen, während ich ihn unterrichte. Und ich dulde keinen weiteren Unfug!»

Er schüttelte feierlich den Kopf.

«Dann ab mit dir!»

Joseph hatte sich als eifriger, aber leider nur mäßig begabter Schüler erwiesen. Susannah behielt den Kleinen aufmerksam im Auge, während er sich über seine Tafel beugte und mit vor Konzentration in den Mundwinkel geklemmter Zunge seine Buchstaben malte. An seiner Wange haftete etwas Kreide. Wieder einmal suchte sie in seinem Profil nach einer Ähnlichkeit mit William. Doch abgesehen von seiner helleren Haut und den schmaleren Lippen schien er hauptsächlich nach seinen afrikanischen Vorfahren zu kommen – zu ihrer heimlichen Erleichterung. So war dem Jungen zumindest äußerlich nicht anzusehen, dass er Williams Sohn war.

Sein wuscheliges Haar erregte Susannahs Neugier. Sie berührte es und war überrascht, wie elastisch sich die Kräusellocken anfühlten. Er hob den Blick und strahlte sie unbefangen an.

«Du bist sehr tüchtig, Joseph», sagte sie. «Für heute haben wir, glaube ich, genug getan. Nächstes Mal bringe ich dir bei, deinen Namen zu schreiben.» Sie sah ihm nach, als er davonlief, um mit Aphra zu spielen, und freute sich schon darauf, William von seinen Fortschritten zu berichten.

Emmanuel stand am Kamin und stocherte mit dem Schürhaken in der Asche. Er warf Susannah einen verstohlenen Blick zu.

Erst als er sich abwandte, um Aphra, die hoch oben zwischen den Dachbalken umherhuschte, durch gutes Zureden nach unten zu locken, fiel Susannah auf, dass er in die Asche sein eigenes Alphabet geschrieben hatte.

William kehrte abends immer später nach Hause zurück. Wenn Susannah ihn sah, was nur noch selten vorkam, machte er einen tieferschöpften Eindruck. Eines Abends blieb sie bis nach Mitternacht auf, um in der Kapelle auf ihn zu warten.

Als sie seine Schritte hörte, eilte sie mit einer Kerze ins Stiegenhaus und blickte ihm entgegen, während er langsam die Treppe heraufkam.

«William? Ich habe in der Kapelle ein Nachtmahl für Euch gerichtet.»

«Ein Nachtmahl?» Er rieb sich müde übers Gesicht. «Ich weiß nicht mehr, wann ich das letzte Mal etwas gegessen habe.»

«Umso wichtiger ist es, dass Ihr jetzt etwas zu Euch nehmt.» Sie verstellte ihm den Weg zu seiner Schlafkammer. «Wenn Ihr so weitermacht, werdet Ihr noch selber krank. Und was soll dann aus Euren Patienten werden?»

«Susannah, ich bin hundemüde …»

«Kommt jetzt und esst etwas!» Sie wandte sich um, und er folgte ihr nach kurzem Zögern.

Er wirkte völlig ausgehungert. Zuerst vertilgte er eine Scheibe Rinderpastete, griff dann nach einer Hähnchenkeule, nagte sie ab bis auf den Knochen und lutschte sogar noch das Mark heraus, als hätte er seit Tagen nichts mehr gegessen – was durchaus möglich war.

Susannah saß still dabei, während er aß, und musste dem Drang widerstehen, ihm eine dunkle Haarlocke aus der Stirn zu streichen. Mit Besorgnis sah sie die Falten, die sich vor Erschöpfung um seinen Mund herum eingegraben hatten.

Als er satt war, wischte er sich die Finger an einer Serviette ab und lehnte sich mit einem Seufzen zurück.

«Besser?», fragte sie.

Im Schein der Kerzen, die zwischen ihnen auf dem Tisch standen, wirkten seine Wangen erschreckend ausgehöhlt. Er nickte, und sie sah ihn abwartend an.

«Ich bin wieder in Bedlam gewesen.»

Der Rest der Welt schien weit entfernt, während das intime Licht der Kerzen sie umfing. «War es sehr schlimm?», fragte sie.

«Das Grauen dort ist unbeschreiblich. Die Insassen sind verlorene Seelen. Ihr Elend geht mir so zu Herzen, dass ich nachts nicht schlafen kann.»

«Aber Ihr habt doch ihre Krankheiten behandelt und ihre Schmerzen gelindert.»

«Das reicht nicht. Niemand schert sich darum, wie es ihnen ergeht; ihre Angehörigen haben sie der Hölle auf Erden ausgeliefert.» Er barg das Gesicht in den Händen.

Susannah legte ihm verlegen die Hand auf den Arm. «Aber jemand muss sich doch Gedanken um sie machen. Sonst hätte man nicht nach Euch geschickt.»

«Eine Mutter mit schlechtem Gewissen hat mich gebeten, ihren Sohn zu besuchen. Ein Junge von siebzehn, der nur dort eingesperrt wurde, weil er stottert und an der Fallsucht leidet! Die meiste Zeit über ist er ebenso wohlauf wie Ihr und ich. Er hätte nie dorthin geschickt werden dürfen.» Die Stimme versagte ihm, er schluckte mühsam. «Aber nun ist er an der Ruhr gestorben und kann seine Familie nicht länger in Verlegenheit bringen.»

«Kann man denn den übrigen Insassen nicht irgendwie helfen?»

«Es sind zu viele.»

«Immerhin konntet Ihr diesen armen Jungen trösten, als er im Sterben lag.»

«Er war nur einer von vielen, den anderen ist damit nicht geholfen.»

«Aber wenigstens ihm habt Ihr geholfen, das macht schon eine Menge aus.»

William nahm die Hände vom Gesicht und sah sie an. «Ja, mag sein.»

Susannah nahm die Kerzen aus dem Leuchter. «Es ist schon spät.» Sie ging mit den Kerzen voraus durch den dunklen Flur, und er folgte ihr. Vor ihrer Kammer blieb sie stehen und reichte ihm eine der Kerzen. Etwas in ihr sträubte sich dagegen, ihm gute Nacht zu sagen. «Ich glaube, jetzt werdet Ihr schlafen können.»

Er unterdrückte ein Gähnen. «Schon möglich. Müde genug bin ich auf jeden Fall, weiß Gott. Gute Nacht, Susannah. Und danke noch mal.»

Dann zog er sie unvermittelt an sich und gab ihr einen Kuss auf die Stirn. Ohne ein weiteres Wort ging er durch den Flur davon.

Eine jähe Hitze kroch an Susannahs Hals hoch, während sie ihm mit pochendem Herzen nachsah. Als er um die Biegung im Flur verschwunden war, blieb sie noch kurz stehen und kostete ihr freudiges Erstaunen aus, ehe sie schließlich in ihre Kammer ging.

Am Morgen darauf kämmte Susannah Agnes in ihrer Kammer gerade das Haar, als William anklopfte und eintrat.

«Ich wollte kurz mit dir sprechen, Tante.»

«Hat das nicht Zeit, bis ich angezogen bin?»

«Entschuldige bitte.»

«Was ist denn so wichtig, dass es keinen Aufschub duldet?»

«Susannah ist viel zu blass, weil sie nie vor die Tür kommt.» Er ließ sich auf der Bettkante nieder und nahm die Hand seiner Tante. «Sie sollte mal einen Spaziergang an der frischen Luft unternehmen, damit sie wieder etwas Farbe bekommt, dem Kind zuliebe, findest du nicht? Dafür leiste ich dir heute Morgen Gesellschaft. Es ist doch ewig her, seit wir beide mal gemütlich miteinander geplaudert haben, oder, Tante?»

Die alte Frau lächelte glücklich. «O ja, ganz wie in alten Zeiten, ehe du so furchtbar ernst wurdest. Setzt mir noch die Haube auf, Susannah, dann könnt Ihr gehen.»

Draußen auf der sonnigen Straße konnte Susannah ihr Glück kaum fassen. Sie atmete tief ein, ohne sich an dem durchdringenden Verwesungsgestank zu stören, der in der Luft lag, von der Pestgrube auf dem Friedhof zwei Straßen weiter. Sie war frei! Scheinbar angesteckt durch ihre gute Laune, regte sich nun auch das Kind in ihr, und sie drückte sich, vor Verwunderung lachend, die Finger gegen den Bauch.

Ein alter Mann kam herangehumpelt, sah sie argwöhnisch an und wechselte dann die Straßenseite.

Wenig später war sie bei Marthas Haus angelangt und klopfte an die Tür.

«Was für eine wunderbare Überraschung! Wir haben uns ja seit Wochen nicht mehr gesehen», rief Martha und küsste sie auf die Wange. «Komm mit in den Garten und erzähl mir, was es Neues gibt.»

Im lichten Schatten des Apfelbaums schaukelte Patience, Marthas Älteste, eine Wiege, die zum Schutz vor Fliegen mit Musselin verhängt war.

Susannah warf einen Blick hinein auf ihren Patensohn, der friedlich mit dem Daumen im Mund dalag und schlummerte. Seine runden, vom Schlaf geröteten Wangen erinnerten an einen reifen Pfirsich. Vor Liebe zu ihm wurde ihr ganz warm ums Herz. «Ist er nicht allerliebst?», hauchte sie.

«Besonders wenn er schläft», sagte seine Mutter mit einem stolzen Lächeln.

«Nicht zu fassen, dass ich im Herbst mein eigenes Kind haben werde, das ich in der Wiege schaukeln kann.» *Sofern ich nicht im Kindbett sterbe.* Sie verdrängte den Gedanken rasch und setzte ihrer Freundin zuliebe ein Lächeln auf.

«Setz dich doch und probier ein Stück von dem Ingwerbrot, das Patience heute gebacken hat.» Martha nahm ein Hemdchen von dem Stapel Wäsche, die ausgebessert werden musste, und fädelte Garn in ihre Nähnadel ein.

«Gut siehst du aus», sagte sie gleich darauf und musterte Susannahs Bauch.

«Ich gehe auf wie ein Hefekuchen, meinst du wohl! Und wenn ich zu viel von diesem köstlichen Ingwerbrot esse, werde ich noch dicker.»

«Von Dicksein kann nicht die Rede sein. Aber das Kind wächst nun einmal, und dein Mieder ist zu klein.»

«Wie eine Presswurst komme ich mir vor. Ich habe meine Röcke schon zweimal weiter gemacht, und jetzt ist zum Herauslassen einfach kein Stoff mehr übrig.»

«Wenn du möchtest, kann ich dir ein paar Umstandskleider leihen. Die werde ich in nächster Zeit kaum brauchen, hoffe ich.»

Susannah legte sich die Hand an die Seite und musste spontan lächeln. «Mein Baby bewegt sich inzwischen pausenlos. Eigenartig. Wie ein kleiner Fisch, der in seinem Glas umherschwimmt.»

«Das ist eines von den vielen Wundern, die der Herrgott geschaffen hat.»

«Martha, wenn du wüsstest, wie sehr ich mir dieses Kind inzwischen wünsche! Seit Vaters Hochzeit mit Arabella habe ich mich so allein gefühlt, aber diesem Kind kann ich all meine Liebe schenken. Es gibt meinem Dasein einen ganz neuen Sinn.»

Martha umfasste ihre Hände und lächelte sie warmherzig an. «Es freut mich so, dass du deine Angst überwunden hast.»

«Nein, Angst habe ich nach wie vor! Große Angst sogar. Aber ich versuche dagegen anzugehen. In gewisser Weise ist es schlimmer denn je, weil ich jetzt auch noch um das Kleine bange. Ich hätte nie gedacht, dass ich einmal ein Kind bekomme. Der Gedanke, dass ihm irgendetwas zustoßen könnte, ist mir unerträglich.»

«Du musst auf Gott vertrauen, Susannah.»

«Hattest du denn nie Angst davor, im Kindbett zu sterben?»

Martha sah zu ihren Kindern hinüber, die am anderen Ende des Gartens mit ihren Reifen und Kreiseln spielten. «Doch, natürlich! Meist nachts, wenn der Teufel versucht, einem im Traum böse Gedanken einzugeben. Am meisten macht mir immer die Vorstellung zu schaffen, meine Kleinen ohne ihre Mutter zurückzulassen. Aber wie du siehst, ist es Gottes Wille, mich bei guter Gesundheit zu erhalten.»

«Dann bitte ich dich, für mich und mein Kind zu beten.»

«Tue ich doch schon!», sagte Martha. «Und jetzt erzähle mir, was es Neues gibt. Wie lebt es sich im Kapitänshaus? Bist du mit William inzwischen warmgeworden, oder ist er immer noch so abweisend?»

«Ich glaube ...» Susannah zögerte. «Ich glaube, sein Auftreten täuscht, er hat nämlich ein gutes Herz. Er lächelt zwar nur selten, aber dafür hilft er selbstlos all jenen, die in Not sind.»

«Und wie kommst du mit Mrs. Fygge aus?»

«Ich bin ihr zu großem Dank verpflichtet, das vergesse ich nie. Sie ist eine nachsichtige Dienstherrin, wenn auch mitunter etwas zänkisch, weil sie ständig Schmerzen hat.» Susannah seufzte. «Aber manchmal werden mir die Tage schon recht lang. Einer alten Dame morgens bei der Auswahl ihrer Garderobe behilflich zu sein und ihr vorzulesen, das ist nicht gerade sehr erfüllend. Meine eigentlichen Fähigkeiten liegen brach, und ich habe wenige Freiheiten. Manchmal komme ich mir ebenso unfrei vor wie Henrys Sklaven.»

«Aber Mrs. Fygge hat dir erlaubt, sie zu behalten?»

«William hat sie dazu überredet.» Sie schwieg kurz. «Er kennt Phoebe und ihren Sohn noch aus der Zeit, als er für seinen Onkel auf Barbados gearbeitet hat, daher steht er ihnen nicht gleichgültig gegenüber. Er hat mich gebeten, Joseph Lesen und Schreiben beizubringen. Der Kleine ist wirklich reizend, und ich habe ihn schon richtig liebgewonnen.»

«Dann ist er also lernfähig?»

«O ja! Obwohl ich fürchte, dass er lieber mit Emmanuel im Garten herumtollen und Unfug anstellen würde.»

«Wie alle Jungen.» Martha lächelte.

«Aber seine Mutter sieht es nicht gern, dass ich ihn unterrichte.»

«Erzähl mir von ihr.»

«Auf mich wirkt sie sehr fremdartig, aber einen gewissen Reiz kann man ihr nicht absprechen. Ihr Blick hat etwas Schläfriges, und sie bewegt sich mit einer Art träger Anmut. Trotzdem, ich mag sie nicht. Ständig beobachtet sie mich mit einem Blick, bei dem sich mir die Nackenhaare aufstellen. Allen anderen gegenüber benimmt sie sich ehrerbietig, aber mich starrt sie an, als würde sie mich hassen.»

«Warum sollte sie das tun?»

«Keine Ahnung, aber sie war mir gegenüber von Anfang an feindselig eingestellt. Letzte Woche hat der Silberschmied zwei silberne Halsringe vorbeigebracht, die Agnes bei ihm in Auftrag gegeben hatte, passend zu dem Ring, den Emmanuel um den Hals trägt. Als ich Phoebe den Ring um den Hals gelegt habe, hat sie stur zu Boden geblickt und kein Wort gesagt, aber ich konnte ihre Abneigung gegen mich förmlich körperlich spüren. Es war fast schon unheimlich.»

«Warum sollte sie ein so kostspieliges Geschenk verschmähen? Das hast du dir sicher nur eingebildet!»

«Nein, auf keinen Fall!» Susannah hielt inne. Sollte sie Martha ihr Geheimnis anvertrauen? Sie sehnte sich so sehr danach, mit jemandem darüber zu sprechen. «Da ist noch etwas anderes.»

«Was denn?»

«Ich habe zufällig etwas mit angehört, das mir keine Ruhe lässt.»

«Ach?»

«Es war gleich nach der Ankunft der Sklaven. Joseph ist nämlich in der Zeit zur Welt gekommen, als William auf der Plantage seines Onkels tätig war.»

«Und?»

«William hat Agnes gestanden, dass Joseph sein Sohn ist. Ich habe es zufällig mitbekommen.»

«Nein!» Martha schlug sich die Hand vor den Mund. «Aber sie ist doch eine Afrikanerin! Er kann doch unmöglich ...»

«Offenbar doch», sagte Susannah. «Habe ich schon Josephs Hautfarbe erwähnt? Er ist weder schwarz noch weiß, sondern eher hellbraun. Ich verdränge es ja, so gut es geht, aber jedes Mal, wenn ich erst sie und dann Joseph ansehe, muss ich daran denken, was da offensichtlich vorgefallen ist, und das macht mir sehr zu schaffen.»

«Dann denk nicht mehr daran!», sagte Martha resolut.

«Wenn das so einfach wäre. Und auf unserer Hochzeit hat es Streit zwischen Henry und William gegeben. Damals bin ich daraus nicht schlau geworden, aber wenn ich jetzt so darüber nachdenke ...»

«Ja, ich höre?» Martha ließ ihre Näharbeit sinken und beugte sich gespannt zu ihr vor.

«Ich habe mitbekommen, wie sie sich gestritten haben. William hat zu Henry gesagt: ‹Ich will nicht, dass du sie herholst!›, und Henry hat ihm mit dem Finger gegen die Brust getippt und gesagt, er hätte es aber versprochen.»

«Das verstehe ich nicht.»

«Henry, musst du wissen, ist mit Phoebe und ihrem Bruder Erasmus aufgewachsen und hat sie beide sehr gerngehabt. Ich kann nur vermuten, dass er William dazu bringen wollte, sie nach ihrer Ankunft in England gut zu behandeln. Wo doch Joseph immerhin Williams Sohn ist.»

«Du meinst aber nicht, dass er mit Phoebe weiterhin ...»

«Nein! Nein, das nicht, da bin ich mir sicher.» Susannah stand auf und lief unruhig auf und ab. «Ausgeschlossen, auf keinen Fall. Es muss ein einmaliger Ausrutscher gewesen sein. Vielleicht hatte er zu viel Rum getrunken und konnte seine niederen Triebe nicht mehr beherrschen.»

«Der Gedanke regt dich ziemlich auf, oder? Bist du etwa eifersüchtig?»

«Eifersüchtig? Auf Phoebe?»

«Auf jede Frau, die Williams Aufmerksamkeit erregt.»

«So ein Blödsinn!»

«Tatsächlich?»

«Aber ja, natürlich!» Da fiel ihr ein, wie William sie neulich nachts an sich gezogen und auf die Stirn geküsst hatte. Sofort wurde ihr unangenehm warm.

Da regte sich James in seiner Wiege und ließ ein Wimmern vernehmen.

Susannah nahm den weinenden Kleinen auf den Arm und klopfte ihm beruhigend auf den Rücken, während sie mit ihm im Garten auf und ab ging. Marthas vielsagendes Lächeln aber entging ihr nicht.

Gespenster und Schatten

Juni 1666

17. Kapitel

Susannah fand einfach nicht in den Schlaf. Zum einen wegen Mrs. Olivers reichhaltiger Hammelpastete, die ihr schwer im Magen lag, aber auch wegen der Hitze, denn die Juninacht war außergewöhnlich warm. Obendrein tauchte der Vollmond die Kammer in silbriges, fast taghelles Licht. Sie lag mit fest geschlossenen Augen da und bemühte sich, in den schönen Traum mit dem Kind im Obstgarten zurückzufinden, den sie vor kurzem gehabt hatte, aber vergeblich. Gleichsam angesteckt von ihrer Unruhe, vollführte das Kind einen Purzelbaum in ihr, worauf sie prompt Sodbrennen bekam und sich genötigt sah, aufzustehen und ein wenig umherzugehen, bis es wieder nachließ. In der Stille der Nacht knarrten die Holzdielen laut unter ihren nackten Füßen. Sie öffnete das Fenster ein Stück weiter und lehnte sich hinaus, den Bauch ans Fensterbrett gedrückt, hob ihr Haar im Nacken an und ließ die leise Brise über ihre Haut streichen.

Über die Dächer drang der Ruf des Nachtwächters herüber, dazu das Geräusch von Rädern, die über das Pflaster rumpelten. Sie bekam eine Gänsehaut. War das womöglich ein Leichenkarren, unterwegs zur Pestgrube? Wie würde es mit ihnen allen bloß weitergehen? Die Pest wütete unvermindert in der Stadt. Wieder einmal kroch die altbekannte Angst in ihr hoch.

Eine Fledermaus flatterte durch ihr Gesichtsfeld, dann tauchte noch eine zweite auf. Die weiten Schwünge, mit denen sie einander in der Luft umschwirrten, erinnerten an eine Art Ballett. Und dann fiel Susannah eine Bewegung unten im Garten auf.

Sie schaute genauer hin: Da unten schritt eine Gestalt langsam durch den Bogengang. Immer wieder tauchte sie kurz im silbrigen Mondschein auf und wurde dann wieder vom Schatten hinter den Säulen des Bogenganges verschluckt.

Dann trug der Wind das Geräusch herüber, ein leises, untröstliches Wehklagen, bei dem sich Susannah das Herz zusammenkrampfte.

Wieder tauchte die Gestalt im Mondlicht auf. Sie hielt den Kopf gesenkt und hatte die Hände vor der Brust gefaltet.

Susannah stockte der Atem.

Es war Phoebe, die dort unten im Mondlicht stand und von haltlosem Schluchzen geschüttelt wurde.

Susannah war verwirrt. Sie starrte zu der anderen Frau hinunter. Einer Seele, die so offenkundig in Not war, wäre sie normalerweise sofort zu Hilfe geeilt, beim Gedanken an ihre gegenseitige Abneigung aber zögerte sie.

Dann war Phoebe auf einmal verschwunden.

Susannah spähte angestrengt nach unten ins Dunkel, aber dort rührte sich nichts mehr.

Susannah eilte mit gesenktem Kopf die Fleet Street entlang und wich den tiefen Pfützen aus, die von einem heftigen Sommergewitter zurückgeblieben waren. Etliche Geschäfte hatten geschlossen, und auf der sonst so belebten Straße waren nur wenige Menschen unterwegs, aber so sah es derzeit fast überall in der Stadt aus. Ein Bettler, der an einer Hauswand hockte, reckte ihr in der Hoffnung auf ein Almosen seine Stümpfe entgegen. Sie kramte einige Münzen heraus und warf sie in seinen Hut, nicht ohne bei seinem Geruch unwillkürlich die Nase zu rümpfen, obwohl sie sorgsam Abstand zu ihm hielt.

In diesen Zeiten, da jederzeit die Gefahr von Ansteckung drohte, kam man Fremden besser nicht zu nahe, schon gar nicht Bettlern.

Beim Anblick einer toten, aufgedunsenen Ratte vor ihr auf dem Pflaster, die von Maden nur so wimmelte, stieg heftige Übelkeit in ihr auf, und sie eilte rasch weiter. Nun starben sogar schon die Ratten! Zum Glück war sie fast da. Wenige Meter vor ihr schwang knarrend das Schild mit dem Einhorn und dem Drachen im Wind hin und her. Erleichtert stieß sie die Tür auf und betrat die Apotheke.

Ihr Vater blickte vom Tresen auf und lächelte erfreut, als er sie sah. «Susannah, meine Liebste!»

Sein Kinn fühlte sich an ihrer Wange kratzig an, während sie seinen tröstlich vertrauten Geruch einsog. Ihr fiel auf, dass er nicht mehr die prächtige schwarze Perücke trug, sondern im Laden wieder auf das bescheidene Modell in Braun zurückgriff.

Er hielt sie ein Stück von sich fort und sah sie prüfend an. «Geht es dir gut? Du scheinst wohlauf, wenn auch ein wenig müde, habe ich recht?»

«Ich schlafe nicht besonders gut. Das Baby weckt mich nachts mit seinem Gestrampel, und ich habe oft Sodbrennen. Ich brauche Pfefferminze und Fenchelsamen, um meinen Magen zu beruhigen.»

«Man bringe einen halben Liter Wasser zum Kochen und gebe die Minze ...» Er hielt inne. «Entschuldige! Die Macht der Gewohnheit. Wie man Pfefferminztee zubereitet, weißt du ja schließlich selbst. Wirklich jammerschade, dass du hier nicht mehr ...»

«Ja, nicht wahr? Aber neulich konnte ich mein Wissen einmal nutzbringend anwenden. Peg hatte Zahnweh, und zur

Linderung habe ich ihr das Zahnfleisch mit Nelkenöl eingerieben.»

Cornelius seufzte. «Wenn du wüsstest, wie sehr du mir fehlst. Nicht nur wegen deiner Hilfe hier in der Apotheke. Vor allem fehlen mir unsere Gespräche.» Er lächelte. «Ja, sogar unsere Streitgespräche über die neuesten Theaterstücke und Bücher. Arabella ist mir eine gute Ehefrau, aber für Bücher und das aktuelle Zeitgeschehen interessiert sie sich nicht. Manchmal wünschte ich mir ...»

«Ich auch.»

Auf einmal standen ihm Tränen in den Augen. «Ach, ich bin ein rührseliger alter Narr. Beachte mich gar nicht.» Er nahm einen Tiegel aus dem Regal, schüttete reichlich getrocknete Pfefferminzblätter auf ein Stück Packpapier, faltete es zusammen und reichte ihr das Päckchen. «Gehst du noch nach oben und sagst den Zwillingen guten Tag? Arabella ist im Wohnzimmer, über etwas weibliche Gesellschaft würde sie sich sicher freuen. Sie klagt oft darüber, dass sie sich einsam fühlt.»

Nach einem Pflichtbesuch bei Arabella stand Susannah nun wirklich nicht der Sinn, aber ihr Vater sah sie so bittend an, dass sie nickte. «Samuel und Joshua sind bestimmt tüchtig gewachsen, seit ich sie das letzte Mal gesehen habe.»

«Allerdings, und auch ihre Lungen werden immer kräftiger.»

«Halten sie euch nachts immer noch wach?»

«Nein, das ist zum Glück besser geworden. Aber jetzt zahnen sie gerade und sind deshalb oft unleidlich.»

«Kommst du auch hoch ins Wohnzimmer?»

«Etwas später. Ich muss erst noch einige Arzneien zubereiten. Schon wieder eine Familie, die an der Pest erkrankt ist, an der Thames Street.»

«Komm, ich helfe dir rasch. Zu Arabella gehe ich dann später.»

Susannah nahm ihre alte, fleckige braune Schürze von dem Wandhaken im Hinterzimmer, wo sie nach wie vor hing, und band sie sich um wie einen alten Freund, ehe sie sich an die Arbeit machte.

«Die Pest lässt sich offenbar einfach nicht unter Kontrolle bringen», sagte sie. «William ist Tag und Nacht unterwegs, um sich um die Kranken zu kümmern. Wenn er so weitermacht, wird er noch selber krank.» Auf einmal stieg eine solche Angst in ihr auf, dass sie sich mit beiden Händen am Tresen festklammern musste.

«Er kommt oft wegen Arzneien für seine Patienten vorbei», sagte Cornelius. «Er ist inzwischen beinahe so etwas wie mein bester Freund geworden, jetzt, wo der arme Richard nicht mehr lebt. Die wenigen Ärzte und Apotheker, die noch in der Stadt verblieben sind, sind vollkommen überlastet. Aber was bleibt uns anderes übrig, als allen zu helfen, die auf uns angewiesen sind?»

Nachdem die Arzneien zubereitet und in Flaschen abgefüllt waren, nahm Susannah ihre Schürze ab und hängte sie wehmütig an den Haken zurück.

«Da Ned noch nicht wieder da ist, muss ich die Medikamente jetzt selber ausliefern», sagte Cornelius.

«Geh um Himmels willen kein Risiko ein! Am besten stellst du die Flaschen vor der Tür ab.»

«So mache ich das doch immer.» Cornelius umarmte sie und drückte ihr einen Kuss aufs Haar. «Komm bald mal wieder vorbei, hörst du.» Damit nahm er seinen Hut vom Tresen und eilte hinaus.

Susannah wusch den Mörser mitsamt Stößel aus und stellte

die Tiegel mit den Zutaten, die sie verwendet hatten, zurück ins Regal. Ihr fiel auf, dass einige Gefäße neue Schilder in Neds krakeliger Handschrift hatten, ansonsten aber war in der Apotheke alles beim Alten. Wieder einmal sog sie tief den vertrauten, wohltuenden Geruch ein, der den Raum erfüllte. Hier in der Apotheke hatte sie das Gefühl, als hätte sich rein gar nichts verändert. Seufzend sperrte sie ab und ging dann ins Stiegenhaus.

Kleine Füße kamen eilig die Treppe heruntergetrappelt, und dann drängten sich Arabellas ältere drei Kinder an ihr vorbei, wie üblich streitend und kreischend.

Harriet blieb vor ihr stehen und stemmte die Hände in die Hüften. «Ach, du bist es! Was willst du denn hier?»

«Ich wollte euch mal besuchen. Wie geht's den Zwillingen?»

Harriet verzog das Gesicht. «Die schreien ständig und riechen nicht gut.» Dann rannte sie ihren Brüdern nach, ohne sich noch einmal umzusehen.

Jennet, die in der Küche gerade einen Auflauf zubereitete, zuckte heftig zusammen, als Susannah sie am Arm berührte. «Miss Susannah! Meine Güte, habt Ihr mich erschreckt!» Sie wischte sich die mehlbestäubten Hände an der Schürze ab. «Wie schön, dass Ihr mal wieder nach Hause kommt.» Sie strahlte über das ganze Gesicht.

«Tja, nur ist dies leider nicht mehr mein Zuhause! Ehe ich hochgehe zu meiner Stiefmutter, habe ich mir gedacht, schaue ich erst mal bei dir vorbei.»

«Das ist aber sehr nett, Miss.»

«Und ich wollte fragen, ob du wohl etwas Brot und Käse für mich hättest? Ich komme fast um vor Hunger.»

«Bleibt Ihr zum Mittagessen? Ich kann noch ein paar Zwiebeln mehr in den Auflauf geben.»

«Nein, so lange kann ich nicht bleiben. Darf ich mich in der Speisekammer selbst bedienen?»

«Vergesst aber nicht, den Käse wieder abzudecken, sonst fallen diese verflixten Ratten noch über den Stilton her, den der Herr so gerne isst. Ich habe die gnädige Frau schon gefragt, ob wir nicht wieder eine Katze anschaffen können, um dieser Plage Herr zu werden, aber sie hat gesagt, Katzen wären unsauber und hätten in der Küche nichts zu suchen.»

«Was aber für Ratten genauso gilt. Wobei, die arme alte Tibby hat sich schon des Öfteren mal einen Fisch vom Tisch stibitzt oder von einem Pudding genascht, der zum Abkühlen auf der Fensterbank stand.»

«Katzen sind Räuber, schon richtig, aber Ratten halten sie weit besser in Schach als irgendwelche Fallen. Wollt Ihr Euch nicht an den Tisch setzen? Dann könnt Ihr mir erzählen, wie es Euch ergangen ist in letzter Zeit, während ich hier weiterwirtschafte.»

Zwanzig Minuten später schüttelte Susannah die Krümel von ihrem Rock ins Herdfeuer. «Ich kann leider nicht länger bleiben, Jennet; ich muss jetzt nach oben. Arabella wird es sicher eine helle Freude sein, mir unter die Nase zu reiben, dass ich mein vornehmes Zuhause verloren habe und mir meinen Lebensunterhalt jetzt als Dienstbotin verdienen muss.»

Arabella ruhte im Wohnzimmer auf ihrem Diwan und blickte gedankenverloren aus dem Fenster. Auf ihren Knien lag unbeachtet eine Stickarbeit.

Susannah stand in der Tür und musste beim Anblick der chinesischen Möbel ihrer Stiefmutter wieder einmal ein Schaudern unterdrücken. Was für eine Geschmacksverirrung! Aber sie musste wohl gute Miene zum bösen Spiel machen.

Arabella wandte ihr das Gesicht zu und lächelte. «Susannah!

Ich gestehe, ich langweile mich gerade halb zu Tode, also freue ich mich sehr, dich zu sehen. Komm, setz dich her und erzähl mir, was es Neues gibt.»

Extreme Langeweile, das war in der Tat die einzige Erklärung für diesen ungewohnt herzlichen Empfang. «Viel Neues habe ich nicht zu berichten», wehrte Susannah ab. «Ich verbringe meine Tage hauptsächlich mit Mrs. Fygge, die so gut wie nie das Haus verlässt.»

«Sehr gescheit von ihr. Hier in der Stadt ist es nicht sicher, aber dein Vater weigert sich ja weiterhin stur, aufs Land zu ziehen. Unfassbar, dass die Pest uns hier immer noch heimsucht. Aus Angst um meine Gesundheit wage ich mich nicht mal mehr zur Börse, um mir ein Seidenband oder ein Paar Handschuhe zu gönnen, und meine Freundinnen kommen auch kaum noch zu Besuch. Selbst unser Metzger ist gestorben, seither bekommen wir kein vernünftiges Fleisch mehr. Alles sehr lästig und unerquicklich.»

«Du kannst dir doch mit Vaters Büchern die Zeit vertreiben.»

«Bücher!» Arabella riss die blauen Augen auf. «Was soll ich denn mit Büchern? Ich würde gern mal zu einem Fest oder ins Theater oder in einem Gasthaus essen gehen! Mein Leben zieht an mir vorüber, traurig, trist und ohne jede Freude!»

«Du hast doch deine Kinder und das Haus.»

«Aber was für ein armseliges Haus.»

«Ich habe mich hier immer sehr wohlgefühlt.»

«Du warst es eben nicht besser gewöhnt.»

Susannah verzichtete auf eine Erwiderung und wechselte lieber das Thema. «Wie geht es den Kindern?»

«Gut, danke. Und jetzt gerade schlagen sie gottlob mal keinen Radau.»

«Ich habe eben Harriet und die Jungen gesehen, unterwegs nach draußen. Aber ehe ich gehe, würde ich gerne noch bei den Zwillingen vorbeisehen.»

«Sie schlafen gerade, aber du kannst ruhig mal zu ihnen gehen.»

«Sehr gern.»

Arabella starrte Susannahs Bauch an. «Und wann kommt dein Kind zur Welt? So in zwei, drei Monaten, oder täusche ich mich?»

«Ende September.»

«Und wie soll es dann weitergehen? Du wirst dir doch wohl schon Gedanken darüber gemacht haben, wo du nach der Geburt des Kindes hinwillst? Wie du über die Runden kommen willst?»

«Wo ich hinwill? Nirgendwohin. Die Tante meines Mannes hat mir angeboten, mit meinem Kind weiter bei ihr wohnen zu bleiben.»

«Soll das etwa heißen, du hast darüber noch nicht einmal nachgedacht, Susannah?» Arabella schoss auf dem Diwan abrupt in die Höhe und ließ ihre Stickarbeit achtlos zu Boden fallen. «Mrs. Fygge ist nicht mehr die Jüngste. Was willst du tun, wenn sie mal stirbt?»

«Sie ist soweit in guter Verfassung und hat nicht vor, so bald zu sterben!»

«Natürlich nicht, aber sterben wird sie trotzdem irgendwann. Und dann?»

«Na ja.» Susannah zögerte. «Dann wird William wohl das Haus von ihr erben.»

«Aber eine Zofe dürfte er kaum benötigen, oder? Und du kannst schlecht allein mit ihm dort wohnen bleiben. Das wäre äußerst unschicklich.»

Susannah biss sich auf die Lippe. So betrachtet war ihre Lage tatsächlich ziemlich unsicher. Vor Unbehagen lief ihr ein Schauer über den Rücken. Hatte sie sich zu sehr in Sicherheit gewiegt? «Er würde mich nie vor die Tür setzen.»

«Solltest du dich da nicht besser irgendwie absichern?»

«Wie denn, über so etwas kann ich doch unmöglich mit ihm reden!»

«Denk doch mal nach, Susannah. Du sollst natürlich nicht mit ihm darüber *reden*, wie es nach Mrs. Fygges Ableben weitergehen soll, sondern alles Notwendige in die Wege leiten, um sicherzustellen, dass du auch künftig weiter in ihrem Haus wohnen kannst. Mit William zusammen.»

Susannah begriff, worauf Arabella hinauswollte, und spürte, wie ihr das Blut in die Wangen schoss.

«Jetzt, mit deinem dicken Bauch, in dem das Kind seines Cousins heranwächst, halten sich deine Reize natürlich in Grenzen, doch nach der Niederkunft musst du unverzüglich handeln. Sicher, du hast dann Henrys Kind am Hals, das ist bedauerlich, aber du musst dir so bald wie möglich einen Mann zum Heiraten suchen. Du könntest es sehr viel schlechter treffen, sei dir dessen bewusst. William zieht zwar immer eine saure Miene, aber wenn man bereit ist, über seine Launen hinwegzusehen, und etwas für dunkelhaarige Männer übrig hat, sieht er doch eigentlich ganz gut aus.»

Susannah blickte auf ihre Hände hinab, die sie auf dem Schoß gefaltet hatte. Vor Bestürzung über das, was Arabella ihr da nahelegte, bekam sie heftiges Herzklopfen und spürte, wie ihr der Schweiß ausbrach. Schon bei der Vorstellung, William zu umgarnen, um ihn dazu zu bringen, sie zu heiraten, wurde ihr übel. Außerdem war seine Miene nicht sauer, sondern eher schwermütig. Wenn er abends nach Hause kam, nachdem er einen Patienten verloren hatte, war sein Gesicht von tiefem Gram gezeichnet. Auf einmal war ihr zum Weinen zumute.

«Susannah? Hörst du mir auch zu?», fragte Arabella.

«Ich kann nicht ...» In ihrem Kopf herrschte auf einmal ein solches Durcheinander, dass sie kaum ein Wort herausbrachte. Und dann ging ihr plötzlich ein Licht auf, und sie begriff, was der Grund ihrer Verwirrung war.

Arabella seufzte. «Nun, wenn dir der Gedanke an eine Ehe mit William so zuwider ist, musst du dich anderweitig umtun. Und zwar möglichst bald. Sieh zu, dass du dir in nächster Zeit einen passenden Kandidaten ausguckst, damit du nach der Geburt des Kindes schnell handeln kannst. Denn vergiss nicht, die Zeit läuft dir davon. Du wirst nicht jünger. Auf einmal sind die ersten weißen Haare da, deine Zähne lockern sich nach und nach, und dann ist es zu spät. Dann bist du dazu verdammt, den Rest deines Lebens in fremden Diensten zu fristen, immer den Launen und Grillen anderer ausgeliefert. Und wer weiß, wie es dir dann im Alter ergehen würde.»

«Ich glaube, ich werde jetzt mal zu den Zwillingen gehen.»

«Susannah, hast du mir überhaupt zugehört?»

«Ja, Arabella.»

«Was schaust du denn so verstört! Mrs. Fygge war ein Glücksfall für dich, keine Frage, aber du musst schon auch selbst sehen, wo du bleibst. Allein und mittellos mit einem Kind auf der Welt dazustehen ist kein Zuckerschlecken. Glaube mir, ich weiß, wovon ich rede.»

«Mag schon sein.»

«Du musst auch bereit sein, Abstriche zu machen. So wie ich. Und William ist für dich momentan einfach die beste Lösung, auch wenn er dir als Ehemann nicht zu hundert

Prozent recht sein sollte.» Sie beugte sich vor. «Sieh mal, ich weiß, dass wir uns nicht immer glänzend verstanden haben. Aber jetzt, wo du nicht mehr hier wohnst, hege ich nur noch freundschaftliche Gefühle für dich und meine es gut mit dir. Darum lass dir noch einmal gesagt sein: Als mittellose Witwe mit Kindern steht man in der Welt auf verlorenem Posten.»

«Ja, das glaube ich dir. Und jetzt würde ich gerne zu den Zwillingen gehen, wenn ich darf.»

Arabella schnalzte unwillig mit der Zunge. «Ja, bitte, geh nur! Aber komm bloß nicht in fünf Jahren wieder und flehe mich um Hilfe an, wenn Agnes tot ist, William inzwischen eine andere geheiratet hat und dich kein Mann mehr ansehen will, weil du schon Krähenfüße hast.»

Den Kindermädchen schien es ganz recht zu sein, Susannah ihre kleinen Brüder eine Weile überlassen zu können. Irgendwie schienen die Kleinen ihre nachdenkliche Stimmung zu spüren, denn sie saßen ganz ruhig auf ihren Knien, blickten konzentriert drein und hieben mit ihren kleinen Fäusten nach ihren Locken.

Während sie Joshua und Samuel in den Armen wiegte, dachte Susannah über die Erkenntnis nach, die ihr soeben, während Arabella auf sie einplapperte, gekommen war und die sie kurz sprachlos gemacht hatte. Aus Mangel an Erfahrung, denn in einer vergleichbaren Lage hatte sie sich noch nie befunden, begriff sie erst jetzt, warum sie in letzter Zeit so seltsam unruhig und aufgewühlt war. Auf einmal war alles sonnenklar: Sie hatte sich im Lauf der vergangenen Wochen, während sie ihn immer besser kennenlernte, unsterblich in William verliebt.

18. Kapitel

Agnes hatte sich zurückgezogen, um Mittagsschlaf zu halten. Susannah nutzte die Gelegenheit dazu, sich in ihrer Kammer ebenfalls hinzulegen, konnte aber nicht schlafen, weil ihr zu viel durch den Kopf ging. Sie hatte die Hände über dem Leib gefaltet, um jede noch so winzige Regung ihres ungeborenen Kindes zu spüren, und sann darüber nach, wie es sein konnte, dass sie bislang völlig übersehen hatte, wie sehr sich ihre Empfindungen William gegenüber gewandelt hatten.

Natürlich war er nach wie vor der ernste, strenge Mensch, als den sie ihn kannte, doch über die Monate hatte sie bei ihm einen Anflug von Humor und Verletzlichkeit entdeckt, der ihre Sympathie weckte. Nein, wesentlich mehr als das, wie sie sich eingestand. Irgendwie aber kam es ihr verwerflich vor, sich in William zu verlieben, während sie das Kind seines Cousins unter dem Herzen trug. Dann war da natürlich noch die heikle Sache mit Phoebe. Aufgerüttelt jedoch hatte sie erst Arabella mit der nüchternen Bemerkung, dass sie, wenn Agnes einmal nicht mehr lebte, unmöglich länger mit William unter einem Dach wohnen konnte. Die Vorstellung, dass er aus ihrem Leben verschwinden könnte, hatte ihr schreckliche Angst eingejagt.

Statt weiter sinnlos ihren Gedanken nachzuhängen, beschloss sie schließlich, nach unten in die Küche zu gehen und Ingwerplätzchen zu backen, um Agnes' Appetit anzuregen.

In der Küche herrschte Hochbetrieb. Phoebe scheuerte gerade, mit Joseph an ihrer Seite, Töpfe aus. Peg schälte am Küchentisch einen Berg Gemüse und verscheuchte Aphra, die gerade eine Möhre stibitzen wollte, während Emmanuel sich über die Faxen des Äffchens köstlich amüsierte.

Mrs. Oliver walkte mit hochgekrempelten Ärmeln Brotteig durch, als ob sie ihren Unwillen daran abreagieren wollte – was tatsächlich der Fall war.

«Komme ich Euch sehr in die Quere, wenn ich ein paar Plätzchen backe?», fragte Susannah.

«Dann beeilt Euch aber. Der Ofen wird nämlich bald zu heiß sein. Das ist jetzt schon der dritte Bäcker, den wir dieses Jahr durch die Pest verloren haben. Als hätte ich nicht ohnehin schon genug zu tun, muss ich jetzt auch noch selbst das Brot backen!»

«Könnt Ihr nicht zu einem anderen Bäcker gehen?», fragte Susannah.

«Ich habe keine Zeit, meilenweit durch die Stadt zu laufen, um Brot zu kaufen! Peg!»

Peg gab Aphra einen Klaps auf das Schnäuzchen und nahm dem Äffchen eine Möhre aus der Pfote. «Ja, Mrs. Oliver?»

«Hol frische Kohle, aber zack, zack! Wir brauchen ein richtig schön heißes Feuer, sonst wird das Brot steinhart.»

Peg nahm wortlos den Kohleneimer, der neben dem Ofen stand, und machte sich auf den Weg in den Kohlenkeller.

«Ich helfe ihr», sagte Emmanuel.

«Aber nicht trödeln, sonst mache ich euch beiden Beine. Und mach dir bloß nicht deine Livree schmutzig, sonst wird die gnädige Frau sehr böse.»

Aphra nutzte die Gelegenheit aus, schnappte sich eine Möhre vom Tisch und huschte mit ihrer Beute blitzschnell außer Reichweite, auf die hohe Anrichte. Joseph bewarf das aufgeregt schnatternde Tier mit Rübenstückchen und versuchte es durch laute Zurufe zum Herunterkommen zu bewegen, während Phoebe klappernd die Töpfe forträumte.

«Manchmal komme ich mir in dieser Küche vor wie in

einem Irrenhaus», seufzte die Köchin und wischte sich mit mehlbestäubter Hand eine Haarsträhne aus dem Gesicht. «Auf die beiden Früchtchen muss ich ein Auge haben. Neulich habe ich sie in der Speisekammer erwischt, als sie sich küssten.»

Susannah, die gerade den Zucker zerkleinerte, überlegte, ob sie sich um Peg Sorgen machen musste. Beim Gedanken an die Geschichte mit Mrs. McGregors «Bruder» jedoch, dem Peg im Bordell an der Cock Lane mit dem Kerzenleuchter beherzt eins übergezogen hatte, ehe sie sich durch einen Sprung aus dem Fenster rettete, beschloss sie, dass die Kleine schon auf sich selbst aufpassen konnte. Trotzdem atmete sie insgeheim auf, als Emmanuel kurz darauf mit dem frischgefüllten Kohleneimer in die Küche zurückkam.

Während sie das Mehl siebte, behielt Susannah Phoebe verstohlen im Auge. Irgendwo hatte sie ein Tuch aus blauer Baumwolle aufgetrieben, das sie nun als Turban um den Kopf gewickelt trug. Der Kopfputz verlieh ihr eine eigenartig würdevolle Ausstrahlung, während sie gemächlich ihren Pflichten nachging. Von dem Kummer, der ihr in der Nacht zuvor offenbar zu schaffen gemacht hatte, war ihr nichts mehr anzumerken. Im Gegenteil, der Blick, mit dem sie Susannah kurz musterte, war so unverschämt wie eh und je.

Die Sonne schien Susannah warm auf den Rücken, während sie vor sich hin summend den Kräutergarten goss. Die Petersilie war inzwischen so gut gediehen, dass sie ein paar Zweige für den Tischgebrauch pflücken konnte. Vielleicht, überlegte sie mit einem Lächeln, sollte sie William später, wenn er nach Hause kam, ein Omelette mit frischen Kräutern backen. In letzter Zeit sah er von all dem Leid, das er seit Monaten miterleben musste, so mitgenommen aus, dass sie den Wunsch verspürte, ihm etwas Gutes zu tun.

Während sie sich auf die warme Erde kniete, um die Petersilie zu pflücken, malte sie sich aus, wie sie ihm ein wunderbar luftiges Omelette vorsetzen und ihm dann bei Kerzenschein am Tisch Gesellschaft leisten würde, während er es verspeiste. Sie sah bereits vor sich, wie er sie anlächelte, und dann würde er ihre Hand nehmen und galant an seine Lippen führen. Sie würde sich zu ihm neigen, nur ein wenig, und dann würde er ...

Eine Stiefelspitze schob sich in ihr Gesichtsfeld. Sie hob den Blick. Vor ihr stand der Gegenstand ihres Tagtraums und blickte mit einem leisen Schmunzeln zu ihr herab. Hatte er etwa wieder einmal ihre Gedanken erraten? Sie merkte, wie sie heftig errötete, und wollte hastig aufstehen, verhedderte sich aber derart in ihrem Rock, dass sie nach seiner ausgestreckten Hand greifen musste und dabei das Sträußchen Petersilie fallen ließ.

«Euer Garten ist ja ein voller Erfolg.» William bückte sich, um die Petersilie aufzuheben.

Susannah klopfte sich Erde vom Rock und betete im Stillen, dass er nicht merkte, wie heftig ihr Herz schlug. «Einen Garten habe ich mir immer schon gewünscht», sagte sie, ein wenig außer Atem. «Ist Euch aufgefallen, wie zart sich die Petersilie kräuselt? Und was für einen schönen Grünton sie hat?» Er zog eine Augenbraue in die Höhe, und sie merkte, wie sie erneut rot anlief. «Was rede ich für einen Unsinn daher! Ihr hättet mich nicht so aus dem Hinterhalt überraschen dürfen.»

«Ich wollte Euch nicht erschrecken, aber zugegeben, ich habe Euch beobachtet. Ihr habt beim Arbeiten so glücklich und zufrieden ausgesehen, dass ich Euch nicht stören wollte.»

«Bei der Gartenarbeit vergesse ich alles um mich herum. Alle Sorgen und Nöte, alle Zukunftsängste scheinen auf einmal unendlich weit weg. Der unmittelbare Kontakt zur Erde hat etwas sehr Heilsames, findet Ihr nicht auch?»

Er sah sie lange an, mit seltsam abwesendem Blick, als wäre er tief in Gedanken. «Das hat meine Mutter auch immer gesagt», sagte er schließlich und blinzelte, wie um sich aus einer Verzauberung zu lösen. «Und Ihr habt völlig recht, was die Petersilie betrifft. Sie hat einen schönen Grünton.» Er reichte ihr das Sträußchen. «Fast so schön wie das Grün Eurer Augen.»

Langsam streckte sie die Hand aus, um es von ihm in Empfang zu nehmen. Als sich ihre Finger berührten, hörte sie, wie er scharf die Luft einsog, als hätte er sich an ihrer Berührung verbrannt.

Sie hielten einen Moment lang inne, der sich zu einer halben Ewigkeit auszudehnen schien, während sie seine Hand anstarrte. Fasziniert betrachtete sie seine langen Finger und die Adern, die sich bläulich unter der leicht gebräunten Haut an seinem Handrücken abzeichneten. Auf einmal hätte sie sich am liebsten hinabgeneigt, um die verletzlich wirkende Haut an der Innenseite seines Handgelenks zu küssen, direkt unterhalb seiner Spitzenmanschette.

Dann umfasste er unvermittelt ihre Hand, mit so festem Griff, dass ihr der Atem stockte. «Susannah?» Er sah sie ernst an, ohne die Spur eines Lächelns. «Ich muss mit Euch reden.»

«Ja, William?» Gewiss würde er doch den heftig pochenden Puls an ihrem Hals bemerken? Würde er ihr nun gestehen, in welchem Verhältnis er zu Joseph stand? Oder durfte sie etwa hoffen ...

Er schluckte und senkte den Blick auf ihre ineinander

verschlungenen Hände. «Vielleicht habt Ihr schon bemerkt, dass ...»

Da war plötzlich ein Schrei zu hören, und sie fuhren erschrocken auseinander. Sie wandten sich um und sahen Joseph, der Emmanuel mit einem Besen durch den Garten jagte. Der Kleine kreischte vor Vergnügen, während Emmanuel wilde Haken schlug und sich nie ganz von seinem Verfolger einholen ließ. Schließlich stürmten sie durch den Bogengang, aus dem ihr Gelächter dumpf widerhallte, und verschwanden dann so schnell wieder im Haus, wie sie im Garten aufgetaucht waren, der nun wieder friedlich und still dalag.

Als Susannah sich wieder William zuwandte, spürte sie einen Tritt in sich und legte die Hand an die Stelle, wo sich der kleine Fuß bemerkbar machte.

William senkte den Blick auf ihren Leib und wich einen Schritt zurück.

«William?»

«Ich muss zu meiner Tante.» Er wandte sich schroff ab, schritt eilig davon und verschwand ins Haus.

Susannah schossen die Tränen in die Augen. Die Petersilie lag achtlos am Boden verstreut, und sie bückte sich, um sie aufzulesen. Die frischen grünen Zweige waren ganz zerdrückt, zerquetscht von Williams Stiefel, als er so überstürzt die Flucht vor ihr ergriffen hatte.

Susannah ging fortwährend ihr Zusammentreffen mit William durch den Kopf, während sie Agnes das Haar kämmte und zu einem dünnen Zopf flocht, den sie am Ende mit einer Schleife zusammenband. Noch bei der Erinnerung ging ihr Puls schneller. «Soll ich Euch auch die Nachthaube aufsetzen?»

«Dazu ist es zu warm. Die Sommerhitze in der Stadt habe ich noch nie leiden können. Bei dem Gestank grassieren Fiebererkrankungen, und die Pest ist niemals fern. Bisher haben wir noch Glück gehabt.»

«Bis auf Henry.»

Agnes zuckte die Achseln. «Er hätte sich eben nicht in Kneipen und Wirtshäusern herumtreiben sollen; damit hat er den Teufel geradezu herausgefordert, ihn mit einer schlimmen Krankheit zu schlagen.»

«Was blieb ihm denn anderes übrig? Er musste doch Leute kennenlernen, um Kunden zu gewinnen.»

«Ja, und was hat es ihm gebracht?! Und jetzt setzt auch noch William sein Leben mit seinen täglichen Krankenbesuchen aufs Spiel.» Agnes zupfte unwillig an der Manschette ihres Nachthemdärmels herum.

Susannah hielt den Kamm so fest umklammert, dass sich die Elfenbeinzinken in ihren Handteller gruben. Die Angst, dass William sich anstecken könnte, setzte ihr Tag und Nacht zu.

«Ich habe Henry nie sonderlich gut leiden können», fuhr Agnes fort. «Er war seiner Mutter zu ähnlich, immer nur auf Vergnügungen und Zerstreuungen aus und außerstande, die Rückschläge des Lebens zu ertragen. Will ist da aus einem ganz anderen Holz geschnitzt als sein Cousin.»

«Er kümmert sich vorbildlich um seine Patienten.»

Agnes seufzte. «Zieht die Vorhänge zu, ja? Dann helft mir ins Bett und lest mir etwas Beruhigendes vor.»

Der Sonnenuntergang war so hinreißend schön, dass Susannah nur widerstrebend die Vorhänge vor dem verriegelten Fenster schloss. In der Schlafkammer war es stickig warm, aber Agnes fürchtete die ungesunden Dünste der Stadt so sehr, dass sie darauf bestand, das Fenster stets geschlossen zu halten.

Susannah rückte den Schemel dicht an die Kerze heran und nahm ein Buch vom Nachttisch. Sie verdrängte die Gedanken, die ihr zu schaffen machten, und fing an vorzulesen:

Komm, leb' mit mir und werde mein
und alle Freud' wird unser sein,
die Täler, Hügel, Wald und Feld
und steiler Berg bereit uns hält.

Sie warf einen Blick auf Agnes und sah, dass ihre Augen geschlossen waren. Kurz gestattete sie sich, an William und ihren Besuch in Merryfields zu denken. Wie friedlich es dort war, wie frei und unbelastet von den Sorgen dieser Welt er dort gewirkt hatte!

Am Felsen sitzend schauen wir
der Schäfer Herden, weidend hier
am sanften Fluss, zu dessen Fall
Singvögel zirpen Madrigal.

Agnes' Mund stand leicht offen, ihr Atem ging ruhig und regelmäßig. Susannah aber war zu aufgewühlt, um heute Ruhe und Trost in Christopher Marlowes Versen zu finden.

Wie hatte sie sich am Morgen im Garten nur einbilden können, dass William sich etwas aus ihr machte? Ihre Schwangerschaft stieß ihn ab. Arabella hatte schon ganz recht: Mit ihrem dicken Bauch, in dem das Kind eines anderen heranwuchs, konnte er sie unmöglich als reizvoll empfinden.

Behutsam legte Susannah das Buch auf den Nachttisch

neben der friedlich schlummernden Agnes zurück und verließ dann leise die Kammer.

Sie war noch immer so in Gedanken versunken, dass sie gar nicht hörte, wie Joseph hinter ihr durch den Flur rannte. Erst als er an ihr vorbeikam, streckte sie die Hand aus und hielt ihn fest. «Wo willst du denn so eilig hin, Kleiner?»

«Ich will nicht ins Bett!»

«Aber es ist doch schon spät.» Beim Geräusch herannahender Schritte hob sie den Blick und sah, dass es Phoebe war. «Da kommt deine Mama. Sei ein braver Junge und tu, was sie dir sagt.»

Phoebe nahm den Jungen an der Hand. «Nun komm, Joseph!»

«Ich bin nicht müde!»

«Aber wenn du jetzt nicht schlafen gehst, bist du morgen müde», sagte Susannah. «Ich möchte nicht, dass du während des Unterrichts kaum die Augen offen halten kannst. Deine Mama wird sehr stolz auf dich sein, wenn du erst lesen und schreiben kannst, habe ich recht, Phoebe?»

Die Schwarze schob die Unterlippe vor. «Wofür braucht ein Sklave lesen und schreiben», sagte sie. «Ein Sklave braucht Freiheit.»

«Vielleicht ...», fing Susannah an, bemüht, sich von Phoebes Feindseligkeit nicht aus der Ruhe bringen zu lassen. «Wenn Joseph groß ist und sich seinen Lebensunterhalt selbst verdienen kann, weil er Lesen und Schreiben beherrscht, kann er vielleicht auch frei sein.»

«Falls *Ihr* ihm erlaubt, frei zu sein. Warum habt Ihr Macht über sein Leben und über meins? Aus welchem Grund seid Ihr etwas Besseres als Joseph und ich?» Phoebe spie die Worte förmlich aus, und in ihren Augen glitzerte es gefährlich.

Susannah wich einen Schritt zurück. «Es wäre mir lieb, wenn Joseph im Leben später gute Möglichkeiten hätte, aber dazu braucht er Bildung.»

«Bildung? Ha! Ein Wort der Weißen. Meint Ihr, mein Sohn braucht Bildung, weil er einen weißen Vater hat?»

«Nein! Dass Doktor Ambrose Josephs Vater ist, hat damit nichts zu tun!»

Phoebe starrte sie an. Dann breitete sich ein Lächeln auf ihrem Gesicht aus. «Ihr wisst, dass Joseph der Sohn vom Doktor ist? Und Ihr wollt ihm helfen?»

«Doktor Ambrose hat mich gebeten, ihm Lesen und Schreiben beizubringen.»

Phoebe nickte langsam. «Ich habe gesehen, wie Ihr den Doktor anschaut. Ihr denkt, der Doktor wird Euch lieben, wenn Ihr Joseph unterrichtet.»

«Was fällt dir ein!»

«Joseph ist *mein* Sohn. Und der Doktor sein Vater. Merkt Euch das! Euer Mann ist erst ein paar Monate tot, und Ihr sucht schon nach einem neuen, bevor Euer Baby überhaupt auf der Welt ist. In meiner Heimat haben wir für solche Frauen ein sehr unfeines Wort.» Phoebe griff Joseph fest an der Hand und zog ihn mit sich fort.

Susannah sah ihnen nach, bis sie um die Ecke gebogen waren. Zu gerne hätte sie dieses Weib geohrfeigt, damit ihr das dreiste, selbstgefällige Grinsen verging. *Was fiel ihr ein!* Sie ging in die Kapelle und knallte die Tür hinter sich zu.

Warmes, goldenes Abendrot erfüllte die Kapelle, und Susannah setzte sich auf die Fensterbank, um zuzusehen, wie die rotglühende Sonne langsam hinter den Dächern versank. Es war ein so hinreißender Anblick, dass ihre innere Aufregung sich bald legte. Unten auf der Straße waren Leute unterwegs, die im Dämmerlicht nach Hause eilten. Eine Ratte huschte am Rinnstein entlang, schnupperte an einem Haufen Küchenabfälle und machte einen Knochen ausfindig, an dem sie emsig zu nagen begann. In den Häusern gegenüber wurden nach und nach Kerzen entzündet, deren Schein Susannah in den Fenstern leuchten sah.

Eine vertraute Gestalt kam die Straße entlang, sorgsam bemüht, den herumliegenden Abfällen auszuweichen.

Susannah bekam Herzklopfen. William war heute ausnahmsweise früh dran. Sie strich sich das Haar glatt und zwickte sich etwas Röte in die Wangen, in der inständigen Hoffnung auf eine Fortsetzung des so jäh unterbrochenen Gesprächs vom Morgen.

Die Haustür fiel ins Schloss, Schritte kamen die Treppe herauf, näherten sich der Kapelle und verharrten dann vor der Tür.

Susannah hielt den Atem an.

Gleich darauf entfernten sich die Schritte wieder.

«William!», rief sie unwillkürlich.

Die Tür öffnete sich knarrend, und William steckte den Kopf herein.

«Susannah, was macht Ihr denn hier, so allein im Dämmerlicht?»

«Agnes ist früh zu Bett gegangen, und da habe ich mir den Sonnenuntergang angesehen.»

«Wolltet Ihr etwas Bestimmtes?»

«Nein.» Ihre aufkeimende Hoffnung zerstob. «Nein, ich wollte bloß fragen, ob Ihr einen guten Tag hattet.»

«Da heute keine Sterbefälle zu beklagen waren, könnte man wohl sagen, dass es ein guter Tag war. Und wie geht es Euch? Seid Ihr wohlauf?»

«Abgesehen von leichten Rückenschmerzen und ein paar schlechten Träumen geht es mir gut, danke.»

«Es freut mich, das zu hören.»

«Neulich bin ich Goody Joan über den Weg gelaufen. Sie hat gesagt, lebhafte Träume seien bei einer Frau in meinem Zustand ganz normal.»

«Sie ist eine gute Hebamme, die schon viele Geburten erfolgreich begleitet hat.» Damit schien sein Vorrat an unverbindlichem Geplauder erschöpft. «Dann also gute Nacht.»

«Gute Nacht.»

Susannah blickte wieder auf die nun fast völlig dunkle Straße hinab und spürte, wie ihre Augen vor Enttäuschung brannten. Hatte sie sich also nur eingebildet, dass William sie am Morgen voll Zuneigung angesehen hatte? Neigte sie in ihrem Zustand zu verstärktem Wunschdenken? Dabei war sie sich so sicher gewesen, dass er kurz davor gewesen war, ihr seine Gefühle zu gestehen.

Aber was nutzte es, im Halbdunkel zu sitzen und sich in aussichtsloser Liebe nach einem Mann zu verzehren, für den sie bloß eine Patientin war. Und ein Fürsorgefall obendrein. Als sie eben vom Fensterbrett aufstehen wollte, sah sie, wie die Haustür gegenüber aufgerissen wurde und eine junge Frau herausgestürzt kam, die Susannah sogleich wiedererkannte: Es war Jane Quick. Sie trug keine Haube, das blonde Haar flatterte ihr offen um die Schultern, während sie quer über die Straße hastete, mitten durch die stinkenden Pfützen.

Gleich darauf war das Hämmern des Türklopfers zu hören, und Susannah eilte hastig die Treppe hinunter. Als sie unten ankam, hatte Peg bereits geöffnet, und Jane stand weinend im Flur und rang die Hände.

«Der Doktor! Ist er da? Bitte, er muss sofort kommen. Es

ist Edwin! Er war die letzten Tage erkältet, aber heute Abend hat er das Bewusstsein verloren, und ich bekomme ihn einfach nicht wach. Er hat hohes Fieber, ich weiß nicht mehr ein noch aus!»

Peg wich bis an die Wand zurück. «Die Pest? Geht fort! Wir wollen hier keine Pest!»

«Peg!», fuhr Susannah sie an. «Reiß dich gefälligst zusammen! Geh hoch und hole Doktor Ambrose. Auf der Stelle!»

«Ja, Ma'am.» Peg huschte die Treppe hinauf.

Angesichts der völlig aufgelösten Jane Quick bekam Susannah es selbst mit der Angst zu tun, beherrschte sich aber. «Geht wieder rüber zu Edwin», sagte sie. «Doktor Ambrose kommt sofort. Und ich gebe ihm eine Flasche sehr guter Medizin mit, die ich noch in meiner Kammer habe.»

Jane Quick war kaum gegangen, als auch schon William mit seiner Schnabelmaske in der Hand die Treppe heruntergehastet kam.

Susannah hielt ihn kurz am Ärmel fest. «Seid vorsichtig, ja? Was, wenn es die Pest ist?»

«Dann liegt alles Weitere in Gottes Hand. Dann kann ich nur versuchen, die Leiden des Kleinen etwas zu lindern, und muss abwarten.»

«Aber wenn er Euch jetzt anniest?»

William lächelte ein wenig. «Keine Sorge, davor weiß ich mich schon zu schützen. Außerdem habe ich die Theorie, dass die Pest gar nicht durch Niesen oder üble Dünste übertragen wird.»

«Eine Theorie! Was soll die nützen?»

«Eine bessere Hoffnung habe ich derzeit nicht.»

«Halt, wartet noch! Ich habe Mrs. Quick eine Flasche meines Anti-Pest-Sirups versprochen.» Sie eilte hoch in ihre Kammer, kehrte mit der Flasche zurück und drückte sie William in die Hand. «Nehmt selbst auch ein paar Schlucke.»

Er nickte und trat dann auf die Straße hinaus.

Im Morgengrauen wurde Susannah durch einen gellenden Schrei aus dem Schlaf geschreckt. Sie hatte sich ins Fenster gesetzt, um abzuwarten, bis William aus dem Haus gegenüber wieder zum Vorschein kam, war aber irgendwann eingenickt, bis dann der markerschütternde Schrei zwischen den Häusern widerhallte.

Unten auf der Straße wand Jane Quick sich schreiend in den Armen ihres Mannes, der sie festhielt und zu beruhigen versuchte. Vor ihrem Haus hatte ein Pferdekarren haltgemacht, dessen Leichenfracht nur notdürftig mit Sackleinen zugedeckt war. Der Kutscher sprang vom Bock und suchte das Pferd zu besänftigen, das vor Schreck über den Lärm wieherte und auskeilte.

Der kleine Menschenauflauf vor dem Haus teilte sich wie das Rote Meer, als einer der Bestatter mit dem Leichnam eines kleinen Jungen aus der Tür kam.

Susannah rannte entsetzt die Treppe hinunter und stieß unten im Flur auf William, der bereits die Haustür geöffnet hatte, um hinüberzulaufen.

«Ich habe Euch gar nicht zurückkommen hören!»

«Ich habe vorhin der Pestwache Meldung gemacht, dass der Junge ernsthaft erkrankt ist, und bin vor einer Stunde zurückgekehrt.»

Draußen auf der Straße begann Jane Quick wieder laut zu schreien und um sich zu schlagen, während der Bestatter den Jungen mit der Sackleinwand bedeckte. «Francis! Francis, lass nicht zu, dass sie unseren Jungen fortbringen! Er schläft doch nur, siehst du das denn nicht? Er hat bloß eine Sommergrippe, mehr nicht!»

«Jane, er ist tot! Edwin ist tot.» Francis Quick zog seine Frau eng an sich und barg das Gesicht in ihrem Haar.

Da stellte sie ihre Gegenwehr unvermittelt ein und ließ sich verzweifelt schluchzend gegen ihn sinken.

Der Kutscher stieg wieder auf den Bock und ließ die Peitsche schnalzen, worauf sich das Pferd mit dem Karren langsam in Bewegung setzte.

Susannah biss sich auf die Fingerknöchel, während ihr vor Mitgefühl mit Jane die Tränen übers Gesicht rannen.

«Ihr müsst jetzt in Euer Haus zurück», sagte William zu dem weinenden Ehepaar. «Habt Ihr Angehörige, die Euch mit Lebensmitteln versorgen können?»

«Lebensmittel?», fuhr Francis Quick ihn an. «Meint Ihr, wir bringen auch nur einen Bissen herunter, während unser Sohn unterwegs zur Pestgrube ist?»

Jane stöhnte auf und vergrub ihr Gesicht an der Schulter ihres Mannes.

«Habt Ihr Angehörige in der Stadt?» William ließ nicht locker. «Gibt es jemanden, den ich für Euch verständigen kann?»

Quick schüttelte den Kopf. «Unsere übrige Familie ist in Lancashire. Wir sind erst vor einem Jahr nach London gezogen.»

«Es tut mir leid, das zu hören», sagte William.

«Ich muss zu Edwin», schluchzte Jane. «Ich muss wissen, wo sie ihn hinbringen.»

Sie machte sich von ihrem Mann los und wollte dem Karren nachlaufen, aber da löste sich aus der Menschenmenge, die sich jetzt langsam zerstreute, ein kräftiger Mann mit einer

Hellebarde und verstellte ihr den Weg. «Zurück ins Haus, Madam», sagte er. «Ihr steht jetzt unter Quarantäne.»

«Aber ich muss doch ...»

«Das geht nicht.» Er packte sie mit seinen fleischigen Pranken und stieß sie auf die Haustür zu. «Ihr auch, Sir. Wenn ich bitten dürfte.»

Schicksalsergeben gingen die Quicks in ihr Haus zurück.

William, der kreidebleich war, streckte die Hand nach Susannahs Arm aus, zog sie dann aber hastig wieder zurück. «Ich muss mich säubern, der Ansteckungsgefahr wegen. Kommt, gehen wir ins Haus zurück.»

«William, ich kenne die Leute! Ich habe Jane Quick und den kleinen Edwin vor ein paar Wochen kennengelernt», weinte Susannah. «Eben war er noch ein quicklebendiger kleiner Junge, und jetzt kommt er in die Pestgrube und wird mit Löschkalk bestreut wie ein verwesender Pferdekadaver!»

«Denkt nicht daran! Vergesst nicht, er ist jetzt an einem besseren Ort.»

«Seht nur! Oh, William, muss das unbedingt sein?»

Die Wachleute hatten begonnen, die Haustür der Quicks zu vernageln. Bei jedem Hammerschlag zuckte Susannah zusammen.

Im Haus fing Jane Quick erneut an zu schreien.

19. Kapitel

Tiefe Niedergeschlagenheit senkte sich auf das Kapitänshaus herab. Susannah saß stundenlang in der Kapelle am Fenster und starrte zum Haus der Quicks hinüber, während ihr die Erinnerung an den toten kleinen Edwin keine Ruhe ließ. Passanten machten einen weiten Bogen um die Tür, an die inzwischen ein rotes Kreuz gemalt worden war. Der Wachmann stand in krummer Haltung davor und stocherte sich gelangweilt mit dem Messer zwischen den Zähnen herum. Abends löste ihn ein anderer ab, um die Nachtwache zu übernehmen.

William besuchte die Quicks jeden Tag und verständigte sich mit ihnen durch das Fenster im Obergeschoss. Das Paar weise soweit keine Pestsymptome auf, berichtete er, sei aber seelisch stark angeschlagen.

Eine dicke Rauchwolke stieg über den Dächern auf, als Edwins Bett sowie sämtliche Laken und Decken des Haushalts im Hinterhof verbrannt wurden. Sobald feststand, dass seine Eltern weiterhin nicht erkrankt waren, erlaubte Agnes Susannah, Laken und eine Decke aus dem Wäscheschrank zu nehmen und hinüberzubringen. Außerdem besorgte Susannah in der Apotheke ihres Vaters reinigende Kräuter, damit die Quicks ihr Haus ausräuchern und von Pesterregern befreien konnten, und packte ihnen noch etwas Verpflegung in einen Korb.

Francis Quick ließ ein Seil aus dem Fenster herunter, um den Korb daran nach oben zu befördern. «Vielen Dank, Mrs. Savage. Die Lebensmittel, die wir noch hatten, sind alle verdorben, und einen Monat lang können wir wohl nicht darben.»

«Ich komme wieder», versprach Susannah. «Wie geht es Eurer armen Jane?»

«Sie liegt im Bett und kann nicht aufhören zu weinen. Sie ist schon völlig abgemagert.»

«Richtet ihr bitte aus, dass ich an sie denke.»

An jenem Abend legte William mit einem Seufzen sein

Messer aus der Hand. «Starrt mich doch nicht so an, Susannah! Da vergeht mir ja der Appetit.»

«Ich möchte nur sichergehen, dass Ihr Euch bei den Quicks nicht angesteckt habt.»

«Meint Ihr ernsthaft, ich würde hierbleiben und alle im Haus gefährden, wenn ich das Gefühl hätte, krank zu sein? Nun esst und hört auf, Euch Sorgen zu machen.»

«Aber wir machen uns alle Sorgen! Was ist, wenn ...»

Agnes hob die Hand, um Susannah zum Schweigen zu bringen. «William ist sehr viel vernünftiger als Henry.»

«Du liebe Güte, das will ich doch wohl hoffen!», sagte William entgeistert.

Kurz blieb es still, und Susannah ertappte sich bei dem Gedanken, dass William, wie vernünftig er auch erscheinen mochte, sich trotzdem dazu hatte hinreißen lassen, ein Kind mit einer Sklavin zu zeugen.

William schnitt sich eine weitere Scheibe Brot ab. «Ich habe eine interessante Beobachtung gemacht, die ich in Kürze in einem Aufsatz niederlegen werde. Mir ist aufgefallen, dass die Seuche am schlimmsten in Vierteln wütet, wo arme Menschen auf engstem Raum zusammengepfercht und unter schlechten hygienischen Bedingungen wohnen. In wohlhabenderen Haushalten dagegen erkranken meist nur ein oder zwei Personen, mag der Patient auch noch so oft niesen. Und nicht bei allen Kranken verläuft die Seuche tödlich.»

«Dann ...» Susannah ließ sich seine Worte kurz durch den Kopf gehen. «Dann schließt Ihr also aus, dass die Pest durch Niesen übertragen wird? Oder durch giftige Dünste in der Luft oder vom Fluss her?»

«Entweder habe ich einen famosen Schutzengel, oder aber die Seuche wird nicht auf diesen Wegen übertragen. Möglich, dass es sogar unterschiedliche Arten von Pest gibt.» Er beugte sich vor. «Ich habe eine Theorie: Könnten wir die Stadt von den rattenverseuchten Mietsbaracken befreien, für Sauberkeit in den Gassen sorgen und eine bessere Lösung für das Abwasser finden, ließe sich die Pest mit Sicherheit in den Griff bekommen.»

«Hier in der Stadt geht die Pest um, solange ich denken kann», sagte Agnes. «Hin und wieder flammt sie stärker auf, liegt aber eigentlich immer auf der Lauer.»

«Dagegen muss doch etwas unternommen werden!», sagte Susannah. «Wäre ich doch bloß als Mann zur Welt gekommen, dann hätte ich Apotheker werden können. Oder Arzt.»

William lächelte. «Aber dann könntet Ihr die Welt nicht mit Euren weiblichen Reizen beglücken.»

Agnes gluckste vergnügt. «So ein nettes Kompliment hast du einer Frau aber lange nicht mehr gemacht, Will.»

«Ich stelle lediglich Tatsachen fest», verteidigte er sich.

Susannah freute sich zu sehen, dass seine Ohren ebenso blutrot glühten wie ihre Wangen. «Schön und gut», sagte sie, «aber es wurmt mich schon, dass ich mich nicht nützlicher machen kann.»

«Ihr macht Euch doch nützlich, Ihr bringt dem kleinen Joseph Lesen und Schreiben bei. Und wie ich bemerkt habe, lasst Ihr ja auch Emmanuel mitlernen. Neulich habe ich ihn dabei angetroffen, wie er einzelne Wörter aus meiner Zeitung buchstabiert hat.»

Agnes schob unwillig ihren Teller fort. «Welchen Sinn hat es, einem Sklaven Lesen und Schreiben beizubringen, zumal, wenn er groß und stark ist und sich viel besser zur Feldarbeit eignen würde?»

«Tante, was für eine Frage!», rügte William. «Ein jeder sollte in den Genuss von Bildung kommen dürfen, finde ich, egal, ob Sklaven, Frauen oder Kinder aus Armenvierteln. Wer weiß, welch ungeahnte Schätze gerade dort schlummern, wo man es nicht vermutet?»

«Und wenn auch noch die letzte Dienstmagd in den Genuss von Bildung gekommen ist, was dann?» Agnes hieb ungehalten mit der Faust auf den Tisch. «Wer soll dann die niederen Arbeiten verrichten?»

Susannah wurde weiter von Albträumen geplagt. Einmal schreckte sie frühmorgens mit Herzrasen aus dem Schlaf auf, heillos ins Laken verheddert. Sie hatte wieder einmal von der entsetzlichen Tortur ihrer Mutter im Kindbett und dem barbarischen Tod des Ungeborenen geträumt. So unmittelbar standen ihr die Leiden ihrer Mutter in diesen Träumen vor Augen, dass sie noch tags darauf einen dumpfen, hohlen Schmerz in der Brust verspürte und erneut von schlimmen Ängsten um ihr eigenes Kind bestürmt wurde.

Noch immer tief bedrückt, kleidete sie sich an und ging nach unten.

Peg brachte in der Küche gerade das Feuer in Gang, während Phoebe die Zinnteller polierte.

«Ihr seid früh auf», sagte Mrs. Oliver und knallte die Ofentür zu, nachdem sie das Brot hineingeschoben hatte. «Konntet Ihr nicht mehr schlafen?»

«Ich hatte wieder Albträume.»

«Vielleicht solltet Ihr beim Abendbrot besser die Finger vom Käse lassen?»

Phoebe sah sie kurz finster an und wandte sich dann wieder ihrer Arbeit zu.

Susannah sah sich im Hinausgehen noch einmal um und hätte schwören mögen, dass ein Lächeln um die Lippen der anderen Frau spielte.

Agnes war bereits wach und miserabler Laune.

Susannah wollte sie ein wenig aufheitern, hatte damit jedoch keinen Erfolg. Die alte Frau war so gereizt und ungeduldig, dass Susannah ihr zweimal beim Umkleiden behilflich sein musste, ehe sie mit ihrem Aufzug halbwegs zufrieden war.

«Bringt mir meinen Spiegel», verlangte Agnes. Nachdem sie sich länger gemustert hatte, seufzte sie. «Eine Schönheit wie meine Schwester bin ich nie gewesen, aber nun hat das Alter alles zunichte gemacht, was ich an Reizen je besessen habe.»

«Was Euch an Jugend fehlt, wird durch Charakterstärke mehr als wettgemacht», sagte Susannah.

«Warum sagt Ihr nicht einfach, dass Ihr mich für eine zänkische alte Schachtel haltet?»

«Weil das nicht stimmt. Nicht immer jedenfalls», setzte sie leise hinzu.

Agnes lachte ausgelassen. «Holt mir meinen Rougetiegel, Miss, und hütet bloß Eure spitze Zunge!»

Schließlich entschied Agnes, dass sie der Welt wieder unter die Augen treten konnte, und machte sich, schwer auf ihren Stock gestützt, auf den Weg in die Kapelle.

Nichts konnte ihr an jenem Morgen recht gemacht werden. Susannah bot an, ihr vorzulesen, aber danach stand Agnes nicht der Sinn. Sie versuchten es mit einer Partie Schach, doch Agnes verlor schon bald das Interesse. Emmanuel und Joseph gingen ihr mit ihrem Geplapper so auf die Nerven, dass sie die beiden nach unten in die Küche schickte. Als Peg ihr später auf einem Tablett das Mittagessen brachte, rührte sie das Kaninchenfrikassee und den Salat kaum an.

Susannahs Laune wurde im Laufe des Tages ebenfalls immer trüber, mit der Folge, dass sie ihren Pflichten weniger sorgfältig nachkam als sonst. Agnes trieb sie mit ihrem ständigen Gerede darüber, dass die Pest sie über die Luft irgendwann auch im Kapitänshaus ereilen könnte, halb in den Wahnsinn. Hinzu kamen die heftigen Schmerzen, die ihr in den Hüften zusetzten, weil sich ihre Leistenbänder lockerten, und obwohl sie wusste, dass dies nun einmal unumgänglich war, damit das Kind später zur Welt kommen konnte, bekam sie von den Beschwerden fast ebenso schlechte Laune wie Agnes.

Nach dem Abendessen flüchtete Susannah nach unten in den Garten und setzte sich in den Bogengang, wo William sie, hemmungslos in ihr Taschentuch schluchzend, wenig später vorfand. Er hatte ein großes Paket dabei, das er rasch abstellte, ehe er sich neben sie auf die Bank setzte. «Susannah, was ist denn?»

«Alles!» Sie tupfte sich schniefend mit dem Taschentuch die Augen ab.

«Erzählt mir doch bitte, was passiert ist.» Er neigte sich vor und streichelte ihr mit dem Zeigefinger so sanft über die Hand, dass sie am liebsten Zuflucht an seiner breiten Brust gesucht hätte.

«Agnes war den ganzen Tag schlechter Laune, und ich habe ein paarmal die Geduld mit ihr verloren.»

Er grinste schief. «Sie kann sehr schwierig sein, wenn sie mal eine ihrer Launen hat.»

«Und ich habe so furchtbare Träume. Immer wieder sehe ich meine Mutter im Kindbett vor mir und höre sie um Hilfe schreien, während der Arzt vor ihr steht und lachend sein Messer wetzt.»

«Das ist sehr unschön, aber es war doch nur ein Traum, Susannah.»

«William, ich habe solche Angst vor der Zukunft!» Vor Beklemmung wurde ihr die Brust ganz eng. «Ich kann nicht für immer hier wohnen bleiben. Wo soll ich mit meinem Kind bloß hin?» Von neuem rannen ihr die Tränen aus den Augen, und sie schnäuzte sich geräuschvoll.

«Wer redet denn davon, dass Ihr woanders hinmüsst.»

«Und ich habe ständig Sodbrennen und Rückenschmerzen, und außerdem watschle ich inzwischen wie eine Ente.»

William sah sie kurz an und brach dann in Gelächter aus. «Kommt her!» Er legte den Arm um sie und zog sie an sich. «Während der Schwangerschaft träumen Frauen oft schlecht und entwickeln seltsame Grillen ...»

«Aber ich ...»

«Schh!» Er legte ihr einen Finger auf den Mund. «So etwas Verrücktes ist mir ja noch nie untergekommen.»

«Was, dass ich mir Sorgen um meine Zukunft mache?» Sie schloss die Augen und atmete seinen wohltuenden Geruch ein, eine Mischung aus sauberer Wäsche und warmer Haut. Wie gut es sich anfühlte, von seinem starken Arm gehalten zu werden, der Augenblick hätte niemals enden sollen.

«Nein. Das mit dem Watscheln. Nie und nimmer könnte man Euch nachsagen, dass Ihr Euch ähnlich plump wie eine Ente bewegt.» William nahm ihr das feuchte Taschentuch aus der Hand und tupfte ihr unendlich behutsam die Tränen ab.

Er neigte sich so dicht zu ihr, dass Susannah die Bartstoppeln an seinem Kinn erkennen konnte.

Sie fuhr sich nervös mit der Zunge über die Lippen, während ihr Herz Purzelbäume zu schlagen begann.

William nahm sanft ihr Kinn in die Hände und betrachtete sie eingehend. «Wie zauberhaft schön Ihr seid», flüsterte er.

«William?», hauchte sie.

Er stöhnte und drückte ihr dann den Mund auf die Lippen.

Susannah schlang ihm die Arme um den Hals und gab sich ganz seinem Kuss hin, der sanft und doch voller Leidenschaft war. Sie spürte, dass er sich zurückhielt, was ihr Verlangen nur noch mehr anfachte. O hätte er sie doch immer weiter so küssen können! Diesen Kuss, das wusste sie, würde sie ihr Leben lang nicht vergessen.

Endlich löste er sich von ihr und hob ihr Kinn an, um ihr tief in die Augen zu blicken.

Sie spürte, wie ihr die Hitze in die Wangen stieg. «Neulich, morgens im Garten ...»

«Da hätte ich dich fast geküsst.»

«Das dachte ich mir schon. Aber ...»

«Was, aber?»

«Ich dachte, du fändest mich abstoßend.»

«Wie kommst du darauf?»

«Ich habe gesehen, wie du mich angeschaut hast.» Sie legte sich die Hand auf den gewölbten Bauch.

«Natürlich finde ich dich nicht abstoßend! Du bist so schön wie eine aufblühende Rose ...»

«Die aber watschelt wie eine Ente.»

«... eine wunderschöne Rose. Ich hatte bloß Angst, es könnte ungehörig erscheinen, dir meine Gefühle zu gestehen, während du das Kind meines Cousins in dir trägst. Und noch dazu, da du erst seit kurzem Witwe bist.»

Sie wich seinem forschenden Blick aus. «Ich habe Henry nicht geliebt», sagte sie schließlich. «Ich wollte ihn gerne lieben und habe mich ehrlich darum bemüht. Aber es ging nicht.»

Er seufzte leise und streichelte ihr mit dem Daumen über die Wange. «Dass mir das leidtut, kann ich nicht gerade behaupten.»

«Es war ein solcher Schock, festzustellen, dass ich von ihm schwanger war.» Sie sah verlegen zu Boden. «Die Ehe ist erst nach ... einigen Monaten vollzogen worden. Und dann auch nur ein einziges Mal, ich hätte nie gedacht, dass dabei ein Kind gezeugt wurde. Erst recht, weil Henry und ich es ... beide so unbefriedigend fanden.» Beschämt entsann sie sich, wie schroff Henry sich hinterher von ihr abgewandt und das Zimmer verlassen hatte. Fast trotzig sah sie William an. «Ich weiß, es gehört sich nicht, über so etwas zu reden, aber ich fand, das solltest du wissen.»

Er blickte ihr tief in die Augen. «Ich danke dir für deine Offenheit. Zu oft habe ich mir vorgestellt, wie du und Henry ...» Er wandte den Blick ab und presste kurz die Kiefer zusammen. «Eifersucht ist etwas Schreckliches.»

«Ja.» Susannah musste unwillkürlich an Phoebe denken. Dass William Geheimnisse vor ihr hatte, war ihr eigentlich nicht recht. Sollte sie ihm jetzt vielleicht sagen, dass sie von seiner Beziehung zu Phoebe wusste, und auch, dass er Josephs Vater war?

William bückte sich nach dem Paket, das er zuvor neben der Bank abgestellt hatte. «Ich habe ein Geschenk für dich.»

Damit war die Gelegenheit dahin. «Für mich?» Sie nahm das Paket entgegen und stellte es sich auf die Knie. Es war ziemlich schwer. Ungeduldig löste sie die Kordel, mit der es verschnürt war, entfernte das Packpapier und riss ungläubig die Augen auf, als ein Apothekerkasten aus Weidenholz zum Vorschein kam. Sie klappte den Scharnierdeckel mit dem kleinen Messinggriff auf und erblickte ein Tablett mit einer kleinen Waage, einem scharfen Messer, einem Mörser samt Stößel, einem Trichter und einer Mischschale. Unter dem herausnehmbaren Tablett kamen Fläschchen mit Schwefel, Quecksilber, Salzen und Ölen sowie Dosen voll getrockneter Kräuter zum Vorschein. Sie nahm einen silbernen Messlöffel heraus, um ihn näher zu begutachten. «Oh, William», hauchte sie andächtig, «so etwas Schönes habe ich ja noch nie gesehen!»

Er warf den Kopf zurück und lachte. «Die meisten Frauen würden so etwas wohl höchstens über Perlen oder Rubine sagen. Aber ich wusste gleich, dass er dir gefallen würde.»

«Und wie!» Sie fiel ihm stürmisch um den Hals.

In dem Moment flog die Küchentür auf, und Phoebe kam in großer Eile herausgestürzt. Als ihr Blick auf William und Susannah fiel, blieb sie unschlüssig stehen.

Susannah löste sich zögerlich von William.

Nach einem vorwurfsvollen Blick zu Susannah wandte sich Phoebe händeringend an William. «Herr, bitte kommt schnell!»

«Was ist denn, Phoebe?»

«Die Missus. Sie prügelt auf Emmanuel ein. Ihr müsst ihm helfen! Kommt mit, rasch!»

William wechselte einen verwunderten Blick mit Susannah, dann eilten sie ins Haus.

Agnes drosch, sichtlich außer sich vor Wut, mit ihrem Gehstock auf Emmanuel ein, der zusammengekauert in der Ecke der Kapelle hockte. Joseph stürmte seiner Mutter entgegen und barg schluchzend das Gesicht in ihrer Schürze. Aphra, die aufgeregt kreischend auf- und abhüpfte, machte die allgemeine Verwirrung komplett.

William wand Agnes den Stock aus der Hand und sorgte dafür, dass sie sich hinsetzte.

«Das kann ich einfach nicht dulden!» Ihr Kinn zitterte.

«Dass dieser ... dieser Sklave es wagt, hier in meinem Haus mein Dienstmädchen zu belästigen!»

«Welches Dienstmädchen?»

«Peg natürlich! Ich war auf der Suche nach Susannah, die mich mutwillig im Stich gelassen hat, obwohl sie ganz genau weiß, dass ich beim Aufschnüren meines Mieders Hilfe benötige!»

«Agnes, es tut mir leid ...»

Die alte Frau überging ihren Einwurf. «Und was sehe ich da? Emmanuel, der das Mädchen gegen die Wand drückt und an ihrer Kleidung herumzerrt, während sie laut schreit und sich zu wehren versucht! Seit seinem fünften Lebensjahr befindet sich dieser Junge in meiner Obhut, und jetzt missbraucht er so schändlich mein Vertrauen. Er soll mir nicht mehr unter die Augen kommen! Gleich morgen gehst du zum Hafen, Will, und findest heraus, wann das nächste Schiff nach Barbados ablegt. Soll er bei meinem Bruder auf der Plantage arbeiten. Der Aufseher wird schon dafür sorgen, dass ihm die Flausen gründlich vergehen!»

«Nein!», entfuhr es Susannah. «Agnes, das dürft Ihr nicht tun!»

«Wer hat Euch das Wort erteilt, Miss!»

Emmanuel warf sich Agnes mit einem leisen Aufjammern zu Füßen, umfasste bittend ihre Knöchel, aber sie schüttelte ihn unwirsch ab. «Sperre ihn in den Keller, William. Nun kommt, Susannah!»

Nach einem flehentlichen Blick zu William blieb Susannah nichts übrig, als ihr zu folgen.

Nachdem sie die noch immer vor Zorn brodelnde Agnes entkleidet und zu Bett gebracht hatte, eilte Susannah nach oben ins Dachgeschoss und klopfte an Pegs Tür. Als sie keine

Antwort erhielt, öffnete sie die Tür und sah, dass Peg bäuchlings auf ihrem Bett lag.

«Hat er dir wehgetan, Peg?»

Sie drehte sich um, sah sie mit rot verweinten Augen an und schüttelte den Kopf. «Oh, Ma'am, jetzt setzt mich die gnädige Frau ohne ein Zeugnis vor die Tür!»

«Nein, Unsinn. Sie ist ja nicht auf dich wütend, sondern auf Emmanuel. Sie hat ihn im Keller einsperren lassen.» Susannah klopfte ihr beruhigend auf die Schulter, aber das Mädchen konnte einfach nicht aufhören zu weinen. «Hat er dich genötigt?»

Peg schüttelte den Kopf, während sie mühsam ihr Schluchzen zurückhielt.

«Die gnädige Frau will ihn zurück nach Barbados schicken.»

Worauf Peg erneut in heftiges Schluchzen ausbrach.

Wenigstens hatte Agnes Peg noch einmal davor bewahren können, entehrt zu werden, überlegte Susannah, während sie dem Mädchen über die bebenden Schultern rieb und sie leise tröstete. Das arme, verwaiste kleine Ding, dessen ganzes kurzes Leben von Unsicherheit überschattet war. Emmanuel brachte sie zum Lachen und war wie ein Lichtblick für sie gewesen. Susannah setzte sich zu Peg an den Bettrand und streichelte ihr übers Haar, bis sie sich beruhigt hatte und eingeschlafen war.

Während das Tageslicht im Fenster allmählich schwand, ging Susannah allerlei durch den Kopf. Sie musste sich erst noch darüber klar werden, was vorhin mit William geschehen war, und ließ immer wieder den Moment Revue passieren, als er sie geküsst hatte.

Als es schließlich fast dunkel war, stand sie auf und ging leise zur Tür.

«Ma'am?»

«Ja, Peg?»

«Emmanuel war mein Freund. Warum muss Gott mir alle wegnehmen, die ich gernhabe?»

«Das kann ich dir nicht sagen. Er wird wohl Seine Gründe haben.»

«Ich wollte, meine Mutter wäre noch am Leben», flüsterte Peg.

Susannah versetzte es einen kleinen Stich. Ehe sie hinausging, wandte sie sich noch einmal um. «Mir fehlt meine Mutter auch.»

In der Küche herrschte gedrückte Stimmung. Phoebe liefen die Tränen übers Gesicht, während sie ihrer Arbeit nachging, und selbst Mrs. Oliver, die gerade energisch den Küchentisch scheuerte, konnte nicht verbergen, wie aufgewühlt sie war. «Ich hätte es merken und der Sache einen Riegel vorschieben sollen», sagte sie. «So groß er auch sein mag, Emmanuel ist im Grunde noch ein Kind. Ich wusste, dass er ein Auge auf Peg geworfen hatte, aber ich hätte mir nie vorstellen können ...»

«Damit steht Ihr nicht allein da. Er hat Peg eben gern, da werden ihm im Überschwang der Gefühle wohl die Pferde durchgegangen sein. Was sein Handeln natürlich in keiner Weise entschuldigt. Ich werde mit ihm sprechen.»

«Der gnädige Herr hat ihn im Kohlenkeller eingesperrt und uns ausdrücklich verboten, zu ihm zu gehen.»

«Ich gehe trotzdem.»

Sie ging die Treppe hinunter in den Keller und hielt sich die Nase zu, als sie an dem randvollen Behälter mit Abwasser vorbeikam. Die Tür des Kohlenkellers war mit einem Vorhängeschloss versperrt. «Emmanuel?»

Sie meinte eine Bewegung hinter der Tür zu hören und rief

abermals seinen Namen, erhielt aber keine Antwort. «Emmanuel, hab keine Angst, ich werde mit Doktor Ambrose sprechen.»

Sie fand William in seinem Arbeitszimmer vor, wo er gedankenverloren einen Globus des Kapitäns drehte.

Susannah beobachtete ihn kurz, verfolgte im Dämmerlicht das Spiel der Schatten auf seinem Gesicht.

Er hob den Blick, und sogleich hellte sich seine Miene auf. «Susannah! Ich habe mich schon gefragt, wo du steckst. Ich habe dich überall gesucht.»

«Ich habe Agnes zu Bett gebracht und war dann noch bei Peg. Sie ist furchtbar aufgewühlt.»

«Was hat sie über Emmanuel gesagt? Hat er ihr Gewalt angetan?»

«Sie sagt nein. Ich habe den Verdacht, dass die beiden sich von ihren Gefühlen haben hinreißen lassen. Soll ich die Kerze anzünden?»

William griff nach ihrer Hand und zog sie auf sein Knie. «Nein, mir gefällt das Schummerlicht.» Versonnen ließ er sich eine ihrer Locken durch die Finger gleiten, zog sie glatt und ließ sie wieder zurückschnellen. «Dein Haar hat die Farbe der Kastanien, die ich als Junge gesammelt habe. An Weihnachten haben wir die in Merryfields immer am Kamin geröstet.»

Susannah schmiegte sich an ihn und hoffte im Stillen, dass sie sich auf seinen Knien nicht zu schwer anfühlte. In seiner Nähe fühlte sie sich unendlich wohl, als wäre sie nach einer langen Reise heimgekehrt. Er lächelte sie an und wirkte dabei kein bisschen streng. Sie drehte den Globus, bis sie Amerika gefunden hatte, wo ihr Bruder Tom lebte. «William, du willst Emmanuel doch nicht wirklich nach Barbados zurückschicken, oder? Sein Verhalten mag falsch gewesen sein, aber ich bin mir sicher, er hat seine Lektion jetzt gelernt.»

«Agnes wird ihn nicht länger hierbehalten wollen.»

«Aber sie darf ihn nicht fortschicken!»

«Wo soll er sonst hin?»

«Er könnte ...» Sie verstummte verlegen. «Er könnte bei einer anderen Dame arbeiten.»

«Wer braucht dieser Tage schon einen schwarzen Pagen, noch dazu einen so großen? So viele Dienstboten wurden von ihren Herrschaften in der Stadt zurückgelassen, als sie aufs Land geflüchtet sind, und müssen auf der Straße leben. Du weißt aus eigener Erfahrung, wie schwer es ist, Arbeit zu finden. Und Emmanuel könnte noch nicht einmal ein gutes Zeugnis vorweisen.»

«Er ist stark. Vielleicht könnte er sich ja auf einem Bauernhof auf dem Land verdingen?»

«Er würde bei der Landbevölkerung sicher auf Ablehnung stoßen. Schwarze sind ihnen nicht so vertraut wie uns hier in London, ich bezweifle also, dass er Arbeit finden würde. Außerdem gehört er immer noch Agnes. Solange sie ihm nicht die Freiheit schenkt, kann sie mit ihm tun und lassen, was ihr beliebt. Und ihr Entschluss steht fest: Er soll zurück auf die Plantage.»

«Dann müssen wir sie umstimmen! Letzten Endes hat er der armen Peg doch nichts zuleide getan.»

«Das sehe ich anders. Er ist für sein Alter schon sehr kräftig, ein junger Mann, in dem sich die Triebe regen. Hier im Kapitänshaus kann er nicht bleiben. Harte körperliche Arbeit wird für ihn das Beste sein, da wird er seine überschüssige Kraft los und hat keine Zeit, auf dumme Gedanken zu kommen.»

Susannah fuhr entrüstet in die Höhe. «Emmanuel hat fürchterliche Angst davor, auf die Plantage zurückgeschickt zu werden. Das darfst du nicht zulassen! Er hat fast sein ganzes Leben in diesem Haushalt zugebracht; es ist die einzige Welt, die ihm vertraut ist.»

«Tja, aber er kann unmöglich hierbleiben.»

«Wie kannst du nur so hartherzig sein!»

«Vertrau mir einfach, Susannah. Ich weiß schon, was in dieser Lage zu tun ist.»

«Bevormunde mich bitte nicht!» Zorn stieg in ihr auf. Wieso war er so stur und wollte nicht begreifen, was es für Emmanuel bedeuten würde, auf die Plantage zurückzumüssen? «Du enttäuschst mich, William. Ich hätte dir mehr Mitgefühl zugetraut.»

«Und ich hatte gehofft, du würdest mir inzwischen vertrauen.»

Wortlos starrten sie sich an.

Susannah war wie betäubt. Wie hatte sich so plötzlich diese Kluft zwischen ihnen auftun können? Ein grässliches Gefühl von Kälte kroch in ihr hoch. Hätte er jetzt auch nur die kleinste Bewegung in ihre Richtung gemacht, sie wäre ihm vor Freude um den Hals gefallen.

Nach einem endlosen Augenblick wandte sie sich ab und verließ das Zimmer, ohne sich noch einmal umzusehen.

20. Kapitel

Als Susannah früh am nächsten Morgen in die Küche kam, hatte William mit Emmanuel zusammen bereits das Haus verlassen. Peg ging lethargisch ihren Pflichten nach, in sich zusammengesunken wie eine kleine alte Frau. Phoebe, die sich schroff an Susannah vorbeidrängte, um den Kübel mit dem

Inhalt der Nachttöpfe im Keller auszuleeren, hatte vom Weinen dick verquollene Augen. Und der kleine Joseph fragte sie immer wieder, wann Emmanuel zurückkommen würde, während er ihr wie ein Schatten folgte.

«Und zieht gefälligst nicht so eine saure Miene, Miss», sagte Agnes später, als Susannah ihr das Mieder zuschnürte.

«Ich ziehe keine saure Miene, Agnes. Mir ist bloß etwas schwer ums Herz.»

«Es ist mir unverständlich, dass Ihr mit Emmanuel solche Nachsicht übt. Ich dachte, Ihr hättet Peg gern.»

«Natürlich habe ich sie gern! Aber Emmanuel hat sie ja nicht geschändet.»

«Weil ich noch rechtzeitig dazwischengegangen bin, ja. Euch muss doch aufgefallen sein, wie lüstern er sie immer angestarrt hat?»

«Trotzdem ... ihn einfach so abzuschieben wie ein Hündchen, das Euch lästig geworden ist ...»

«Ich verbiete Euch, noch länger darüber zu reden! Ihr werdet Joseph anleiten, damit er Emmanuels Platz einnehmen kann. Er muss lernen, wie man Briefe überbringt und sich Höhergestellten gegenüber angemessen ausdrückt, mit diesen Lektionen könnt Ihr anfangen.»

«Ja, Agnes.»

Schweigend steckte Susannah ihrer Dienstherrin das Haar hoch und setzte ihr die Haube auf, schlug die Bettwäsche zum Lüften zurück und legte ihr Nachthemd zusammen.

Nachdem sie fertig angekleidet war, entließ Agnes sie und blieb an ihrem Toilettentisch sitzen, anscheinend tief in Gedanken versunken.

Zwei Tage darauf saß Susannah im Garten und nähte Kleidung für ihr Kind. Agnes hatte ihr ein Laken aus feinem, nach jahrelangem Waschen samtig weichem Leinen überlassen, verbunden mit der Aufforderung, sich draußen an der frischen Luft an die Arbeit zu machen. Erleichtert, der stickigen Atmosphäre im Haus einmal entkommen zu können, war Susannah mit ihrem Nähkasten in den Garten gegangen und hatte sich ein schattiges Plätzchen unter einer Geißblattlaube gesucht. William hatte seit ihrer Meinungsverschiedenheit kein Wort mehr mit ihr gesprochen. Sie war zu stolz, ihm nachzulaufen, und außerdem fand sie nach wie vor, dass er im Unrecht war.

Beim Nähen der winzigen Kleidungsstücke kam ihr stark zu Bewusstsein, dass sie, mit Gottes gütiger Hilfe, schon in wenigen Wochen ihr Kind in den Armen halten würde. Aber wie würde es dann weitergehen? Was, wenn das Baby ebenso viel schrie wie Joshua und Samuel? Könnte sie ihren Pflichten als Zofe dann noch in vollem Umfang nachkommen? Würde Agnes sie unter irgendeinem Vorwand entlassen? Seit Emmanuels Verbannung war ihr Verhältnis ohnehin angespannt.

Auf dem gepflasterten Weg näherten sich Schritte. Sie hob den Blick und sah, dass William auf sie zukam. Statt ihn zu begrüßen, senkte sie trotzig den Kopf und widmete sich beflissen ihrer Näharbeit.

Er blieb vor ihr stehen, ohne ein Wort zu sagen.

Schließlich gab Susannah sich seufzend einen Ruck. «Du bist also zurück.»

«Wie du siehst. Hast du mir inzwischen verziehen?»

Sie stieß so erbost die Nadel in das Hemdchen, an dem sie gerade arbeitete, dass sie sich dabei in den Finger stach. Zu ihrem Ärger musste sie mit ansehen, wie sich ein Tropfen Blut auf dem Leinen ausbreitete.

«Ob ich dir verzeihe, spielt keine Rolle. Hoffentlich kannst du beim Gedanken daran, wie Emmanuel jetzt leiden muss, nachts schlafen.»

«Die Sache mit Emmanuel habe ich so gelöst, wie es mir am besten erschien.»

«Fragt sich nur, mit welchem Recht du zu wissen glaubst, was für ihn das Beste ist?»

Er öffnete den Mund und schloss ihn dann wieder. «Susannah, ich bitte dich, vertrau mir einfach. Emmanuel ist von mir kein Haar gekrümmt worden. Nun lass uns nicht mehr darüber sprechen. Außerdem habe ich dir etwas mitgebracht.»

«Schon wieder ein Geschenk? Du willst mich doch hoffentlich nicht bestechen?»

«Susannah! Kannst du es jetzt nicht gut sein lassen? Und streng genommen ist dieses Geschenk auch gar nicht für dich.»

«Oh.» Sie ließ enttäuscht ihre Näharbeit sinken.

«Warte kurz!» William eilte ins Haus und kehrte gleich darauf mit einem sperrigen, in Sackleinen gehüllten Bündel zurück, das er vor ihren Füßen abstellte. «Sieh es dir an!»

Sie schlug die Umhüllung beiseite. Zum Vorschein kam eine Wiege aus Eichenholz, wunderschön verziert mit einem geschnitzten Muster aus Eichenlaub und Eicheln. Sprachlos starrte sie die Wiege an. Wie konnte sie ihm ihre Freude über dieses wundervolle Geschenk zeigen, wo sie ihm doch immer noch grollte? Sie fuhr mit dem Finger über eine der geschnitzten Eicheln und sagte leise: «Die ist ja zauberhaft, William! Ich hatte schon gedacht, mein Kind müsste seine ersten Monate in einem Weidenkorb verbringen, aber damit fängt sein Leben gleich prachtvoll an.»

«Ich hatte gehofft, dass sie dir gefällt. Ich habe sie vom

Dachboden in Merryfields geholt. In dieser Wiege habe ich meine ersten Monate verbracht, während meine Mutter sie mit dem Fuß geschaukelt und mir vorgesungen hat.»

«Du hast in dieser Wiege gelegen?»

«Ja. Und vor mir mein Vater und später meine Schwester.» Er senkte den Blick zu Boden. «Irgendwann, habe ich früher gedacht, würde einmal mein Sohn darin schlafen, aber daraus ist nichts geworden.»

«Danke schön, William», sagte sie, aufrichtig gerührt.

«Und jetzt gehe ich mal besser bei meiner cholerischen Tante nach dem Rechten sehen.» Ehe er sich zum Gehen wandte, beugte er sich rasch zu ihr hinab und drückte ihr einen Kuss auf den Hals.

Sie hob die Hand an die Stelle, wo er sie geküsst hatte, und sah ihm nach. Nervös an der Unterlippe kauend, überlegte sie, ob sie etwa Emmanuels Verbannung ihre Zustimmung erteilt hatte, indem sie die Wiege als Geschenk annahm.

In jener Nacht träumte Susannah wieder einmal davon, dass sie am Bett ihrer wehengeplagten Mutter saß. Eine einzige Kerze flackerte auf dem Waschtisch, im Kamin glomm schwach ein heruntergebranntes Feuer, ansonsten war es dunkel. Die Luft war entsetzlich stickig und überhitzt, und ihre Mutter rang mühsam keuchend um Atem. Goody Treswell rührte mit dem Schürhaken in der Glut und streute bittere Kräuter hinein. Grelle Funken sprühten zum Schlot hinauf, als die harzigen Zweige Feuer fingen, und dichter Qualm zog in Schwaden durch die Kammer, bis Susannah die Augen tränten.

Das Geräusch der Haustür, die unten ins Schloss krachte,

ließ sie zusammenzucken. Stimmen. Schwere Schritte auf der Treppe. Dann ging die Tür auf, und Dr. Ogilbys Schatten fiel auf die Wand.

«Wir haben es bald draußen!», verkündete er. Ein Ausbeinmesser glänzte im Schein des Kaminfeuers, während er es in die Höhe hielt und die Schärfe der Klinge prüfte.

Ihre Mutter versuchte voller Angst, sich aufzurichten. «Lasst nicht zu, dass er meinem Kind etwas antut!»

Dr. Ogilby wandte sich lächelnd zu ihr um.

Schluchzend hielt Susannah ihre Mutter an den Armen fest.

«Er darf meinem Kind nichts tun!»

Die Schreie ihrer Mutter, die krampfhaft die Augen zukniff, gellten durch die Kammer. Ogilby beugte sich herab, und Susannah spürte seinen feuchtwarmen, rumgeschwängerten Atem an ihrer Wange.

Mit einem Aufschluchzen schreckte sie aus dem Schlaf, die Hand an die Wange gelegt. Sie hatte Atemzüge an ihrer Wange gespürt. Oder nicht? Sie lag da und starrte beklommen ins Dunkel, während ihr noch immer die gellenden Schreie ihrer Mutter durch den Kopf hallten. Dann nahm sie deutlich ein leises, beharrliches Knarren wahr und war mit einem Schlag hellwach.

Sie schlug erschrocken die Bettdecke beiseite und richtete sich auf. Nachdem sich ihre Augen an die Dunkelheit gewöhnt hatten, fiel ihr Blick auf die Wiege, die neben dem Bett stand. Wie von unsichtbarer Hand bewegt, schaukelte sie leise hin und her.

Sie stürzte wie von Furien gehetzt zur Tür und auf den Flur hinaus, wo sie sich an die Wand lehnte, bis ihr rasendes Herzklopfen etwas nachgelassen hatte. Es war nur ein Albtraum gewesen, beruhigte sie sich. Und doch hatte es sich so real angefühlt. Erneut griff sie sich an die Wange.

Erst nach einer ganzen Weile traute sie sich, die Tür ihrer Kammer wieder zu öffnen.

Vom Fenster her fiel das erste schwache Licht des Morgengrauens auf die Wiege neben ihrem Bett. Sie bewegte sich nicht. Susannah fuhr mit den Fingern über das feingeschnitzte Eichenlaub. Hatte sie sich das Schaukeln der Wiege etwa nur eingebildet?

Der Juli klang mit einem schweren Gewitter aus, das die Atmosphäre ein paar Tage lang klärte, ehe es wieder schwül wurde. Auch nachts herrschte noch eine derart drückende Hitze, dass Susannah, deren Bauch inzwischen, am Ende des siebten Schwangerschaftsmonats, prall gespannt wie eine Trommel war, das Gefühl hatte, zu ersticken, und entsprechend schlecht schlief. Die angenehmste Zeit des Tages war kurz nach Sonnenaufgang, dann drehte sie eine Runde durch den Garten, ehe sie sich um Agnes kümmern musste.

Die Luft war noch kühl, und der strenge Geruch der Themse wurde fast vollständig vom süßen Duft der Rosen und des Geißblatts überlagert, als sie vor dem Frühstück ins Freie ging. Schwerfällig kniete sie sich hin, um ihren Kräutergarten zu pflegen, und spürte sogleich einen Tritt gegen die Rippen, als würde das Kind gegen seine beengte Lage protestieren. Aus dem Augenwinkel nahm sie eine Bewegung im Bogengang wahr. Sie sah auf, doch wer immer es gewesen sein mochte, war schon wieder verschwunden. Seufzend stieß sie ihr Gartenmesser in die Erde, um einen Löwenzahn auszugraben, und hielt dann inne, weil sie ein Kribbeln im Nacken spürte.

Blitzschnell wandte sie sich um und entdeckte Phoebe, die sie vom Bogengang aus beobachtete. Und zwar mit einem so hasserfüllten Blick, dass Susannah sich hastig aufrichtete, ihre Röcke raffte und ins Haus zurückflüchtete, so schnell es ihr Zustand nur zuließ.

Susannah litt grässlich unter der Luft in der stickig warmen Kapelle, die noch dazu mit Agnes' Pfeifenqualm vernebelt war. Alle Fenster waren geschlossen. Der Schweiß stand ihr auf der Stirn, und sie rutschte unbehaglich auf ihrem Sessel herum. Unauffällig zupfte sie ihr Kleid aus den Achselhöhlen und richtete sich kerzengerade auf, um in ihrem einengenden Mieder ein wenig leichter atmen zu können.

Wo William wohl gerade war? Nach der Sache mit Emmanuel war zwischen ihnen eine Entfremdung eingetreten, aber dann hatte er ihr die Wiege geschenkt und sie auf den Hals geküsst. Mit einem kleinen Schauer vergegenwärtigte sie sich das Gefühl seiner Lippen auf ihrer Haut, das leise Kratzen seiner Bartstoppeln. Anscheinend empfand er also noch etwas für sie, obwohl sie sich betont kühl gab und noch immer auf eine Entschuldigung von ihm wartete. Oder gab sie sich etwa Wunschdenken hin, was sein Interesse an ihr betraf? Geküsst hatte er sie zwar, ihr damit aber wohl kaum eine glühende Liebeserklärung gemacht. Dieser verwünschte Kerl! Warum musste er sie so hinhalten?

Sie stand auf und ging ans Fenster. Lange würde sie die brütende Hitze hier in der Kapelle nicht mehr aushalten. Sie seufzte und betrachtete voll Mitgefühl eine Wespe, die aufgeregt an der Fensterscheibe herumsummte. Auch sie wollte offenbar dringend an die frische Luft.

«Warum geht Ihr nicht los und besucht Eure Freundin?», fragte Agnes. «Ihr seid ja hibbelig wie eine Ratte, die im Abflussrohr feststeckt.»

Susannahs Stimmung hellte sich im Nu auf. Sie könnte mit Martha über William reden. «Wenn Ihr mich ganz sicher nicht mehr braucht ...?»

«Ich, Euch brauchen? Was meint Ihr denn, wie ich früher zurechtgekommen bin? Nun ab mit Euch, Miss! Und macht bloß einen weiten Bogen um Fremde; man kann nie wissen, wo die Seuche lauert.»

Draußen auf der Straße war es ein wenig kühler, doch es lag eine eigenartige Stille in der Luft. Beim Anblick der Haustür gegenüber kam ihr ein Gedanke. Vielleicht hatte Jane Quick ja Lust, sie zu Martha zu begleiten? Sie überquerte die Straße und betätigte den Türklopfer.

Im Nachbarhaus ging ein Fenster im Obergeschoss auf, und eine ältere Frau beugte sich heraus. «Sie ist nicht mehr hier. Ihr Mann hat sie gestern nach Surrey nachkommen lassen.» Das Fenster wurde wieder zugeknallt.

Susannah starrte kurz die Tür an, betrübt darüber, dass Jane sich nicht von ihr verabschiedet hatte. Aber in diesen Zeiten kümmerte sich eben jeder nur um sich selbst.

Agnes' Sorge vor Fremden erwies sich als unbegründet. Die Straßen waren wie ausgestorben, und die wenigen Leute, denen Susannah begegnete, waren ebenso vorsichtig wie sie und eilten mit abgewandtem Gesicht vorbei.

Vor Marthas Haus empfing sie der Anblick eines Fuhrwerks, das von zwei Männern gerade mit Möbeln beladen wurde. Auf dem staubigen Gehsteig standen Körbe voll Hausrat. Die Haustür stand offen, und soeben kam ein Mann mit einem Sessel heraus, auf dem Marthas Nähkasten stand.

«Wo bringt Ihr das alles hin?», fragte Susannah, der bei dem Anblick beklommen zumute wurde.

«Wir führen bloß die Anordnungen der gnädigen Frau aus», antwortete der Mann.

«Wo ist sie?»

Er deutete mit dem Kopf zur Tür, und Susannah hastete ins Haus. In der Küche wurde sie fündig. Martha, die sich ein Tuch ums Haar gebunden hatte, stand auf einem Schemel vor der Anrichte, räumte Teller heraus und reichte sie Patience an, die neben ihr stand. Die jüngeren Kinder flitzten immer wieder zur Tür hinaus und herein, und der kleine James lag gurgelnd in seiner Wiege.

Susannah ließ sich auf einen Stuhl sinken und fächelte sich mit der Hand Luft zu, weil ihr vor Schreck und Hitze auf einmal ganz flau zumute war. «Gott sei Dank, dass es euch gutgeht», sagte sie. «Als ich draußen den Wagen mit euren Möbeln gesehen habe, dachte ich schon ...»

Martha stieg von dem Schemel herunter und schenkte Susannah ein Glas Bier ein. «Du ersparst mir einen Besuch. Vor unserer Abreise wollte ich noch bei euch vorbeikommen.»

«Abreise? Wo wollt ihr denn hin?», fragte Susannah.

«Nach Kent. Josiahs Bruder hat uns seinen Wagen geschickt, und wir werden erst mal bei ihm wohnen, bis wir Arbeit und ein eigenes Haus gefunden haben.» Sie schob eine Haarsträhne unter das Kopftuch zurück, die herausgerutscht war und ihr an der schweißglänzenden Stirn klebte. «Obwohl mir schleierhaft ist, wie wir alle in sein kleines Häuschen passen sollen.»

«Aber warum?»

«Susannah, was für eine Frage! Wir sind nicht gewillt, länger hierzubleiben und das Leben unserer Kinder aufs Spiel zu setzen. Andrew Baker und seine Familie, nur ein paar Häuser weiter, sind letzte Woche erkrankt und alle gestorben. Josiah und ich waren gut mit ihnen bekannt, seit unserer Verlobung schon.» Martha wischte sich mit einem Zipfel ihrer Schürze über die Augen.

«Ich dachte, du vertraust auf Gott?»

«Ja. Aber wie heißt es so schön, hilf dir selbst, dann hilft dir Gott.»

«Alle sterben oder verlassen die Stadt!», klagte Susannah. «Was soll ich denn ohne dich tun, Martha?»

«Du kommst mich besuchen, wenn das Kind auf der Welt ist und du wieder wohlauf genug bist, um zu reisen.»

«Falls Agnes es mir erlaubt. Und ich werde dir oft schreiben und berichten, was sich in London so tut.»

Martha lächelte wehmütig. «Wie vergesslich du bist, meine Liebe. Ich kann doch nicht lesen.»

Niedergeschlagen machte Susannah sich auf den Heimweg. Nie hätte sie es für möglich gehalten, dass ihre Freundin aus Kindertagen die Stadt verlassen würde. Sie hatte fest darauf gezählt, dass Martha ihr bei der Geburt und danach beistehen würde. Wer würde ihr nun in der ersten Zeit mit dem Säugling helfen?

Im Kapitänshaus angelangt, ging Susannah schnurstracks in die Küche, um etwas zu trinken.

Peg saß blass und verhärmt am Küchentisch und war damit beschäftigt, die Schnecken aus einer Schale frischem Salat zu lesen.

Mrs. Oliver, die ihr Mieder aufgeschnürt hatte, saß dick und breit auf einem Schemel und hatte die Füße in eine Schüssel mit kaltem Wasser gestellt. Als sie Susannah sah, plätscherte sie leicht mit den Zehen. «Das solltet Ihr auch mal versuchen. Sehr wohltuend bei geschwollenen Knöcheln.»

«Danke für den Ratschlag», sagte Susannah. «Wenn Ihr das nächste Mal Pfefferminzblätter hinzufügt, kühlt es noch besser. Dürfte ich wohl ein Glas Bier haben?»

«Peg, kümmerst du dich darum? Und wenn du schon dabei bist, bring doch gleich den Hecht aus der Speisekammer mit. Er riecht wegen der Hitze schon ein wenig, und ich muss ihn in Essig einlegen.»

Susannah folgte dem Mädchen durch den Flur, der zu den Vorratskammern führte. «Du bist sehr blass, Peg. Schläfst du nicht genug?»

«Es ist ja zu heiß zum Schlafen.»

In der Speisekammer reichte Peg Susannah einen großen Krug Bier. «Mrs. Oliver wird ja wohl auch ein Glas trinken, denke ich. So, jetzt noch den Fisch.» Sie nahm eine mit einem Musselintuch abgedeckte Platte aus dem Regal und zog das Tuch herunter, um einen Blick auf den Hecht zu werfen.

Susannah hielt sich reflexhaft die Nase zu, denn von dem Fisch stieg ein beißender Geruch nach Ammoniak auf. Peg lief hellgrün an und brach dann in Schluchzen aus.

«Was ist denn, Peg?»

«Ich bin so unglücklich, Ma'am! Ich halte es hier in der Stadt nicht mehr aus. Es stinkt überall, und ich fürchte mich so vor der Pest, und es ist viel zu heiß, und Emmanuel fehlt mir so sehr, dass mir noch das Herz brechen wird.»

«Was Emmanuel getan hat, war nicht richtig, Peg.»

«Er hat mich nie angerührt! Ich wollte es ja selbst gern, aber ich habe ihn nicht gelassen. Und jetzt liege ich nachts wach und sehe ihn immerzu auf diesem Schiff vor mir, unten in dem dunklen, stickigen Laderaum, angekettet in seinem eigenen Schmutz, ganz wie Phoebe und Joseph! Und wenn er auf der Reise nicht umkommt, wird er auf der Plantage zu Tode geprügelt.»

«Nicht, wenn er sich gut führt.»

«Ich könnte ebenso gut in die Themse springen.» Sie sah Susannah mit Tränen in den Augen an. «Ich werde nie wieder glücklich sein.»

«So etwas Gottloses darfst du nicht sagen!»

«Aber es ist doch die Wahrheit, Ma'am! Und hier im Haus erinnert mich alles an Emmanuel; da wäre ich lieber wieder in der Cock Alley. Ich hasse dieses Haus, und ich hasse London! Hier ist bisher nur Schlimmes passiert. Ich möchte so gern wieder aufs Land zurück.» Ihre Worte mündeten in ein langgezogenes Schluchzen.

Susannah reichte ihr ein sauberes Taschentuch. «Ich werde mal sehen, ob mir nicht etwas einfällt.»

«O ja, bitte, Ma'am! Ich wusste, dass Ihr mir helfen könnt. Vielen, vielen Dank, Ma'am!»

Pegs Vertrauen in sie war vollkommen unbegründet, wie Susannah sich ein paar Tage später eingestehen musste. Sie hatte hin und her überlegt, kannte aber einfach niemanden, der die Kleine hätte aufnehmen und ihr ein Heim auf dem Land hätte bieten können. Am Ende überwand sie ihren Stolz und suchte William in seinem Arbeitszimmer auf.

«Ich finde einfach keine Lösung. Aber ich möchte das arme Kind nicht auf dem Gewissen haben, wenn sie sich am Ende tatsächlich etwas antut. Sie verzehrt sich noch immer vor Sehnsucht nach Emmanuel und ist furchtbar abgemagert.»

«Es ist eine missliche Lage, nicht wahr?», sagte William. «Obwohl sie beide noch halbe Kinder sind, scheinen Peg und Emmanuel tatsächlich überaus innige Bande geknüpft zu haben. Ich werde mich mal umhören, ob irgendjemand für sie eine Stelle auf dem Land hat.»

«Peg ist sehr fleißig. Und sie wird mir fehlen, wenn sie fort ist.» Traurig setzte sie hinzu: «Alle verlassen mich.»

William nickte bloß und wandte sich wieder seinen Büchern zu.

Susannah wartete noch kurz, aber er schien sie bereits völlig vergessen zu haben. Bedeutete sie ihm denn gar nichts? Oder mied er sie, weil er es sich stillschweigend anders überlegt hatte? Schließlich wandte sie sich schweren Herzens um und verließ leise das Zimmer.

21. Kapitel

Susannah wurde frühmorgens durch das Geräusch von Schritten im Flur geweckt. Neben Williams Stiefeln, die über die Holzdielen polterten, hörte sie ein leichtfüßiges Huschen, das wohl Joseph zuzuordnen war. Leise Eifersucht keimte in ihr auf: Für seinen Sohn nahm William sich also Zeit, während er sie links liegen ließ. Das Baby reckte und streckte sich in ihrem Bauch und setzte ihre Blase einem unerträglichen Druck aus; höchste Zeit, aufzustehen.

Nachdem sie sich angekleidet hatte, ging sie nach unten in die Küche, um zu frühstücken.

«Peg hat schon wieder verschlafen», brummte Mrs. Oliver. «Zu meiner Zeit hätte ich von der Köchin tüchtig was hinter die Löffel bekommen, wenn ich morgens nicht pünktlich in der Küche zur Stelle gewesen wäre. Gerade heute, wo ich sie früh zum Markt schicken wollte, um vernünftiges Fleisch zu ergattern. Das ist doch knapp genug dieser Tage. Ich würde ja zum Metzger um die Ecke gehen, aber auf dem Fleisch dort krabbeln immer Fliegen herum, und die Metzgersfrau nimmt es mit der Sauberkeit nicht allzu genau und wischt nie das Blut vom Boden auf.»

«Könnte nicht Phoebe zum Markt gehen?»

«Besser nicht. Sie hat keine Ahnung davon, woran man ein gutes Stück Hammelfleisch erkennt.»

«Vielleicht kennt sie das von Barbados her ja nicht?», sagte Susannah. «Soll ich Peg mal wecken gehen? Oder soll ich auf den Markt gehen? Ehe Peg sich angezogen hat, könnte ich schon längst da sein.»

«Stimmt auch wieder. Bringt mir auch Salat mit, wenn sich welcher auftreiben lässt. Außerdem Salz und Gemüse, egal, welcher Art.»

Der Markt war seit Susannahs letztem Besuch weiter eingeschrumpft, und die Preise waren noch höher, doch es gelang ihr, eine Hammelkeule aufzutreiben, ein Dutzend Eier, eine Tüte voll verschrumpelter Möhren und verschiedenes, schamlos überteuertes Gemüse. Am letzten Verkaufsstand fiel ihr eine Schachtel Bonbons ins Auge, die sie spontan kaufte, um Agnes eine kleine Freude zu machen, denn ihre Dienstherrin hatte eine Schwäche für Süßigkeiten.

Bei ihrer Rückkehr zog ihr aus der Küche der verlockende Duft von frischgebackenem Brot entgegen, und sofort bekam sie Magenknurren. Sie stellte den Einkaufskorb auf dem Tisch ab und schnitt sich heißhungrig eine dicke Scheibe von dem noch warmen Brot ab.

Mrs. Oliver sah die Einkäufe in ihrem Korb durch. «Wo ist das Salz?»

«Es gab keins», erwiderte Susannah mit vollem Mund.

«Kein Salz? Ja, gibt's denn so was? Die Möhren taugen auch nicht viel, aber die Hammelkeule sieht sehr gut aus. Was sehe ich denn da? Hatte ich Euch aufgetragen, Bonbons zu kaufen?»

«Nein. Ich habe sie von meinem eigenen Geld bezahlt. Um Mrs. Fygge eine Freude zu machen.»

Mrs. Oliver schniefte. «Wenn Ihr das Brot so frisch esst, bekommt Ihr Sodbrennen.»

Agnes war über ihre Bonbons hocherfreut und ging ohne weiteres darüber hinweg, dass Susannah das Haus ohne ihre Erlaubnis verlassen hatte. «Aber Faulheit kann ich der Dienerschaft nicht durchgehen lassen. Hat Peg ihren Dienst inzwischen angetreten?»

«Mrs. Oliver wird ihr zur Strafe sicher die schlimmsten Aufgaben aufgebrummt haben, die sie nur finden kann», sagte Susannah.

Nachdem Agnes fertig angekleidet war und mit der Pfeife in der Hand, einem Gedichtband auf den Knien und Joseph zu ihren Füßen auf ihrem Sessel in der Kapelle saß, stahl sich Susannah noch einmal in die Küche hinunter.

Mrs. Oliver und Phoebe wuchteten gerade eine riesige Pfanne voll Brühe vom Herd herunter. Phoebe geriet mit der Hand an das heiße Gusseisen und zuckte zusammen, worauf einiges von der Brühe zischend auf dem Herd landete und eine dicke Dampfwolke aufstieg, die beide Frauen umhüllte.

«Raus mit dir aus meiner Küche, du unnützer Trampel!», schrie Mrs. Oliver. «Geh und wisch den Fußboden im Keller; der Abfluss ist schon wieder übergelaufen.»

Nach einem finsteren Blick in Susannahs Richtung huschte Phoebe eilig davon.

«Ist Peg nicht da?», fragte Susannah.

«Nein, das seht Ihr doch!» Mrs. Oliver wischte sich mit dem Handrücken über das hochrote, dampfüberperlte Gesicht. «Sie ist ausgerissen, mehr nicht.»

«Ausgerissen?»

«Sie hat sich heimlich auf und davon gemacht. Das wird nicht gut ausgehen, das weiß ich jetzt schon.»

«Aber wo kann sie denn hingegangen sein?»

«Wenn ich das wüsste, würde ich sie sofort holen gehen, und wenn ich sie an den Haaren herschleifen müsste. Bei all ihren Schwächen war sie doch das beste Küchenmädchen, das ich seit Jahren hatte. Undankbares Fräulein! Nach allem, was ich für sie getan habe ...»

Susannah hastete nach oben ins Dachgeschoss. Was, wenn Peg ihre Drohung wahr gemacht und tatsächlich den Tod in den Fluten der Themse gesucht hatte? Mit pochendem Herzen stieß sie die Tür zu ihrer Kammer auf. Das Bett war abgezogen, die abgewetzte alte Decke lag säuberlich zusammengefaltet am Fußende. Der Kleiderhaken an der Rückseite der Tür war leer, der Stuhl stand verwaist, unter dem Bett lag nichts. Es war, als hätte Peg nie hier gewohnt.

Susannah bekam vor Erleichterung weiche Knie und ließ sich auf die dünne Matratze sinken. Peg hätte sich wohl kaum die Mühe gemacht, alles in einem so ordentlichen Zustand zu hinterlassen, wenn sie vorhätte, sich etwas anzutun. Dieses dumme kleine Ding! Warum war sie ausgerissen, ohne sich von ihr zu verabschieden? Und wo mochte sie hin sein?

Später, als sie Agnes gerade für ihren Mittagsschlaf zu Bett brachte, kam ihr schlagartig die Erleuchtung, wo Peg zu finden sein könnte. Im Kräutergarten pflückte sie einige Zweige Rosmarin und andere wohlriechende Kräuter, die sie zu einem Sträußchen zusammenzwirbelte, um es sich unterwegs zur Abwehr übler Gerüche vor die Nase halten zu können. Dann verließ sie leise das Haus und marschierte zielstrebig los. In ihrem Zustand aber war sie nicht mehr so gut zu Fuß und ermüdete rasch. Obendrein übersah sie mit ihrem Bauch immer wieder Schlaglöcher im Pflaster. Nachdem sie zum zweiten Mal um ein Haar gestürzt wäre, hielt sie eine Droschke an. «Zur Cock Alley in Moor Fields», sagte sie, ohne das Stirnrunzeln des Kutschers weiter zu beachten.

An der Cock Alley angekommen, machte der Kutscher halt, denn für Fahrzeuge war diese Gasse zu schmal. Susannah gab ihm sein Geld, raffte ihren Rock in die Höhe und machte sich auf den Weg durch die staubige Gasse. Zwei Männer, die im Eingang einer Kneipe herumlungerten, pfiffen bei ihrem Anblick zunächst anerkennend, brachen aber dann, als sie ihren Bauch bemerkten, in derbes Gelächter aus und stießen sich gegenseitig die Ellbogen in die Seite. «Schade, da hat schon einer Nägel mit Köpfen gemacht!»

Sie reckte hochmütig die Nase in die Luft und wich einem Hund aus, der in einem Haufen Kartoffelschalen herumwühlte.

Ein Mädchen saß in einem offenen Fenster und ließ gelangweilt die nackten Beine herausbaumeln. Vom anderen Ende der Gasse her näherte sich ein Seemann, blieb bei dem Mädchen stehen und fragte sie etwas, worauf sie zu der offenen Haustür hinübernickte. Der Mann verschwand in dem Haus.

Susannah blieb stehen und sah sich ratlos um. Welches Haus mochte es sein? Es half nichts: Sie musste jemanden fragen. Also klopfte sie auf gut Glück an der Tür, vor der sie gerade stand, und wartete.

Nach kurzer Zeit öffnete sich die Tür einen Spalt weit, und ein Paar Augen musterte sie misstrauisch. «Ja bitte?»

«Könnt Ihr mir weiterhelfen? Ich suche Mrs. McGregors Haus.»

Die Tür öffnete sich etwas weiter, und zum Vorschein kam eine Frau unbestimmbaren Alters, die trotz der Tageszeit in einen leichten Morgenrock gehüllt war. «Zu Mrs. McGregor wollt Ihr? Ihr sucht doch wohl nicht etwa Arbeit, oder?» Die Frau lachte schallend und entblößte dabei ihre schadhaften Zähne. «Nichts für ungut, Schätzchen, aber da seid Ihr wohl ein bisschen spät dran. Ihr seht ja aus, als würdet Ihr kurz vor der Niederkunft stehen.»

«Bitte, wo finde ich Mrs. McGregor?», ließ Susannah sich nicht beirren.

«Ganz am Ende der Gasse, Schätzchen. Das Haus mit der roten Tür.»

Susannah setzte ihren Weg fort, bis sie bei einer dunkelroten Tür mit einem Türklopfer in Herzform ankam. Sie klopfte ein paarmal an, und die Tür öffnete sich fast augenblicklich.

Ein auffallend hübsches, schwarzhaariges Mädchen in einem sehr tief ausgeschnittenen Mieder stand vor ihr. «Ja?»

«Ich möchte zu Mrs. McGregor.»

«Die ist nicht da.»

«Darf ich eintreten?»

«Also, ich weiß nicht ...»

«Bitte?» Susannah legte sich die Hand an den gewölbten Leib. «Ich muss mich kurz ein wenig ausruhen.»

«Na ja, was soll's. Kommt rein.»

Das Mädchen führte Susannah in einen Salon und deutete auf ein mit dicken Kissen übersätes Polstersofa. Susannah nahm aufatmend Platz.

«Was wollt Ihr von Mrs. McGregor?»

«Ich wollte sie fragen, ob Peg zufällig heute hier war, mein Dienstmädchen.»

«Peg? Hier gibt es keine Peg.»

«Ganz sicher nicht?»

«Ich bin eben erst aufgestanden, aber hergekommen ist hier heute noch niemand.»

«Lebt Ihr schon lange hier?»

«Seit einem halben Jahr ungefähr.»

Susannahs Hoffnung erlosch jäh. «Dann werdet Ihr Euch an Peg wohl nicht erinnern. Sie war vergangenen September kurz hier.»

«Peg? Doch nicht etwa *die* Peg?» Das Mädchen schlug sich sichtlich belustigt die Hand vor den Mund. «Ich habe von ihr gehört! Sie hat einem Freier einen Kerzenleuchter über den Schädel gezogen und ist danach durchs Fenster getürmt. Mutter McGregor war vielleicht wütend! Der Freier hatte ihr ein stattliches Sümmchen versprochen, wenn sie ihm ein ganz junges Mädchen auftrieb, und stattdessen musste sie ihm Geld zahlen, damit er den Mund hielt. Der hatte eine Riesenbeule am Kopf.»

«Ich dachte, damals wart Ihr noch nicht hier?»

«Topaz hat mir davon erzählt.» Das Mädchen ging zur Tür und rief in den Flur hinaus. «Tope! Tope, komm mal runter. Hier ist eine Dame, die nach dieser Peg sucht.»

Topaz hatte pechschwarze Haut, die sehr vorteilhaft mit ihrem ockergelben Morgenrock kontrastierte. Ihr Haar war unter einem exotischen goldfarbenen Turban verborgen, und sie duftete stark nach einem schweren, würzigen Parfüm.

«Ihr sucht nach Peg?», fragte sie mit dunkler, wohlklingender Stimme.

«Ja, sie ist mein Dienstmädchen. Ich dachte, dass sie heute vielleicht hier war.»

Topaz schüttelte den Kopf, wobei ihre schweren Perlenohrringe hin und her schwangen. «Seid Ihr Mrs. Savage?»

Susannah sah sie verblüfft an. «Woher wisst Ihr das?»

«Henry hat von Euch erzählt. Als Peg vor Mutter McGregor ausgerissen ist, hat er sie mit nach Hause genommen. Ihr kämt gut mit ihr aus, hat er erzählt.»

«Henry? Ich verstehe nicht.»

«Ich war bei ihm, als er gestorben ist. Dachte schon, ich würde seinetwegen auch in der Pestgrube landen! Und dann ist sein Cousin hier aufgetaucht, dieser Doktor. Der hat den Behörden den Todesfall gemeldet, und daraufhin sind wir hier im Haus eingesperrt worden. Dorcas und Abigail haben es nicht überlebt. Und wir haben vier Wochen lang keinen Penny verdienen können.»

«Ihr wart bei Henry?» Susannah merkte, wie sie rot anlief. «Er war einer Eurer Freier?»

«Aber ja doch. War regelrecht vernarrt in mich.»

Susannah schluckte mühsam die Galle herunter, die ihr in der Kehle aufstieg, doch ehe sie etwas erwidern konnte, krachte die Haustür ins Schloss, und Schritte kamen durch den Flur.

«Mädels! Mutter ist wieder da!»

Mrs. McGregors fülliger Leib war in ein rotes Taftkleid gezwängt, das reich mit schwarzer Spitze und Schleifchen aus Seide verziert war. Ihr aufwendig gekräuseltes Haar war leuchtend rot gefärbt, und ebenso knallrot war das Rouge auf ihren Wangen. «Und wen haben wir da?», fragte sie.

«Henrys Angetraute», sagte Topaz. «Sie sucht nach Peg. Dachte, sie wäre mal wieder hier gewesen.»

Susannah erhob sich. «Habt Ihr sie gesehen, Madam?»

«Peg? Dieses hinterhältige kleine Miststück? Hat mich ein Vermögen gekostet, das Früchtchen. Na, die hätte was erleben können, wenn sie hier aufgekreuzt wäre.» Mrs. McGregor musterte Susannah genauer. «Ihr seid Henry Savages Witwe? Ihr seht besser aus, als ich vermutet hätte. Ist das sein Balg, das Ihr da mit Euch herumschleppt? Henry hat uns nichts als Scherereien eingebracht, dabei ist er hier immer bevorzugt behandelt worden. Für andere Freier war Topaz nicht zu sprechen, wenn er im Haus war. Er konnte gar nicht genug kriegen von ihr.»

Topaz lachte. «Das kann man laut sagen! Wenn nicht die Pest dazwischengekommen wäre, hätte er mich inzwischen wohl restlos ausgelaugt.»

Susannah war empört. «Das möchte ich gar nicht so genau wissen!»

Mrs. McGregor gluckste schadenfroh. «Frauen, die ihren ehelichen Pflichten nicht nachkommen, dürfen sich nicht wundern, wenn ihr Gatte anderweitig Trost sucht!»

Susannah musste sich beherrschen, um die ordinäre Person nicht zu ohrfeigen. «Falls Peg doch noch auftauchen sollte, sagt Ihr ihr dann bitte, dass sie zurückkommen soll?»

«Ich will von dieser Göre nichts mehr hören. Wegen Eurem Mann und seinem Cousin, diesem Arzt, bin ich haarscharf am Bankrott vorbeigeschrammt. Und jetzt schert Euch fort!» Mrs. McGregor tippte Susannah drohend mit dem Finger gegen die Brust. «Na hopp. Ihr habt hier nichts verloren.»

Susannah entfernte sich betont würdevoll in Richtung Tür und hoffte inständig, dass die drei kichernden Frauen nicht sehen konnten, wie sehr sie zitterte. Sobald sie ins Freie getreten war, suchte sie mit gerafften Röcken eilig das Weite, während ihr noch lange das spöttische Gelächter der drei in den Ohren klang.

Am Abend konnte Susannah es kaum erwarten, dass William endlich nach Hause kam. Noch immer vor Scham und Entrüstung glühend, stand sie in der offenen Tür des Kapitänshauses und hielt ungeduldig nach ihm Ausschau, während über der Straße langsam die Sonne unterging. Da endlich sah sie ihn, seine hochgewachsene, in den langen schwarzen Umhang gehüllte Gestalt mit der Schnabelmaske unter dem breitkrempigen Hut. Die übrigen Passanten stoben eilig beiseite, als er seinen langen Stab in die Höhe hielt.

«An dir ist ein Schauspieler verlorengegangen», sagte Susannah, als er ins Haus trat. «Verleiht es dir ein Gefühl von Macht, dir so eine Schneise durch die verängstigte Menge zu bahnen?»

«Guten Abend, Susannah.» Durch die Maske klang seine Stimme dumpf. Er nestelte an den Bändern herum, mit denen sie befestigt war, hatte aber offenbar Schwierigkeiten, sie zu lösen.

«Mein Gott! Lass mich mal.» Susannah riss ungeduldig an den Knoten herum, bis er die Maske abnehmen konnte.

William rieb sich über die roten Druckstellen, die die Maske an seinen Wangenknochen hinterlassen hatte.

«Manchmal habe ich das Gefühl, unter dem Ding zu ersticken», sagte er, während er sie zusammen mit seinem Umhang an den Wandhaken hängte.

«Ich habe ein Hühnchen mit dir zu rupfen!»

«Noch vor dem Abendessen oder bei Tisch?»

«Zu Scherzen bin ich nicht aufgelegt, William!»

«Das sehe ich.»

«Komm mit in eine der Vorratskammern. Agnes soll nicht mitbekommen, was ich dir zu sagen habe.»

«Da bin ich aber gespannt! Bitte schön, nach dir.»

Er folgte ihr durch den Flur und in die Kammer, in der Mehl und Trockenprodukte aufbewahrt wurden. Höflich wartete er, bis sie die Tür hinter ihnen geschlossen hatte.

«Du hast mich belogen!», sagte sie.

Er zog eine Augenbraue in die Höhe und sah sie abwartend an.

«Warum hast du mir das verschwiegen?»

«Was denn bitte?»

«Die Umstände von Henrys Tod! Ich war vorhin bei Mrs. McGregor.»

«Um Gottes willen, Susannah! Du warst in der Cock Alley?»

«Natürlich. Dort führt Mrs. McGregor schließlich ihr Haus.»

«In der Cock Alley hat eine anständige Frau nichts zu suchen! Du hättest niemals dorthin ...»

«Und dort hat man mich, unter entsetzlich demütigenden Umständen, über Henrys ...» Sie wedelte mit der Hand herum, während sie nach einer passenden Umschreibung suchte. «Na, sagen wir, über seine *Ausflüge* in das Haus mit der roten Tür aufgeklärt.»

«Ich habe dich nicht belogen, Susannah.»

«Aber du hast mir die Wahrheit vorenthalten! Und deshalb musste ich mich heute von dieser Mrs. McGregor demütigen lassen.» Noch bei der Erinnerung spürte sie, wie ihre Wangen zu glühen begannen.

Ein Muskel in Williams Kiefer zuckte. «Als ich dir die Nachricht von seinem Tod überbracht habe – hätte ich dir da etwa eröffnen sollen, dass er in den Armen einer ordinären Dirne gestorben ist? Meinst du ernsthaft, das hätte dich in deiner Lage irgendwie getröstet?»

Sie biss sich auf die heftig zitternde Unterlippe. «Ich habe Topaz kennengelernt, Henrys ... Gespielin. Es sei meine Schuld gewesen, dass Henry ihr Haus aufgesucht hat, hat Mrs. McGregor gesagt. Ich sei keine gute Ehefrau gewesen ...» Sie schluckte mühsam, um nicht aus der Fassung zu geraten. «Ich habe mir solche Mühe gegeben, Henry eine gute Ehefrau zu sein, aber es hat alles nicht gefruchtet.»

«Dieser verwünschte Kerl!» William machte einen Schritt auf Susannah zu, schloss sie in die Arme und bedeckte ihr Gesicht mit Küssen. «Er hatte ein Juwel von einer Frau und hat ihren Wert nicht erkannt. Mein Cousin war ein Lump und Tunichtgut, nicht mal deinen kleinen Finger war er wert. Ich habe innerlich gebrodelt, wenn ich mitbekommen habe, wie er mit dir umgesprungen ist. Heute reut es mich, ihm nicht die Tracht Prügel verabreicht zu haben, die er für all das Leid, das er dir zugefügt hat, mehr als verdient hatte.»

Dann küsste er sie, und sie ließ es geschehen. Ihr Zorn schmolz dahin wie Schnee in der Sonne, während sie sich ganz seiner starken Umarmung hingab. Er drängte sie gegen die Wand, wie um sicherzustellen, dass sie sich ihm nicht entziehen konnte. Als er schließlich von ihr abließ, hatte sie das Gefühl, vor Verlangen dahinzuschmelzen. Sie machte eine kleine Bewegung auf ihn zu, aber er hielt sie, schwer atmend, auf Abstand. Auch sie hatte Mühe, wieder ruhig zu atmen. «Es wäre wohl nicht so günstig, wenn Mrs. Oliver oder Phoebe uns hier erwischen würden.»

«Nein, eher nicht.»

«Eins macht mich richtig wütend», sagte Susannah. «Statt zu arbeiten und Geld zu verdienen, wie er immer behauptet hat, hat Henry die ganze Zeit nur mein Geld verjubelt. Und auch noch für eine andere Frau.»

«Ich weiß. Es beschämt mich, dass er mit mir verwandt war.»

«Hast du diese Topaz je kennengelernt?»

«Ja. Sie war völlig in Tränen aufgelöst, als ich an jenem Abend zu Mrs. McGregor kam. Henry hatte nach mir geschickt, weil es ihm plötzlich sehr schlechtging, doch als ich ankam, war er schon tot. Das Haus war in hellem Aufruhr, ich musste einige Mädchen gewaltsam daran hindern, das Weite zu suchen.»

«Aber warum war Henry gerade in Topaz so vernarrt?»

William antwortete erst nach kurzem Schweigen. «Vielleicht, weil sie ihn an Barbados erinnert hat. Er ist unter lauter Schwarzen aufgewachsen, ihm waren sie nicht fremd. Seine Kinderfrau hat ihn ja sogar mehr bemuttert als seine eigene Mutter.»

«Mag sein.»

«In dem Jahr, das ich auf der Plantage verbracht habe, habe ich die Haussklaven gut kennengelernt. Unwissende sind der Auffassung, sie seien kaum besser als Tiere, aber das stimmt nicht. Sie waren ganz unterschiedlich, hatten ihre Vorlieben und Abneigungen, waren eher fröhlich oder jähzornig veranlagt; sie empfinden Glück und Kummer, genau wie wir.»

«Du hast dich also auch mit ihnen angefreundet?»

«Ja.»

In Phoebes Fall sogar noch mehr als das, schoss es ihr in einer jähen Anwandlung von Eifersucht durch den Kopf.

«Wie bist du überhaupt auf die Idee gekommen, Mrs. McGregor aufzusuchen, Susannah?»

«Ich war auf der Suche nach Peg. Sie ist verschwunden.»

«Peg? O je ...» William seufzte. «Hätte ich doch bloß daran gedacht ...»

«Woran?»

«Ich wollte es dir sagen, sobald ich nach Hause kam, aber da du ja schon an der Tür über mich hergefallen bist, bin ich nicht dazu gekommen.»

«Ich kann dir leider nicht folgen.»

«Es hatte sich eine Gelegenheit ergeben, da musste ich schnell handeln. Ich habe Peg heute Morgen nach Merryfields gebracht.»

«Wohin?»

«Nach Merryfields. Roger Somerford, mein Pächter, hat sich bereit erklärt, sie bei sich zu beschäftigen. Wir dürfen doch nicht zulassen, dass Peg in die Themse springt, oder?»

Susannah fiel ein Stein vom Herzen. Dann war Peg also in Sicherheit.

«Komm.» William hielt ihr die Hand hin. «Hier sollten wir nicht länger bleiben. Wenn du mich so anlächelst, kann ich nämlich nicht widerstehen und muss dich wieder küssen.» Dann wurde er plötzlich ernst. «Aber nächstes Mal vertraust du mir, hörst du?»

22. Kapitel

Das schwüle Wetter hielt weiter an. Susannah ging ihrem gewohnten Tagesablauf nach, las entweder Agnes vor oder nähte Kleider für ihr Kind. Das lange Stillsitzen, zu dem sie oft verdammt war, löste mitunter regelrechte Beklemmungen bei ihr aus. Ihr von Tag zu Tag runder werdender Bauch führte ihr das unerbittliche Verstreichen der Zeit vor Augen. Oft saß sie mit ihrem Nähzeug auf den Knien untätig da, starrte abwesend aus dem verschlossenen Fenster und hing ihren Gedanken nach, während Agnes im Sessel neben ihr leise schnarchte.

Die Zukunft war so ungewiss. Würde bei der Geburt alles

gutgehen, würde sie am Leben bleiben, um sich um ihr Kind kümmern zu können? Konnte sie auf Williams Liebe bauen, oder war sie für ihn nur eine Laune? Welche Absichten verfolgte er mit ihr? Und wie sollte es weitergehen, falls Agnes starb? All diese Sorgen bereiteten ihr Kopfschmerzen, gegen die auch das Lavendelöl nichts half, das sie sich in die Schläfen massierte.

«Geht mit dem Jungen mal raus und lasst ihn sich ein wenig austoben», sagte Agnes eines Nachmittags. «Sein ewiges Gezappel macht mich ganz unruhig.»

Joseph stieß einen Freudenschrei aus, als sie zusammen in den Garten traten. «Du kannst eine Weile mit dem Reifen spielen», sagte Susannah, «und danach setzen wir deinen Unterricht fort.»

Während Joseph im Bogengang lachend und juchzend seinen Reifen mit dem Stöckchen vor sich hertrieb, schlenderte sie langsam durch den Garten. Vielleicht könnte ihr Kind ja später einmal mit ihm zusammen spielen?

Nachdem Joseph sich fürs Erste ausgetobt hatte, rief Susannah ihn zu sich und ließ ihn zu ihren Füßen Platz nehmen, um seinen Unterricht fortzusetzen. Sein Lerneifer hielt sich zwar in Grenzen, aber er war ein reizendes Kind, das viel lächelte und sich ihr zuliebe gern bemühte, die Buchstaben nachzumalen, die sie auf seine Tafel schrieb.

«Das ist ein O», erklärte sie. «O wie Orange. Schön rund musst du es malen, wie einen Ball.»

Er beugte sich über die Tafel und klemmte vor Eifer die Zungenspitze in den Mundwinkel, während er den Buchstaben nachmalte.

In den Stunden, die sie mit dem Jungen verbrachte, hatte Susannah immer wieder verstohlen seine Finger gemustert, seine Ohrläppchen, die Haltung seiner Schultern. Auch in seinen Augen hatte sie Ausschau nach einer Ähnlichkeit mit William gehalten, doch Josephs Augen waren fröhlich und lebhaft, ganz anders als die seines meist ernst dreinblickenden Vaters. Bisweilen aber, wenn William sie mit seinem typisch belustigten Funkeln in den Augen ansah, meinte sie doch eine Ähnlichkeit zu entdecken. Joseph konnte sie seine Herkunft natürlich nicht verargen, aber wenn sie sich vorstellte, wie Phoebe nackt in Williams Armen lag, stieg heftige Eifersucht in ihr auf.

Schritte hallten durch den Bogengang. Sie wandte sich um und musste lächeln. «William! Was führt dich um diese Tageszeit zu uns!»

«Ich war gerade unterwegs zu meinem nächsten Patienten und dachte mir, ich schaue kurz vorbei.»

Mit vor Freude glühenden Wangen rückte sie auf der Bank zur Seite, damit er sich setzen konnte.

Er lächelte, und seine braunen Augen leuchteten warm im Sonnenschein. «Wie ich sehe, lernst du fleißig, Joseph.»

Der Junge hob den Kopf und strahlte ihn an. «Das ist eine Orange», erklärte er. «Eines Tages möchte ich mal eine Orange essen. Und für Mammy besorge ich auch eine.»

«Sehr anerkennenswert!» William nickte zustimmend. «Und wie geht es dir heute, Susannah?»

«Die Hitze setzt mir ein bisschen zu.»

«Die letzten Wochen vor der Niederkunft können manchmal recht anstrengend sein.»

«Je näher die Geburt heranrückt, desto schlimmere Ängste plagen mich. Es fehlt mir einfach an Ablenkung, tagein, tagaus stecke ich im selben Trott. Und die Arbeit in Vaters Apotheke fehlt mir so sehr.»

William drückte sanft ihre Hand. «Es dauert nicht mehr lange, dann hast du dein Kind, das dich auf Trab halten wird.»

«Doch wenn es erst groß ist, was dann? Bin ich als Frau und Mutter zu nichts anderem zunutze? In diesen schwierigen Zeiten könnte ich doch einen wertvollen Beitrag leisten? Es haben so viele Apotheker die Stadt verlassen, und ich könnte helfen, diese Lücke zu füllen.»

«Die Arbeit in der Apotheke deines Vaters hat dir wirklich viel bedeutet, oder?»

Susannah nickte stumm, während es ihr vor Schmerz über den Verlust ihrer Arbeit einen Stich versetzte.

«Vielleicht ...» Er hielt inne und blickte nachdenklich zu Boden. «Vielleicht könnte dein Vater ja ein-, zweimal in der Woche eine Hilfe brauchen, wenn das Kind erst entwöhnt ist?»

«Möglicherweise. Falls Arabella dem zustimmt. Aber ich muss auch an Agnes denken. Sie hat mich selbstlos bei sich aufgenommen, als ich in Not war, da kann ich ihr kaum zumuten, auf meine Dienste zu verzichten.»

Nacheinander fingen die Kirchenglocken an, zur vollen Stunde zu läuten, und William stand auf. «Ich muss weiter. Auf mich wartet ein Patient, der unter Skorbut leidet.»

«Dagegen kenne ich ein gutes Mittel. Man nehme Gewürznelken, koche sie in Rosenwasser auf, trockne sie anschließend und zermahle sie zu einem Pulver, das man ins Zahnfleisch einmassiert.»

«Und den gefilterten Rosenwassersud kann der Patient morgens auf nüchternen Magen trinken.» William lächelte. «Ich war vorhin bei deinem Vater. Genau dieses Pulver und den Sud hat er mir bereits zubereitet.»

«Alles, was ich weiß, habe ich von ihm gelernt.»

«Und du warst eine ausgezeichnete Schülerin. Aber jetzt

muss ich wirklich los. Ich bin rechtzeitig zum Abendessen wieder da.» Er tätschelte Joseph über den Wuschelkopf. «Und ich freue mich schon darauf, in ein paar Tagen von deinen weiteren Fortschritten zu hören.»

An jenem Abend frisierte Susannah ihr Haar besonders sorgfältig und drapierte ein feines Umschlagtuch aus Spitze um ihre Schultern. Dazu legte sie den Perlenanhänger ihrer Mutter an, der auf ihrem vollen Dekolleté ruhte und den Blick zumindest ein wenig von ihrem kugelrunden Leib ablenkte. Nur gut, dass zumindest ihre Arme so schlank waren wie eh und je.

Danach begab sie sich zu Agnes, die sich den Nachmittag über hingelegt hatte, um ihr beim Aufstehen behilflich zu sein und ihr eine frische Haube aufzusetzen.

«William wird heute mit uns zu Abend essen», sagte Susannah.

«Habt Ihr Euch deshalb so hübsch gemacht?» Die alte Dame lächelte belustigt, als Susannah rot anlief. «Mir ist schon längst aufgefallen, wie Ihr beide euch immer anseht. Aber erhofft Euch nicht zu viel, Miss. Frauen gegenüber, die ihm schöne Augen machen, ist William ziemlich resistent. Und in Eurem Zustand ...»

«Ich versichere Euch ...»

Agnes hob die Hand. «Ihr seid nicht die Erste, die sich für ihn interessiert. Aber ich muss Euch warnen. Er hat sich einmal so schlimm die Finger verbrannt, dass er sich wohl kaum ein weiteres Mal an eine Frau binden wird.»

«Ein weiteres Mal?» Susannah biss sich auf die Lippe.

Agnes lachte glucksend. «Ihr möchtet zu gern Genaueres wissen, habe ich recht? Nun, dann will ich Euch erlösen. Seine Frau hat ihn betrogen.»

«Seine Frau?» William war verheiratet? Sie ließ sich auf einen Stuhl sinken und spürte, wie ihr eiskalt wurde.

«Nun macht nicht so ein Gesicht!», sagte Agnes. «Catherine, so hieß das dumme Ding, wollte eines Nachts in aller Heimlichkeit mit Williams sogenanntem besten Freund durchbrennen. Doch dabei ist sie vom Pferd gestürzt, hat sich das Genick gebrochen und war auf der Stelle tot. Und mit ihr auch ihr ungeborenes Kind. Ob er tatsächlich der Vater war, hat William nie erfahren.»

«Wie schrecklich!» Susannah schämte sich fast, weil sie so erleichtert war.

«Die Sache hat ihn sehr mitgenommen. Nie wieder, hat er gesagt, würde er einer Frau über den Weg trauen. Er wurde ernst und verschlossen. Um Abstand zu gewinnen, ist er dann nach Barbados gereist. Und seither hat keine Frau mehr sein Interesse erregt. Es wird also nicht reichen, sich hübsch zurechtzumachen, damit er Euch einen Heiratsantrag macht.»

Susannah reichte Agnes den Handspiegel und grübelte im Stillen, ob William wohl Trost in Phoebes Armen gesucht hatte, um über den Tod seiner treulosen Frau hinwegzukommen.

Vor Erschütterung über das, was Agnes ihr erzählt hatte, brachte sie es beim Abendessen kaum fertig, William anzusehen. Er war ungewöhnlich guter Dinge und führte mit seiner Tante ein angeregtes Gespräch über die Handelsrouten der Holländer.

Phoebe, mit einem schweren Tablett beladen, stieß die Tür mit der Hüfte auf und trug dann auf ihre typisch gemächliche Art die Speisen auf.

Susannah behielt sie aufmerksam im Auge und malte sich aus, wie sie in einem Gewand aus ockergelber Seide und mit einem goldfarbenen Turban auf dem Kopf aussehen würde, geschmückt mit goldenen Armreifen. Phoebe bewegte sich mit natürlicher Anmut und hatte dank der guten Ernährung inzwischen eine sehr hübsche Figur. Warum William ihren Reizen einst erlegen war, konnte Susannah ohne weiteres nachvollziehen.

Sie sah verstohlen zu ihm hinüber und beobachtete voll Eifersucht, wie er Phoebe anlächelte, als sie ihm Wein einschenkte und eine frische Serviette neben seinen Teller legte.

William war weiter in seinen freundlichen Disput mit Agnes vertieft, ohne Susannah auch nur eines Blickes zu würdigen.

Susannah stocherte lustlos in ihrem kalten Hammelfleisch mit eingelegtem Gemüse herum. Vor Niedergeschlagenheit war ihr der Appetit vergangen. Sie hatte sich so auf diesen gemeinsamen Abend mit William gefreut, und jetzt richtete er nur das Wort an sie, um sie um das Salz zu bitten.

Nach der Mahlzeit entschuldigte William sich mit einem unverbindlichen Lächeln und zog sich in sein Arbeitszimmer zurück.

Agnes beschloss, früh schlafen zu gehen.

Susannah begleitete sie in ihre Kammer und war ihr beim Auskleiden behilflich. Als sie das zusammengelegte Kleid ihrer Herrin in den Schrank legte, musste sie ein Lächeln unterdrücken, denn die Schachtel mit Bonbons war schon so gut wie leer. Süßigkeiten aß die alte Dame wirklich für ihr Leben gern.

«Ihr seid ja so still heute Abend. Haben Euch meine Worte verstimmt?», sagte Agnes. «Bloß weil ich kein Blatt vor den Mund nehme, braucht Ihr nicht gleich zu schmollen. Versteht Ihr, ich hätte ja gegen eine solche Verbindung gar nichts einzuwenden ...»

«Davon ist nie die Rede gewesen!»

«Ich habe doch Augen im Kopf und weiß, was Euer Herz Euch sagt, Miss. Wie gesagt, ich hätte gegen diese Verbindung nichts einzuwenden, aber ich halte es für unwahrscheinlich, dass William sich je wieder dauerhaft binden wird.»

Susannah legte betont sorgfältig Agnes' übrige Kleidung zusammen und wich ihrem forschenden Blick beflissen aus. «Ich habe es überhaupt nicht auf eine Verbindung mit dem Cousin meines Ehemanns abgesehen», log sie.

Agnes lachte. «Aber es wäre schon sehr bequem, nicht wahr?»

«Mich beschäftigt momentan nur eines: Henrys Kind sicher und wohlbehalten zur Welt zu bringen», antwortete Susannah, um Würde bemüht.

«Ja, schon recht. Eine Niederkunft ist für eine Frau mitunter nicht ungefährlich, und ich werde für Euch beten.»

«Danke.» Die altbekannte Furcht kroch in Susannah hoch, aber sie ließ sich nichts anmerken.

«Gute Nacht, Susannah.»

«Schlaft gut, Agnes.»

Susannah schloss mit einem Aufatmen die Tür der Kammer hinter sich. Als sie den Flur entlangging, öffnete sich die Tür von Williams Arbeitszimmer, und er trat aus dem Raum und sah sie mit glänzenden Augen an, die im Kerzenschein nahezu schwarz wirkten.

«Was ist?», fragte sie.

«Ich wollte dir bloß sagen, dass du heute Abend einfach entzückend aussiehst.»

Ihre Stimmung hellte sich sofort auf. «Und ich dachte, du hättest mich gar nicht wahrgenommen?»

«Ich kenne meine Tante, sie hat uns mit Argusaugen beobachtet. Aber neugierige alte Damen kann man ruhig auch mal ins Leere laufen lassen, nicht wahr?» Er nahm ihr den Kerzenleuchter aus der Hand und stellte ihn behutsam auf der Flurtruhe ab. Dann wandte er sich wieder ihr zu und fuhr sanft mit den Fingerknöcheln über ihre Wange.

Bei seiner Berührung überlief Susannah eine Gänsehaut. Ihr wurde warm, und sie spürte, wie jeder Nerv in ihr vor Sehnsucht nach ihm zu kribbeln begann. Langsam wandte sie das Gesicht herum und küsste sanft seine Finger, während er sie mit unverhohlenem Verlangen ansah.

Dann seufzte er leise und zog sie an sich.

Mit butterweichen Knien sank sie an seine Brust und konnte, geborgen in seiner innigen Umarmung, seinen starken Herzschlag spüren.

William legte ihr sanft das Kinn aufs Haar. So standen sie engumschlungen in dem dunklen Flur, eine halbe Ewigkeit lang, wie es schien.

Ein stilles Glücksgefühl breitete sich in Susannah aus, die tröstliche Gewissheit, endlich dort zu sein, wo sie hingehörte.

Dann schob er ihr die Hände ins Haar, hob ihr Gesicht an und küsste sie hitzig. Susannah zitterte beim Gefühl seines harten Körpers, der sich an sie presste, und erwiderte seine Küsse voller Leidenschaft, ohne sich darum zu sorgen, was er von ihr denken mochte.

Schließlich löste er sich von ihr, holte tief Luft und umfasste ihr Gesicht mit beiden Händen. «Meine süße, bezaubernde Susannah», raunte er. «Weißt du denn, wie sehr ich dich inzwischen liebe?»

Voller Freude bot sie ihm erneut ihren Mund zum Kuss.

Er aber löste behutsam ihre Arme, die sie ihm um den Hals geschlungen hatte, und küsste ihre Hände. «Lieber nicht», sagte er. «Ich kann dir nicht widerstehen. Ehe ich meine gute Erziehung noch völlig vergesse, ziehe ich mich besser zurück.»

Damit kehrte er in sein Arbeitszimmer zurück und schloss leise die Tür hinter sich.

Mit pochendem Herzen ließ sie sich gegen die Wand sinken und betastete ihre brennenden Lippen, auf denen sie noch die Hitze seiner Küsse zu spüren meinte. *Er hatte gesagt, dass er sie liebte!*

An Schlaf war in jener Nacht nicht zu denken. Susannah lief eine Weile in ihrer Kammer auf und ab und trat dann ans Fenster, um den Fledermäusen zuzusehen, die im Mondschein durch den Himmel huschten. Die Nacht war schwül, und in ihrem bodenlangen Leinennachthemd war ihr unerträglich warm. Kurzentschlossen löste sie die Bänder an ihrem Hals, streifte es sich über den Kopf und ließ es achtlos zu Boden fallen. Sie öffnete das Fenster weit und genoss den leisen Lufthauch auf ihrer nackten Haut, während sie mit geschlossenen Augen Williams Küsse noch einmal Revue passieren ließ. Ach, hätte er seine gute Erziehung doch tatsächlich vergessen!

Lächelnd malte sie sich aus, wie er ihren nackten Rücken liebkoste, ihre Brüste ... Ihre Hochzeitsnacht, das stand fest, würde ganz anders verlaufen als die beschämende Farce, die sie mit Henry erlebt hatte. Mit William, das wusste sie einfach, würde sie nie gekannte Wonnen erleben. Dann aber keimten leise Zweifel in ihr auf. Wenn Agnes nun recht hatte? Er hatte ihr zwar seine Liebe gestanden, aber was folgte daraus? Wollte er sie heiraten? Oder sollte sie nur seine Mätresse werden? Könnte sie sein Herz erobern und auf eine Heirat hoffen, wo doch andere vor ihr schon gescheitert waren? Und falls er sie nicht heiratete, sollte – oder konnte – sie sich dann damit zufriedengeben, seine Mätresse zu sein? Es waren bange Gedanken, die sich einfach nicht abschütteln ließen.

Am Ende aber überkam sie die Müdigkeit, und sie legte sich aufs Bett und war im Nu eingeschlafen.

Ein kühler Luftzug ließ Susannah frösteln und weckte sie halb. Seufzend drehte sie sich auf die andere Seite und war schon fast wieder eingedöst, als das Klicken des Türriegels sie heftig aufschrecken ließ. Sie richtete sich auf und bedeckte ihre Blöße hastig mit dem Laken. Die Vorhänge am Fenster bewegten sich leicht im Wind, der inzwischen aufgekommen war. Dann bewegte sich die Tür leise im Durchzug. Aber sie hatte sie doch vorhin sorgsam zugeklinkt? Irgendjemand musste sie zwischenzeitlich geöffnet und nicht wieder richtig geschlossen haben. War William etwa in ihrer Kammer gewesen, um sie heimlich zu betrachten, während sie nackt dalag und schlief? Bei der Vorstellung wurde ihr ganz warm vor Scham und Aufregung. Erst nach einer ganzen Weile schlief sie wieder ein.

Später wurde sie wieder geweckt, dieses Mal durch leise Stimmen. Sie lauschte mit angehaltenem Atem, und da hörte sie es, leise, aber unverkennbar: das Geräusch nackter Füße auf Holzdielen. Sie sprang aus dem Bett und zog eilig ihr Nachthemd über, ehe sie auf den Flur hinausschlich, der still und verlassen im ersten Dämmerlicht dalag. Der Gobelin am Ende des Flurs aber bewegte sich leicht, als wäre eben erst jemand daran vorbeigehuscht. Sie lief leise hinüber und spähte um die Ecke: nichts, nur eine Reihe geschlossener Türen.

Alle Räume, in die sie nacheinander einen Blick warf,

waren leer, von dem mit Laken abgedeckten Mobiliar abgesehen. Sie stand reglos da und lauschte angestrengt, hörte aber nur das Rauschen in ihren Ohren, sonst nichts. Dann ertönte unverkennbar das Husten einer Frau, und die Dielen über ihr knarrten.

Susannah lief zur Treppe, die ins Dachgeschoss führte, und stieg eilig hinauf. Vielleicht hatte Peg sich bei ihrem neuen Arbeitgeber ja unwohl gefühlt und war heimlich zurückgekehrt? Pegs Kammer aber befand sich in demselben leergeräumten Zustand wie neulich.

Da hörte sie das Knarren einer Tür, die geöffnet wurde. Nervös warf sie einen Blick durch den Spalt der angelehnten Tür. Selbst Phoebe würde doch so früh am Morgen noch nicht ihre Arbeit antreten?

Sie hörte Stimmengemurmel und hielt den Atem an. Bei dem Anblick, der sich ihr im nächsten Moment bot, musste sie sich die Hände vor den Mund pressen, um nicht laut aufzuschreien.

William trat aus Phoebes Kammer, barfuß und im Nachthemd.

Phoebe stand in der lichtdurchfluteten Tür, in einem dünnen Nachthemd, unter dem sich ihre Brüste und Hüften deutlich abzeichneten.

William legte ihr die Hände auf die Schultern und murmelte ihr etwas zu. Sie blickte ihn mit feucht schimmernden Augen an und nickte. Er berührte sie an der Wange, und sie umfasste seine Hand, während er ihr etwas zuflüsterte, zu leise, als dass Susannah es hätte verstehen können.

Phoebe lächelte zaghaft zu ihm hoch.

Susannah fühlte sich, als würde ihr ein glühendes Messer in den Leib gerammt. *Wie konnte er nur?* Sie schlang die Arme um ihren Bauch und musste sich beherrschen, um nicht laut zu schreien.

William begab sich durch den Flur zur Treppe und ging dann leise nach unten.

Susannah begann so heftig zu zittern, dass ihre Zähne klapperten, und wich blindlings von der Tür zurück. Als sie sich umwandte, blieb sie mit dem Ärmel am Türriegel hängen und erstarrte, als das Geräusch durch die Stille hallte.

Phoebe kam den Flur herab und stieß die Tür weit auf.

Einen Augenblick lang stand sie mit unbewegter Miene da.

Susannah bekam kein Wort heraus; zu groß war der Schock über das, was sie gerade mit angesehen hatte.

Dann wandte Phoebe sich unvermittelt ab, kehrte in ihre Kammer zurück und schloss leise die Tür hinter sich. Zuvor aber hatte Susannah noch einen Blick auf das triumphierende Lächeln erhascht, das ihre Lippen umspielte.

Und ob ich schon wanderte im finstern Tal

Juli 1666

23. Kapitel

Die Sonne brannte an jenem Tag so heiß, dass die Bettwäsche, die am Morgen gewaschen und im Garten aufgehängt worden war, bereits mittags trocken war. Wolken zogen über den Himmel, im schattigen Bogengang jedoch stand die Luft.

Susannah bekam kaum Luft, da das Kind an diesem Tag sehr lebhaft war und von unten gegen ihr Zwerchfell drückte. Hinzu kam der dumpfe Druck, der auf ihrer Brust lastete, während ihr immer wieder die demütigende Begegnung mit Phoebe durch den Kopf ging. Ein quälender Gedanke ließ ihr keine Ruhe: Wenn sie William am Vorabend in sein Arbeitszimmer gefolgt wäre, um sich ihm anzubieten – dann hätte er es womöglich nicht nötig gehabt, sein Vergnügen in Phoebes Bett zu suchen.

Joseph, der mit Aphra zusammen vor Susannah auf dem Boden saß, schob seine Tafel fort und streckte sich lang aus. «Fertig», verkündete er.

Susannah hob die Tafel auf und betrachtete sein Werk, eine Reihe nachlässig hingekrakelter Buchstaben. «Nein, so nicht, Joseph!» Sie nahm ihm die Kreide aus der Hand. «Setz dich richtig hin und streng dich ein bisschen mehr an!»

«Ich will aber nicht!»

Seine Aufmüpfigkeit machte sie wütend. «Du tust gefälligst, was man dir sagt!»

Aphra kreischte und kletterte eilig an dem Rosenspalier in die Höhe.

Joseph sah Susannah mit großen, ängstlichen Augen an.

Natürlich war es ungerecht, ihren Zorn an dem Kleinen

auszulassen. Doch er war und blieb nun einmal der wandelnde Beweis für Williams intime Beziehung zu Phoebe, die allem Anschein nach auch noch wieder aufgeflammt war. Schließlich hatte sie letzte Nacht mit eigenen Augen gesehen, wie zärtlich William mit Phoebe umgegangen war, nachdem er das Bett mit ihr geteilt hatte! Ihre Beziehung war wohl doch tiefer als vermutet, wobei Joseph, die Frucht dieser Liebe, sie womöglich noch enger aneinanderband. Sie seufzte. «Komm, Joseph. Setz dich her, dann helfe ich dir.»

Schüchtern setzte er sich neben sie auf die Bank und faltete beklommen die Hände. «Bekomme ich jetzt Schläge, Miss?»

«Nein, Joseph. Aber du musst lernen, stillzusitzen und deine Aufgaben sorgfältig zu erledigen.»

«Wieso?»

Sie sah ihn prüfend an. Seinen Augen fehlte der gewohnte Glanz. Er sah müde aus, so müde, wie sie sich fühlte. «Weil es eine wunderbare Gabe ist, lesen und schreiben zu können. Dir werden sich dadurch ganz neue Welten eröffnen.» Joseph schien nicht überzeugt, und sie war zu entnervt, um die Stunde mit ihm fortzusetzen. «Für heute lassen wir es gut sein. Mrs. Oliver hat einen großen Korb Pflaumen vom Markt mitgebracht und wird sich freuen, wenn ihr jemand beim Entsteinen hilft.» Sie reichte ihm die Hand.

In der Küche war es unerträglich warm. Mrs. Oliver war schweißüberströmt, ihre Wangen fast ebenso dunkelrot wie die Pflaumen in dem Korb.

Phoebe drehte lustlos den Bratspieß, an dem mehrere Hähnchen steckten. Fettiger, übelriechender Qualm hing in Schwaden unter der Decke.

Joseph ließ Susannahs Hand los und lief zu seiner Mutter. Ihre Miene hellte sich auf, als sie sich zu ihm hinabbeugte. Als sie bemerkte, dass Susannah sie ansah, zog sie den Kleinen an ihre Seite.

Susannah wandte sich ab, um sich nicht länger Phoebes herausforderndem Blick auszusetzen. Es kam gar nicht in Frage, dass dieses Weib sich auch noch an den dunklen Ringen unter ihren Augen ergötzte. Gegen ihren Willen sah sie vor ihrem inneren Auge William in Phoebes Armen und schüttelte unwillig den Kopf, um das Bild zu verscheuchen. «Mrs. Oliver, sollen Joseph und ich die Pflaumen entsteinen?»

«Ja, das wäre nett.» Die Köchin wischte sich mit dem Unterarm den Schweiß vom Gesicht. «Aber weiß der Himmel, wie der Kuchenteig bei dieser Hitze ausfallen wird.»

Susannah streckte Joseph die Hand entgegen, ohne sich von Phoebes feindseligem Blick beirren zu lassen. «Komm, Joseph, du kannst mir helfen, den Korb zu tragen.»

Der Junge sah seine Mutter an, die ihm nach kurzem Zögern zunickte und sich dann wieder dem Spieß zuwandte.

Sie kehrten in den Garten zurück und setzten sich mit dem Korb auf eine Bank. Susannah nahm die erste Pflaume heraus, schlitzte die violette Haut ein und klappte sie auf. Ein Wurm hatte sich bis zum Kern hindurchgefressen und eine körnig braune Spur im gelben Fruchtfleisch hinterlassen. Sie schnitt die verdorbene Stelle heraus und warf sie ins Rosenbeet. Die nächste Pflaume, die sie aufschnitt, war makellos. «Hier.» Sie hielt Joseph die Frucht hin. «Für dich.»

Der Junge zog die Mundwinkel herunter. «Pflaumen esse ich nicht. Mammy sagt, von Pflaumen bekommt man Bauchweh.»

«Nur wenn man zu viele davon isst.» Sie presste die Lippen zusammen, um sich eine böse Bemerkung über Josephs Mutter zu verkneifen.

«Mammy sagt ...»

«Das spielt jetzt keine Rolle!» Susannah wischte sich unwirsch den Schweiß von der Oberlippe.

Die Laken auf der Wäscheleine bewegten sich leicht, und ein Schatten schien über die Sonne zu wandern. Sie hob den Blick. Über den Dächern türmte sich eine mächtige schwarze Wolke, und die schwüle Luft knisterte geradezu vor Spannung. Sie schloss die Augen und stellte sich vor, wie kühler Regen über ihr nach oben gerecktes Gesicht strömte und all ihre Sorgen davonspülte.

«Miss?»

Sie schlug die Augen wieder auf. «Ja, Joseph?»

«Seid Ihr traurig?»

Sie schluckte vor Rührung über seine kindliche Anteilnahme. «Ein bisschen», sagte sie.

«Weil ich ungezogen bin?»

«Du bist nicht ungezogen, Joseph», beruhigte sie ihn rasch, denn er war ein liebenswertes Kind. «Mir ist bloß warm, und es geht mir nicht so gut. Am liebsten würde ich aus diesem Haus verschwinden.»

«Warum geht Ihr dann nicht einfach?»

«Das geht nicht.»

«Wieso nicht? Ihr seid ja keine Sklavin. Mammy sagt, *Ihr* könnt kommen und gehen, wie es Euch gefällt.»

«So einfach ist es nicht.»

Joseph zuckte die Achseln und nahm die nächste Pflaume aus dem Korb, um sie zu entsteinen.

Susannah betrachtete die glatte, hellbraune Haut im Nacken des Jungen. Der silberne Ring, der seinen grazilen Hals umschloss, war zwar fein gearbeitet, bei dieser Hitze aber sicher schwer und lästig zu tragen. Empfand Phoebe die kostspieligen Halsringe womöglich gar nicht als Schmuck, sondern vielmehr als Sinnbild ihrer Unfreiheit? Andererseits, was hätte denn aus ihr und Joseph werden sollen, wenn sie nicht im Kapitänshaus untergekommen wären? Aber auch Susannah selbst wäre ja verhungert, wenn Agnes sie nicht aufgenommen hätte. War sie im Grunde auch bloß eine bessere Sklavin?

Ein Windstoß blies ihr das Haar aus dem Nacken, und die Laken auf der Wäscheleine bauschten sich auf einmal wie Schiffssegel auf hoher See. Die Sonne schien zwar immer noch, aber in den letzten Minuten hatte sich der Himmel bedrohlich dunkel zugezogen. Während sie besorgt zu den Wolken hochsah, schnitt sie sich beim Aufschlitzen der letzten Pflaume in den Finger. Als sie sich das Blut von der Fingerkuppe lutschte, schmeckte sie nicht nur Eisen, sondern auch das süße Aroma des Pflaumensafts.

«Es regnet bald, Joseph. Hol deine Mutter, sie soll die Wäsche von der Leine nehmen.»

Er trottete los in Richtung Küchentür. Unterdessen sann Susannah zum wiederholten Male darüber nach, wie sie sich William gegenüber verhalten sollte, wenn er später nach Hause kam. Wie er sie am Vorabend so hingebungsvoll hatte küssen können, nur um dann wenig später Phoebe aufzusuchen, war ihr unbegreiflich. Solchen Wankelmut hätte sie ihm niemals zugetraut. Wie hatte sie sich bloß so in ihm täuschen können! Sie spielte mit dem Gedanken, ihn zur Rede zu stellen, aber welchen Sinn hätte das? Auch wenn er sie um Verzeihung bat, würde sie doch nie wieder die Erinnerung daran los, wie zärtlich er Phoebe an der Wange berührt hatte.

Windböen raschelten durch die Rosensträucher, von denen Blütenblätter auf den Kies hinabregneten, und die Laken auf der Leine flatterten heftig. Ein einzelner Regentropfen fiel auf Susannahs Knie und hinterließ einen dunklen Fleck auf ihrem Rock. Eine große schwarze Wolke hing am Himmel, umrahmt von einem gleißend hellen Strahlenkranz aus Licht. Der nächste Regentropfen landete auf ihrem Gesicht. Dann hörte der Wind unvermittelt auf, die Sonne verschwand gänzlich hinter den Wolken, und eine unnatürliche Stille senkte sich über den Garten. Sie hielt den Atem an.

Dann setzte der Regen ein. In schnurgeraden Fäden stürzte er vom bleigrauen Himmel herab, wie von Riesenhand durch ein Sieb gestrichen, prallte beim Auftreffen von der Erde ab und hatte Susannahs Schultern und ihren Rocksaum im Nu durchnässt. Sie rannte los zur Wäscheleine, um zu retten, was noch zu retten war, zerrte hastig ein schweres, nasses Laken nach dem anderen herunter und knüllte sie in einem Bündel vor ihrer Brust zusammen.

Phoebe kam ins Freie gerannt, dicht gefolgt von Joseph, und riss die übrigen Laken von der Leine.

«Joseph, rasch! Hol deine Tafel und die Kreide, ehe sie völlig unbrauchbar werden», sagte Susannah.

«Nein!» Phoebe packte ihn energisch an der Hand. «Wozu willst du deine Zeit mit Buchstaben vertrödeln.»

Joseph blickte erst seine Mutter und dann Susannah fragend an.

Susannah starrte Phoebe finster an. Zumindest in dieser Angelegenheit würde sie das letzte Wort behalten. «Tu, was ich dir sage, Joseph!»

Zu dritt standen sie kurz reglos da, während der Regen auf sie niederprasselte und in den sonnendurchwärmten Boden zu ihren Füßen eindrang.

Dann löste Joseph nacheinander die Finger seiner Mutter

von seiner Hand und trottete mit gesenktem Kopf zu der Bank, vor der er die Tafel liegengelassen hatte.

Phoebe blickte ihm so erschüttert nach, dass Susannah unwillkürlich Mitleid bekam. Dann aber wandte sich die andere Frau um und rannte ins Haus zurück.

Susannah folgte ihr, langsamer allerdings, um nicht auf der dünnen Schlammschicht auszurutschen, die sich inzwischen auf dem Boden gebildet hatte.

«Meine Güte, Ihr seid ja pitschnass!», rief Mrs. Oliver. «Phoebe, häng die Laken oben im Speicher auf. Wenn sich da nicht mal ein schlimmes Unwetter zusammenbraut.»

Susannah wischte sich mit dem Zipfel eines Lakens den Regen vom Gesicht. «Solange es die Atmosphäre klärt, soll es mir recht sein. Zieh deine Jacke aus, Joseph, dann kann deine Mama sie zum Trocknen aufhängen.»

Joseph streifte seine blaue Samtjacke ab, und Phoebe nahm sie ihm ab, ohne ihn anzusehen. Dann lud sie sich die nassen Laken auf den Arm und ging hinaus.

«Was hat sie denn?», fragte Mrs. Oliver. «Zieht ja ein Gesicht wie sieben Tage Regenwetter.»

«Sie sieht es nicht gern, dass ich Joseph Unterricht erteile.»

«Hat sie damit denn nicht recht? Wofür soll denn ein Sklave lesen und schreiben können? Ich bin ja der Meinung ...»

Jemand betätigte den Türklopfer. Erst zweimal kurz hintereinander, dann in aufgeregtem Stakkato.

«Du lieber Himmel!» Mrs. Oliver wischte sich die Hände an der Schürze ab und eilte in den Flur hinaus. «Das muss jemand für den Doktor sein.»

Susannah wrang sich die nassen Haare über dem Spülstein aus und wollte schon nach oben gehen, um sich etwas Trockenes anzuziehen, als sie von der Haustür her erregte Stimmen hörte. Diese Stimme kannte sie doch? Aufgeregt eilte sie durch den Flur.

«Oh, Miss Susannah! Ich habe mich sofort auf den Weg gemacht. Es ist schrecklich ...»

«Jennet, was ist passiert?» Susannah schwante Böses.

«Es ist Mr. Leyton, Miss.» Jennet zitterte am ganzen Leib, sie war völlig durchnässt. Aus ihrem Rock tröpfelte in einem fort Wasser auf den Perserteppich.

«Was ist geschehen?»

«Der gnädige Herr hat heute früh beim Aufwachen gehustet und geniest, inzwischen hat er hohes Fieber, und die gnädige Frau ist völlig außer sich.» Sie dämpfte die Stimme. «Er hat schwarze Blasen am Leib.»

Eisige Furcht stieg in Susannah auf. «Lieber Gott, doch nicht die Pest!»

Mrs. Oliver kreischte auf und flüchtete in die Küche zurück.

Susannah war auf einmal so schwindelig, dass sie sich auf den Stuhl im Flur sinken ließ. Sobald sie sich etwas gefasst hatte, stand sie wieder auf. «Ich muss sofort zu Vater!»

«Nicht, Miss! Dann steckt Ihr Euch doch auch noch an.»

Susannah beachtete sie gar nicht. Sie riss die Haustür auf, stand kurz unschlüssig da und stürzte dann hinaus in den strömenden Regen.

Da der Rinnstein den Wassermassen nicht gewachsen war, war die Whyteladies Lane völlig überflutet und das Pflaster glitschig. Susannah konnte im prasselnden Regen kaum etwas erkennen, während sie durch teils knöcheltiefen Matsch dahinhastete, so schnell sie nur konnte. Da trat sie plötzlich auf etwas unangenehm Weiches, geriet ins Schlittern, richtete sich eilig wieder auf und merkte dann, wie sie erneut das Gleichgewicht verlor. Aufkeuchend riss sie die Hände nach vorn, um ihr ungeborenes Kind zu schützen, während sie auch schon auf die Erde zu taumelte.

Sie wurde von starken Händen aufgefangen, die sie wieder in die Höhe zogen. «Langsam, Miss Susannah! Eurem Vater ist nicht geholfen, wenn Ihr eine Fehlgeburt erleidet.»

Es war Jennet, die sie in ihren kräftigen Armen hielt. Susannah schluchzte auf und atmete dann tief durch, während ihr das Herz wie wild in der Brust klopfte. «Es ist alles wieder in Ordnung. Nun komm!»

Jennet hakte sich bei ihr unter, und so kämpften sie sich gemeinsam durch die verschlammte, rutschige Whyteladies Lane.

Ein erstes Donnergrollen war zu vernehmen, dann blitzte es. Eine Kutsche rollte vorbei und spritzte Wasser in die Höhe.

Die beiden Frauen drückten sich an eine Mauer, um nicht völlig durchnässt zu werden, und im selben Moment donnerte es wieder. Hand in Hand machten sie einen großen Schritt über das Wasser, das am oberen Ende der Gasse quer über das Pflaster sprudelte, und bogen dann in die Hauptstraße ein. Ein nicht abreißender Strom von Kutschen rollte vorüber und bespritzte Passanten und Häuser gleichermaßen mit Wasser.

Schließlich kamen sie bei der Apotheke an. Eine kleine Menschenmenge hatte sich versammelt, die sich zum Schutz vor dem Regen im Ladeneingang des Handschuhmachers gegenüber untergestellt hatte. Vor dem Eingang der Apotheke hatte ein Wachmann Aufstellung bezogen, und Susannah sah mit Schrecken, dass bereits ein rotes Kreuz an der Tür prangte. Sie warf einen Blick durchs Fenster: Der Mörser samt Stößel stand neben dem Glas mit Blutegeln und dem Zuckerhut auf dem Tresen, ganz wie immer. Bloß dass weder Ned noch ihr Vater sich im Laden befanden.

«Lasst mich hinein!», rief sie dem Wachmann zu.

Er schüttelte den Kopf. «Es darf niemand mehr hinein oder heraus.»

«Aber mein Vater und seine Frau sind da drinnen, zusammen mit meinen kleinen Brüdern!»

«Ihr dürft nicht hinein.» Er verschränkte die Arme vor der Brust und sah sie finster an.

«Habt Ihr denn kein Mitleid?», fragte sie.

«Habt *Ihr* kein Mitleid mit Eurem ungeborenen Kind?»

Jennet nahm sie am Arm. «Kommt, Miss Susannah.»

Susannah ließ sich von Jennet einige Schritte wegführen, wandte sich dann zum Haus um und sah zu den Fenstern hoch. «Versuchen wir es von hinten durch die Küchentür», sagte sie. «Ich muss zu meinem Vater, Jennet. Was, wenn er stirbt, ohne dass ich mich von ihm verabschiedet habe?» Sie eilte los und bog in den schmalen Durchgang zwischen den Häusern ein, der zum hinteren Ende des Hofs führte. Der Regen wurde immer stärker, und ihr Rock war schwer vom Schlamm. Sie fand den Schlüssel in seinem üblichen Versteck, schloss das Tor auf und watete durch den Hof zur Küchentür. Sie drehte den Türknauf, sah aber dann die glänzenden neuen Nägel, die in das Holz getrieben worden waren. Sie hämmerte mit der Faust gegen die Tür und schrie immer wieder nach ihrem Vater, aber ihre Stimme ging im Lärmen des Donners und der Wassermassen unter, die vom Dach herab auf den Boden klatschten.

Jennet, die ihr gefolgt war, zog sie am Arm. «Es ist sinnlos, Miss Susannah.»

Susannah ließ sich gegen die Hofmauer sinken und schlug vor Verzweiflung die Hände vors Gesicht.

Ein greller Blitz zuckte über den Himmel, und sie hob den

Blick. Oben im Schlafzimmerfenster sah sie das fahle Gesicht ihres Vaters.

«Vater!»

Er sah zu ihr hinunter, seine Lippen bewegten sich, aber was er sagte, konnte sie nicht erschließen.

Jähe Hoffnung keimte in ihr auf. «Ich komme, Vater! Ich werde den Wachmann bestechen, damit er mich hineinlässt.»

Er schüttelte den Kopf und legte beide Hände an das regenüberströmte Fenster. Dann glitt er, wie von plötzlicher Schwäche übermannt, langsam am Fenster herunter, bis er nicht mehr zu sehen war.

Susannah starrte weiter nach oben, flehte ihn stumm an, sich wieder zu zeigen. Sie unterdrückte ein Schluchzen; sie durfte jetzt nicht schwach werden, ermahnte sie sich, ihrem Vater zuliebe. Sie wandte sich zu Jennet um. «Ging es Arabella und den Kindern noch gut, als du fortgegangen bist?»

«Sie haben entsetzlich geschrien und geweint, als ich durch die Hintertür raus bin. Das Geschrei war über die halbe Fleet Street zu hören. Entweder sind sie jetzt fort, oder sie sind auch krank geworden.»

«Und Ned, was ist mit ihm?»

«Der hat heute Morgen schlimm gehustet und sich ins Bett gelegt.»

«Dann sind Vater und Ned also womöglich allein im Haus, ohne jede Hilfe?»

Jennet sah sie bekümmert an und nickte.

Susannah raffte ihre schlammbesudelten Röcke in die Höhe und trat den Rückweg zur Fleet Street an. Jennet folgte ihr.

Der Wachmann, der seinen Mantelkragen zum Schutz gegen den Sturzregen hochgeschlagen hatte, lehnte sich auf seine Hellebarde.

«Lasst mich durch», verlangte Susannah.

«Ihr wollt also sterben, ja? Mitsamt Eurem Kind?» Wasser rann ihm über die Wangen und tröpfelte in einem fort von seinem Kinn herunter.

Susannah zögerte, hin- und hergerissen zwischen der Sorge um ihr Kind und der Sehnsucht, ihrem Vater Trost zu spenden.

«Betet zum Herrgott und hofft, dass er Erbarmen hat. Und nun geht nach Hause, Madam, das ist kein Wetter für Euch.»

Nein, niemals könnte sie ihren Vater im Stich lassen. Ihr Entschluss stand fest. «Lasst mich rein, ich gebe Euch Geld!»

«Oho, Ihr wollt mich bestechen?» Erneut blitzte es, und gleich darauf donnerte es ohrenbetäubend. «Wie viel?», schrie der Wachmann über das Prasseln des Regens hinweg.

Susannah blickte in seine vor Habgier funkelnden Augen. Wäre es so schlimm, zu sterben und alle Sorgen hinter sich zu lassen? William und Henry hatten sie beide betrogen. Wer liebte sie denn noch auf Erden, außer ihrem Vater?

«Wie viel?», wiederholte der Wachmann seine Frage.

Sie atmete tief durch und bemühte sich, das Zittern ihrer Hände zu beruhigen. «Alles, was ich habe.»

Ein weiterer mächtiger Donnerschlag ließ sie zusammenzucken.

«Dann lasst mal sehen, wie viel das ist», sagte der Wachmann.

«Ich muss das Geld erst holen.»

«Tja, ich laufe ja nicht weg.» Er verschränkte die Arme vor der Brust.

Susannah hatte sich erst wenige Schritte entfernt, als sie einen hochgewachsenen Mann sah, der auf die Apotheke zu eilte. Sein langer Umhang schlackerte ihm nass um die Knie, und von der breiten Hutkrempe strömte Wasser auf die Schnabelmaske vor seinem Gesicht. Sie bekam Herzklopfen. William. Noch am Vortag wäre sie erleichtert auf ihn zu gestürmt, jetzt aber stand sie mit bleischweren Beinen da und blickte ihm stumm entgegen.

«Susannah. Ich habe mich sofort auf den Weg gemacht, als ich es erfahren habe.»

«Vater hat die Pest.» Sie brachte es nicht fertig, ihn anzusehen. «Und Ned hat es offenbar auch erwischt.»

«Was ist mit Arabella und den Kindern?»

Sie zuckte die Achseln und wischte sich mit der Hand das Wasser vom Gesicht. «Sie ist wohl auf und davon, ehe das Haus zugesperrt worden ist. Ich habe Vater gesehen ...» Beim Gedanken an sein fahles Gesicht oben im Fenster konnte sie sich nicht länger beherrschen und brach in Tränen aus.

William packte sie an den Schultern. «Wie steht es um ihn?»

«Er ist sehr geschwächt.»

«Mein armer Herr hat die schwarzen Blasen und Fieber, Sir», sagte Jennet mit bebender Stimme.

Susannah machte sich von William los. «Ich muss ihm helfen!»

«Du kannst ihm nicht helfen.» Seine Augen blitzten sie über die weiße Maske weg an.

«O doch, ich werde nichts unversucht lassen. Aber erst muss ich nach Hause und meine Ersparnisse holen.»

«Deine Ersparnisse?»

«Viel ist es nicht, aber der Wachmann will mich ins Haus lassen, wenn ich ihm ...»

«Susannah! Bist du noch bei Trost?» Er nahm seine Maske ab. «Einem solchen Risiko darfst du dich nicht aussetzen!»

«Welche Rolle spielt das noch?» Sie war zu erschöpft, um

sich auf einen langwierigen Disput einzulassen. «Ich will zu meinem Vater, alles andere ist unwichtig.» Sie strich sich eine nasse Haarsträhne aus dem Gesicht.

Ein Blitz tauchte die Straße kurz in gespenstisches Licht.

«Und dafür bist du bereit, das Leben deines Kindes aufs Spiel zu setzen?», entgegnete William kalt. «Ich hätte nie gedacht, dass du so selbstsüchtig bist.»

Sie reckte das Kinn in die Höhe und fixierte ihn zornig. «Dann bist du also ohne Fehl und Tadel, nehme ich an?»

Ohrenbetäubender Donner hallte durch die Straße, lauter als tausend Kanonenschüsse.

«Dein Vater würde nicht wollen, dass du dich und sein Enkelkind für nichts und wieder nichts opferst», schrie William gegen das Wüten der Elemente an. «Ich werde ins Haus gehen.»

«Nein!»

«Wer könnte ihm besser helfen?»

«Sir?» Jennet fasste ihn am Ärmel. Ihr Kinn zitterte, ihre Augen waren schreckgeweitet. «Gestattet, dass ich Euch begleite.»

«Ihr? Wieso wollt Ihr freiwillig in ein Haus zurück, das unter Pestquarantäne steht?»

«Wo sollte ich sonst hin?», fragte sie mit bebender Stimme. «Familie habe ich keine, und hier bin ich seit vielen Jahren zu Hause. Mr. Leyton ist immer gut zu mir gewesen. Ich kann helfen, ihn zu pflegen.»

«Ihr könntet selbst erkranken.»

«Vielleicht habe ich mich schon längst angesteckt.» Sie straffte sich und sah ihn entschlossen an. «Mein weiteres Schicksal liegt in Gottes Hand.»

«Nun denn, meinetwegen. Eure Hilfe kann ich gut gebrauchen. Wir müssen die Blasen mit Umschlägen behandeln, um die bösen Säfte herauszuziehen. Dann kommt, verlieren wir keine weitere Zeit.»

«Nicht, William!» Susannah versuchte ihn am Ärmel festzuhalten.

Er schüttelte ihre Hand ab und ging auf den Wachmann zu. «Tretet beiseite!»

Der Wachmann hielt seine Hellebarde quer vor die Tür. «Niemand darf heraus. Niemand darf hinein. So lauten meine Anweisungen.»

«Gehört es auch zu Euren Anweisungen, unter Quarantäne gestellte Personen gegen Bestechung laufen zu lassen?» William packte den Mann am Kragen und stieß ihn grob gegen die Hauswand. «Wo ist die Dame des Hauses mit ihren Kindern? Auch sie könnten infiziert sein. Sollte ihnen die Flucht ermöglicht worden sein, dürfte das die Behörden sicherlich interessieren.»

Der Wachmann senkte verlegen den Blick. «Kann ich vielleicht etwas dafür, wenn die Dame aus einem Schlafzimmerfenster klettert und sich über die Dächer davonmacht? Wie hätte ich das verhindern sollen?»

«Diese Magd gehört zum Haushalt. Da sie die Krankheit möglicherweise auch schon in sich trägt, gehört sie wohl besser ins Haus zurück, meint Ihr nicht auch? Und ich als Arzt werde mich um die Kranken kümmern.»

«Wenn Ihr da hineingeht und nicht selbst auf dem Leichenkarren landet, werdet Ihr unter Quarantäne gestellt», warnte ihn der Wachmann.

William ließ ihn los.

«Und da die Behörden so streng sind, lasse ich Euch auch gegen Bestechung nicht früher raus.» Der Wachmann grinste und entblößte dabei seine dunklen Zahnstummel.

Susannah fasste Jennet am tropfnassen Ärmel. «Willst du das ganz sicher tun?»

«Sterben will ich nicht, aber noch mehr ängstigt mich die Aussicht, ganz allein auf der Welt zu sein.» Die Magd lächelte mühsam. «Passt gut auf Euch und das Kind auf, Miss Susannah. Ich werde dem Doktor helfen, Euren lieben Vater zu pflegen.»

Susannah nahm Jennet in die Arme und drückte sie gerührt an sich.

«Wir haben keine Zeit zu verlieren», drängte William.

Der Wachmann zog den Schlüssel heraus und schloss die Tür auf. «Dann rein mit Euch, aber schnell.»

Während ein weiterer Blitz über den bleigrauen Himmel zuckte, trat Jennet durch die Tür, sah sich noch einmal mit kreidebleichem Gesicht um und war dann verschwunden.

William wischte sich über das triefnasse Gesicht. «Ich werde mein Bestes für deinen Vater tun. Komm morgen Nachmittag wieder her, dann sage ich dir, wie es ihm geht.»

Susannah wusste kaum, wie sie ihre konfusen Gedanken in Worte fassen sollte. Schließlich sagte sie nur: «Du bist bereit, für ihn dein Leben aufs Spiel zu setzen?»

«Das tue ich für dich, Susannah.» Er sah sie lange an und verschwand dann ebenfalls im Haus.

Der Wachmann knallte die Tür hinter ihm zu und schloss sie wieder ab.

Erneut war ein Donnern zu hören. Das heftige Gewitter passte zu der Trostlosigkeit, die Susannahs Herz erfüllte. Durchnässt bis auf die Haut, starrte sie das rote Kreuz an der Tür an und las dann den darunterstehenden Satz: *Der Herr erbarme sich unser.*

24. Kapitel

«Verdammt, Susannah!» Agnes ließ die Pfeife auf ihren Schoß fallen, ohne sich um die Tabaksflecken auf ihrem Rock zu scheren. «Er ist alles, was ich auf der Welt noch habe. Wie konntet Ihr das zulassen?»

«Das fragt Ihr mich?» Sie lächelte bitter. «Ihr wisst besser als ich, dass William stets nach eigenem Gutdünken handelt.»

«Ich dachte, Ihr hättet mehr Einfluss auf ihn.»

«Leider nicht, wie Ihr seht.» Im Stillen aber plagten Susannah Schuldgefühle. Denn Agnes hatte recht; sie hätte William davon abhalten müssen, sich in dem Haus einschließen zu lassen. Aber ihr Vater ... er war so allein und verängstigt.

«Wie sollen wir ohne ihn zurechtkommen, Susannah?», flüsterte Agnes, den Tränen nah. «Mir ist nie in den Sinn gekommen, dass er die Welt vor mir verlassen könnte.»

«Nicht!», rief Susannah so erregt, dass ihre Stimme durch die Kapelle hallte. Sie faltete ihre zitternden Hände. «Noch ist nicht alles verloren. Seit einem Jahr kümmert er sich jetzt schon um Pestkranke, ohne je selbst erkrankt zu sein.»

«Aber er war noch nie mit Sterbenskranken in einem Haus eingeschlossen.» Agnes krampfte die Hände um den Knauf ihres Gehstocks. «William ist für mich der Sohn, der mir selbst versagt geblieben ist.»

«Ich weiß.»

Den restlichen Nachmittag über hingen beide ihren trüben Gedanken nach, während an den Fenstern der Regen herabströmte.

Später kam Phoebe mit einem Tablett herein und trug das Abendessen auf, gekochten Schinken und Brot. Sie vermied es, Susannah anzusehen, und verließ die Kapelle so lautlos, wie sie gekommen war.

Die Aufregung war Susannah auf den Magen geschlagen. Beim Anblick des in dicke Scheiben geschnittenen, rosa-weißen Schinkens wurde ihr so übel, dass sie kaum einen Bissen herunterbekam.

Auch Agnes aß nur sehr wenig. Kurze Zeit später zog sie sich in ihre Schlafkammer zurück.

Da der Regen endlich aufgehört hatte, ging Susannah in den Garten, um noch etwas frische Luft zu schnappen. Die Blumen trieften vor Nässe, und die Kräuter in ihrem Gärtlein waren von dem Sturzregen zerdrückt worden. Sie schlenderte durch den Bogengang, in dem es süß nach Geißblatt und warmer, durchnässter Erde duftete.

Sie setzte sich auf die Bank und beobachtete die im Dämmerlicht umherhuschenden Fledermäuse. Sie dachte an ihren Vater, malte sich aus, welche Qualen er auszustehen hatte, während William ihm dampfend heiße Umschläge machte, um die bösen Säfte aus den Pestbeulen zu ziehen. Stumm wiegte sie sich auf der Bank vor und zurück, während es sie vor Schmerz und Verlassenheit innerlich schier zerriss. Am schlimmsten war die Aussicht, sich noch so lange gedulden zu müssen, ehe sie in Erfahrung bringen konnte, wie es ihrem Vater ging; wie sollte sie bloß die kommende Nacht überstehen? Als sich das Kind in ihr regte, schlang sie sich die Arme um den Leib. Würde ihr Vater am Leben bleiben und sein Enkelkind kennenlernen?

Bei diesem Gedanken brachen alle Dämme, und sie ließ den Tränen freien Lauf. Innerhalb weniger Tage war sie von einem Zustand höchster Seligkeit ins rabenschwärzeste Unglück gestürzt. Sie weinte um so vieles: um den toten Vater ihres Kindes und ihre fehlgeschlagene Ehe, um die Liebe zwischen ihr und William, in die sie solche Hoffnungen gesetzt hatte, die nun aber zerstoben waren, um die Liebe ihres Vaters, die sie immer als selbstverständlich empfunden hatte, bis er sie ihr entzog und sich Arabella zuwandte. Am meisten aber weinte sie aus Angst davor, in einer Welt leben zu müssen, in der es weder ihren Vater noch William gab und niemand sie liebte.

Nach einer schlaflosen Nacht erhob Susannah sich im Morgengrauen, kleidete sich an und ging hinunter in die Küche, wo Mrs. Oliver gerade das Brot in den Ofen schob.

«Ihr seht nicht aus, als hättet Ihr sonderlich gut geschlafen», sagte die Köchin. «Der gnädigen Frau wird es wohl ähnlich ergangen sein.»

«Es ist die Ungewissheit, die einen zermürbt, das Warten.»

«Ich brühe eine Kanne Kaffee auf, die könnt Ihr der gnädigen Frau bringen. Sicherlich hat auch sie vor Sorge kein Auge zugetan.»

Während Mrs. Oliver mit dem Stößel die Kaffeebohnen im Mörser zerkleinerte, sah Susannah unwillkürlich ihren Vater vor sich, hinter dem Tresen der Apotheke, wo er all die Jahre lang Arzneien zubereitet hatte. Sie merkte, wie sie einen Kloß im Hals bekam, und schluckte heftig. Ihr graute bei dem Gedanken, dass er seine Arbeit vielleicht nie wieder würde ausüben können. Sie starrte ins Feuer und bemühte sich mit aller Macht, diese Ängste zu verdrängen.

Schon bald mischte sich in das Aroma des Kaffees, der auf dem Herd vor sich hin brodelte, der verlockende Duft von frischgebackenem Brot. Mrs. Oliver filterte den Kaffee durch ein Tuch aus Musselin und fing dann an, das noch ofenwarme Brot in Scheiben zu schneiden.

Susannah konnte nicht widerstehen und aß heißhungrig eine Scheibe von dem köstlichen Brot, die sie mit einigen Schlucken heißem Kaffee herunterspülte. «Dann will ich Miss Fygge mal ihr Frühstück bringen», sagte sie schließlich und klopfte sich die Krümel vom Rock.

Eine Wand aus stickiger, verqualmter Hitze schlug ihr entgegen, als sie die Schlafkammertür öffnete. Agnes saß bereits aufrecht im Bett. Phoebe kniete vor dem Kamin und kehrte die Asche heraus.

Susannah übersah sie geflissentlich. «Soll ich nicht doch einmal lüften, Agnes?»

«Nein!» Die alte Dame erschauderte. «Die Luft selbst ist schon gefährlich. Wer weiß, was für Krankheiten der Wind mit sich trägt.»

Susannah wischte sich unauffällig den Schweiß von der Stirn.

Agnes wirkte winzig, wie sie so in ihrem großen Himmelbett saß. Ihr rührend dünner Flechtzopf lag auf ihrer Schulter, und sie hatte die Hände vor der Brust gefaltet. «Ich bleibe heute im Bett», verkündete sie.

«Möchtet Ihr, dass ich Euch vorlese?»

«Später vielleicht. Aber erzählt mir unbedingt, was es Neues gibt, wenn Ihr wieder nach Hause kommt.»

Susannah versuchte sich zu beschäftigen, so gut es ging, aber die Angst ließ ihr keine Ruhe. Sie nähte ein weiteres Hemdchen für ihr Kind fertig und legte es zu den übrigen Sachen, die bereits im Schrank in ihrer Kammer lagen. Danach behielt sie den Lauf der Sonne am Himmel im Auge und wartete ungeduldig auf das Läuten der Kirchenglocken, das ihr anzeigte, dass wieder eine Stunde vergangen war.

Schließlich war es endlich Zeit, aufzubrechen. Mrs. Oliver

packte Lebensmittel in einen Korb, den sie Susannah mitgab. Ehe sie losging, pflückte sie noch rasch etwas Rosmarin im Kräutergarten; als Tee aufgebrüht, würde er helfen, Neds Husten zu lindern.

In den Rinnsteinen gluckerte noch immer das Wasser. Der von der Sintflut am Vortag angespülte Unrat, der sich an den Hauswänden türmte, hatte Möwen vom Fluss angelockt, die kreischend über der Straße kreisten und immer wieder zum Abfall hinabstießen, um sich etwas herauszupicken. Susannah musste sich bemühen, auf dem Kopfsteinpflaster nicht auszugleiten, denn mit ihrem Bauch stand es um ihr Gleichgewicht nicht zum Besten.

Als sie schließlich bei der Apotheke ankam, war sie erhitzt und außer Atem. Der Wachmann vor der Tür lehnte sich müde auf seine Hellebarde.

«Wie steht es?», keuchte sie.

Er richtete sich etwas auf, vermied es aber, sie anzusehen, was ihr sogleich einen Angstschauer über den Rücken rieseln ließ. «Das fragt Ihr am besten Eure Freunde.» Er hämmerte mit der Faust gegen die Tür. «Heda! Kommt ans Fenster!»

Der Fensterflügel öffnete sich, und Jennets vom Weinen verquollenes Gesicht kam zum Vorschein.

«Oh, Jennet!» Susannah krampfte vor Angst die Hände vor der Brust zusammen.

Die Magd musste ein Aufschluchzen unterdrücken. «Sie haben ihn letzte Nacht fortgeschafft.»

Susannah wurde so schwindelig, dass sie sich an der Hauswand abstützen musste. «Bitte nicht Vater! Sag, dass das nicht wahr ist!»

«O nein, Miss, es war nicht Euer Vater, sondern der arme Ned.»

«Ned? Aber ich habe Rosmarin mitgebracht, für einen lindernden Tee gegen seinen Husten!»

«Zu spät, Miss Susannah. Die Krankheit hat sich bei ihm ganz plötzlich verschlimmert, am Ende bekam er Krämpfe. Er war übersät mit Flecken, glühte vor Fieber und hat immer wieder nach seiner Mutter gerufen.»

Susannah rief sich das eifrige junge Gesicht des Lehrbuben vor Augen, dessen Leben nun viel zu früh zu Ende gegangen war. Dennoch war sie erleichtert, dass es Ned getroffen hatte und nicht ihren Vater, so unchristlich diese Regung auch sein mochte.

«Vor Sonnenaufgang sind sie mit dem Karren gekommen, um ihn zu holen», schluchzte Jennet. «Als der Doktor und ich ihn die Treppe heruntergetragen haben, bin ich ausgerutscht und hätte ihn beinahe fallen lassen. Mir klingt immer noch das grässliche Geräusch in den Ohren, als sein Kopf gegen die Wand geschlagen ist. Und ich sehe immerzu vor mir, wie sie ihn auf den Karren gelegt haben, der schon voller Leichen war, und dann mit ihm davongefahren sind.»

«Du bist sehr tapfer, Jennet.»

«Jetzt bete ich für den gnädigen Herrn. Dass er nicht auch auf diesem scheußlichen Karren landet.»

«Hat er sehr zu leiden?»

Da tauchte William hinter Jennet auf, und sie zog sich zurück, damit er sich aus dem Fenster lehnen konnte. «Dein Vater ist sehr krank, Susannah. Wir haben ihn ausgiebig mit kaltem Wasser abgewaschen, um sein Fieber zu senken, und ihm heiße Umschläge gemacht, um das Gift aus den Pestbeulen zu ziehen. Einige Beulen sind aufgeplatzt, was ermutigend ist. Jetzt kann ich nicht mehr für ihn tun, als seine Leiden so gut wie möglich zu lindern.»

«Bleibt er am Leben?»

«Das vermag ich nicht zu sagen, Susannah, und ich will dir auch keine falschen Versprechungen machen.»

Falsche Versprechungen! Aus seiner Miene sprach ehrliche Sorge um sie, und dennoch hatte er sie mit Phoebe betrogen, nachdem er ihr kurz zuvor noch seine Liebe gestanden hatte. Sie war völlig verwirrt und wusste nicht mehr, was sie noch glauben sollte. «Braucht er irgendetwas, das ich besorgen könnte?», fragte sie schließlich.

«Nein. Wir haben hier in der Apotheke alles, was wir nur brauchen könnten. Jetzt können wir nur noch auf den Herrgott vertrauen.»

Susannah nickte stumm und musste mit aller Macht die Tränen zurückhalten.

«Wie ich sehe, warst du so freundlich, uns Lebensmittel mitzubringen.» William verschwand kurz und kehrte mit einem Bettlaken zurück, das er aus dem Fenster herunterließ.

Susannah knotete den Henkel des Korbs an einem Zipfel des Lakens fest und sah zu, wie er ihn heraufzog.

«Komm morgen um dieselbe Zeit wieder», sagte er. «Susannah?»

«Ja?» Sie blickte zu ihm hoch, während jähe Hoffnung in ihr aufkeimte. Wollte er sie jetzt vielleicht um Verzeihung bitten?

Doch er sagte nur: «Bestell Tante Agnes liebe Grüße. Und beunruhige dich nicht allzu sehr. Wie es jetzt weitergeht, liegt in Gottes Hand. Es nützt weder dir noch deinem Kind, wenn du dich jetzt verrückt machst.»

Heftige Enttäuschung stieg in ihr auf. Sie machte kehrt und stolperte davon.

Die folgenden vierundzwanzig Stunden hatten etwas Unwirkliches. Nach außen hin verlief Susannahs Tag beinahe wie immer, doch innerlich stand sie die schlimmsten Qualen aus.

Lethargisch und in sich gekehrt, ging sie ihren Pflichten nach. Sie sehnte einzig die Nachmittagsstunde herbei, wenn sie endlich zur Apotheke aufbrechen und herausfinden konnte, wie es ihrem Vater ging. Sie war schweigsam und sprach nur, wenn Agnes direkt das Wort an sie richtete.

Agnes wiederum war vor Sorge um William gereizt und brauste ungehalten auf, als Susannah ihr vorschlug, sich zu schonen und den Vormittag im Bett zu verbringen.

«Macht nicht so ein Aufhebens um mich, Miss!»

Susannah biss sich auf die Lippe und beugte sich Agnes' Wünschen. Nachdem die alte Dame angekleidet und frisiert war, half sie ihr zu dem Sessel am Fenster hinüber, wo auf einem Tischchen griffbereit ihr Gedichtband lag.

«Damit seid Ihr entlassen. Aber berichtet mir nach Eurer Rückkehr unbedingt, was es Neues gibt.»

«Ja, Agnes.»

«Ach, noch etwas. Richtet William aus, dass ich stolz auf ihn bin. Gewiss, ich halte seine Entscheidung für eine große Torheit, aber andererseits hätte ich nichts Geringeres von ihm erwartet.»

25. Kapitel

Mrs. Oliver packte ein Glas eingekochte Pflaumen in den Korb. «Die mag der gnädige Herr besonders gern», sagte sie. «Und hier ist noch der restliche gekochte Schinken. Phoebe wird Euch den Korb bis zum Ende der Whyteladies Lane tragen. Ich sehe, dass Euch wieder der Rücken zu schaffen macht.»

«Ja, allerdings. Und ich bin es so leid, auszusehen wie eine zum Bersten pralle Schweinsblase.»

«Na, jetzt dauert es ja nicht mehr lange, bis Ihr Euer süßes Kindchen in den Armen haltet. Dann bekommt das Wort ‹Müdigkeit› für Euch eine ganz neue Bedeutung! Phoebe, nun lass die Töpfe erst mal einweichen und hilf Miss Susannah, den Korb zu tragen.»

«Ja, Ma'am.» Phoebe trocknete sich die Hände an der Schürze ab und hängte sich den Korb über den Arm.

Der Matsch auf der Straße hatte sich in der heißen Sonne wieder zu Staub verwandelt, in dem zwei Hunde sich um einen Knochen balgten. Die Rinnsteine waren nicht mehr mit Wasser überflutet, und der Gang über die Straße fiel Susannah leichter als am Vortag.

Als sie Phoebe am Ende der Straße den Korb abnahm, streifte sie zufällig ihre Hand. Sie hob den Blick und sah sie an.

Phoebe starrte mit ihren melassebraunen Augen kurz ausdruckslos zurück, ehe sie sich umwandte und wortlos davonging.

Susannah hatte halb damit gerechnet, dass sie ihr Grüße oder Ähnliches an William auftrug; dass ihr Liebhaber in einem Pesthaus eingesperrt war, schien ihren Gleichmut in keinster Weise zu beeinträchtigen. Mit dem Korb über dem Arm machte Susannah sich auf den Weg zur Fleet Street. Zuversicht breitete sich in ihr aus. Es war nicht mehr so drückend schwül wie in den Tagen zuvor, und einige Pestbeulen ihres Vaters waren aufgeplatzt. Was auf jeden Fall ermutigend war, denn hieß es nicht, dass Kranke sich durchaus erholen konnten, wenn man die Gifte aus den Beulen extrahierte? Vater war sein Leben lang gesund gewesen und für sein Alter körperlich noch in guter Verfassung, was eine Genesung sicherlich begünstigen würde. Er würde sich schon wieder erholen, langsam, von Tag zu Tag.

Voller Hoffnung traf Susannah bei der Apotheke ein. Der Wachmann tippte sich zum Gruß an den Hut, als er sie kommen sah, und hämmerte dann an die Tür. «Heda!», rief er laut. «Kommt ans Fenster! Die junge Dame ist da.»

Der Fensterflügel wurde geöffnet, und William lehnte sich heraus. «Susannah.»

Sein sanfter, mitfühlender Tonfall traf sie wie ein Schlag. Behutsam stellte sie den Korb am Boden ab. Noch ehe er weiterredete, wusste sie mit grausamer Gewissheit, was er ihr mitzuteilen hatte. Ihr wurde eiskalt. Alles um sie herum verschwamm, bis auf Williams Gesicht.

«Wann?», fragte sie.

«Vor etwa einer Stunde. Ich habe die Nacht über bei ihm gewacht, wir haben uns ein wenig unterhalten, aber er wurde immer schwächer, bis er dann seinen letzten Atemzug tat.»

Trotz der Stimme, die sie in ihrem Kopf schreien hörte, blieb sie sonderbar ruhig und besonnen. «Ist er wenigstens friedlich eingeschlafen?»

«Meine Liebe, das will ich nicht behaupten, aber ich habe seine Leiden gelindert, wo ich nur konnte.»

«Ich danke dir.»

«Zwischendurch hat er gedacht, ich wäre dein Bruder, Tom. Er hat meine Hand genommen und mich gebeten, dich zu holen. Dein Name war das letzte Wort, das seine Lippen verlassen hat.»

Susannah taumelte und stieß einen gellenden Schrei aus, während sich der Himmel über ihr zu drehen begann und ihr schwarz vor Augen wurde. Wie aus weiter Ferne hörte sie William, der immer wieder ihren Namen rief.

Der Wachmann fing sie auf, ehe sie zu Boden stürzen konnte. «Hoppla, Madam!» Er stützte sie, bis sie sich ein wenig erholt hatte. «Geht's wieder?»

«Mein Vater ist tot!»

«Ja, Madam, ich weiß. Er ist jetzt an einem besseren Ort, würde ich sagen.»

«Susannah! Susannah?»

Sie löste sich aus den kräftigen Armen des Wachmanns und blickte wieder hoch zu William.

«Susannah, fehlt dir etwas?»

Ihre Lippen fühlten sich taub an, sie zitterte am ganzen Leib und konnte nicht aufhören, mit den Zähnen zu klappern. «Nur ein kleiner Schwindelanfall», sagte sie. «Es ist schon wieder vorbei. Weißt du, ich hatte bloß gedacht, es würde Vater heute bessergehen.»

William hieb mit der Faust gegen den Fensterrahmen. «Herrgott, Susannah! Solange ich hier eingesperrt bin, kann ich nichts für dich tun.»

«Du hast alles unternommen, um Vater zu helfen, nur darauf kommt es an. Was ist mit dir und Jennet? Geht es euch weiter gut?»

Er nickte. «Aber Jennet ist sehr niedergeschlagen. Sie hat ihren Herrn geliebt und blickt jetzt einer ungewissen Zukunft entgegen.»

«Und ich kann sie leider nicht trösten», sagte Susannah bitter. «Frauen, die in der Welt ohne Mann dastehen, müssen immer um ihre Zukunft bangen.»

«Wir müssen hierbleiben, bis die Quarantäne aufgehoben wird.»

«Und Vater, wie geht es jetzt mit ihm weiter?»

«Der Karren holt ihn heute Abend ab.»

Susannah schlug sich die Hand vor den Mund. «Ich muss ihn noch einmal sehen.»

«Nein, besser nicht!»

«Aber ich will ihm Lebewohl sagen!»

«Susannah, ich bitte dich, hab ein Einsehen. Es würde dich nur belasten, und du musst auch an dein Kind denken. Behalte ihn lieber so in Erinnerung, wie du ihn zu Lebzeiten gekannt hast.»

«Aber begreifst du denn nicht? Wie soll ich je wahrhaft glauben, dass er tot ist, wenn ich mich nicht von ihm verabschieden kann?»

«Ich rate dir dringend davon ab.»

«Sieht er so schrecklich aus?»

«Das ist es nicht ...»

«Was dann?»

«Es ist wegen der Bestatter.» William rieb sich erschöpft die Augen. «Sie sind inzwischen so daran gewöhnt, Leichen einzusammeln, dass sie die Toten nicht mehr mit der gebührenden Ehrerbietung behandeln. Das wäre zu belastend für dich.»

«Einerlei. Ich werde trotzdem hier sein, wenn sie ihn abholen kommen.»

Er musterte sie kurz und sagte dann: «Wie ich sehe, steht dein Entschluss fest, und ich möchte nicht weiter mit dir darüber streiten.»

«Ich habe euch Verpflegung mitgebracht. Lass das Laken herunter, damit ich den Korb daran festbinden kann. Ich komme später wieder.»

Nachdem William den geleerten Korb wieder zu ihr heruntergelassen hatte, machte Susannah sich auf den Heimweg.

Agnes wusste nach einem Blick auf Susannahs Gesicht, was geschehen war. «Herzliches Beileid, meine Liebe. Euer Vater war ein guter Mann, auch wenn er sich von diesem törichten Frauenzimmer ganz schön auf der Nase hat herumtanzen lassen. Er wird der Welt fehlen.»

Susannah nickte mit Tränen in den Augen. «Arabella sollte erfahren, dass sie jetzt Witwe ist und die Zwillinge keinen Vater mehr haben. Ich vermute mal, dass sie bei ihrem Bruder in Shoreditch ist, da sie sonst nirgends hinkann. Darf ich Phoebe mit einem Brief für sie hinschicken?»

«Tut, was Ihr für richtig haltet. Aber als trauernde Witwe kann ich sie mir eigentlich nicht vorstellen.»

«Es geht mir auch mehr darum, mich zu vergewissern, dass es Joshua und Samuel gutgeht. Und heute Abend gehe ich noch einmal zu Vaters Haus. Um dabei zu sein, wenn ihn der Karren abholt.»

«Ob das so vernünftig ist, frage ich Euch lieber nicht. Ihr wollt ihn noch einmal sehen, nehme ich an?»

«Ich muss sehen, wo sie ihn beisetzen. Wie sonst kann ich meinem Kind irgendwann einmal das Grab seines Großvaters zeigen?»

«Dann lasst Ihr Euch aber von Phoebe begleiten.»

«Nein! Ich meine, habt Dank, dass Ihr Euch so um mich sorgt, aber ich würde lieber allein gehen.»

«Mir ist einfach nicht wohl bei dem Gedanken, dass Ihr nach Einbruch der Dunkelheit allein in den Straßen unterwegs seid. Nun schlaft ein wenig, da Ihr ja wohl erst spät zu Bett kommen werdet.»

Susannah legte sich in ihrer Kammer hin, konnte aber nicht schlafen. Während sie mit geschlossenen Augen dalag, träumte sie sich in frühere, sorglose Zeiten zurück. Sie sah ihre Mutter vor sich, wie sie über den Tresen der Apotheke gebeugt süßes Mandelöl durch ein Musselintuch filterte, in das sie Lavendelblüten eingelegt hatte. Ihre Mutter hatte ihr ein Tröpfchen des wohlriechenden Öls aufs Handgelenk getupft, und sie erinnerte sich bis heute an den angenehm blumigen Duft, der sie den ganzen Tag begleitet hatte.

Damals war ihr Vater glücklich gewesen. Später, nach dem Tod ihrer Mutter, hatten er und Susannah Trost in der Apotheke gesucht. Er hatte sie all seine Kenntnisse gelehrt und vertraute ihr so sehr, dass er sie ohne weiteres auch mit den teuersten Zutaten experimentieren ließ.

Sie rollte sich ganz eng zusammen, während sie an die glücklichen Stunden zurückdachte, die sie mit ihm verbracht hatte. Nie wieder könnte sie mit ihm darüber streiten, womit sich Zähne nun besser lockern ließen, mit Löffelkrautgeist oder frischem Zitronensaft. Nie wieder mit ihm einem der interessanten Vorträge im Gresham College beiwohnen oder auch nur in friedlicher Eintracht mit ihm am Kamin sitzen. So hing sie stundenlang ihren Erinnerungen nach.

Als der Abend dämmerte, richtete sie sich schließlich auf und rieb sich über die kribbelnden Gliedmaßen. Sie fühlte sich seltsam hohl und schwerelos, als sie losging, um sich von Agnes zu verabschieden. Die Kapelle war völlig überheizt und voller Qualm von den Rosmarinzweigen, die im Kaminfeuer verbrannten.

«Ich mache mich jetzt auf den Weg, Agnes.»

«So schließt doch die Tür! Ich will alle Krankheitserreger ausräuchern, die sich in mein Haus verirren könnten», sagte Agnes. «Haltet Ihr weiter an Eurem Vorhaben fest?»

Susannah nickte.

«Dann bedeckt um Gottes willen Euer Gesicht, wenn die

Bestatter kommen. Besprenkelt ein Taschentuch mit Essig und haltet es Euch vor die Nase. Fasst vor allem nichts an, damit Ihr Euch nicht ansteckt. Ich werde für Euch beten.»

«Danke.»

Agnes lächelte grimmig. «Ich glaube, Ihr seid genauso eigensinnig wie ich. Dann ab mit Euch! Phoebe erwartet Euch schon.»

«Sie braucht nicht mitzukommen.»

«Widersetzt Euch nicht, sie begleitet Euch, und damit Schluss.»

Es war schon fast dunkel, und Phoebe hatte eine Laterne dabei. Schweigend marschierten sie Seite an Seite dahin, wichen den Bettlern aus, die nach ihren Rocksäumen griffen, und wechselten wortlos die Straßenseite, als sie an einem lärmenden Wirtshaus vorbeikamen. Warme, übelriechende Luft drang aus der offenen Tür, zusammen mit dem derben Gelächter Betrunkener, das ihnen noch lange hinterherhallte.

Bei ihrer Ankunft an der Apotheke brannten Kerzen in allen Fenstern.

«Geht wieder nach Hause, Madam», sagte der Wachmann. «Ihr werdet es bereuen, hergekommen zu sein.»

«Kommt der Leichenkarren bald?», fragte sie.

«Ja.»

William öffnete das Fenster und lehnte sich heraus. «Du bist also gekommen?»

«Wie du siehst.»

«Ich habe deinen Vater in das beste Leinenlaken gehüllt, das ich finden konnte. Jennet und ich haben ihn nach unten getragen und auf dem Apothekentresen aufgebahrt.»

«Das hätte ihm gefallen», sagte Susannah mit einem Beben in der Stimme.

Von ferne drang das Läuten einer Glocke herüber. Susannah wurde es flau, und sie begann zu zittern.

«Das muss der Karren sein», sagte William.

Wieder läutete die Glocke, und jetzt hörte sie auch den klagenden Ruf des Nachtwächters.

«Bringt eure Toten heraus! Bringt eure Toten heraus!»

Das Läuten der Glocke wurde lauter, und die Leute, die auf der Fleet Street unterwegs waren, drückten sich an die Hausmauern, um dem Nachtwächter bloß nicht in die Quere zu kommen. Der mit Laternen behängte Pferdekarren tauchte aus dem Dunkel auf und rumpelte mit seiner makabren Last über das Kopfsteinpflaster. Zwei Bestatter, gekleidet in lange Umhänge und hohe Schaftstiefel, folgten dem Karren mit Laternen in der Hand. Ihnen wiederum folgten etliche weinende Männer und Frauen.

Der Wachmann hob seine Laterne in die Höhe und trat vor, um den Leichenkarren anzuhalten. Dann bedeutete er Susannah und Phoebe mit einem Wink, zurückzutreten, und holte den Schlüssel aus der Tasche.

William wartete bereits mit Jennet an der Tür.

Mit klopfendem Herzen beobachtete Susannah, wie William aus der Tür trat, um ein paar Worte mit den Bestattern zu wechseln. Sie hörte das Klimpern von Münzen, die den Besitzer wechselten. Dann verschwanden die Bestatter in der Apotheke, und sie behielt angespannt die offene Tür im Auge, wobei sie die Hände so fest zu Fäusten ballte, dass ihre Nägel sich schmerzhaft in die Handteller gruben.

Wenig später tauchten die Bestatter wieder auf, mit dem Leichnam ihres Vaters. Ein Zipfel des Leintuchs, in das er eingehüllt war, hatte sich gelöst und schleifte über den Boden. Die beiden Männer trugen ihn wie einen zusammengerollten

Teppich, der nicht mehr gebraucht und nun in eine Abstellkammer gebracht wurde.

Susannah presste sich die Hände vor den Mund, um einen Aufschrei zu unterdrücken. Sollte sie ihren geliebten Vater etwa so in Erinnerung behalten, als unförmiges, sperriges Bündel? Ihr Bedürfnis, einen letzten Blick auf sein Gesicht zu erhaschen, war auf einmal so stark, dass sie einen Schritt vortrat, um sich auf den Leichnam zu stürzen und das Leintuch beiseitezuzerren.

Der Wachmann packte sie am Arm und zog sie zurück. «Das lasst Ihr schön bleiben, Madam!»

Der Bestatter hielt eine Laterne in die Höhe und schlug die Sackleinwand auf dem Karren beiseite.

Mit einem Aufkeuchen wich Susannah zurück. Teils dürftig bekleidete, teils nackte Leichen waren zu einem achtlosen Haufen aufgetürmt. Das goldblonde Haar einer jungen, nur mit einem Nachthemd bekleideten Frau, die ausgestreckt auf dem Rücken dalag, hing hinten von dem Karren herunter. Ihr Hals war schwärzlich verfärbt und voll eitriger Beulen.

Jennet, die immer noch in der offenen Tür stand, stieß einen spitzen Schrei aus und bedeckte ihr Gesicht mit ihrer Schürze.

Susannah merkte, wie Übelkeit in ihr aufstieg. «Das dürft ihr meinem Vater nicht antun!» Eilig nestelte sie das in Essig getränkte Taschentuch heraus und drückte es sich an die Nase, um sich vor dem Gestank der Leichen zu schützen. Selbst im spärlichen Schein der Laterne konnte sie deutlich die grässlichen – und übelriechenden – Pestmale sehen, mit denen die Toten übersät waren.

«Im Tod sind alle gleich», gab der Bestatter, der ihren Vater an den Beinen hielt, ungerührt zurück. Dann nickte er seinem Kollegen zu. «Auf drei. Eins, zwei, drei!»

Die Bestatter schwangen den Leichnam gemeinsam in die Höhe und ließen ihn auf den Karren fallen, wo er mit einem dumpfen Geräusch auf der jungen blonden Toten landete.

Der eine Bestatter stieß seinen Kollegen lachend mit dem Ellbogen an. «Der Alte darf sich im Tod glücklich schätzen!»

«Dann wollen wir das junge Paar mal schön warm zudecken, was?» Noch immer glucksend, warfen sie die Sackleinwand wieder über die Toten. Dann nahm einer der beiden das Pferd am Zaumzeug, und der Karren rumpelte weiter.

Starr vor Grauen sah Susannah zu William hinüber, der in der Tür stand.

«Wärst du doch bloß nicht hergekommen», sagte er. «Keine Tochter sollte so etwas mit ansehen müssen.»

Der Wachmann trat auf ihn zu. «Zurück mit Euch ins Haus, Sir. Auf der Stelle!»

«Darf ich dieser Dame nicht einmal ein paar tröstende Worte sagen?»

«Nein! Oder wollt Ihr etwa die Seuche weiterverbreiten? Na los, geht ins Haus zurück!»

«Susannah ...» Da hatte ihn der Wachmann auch schon ins Haus zurückgedrängt und energisch die Tür geschlossen.

Susannah sah dem Karren mit der schaukelnden Laterne nach, der sich die Fleet Street hinunter entfernte. Mit einem tiefen Seufzen setzte sie sich in Bewegung. Sie musste herausfinden, wo ihr Vater hingebracht wurde.

«Missus!» Phoebe eilte ihr nach.

Susannah wartete ungeduldig auf sie und hastete dann weiter die Straße entlang.

Der Karren hatte gerade vor dem Laden eines Hutmachers haltgemacht, wo bereits eine kleine Schar Menschen stand und leise miteinander tuschelte. Spitze, gellende Schreie drangen aus einem Fenster im Obergeschoss, als die Bestatter mit drei kleinen Kinderleichen aus dem Haus kamen. Ihr Vater stand benommen daneben, während sie auf den Karren geworfen wurden.

Eine alte Frau fiel in Ohnmacht, und ihr Mann, der ihr zu Hilfe eilte, raufte sich die grauen Haare und wetterte verzweifelt gegen Gott, weil er seine Enkel hatte sterben lassen.

Susannah wandte den Blick ab. Zu schwer trug sie bereits an ihrer eigenen Trauer.

Das Pferd setzte sich mit klappernden Hufen in Bewegung, und der Karren rollte weiter. Der Vater der toten Kinder und auch die übrigen trauernden Verwandten folgten ihm.

Schließlich kamen sie bei dem hohen Zaun an, hinter dem sich die Pestgrube befand. Süßlicher Verwesungsgeruch hing in der Luft, so durchdringend, dass Susannah hinter ihrem Taschentuch würgen musste.

Phoebe wandte sich mit einem Aufstöhnen ab und übergab sich.

Der Nachtwächter läutete seine Glocke und rief: «Öffnet das Tor!»

Kurz darauf erzitterte der Palisadenzaun, dann öffnete sich ein Abschnitt, und der Karren konnte hindurchrollen.

Die Trauernden wollten dem Karren folgen, aber die Wächter verstellten ihnen den Weg. Der gramgebeugte Vater der toten Kinder geriet außer sich, schrie und brüllte wie von Sinnen, und im Nu war zwischen den Einlass begehrenden Angehörigen und den Wachleuten eine wüste Rangelei im Gange.

Susannah beschloss, die Gelegenheit beim Schopf zu packen. «Warte hier!», zischte sie Phoebe zu und huschte, von den Wachleuten unbemerkt, durch das Tor. Verborgen im Schatten des Zauns, blickte sie zu der Pestgrube hinüber und erstarrte vor Grauen. Kein Prediger hätte eine Vision der Hölle heraufbeschwören können, die annähernd so grässlich war.

An Pfählen aufgehängte Lampen warfen ein flackerndes Licht in die Grube, die etwa zwölf mal vier Meter messen mochte. In der Grube erkannte sie in etwa zweieinhalb Metern Tiefe nur notdürftig bestattete Leichen, da einen grinsenden Schädel, dort eine hochgereckte Hand. Der durchdringende, widerlich süßliche Verwesungsgestank war hundertmal schlimmer als der Gestank der Abwasserkanäle im Hochsommer oder der Übelkeit erregende Geruch siedender Fischgerippe, der aus dem Kessel des Leimkochers aufstieg.

Susannah erschrak heftig, als das Tor hinter ihr zugeworfen wurde. Draußen vor dem Palisadenzaun ging das Jammern und Wehklagen unvermindert weiter.

Unter viel Geschrei wurde der Karren rückwärts auf die Grube zugefahren, und dann machten sich die Bestatter wie finstere Dämonen daran, die Toten herunterzuzerren und in die Grube zu werfen.

Die drei Kinder machten den Anfang, sie flogen wie leblose Puppen in die Mitte der Grube. Als Nächstes wurde Susannahs Vater vom Karren gezerrt. Sie unterdrückte ein Wimmern, als das Leintuch sich am unteren Ende löste und einer seiner Füße zum Vorschein kam. Beim Anblick seiner nackten Zehen konnte sie nicht mehr an sich halten. Sie wollte hinüberstürzen, um sich seinen Fuß an die Wange zu drücken, damit sie ein letztes Mal seine Haut berühren konnte – aber sie stolperte und stürzte auf die Knie. Unterdessen hatten die Bestatter ihn bereits in die Grube geworfen. Danach folgten die restlichen Toten, die achtlos und ohne jede Pietät übereinandergeworfen wurden.

Vor Bestürzung zitternd, sah Susannah mit an, wie die

Bestatter die Leichen erst mit Löschkalk bestreuten und dann mit ihren Schaufeln an die Arbeit gingen, um sie mit einer dünnen Schicht Erde zu bedecken. Sie behielt die Stelle, an der ihr Vater lag, genau im Auge. Als die Männer fertig waren und sich, auf ihre Schaufeln gestützt, einige Schlucke Bier aus einem Krug genehmigten, klaubte sie eine Handvoll Erde vom Boden auf und schlich leise an den Rand der Grube. Dort warf sie die Erde an die Stelle, wo sie ihren Vater hatte liegen sehen. «Erde zu Erde, Asche zu Asche, Staub zu Staub», murmelte sie.

Sie starrte in die Grube und rief sich sein Gesicht im Fenster vor Augen, wo sie ihn zum letzten Mal gesehen hatte. Nun würde sie niemals erfahren, wie seine letzten Worte an sie gelautet hatten. Sie brach in Tränen aus und weinte hemmungslos, bis sie nur noch eine Art dumpfer Benommenheit verspürte.

Erneut war das Läuten der Glocke zu hören, und das Tor wurde geöffnet, um den nächsten Karren hereinzulassen. Susannah duckte sich in den Schatten des Zauns und schlüpfte hinaus, zurück auf die Straße.

26. Kapitel

Die ganze folgende Woche über fühlte Susannah sich wie in einem Nebel. Nachts hatte sie fürchterliche Albträume, in denen sich der Leichnam ihres Vaters aus der Pestgrube freikämpfte und in halbverwestem Zustand durch die Straßen irrte, auf der Suche nach Arabella und den Kindern.

Sie schrieb einen Brief an ihren Bruder Tom, um ihn über den schrecklichen Tod ihres Vaters in Kenntnis zu setzen, und weinte dabei so sehr, dass die Tinte an vielen Stellen von ihren

Tränen verlaufen war. Er war der letzte ihrer Angehörigen, der noch lebte, und es tat ihr unendlich weh, dass sie ihre Trauer nicht mit ihm teilen konnte.

Sie begab sich zum Hafen und fand schließlich einen Seemann, der sich bereit erklärte, den Brief nach Virginia mitzunehmen. Nachdem er ihr Geld in Empfang genommen hatte, stopfte er sich den Brief so achtlos in die Jackentasche, dass sie sich unter Tränen abwandte. Ob ihr Bruder den Brief je erhalten würde? Es war völlig ungewiss.

Jeden Tag schleppte sie sich voll Angst vor schlechten Neuigkeiten zur Apotheke. Jeden Tag kamen ihr von neuem die Tränen, wenn sie vor dem Fenster stand, in dem sie ihren Vater zum letzten Mal gesehen hatte. Sie war so ausgelaugt vor Gram, dass sie am liebsten die Treppe zu ihrer alten Schlafkammer hinaufgestiegen wäre, um sich dort schlafen zu legen und nie wieder aufzuwachen.

William und Jennet aber waren weiter beide wohlauf.

Jennet hatte einen gründlichen Hausputz in Angriff genommen, während William planmäßig die einzelnen Räume ausräucherte. Dann steckten sie hustend die Köpfe aus den Fenstern und warteten, bis sich der Rauch verzogen hatte.

«Zum Zeitvertreib tue ich mich in der Bibliothek deines Vaters um.» William wischte sich über die vom Rauch tränenden Augen. «Außerdem habe ich mit Interesse seine vergleichende Abhandlung über Galen und Hippokrates studiert. Dein Vater war ein überaus gelehrter Mann und obendrein einer der besten Apotheker, den ich je kannte.»

«Es hätte ihn sehr gefreut, das aus deinem Munde zu hören.» Susannah tat es wohl, über ihren Vater zu reden. Sich an all seine guten Eigenschaften zu Lebzeiten zu erinnern.

«Wärst du als Sohn zur Welt gekommen, hättest du ebenfalls einen hervorragenden Apotheker abgegeben.» William trommelte ungeduldig mit den Fingern auf dem Fensterbrett herum. «Dieses Eingesperrtsein macht mich verrückt. Ein Gutes hat die erzwungene Muße aber: Ich konnte über verschiedene Dinge endlich einmal gründlich nachdenken.»

«Jetzt merkst du mal, wie quälend es ist, zur Untätigkeit verdammt zu sein, wenn man es sonst gewohnt ist, einer sinnvollen Tätigkeit nachzugehen», sagte Susannah.

William runzelte leicht die Stirn. «Ich habe mir etwas überlegt. Vielleicht, wenn ich endlich hier herauskomme ...»

«Ja?»

Er schüttelte den Kopf. «Ich habe Pläne geschmiedet, aber dafür ist später noch Zeit, vorausgesetzt, ich bleibe am Leben. Du trauerst um deinen Vater, da sollte ich dich nicht mit meinen Phantastereien behelligen. Ich habe dich ohnehin schon lange genug aufgehalten.»

«Ich bringe euch morgen wieder Lebensmittel vorbei.» Doch sie machte keine Anstalten, zu gehen, vor heimlicher Angst, dass er in ihrer Abwesenheit erkranken und sterben könnte. Denn so schmählich er sie auch hintergangen hatte, der Gedanke, dass er sterben könnte, war ihr unerträglich.

«Grüß Tante Agnes lieb von mir, ja?»

Nach kurzem Zögern fragte sie: «Und was ist mit Phoebe und Joseph? Soll ich die besonders lieb grüßen?»

«Phoebe und Joseph?» Er runzelte befremdet die Stirn.

Wie sollte sie ihm beibringen, dass sie über seine Untreue Bescheid wusste? Sie dachte lange nach, fand aber nicht die richtigen Worte.

«Susannah?» William sah sie besorgt an. «Du siehst erschöpft aus. Geh nach Hause und ruhe dich aus.»

Hätte sie nicht mit eigenen Augen gesehen, wie er an jenem

Morgen aus Phoebes Kammer kam, hätte sie ihm eine solche Doppelzüngigkeit nie zugetraut. «Bis morgen also.» Sie wandte sich ab und ging davon.

Auf dem Heimweg gestand Susannah sich ein, dass sie William noch immer liebte, obwohl er sie so schändlich betrogen hatte. Es war ungeheuer tapfer und selbstlos von ihm, wie er sich um Ned und ihren Vater gekümmert hatte, und er zeigte sich rührend um sie besorgt, seit sie ihren Vater verloren hatte. Wäre sie in jener Nacht doch bloß nicht ins Dachgeschoss hochgestiegen, dann wäre seine Treulosigkeit ihr nie zur Kenntnis gekommen.

Als sie in die Whyteladys Lane einbog, überlegte sie zum wiederholten Mal, wo ihre Stiefmutter abgeblieben sein könnte. Bei ihrem Bruder nämlich war Arabella nicht, wie er in einem Antwortbrief geschrieben hatte, und er wusste auch nicht, wo sie sonst sein könnte. Susannah sorgte sich um die Zwillinge, ihre kleinen Brüder, und wollte auf keinen Fall den Kontakt zu ihnen verlieren. Immerhin waren sie ihre letzten noch im Land verbliebenen Angehörigen. Es war ihr sehr wichtig, dass die beiden erfuhren, was für ein Mensch ihr Vater gewesen war. Auf Arabella war in der Hinsicht wohl kein Verlass. Sie grübelte weiter darüber nach, wie sie die drei ausfindig machen könnte, als sie sich dem Kapitänshaus näherte.

Aus der Metzgerei kamen drei kleine Jungen geflitzt und fingen an, in der Gasse Fangen zu spielen. Unter ihnen war auch Joseph. Sie rannten kreischend von einer Straßenseite zur anderen und liefen schließlich so dicht an Susannah vorbei, dass sie beinahe ins Stolpern geraten wäre.

«Joseph!»

Er sah sich um, blieb stehen und kam dann widerstrebend auf sie zu. «Ja, Miss?»

«Joseph, du weißt, dass du nicht auf der Straße spielen sollst.»

«Aber ...»

«Du kommst jetzt mit rein, auf der Stelle!»

Der Kleine schob schmollend die Unterlippe vor, folgte ihr aber widerstandslos ins Haus.

Susannah brachte den leeren Lebensmittelkorb in die Küche zurück, wo Mrs. Oliver am Tisch gerade einige Kapaune mit dem Hackbeil zerteilte.

«Alle noch wohlauf?» Die Köchin warf ihr einen scharfen Blick zu.

Susannah nickte.

«Na, Gott sei Dank!» Mrs. Oliver schob einen Wirrwarr von Innereien und einen Teller mit einem frischen Schmalzkuchen beiseite, um mehr Platz zu haben, hob das Beil und fuhr fort, einem Kapaun nach dem anderen den Kopf abzuhacken.

Joseph betrachtete sehnsüchtig den Schmalzkuchen, bis er der Versuchung nicht länger widerstehen konnte und sich eine Scheibe vom Teller stibitzte.

Mrs. Oliver packte ihn am Handgelenk und hob drohend das Beil. «Wo hast du gesteckt, du kleiner Lausejunge?»

«Er kam eben aus dieser schmuddeligen Metzgerei gerannt, zusammen mit den beiden Söhnen», sagte Susannah.

«Hat deine Mutter dir nicht eingeschärft, dass du nicht draußen spielen sollst, Joseph? Und schon gar nicht mit den Metzgersjungen. Die haben nur Unfug im Kopf. Nun setz dich gesittet an den Tisch und iss deinen Kuchen. Wenn du überall hinkrümelst, lockt das die Ratten an.»

Agnes vernahm mit Erleichterung, dass William und Jennet weiter wohlauf waren. «Aber ruhig schlafen kann ich erst wieder, wenn William wohlbehalten zurück ist», sagte sie. «Geht nur ja weiter jeden Tag zur Apotheke, um mich auf dem Laufenden zu halten. Aber etwas anderes: Wisst Ihr inzwischen, wo Arabella steckt?»

«Nein. Es würde mir nicht leidtun, sie nie wiederzusehen, aber ich wüsste sehr gern, wo meine kleinen Brüder sind.»

«Irgendwann wird sie schon auftauchen, keine Frage. Und um die Zwillinge macht Euch mal keine Sorgen; ihre Mutter gehört zu der Sorte Frau, die immer wieder auf die Füße fällt.»

Susannah las Agnes den Nachmittag über in ihrer Kammer vor, war aber so abgelenkt, dass sie sich beim Lesen des Öfteren verhaspelte.

Zur Abendbrotzeit kam Phoebe mit einem Tablett für Agnes herein. Susannah wollte es ihr abnehmen, aber Phoebe drängte sich mürrisch an ihr vorbei und stellte es auf dem Tisch am Fenster ab.

Susannah zuckte die Achseln. Sie hatte wahrlich andere Sorgen, als sich wegen Phoebes unvermindert feindseliger Haltung zu grämen. Das Weib hatte nun mal vom ersten Tag an eine Abneigung gegen sie gefasst, und es sah nicht so aus, als ob sich daran je etwas ändern würde.

Später am Abend trug Susannah das Tablett in die Küche zurück.

Phoebe scheuerte gerade die Töpfe, während Mrs. Oliver auf einem Schemel saß und sich ein kaltes Fußbad genehmigte.

«Die gnädige Frau hat also etwas gegessen?», fragte sie.

Joseph kam hereingelaufen und barg das Gesicht in den Röcken seiner Mutter.

«Ja, das meiste hat sie aufgegessen.»

Auf einmal klapperte Phoebe laut mit den Töpfen und fing an, mit Joseph zu schimpfen. Susannah sah sich um. Der Junge kratzte sich wimmernd an den Armen, während seine Mutter ihn schüttelte. «Ich hab dir doch gesagt, du sollst nicht auf die Straße gehen, du böser Junge!»

«Was ist denn?», fragte Susannah.

Phoebe zog das Hemd des Jungen hoch. Sein Oberkörper war voller knallroter Pusteln.

«Flohbisse», sagte Susannah, während sie die Pusteln musterte. «Nur Flohbisse.» Sie atmete im Stillen auf.

«Siehst du», sagte Mrs. Oliver, «das kommt davon, wenn man mit diesen Schmuddelkindern aus der Metzgerei spielt.»

«Joseph, lauf hoch in meine Kammer und hol meinen Apothekerkasten», sagte Susannah. «Ich werde dich mit Ringelblumensalbe einreiben, das lindert den Juckreiz.»

Phoebe warf ihr einen finsteren Blick zu und wandte sich dann wieder ihrem Sohn zu. «Das nächste Mal hörst du auf mich, Junge!»

«Ja, Mammy.»

Joseph sah so kleinlaut drein, dass Susannah ein Lächeln unterdrücken musste.

Nachdem sie Agnes zu Bett gebracht hatte, zog Susannah sich in die Kapelle zurück, um von ihrem gewohnten Fensterplatz aus den Sonnenuntergang zu betrachten, bis auch noch das letzte Glühen am dunklen Himmel erloschen war.

Vielleicht sah William diesen Sonnenuntergang ja auch gerade, überlegte sie. Sie konnte sich gut vorstellen, wie er im Wohnzimmer über der Apotheke rastlos auf und ab lief, voller

Ungeduld darüber, eingesperrt zu sein. Sie fragte sich, von was für Plänen er wohl gesprochen hatte, konnte sich aber keinen Reim darauf machen. Er war so daran gewöhnt, sein eigener Herr zu sein, dass ihm die Zeit in Quarantäne vermutlich schwer zusetzte. Wäre sie jetzt bei ihm gewesen, hätten sie einträchtig beisammensitzen und in den Büchern ihres Vaters lesen oder Schach spielen können.

Sie träumte eine Weile vor sich hin und malte sich aus, wie sie einander im Lauf der Zeit näherkamen. Aber das würde wohl ein Traum bleiben, da ihm Phoebe ja offenbar mehr bedeutete. Wie kurz war die Zeit des Glücks gewesen, ehe sich all ihre Hoffnungen zerschlugen.

Sie wischte sich eine Träne ab. Ob William sie nun liebte oder nicht, krank werden und sterben durfte er auf gar keinen Fall. Nun war schon ihr Vater tot, genau wie Henry, und so viele andere waren fort, die Zwillinge, Martha, Jane Quick, Peg und Emmanuel. Sogar Arabella fehlte ihr in gewisser Weise.

Das Kind in ihr wurde munter, und sie legte sich die Hand an den Bauch, dorthin, wo sich gerade eine kleine Ferse von innen gegen ihre Haut stemmte. Nicht genug, dass sie um ihren Vater trauerte, sie musste auch noch eine unerwiderte Liebe verkraften. Ohne das Kind hätte sie sich vermutlich restlos aufgegeben. Sie war so müde, dass sie kaum noch den Kopf gerade halten konnte, also löste sie ihr aufgestecktes Haar und ließ es sich offen auf die Schultern fallen. Nachdem sie noch eine Zeitlang still dagesessen hatte, erhob sie sich und ging zu Bett.

Ein langgezogener, schriller Klagelaut zerriss die Stille der Nacht. Susannah schreckte aus dem Schlaf hoch, sprang aus dem Bett und stürzte mit Herzklopfen auf den Flur hinaus, ehe sie überhaupt begriff, was sie da tat.

Wieder war das herzzerreißende Jammern zu hören, bei dem sich ihr die Nackenhaare aufstellten. Es kam eindeutig aus dem Dachgeschoss, also stieg sie eilig die Treppe hoch.

Oben im Flur stand Phoebe, mit Joseph auf dem Arm. Kaum hatte sie Susannah gesehen, stürzte sie ihr kreischend und mit aufgerissenen Augen entgegen.

«Phoebe, was ist?» Susannah packte sie unsanft am Arm und schüttelte sie. «So sprich doch!»

Phoebe rang krampfhaft um Atem und hielt ihr Joseph mit zitternden Armen entgegen.

Die Flohbisse im Gesicht und am Oberkörper des Kleinen waren dunkelrot angeschwollen, sein Atem ging mühsam, und er glühte geradezu vor Hitze. «Er hat Fieber», stellte Susannah fest.

Da drehte Phoebe Josephs Kopf herum.

Susannah erstarrte vor Schreck. Seitlich am Hals hatte er eine dicke, bereits schwärzlich verfärbte Schwellung. «Lieber Gott», flüsterte sie. «Es ist die Pest!»

Phoebe stieß wieder einen spitzen Schrei aus und hastete mit Joseph im Arm in ihre Kammer zurück.

Susannah blieb benommen im Flur zurück, wie vor den Kopf geschlagen von dieser grässlichen Wendung der Ereignisse. Erst Agnes' aufgeregte Stimme, die vom Fuß der Treppe zu ihr heraufdrang, riss sie aus ihrer Betäubung.

«Was ist los, Susannah?»

«Bleibt unten! Es ist Joseph. Er hat die Pest.»

Agnes stieß einen kleinen Angstschrei aus.

«Hört mir zu, Agnes!»

Die alte Dame, schwer auf ihren Stock gestützt, nickte stumm.

Auf einmal wurde Susannah ganz ruhig. Sie legte sich die Finger vor den Mund, während sie ihre Gedanken ordnete. Was sie zu tun hatte, lag auf der Hand. William hatte nicht gezögert, für ihren Vater sein Leben aufs Spiel zu setzen. Nun musste auch sie die Sorge um ihr Leben hintanstellen, um Williams Sohn zu helfen, wo sie nur konnte.

«Ich werde hier oben bei Phoebe und Joseph bleiben», sagte sie. «Bleibt Ihr unten in Eurem Teil des Hauses, das verringert die Ansteckungsgefahr. Mrs. Oliver soll uns jeden Tag Wasser und Lebensmittel an den Fuß der Treppe stellen, aber es darf niemand heraufkommen. Habt Ihr verstanden?»

Agnes nickte erneut.

«Wir benötigen eine Flasche meines Anti-Pest-Sirups, den findet Ihr im Schrank in meiner Kammer, bittere Kräuter, um die Kammern auszuräuchern, und ausreichend Kohle, um das Kaminfeuer in Gang zu halten. Oh, und einen kleinen Topf, einen Schaumlöffel und Musselintücher. Und bringt Ihr mir auch meinen Apothekerkasten?»

«Alles, was Ihr braucht! Wir müssen auch die Pestwachen verständigen. Das mache ich vom Fenster aus, sobald ich auf der Straße einen Wachmann sehe.» Agnes wandte sich um und humpelte davon.

Phoebe saß in sich zusammengesunken am Bettrand und wiegte Joseph leise wimmernd in den Armen.

«Phoebe?» Susannah setzte sich neben sie. «Noch ist nicht alles verloren. Komm, ich will ihn mir mal ansehen.» Behutsam löste sie Joseph aus Phoebes Armen und legte ihn aufs Bett, zog ihm das Nachthemd aus und begutachtete die Pestbeule an seinem Hals. Dann stellte sie bestürzt fest, dass sich unter seinem Arm bereits eine weitere Beule bildete. Er stöhnte auf, als sie mit dem Finger dagegendrückte, und seine geschlossenen Lider flatterten.

«Er wird sterben», flüsterte Phoebe. «Mein Sohn wird sterben.»

«Nein, du darfst ihn nicht aufgeben. Es ist gut möglich, dass er dich hören kann. Ermutige ihn also, gegen die Pest anzukämpfen. Jetzt müssen wir aber als Erstes etwas gegen sein Fieber unternehmen, ehe sich eine Hirnhautentzündung entwickelt, die Krämpfe nach sich zieht. Hol eine Schüssel mit Wasser und einen Waschlappen.»

Phoebe sah sie mit stumpfem Blick an und blieb untätig sitzen.

«Na los, worauf wartest du!»

Phoebe sprang erschrocken auf und lief hinaus.

Susannah öffnete das Dachfenster, um frische Luft in die stickige Kammer zu lassen, und instruierte Phoebe, Josephs kleinen Körper auf dem Bett immer wieder mit kaltem Wasser abzuwaschen. Als sie ihm nach einer Weile den Handrücken an die Stirn drückte, glühte er noch immer. Also rückte sie das Bett mit Phoebes Hilfe näher ans Fenster.

Agnes rief sie von unten, und Susannah eilte zur Treppe.

«Wir haben alles hergebracht, was Ihr haben wolltet, und ich stelle Euch noch dieses Glöckchen hin. Klingelt einfach, wenn Ihr irgendetwas braucht.»

«Überlasst Ihr mir noch den Schlüssel für Josephs Halsring? Er beengt ihn beim Atmen und verschlimmert sein Fieber noch.»

«Ich habe ihn zum Glück hier bei mir.» Agnes zog einen kleinen Geldbeutel aus ihrem Rock, öffnete mit ihren verkrümmten Fingern mühsam die Verschlusskordel und kramte den Schlüssel heraus. Sie bückte sich und legte ihn auf den Apothekerkasten.

«Nun geht wieder.»

«Ich werde für Euch beten.»

«Wollen wir hoffen, dass der Herrgott Euch erhört.»

Nachdem Agnes fort war, trug Susannah nach und nach die Sachen nach oben, um die sie gebeten hatte. Danach ließ sie sich, außer Atem vom vielen Treppensteigen, kurz auf der obersten Stufe nieder, legte sich einen Arm um den Bauch und rieb sich über den schmerzenden Rücken.

Dann ging sie in Pegs frühere Kammer und entzündete dort im Kamin ein kleines Feuer. Sie leerte den Kohleneimer auf dem Boden aus und bugsierte einige glühende Kohlen aus dem Kamin in den Eimer. Anschließend entnahm sie ihrem Apothekerkasten mehrere Beutel mit getrockneten Kräutern, die sie auf die glühenden Kohlen streute. Sie hielt den qualmenden Eimer mit ausgestrecktem Arm von sich fort und kehrte in Phoebes Kammer zurück.

«Das wird die Luft reinigen», erklärte sie. «Wie geht es ihm?»

«Er fühlt sich heiß an. Sehr heiß», flüsterte Phoebe.

Joseph hustete und murmelte etwas vor sich hin. Er zuckte unruhig, sein Atem ging unstet und röchelnd.

Susannah nahm den Schlüssel zur Hand und öffnete das Schloss an seinem Halsring. Dann klappte sie ihn behutsam auf und entfernte ihn von seinem zarten Hals, an dem die grässlich dunkelviolette Schwellung nun vollständig zu erkennen war. Während sie den Ring aus massivem Silber in der Hand wog, erschrak sie insgeheim darüber, wie schwer er war.

«Du musst ihn weiter kalt abwaschen, Phoebe. Und ich bereite ihm eine Arznei.» Sie nahm ein Fläschchen mit Weidenrindenextrakt aus dem Apothekerkasten, gab ein wenig davon in einen Topf und erhitzte ihn über dem Feuer in Pegs Kammer, bis die Flüssigkeit siedete. Mit dem Sud, den sie durch ein Musselintuch gefiltert hatte, kehrte sie in die andere Kammer zurück.

Phoebe richtete den Kleinen in ihren Armen auf, während Susannah ihm den Weidentee löffelweise einflößte.

Den ganzen Tag über saßen sie bei Joseph und tupften ihn abwechselnd mit kaltem Wasser ab. Die Beulen wurden noch größer, das Gewebe ringsherum war rot gefleckt und entzündet. Um das Gift herauszuziehen, deckte Susannah die Beulen mit heißen Umschlägen ab.

Joseph, der kaum bei Bewusstsein war, hustete und rang röchelnd um Atem.

Susannah achtete auf das Läuten der Kirchenglocken, um ihm alle vier Stunden weiteren Weidentee einzuflößen.

Als der Abend dämmerte, ließ Phoebe sich neben ihrem Sohn auf das Kopfkissen sinken und schlief ermattet ein.

Susannah zündete die Kerzen an und hatte ein Auge auf den schwer atmenden Joseph. Da er noch immer vor Fieber glühte, wusch sie ihn erneut mit kaltem Wasser ab und tupfte ihm den Schweiß von Gesicht und Hals. Mittlerweile waren ihr sein Gesicht und sein Körper in allen Einzelheiten vertraut. Seine sonst so ebenmäßige, milchkaffeebraune Haut war teils mit roten Flecken übersät, teils violett verfärbt. Nachdem sie ihn auf dem Kissen höher gelagert hatte, damit er leichter atmen konnte, ging sie hinaus, um weitere heiße Umschläge vorzubereiten. Er stöhnte und regte sich, als sie die Leinentücher auf die Beulen presste, das Fieber aber sank noch immer nicht.

Phoebe schlief, und Susannah störte sie nicht. Sollte es

Joseph plötzlich schlechter gehen, würde sie schon von alleine aufwachen.

Nichts außerhalb dieser schummrigen, nur von ein paar flackernden Kerzen erhellten Kammer war mehr von Bedeutung; weder ihr toter Vater noch ihre so traurig gescheiterte Hoffnung auf Liebe. Ihre Gedanken kreisten einzig um dieses Kind, Williams Kind, das um sein Leben kämpfte.

Kurz nach drei Uhr früh hörte Susannah, über Josephs heiseres Husten hinweg, in der Ferne erst die Glocke des Nachtwächters und dann das Rumpeln des Leichenkarrens, der übers Kopfsteinpflaster rollte. Sie schauderte und nahm den Jungen in die Arme, barg seinen glühenden kleinen Kopf an ihrer Brust und beschwor ihn inständig, weiterzuatmen.

Beim ersten Licht der Morgenröte, das durchs Dachfenster fiel, schlug Susannah die Augen auf. Sie hob das Kinn von Josephs weichem Haar und sah, dass Phoebe sie unverwandt anstarrte. Susannah verzog das Gesicht und streckte kurz die Beine aus, um das unangenehme Kribbeln in ihren Füßen zu vertreiben. In der Kammer war es nicht mehr so drückend warm, doch das würde sich spätestens mittags ändern, wenn die Sonne wieder mit voller Kraft auf das Dach schien.

Phoebe nahm wortlos den Jungen von ihr in Empfang, küsste ihn aufs Gesicht und wiegte ihn.

Susannah bereitete neuen Weidentee zu und brach ein Stück von dem frischen Laib Brot ab, den Agnes ihnen am Fuß der Treppe hingelegt hatte. «Hier, du musst etwas essen.» Sie hielt Phoebe das Brot entgegen.

Phoebe zog bloß die Mundwinkel nach unten und wandte den Kopf ab.

«Wenn du nichts isst, erlahmen deine Abwehrkräfte, und du hast einer Ansteckung nichts entgegenzusetzen.»

«Was schert das Euch? Warum helft Ihr uns? Wir sind doch bloß Sklaven.»

Susannah strich sich das Haar aus dem Gesicht. Sie war es leid und entschied sich, den Stier bei den Hörnern zu packen. «Warum bist du immer so feindselig zu mir? Zu allen anderen im Haus bist du doch auch höflich.»

Phoebe schob die Unterlippe vor und zuckte die Achseln. «Ihr haltet Euch für etwas Besseres als mich.»

«Das musst du mir erklären.»

«Joseph und ich sind Eure Sklaven. Wir haben kein eigenes Leben.» Auf einmal lächelte sie spöttisch. «Aber William liebt mich. Seid Ihr eifersüchtig?»

Susannah riss endgültig der Geduldsfaden. Natürlich war sie eifersüchtig, weil William die Nacht mit Phoebe verbracht hatte, aber sich dafür auch noch verhöhnen zu lassen, das ging zu weit. «Von Eifersucht kann nicht die Rede sein», log sie, «ich habe es bloß satt, mir deine Dreistigkeiten noch länger bieten zu lassen. Dein ewiger Missmut und dein undankbares Verhalten widern mich an, du widerst mich an! Ich will dich gar nicht zur Sklavin haben; ich habe nichts damit zu tun, dass ihr hergeschickt worden seid, und du kannst von Glück sagen, dass ihr nicht gezwungen seid, euch auf der Straße durchzuschlagen. Es ist mir egal, dass Joseph der Sohn von Doktor Ambrose ist. Ich versuche bloß, ihm zu helfen, und habe keine Lust, mich auch noch mit deiner Aufsässigkeit herumzuschlagen. Nun rück gefälligst beiseite, damit ich ihm seine Arznei verabreichen kann!»

Phoebe starrte sie wie vom Donner gerührt an.

Das hat gesessen, dachte Susannah zufrieden.

Phoebe wich langsam in die Ecke der Kammer zurück und sah zu, wie Susannah dem Kleinen den Weidentee einflößte.

«Wenn du dich nützlich machen willst, nebenan steht der Topf mit der Mixtur für die heißen Umschläge. Die kannst du erhitzen und mir dann bringen.» Susannah atmete tief durch und merkte, wie ihre Anspannung langsam nachließ. Es hatte etwas ungemein Befreiendes, ihrem Ärger endlich einmal Luft gemacht zu haben.

Den restlichen Tag über redeten sie nur das Notwendigste miteinander, aber Susannah entging nicht, dass Phoebe sie die ganze Zeit verstohlen im Auge behielt.

Diesmal gönnte Susannah sich abends ein wenig Ruhe. Mit Rückenschmerzen legte sie sich am Bettende nieder und war schon bald eingeschlafen.

Sie wurde von Phoebe geweckt, die aufgeregt an ihrem Arm rüttelte. «Missus! Missus!»

«Joseph?» Susannah schoss so unvermittelt in die Höhe, dass ihr kurz schwindelig wurde. Waren ihre Bemühungen um den Kleinen etwa umsonst gewesen?

«Seht nur!» Phoebe pellte eine Ecke des Umschlags an Josephs Hals ab.

Susannah hielt sich hastig Mund und Nase zu. Die Pestbeule war aufgeplatzt, und eine übelriechende Substanz war herausgequollen, die dem Jungen jetzt am Hals hinabrann.

Sie hielt den Atem an und begutachtete den Krater, der zurückgeblieben war. «Das müssen wir sofort reinigen. Hol mir Wasser und einen Waschlappen.» Sie nahm eine Kerze zur Hand und besah sich den Oberkörper des Kleinen. Die fleckige Verfärbung der Haut hatte nachgelassen, und sein Atem ging merklich leichter.

Die Wunde eiterte die ganze Nacht hindurch. Im ersten

Licht der Morgendämmerung stellten sie fest, dass sich die Beule unter seinem Arm vergrößert hatte.

«Er hat immer noch Fieber», sagte Susannah, während sie seine Stirn befühlte. «Ob es wohl helfen könnte ...»

Phoebe sah sie fragend an.

«Ja.» Susannah klappte entschlossen den Apothekerkasten auf und nahm ein scharfes kleines Messer heraus. Als sie die Klinge mit dem Finger prüfte, stockte Phoebe hörbar der Atem. «Du musst ihn gut festhalten», wies Susannah sie an.

Susannah besah sich kurz die Beule, die etwa so groß wie ein Möwenei war. Dann stieß sie beherzt die Messerspitze hinein und wich zurück, als das Gift herausspritzte.

Joseph riss die Augen auf und schrie wie am Spieß.

Phoebe murmelte beruhigend auf ihn ein, während Susannah einen kleinen Einschnitt in die Beule machte und zusah, wie das restliche Gift heraussickerte. Danach reinigte sie die Wunde und bedeckte sie mit einem frischen Umschlag. «Jetzt können wir nur noch abwarten», sagte sie.

Während sie gemeinsam bei dem schlafenden Kind saßen, dachte Susannah voller Unruhe an William und Jennet, die gewiss in Sorge waren, weil sie am Vortag keine Lebensmittel vorbeigebracht hatte. Irgendwann am Nachmittag hielt sie es nicht mehr aus und ging hinaus zur Treppe, um das Glöckchen zu läuten, das Agnes ihr dagelassen hatte.

Wenig später tauchte Agnes am Fuß der Treppe auf. Voller Anspannung blickte sie zu ihr hoch, und Susannah brachte sie rasch über Josephs Befinden auf den neuesten Stand. «Aber ich habe William und Jennet gestern nichts zu essen gebracht», schloss sie.

«Ich habe einen Straßenjungen mit einem Brief und Bohnen aus unserem Vorrat bei ihnen vorbeigeschickt», beruhigte

Agnes sie. «Unsere Vorratskammer ist zum Glück randvoll mit Notvorräten. Anspruchslose Kost zwar, aber verhungern müssen wir nicht. Na, wer lacht jetzt, Miss?»

«Wir können von Glück sagen, dass Ihr eine so umsichtige Frau seid, Agnes.»

«Fleisch allerdings haben wir keins mehr. Unser Wachmann hat mir erzählt, dass die Metzgerei zugesperrt worden ist. Es sind schon zwei ihrer Kinder auf dem Karren fortgeschafft worden.»

«Dann hat Joseph sich also bei den beiden Metzgersjungen angesteckt. Beten wir, dass er stärker ist als sie.»

Ab sechs Uhr abends ging Josephs Fieber langsam zurück. Sein rasselnder Husten hatte noch nicht nachgelassen, aber sein Atem ging merklich leichter. Er warf sich unruhig im Bett hin und her und jammerte leise, nahm aber immerhin seine Umgebung wieder wahr.

Phoebe und Susannah saßen links und rechts an seinem Krankenlager und löffelten schweigend die Bohnensuppe, die Mrs. Oliver ihnen unten an die Treppe gestellt hatte.

Als Joseph wieder einmal leise aufwimmerte, stellte Phoebe ihre Schale beiseite und streichelte ihm sanft über die Stirn. Dann fing sie an, ihm mit ihrer dunklen Stimme ein fremdartiges kleines Lied vorzusingen. Es klang so traurig und wehmütig, dass Susannah unwillkürlich die Tränen kamen. Damit die Sklavin nichts von ihrem Gefühlsausbruch bemerkte, ließ sie müde den Kopf auf die Arme sinken. Dann stimmte Phoebe eine andere Weise an, die eher wie ein Schlaflied klang, und nach einer Weile war Josephs Wimmern verstummt.

Susannah lauschte den regelmäßigen Atemzügen des Jungen und Phoebes einlullendem Singsang. Auf einmal war sie so müde, dass sie ihre Augen nicht mehr offen halten konnte.

26. Kapitel

Susannah stand am Fenster und beobachtete die Möwen, die über dem Fluss kreisten. Hier oben unter dem Dach war es so brütend warm, dass sie kaum Luft bekam, aber es half ein wenig, sich ans Fenster zu stellen. Sie rieb sich über den schmerzenden Rücken und beneidete die Möwen um ihre Freiheit und Ungebundenheit, konnte es kaum erwarten, sich endlich auch wieder leicht und beweglich zu fühlen. Doch es war ja nicht nur die Schwangerschaft, die ihr zusetzte. Kummer und angstvolle Ungewissheit lasteten schwer auf ihr.

Sie legte sich die Hände auf den prallen Bauch, um durch die Haut hindurch die Form ihres Kindes zu ertasten. Es hatte jetzt kaum noch Bewegungsspielraum, und wenn sie nackt war, konnte sie sehen, wie sich seine Ellbogen und Fersen von innen gegen die Haut drückten, wenn es sich streckte. In einem Monat würde es, mit Gottes Hilfe, zur Welt kommen. Sie lächelte leicht und verscheuchte jeden Gedanken an die Entbindung. Zumindest würden sie dann nicht mehr unter Quarantäne stehen, vorausgesetzt natürlich, dass sie nicht erkrankten.

«Missus?» Phoebe stand in der offenen Tür.

Susannah erschrak. «Ist etwas mit Joseph?»

«Kommt!»

Der Junge lag friedlich ans Kopfkissen gelehnt da.

Susannah befühlte seine Stirn, und er schlug die Augen auf. «Er hat kein Fieber mehr!» Sie entfernte eilig die Umschläge und begutachtete die Wunden an seinem Hals und in der Achselhöhle. «Sieh doch, Phoebe! Es nässt schon nicht mehr ganz so stark.»

Phoebe nickte, in ihren Augen leuchtete Hoffnung auf.

«Mammy?»

«Ja, Baby?» Phoebe streichelte ihm über die Wange.

«Ich hab Hunger, Mammy.»

Susannah und Phoebe sahen sich verblüfft an.

«Ich werde Mrs. Oliver bitten, uns etwas Bohnensuppe zu bringen», sagte Susannah.

Phoebe fütterte Joseph behutsam mit dem Löffel, bis die Suppenschale leer war. Er rieb sich mit der Hand über den Bauch und rollte vor Behagen mit den Augen, worüber Susannah und seine Mutter herzlich lachten.

Phoebes Gelächter, das eine Spur zu laut war, schlug unvermittelt in Schluchzen um, und Tränen der Erleichterung strömten ihr übers Gesicht.

Susannah nahm sie in den Arm, rieb ihr über den Rücken und murmelte beruhigende Worte, während Joseph seine Mutter mit ängstlichen Augen ansah.

Phoebes Verhalten Susannah gegenüber wandelte sich radikal. Nachdem feststand, dass Joseph nicht sterben würde, geriet sie in regelrechte Hochstimmung. In den langen, heißen Stunden, die sie in den folgenden Tagen gemeinsam am Bett des Kleinen zubrachten, während er sich langsam erholte, erzählte sie von der Plantage, auf der sie den größten Teil ihres Lebens verbracht hatte.

«Meine Mammy ist auf die Plantage gekommen, als die noch ganz neu war, aber Massa Savage, also Massa Henrys Vater, hat Mammy als Haussklavin ins Haus geholt. Mein Bruder Erasmus war damals gerade erst geboren, und Mammy hat auch Massa Henry versorgt, der noch ganz klein war.»

«Henry hat mir erzählt, dass seine Kinderfrau für ihn wie eine Mutter war.»

«Die Missus», Phoebe spitzte die Lippen und schüttelte den Kopf, «die Missus war eine kalte Frau.»

«Und, war Henry so wie sein Vater?»

«Nein! Henry war ...» Phoebe fuhr sich mit der Zunge über die Lippen, die Susannah wieder einmal fasziniert betrachtete. Sie wirkten in ihrem schokoladenbraunen Gesicht wie pralle rosarote Kissen, und sie begriff durchaus, warum William an Phoebe Gefallen gefunden haben mochte.

«Massa Savage ist ein böser Mensch. Henry und Erasmus waren wie Brüder. Hatten nur Unfug im Kopf, und wenn Henry was ausgefressen hatte, hat Massa Savage Erasmus geschlagen und gedroht, ihn zum Arbeiten auf die Felder zu schicken.»

«Wie ungerecht!» Susannah kam unvermittelt Emmanuel in den Sinn, der auf die Plantage verbannt worden war. «Phoebe, wie wird es Emmanuel ergangen sein? Meinst du, Henrys Vater hat ihn zum Arbeiten aufs Feld geschickt?»

«Emmanuel ist bestimmt weiter Haussklave. Das weiß ich, tief hier drinnen.» Sie drückte sich die Hand aufs Herz. «Für die Arbeit auf dem Feld ist er zu wertvoll. Die Sonne würde ihn umbringen.»

«Hoffentlich hast du recht. Es hat mir so leidgetan, dass er fortgeschickt wurde, ich habe Doktor Ambrose noch angefleht, es nicht zu tun, aber vergebens.» Susannah seufzte. «Armer Henry! Er hatte solches Heimweh nach Barbados. Hier hat er sich nicht wohlgefühlt. Aber er habe sich mit seinem Vater überworfen, hat er gesagt, und könne deshalb nicht zurück.»

«Massa Savage und Massa Henry hatten schlimmen Streit miteinander.»

Susannah rutschte auf ihrem Stuhl herum und rieb sich

über den Bauch. Die Haut war so straff gespannt, dass sie unentwegt juckte.

«Wann kommt Euer Baby?», fragte Phoebe.

«In einem Monat.»

«Henrys Kind. Nennt ihr es auch Henry?»

«Vielleicht. Oder auch Harry. Und Cornelius, nach meinem Vater.»

«Nicht William?»

«Nein», erwiderte Susannah knapp. «Natürlich nicht.»

Phoebe fuhr sich erneut mit der Zunge über die Lippen und sah sie von der Seite an. «Aber Ihr liebt den Doktor doch.»

Susannah sagte nichts, während erneut Verzweiflung in ihr aufstieg.

«Er ist ein guter Mann.»

«Aber schwach», sagte Susannah. «Wie du ja wohl wissen solltest.» Sie stand auf und trat ans Fenster, um ihr Kreuz etwas zu entlasten. Der Fluss schillerte und glänzte golden im Schein der untergehenden Sonne. Ein Schiff segelte dem Sonnenuntergang entgegen, und sie sehnte sich danach, an Bord zu sein und den Wind in ihren Haaren zu spüren. «Ich bin es so leid, hier oben eingesperrt zu sein», sagte sie. «Ich wäre so gerne draußen, irgendwo außerhalb der Stadt, wo die Luft sauber und frisch ist.»

Joseph wachte auf und fing an zu husten. Phoebe wischte ihm den Schweiß vom Gesicht und sang ihm leise vor, bis er wieder eingeschlafen war.

Da es Joseph langsam besser ging, zog Susannah sich in Pegs frühere Kammer zurück, um ein wenig zu schlafen. Erschöpft von der Nachmittagshitze, streckte sie sich auf dem Bett aus, fand aber auf der dünnen Matratze aus Stroh einfach keine bequeme Position. Sie hatte Rückenschmerzen, und die Haut an ihrem Bauch spannte so sehr, dass sie das Gefühl hatte, noch verrückt zu werden. Als würde es ihre gereizte Stimmung spüren, versetzte ihr das Kind einen Tritt ins Zwerchfell.

Da sie wohl keinen Schlaf mehr finden würde, richtete Susannah sich schließlich auf und schwenkte die Beine über die Bettkante. Dabei hörte sie ein deutliches «Plopp» und spürte, wie eine warme Flüssigkeit an ihren Beinen hinabströmte. Bestürzt blickte sie zu Boden, wo sich zwischen ihren Füßen eine Lache bildete.

«Phoebe!», rief sie mit vor Angst zitternder Stimme.

Phoebe eilte herbei und sah sie erschrocken an. «Seid Ihr krank?»

«Nein. Nein, die Pest ist es nicht. Meine Fruchtblase ist geplatzt.»

«Das Baby kommt?»

«Das ist unmöglich! Es soll doch erst nächsten Monat geboren werden.» Da aber spürte sie einen stechenden Schmerz im Becken und klammerte sich angstvoll am Bettrand fest. «Es ist zu früh. Ich kann das Kind noch nicht zur Welt bringen! Außerdem brauche ich doch Goody Joan.»

«Die Hebamme kann jetzt nicht kommen.»

«Dann kann ich das Kind nicht bekommen!»

Phoebe lächelte. «Ein Kind wartet nicht auf die Hebamme.»

«Aber ...»

«Habt keine Furcht! Ich habe schon bei vielen Geburten geholfen.»

Susannah nickte, während Angst in ihr aufstieg und ihr die Luft zu nehmen drohte. «Was muss ich tun?», fragte sie.

«Es ist noch viel Zeit. Beim ersten Kind dauert es immer lange.»

«Wie lange?» Wie sollte sie das ohne Goody Joans Hilfe bloß schaffen? Würde sie einen qualvollen Tod erleiden? Was, wenn das Kind mit den Füßen voran kam? Was würde aus ihrem Sohn werden, hier in einem Pesthaus, wenn sie starb?

«Missus?»

«Ja, Phoebe?»

«Ich kümmere mich um Euch. Nun ruht Euch aus, um Kraft für die Geburt zu schöpfen. Kommt mit nach nebenan, setzt Euch zu uns!» Susannah ergriff nach kurzem Zögern ihre Hand, die sie ihr entgegenstreckte, und ließ sich aufhelfen.

Sie setzten sich an Josephs Bett, und Phoebe erzählte Geschichten aus ihrer Kindheit, während der dösende Kleine immer wieder kurz aufwachte und wieder einnickte.

Susannah hielt krampfhaft die Hände im Schoß gefaltet, während sie ihrer Furcht vor der bevorstehenden Entbindung Herr zu werden versuchte und merkte, wie der Schmerz in ihrem Becken immer wieder zunahm und nachließ, zunahm und nachließ. Wut stieg in ihr auf. Wo war ihre Mutter, gerade jetzt, wo sie ihrer so dringend bedurft hätte? Dann aber riss sie sich zusammen und entsann sich voller Scham, wie grausam ihre Mutter zu Tode gekommen war. Wieder einmal sah sie Dr. Ogilbys monströsen Schatten an der Wand vor sich, während er seine Gräuel an ihrer hilflosen Mutter verübte. Sie bekam Herzrasen vor Panik, stand auf und stolperte ans Fenster.

Sie lehnte sich über das Fensterbrett, so weit es nur ging, und atmete immer wieder tief durch. Aber die Luft war warm und drückend, roch nach Staub und dem Uferschlick bei Ebbe. Die Sonne war schon fast hinter der Kathedrale versunken, und Zwielicht breitete sich aus. Bald würde es Nacht werden und Finsternis sich herabsenken, und schon am Morgen vielleicht ... Sie presste sich verzagt die Finger gegen den Mund und fragte sich, ob sie den nächsten Sonnenaufgang noch erleben würde.

Sie zwang sich, tief und ruhig zu atmen, und sah sich zu Phoebe um, die Joseph sanft über die Stirn streichelte, während sie ihm ihre Geschichten erzählte. Susannah ließ sich von ihrer Stimme in den Bann ziehen, die etwas Hypnotisches hatte. Ihr war, als könnte sie den warmen Wind in ihrem Haar und den feinen Sand zwischen den Zehen spüren, während sie Phoebes Erzählungen von ihrer unbeschwerten Kindheit auf Barbados mit Henry und Emmanuel lauschte. Sie hatten zusammen im Meer gebadet, im Zuckerrohr Verstecken gespielt oder der Köchin frischen Melassekuchen unter der Nase wegstibitzt.

Nach einer Weile hatte Susannah sich etwas beruhigt und kehrte an ihren Platz an Josephs Bett zurück. Nun blieb ihr nichts weiter übrig, als sich auf Phoebes Kenntnisse zu verlassen. Die Schmerzen traten in regelmäßiger Folge auf und wurden zunehmend stärker. Bei jeder Wehe wand und wiegte sie sich auf dem Stuhl und sah mit Erstaunen, wie sich ihr Bauch vorschob, während er sich verhärtete.

«Missus?»

«Ja, Joseph?»

«Ist Euch schlecht? Habt Ihr Bonbons gegessen?»

«Nein. Kein einziges.»

«Aber Ihr habt doch Bauchweh. Habt Ihr ganz bestimmt nicht zu viele Bonbons gegessen?»

«Nein, großes Ehrenwort.»

«Die Missus bekommt ein Baby», erklärte Phoebe.

«Oh!» Joseph machte große Augen. «Wann?»

«Bald. Aber du solltest jetzt schlafen. Morgen früh ist das Baby vielleicht schon da.» Sie sang Joseph leise in den Schlaf, bis ihm die Augen zufielen. Dann zog sie Susannah vom Stuhl hoch. «Wir gehen ein wenig.»

«Gehen?»

«Kommt! Das macht es Euch leichter.» Sie legte den Arm um Susannah und geleitete sie nach nebenan in Pegs Kammer.

Eingehakt gingen sie unablässig in der kleinen Kammer auf und ab und legten nur Pausen ein, wenn Susannah die nächste der immer regelmäßiger und stärker auftretenden Wehen spürte. Bei jeder Wehe stieg von neuem Todesangst in ihr auf, aber Phoebe rieb ihr sanft über den Rücken oder sang ihr leise vor, bis der Schmerz vorüber war.

Nach einigen Stunden war Susannah völlig erschöpft, aber dank Phoebes beruhigender Anwesenheit nicht mehr so ängstlich. «Ich glaube, ich muss mich etwas ausruhen», sagte sie.

«Das ist gut», erwiderte Phoebe. «Schlaft etwas. Ich sage in der Zwischenzeit Missus Agnes Bescheid, dass das Baby kommt.»

Susannah klappte den Apothekerkasten auf und nahm ein Fläschchen heraus. «Ich nehme einen Löffel Mohnsirup ein, dann kann ich besser schlafen.»

Phoebe half ihr, sich hinzulegen, und ließ eine Kerze brennen. «Ruft mich, dann komme ich sofort.» Sie strich Susannah beruhigend über die Stirn und über die Augen. «Nun schlaft.»

Der Mohnsirup, im Zusammenspiel mit ihrer Erschöpfung, zeigte bald Wirkung, und Susannah fielen die Augen bleischwer zu. Auf einmal spürte sie einen Luftzug neben sich und riss erschrocken die Augen auf. Die Kerze auf dem Waschtisch flackerte, und Phoebe spähte durch die halboffene Tür zu ihr herüber. Das war das Letzte, was sie wahrnahm, dann fielen ihr wieder die Augen zu, und sie versank in einen unruhigen Schlummer voll seltsamer Träume.

Sie saß in einem kleinen Boot mitten auf hoher See. Die Nussschale, die weder Segel noch Ruder hatte, schaukelte heftig, und Susannah hielt sich krampfhaft an den Seiten fest. Vor sich sah sie eine Welle, die rasch näher kam, eine Wand aus grünem Wasser, die auf sie zu raste. Sie riss den Mund auf, um zu schreien, bekam aber keinen Ton heraus. Ihr Boot wurde von der Welle erfasst und höher, immer höher emporgetragen, während der Schmerz in ihrem Bauch sich bis ins Unerträgliche steigerte. Kurze Zeit verharrte sie reglos auf dem Wellenkamm, ehe sie über den Rand kippte und in die dunkle, bodenlose Tiefe stürzte. Schwarzes, siedendes Wasser klatschte von beiden Seiten gegen das Boot, und sie hielt sich noch krampfhafter fest, bis sich in der Leere vor ihr die nächste Welle auftürmte und auf sie zu raste. Sie riss den Mund auf, um zu schreien.

Wasser klatschte ihr ins Gesicht, sie keuchte auf und schüttelte heftig den Kopf.

«Missus?»

Jemand wischte ihr übers Gesicht und zwickte sie in den Arm.

«Missus?»

Sie schlug blinzelnd die Augen auf. Die Kerze war fast heruntergebrannt, und durchs Fenster drang das erste fahle Licht der Morgendämmerung herein.

«Ihr träumt, Missus.» Phoebe wischte ihr das Gesicht ab.

Tief in ihrem Bauch spürte Susannah einen schrecklichen Schmerz. «Es tut so weh», krächzte sie mit von dem Mohnsirup wie ausgedörrter Kehle.

«Haltet durch. Ohne Fleiß kein Preis.»

Die Wehen waren so schmerzhaft und kamen jetzt in so rascher Folge, dass Susannah zwischendurch kaum Atem schöpfen konnte. Irgendwann nahm sie den Schmerz einfach an, statt dagegen anzukämpfen, was es ein wenig leichter machte.

Auf einmal spürte sie in sich einen starken Abwärtsdruck und hörte sich selbst ächzen, ein Laut, bei dem ihr sofort wieder die Qualen ihrer Mutter vor Augen standen. Sie warf den Kopf auf dem Kissen hin und her, um die Erinnerung zu verscheuchen.

Widerstandslos ließ sie es geschehen, dass Phoebe ihr Nachthemd hob und ihre Beine auseinanderspreizte. Eine Art Grunzlaut war zu hören, von ihr selbst, wie sie mit leiser Überraschung feststellte.

Dann ließ der Druck etwas nach, und sie geriet erneut in Panik. «Phoebe, ich kann das nicht!» Sie griff nach Phoebes Handgelenk wie nach einer Rettungsleine. «Ich will nicht sterben! Ich hab's mir anders überlegt. Mach, dass es aufhört!»

Phoebe strich ihr lächelnd die verschwitzten Haare aus der Stirn. «Das Baby ist nicht mehr aufzuhalten. Kommt, wir singen ein wenig!» Sie stimmte eines ihrer fremdartigen, so schmerzlich-wehmütigen Lieder an. Susannah verstand den Text nur teilweise, es ging anscheinend darum, eine Last aufzuheben und fest an einem Seil zu ziehen, doch um sich von ihrem heftigen Zittern und Zähneklappern abzulenken, sang sie den Refrain jeweils leise mit.

Dann setzte mit grässlicher Unvermeidlichkeit wieder der mächtige Druck in ihr ein. Sie atmete tief durch und tat, was ihr Körper ihr eingab.

«Nun kommt es bald», sagte Phoebe.

Der eiserne Reif rings um Susannahs Bauch lockerte sich

kurz, und sie schloss die Augen, um neue Kraft zu schöpfen. Dann fing es wieder an.

«Ihr müsst pressen!», drängte Phoebe.

Susannah atmete tief durch und presste.

«Noch mal!»

Ihr war, als würde sie entzweigespalten, aber der Abwärtsdruck wurde bloß noch stärker, und sie stöhnte auf, während sie spürte, wie Phoebe ihr zwischen den Beinen herumtastete.

«Noch einmal», sagte Phoebe.

«Ich kann nicht; ich habe keine Kraft mehr!»

«Pressen!»

Susannah nahm all ihre Kraft zusammen und presste.

Etwas bewegte sich in ihr, und sie schrie auf, halb vor Überraschung, halb vor Schmerz.

«Noch mal!»

Ein gellender Schrei entwich Susannah, und auf einmal spürte sie eine warme Nässe zwischen den Beinen. Der Druck war fort. Zitternd richtete sie sich auf den Ellbogen auf.

Phoebe beugte sich über das Baby, das schlaff und reglos auf dem blutverschmierten Laken lag. Die Haut des Kindes hatte eine sonderbar lila-graue Färbung.

«Müsste es nicht schreien?», fragte Susannah.

Phoebe sah zu ihr hoch, sagte aber nichts.

Susannahs Verwunderung schlug in jähe Panik um. «Sag doch etwas!» Endlich bewegte sich Phoebe, schob dem Kind hastig einen Finger in den Mund, um Flüssigkeit zu entfernen, und nahm es dann an den Füßen, um ihm einen Klaps aufs Hinterteil zu geben.

Stille.

«Mein Kind!», schrie Susannah. «Phoebe, tu doch irgendetwas!»

Phoebe riss die Schüssel mit Wasser vom Nachttisch und kippte sie über dem Kind aus.

Nach einem keuchenden Atemzug quäkte es mit dünnem Stimmchen los.

Susannah schluchzte vor Erleichterung auf und streckte die Arme nach ihrem Baby aus.

Phoebe wickelte das inzwischen brüllende Neugeborene in ein Tuch ein und reichte es Susannah.

«Na, na, mein Süßes!» Unter Tränen bedeckte sie das wutverzerrte kleine Gesicht mit Küssen und wiegte das Baby sanft, bis es sich beruhigt hatte. «Fast hätte ich dich verloren, mein Schatz. Fast hätte ich dich verloren!»

Phoebe setzte sich neben sie an den Bettrand. Ihre Hände, die sie vor sich auf dem Schoß gefaltet hielt, zitterten heftig.

Susannah lehnte sich an sie und zog dann behutsam die Decke auseinander, in die das Kind gewickelt war. «Sieh doch, es ist ja ein Mädchen!»

Das Baby sah sie durch nassverklebte Wimpern an, mit einem wissenden Blick in den dunkelblauen Augen.

Susannah vermochte nur wortlos zurückzustarren, während ihr die Tränen über das Gesicht liefen.

Später am Tag saß Susannah aufrecht im Bett und stillte ihr Kind.

Phoebe war ihr anfangs behilflich, zwickte ihr in die Brustwarze und schob sie dem Baby so lange in den Mund, bis es endlich saugte.

«Es tut weh.» Susannah krümmte leicht die Zehen.

«Nur am Anfang.» Phoebe ließ sich neben ihr auf dem Bett nieder. «Und die Blutung wird dadurch gestillt.» Lächelnd streichelte sie dem Baby über die Stirn. «Sie ist klein, aber stark.»

Die Kleine nuckelte eifrig und drückte dabei ein Händchen an Susannahs Brust. Hin und wieder hörte sie auf zu saugen und schlug die Augen auf.

«Was für hübsche blaue Augen sie hat!», rief Susannah entzückt aus. «Ganz wie meine Mutter, Gott hab sie selig. Ihr zum Andenken werde ich meine Kleine Elizabeth nennen. Aber rufen werde ich sie Beth.»

27. Kapitel

In der Zeit, die sie im Wochenbett zubrachte, gelang es Susannah, die Außenwelt fast völlig zu vergessen, während sie stundenlang hingerissen ihre Tochter betrachtete, jedes einzelne Fingerchen bestaunte, jede Pore, jede Falte ihrer zarten Haut. Beth war zwar klein, weil sie früher als erwartet zur Welt gekommen war, aber dafür sehr munter und lebhaft. Bei aller Liebe zu ihrem Kind vermochte Susannah jedoch nie ganz den leisen Schmerz darüber zu verdrängen, dass ihr Vater ihre Freude nicht mehr teilen konnte. Und auch William fehlte ihr.

Die Tage verliefen immer nach demselben Muster. Frühmorgens wachte Beth auf und weinte, bis Susannah sie sich an die Brust legte. Hatte sie sich dann gierig sattgenuckelt, ließ sie zufriedene kleine Laute vernehmen und döste mit ihrer Mutter zusammen behaglich wieder ein. Später badete Susannah ihre Tochter, windelte sie und legte sie warm eingewickelt zurück in Williams Wiege, bis sie später erneut aufwachte.

Von Tag zu Tag kamen Susannah jedoch immer drängender Arabellas mahnende Worte in den Sinn. Sie musste sich über ihre Zukunft Gedanken machen. Auch Agnes würde nicht ewig leben, und was sollte dann aus Susannah werden? Arabella hatte ja recht; als alleinstehende Frau konnte sie unmöglich mit William unter einem Dach wohnen bleiben. Und ihre heimlich gehegte Hoffnung auf eine Heirat mit ihm hatte sie längst aufgegeben.

Nach langem Grübeln kam ihr schließlich ein Einfall, der so naheliegend war, dass sie sich wunderte, warum sie nicht schon eher darauf gekommen war.

Sie würde die Apotheke ihres Vaters weiterführen!

Je länger sie darüber nachdachte, desto mehr festigte sich ihr Entschluss. Witwen führten schließlich auch die Geschäfte ihrer Männer weiter. Arabella mochte spurlos verschwunden sein, die Apotheke aber gab es weiterhin, und Susannah verfügte über alle nötigen Kenntnisse, um sie weiter zu betreiben. Noch ein Jahr zuvor wäre das wohl undenkbar gewesen, aber durch die Pest hatte sich vieles grundlegend verändert. Es gab nur noch so wenige Apotheker und Ärzte in der Stadt, dass mit unüberwindbarer öffentlicher Ablehnung kaum zu rechnen war. Schließlich würde sie ja helfen, einen dringenden Bedarf zu decken.

Die Vorstellung begeisterte sie und flößte ihr neue Zuversicht ein. Auch körperlich kam sie immer mehr zu Kräften und hielt es kaum noch aus, im Dachgeschoss eingesperrt zu sein. Stundenlang saß sie mit Beth auf den Knien im Bett und schmiedete Pläne für die Zukunft.

«Ich werde dir zeigen, wie man Kräuter abwiegt und mit dem Stößel Zutaten im Mörser zerkleinert. Und ich bringe dir auch Latein bei, und wir gehen zusammen ins Theater, um uns die neuesten Stücke anzusehen, und wir müssen niemandem je zu Diensten sein.»

Und dabei blickte Beth sie aufmerksam an, als würde sie jedes Wort verstehen.

Auch Josephs Genesung machte gute Fortschritte.

«Schon wieder Bohnensuppe!» Er verzog das Gesicht. «Ich hasse Bohnensuppe.»

«Sei froh, dass es überhaupt etwas zu essen gibt», mahnte Susannah. «Also jammere nicht und iss.» Im Stillen aber teilte sie seinen Überdruss und träumte von Apfelkuchen, Lammbraten und Vanillepudding.

Nach gut einer Woche unternahm Susannah ihre ersten zaghaften Schritte außerhalb des Betts. Sie fühlte sich federleicht und stellte erleichtert fest, dass sie sogar wieder in ihr altes Mieder passte. Um die Taille herum hatte sie zwar etwas zugelegt, doch dafür hatte sie auch mehr Oberweite, und insgesamt war sie mit ihrer weiblicheren Figur sehr zufrieden.

Mit Beth auf dem Arm lief sie rastlos in der stickigen Dachkammer auf und ab. Fast den ganzen Tag stand sie mit ihrer Tochter am Fenster und sehnte sich danach, endlich wieder ins Freie zu dürfen. «Und das, meine kleine Beth, ist die Themse, die in Richtung Meer strömt. Eines Tages unternehme ich mit dir eine Bootsfahrt zum Tower und zeige dir die Löwen in der königlichen Menagerie. Und da drüben befindet sich die Apotheke deines Großvaters, an der Fleet Street. Sobald wir aus dem Haus dürfen, gehe ich mit dir dorthin. Das wird dir gefallen! Es duftet dort so wunderbar, nach Lavendel und Schwefel, nach Rosenwasser und Terpentin.»

Beth gähnte herzhaft und schloss, eingelullt von der Stimme ihrer Mutter, die blauen Augen.

Susannah hauchte einen Kuss auf den rotgoldenen Flaum, mit dem ihr Kopf bedeckt war, und atmete tief den milchsüßen Duft ihrer Haut ein. Ein vollkommeneres Kind hatte es doch seit Anbeginn der Welt gewiss noch nicht gegeben?

Phoebe steckte den Kopf zur Tür herein und kam herüber, um Beth über die Wange zu streicheln.

«Ist sie nicht wunderhübsch?», sagte Susannah. «Aber Henry wäre ein Sohn vermutlich lieber gewesen.»

Phoebe biss sich auf die Lippe. «Henry hatte schon einen Sohn.»

«Wie bitte?»

«Henry hatte schon einen Sohn. Meinen Sohn.»

Susannah war fassungslos. «Joseph? Aber er ist doch Williams Sohn.»

Phoebe schüttelte den Kopf. «Ich weiß doch, wer der Vater meines Kindes ist!»

«Aber ... das verstehe ich nicht.»

«Warum, glaubt Ihr, hat Henry nach uns schicken lassen? Er wollte mich heiraten. Darüber bekam er Streit mit seinem Vater, der ihn dann fortgeschickt hat.»

«Er wollte dich heiraten?»

Phoebe sah Susannah herausfordernd an. «Er hat mich geliebt und wollte mir die Freiheit schenken!»

Susannah starrte zurück. Die Wahrheit traf sie mit der Wucht eines Schwalls Eiswasser. Auf einmal fügte sich so vieles zusammen: Henrys Heimweh und sein Wunsch, sie aufs Land zu schicken, während er mit seinen Sklaven in der Stadt blieb. Jetzt begriff sie auch, warum er sie als Frau nicht begehrt und stattdessen Zuflucht bei der dunkelhäutigen Topaz gesucht hatte. Daher also sein plötzliches Interesse an Susannah, oder vielmehr an ihrer stattlichen Mitgift, hatte ihn das Geld doch in die Lage versetzt, seinen Sohn und die Frau, die er liebte, nach London kommen zu lassen.

«Seid Ihr böse?», fragte Phoebe zögerlich.

Susannah dachte kurz nach, während sie das schläfrige Kind behutsam neben sich aufs Bett legte. «Nein», sagte sie schließlich, und es war die reine Wahrheit. Traurig war sie vielleicht, weil sie sich während ihrer Ehe so einsam und unglücklich gefühlt hatte, aber böse? Nein. Dazu war sie viel zu glücklich, selig geradezu, über die Offenbarung, dass Joseph nicht Williams Sohn war. Am liebsten hätte sie vor Freude gelacht. «Nein, ich bin nicht böse.» Sie zog Phoebe zu sich und fiel ihr übermütig um den Hals. «Ich dachte, ich wäre eine schlechte Ehefrau gewesen, aber jetzt weiß ich, dass ich mir nichts vorzuwerfen habe!»

Phoebe machte sich von ihr los. «Ich habe Euch gesehen, mit Eurer weißen Haut, und Euch vom ersten Tag an gehasst. Weil Ihr mir meinen Mann weggenommen habt.»

«Aber dir muss doch klar sein, dass ich ihn nicht geheiratet habe, um dir wehzutun? Jetzt weiß ich, dass Henry mich nur meiner Mitgift wegen wollte, so hatte er genug Geld, um dich und Joseph nach London kommen zu lassen. Er hat mich nie geliebt.»

«Ihr habt jetzt Henrys Kind; ein Kind, das eigentlich mir zugestanden hätte.» Phoebe schob das Kinn vor und hielt sichtlich die Tränen zurück. «Ich war so eifersüchtig auf Euch. Ihr hattet alles. Und ich hatte nichts, bis auf meinen Sohn. Dann fangt Ihr auch noch an, Joseph nach Art der Weißen zu unterweisen, damit er mich verlassen kann. Ihr habt mir meinen Mann weggenommen, und Ihr seid frei. Und ich ... ich bin Eure Sklavin.» Sie wiegte sich schluchzend vor und zurück und knetete die Hände in ihrem Schoß.

Da sie die zermürbenden Qualen der Eifersucht nur zu gut kennengelernt hatte, entschied Susannah sich, Phoebe reinen Wein einzuschenken. Immerhin hatten sie und die kleine Beth ihr womöglich ihr Leben zu verdanken. «Phoebe, hör mir zu! Henry hat, solange wir verheiratet waren, nur ein einziges Mal mit mir geschlafen. Es war keine sehr schöne Erfahrung, und hinterher war er wütend auf mich und auf sich selbst. Ich wollte Henry eine gute Frau sein, aber er hat mich nie geliebt, sosehr ich mich auch um ihn bemüht habe. Und ich habe mir wirklich alle Mühe gegeben, glaube mir. Aber jetzt weiß ich, dass das von vornherein aussichtslos war. Weil er nur dich geliebt hat.»

Phoebe sah sie voll Bitterkeit an. «Ich hatte nichts, bis auf meinen Sohn. Und Ihr habt versucht, mir Joseph wegzunehmen. Ich wollte, dass Ihr leidet. Und dass Ihr merkt, wie es sich anfühlt, wenn einem der Mann, den man liebt, von einer anderen weggenommen wird.» Sie reckte trotzig das Kinn in die Höhe. «Also hab ich so getan, als wäre ich die Mätresse Eures Mannes.»

«Redest du von Doktor Ambrose?»

Phoebe nickte. «Liebt Ihr ihn? Seid ehrlich zu mir.»

Susannah fühlte sich zu müde, um es abzustreiten. Und warum sollte sie diese Frau belügen, nach allem, was sie inzwischen zusammen durchgestanden hatten? Sie sah auf ihr schlafendes Kind hinab. «Ich komme nicht dagegen an», sagte sie. «Ich liebe ihn immer noch, obwohl er mit dir das Bett geteilt hat.»

Phoebe seufzte. «Ihr habt meinem Baby das Leben gerettet. Ich habe Eurem Baby das Leben gerettet. Jetzt sind wir Schwestern, deshalb bin ich ehrlich zu Euch. In dieser Nacht war der Doktor bloß in meiner Kammer, um nach Joseph zu sehen.» Phoebe umfasste Susannahs Hände. «Schaut mich an, Missus! Der Doktor war niemals in meinem Bett. Nicht hier im Kapitänshaus und nicht auf der Plantage. Niemals!»

«Aber ich habe euch beide doch gesehen, im Nachthemd.» Susannah hielt Phoebes Hände fast schmerzhaft fest umklammert, während leise Hoffnung in ihr aufkeimte. «Schwörst du mir, dass das die Wahrheit ist?»

Phoebe nickte heftig. «Er war sehr gütig. Joseph ging es sehr schlecht, und ich hatte große Angst. Der Doktor hat mir gesagt, Joseph hätte ...» Sie suchte kurz nach dem richtigen Ausdruck. «Er hat mir gesagt, er hätte *Bonbons im Übermaß genossen.*» Sie lächelte stolz.

«Bonbons?» Susannah runzelte die Stirn. Dann ging ihr ein Licht auf. «Doch nicht Agnes' Bonbons? Und ich dachte, sie wäre noch vernaschter gewesen als sonst!»

«Nein, die Bonbons hat Joseph alle gegessen, eins nach dem anderen. Ihm war so schlecht davon, dass ich dachte, er stirbt. Agnes habe ich nichts davon erzählt, sonst hätte sie ihn sicher geschlagen.»

Susannah lachte ein wenig zu laut, während ihr die Tränen in die Augen schossen. «Immerhin. Joseph wird sich wohl nie wieder heimlich an Bonbons vergreifen.»

«O nein.»

Susannah sah sehnsüchtig zum Fenster hinüber. Warum musste sie bloß in diesem Haus festsitzen? Am liebsten wäre sie jetzt in Windeseile zur Apotheke gelaufen, um William auf der Stelle zu sagen, dass sie ihn liebte.

Phoebe warf ihr einen Blick von der Seite zu. «Ich hab Euch so gehasst, weil Ihr mir meinen Henry weggenommen habt, dass ich dachte, ich sterbe. Nachts, wenn alle schliefen, bin ich durchs Haus gelaufen und hab um Henry geweint. Ich bin hergekommen, um ihn zu heiraten, und er war tot, und Ihr, seine Frau, wart plötzlich meine neue Besitzerin.» Sie unterdrückte ein Schluchzen. «Manchmal war ich nachts in Eurer Kammer und hab Euch angeschaut, während Ihr geschlafen habt. Ich hab nie begriffen, was Henry an Euch gefunden hat. Ihr seid so dünn, so blass; ich hab Euch angesehen und konnte einfach nicht verstehen, wieso mein Henry Euch geheiratet hat.»

«Ach, Phoebe! So viel Kummer, so viele Missverständnisse! Armer Henry, verstrickt in eine Ehe, die er nie gewollt hat, bloß, um dich herkommen lassen zu können, und wir beide, du und ich, so unglücklich.»

Phoebe nickte stumm.

«Aber jetzt müssen wir ein neues Kapitel aufschlagen! Holst du mir meinen Geldbeutel, von dem Wandhaken hinter der Tür?»

Nachdem Phoebe ihr den Beutel gereicht hatte, zog Susannah die Verschlusskordel auf und nahm einen Schlüssel heraus. «Komm näher», sagte sie. «Eines Tages, das verspreche ich, schenke ich dir und Joseph die Freiheit. Solange wir von Agnes abhängig sind, geht das leider nicht. Vorläufig aber ...» Sie öffnete Phoebes Halsring mit dem Schlüssel und nahm ihn ihr ab. «Wirf ihn aus dem Fenster.»

Phoebe rieb sich über die roten Druckstellen an ihrem Hals. «Er hat viel Geld gekostet. Missus Agnes ...»

«Wirf ihn aus dem Fenster! Mach dir um Agnes keine Gedanken, das kläre ich später mit ihr.»

Phoebe trat mit dem Halsring in der Hand zögerlich ans Fenster. Sie wandte sich um und sah Susannah fragend an.

«Na los!»

Phoebe öffnete den Fensterflügel und lehnte sich hinaus. Dann sah sie sich noch einmal zu Susannah um, die ihr aufmunternd zunickte. Sie atmete tief durch und schleuderte den Ring schließlich mit einem Freudenschrei aus dem Fenster. Der Halsring flog in hohem Bogen durch die Luft und verschwand hinter einem Hausdach.

28. Kapitel

Ich glaube nicht, dass wir jetzt noch erkranken», sagte Susannah ein wenig später. «Joseph ist schon wieder so gut wie genesen, und wir zeigen keinerlei Symptome.»

Phoebe nickte. «Die Missus möchte Euch sprechen.»

Susannah wickelte Beth in ihr bestes Umschlagtuch und ging mit ihr auf den Treppenabsatz, läutete das Glöckchen und wartete, bis sie unten Agnes heranhumpeln hörte.

«Dann habt Ihr also das Wochenbett verlassen», sagte Agnes vom Fuß der Treppe aus. «Und, wollt Ihr mir meine kleine Großnichte nicht vorstellen?»

Susannah hob die Kleine in die Höhe, damit Agnes ihr Gesicht sehen konnte. «Darf ich vorstellen, das ist Elizabeth.»

Agnes spitzte die Lippen. «Sie wird einmal bildschön, das sieht man jetzt schon», sagte sie. «Ganz wie ihre Mutter. Falls wir überleben, würde ich gerne ihre Taufpatin.»

«Ich würde mich geehrt fühlen, Madam», sagte Susannah, ganz verlegen über das unerwartete Kompliment.

«Und Joseph? Weiter auf dem Weg der Besserung?»

«Es gefällt ihm immer weniger, hier oben eingesperrt zu sein, und er wird langsam frech.» Susannah lächelte. «Das werte ich als gutes Zeichen.»

«Und William und die Magd dürfen morgen das Haus Eures

Vaters verlassen. Er hat mir geschrieben und mitgeteilt, dass sie beide wohlauf sind. Ich wage zu hoffen, dass er jetzt in wenigen Stunden wohlbehalten zu mir zurückkehrt und dann die Aufgabe übernehmen kann, uns mit frischen Lebensmitteln zu versorgen. Bohnensuppe kann ich nämlich langsam wirklich nicht mehr sehen.»

«Dennoch können wir von Glück sagen, dass Ihr solche Vorsorge getroffen habt, Agnes; ohne die Bohnen hätten wir vielleicht verhungern müssen.» Susannah lächelte. «Aber wenn die Quarantäne endlich vorbei ist, kann ich auf Bohnen bis auf weiteres sehr gut verzichten.»

Nachts träumte Susannah, dass ihre Mutter neben ihrem Bett stand, die Wiege schaukelte und dem Baby leise ein Schlaflied vorsang.

«Schlafe, mein Kindlein, mein Herzchen, schlaf ein ...»

Beth wimmerte, und Susannah war sofort hellwach.

Der Wind hatte aufgefrischt. Er rüttelte am Fensterflügel, und die Kerze auf dem Fensterbrett flackerte in der Zugluft.

Irgendetwas stimmte nicht. Susannah hob das Kind aus der Wiege, drückte es behutsam an sich und schlich leise zu der Kammer nebenan, um einen Blick durch die Tür zu werfen. Aber Phoebe schlief tief und fest, genau wie Joseph, den sie im Schlaf umarmt hielt.

Susannah stellte sich an die Treppe und lauschte in die nächtliche Stille, bis das Baby zu weinen begann.

Nachdem sie Beth gestillt hatte, trat sie mit ihr im Arm an das klappernde Fenster und spähte hinaus ins Dunkel. Die Luft roch ungewohnt; nicht bloß nach Uferschlick, wie sonst immer, sondern auch nach Rauch, aber anders als der vertraute

Seekohlenrauch. Eher so, als würde Holz brennen. Eine plötzliche Windbö erfasste den Fensterflügel, und sie musste ihn gewaltsam festhalten und mit dem Riegel sichern, damit er nicht gegen die Hauswand geschmettert wurde.

Zu ihrer Verwunderung bemerkte sie, dass der Himmel im Osten rötlich glühte: Ging etwa tatsächlich schon die Sonne auf? Sie gab dem Kind einen Kuss auf den Kopf. «Diesmal musst du aber lange geschlafen haben, meine Süße.»

Als sie sich eben abwandte, um Beth in die Wiege zurückzulegen, registrierte sie, wie das rötliche Glühen auf einmal aufflackerte und den gesamten Himmel erhellte. Sie kehrte ans Fenster zurück und sah hinaus. Womöglich eine Explosion in einem der Lagerhäuser im Hafen? Falls dort Branntwein oder Holz gelagert wurde, würde der Brand nur schwer unter Kontrolle zu bringen sein. Irgendeine arme Seele erlitt heute Nacht einen ruinösen Verlust. Mit diesem Gedanken legte sie sich wieder ins Bett.

Am Morgen wurde Susannah vom sonntäglichen Läuten der Kirchenglocken geweckt. Sie schaute aus dem Fenster und sah, dass flussaufwärts über der London Bridge dichter Rauch hing. Dann war der Brand in dem Lagerhaus wohl ziemlich schlimm gewesen. Sie betrachtete noch immer den dahinziehenden Rauch, als sie Agnes' Stimme hörte.

«Geht es Euch gut?» Diese Frage stellte Agnes ihr jeden Morgen.

«Ausgezeichnet, danke!»

«Dann kommt nach unten. Dass Ihr nach all der Zeit noch krank werdet, ist ja wohl unwahrscheinlich.»

«Das sehe ich genauso.»

«Und William kommt heute zurück.» Agnes setzte ein vielsagendes Lächeln auf. «Ihr würdet doch wohl gerne durchs Fenster mit ihm reden, nehme ich an?»

Es war eine Wohltat, nach den Wochen im stickig warmen Dachgeschoss die hohe, weitläufige Kapelle zu betreten. Susannah fühlte sich so befreit, dass sie übermütig quer durch den Raum tanzte. «Wenn Ihr wüsstet, wie angenehm es ist, endlich aus dieser kleinen Dachkammer herauszukommen und beim Blick aus dem Fenster nicht bloß die Dächer sehen zu können, sondern auch die Leute auf der Straße.» Sie trat an die Fenster, die nach hinten hinausgingen. «Wie mir der Garten gefehlt hat! Ich glaube, ich werde mit Beth mal rausgehen, damit sie zum ersten Mal in ihrem Leben an die frische Luft kommt.»

«Ich komme mit», sagte Agnes.

Susannah war überglücklich, endlich wieder die Sonne im Gesicht zu spüren. Auch der frische Ostwind hatte etwas herrlich Belebendes.

Während sie mit Agnes gemächlich durch den Bogengang spazierte, kam Susannah in den Sinn, wie sehr ihr der Garten fehlen würde, wenn sie wieder in ihr Vaterhaus zurückkehrte, um die Apotheke weiterzuführen. Aber natürlich würde sie Agnes oft besuchen kommen.

«Es riecht stark nach Rauch, oder?», fragte Agnes.

«Irgendwo qualmt immer etwas, nicht wahr? Aber Ihr habt recht. Gestern Nacht habe ich aus dem Fenster geschaut und eine Explosion unten am Fluss gesehen. Ein Lagerhaus, nehme ich an. Als ich vorhin aufgestanden bin, habe ich gesehen, dass sich das Feuer inzwischen bis zur London Bridge ausgedehnt hat. Ich wollte es schon eher erwähnen, habe es aber in der Aufregung ganz vergessen.»

«Vielleicht kann Will uns ja Näheres berichten. Ich gehe jetzt ins Haus zurück, um mit John Fuller zu sprechen.»

«John Fuller?»

«Unser Wachmann. Ein recht anständiger Mensch. Er hat seinen Bruder durch die Pest verloren, daher nimmt er Anteil an unserer misslichen Lage. Ich werde ihn bitten, nach Will Ausschau zu halten.»

Susannah kehrte mit Agnes in die Kapelle zurück und blieb bei ihr, während sie durch das Fenster den Wachmann unten vorm Haus ansprach.

«In der Stadt brennt es schlimm.» Er nickte ernst und zog die buschigen Augenbrauen zusammen. «Ein dusseliger Bäcker an der Pudding Lane hat über Nacht das Feuer unter seinen Backöfen nicht richtig gelöscht. Der Brand hat sich bis zum Fluss runter ausgebreitet ...»

«Dann war es also tatsächlich ein Lagerhaus, das gestern Nacht in Flammen aufgegangen ist?»

«O ja, Ma'am! Über dreihundert Häuser sind schon niedergebrannt, das Feuer hat sich den Fish Hill hinunter ausgebreitet und auf die Brücke übergegriffen. Wahrhaftig, es ist eine Katastrophe.»

Susannahs Hände zitterten, während sie sorgfältig ihr Haar frisierte, den Perlenanhänger ihrer Mutter anlegte und sich das Mieder so eng schnürte, dass sie kaum noch Luft bekam. Den Vormittag über setzte sie sich in der Kapelle ans Fenster und erledigte Näharbeiten, während sie ungeduldig Williams Rückkehr erwartete.

John Fuller hielt sie regelmäßig über den neuesten Stand der Dinge auf dem Laufenden. «Inzwischen heißt es, die Franzosen hätten das Feuer gelegt. Verfluchte Papisten! Die Kirchen im Osten der Stadt brennen lichterloh. Und in den übrigen Gotteshäusern werden flammende Predigten gehalten, in denen unbußfertigen Sündern die Qualen des Höllenfeuers in Aussicht gestellt werden.» William aber hatte er noch nicht erspäht.

Auch zum Mittagessen war er noch nicht da.

Susannah kehrte ins Dachgeschoss zurück, um von dort einen Blick auf den Fluss zu werfen. Zu ihrem Erstaunen sah sie, dass das Wasser von Booten wimmelte, die schwer mit Menschen und Möbeln beladen waren.

Statt sich nachmittags in ihrer Kammer hinzulegen, bezog Agnes Posten am Fenster, um auf der Whyteladies Lane Ausschau nach William zu halten. «Ich hoffe doch, dass er uns Fleisch mitbringt», sagte sie. «Ich hätte Lust auf ein Brathähnchen oder ein gutes Hammelragout. Wahrscheinlich lässt er so lange auf sich warten, weil er erst noch ein paar richtige Leckerbissen auftreiben will, um seiner alten Tante eine Freude zu machen.»

Aber William tauchte immer noch nicht auf.

Nach dem Abendessen, das wieder einmal aus Bohnensuppe bestand, ging Agnes grummelnd zu Bett, verärgert über Williams gedankenloses Benehmen. «Haut wahrscheinlich irgendwo auf den Putz, um seine wiedergewonnene Freiheit zu feiern, der Schlingel.»

Susannah sagte nichts, konnte sich aber nicht vorstellen, dass William in eine Kneipe oder ein Freudenhaus gegangen war. Und selbst wenn, wäre dann nicht zumindest Jennet bei ihnen aufgetaucht? Langsam bekam sie ein mulmiges Gefühl. War er am Ende seiner Quarantäne etwa doch noch der Pest zum Opfer gefallen?

Erst nach Sonnenuntergang trat das volle Ausmaß der Katastrophe zutage. Der sonst pechschwarze Nachthimmel wurde erhellt vom Schein der Brände, die in der Stadt loderten, angefacht von dem kräftigen Ostwind.

Susannah ging zu Bett, lag aber lange wach, weil sie darüber nachgrübelte, was sie zu William sagen sollte, wenn er endlich zurückkam. Irgendwann döste sie dann doch ein. Als sie später von Beths Geschrei geweckt wurde, warf sie einen Blick aus dem Fenster: In der Stadt brannte es nach wie vor lichterloh.

Am Morgen darauf blieb Agnes in ihrer Kammer. «Ihr könnt mich rufen, sobald William nach Hause zu kommen geruht», sagte sie. «Nach seinem Abend im Wirtshaus wird er wohl einen gewaltigen Brummschädel haben, und ich freue mich schon darauf, ihm gehörig den Kopf zu waschen.»

Susannah hoffte sehr, dass Agnes recht hatte. Die Vorstellung, dass William irgendwo sturzbetrunken in der Gosse lag, war ihr allemal lieber als der Gedanke, dass er von der Pest dahingerafft worden war.

Zum Zeitvertreib wusch sie sich die Haare, spülte sie mit Rosenwasser aus und setzte sich danach in den Garten, um sie von der Sonne trocknen zu lassen. So würde sie zumindest gut duften, wenn William – hoffentlich – endlich heimkehrte. Gedankenverloren betrachtete sie Beth, die neben ihr auf einer Decke lag und fasziniert die Rosen beobachtete, die sich im Wind wiegten.

Als aus der Luft etwas herabsegelte und auf Beths Gesicht landete, wischte Susannah es hastig fort, aber da kam schon wieder etwas angetrudelt. Sie hob den Blick und sah, dass Ascheflocken vom plötzlich düsteren Himmel herabregneten. Auch der Rauchgeruch hatte sich verstärkt. Aus Sorge um Beth kehrte sie eilig mit ihr ins Haus zurück.

Willam ließ weiter auf sich warten.

Später lehnte Susannah sich aus dem Fenster und spähte die Whyteladies Lane hinauf. Karren rumpelten über das Kopfsteinpflaster, dazwischen eilte ein nicht abreißender Strom schwerbeladener Menschen dahin.

Sie wandte sich an John Fuller unten vor der Haustür. «Könnt Ihr einen Straßenjungen anhalten und mit einer Nachricht zu Doktor Ambrose schicken?»

«Wenn ich einen sehe, halte ich ihn an», gab er zurück, «aber die halbe Stadt ist auf der Flucht, und die meisten Straßenkinder verdingen sich als Lastenträger, um Güter vor dem Feuer zu retten.»

«Ist es schlimmer geworden?»

«Das Feuer ist völlig außer Kontrolle. Frisst sich inzwischen nach Norden vor. Die Cannon Street, Lombard Street und Threadneedle Street brennen lichterloh!»

«Kann man die Brände denn nicht löschen?»

«Der Herzog von York lässt von seinen Leuten Häuser einreißen, um eine Feuerschneise zu schlagen, aber der Wind und die Hitze sind so stark, dass dem Funkenflug kaum etwas entgegenzusetzen ist. Hört auf meine Worte: Wenn die Brände nicht bald unter Kontrolle gebracht werden, brennt noch die ganze Stadt herunter. Ich habe Familie in Cheapside, und das Feuer rückt immer näher. Kein schönes Gefühl.»

Beunruhigt stieg Susannah ins Dachgeschoss hinauf.

Phoebe nahm ihre Hand und zog sie ans Fenster, wo Joseph auf einem Stuhl stand und hinausschaute.

Auf der Themse wimmelte es von schwerbeladenen Booten und Kähnen, auf denen Menschen sich mit ihrem Hab und Gut in Sicherheit zu bringen suchten. Auch Fässer, Körbe und hastig zusammengezimmerte Flöße trieben auf dem Fluss dahin.

In einem kleinen Boot sah Susannah eine Frau, die verzweifelt bemüht war, ein Virginal festzuhalten, das ganz oben auf einem hochaufgetürmten Berg Möbel lag. Da wurde das Boot von einem auf den Fluten dahintreibenden Tisch gerammt, und das Virginal entglitt ihren ausgestreckten Händen und klatschte ins Wasser.

Keine Frage: Ein Massenexodus war im Gange.

Agnes trommelte ungeduldig mit den Fingern auf der Armlehne ihres Sessels herum und trieb Susannah mit ihren ständigen Fragen halb in den Wahnsinn.

«Ich weiß es nicht, Agnes!», sagte sie schließlich entnervt. «Aber sicher, natürlich wäre es denkbar, dass William und Jennet doch erkrankt sind.»

«Wären wir bloß nicht hier eingesperrt. Sonst hättet Ihr schon längst zur Apotheke Eures Vaters gehen und herausfinden können, was los ist.»

«Ihr wisst doch, dass wir erst in einer Woche wieder aus dem Haus dürfen!»

Aufgeschreckt durch den scharfen Tonfall ihrer Mutter, begann Beth zu wimmern. Susannah hob sie sich an die Schulter und ging mit ihr in der Kapelle auf und ab, um sie, aber auch sich selbst zu beruhigen.

Es war erst später Nachmittag, aber bereits duster. Die Sonne war hinter einer großen schwarzen Wolke verschwunden, die den Himmel verdunkelte. Im Haus roch es inzwischen penetrant nach Rauch, der durch jede Ritze hereindrang und auch in die Kleidung kroch.

Phoebe trug Brot und Suppe auf einem Tablett herein und deckte den Tisch. «Soll ich das Baby mitnehmen, während Ihr esst?» Sie nahm Beth von Susannah in Empfang und gab ihr ein Küsschen auf die Wange. «Komm schön mit, Kleines. Wir gehen zu Joseph.» Sie lächelte Susannah zu und schloss die Tür hinter sich.

«Anscheinend habt Ihr und Phoebe Eure Unstimmigkeiten ja bereinigt», sagte Agnes.

«Ohne Phoebes Hilfe wäre Beth womöglich gestorben.»

«Und ohne Eure Hilfe wäre Joseph womöglich gestorben.»

Susannah zögerte kurz. Sollte sie diese heikle Frage anschneiden? Dann gab sie sich einen Ruck. «Ihr hättet mich ruhig darüber aufklären können, dass Joseph Henrys Kind ist.»

Agnes musterte sie scharf. «Dann hat Phoebe es Euch also erzählt?»

«Ja, aber erst nach Beths Geburt. Bis dahin habe ich gedacht, William wäre Josephs Vater. Weil ich zufällig mitbekommen habe, wie er Euch das kurz nach Phoebes Ankunft gestanden hat. Zumindest hatte ich ihn so verstanden. Joseph gehöre mit zur Familie, hat er gesagt.»

«Tja, Miss, man sollte eben andere Leute nicht heimlich belauschen, nicht wahr?»

«Nein, Agnes.»

«Gleichwohl, Henry hat ein ziemliches Durcheinander hinterlassen, oder? Joseph ist Beths Halbbruder, da beißt die Maus keinen Faden ab.»

«Ja.»

«Aber wo ist bloß William? Es macht mich ganz unruhig, nicht zu wissen, wie es ihm geht.»

Nachdem sie ihre Mahlzeit beendet hatten, saßen sie Hand in Hand beisammen und hingen jede für sich schweigend ihren Gedanken nach, während das Tageslicht langsam schwand.

Da prasselten von außen unvermittelt Steinchen gegen das Fenster.

«William!» Susannah fiel ein Stein vom Herzen, und sie riss eilig das Fenster auf.

Doch es war John Fuller, der sichtlich aufgebracht zu ihr hochsah. «Ich räume jetzt meinen Posten», sagte er. «Ich wohne in der Wood Street, und das Feuer frisst sich bereits durch Cheapside. Ich muss zu meiner Frau. Ihr helfen, unsere Sachen zu packen und die Kinder in Sicherheit zu bringen.»

«Cheapside? Hat sich das Feuer wirklich schon so weit ausgebreitet?»

Fuller wischte sich mit der Hand übers Gesicht. «Wäre ich doch bloß schon eher abgehauen. Aber wer hätte ahnen können, dass sich dieser Brand so rasend schnell ausbreitet. An Eurer Stelle würde ich auch schon packen, um jederzeit fliehen zu können.»

«Fliehen? Aber wir können doch nicht ...»

«Dann bleibt eben da und verbrennt! Ich habe Eure Haustür jedenfalls aufgesperrt. Eure Quarantäne ist ohnehin bald vorbei, und auf mich macht Ihr einen gesunden Eindruck.»

«Uns fehlt so weit auch nichts, aber ...»

«Tut mir leid, ich muss los! Gott schütze Euch!»

Susannah lehnte sich aus dem Fenster und sah Fuller nach, der sich entschlossen einen Weg durch die Menschenmassen bahnte, die auf der Whyteladies Lane in Richtung Themse strömten. «Habt Ihr gehört, was er gesagt hat, Agnes?»

«Das Feuer ist noch über eine halbe Meile entfernt.» Agnes war blass geworden. «Es kann uns doch sicher nicht erreichen?»

«Ich kann es mir eigentlich nicht vorstellen ...» Susannah warf einen unsicheren Blick auf die Rauchwolke am Himmel. Ascheflocken wirbelten im böigen Wind umher. «Aber es sieht wirklich so aus, als wäre das Feuer außer Kontrolle. Es kann ja nicht schaden, wenn wir vorsichtshalber schon mal packen, so viel wir können, oder?» Obendrein würde Agnes, die sich vor Sorge um William halb verrückt machte, auf andere Gedanken kommen, wenn sie etwas zu tun hatte.

«Wir können unmöglich alles tragen! Was ist zum Beispiel mit meinen Silberleuchtern?»

«Wir könnten doch einiges im Garten vergraben, oder?»

«Ja, richtig! Ich hab's ja immer gewusst, Ihr seid ein kluges Mädchen», sagte Agnes. «Gebt Phoebe und Mrs. Oliver Bescheid, sie sollen beim Packen helfen. Das Silber müssen wir morgen früh vergraben, jetzt ist es ja schon dunkel.»

Immer wenn sie dachten, sie hätten nun alles eingepackt, fielen Agnes weitere Sachen ein, die sie unbedingt retten wollte: die Globen des Kapitäns, chinesisches Porzellan in einer metallbeschlagenen Truhe, eine seit ewigen Zeiten nicht mehr gespielte Bratsche. Angesichts der immer zahlreicheren Besitztümer, die nach und nach zusammenkamen, fragte Susannah sich, wie sie dafür je ein ausreichend großes Loch graben sollten.

Es war schon sehr spät, als sie endlich schlafen gingen. Als Susannah sich ihre Tochter vor dem Zubettgehen noch einmal an die Brust legte, drohte sie dabei vor Müdigkeit immer wieder einzunicken. Nachdem die Kleine endlich satt war, legte sie sie in die Wiege und gähnte herzhaft.

Während sie sich entkleidete, warf sie durchs Fenster einen Blick zum Fluss. Beim Anblick der Feuersbrunst, die den Nachthimmel erhellte, erstarrte sie kurz vor Schreck: Das Feuer hatte bereits Baynard's Castle erreicht, in weniger als einer halben Meile Entfernung.

29. Kapitel

Susannah ging so vieles durch den Kopf, dass sie trotz ihrer Erschöpfung kaum schlafen konnte. Auch Beth, die die Unruhe ihrer Mutter zu spüren schien, wachte die ganze Nacht hindurch immer wieder weinend auf.

Wo William nur steckte? Susannah dachte an seine dunklen Augen, die so belustigt funkelten, wenn er sich über eine Bemerkung von ihr amüsierte. Fragte sich, ob sie sich seine Liebe womöglich nur eingebildet hatte. Voller Wehmut dachte sie an alles, was hätte sein können, und versuchte sich dann abzulenken, indem sie Pläne für ihre künftige Tätigkeit in der Apotheke ihres Vaters schmiedete. Aber ihre Gedanken kehrten immer wieder zu William zurück. Litt er womöglich unter denselben schrecklichen Pestsymptomen, denen auch ihr Vater erlegen war? Und was war mit Jennet, die ihrer Familie so lange Jahre treu gedient hatte? Quarantäne hin oder her, sie musste einfach herausfinden, was los war. Gleich morgen würde sie sich auf den Weg machen.

Bei Tagesanbruch stand Susannah auf, um sich zu waschen und anzukleiden. Die Massenflucht entlang der Themse war unvermindert im Gang, und die Rauchwolke war über Nacht noch größer geworden. Das Feuer hatte inzwischen Bridewell erreicht, nur eine Viertelmeile entfernt.

Beth nuckelte gierig an ihrer Brust und schlief dann, ermüdet von ihrer schlaflosen Nacht, tief und fest ein.

Susannah nahm die Miniatur ihrer Mutter aus der kleinen Schatulle, wickelte sie in ein Taschentuch und steckte sie in ihren Geldbeutel. Auch die Kette mit dem Perlenanhänger legte sie an und barg ihn sicher in ihrem Mieder. Ihre Bücher, darunter auch das Buch mit den Koch- und Backrezepten ihrer Mutter, packte sie mit so viel Kleidung, wie sie nur tragen konnte, in einem Paket zusammen, das sie zusammen mit ihrem Apothekerkasten aufs Bett legte, um notfalls alles für einen überstürzten Aufbruch griffbereit zu haben. Da Beth weiter friedlich in ihrer Wiege schlief, ließ Susannah sie kurz allein, um Agnes aufzusuchen.

«Ist William wieder da?» Die alte Dame, deren Augen vor Sorge dunkel umschattet waren, sah so müde aus, wie Susannah sich fühlte.

«Noch nicht. Wir vergraben jetzt Eure Schätze, und wenn er danach immer noch nicht aufgetaucht ist, mache ich mich auf den Weg zur Apotheke, um herauszufinden, was los ist.»

«Wenn meine armen alten Beine mich nicht im Stich ließen, wäre ich schon längst selbst losgegangen. Aber hört mal, wir müssen meine Sachen gar nicht vergraben! Mir ist eingefallen, dass sich unter den Steinplatten im Garten ein alter Brunnen befindet, den wir benutzen können.»

Phoebe und Mrs. Oliver stemmten die Steinplatten in die Höhe und spähten in den Brunnen hinab. An der Schachtwand befand sich eine Sprossenleiter, und Joseph wurde hinuntergeschickt, um nachzusehen, ob sich noch Wasser im Brunnen befand. Er berichtete, dass unten alles trocken sei.

«Ist anno 1630 ausgetrocknet», sagte Agnes, «deshalb hat der Kapitän damals die Platten darüberdecken lassen.»

Sie packten die Wertgegenstände in große Körbe, die sie an Seilen in die Tiefe hinabließen. Danach rückten Susannah und Phoebe die Steinplatten wieder über die Brunnenöffnung.

«Ich halte die Ungewissheit nicht länger aus.» Susannah umfasste behutsam Agnes' knorrige alte Hände. «Ich gehe jetzt los, um William ausfindig zu machen.»

Agnes nickte. «Seht Euch aber vor, auf den Straßen ist es bestimmt nicht ungefährlich.» Beklommen sah sie Susannah mit ihren dunklen Augen an. «Bitte, bringt mir meinen William zurück», sagte sie leise.

Susannah wandte sich zu Phoebe um, die Beth auf dem Arm hielt, und ließ sich die Kleine noch einmal reichen. Während sie ihre Tochter zärtlich küsste und tief ihren süßen Duft einatmete, bekam sie kurz Angst bei dem Gedanken, sich auch nur einen Moment lang von ihr zu trennen. Aber sie musste William finden.

Sie gab Beth einen weiteren Kuss und reichte sie dann an Phoebe zurück. «Kümmerst du dich um sie, bis ich wieder da bin?»

«Beth ist Henrys Kind», sagte Phoebe. «Ich habe sie so lieb, als wäre sie mein eigenes Kind.»

Susannah berührte sie kurz an der Schulter. «Ich bin bald wieder da.»

Susannah blieb kurz in der Tür des Kapitänshauses stehen, um ihre wiedergewonnene Freiheit auszukosten, und stürzte sich dann in den Strom von Menschen, die auf der Whyteladies Lane zum Fluss hinunterstrebten.

Rauch hing in der Luft. In der Menge wurde sie ständig angerempelt oder von Handkarren angestoßen. Mehrmals wäre sie beinahe von Kindern zu Fall gebracht worden, die ängstlich weinend mit ihren Eltern Schritt zu halten versuchten. Ein Mann mit einem gewaltigen Bündel auf dem Rücken ging tief vornübergebeugt, während seine Frau ein Fass vor sich herrollte und an einem Seil ein quiekendes Schwein mit sich zerrte.

Susannah drängte sich durch das Gewirr der Gassen und Höfe und war bestürzt über die Massen von Menschen, die sich mit ihrer Habe verzweifelt in Sicherheit zu bringen versuchten. Vielfach waren die Gassen so eng, dass in der dichtgedrängten Menge schlicht kein Durchkommen mehr war.

Da stolperte sie auf dem Kopfsteinpflaster und stürzte zu Boden. Jedes Mal, wenn sie sich aufzurichten versuchte, wurde sie erneut von der vorüberflutenden Menschenmenge niedergestoßen. Leute schrien, Kinder heulten, Holzschuhe klapperten, Handkarren rumpelten über das Kopfsteinpflaster – ihre Hilferufe gingen im Lärm einfach unter. Gerade als sie langsam in Panik geriet, stieß ein Mann einige Passanten resolut beiseite und half ihr auf die Füße.

«Danke sehr, Sir», sagte sie.

«Ihr geht in die falsche Richtung, Madam.» Er wischte sich den Schweiß von der Stirn. «Kehrt besser um.»

«Aber ich muss zum Haus meines Vaters!»

«Östlich und nördlich von hier brennt alles. Der Herzog von York und seine Leute sprengen die Häuser rings um Bridewell Dock, um eine Feuerschneise zu schaffen. Kehrt um, solange Ihr noch könnt!» Damit zurrte er das sperrige Bündel auf seinem Rücken zurecht und marschierte davon.

Susannah sah ihm nach, bis er in der Menge verschwunden war. Nach kurzem Zögern wandte sie sich um und lief weiter in Richtung Fleet Street. Schon nach wenigen Schritten hörte sie die Explosionen. Irgendwo brach eine Frau in Geschrei aus, und die Menge drängte mit solcher Ungeduld an Susannah vorbei, dass sie platt gegen eine Hauswand gedrückt wurde. Ihr tränten die Augen von dem Schießpulver, das in beißenden Schwaden in der Luft hing, und der rauchverhangene Himmel färbte sich unheilvoll blutrot.

Sie kämpfte sich weiter vorwärts, bis sie nach Bridewell kam, wo ihr angesichts der totalen Verwüstung der Atem stockte: Die Häuser, die sie schon ihr Leben lang kannte, gab es nicht mehr, übrig geblieben waren nur noch Schutt und Trümmer. Sie sah sich entsetzt um und vermochte nicht einmal mehr zu erkennen, wo einst die Straße gewesen war. Überall lagen Holztrümmer, Putz und Stroh verstreut, die Luft war erfüllt von Rauch und Staub.

Männer kletterten in den Ruinen umher, und dann wurde sie Zeugin, wie die wenigen noch verbliebenen Häuser mit einer ohrenbetäubenden Explosion in die Luft gesprengt wurden.

Sie schrie auf und hielt sich hastig die Ohren zu.

Ein Mann rief ihr etwas zu, während sie wie betäubt dastand, aber durch das Klingeln in ihren Ohren verstand sie ihn nicht. Er hastete zu ihr und schüttelte sie am Arm. «Hier könnt Ihr nicht bleiben!» Grob drehte er sie um und versetzte ihr einen Stoß.

Susannah bahnte sich einen Weg durch die Trümmer, stolperte um die Ruinen herum und erkannte erst jetzt das ganze Ausmaß und Grauen des Feuers, das in der Stadt wütete. Männer brachten brennende Häuser zum Einsturz, indem sie aus Leibeskräften an Seilen zogen, die mit großen Eisenhaken am Dachgebälk befestigt waren. Der dichte Staub in der Luft brachte sie zum Husten, vom Himmel regneten Asche und Rußpartikel.

Als eine Windbö den Rauch kurz teilte, erhaschte Susannah einen Blick auf St. Bride's und schrie unwillkürlich auf. Die Kirche, neben der ihre Mutter begraben lag, in der sie selbst getauft und getraut worden war, brannte lichterloh. Mächtige orangerote Flammen leckten am Glockenturm empor, und schwarzer Rauch quoll in dichten Schwaden aus den Fenstern.

Sie rannte los, kämpfte sich auf einen Trümmerberg und auf der anderen Seite wieder hinunter, wo bereits Menschen in Grüppchen beisammenstanden und entgeistert die brennende Kirche anstarrten.

Eine weinende Frau fasste sie am Arm. «Da ist nichts mehr zu retten! Man hat noch die Wasserpumpe der Gemeinde herbeigeschafft, aber die hatte über die Jahre niemand in Schuss gehalten. Alles zu spät!», wehklagte sie. «Was soll jetzt aus uns armen Sündern werden?»

«St. Bride's? Verloren?» Susannah schluckte. Das war einfach unvorstellbar.

«Aber St. Paul's, der Herr sei gepriesen, ist gerettet! Das Feuer hat sich die Paternoster Row und die Carter Lane entlanggefressen, um die Kathedrale herum, die wie auf einer Insel unversehrt aus dem Flammenmeer emporragt. Der Brand aber hat sich den Ludgate Hill hinunter ausgebreitet und wütet inzwischen auf der Fleet Street.»

Susannah spürte, wie ihr eiskalt wurde. «O nein, das darf nicht sein! Bitte sagt mir, dass das nicht wahr ist! Mein Vaterhaus steht in der Fleet Street.»

Die Frau sah sie mitleidig an. «Jetzt nicht mehr, meine Liebe.»

Susannah wandte sich ab und presste sich die Hand vor den Mund. Das durfte einfach nicht wahr sein! Und was war mit William und Jennet; befanden sie sich noch in der Apotheke? Sie setzte sich eilig in Bewegung, wusste intuitiv, wo es nach Hause ging, obwohl die Gegend kaum wiederzuerkennen war. Feuersbrünste wüteten überall, tosten und dröhnten so ohrenbetäubend laut, dass es ihr den Atem raubte, während um sie herum die Flammen prasselten, knackten und zischten. Sie spürte die Hitze im Gesicht, und auf ihren Schultern landete immer wieder glühende Asche, die sie im Laufen hastig abstreifte.

Die Wand aus Flammen, die sie am südlichen Ende der Fleet Street empfing, war undurchdringlich wie die Flammen des Höllenfeuers selbst. Durch die schreckliche Hitze sah sie sich gezwungen, einen Umweg durch das übelbeleumdete Ascentia einzuschlagen, ein Gewirr enger, dunkler Gassen, in dem Taschendiebe und Ganoven aller Art ihr Unwesen trieben. Zwischen den dicht an dicht gebauten Häuserzeilen flutete ihr ein lärmender Strom panischer Menschen entgegen, es herrschte ein unbeschreibliches Gedränge, aber sie bahnte sich unbeirrt einen Weg hindurch, um zu ihrem Zuhause zu gelangen.

Schließlich sah sie Licht zwischen den schiefen alten Mietsbaracken und fand einen Durchgang zur Fleet Street. Die wütend orangeroten Flammen, durch den böigen Wind stetig angefacht, fraßen sich rasend schnell vorwärts. Die Apotheke war noch etwa fünfzig Meter entfernt, und ein Schluchzen entwich Susannah, als sie sah, dass das Dach bereits Feuer gefangen hatte. Eisige Furcht stieg in ihr auf, denn nun war klar, dass ihr altes Zuhause nicht zu retten sein würde.

Während sie über das heiße, mit glühender Asche bedeckte Straßenpflaster hastete, hallte ihr bei jedem Schritt sein Name durch den Kopf wie ein stummes Gebet. *William, William, William.*

Mit heftigem Seitenstechen blieb sie vor der Apotheke stehen und rang in der von beißendem Rauch erfüllten Luft um Atem. Auch das Schild mit dem Einhorn und dem Drachen über ihr hatte bereits Feuer gefangen. Das Nachbarhaus stand ebenfalls in hellen Flammen, und in der Hitze verdunsteten ihre Tränen sogleich. Das Fachwerkgebälk oberhalb der

Apotheke schwelte dunkelrot, als würde es jeden Moment in Flammen aufgehen. Susannah drückte ihr Gesicht ans Fenster und spähte in den Laden, aber dort war niemand. Die Tür, auf der weiter das rote Pestkreuz prangte, war abgesperrt.

Sie hastete einige Schritte zurück und sah zu den Fenstern im Obergeschoss empor, wobei sie zum Schutz vor der Hitze die Augen mit der Hand abschirmen musste.

«William! Jennet!», schrie sie, aber ihre Stimme ging im Prasseln der Flammen unter. Vom brennenden Dachstuhl stürzte ein Funkenregen auf sie nieder, und sie schüttelte sich hastig glühende Asche aus dem Haar.

Da tauchte ein Schatten am verschlossenen Fenster auf, und gleich darauf sah William zu ihr herunter.

«William!» Vor Erleichterung, ihn zu sehen, bekam sie weiche Knie. Gott sei Dank, er war noch am Leben!

Er drückte beide Hände ans Fensterglas und schrie ihr lautlos etwas zu. Flammen züngelten um den Fensterrahmen, der bereits leise schwelte.

Dann war er plötzlich verschwunden.

Ihr Vater kam ihr in den Sinn, der letzte Blick, den er ihr durch das Fenster zugeworfen hatte, stumm und hilflos. Nein, das durfte sich nicht wiederholen! Nun, da sie William gefunden hatte, würde sie ihn nicht wieder verlieren! Sie rüttelte hektisch an der verschlossenen Ladentür, trommelte mit den Fäusten dagegen, versuchte es sogar mit Fußtritten – vergeblich. Heiser vom Schreien und halbblind vor Tränen, sah sie sich verzweifelt um, bis ihr ein qualmendes Stück Balken ins Auge fiel. Kurz entschlossen hob sie es auf, schlug das Fenster damit ein und kletterte durch die Öffnung, ohne sich darum zu kümmern, dass ihr das schartige Glas den Rock zerriss und schmerzhaft an den Schenkeln entlangschrammte.

«William! Jennet!» Sie stürmte die Treppe hoch, zwei Stufen auf einmal nehmend, aber von ihnen fehlte jede Spur.

Sie hastete über den Treppenabsatz, zu der rauchvernebelten Schlafkammer ihres Vaters. Und da erblickte sie William, auf der anderen Seite des Betts.

«Kehr um!», schrie er ihr zu.

In dem Moment wurde das Knistern des Feuers oben im Dach durch ein gewaltiges Krachen überlagert. Brennendes Stroh und Gebälk prasselten herunter, ein heftiger Schwall heißer Luft ließ Susannah zurücktaumeln. Vom Wind angefacht, sprühte ein mächtiger Funkenregen in die Höhe, während um sie herum das Feuer toste. Die Tür war jetzt durch brennende Balkentrümmer versperrt, und dichterer Rauch als zuvor erfüllte die Kammer.

Susannah konnte William nicht mehr sehen.

Sie riss die Arme vors Gesicht, um sich gegen das Inferno zu schützen, und schrie immer wieder nach ihm. Unmöglich, dass jemand in dieser Hitze am Leben blieb. Bei der Vorstellung, wie William verzweifelt den Flammen zu entkommen suchte, wie sich sein gequälter Körper im Feuer wand, bis er zu Boden stürzte und verbrannte, schrie sie vor Grauen.

Der schwarze Rauch war mittlerweile so dicht, dass sie sich den Rock schützend vors Gesicht halten musste. Immer wieder sprühten aus den Flammen Funken in ihre Richtung. Hustend und um Atem ringend, kam ihr Beth in den Sinn. Sie musste sich in Sicherheit bringen, ehe es zu spät war! Für William konnte sie jetzt nichts mehr tun, außer um ihn zu trauern, aber ihr Kind brauchte sie.

Da ging unvermittelt die Decke oberhalb der Treppe in Flammen auf. Ein glühender Dachbalken krachte funkensprühend vor ihr auf den Boden und versperrte ihr den Weg. In heller Panik stieß sie ihn mit einem Tritt beiseite, jagte die Treppe hinunter, stürzte zur Ladentür hinaus und rannte quer über die Straße, um sich in Sicherheit zu bringen.

Keuchend lehnte sie sich an die Hauswand gegenüber und sah vom Laden des Handschuhmachers aus fassungslos zu, wie das Haus, in dem sie aufgewachsen war, mit William darin niederbrannte. Heiße Tränen liefen ihr übers Gesicht, als sie sich an Williams rührende Fürsorge nach Henrys Tod erinnerte, daran, wie sie ihn langsam liebgewonnen hatte. Sie entsann sich der Leidenschaft in seiner Stimme, dachte daran zurück, wie er gezittert hatte, als er sie küsste, und in welche Verzweiflung sie seine vermeintliche Untreue gestürzt hatte. Auch an das liebe Gesicht ihrer Mutter erinnerte sie sich, an die Wärme und Geborgenheit in ihrem alten Zuhause über der Apotheke, das Arabella ihr so gründlich verleidet hatte. Sie erinnerte sich der glücklichen Stunden mit ihrem Vater, daran, wie sie über die Jahre von ihm das Apothekerhandwerk erlernt hatte. Schockartig wurde ihr klar, dass aus ihrem Traum, sich ihren Lebensunterhalt eigenständig als Apothekerin zu verdienen, nun nichts mehr werden würde. Wie betäubt sah sie zur Apotheke hinüber, die inzwischen lichterloh brannte.

In diesen Minuten ging nicht nur ihre Vergangenheit in Flammen auf, sondern auch ihre Zukunft.

Alles dahin.

«Susannah!»

Sie schnellte herum. Und traute ihren Augen nicht.

«Du dummes, dummes Mädchen!» William stand vor ihr. Das Hemd, das er am Leibe trug, war angesengt und zerrissen. In seinem unrasierten Kiefer zuckte es, er war zornig, das war nicht zu übersehen. Mit ein paar Schritten war er bei ihr und drückte sie an sich, bedeckte ihr Gesicht mit Küssen. «Was um alles in der Welt hast du dir dabei gedacht?»

Sein Körper war warm, er roch nach Schweiß und Rauch. Ein Gespenst war er auf keinen Fall.

«William», schluchzte sie, «ich dachte schon, du wärst tot!» Sie klammerte sich an ihn wie eine Ertrinkende, fuhr ihm immer wieder mit den Händen übers Gesicht und sog gierig seinen Geruch ein, ganz fassungslos vor Freude, dass er am Leben war. «Ich dachte, du wärst tot!»

Er packte sie unsanft an den Oberarmen und schüttelte sie. «Hast du völlig den Verstand verloren, ein brennendes Haus zu betreten? Hast du mich nicht gehört? Ich habe dir doch zugeschrien, dich fernzuhalten! Du dummes, dummes Ding; wenn ich dich jetzt verloren hätte!»

«Ich habe dich durch die Flammen gesehen; ich dachte, du wärst tot!»

«Als das Dach eingestürzt ist und ich nicht zu dir konnte, bin ich tausend Tode gestorben. Du warst auf einmal im Rauch verschwunden, ich dachte, dieser Hölle kannst du unmöglich entkommen. Niemals wieder werde ich dich aus den Augen lassen, niemals!» Er zog sie an sich und presste ihr ungestüm den Mund auf die Lippen.

Sie öffnete ihm keuchend ihren Mund und spürte, wie sein Kuss ein schmerzlich angenehmes Ziehen in ihrem Unterleib auslöste.

Schließlich löste er sich von ihr und lehnte seine Stirn an die ihre. «Du hast all meine Widerstände gebrochen. Hast mein Herz so ganz und gar erobert, dass ich dich in meinem Leben nicht mehr missen mag. Daher will ich keine weitere Zeit vertun und frage dich jetzt und hier, so unpassend es auch wirken mag: Susannah, willst du meine Frau werden?»

Sie hörte ein Rauschen in den Ohren, ihr war, als würde ihr das Herz vor Glück zerspringen. Sie wandte sich zu der brennenden Apotheke um. Dachte an ihre Mutter und an ihren Vater, an all die glücklichen Erinnerungen. Mochte ihr Zuhause auch in Rauch aufgehen, diese Erinnerungen konnte ihr niemand nehmen. Als sie sich endlich wieder zu William umdrehte, sprach bereits leise Sorge aus seinen schwarzen Augen. Ein Gefühl tiefen Friedens senkte sich auf sie herab.

«Ich dachte schon, du würdest nie fragen», sagte sie.

30. Kapitel

William! Mein lieber, guter William!» Agnes versagte vor Rührung fast die Stimme. Die Pfeife fiel zu Boden, als sie sich hastig aus ihrem Sessel erhob und die Arme nach ihm ausstreckte.

Er lief zu ihr, schloss ihren gebrechlichen Körper in die Arme und wischte ihr unendlich behutsam die Tränen von den Wangen. «Du hast doch wohl nicht gedacht, ich hätte dich vergessen, oder?» Er schwang sie übermütig im Kreis herum und setzte sie dann vorsichtig wieder auf ihrem Sessel ab.

Ausnahmsweise hatte es der spitzzüngigen alten Dame einmal die Sprache verschlagen. Sie blinzelte heftig, um die Tränen zurückzuhalten.

William zog sich einen Sessel heran und legte ihr den Arm um die zerbrechlichen Schultern. Sie wiederum nahm seine Hand und hielt sie mit beiden Händen umfasst, als wollte sie ihn nie wieder loslassen.

Susannah zog sich taktvoll zurück. Sie eilte in ihre Schlafkammer, wo Phoebe mit der wimmernden Beth im Arm ihre Runden drehte, um sie zu beruhigen.

«Sie hatte Sehnsucht nach Euch», sagte sie, als Susannah die Kleine in die Arme schloss und erleichtert ihren süßen Duft einatmete. Erst jetzt befiel sie im Nachhinein ein heftiges Zittern, als sie sich die Geschehnisse der letzten Stunden vergegenwärtigte. Was wäre aus Beth geworden, wenn sie nicht nach Hause zurückgekehrt wäre?

«Habt Ihr den Doktor gefunden?», fragte Phoebe besorgt.

«Ja. Ja, ich habe ihn gefunden», bestätigte Susannah mit klappernden Zähnen. «Es geht ihm gut. Aber das Haus meines Vaters ist niedergebrannt.» Sie brach in Schluchzen aus, und Phoebe wiegte sie wortlos in den Armen, bis sie sich wieder etwas beruhigt hatte.

Am Ende wischte Susannah sich die Tränen ab und ließ Beth in Phoebes Obhut zurück, um nach unten in die Küche zu gehen.

Dort erwartete sie eine freudige Überraschung: Jennet, die am Küchentisch saß und Mrs. Oliver erzählte, was sie in den letzten Tagen erlebt hatte.

«Wo warst du denn nur, Jennet?», fragte Susannah.

«Der Doktor hatte mich hergeschickt, um Euch Bescheid zu geben, dass er sich den Leuten des Herzogs von York angeschlossen hat, um das Feuer zu bekämpfen», erwiderte Jennet, «aber unterwegs ist mir ein kleines Mädchen in die Arme gelaufen, das ganz allein durch die Straßen irrte. Erst nach zwei vollen Tagen hatte ich ihre Familie in Highgate Village ausfindig gemacht und konnte sie wieder ihrer Mutter übergeben.»

«Und dann bist du den weiten Weg hierhergekommen, zurück in die brennende Stadt?»

«Ich wusste nicht, wo ich sonst hinsollte.» Jennet sah sie beklommen an.

«Eine treuere Dienerin als dich muss man lange suchen», sagte Susannah. «Und für das, was du für meinen Vater getan hast, bin ich dir ewig zu Dank verpflichtet.»

«Ich werde mal mit der gnädigen Frau reden», schaltete sich Mrs. Oliver ein. «Jetzt, wo Peg nicht mehr da ist, kann ich eine tüchtige Küchenhilfe gut gebrauchen. Vorausgesetzt natürlich, dass das Kapitänshaus nicht abbrennt und wir künftig überhaupt noch eine Küche haben.»

«Das Feuer kommt tatsächlich näher», sagte Susannah, «der Wind treibt die Flammen weiter auf uns zu. Wenn er sich doch endlich legen oder drehen würde ...» Sie fröstelte bei der Vorstellung, auch noch dieses Zuhause zu verlieren. «Ich werde Doktor Ambrose etwas zu essen bringen und ihn fragen, was wir tun sollen.»

Mit Brot und Bohnensuppe auf einem Tablett kehrte sie in Agnes' Schlafkammer zurück.

Agnes hatte sich sichtlich wieder gefasst, hielt aber weiter Williams Hand umklammert.

«Ich dachte mir, du hast vielleicht Hunger, William.» Susannah stellte das Tablett auf den Tisch.

Der Blick, mit dem er sie ansah, war so liebevoll, dass sie kurz alles um sich herum vergaß.

«Bravo, so wünsche ich mir das von einer guten Ehefrau.»

Agnes musterte ihn scharf. «Oho! Daher also weht der Wind, ja? Hast du mir etwas zu sagen, William?»

«Kannst du es noch nicht erraten?» Er strahlte über das ganze Gesicht. «Und bis zur Hochzeit möchte ich nicht mehr allzu lange warten.»

«Dann habt Ihr ihn Euch also doch geschnappt, Miss.»

Agnes gluckste vergnügt. «Hätte nie gedacht, dass Euch das gelingen würde. Aber ich freue mich sehr für Euch.»

Susannah errötete; erst jetzt wurde ihr bewusst, wie viel ihr an Agnes' Zustimmung gelegen war.

«Und ich glaube, dass sie dir mehr als ebenbürtig sein wird, Will», sagte Agnes.

«Das glaube ich auch.» Er griff nach Susannahs Hand. «Und ich freue mich schon darauf, den Neuzugang zu unserer Familie kennenzulernen. Wenn die Kleine auch nur halb so temperamentvoll ist wie ihre Mutter, mache ich mich schon mal auf einiges gefasst.»

«Aber erst musst du etwas essen.»

«Ja. Seit Tagen lebe ich nur von trockenem Brot.» Er musste ein Gähnen unterdrücken. «Ich komme wirklich um vor Hunger.» Susannah und Agnes sahen lächelnd zu, während er sich eifrig über seine Suppe hermachte. Nachdem er mit dem letzten Stück Brot noch die Schale ausgewischt hatte, lehnte er sich mit einem zufriedenen Seufzen zurück.

«Es ist schön, dich wieder wohlbehalten bei uns zu haben. Trotzdem sollten wir nicht vergessen, dass draußen nach wie vor das Feuer wütet», sagte Susannah. «Das Silber haben wir jedenfalls vorsichtshalber im Brunnen verborgen, falls wir doch noch überstürzt fliehen müssen.»

«Aber ich bin doch so schlecht zu Fuß», warf Agnes mit verzagter Stimme ein.

«In einem der Vorratsräume steht doch noch der alte Handwagen», sagte William. «Den polstern wir dir schön mit Bettzeug aus, dann wirst du so bequem reisen wie ein Pascha.»

«Aber wo sollen wir denn hin?»

William rieb sich die vor Müdigkeit geröteten Augen. «Nach Westen. Hauptsache, fort von dem Feuer. Roger

Somerford wird uns in Merryfields bestimmt eine Zeitlang aufnehmen.»

«Wenn doch der Wind bloß drehen würde», grummelte Agnes. «Das wäre unsere Rettung.»

Susannah legte William die Hand auf den Arm. «Jetzt musst du dich aber ausruhen. Und Ihr auch, Agnes, um Kraft zu sammeln, falls wir doch noch fliehen müssen.»

«Ich werde dich aber nicht aus den Augen lassen, Susannah», warnte William und umfasste ihre Hand.

«Dann wollen wir Agnes jetzt allein lassen. Du kannst dir erst mal den Ruß abwaschen, und ich verbinde die Brandwunden an deinen Händen. Gehen wir in die Kapelle, da kannst du ja auch schlafen. Ich behalte das Feuer draußen im Auge und wecke dich, falls erforderlich.»

Wenig später saß William mit einem Kissen im Nacken in Agnes' Ohrensessel. Susannah stellte eine Schüssel mit warmem Wasser auf den Tisch neben ihm und säuberte ihm vorsichtig Gesicht und Hände. Da er dabei die Augen geschlossen hielt, hatte sie Gelegenheit, seine dichten, langen Wimpern zu bewundern. Auf seine leuchtend rot versengten Handflächen trug sie eine selbstgemachte Ringelblumensalbe auf und verband sie dann mit sauberem Leinen.

Danach schloss William die Augen, um zu schlafen. Susannah streichelte ihm sanft übers Haar und beobachtete, wie seine Gesichtszüge sich langsam entspannten. Sein Arm zuckte noch zweimal kurz, dann war er eingeschlafen, und sein Atem ging ruhig und gleichmäßig. Erst jetzt fiel ihr ein, dass sie ihn noch gar nicht gefragt hatte, wie es ihm eigentlich gelungen war, den Flammen zu entkommen. Nun, das konnte warten. Sie lächelte und merkte, wie erneut unbändige Freude in ihr aufstieg: weil sie noch ein ganzes gemeinsames Leben lang Zeit hatten, sich zu unterhalten. Sie neigte sich vor und hauchte ihm einen Kuss auf die Stirn.

Danach setzte sie sich ans Fenster, um den Rauch über den Hausdächern zu beobachten, während das Feuer immer näher rückte. In der Gegend zwischen Bridewell und Dorset House brannte es bereits. Wenn der Wind sich nicht überraschend nach Osten drehte, würde auch Dorset House bald in Flammen stehen, und dann müssten sie wohl oder übel fliehen. Sie trommelte mit den Fingern auf dem Fensterbrett herum und überlegte, wie lange sie zuwarten sollte, ehe sie William weckte.

Zwei Stunden später hörte sie ein Kratzen an der Tür, dann kam Phoebe mit Beth auf dem Arm herein.

Nach einem Blick auf den schlafenden William schlich Phoebe leise zu ihr. «Sie hat Hunger», flüsterte sie.

Nachdem Susannah ihr Beth abgenommen hatte, ging Phoebe wieder hinaus und schloss leise die Tür hinter sich. Da William weiter schlief, schnürte Susannah ihr Mieder auf, um sich die Kleine an die Brust zu legen. Während Beth nuckelte, streichelte Susannah ihr über die Wange und flüsterte ihr leise Koseworte zu.

«Was für ein wunderhübsches Bild», ließ sich eine schlaftrunkene Stimme vernehmen.

Susannah erschrak heftig und zog hastig ihr Mieder hoch. «Haben wir dich geweckt?»

William richtete sich gähnend im Sessel auf und räkelte sich. «So gut habe ich lange nicht mehr geschlafen. Aber jetzt möchte ich gerne deine Tochter kennenlernen.» Er stand auf und kam mit ausgestreckten Armen zu ihr herüber. «Darf ich sie halten?»

Voller Stolz hielt Susannah ihm Beth entgegen.

Er nahm die Kleine behutsam in Empfang, bettete sie sich in die Armbeuge und wiegte sie sacht, wobei Beth das Gesicht verzog, als wollte sie gleich weinen. «Na, na, mein Kleines!» Er hielt sie in die Höhe, um sie genauer zu betrachten, und sie erwiderte seinen Blick aus halbgeschlossenen Augen. Dann rann ihr ein Milchbläschen übers Kinn, und sie zog die Mundwinkel hoch, als würde sie lächeln. William lachte. «So winzig, und doch schon so vollkommen! Hat sie bereits einen Namen?»

«Elizabeth, nach meiner Mutter. Aber ich werde sie Beth rufen.»

«Fändest du es ...» Er biss sich auf die Lippe. «Fändest du es sehr aufdringlich, wenn ich dich bitten würde, ihr noch einen zweiten Namen zu geben? Da ich ja der einzige Vater sein werde, den sie je haben wird, fände ich es schön, auch meine Mutter zu ehren. Ihr Name war Constance.»

«Elizabeth Constance.» Susannahs Stimme bebte leicht vor Rührung. «Es klingt sehr schön, findest du nicht?»

Als Beth zu zappeln begann, legte William sie sich an die Schulter und ging mit ihr langsam im Raum umher, bis sie sich wieder beruhigt hatte.

«Du kannst gut mit Babys umgehen, William.»

«Ich habe mir immer Kinder gewünscht und gedacht, das würde für immer ein Traum bleiben.» Er zögerte kurz. «Ich finde, wir sollten keine Geheimnisse voreinander haben, Susannah. Deshalb sollst du wissen, dass ich vor Jahren schon einmal verheiratet war.»

«Agnes hat mir bereits von Caroline erzählt. Und auch von dem Kind, mit dem sie schwanger war.»

«Ach, hat sie das?» Er sah sie abwartend an. «Und, stört es dich?»

«Jetzt nicht mehr. Eine Zeitlang hatte ich aber die Befürchtung, du könntest mich nie lieben, weil du Caroline vielleicht nicht vergessen kannst.»

«Ich habe Caroline geliebt, aber nie so sehr wie dich. Sie war hübsch, aber kapriziös. Und treulos. Ich war damals sehr jung und verfügte noch nicht über die Menschenkenntnis, die ich heute habe.»

«William?»

«Ja, Liebling?»

Sie bekam Herzklopfen vor Unbehagen. «Du hast recht, wir sollten keine Geheimnisse voreinander haben. Deshalb muss ich dich um Verzeihung bitten.»

«Wofür?»

Sie faltete ihre zitternden Hände; was, wenn William ihr vor Enttäuschung nicht verzeihen konnte? «Bitte verzeih mir, dass ich kein Vertrauen zu dir hatte.» Sie sah, wie er leicht die Stirn runzelte, aber für einen Rückzieher war es nun zu spät. «Ich habe dich mit Phoebe zusammen gesehen, in der Nacht, ehe Vater krank wurde. Du kamst aus ihrer Kammer. Und da habe ich gedacht ...»

Er sah sie ruhig an. «Da hast du gedacht, ich hätte dich hintergangen?»

«Glauben konnte ich es nicht, aber ich habe euch nun mal gesehen. Beide barfuß, nur mit Nachthemden bekleidet. Vor allem aber hast du Phoebe so zärtlich die Hand an die Wange gelegt, dass ich dachte ...» Er wirkte so gekränkt, dass sie innehielt.

«Es enttäuscht mich, dass du mir so etwas zutraust, Susannah. Verdammt, ich hatte dir doch am selben Abend erst meine Liebe gestanden! Hattest du tatsächlich so wenig Vertrauen zu mir?» Er wandte sich schroff ab und trat ans Fenster, um den Rauch über der Stadt zu betrachten. «Phoebe hat mich als Frau nie interessiert. Warum auch, wo ich doch dich liebe?»

«Das weiß ich ja inzwischen, William. Phoebe hat mich aufgeklärt.»

«Das hätte dir aber auch so klar sein müssen, ohne es erst aus Phoebes Mund zu hören!»

«Aber zu der Zeit habe ich ja noch gedacht, Joseph wäre dein Sohn ...»

«Mein Sohn!» William schnellte zu ihr herum. «Großer Gott, wie bist du denn auf die Idee gekommen?»

«Ich habe zufällig ein Gespräch zwischen dir und Agnes mitbekommen, an dem Tag, als wir Phoebe und Joseph im Hafen abgeholt haben. Ich hatte den Eindruck, du hättest Agnes mitgeteilt, dass Joseph dein Kind ist. Aber jetzt weiß ich ja, wer in Wirklichkeit sein Vater ist.»

«Und ich war all die Monate bemüht, dich vor dem Wissen zu schützen, dass er Henrys Sohn ist!»

«Das macht mir längst nichts mehr aus. Ganz im Gegenteil.» Sie lächelte ihm zaghaft zu. «Ich war sogar überglücklich, als Phoebe mich aufgeklärt hat. Weil damit feststand, dass Joseph nicht dein Sohn ist, wie ich angenommen hatte.»

«Und trotzdem hast du mich geliebt, obwohl du dachtest, er wäre mein Sohn?»

Sie nickte. «Ja. Aber du ahnst nicht, welche Eifersucht ich wegen Phoebe ausgestanden habe.»

«Doch, das ahne ich. Weil ich ähnlich gelitten habe, wenn ich mir vorstellte, wie du in Henrys Armen liegst.» Er seufzte. «Susannah, als ich in jener Nacht nach dem armen Joseph gesehen habe, hat Phoebe mir einfach leidgetan. Sie hat Henry von ganzem Herzen geliebt, und als sie herkam, war er tot. Sie war allein und voller Angst, und ihr Sohn war alles, was sie noch hatte. Es ging ihm in der Nacht so schlecht, dass sie Angst hatte, er könnte auch sterben.»

«Und, verzeihst du mir?», fragte sie kleinlaut.

«Komm her!» Er zog sie an sich und küsste sie auf die Nasenspitze. «Dank deiner Beichte wird mir nun endlich so einiges klar.»

«Ach?»

«Dass du um deinen Vater getrauert hast, konnte ich ja verstehen. Aber es hat mich schon gewundert, dass du oft so abweisend zu mir warst, während ich in Quarantäne war.»

«Ich werde mir Mühe geben, es wiedergutzumachen», sagte Susannah.

«Da findet sich sicher eine Möglichkeit.» Er lächelte schelmisch.

Sie blickte aus dem Fenster, wo die Sonne bereits schräg am raucherfüllten Himmel stand. «Mir graut bei der Vorstellung, mit einer alten Dame und einem Säugling vor dem Feuer zu fliehen. Zumal nach Einbruch der Dunkelheit.»

«Und es würde Agnes das Herz brechen, falls das Kapitänshaus niederbrennt. Ich hoffe, dass wir noch bis zum Morgen warten können.»

Unwillkürlich sah Susannah wieder die brennende Apotheke vor sich und zitterte. Sie verscheuchte den Gedanken mit aller Macht. Die Trauer um diesen Verlust musste warten. Sie sah William an. «Was ich dich die ganze Zeit schon fragen wollte: Wieso warst du eigentlich bei uns zu Hause? Jennet hat mir erzählt, du hättest dich schon vor zwei Tagen dem Herzog von York und seinen Leuten angeschlossen, um das Feuer zu bekämpfen.»

«So war es auch. Aber ich bin noch einmal zurückgekehrt, um die Diarien und die Bibliothek deines Vaters zu retten.»

«Seine Diarien?»

William lächelte schief. «Dein Vater hat sein Leben lang akribisch Buch über medizinische Beobachtungen geführt. Und ohne seine Bibliothek hätte ich während der Quarantäne wohl den Verstand verloren. Und da ich wusste, wie viel dir diese Bücher bedeuten, habe ich sie in einem tiefen Loch im Hof vergraben, zusammen mit dem großen Mörser samt Stößel. Keine Ahnung, ob sie der Hitze standhalten, aber sobald das Feuer erloschen ist, gehen wir hin und sehen nach.»

Susannah schlang die Arme um William, der immer noch das schlafende Kind im Arm hielt. In ihr Glück mischte sich ein Wermutstropfen. «Ich wollte, mein Vater hätte noch erfahren können, dass wir heiraten.»

«Aber er hat es ja erfahren, Susannah! Auf seinem Sterbebett habe ich bei ihm um dich angehalten. Er war der Ansicht, dass wir gut zusammenpassen würden, und hat uns seinen Segen gegeben.»

Susannah bot ihm ihren Mund zum Kuss und bedauerte es, dass ihr Vater nicht mehr sehen konnte, wie glücklich sie war.

«Ich habe Pläne für die Zukunft geschmiedet, Susannah, große Pläne. Aber ich möchte sie erst mit dir besprechen.»

«Was für Pläne?» Vor Neugier vergaß sie vorübergehend sogar ihre Trauer.

«Ich hatte viel Zeit zum Nachdenken. Deine Bemerkung damals, als ich diesem sterbenden Jungen in Bedlam geholfen habe, hat mir keine Ruhe gelassen. Auch wenn es nur dieser einzige Junge war, dem ich unter all den Elenden geholfen habe, hast du gesagt, würde das schon eine Menge ausmachen. Und ich habe mir überlegt, wenn ich auch nur ein gequältes Wesen retten und ihm wieder zu Gesundheit verhelfen kann, dann habe ich etwas wirklich Wertvolles erreicht.»

Susannah nickte.

«Und so bin ich zu einem Entschluss gelangt, aber dazu bedarf es deiner Zustimmung. Das ist kein Vorhaben, das man leichtfertig übers Knie brechen sollte. Weil sich unser Leben dadurch radikal verändern würde.»

«Inwiefern?»

«Mein Pächter, Roger Somerford, hat das Anwesen seines Vaters geerbt und wird Merryfields nächstes Jahr verlassen. Wir werden also wieder dort leben können.»

«In Merryfields leben?» Susannah schlug vor Freude die Hände vor den Mund. «Oh, William, jetzt, wo es die Apotheke nicht mehr gibt, wüsste ich nicht, wo ich lieber leben würde!»

«M-hm.» William kratzte sich am Kopf. «Aber womöglich bist du mit meinen Beweggründen nicht einverstanden. Ich möchte aus Merryfields nämlich eine Einrichtung machen, in der schwermütige Menschen Ruhe finden und wieder genesen können.»

«Ich verstehe nicht ganz.»

«Vor einiger Zeit hast du mir etwas in Erinnerung gerufen, was meine Mutter einmal gesagt hat: dass die Arbeit im Garten heilsam für die Seele ist. Und Merryfields verfügt über riesige Gartenflächen. Wir könnten Gäste aufnehmen, die sonst vielleicht in Bedlam landen würden.» Er hatte sich in Fahrt geredet, beugte sich aufgeregt vor. «Keine unheilbar Geisteskranken, meine ich, sondern Menschen, die nach einem Verlust schwermütig geworden sind oder an Krankheiten leiden, die sie zu Ausgestoßenen in der Gesellschaft machen. Bei uns könnten sie, abgeschirmt von den Sorgen dieser Welt, in Ruhe und Frieden leben, und wir würden sie dazu ermuntern, sich im Garten zu betätigen. Damit sie die warme Erde zwischen den Fingern spüren und zusehen können, wie die neuen

Schösslinge im Frühling wachsen und gedeihen.» Er sah sie mit leuchtenden Augen an, seine Wangen glühten vor Eifer.

Susannah betrachtete ihre schlafende Tochter, die er so behutsam im Arm hielt, während sie sich sein Vorhaben durch den Kopf gehen ließ. Schließlich sagte sie: «Eine wirklich bewundernswerte Idee. Aber sind diese Leute nicht mitunter gefährlich? Ich möchte ungern die Sicherheit ...»

«... unserer Kinder aufs Spiel setzen?» William lächelte, als Susannah rot anlief. «Ganz deiner Meinung. Wir werden unsere Gäste sehr sorgfältig auswählen müssen. Und dann habe ich noch eine andere Idee, die dir gefallen könnte.»

Susannah fragte sich, ob sie nach diesem ereignisreichen Tag für weitere neue Ideen noch aufnahmefähig war.

William strahlte triumphierend. «Das ist meine beste Idee überhaupt: Du wirst deine eigene Apotheke führen.»

«Meine eigene Apotheke?»

«In Merryfields werden meine Kenntnisse als Arzt gefragt sein, aber du wirst mir helfend zur Seite stehen und die Gäste mit Arzneien versorgen. Und wenn sich die Kunde von deiner Apotheke erst im Dorf herumgesprochen hat, werden die Einheimischen auch bei dir anklopfen. Du wirst, so denke ich, viel zu tun bekommen.»

«Meine eigene Apotheke!» Susannah bekam Herzklopfen vor Aufregung. Ihr Vater hätte sich so sehr für sie gefreut!

«Also, was sagst du dazu?»

«Ja», sagte sie schlicht. «Ja, ja, und nochmals ja!»

William stieß einen Freudenschrei aus und weckte damit prompt das Baby auf.

Susannah bettete Beth in ein Nest aus Kissen, und sie blieben so lange zusammen bei ihr stehen, bis sie wieder eingeschlummert war.

«Eins muss ich dich noch fragen», flüsterte Susannah. «Wie bist du eigentlich dem Feuer entronnen?»

«Ich habe mir ein Beispiel an Arabella genommen.» William zog sie grinsend an sich. «Ich bin aus dem Fenster gestiegen und über die Dächer entkommen, während mir die Flammen dicht auf den Fersen waren!»

Susannah lachte. Die Vorstellung, wie ihre Stiefmutter über die Dächer davonkraxelte, hatte schon etwas Komisches.

Der Wind rüttelte an den Fenstern. Susannah schloss die Augen, um sich nicht vorstellen zu müssen, wie schrecklich dieser Tag auch hätte ausgehen können, und spürte dann, wie William sie hauchzart auf die Lider küsste. Sie schlang ihm die Arme um den Hals. Wie kratzig sich sein unrasiertes Kinn an ihrem Gesicht anfühlte, wie sehr sie seinen männlichen Duft genoss. Bei der Berührung seines warmen, festen Oberkörpers, der sich an sie presste, empfand sie auf einmal heftiges Verlangen.

Er umschlang sie fester, und sein Atem ging schneller, während er sie mit warmen, fordernden Lippen küsste. Stolpernd sanken sie zusammen in Agnes' Sessel. William schnürte, ein wenig unbeholfen wegen der Verbände an seinen Händen, Susannahs Mieder auf und beugte sich hinab, um ihre Brüste mit den Lippen zu liebkosen. «Meine süße, entzückende Susannah», murmelte er. «Egal, was passiert, morgen machen wir einen Geistlichen ausfindig, der uns traut, ehe ich vor Verlangen noch wahnsinnig werde.»

Susannah selbst bezweifelte im Stillen, ob sie noch so lange warten konnte, bis sie einen Geistlichen fanden.

Eine plötzliche Windbö heulte durch den Kamin und rüttelte am Fenster. William runzelte die Stirn und machte sich behutsam von Susannah los. Er ging zum Fenster und spähte ins Dunkel, um zu sehen, wie weit das Feuer noch entfernt war. Nach einer Weile sagte er: «Susannah?»

«Ja, William?» Sie richtete sich beunruhigt im Sessel auf. War es an der Zeit?

«Dorset House steht in Flammen.»

Eisige Furcht stieg in ihr auf. «Dann müssen wir fliehen!»

«Aber komm mal her. Sieh doch nur!»

«Was ist denn?» Sie eilte zu ihm, und er legte den Arm um sie.

Gewaltige Flammen loderten aus den Spitzdächern und Türmchen von Dorset House. Selbst durch das geschlossene Fenster konnten sie das Tosen und Brüllen der Feuersbrunst hören, und durch Ritzen im Fensterrahmen quoll Rauch herein. Dann gab es eine mächtige Explosion. Ein leuchtender Funkenregen sprühte gen Himmel und wurde sogleich vom Wind erfasst und davongetragen.

«Der Wind!», sagte Susannah. «Ändert der Wind etwa seine Richtung? Diese Funken sind zurückgeweht worden, ins Feuer zurück!» Der Rauch, der sich in dichten Wirbeln über den Dächern kräuselte, fing langsam an, von ihnen wegzuziehen.

Die beiden hielten einander fest umklammert, während sie dem Treiben draußen so lange zusahen, bis zweifelsfrei feststand, dass der Wind nun in Richtung Osten wehte.

Susannah konnte spüren, wie sich Williams Anspannung nach und nach löste.

«Das bilde ich mir doch nicht nur ein, oder?», fragte er.

«Ich denke nicht», sagte sie. «Das Feuer rückt tatsächlich nicht mehr näher.»

Ins Licht

Mai 1671

31. Kapitel

Susannah rennt lachend durch einen dunklen Tunnel aus Bäumen, auf das Licht zu. Die Tür zum Obstgarten ist nur angelehnt. Sie schlüpft hindurch und stapft barfuß durchs hohe, taufeuchte Gras, während sich ihr Rocksaum mit Nässe vollsaugt. Eine Amsel auf einem Ast über ihr stößt einen Warnruf aus, flattert zu einem höher gelegenen Ast und beobachtet sie von dort aus wachsam.

Susannah hält inne und lauscht mit angehaltenem Atem. Die Luft ist erfüllt vom Summen der Bienen, die zwischen Klee und Butterblumen umherschwirren. Von der anderen Seite der hohen Backsteinmauer dringt das Quaken einer Ente herüber, das Geräusch aber, das sie zu vernehmen hofft, ist nicht zu hören. Da gerät das hohe Gras am anderen Ende des Obstgartens in Bewegung, und Beth mit ihren rotgoldenen Locken kommt kurz zum Vorschein.

«Ich kann dich sehen!», ruft Susannah und läuft auf ihre Tochter zu, die flink hinter einen Apfelbaum huscht. «Wo bist du denn?» Sie sucht zum Schein hinter einem Baum nach dem anderen und gibt sich immer ungeduldiger, während Beth übermütig kichert. «Du unartiges kleines Ding, dich vor deiner Mama zu verstecken!» Dabei pirscht sie leise auf den Apfelbaum zu und schnellt dann unvermittelt vor.

Lachend hebt sie das zappelnde kleine Mädchen hoch und küsst es immer wieder.

Hand in Hand kehren sie in den eigentlichen Garten mit den kiesbestreuten Wegen zurück und spazieren zwischen den gestutzten Eiben umher. Am Ende des Weges steht ein großes Haus mit spitz aufragenden Giebeln und hohen Schornsteinen, erbaut aus Backsteinen, deren Farbton an verblichene Damaszenerrosen erinnert. Merryfields.

Beth zupft an der Hand ihrer Mutter. «Darf ich Zuckerkekse backen? Für Vater, wenn er nach Hause kommt?»

«Das würde ihn sicher freuen. Frag Peg oder Jennet, ob sie dir helfen.»

Beth wirft ihrer Mutter eine Kusshand zu und rennt in Richtung des Hauses.

Hier und da arbeiten Leute im Garten. Die einen kümmern sich um die Rosen, andere jäten Unkraut in den Gemüsebeeten oder pflücken Kräuter im Arzneigarten, die sie zu Sträußchen zusammenbinden.

Bei einem jungen Mann, der mit abwesendem Blick seine Ecke des Gemüsebeets pflegt, bleibt Susannah stehen.

«Na, Ben, was machen deine Möhren?»

«Sie wachsen schnell.» Nach dieser lapidaren Auskunft wendet er sich ab, um mit seiner Harke weiter gewissenhaft seiner Arbeit nachzugehen.

Unweit von ihm kniet ein alter Mann und klaubt Steine aus dem Erdreich, die er in einem Eimer sammelt. Als sie vorbeigeht, hebt er grüßend die Hand und lächelt.

In der Küche herrscht wie immer Hochbetrieb. Mrs. Oliver, Peg und Jennet bereiten ein Festmahl für ihren Herrn zu, der heute aus London zurückkommt. Auf dem Küchentisch stehen bereits Pasteten sowie Schüsseln mit Götterspeise und Pudding. Vier Hähnchen und eine Rehkeule brutzeln am Bratspieß. Peg hat Beth und ihrer eigenen Tochter, einem reizenden, lockenköpfigen Fratz mit großen braunen Augen, saubere Schürzen umgebunden und hilft ihnen dabei, die Zutaten für die Zuckerkekse abzuwiegen.

Die Tür zum Garten hin öffnet sich, und Emmanuel kommt

mit einem Korb voll Brennholz herein. Er legt ein frisches Scheit ins Feuer nach und gibt dann seiner Frau rasch einen Kuss. «Peg, ich gehe mit Joseph angeln. Vielleicht fangen wir ja die eine oder andere Forelle fürs Abendessen.»

«Hast du die Wege schon gefegt?»

«Ja, Ma'am.»

«Und auch den Hühnerstall ausgemistet?»

Er verdreht übertrieben die Augen und bringt damit die kleinen Mädchen zum Lachen. «Ja, Ma'am.»

«Dann ab mit euch», sagt sie. «Die Sonne scheint heute so schön, und hier kommt ihr mir ohnehin nur in die Quere.»

Joseph, schon recht groß und kräftig für seine zehn Jahre, kommt mit einem weiteren Korb Brennholz herein. Eine Narbe seitlich an seinem Hals wird ihn für immer daran erinnern, dass er einst die Pest überlebt hat. Nachdem er den Korb abgestellt hat, verschwindet er mit Emmanuel aus der Küche.

Susannah weiß mittlerweile, dass sie an Williams guten Absichten seinerzeit nie hätte zweifeln dürfen, und er zieht sie bis heute gern damit auf. Da er es ebenso wenig wie sie übers Herz gebracht hätte, Emmanuel zur Schwerstarbeit auf die Plantage zu schicken, hat er ihn, und später auch Peg, zu Roger Somerford nach Merryfields gebracht, damit sie sich dort nützlich machten. Emmanuel und Peg sind inzwischen verheiratet und trotz ihrer Jugend sehr gute, gewissenhafte Eltern.

Susannah überlässt die anderen ihrer Arbeit in der Küche und geht in den Flur hinaus. Als sie am Kleinen Wohnzimmer vorbeikommt, wirft sie einen Blick durch die halbgeöffnete Tür: Mary, einer ihrer Gäste, sitzt am Fenster und liest Agnes Gedichte vor. Als Mary vor einem halben Jahr nach Merryfields kam, war sie völlig verstört und konnte nicht aufhören zu weinen. Nach dem Tod ihres Mannes und ihrer Kinder, die einem Fieber erlegen waren, hatte sie jeden Lebenswillen verloren und ihre Angehörigen schier zur Verzweiflung getrieben, aber inzwischen fasst sie langsam wieder neuen Lebensmut. Susannah hört ihr eine Weile zu und geht dann weiter. Sie bleibt vor einer anderen Tür im Flur stehen und schließt sie mit dem Schlüssel auf, der an einer Kette an ihrem Gürtel hängt.

Nachdem sie eingetreten ist, schließt sie die Augen und atmet tief ein. Terpentinöl, Lavendel, Schwefel, Lakritz und getrocknete Kräuter: lauter altvertraute Gerüche, die sie in die Apotheke ihres Vaters zurückversetzen. Susannah schlägt die Augen auf, mustert zufrieden die säuberlich auf den Regalbrettern aufgereihten Tiegel und die im Sonnenlicht schillernden, tropfenförmigen Flaschen mit buntgefärbtem Wasser auf dem Fensterbrett. In ihrer Apotheke hat sie alles vorrätig, was im Zusammenspiel mit Williams ärztlichen Künsten erforderlich ist, um den Haushalt und das Dorf bei guter Gesundheit zu erhalten. Den Ehrenplatz aber nimmt der große Mörser samt Stößel ein, der neben den kostbaren Diarien ihres Vaters auf dem Tresen steht. Ein paar Tage, nachdem das große Feuer in London endlich gelöscht war, hatten sie und William sich zu den Ruinen begeben, um die Bücher aus der wieder halbwegs abgekühlten Erde zu bergen.

Aus der Asche der Stadt erhebt sich inzwischen ein ganz neues London. Die St. Paul's Cathedral war am Ende doch noch den Flammen zum Opfer gefallen; in der Hitze des Feuers explodierte die Steinfassade, und das geschmolzene Blei von den Dächern strömte dampfend durch die Straßen. Doch es gibt bereits Pläne für eine prachtvolle neue Kathedrale. Die Stadt war in tiefer Trauer, und viele Einwohner hatten alles verloren, doch die Londoner, unerschütterlich wie eh und je, krempelten schon bald die Ärmel hoch und machten sich daran, die Trümmer beiseitezuräumen, um ihre Stadt neu aufzubauen. Und wer weiß, sinniert Susannah, vielleicht hat das reinigende Feuer, ähnlich wie beim schmerzhaften Ausbrennen einer Amputationswunde, dazu beigetragen, dass in der Stadt für alle Bewohner künftig bessere gesundheitliche Verhältnisse herrschen.

Susannah beschäftigt sich eine Weile damit, Kräuter zu Sträußchen zusammenzubinden und neue Schilder für die Tiegel zu beschriften. Dann notiert sie in dem aktuellen Diarium eine neue Rezeptur für eine Arznei gegen Mandelentzündung. Sie wirft einen Blick aus dem Fenster und sieht, dass die Sonne bereits hoch am Himmel steht. Höchste Zeit also, loszugehen. Sie schließt die Tür der Apotheke gewissenhaft hinter sich ab und begibt sich wieder in den Garten hinaus.

Sie durchquert den Obstgarten, öffnet die Tür mit der schweren Eisenklinke in der Gartenmauer und tritt hinaus ans grasbewachsene Flussufer.

Emmanuel und Joseph sitzen mit ihren Angeln am anderen Ende des Landestegs und lassen die Beine baumeln.

Susannah setzt sich ins Gras und wartet.

Nach kurzer Zeit entdeckt sie ein Boot in der Ferne und hält sich zum Schutz gegen die Sonne die Hand über die Augen. Ein aufgeschrecktes Moorhuhn rettet sich ans Ufer gegenüber und zieht dabei eine Spur glitzernder Tröpfchen hinter sich her.

Als das Boot näher herangekommen ist, springt Susannah auf und winkt mit beiden Armen.

Der Bootsführer hat kaum angelegt, als William auch schon mit einem Satz auf den Landesteg springt und sie in die Arme schließt. «Ich hatte Sehnsucht nach dir», raunt er ihr ins Ohr. Dann dreht er sich wieder zum Boot um und hilft einer Dame beim Aussteigen. «Darf ich vorstellen, unser neuer Gast, Mrs. Pickard», sagt er. «Sie wird sich eine Weile bei uns ausruhen.»

Mrs. Pickard sieht Susannah scheu an. Die seelische Not steht ihr ins Gesicht geschrieben.

«Seid herzlich willkommen.» Susannah nimmt sie lächelnd an der Hand. «Kommt, ich zeige Euch Merryfields.»

William geht mit dem Gepäck voraus, und die beiden Frauen folgen ihm mit etwas Abstand. Während sie gemächlich durch den Garten spazieren, erzählt Susannah Mrs. Pickard von der gut sortierten Bibliothek, von den Gärten und von den anderen Gästen, die sich schon darauf freuen, sie kennenzulernen.

Unter der Laube bleibt Mrs. Pickard stehen. Nach kurzem Zögern streicht sie sanft über eine vollerblühte Heckenrose und atmet tief ihren süßen Duft ein.

«Wenn Ihr möchtet, könnt Ihr Euch einen eigenen Garten anlegen», sagt Susannah.

Mrs. Pickard bückt sich, um etwas Erde aufzuheben, die sie zwischen den Finger zerkrümelt. «Das würde mir gefallen», sagt sie. «Als ich klein war, hat meine Mutter in ihrem Garten immer Nelken gezogen.»

Susannah führt Mrs. Pickard auf ihr Zimmer und lässt sie dann allein, damit sie ihre Sachen auspacken und sich von der Reise ausruhen kann. Nachdem sie leise die Tür hinter sich geschlossen hat, eilt sie den Flur hinab zu ihrem eigenen Schlafzimmer.

Bei ihrem Eintreten steht William mit nacktem Oberkörper am Waschtisch und klatscht sich gerade warmes Wasser ins

Gesicht. Er richtet sich auf und sieht sie lächelnd an. «Da bist du ja!»

Susannah hebt ihm wortlos das Gesicht entgegen.

«Ehe ich dich küssen kann, muss ich mich erst mal vom Schmutz der Stadt befreien.»

«Soll ich dir den Rücken waschen?» Susannah nimmt die nasse Seife, reibt sie kurz zwischen den Händen und seift ihm dann die breiten Schultern ein. Sie genießt den Lavendelduft, während sie mit den Daumen über die Muskeln neben seiner Wirbelsäule fährt. Seine nackte Haut zu berühren bereitet ihr auch nach fünf Jahren Ehe immer wieder ein sinnliches Vergnügen.

Er legt leicht den Kopf zurück, um sich von ihr die verspannten Nackenmuskeln massieren zu lassen. «Rate mal, wen ich gestern in der Stadt gesehen habe?»

«Den König?», tippt Susannah.

«Nicht ganz.»

«Wen dann?»

«Arabella!»

«Nein!» Vor Überraschung flutscht ihr die Seife aus der Hand und landet mit einem Platschen in der Waschschüssel. «Nach so langer Zeit!» Aufgeregt fährt sie fort: «Aber was ist mit meinen kleinen Brüdern? Sind sie wohlauf, geht es ihnen gut?»

«Oh ja, das müssen zwei richtige Lausejungs sein. Ich wusste, dass du sie gern mal sehen würdest. Arabella hat sich großmütig bereit erklärt, sie uns demnächst mal für ein paar Wochen zu überlassen. Das käme ihr sehr gelegen, hat sie gesagt. Weil sie Vorbereitungen zu treffen hätte.»

«Was für Vorbereitungen?»

«Sie saß mit einem Herrn in einer eleganten Kutsche. Wenn

mich nicht alles täuscht, dürfte er bald Ehemann Nummer drei werden.»

«Tante Agnes hat damals schon gesagt, dass Arabella immer wieder auf die Füße fallen würde!» Joshua und Samuel geht es gut, das ist die Hauptsache für Susannah. Über Arabella aber, eigennützig und dreist wie eh und je, ärgert sie sich im Stillen. Doch dann dreht sie William zu sich herum und hat Arabella bald vergessen, während sie ihm mit gemächlich kreisenden Handbewegungen den Oberkörper einseift und beobachtet, wie sich dabei die dunklen Härchen an seiner Brust kräuseln. Sie küsst zärtlich die weiche Haut in der Vertiefung oberhalb seines Schlüsselbeins und lächelt verstohlen, als sie merkt, wie er dabei vor Behagen erschauert.

«Susannah?»

«Hm?» Sie wischt ihm mit einem Waschlappen behutsam die Seife vom Körper und trocknet ihn anschließend mit einem frischen Handtuch ab. Als sie mit einem Finger über seine Brust fährt, steigt auf einmal heftiges Verlangen in ihr auf; der Wunsch, die Leidenschaft zu bekräftigen, die sie füreinander empfinden.

Er umfasst sanft ihr Gesicht und sieht sie so voller Liebe an, dass ihr schwindelig wird. Dann verliert sie sich in der Hitze seiner Küsse und spürt, wie sein Herz an ihrer Brust immer schneller schlägt. Ihr selbst geht es nicht anders.

Er schnürt ihr Mieder auf und bedeckt ihren Busen, leise Koseworte murmelnd, mit zärtlichen Küssen. Nachdem auch noch ihre Röcke mit einem seidigen Rascheln am Boden gelandet sind, schmiegt sie sich nackt und erhitzt an ihn.

Die Laken fühlen sich an ihrer Haut kühl und ein wenig kratzig an, als sie sich ins Bett zurückziehen. Sie schlingt die Arme um Williams Hals und bäumt sich ihm entgegen. Presst sich ganz fest an ihn. Möchte am liebsten für alle Zeit mit ihm verschmelzen.

«Meine süße Susannah», flüstert er. Sie spürt die Hitze seiner Lippen an ihrem Hals, während er zärtlich ihren Körper liebkost. Mit einem Finger fährt er langsam an ihrem Bauch hinab, bis er ihren geheimen Ort gefunden hat. Sie erbebt unter seiner Berührung und hat das Gefühl, vor Verlangen dahinzuschmelzen. Dann hebt William sacht ihre Hüften an, und sie keucht leise auf vor Wonne, als er in sie eindringt. Immer wieder flüstert er ihren Namen, während sie sich zusammen bewegen, behutsam zunächst und dann, mit zunehmender Lust, immer drängender. Ein immer stärkeres Wohlgefühl durchflutet in Wellen Susannahs Körper, bis sie William schließlich mit einem Aufschrei die Finger in den Rücken krallt.

Dann ist es auch bei ihm so weit. Er bäumt sich über ihr auf und lässt sich dann mit einem Seufzen neben sie sinken.

Kurz darauf liegt Susannah an seine Schulter geschmiegt da, lauscht seinen sich allmählich beruhigenden Atemzügen und seufzt vor Behagen. Williams Liebe hat ihr die Kraft gegeben, zu trauern und dann mit ihm gemeinsam ein neues Leben zu beginnen.

Er wendet sich ihr auf dem Kissen zu. Sieht sie mit einem so hinreißenden Lächeln in den dunklen Augen an, dass Susannah wieder einmal ein Dankgebet gen Himmel schickt, für diese Liebe, die ihr so viel Trost und Freude schenkt.

«Jetzt weiß ich, dass ich wahrhaft wieder zu Hause bin», sagt er. «Aber wir sollten wohl lieber aufstehen, ehe uns jemand suchen kommt.»

«Und es darf natürlich nicht sein, dass der ernsthafte, verantwortungsbewusste Herr Doktor am helllichten Nachmittag mit seiner Frau im Bett angetroffen wird.»

William küsst sie auf die Nasenspitze. «Nein, besser nicht. Ich könnte meinen Patienten nie wieder in die Augen sehen.»

Susannah räkelt sich wohlig. «Noch zwei Minuten?»

«Abgelehnt. Nun hoch mit dir, du kleines Luder!»

William schnürt Susannah gerade das Mieder zu, als sich im Flur das eilige Getrappel kleiner Füße nähert. Dann fliegt die Tür auf. «Vater!» Beth stürmt mit ausgebreiteten Armen auf ihn zu.

William wechselt einen belustigten Blick mit Susannah und murmelt: «Keine Sekunde zu früh.» Dann hebt er Beth in die Höhe und küsst sie. «Bist du schön brav gewesen, während ich nicht da war, mein Zuckerschneckchen?»

«Sehr brav! Und ich habe Kekse gebacken, extra nur für dich!» Beth umarmt ihn fest und drückt ihm ein klebriges Küsschen nach dem anderen auf die Wange.

«War sie so brav, dass eine Belohnung mit Bonbons gerechtfertigt war, Mama?»

Susannah, die sich gerade das in Unordnung geratene Haar wieder hochsteckt, lächelt. «Ja, das eine oder andere Bonbon hat sie bekommen. Aber keine ganze Schachtel.»

William lacht, schwingt Beth einmal übermütig im Kreis herum und setzt sie dann am Boden ab. «Na, dann mal los! Aber erst habe ich noch einen Besuch abzustatten.»

«Ich weiß, bei wem!» Beth stürmt durch den Flur voraus, während William und Susannah ihr Hand in Hand folgen.

Beth bleibt vor einer Tür stehen und legt den Finger an die Lippen, ehe sie vorsichtig die Klinke nach unten drückt.

Im Zimmer sitzt Phoebe, schaukelt sachte die Wiege mit dem Fuß und singt leise vor sich hin. Als Beth hereinkommt, lächelt sie erfreut und streckt ihr die Arme entgegen, und die Kleine klettert auf ihren Schoß.

William geht leise durchs Zimmer und beugt sich dann über die Wiege, in der sein Söhnchen liegt und schläft.

Susannah schwillt das Herz vor Liebe, während sie mit ansieht, wie seine Züge ganz weich werden. Kein Ort kann dem Himmel auf Erden wohl so nahe kommen wie ihr Zuhause hier in Merryfields, das sie sich mit ihrem Mann und ihren Kindern teilt.

William, der dem kleinen Kit nun sanft über das dunkle Haar streichelt, blickt voller Liebe zu ihr hoch und greift nach ihrer Hand.

Danksagung

In Liebe und Dankbarkeit meinem Mann Simon, allen meinen geliebten Kindern und meinen Eltern für ihre unablässige Unterstützung.

Dank auch an Howard Barlow, der an mich glaubte, an Edward Smith und die Mitglieder von youwriteon.com für ihre Besprechungen, an meine Agentin Annette Green und meiner Lektorin Lucy Icke bei Piatkus, die mir half, die Geschichte zum Leben zu erwecken.

Mein Dank geht auch an die Mitglieder von WordWatchers für ihre freundliche Ermunterung und ihre offenen Worte.

Und zu guter Letzt danke ich Samuel Pepys, dessen Tagebuch mir erlaubte, einen Blick ins London der Restaurationszeit zu werfen.

Philippa Gregory

Die Königin der Weißen Rose

rororo 25484

Ihre Majestät, die Königin!

England, 1464: Die Adelshäuser York und Lancaster kämpfen erbittert um den Thron. Als König Edward, der Erbe der Weißen Rose, der schönen jungen Witwe Elizabeth Woodville begegnet, ist es um beide geschehen. Doch Elizabeth weigert sich, Edwards Mätresse zu werden. Da heiratet der König sie entgegen allen Standesschranken – ein ungeheurer Skandal! Und keine Frau im Königreich hatte je so viele Feinde wie die neue Königin. Neid, Missgunst und Intrigen bringen Elizabeth und ihre Familie in große Gefahr ...

B 266/1

MIX
Papier aus verantwortungsvollen Quellen
FSC® C083411
www.fsc.org

Das für dieses Buch verwendete FSC®-zertifizierte Papier
Pamo Super liefert Arctic Paper Mochenwangen, Deutschland.